NO. 4

JOACHIM RINGELNATZ

TURN-GEDICHTE

UND

KUDDEL DADDELDU

NACH DEN 1923 BEI KURT WOLFF
IN MÜNCHEN ERSCHIENEN ERSTAUSGABEN

Zweitausendeins

AZUR

Herausgeber Achim Apell.

Lizenzausgabe mit freundlicher Genehmigung
Der Wunderkammer Verlag GmbH, Frankfurt 2010
für Zweitausendeins, Postfach, D-60381 Frankfurt am Main.

Umschlaggestaltung: Heine/Lenz/Zizka, Frankfurt.
Unter Verwendung eines Bildmotivs aus der
Collection der Library of Congress.

Dieses Buch gibt es nur bei Zweitausendeins im Versand:
Postfach, D-60381, Frankfurt am Main,
Telefon: (069) 4 20 80 00, Fax: (069) 41 50 03.
Internet: www.Zweitausendeins.de, E-Mail: Service@Zweitausendeins.de.
Oder in den Zweitausendeins-Läden in Augsburg, 2 x in Berlin,
in Bonn, Braunschweig, Bremen, Darmstadt, Dresden, Düsseldorf,
Erfurt, Frankfurt am Main, Freiburg, Göttingen, 2 x in Hamburg, in
Hannover, Karlsruhe, Kiel, Koblenz, Köln, Leipzig, Ludwigsburg,
Mannheim, Marburg, München, Münster, Neustadt/Weinstraße,
Nürnberg, Oldenburg, Stuttgart, Ulm.

In der Schweiz über buch 2000, Postfach 89, CH-8910 Affoltern a. A.

ISBN 978-3-86150-849-6

Inhaltsverzeichnis

TURNGEDICHTE

KUDDEL DADDELDU

TURNGEDICHTE

Zum Aufstellen der Geräte
(Ein Muster)

So unterwegs in einem schönen Hechtsprung
Erblickte er das Licht der Welt, das Leben,
Und hat – obwohl er damals doch noch recht jung –
Sich doch sofort in Hilfsstellung begeben.
Den Kniesturz übend und manch andre Tugend,
erging ihm eine turnerische Jugend
Im Wachen teils und teils im Traum
Und Freitag nachmittags am Schwebebaum.

Vorturner wurde er und Löwenbändiger,
Seemann und Schornsteinfeger, Akrobat
Und schließlich turnerischer Sachverständiger
Im transsibirischen Artistenrat.
Er las die Morgenzeitung stets im Handstand,
Vom Hang der Freiheit sprach sein roter Schlips.
Er glich – wie er im Turnsaal an der Wand stand –
Dem altbekannten Herkules aus Gips.

Inhaber aller silbernen Pokale,
Erwarb er sich den Franziskanerpreis
Und im August in Halle an der Saale
Die Jahnkokarde mit dem Lorbeerreis.
Ein zarter Kern in einer rauhen Schale.

Er hat sich mit einem Salto mortale
Aus dem Leben
Über ein Felsengeländer
Hinwegbegeben.

Turner-Marsch

(Melodie: Leise flehen meine Lieder)

Schlagt die Pauken und Trompeten,
Turner in die Bahn!
Turnersprache laßt uns reden.
Vivat Vater Felix Dahn!
Laßt uns im Gleichschritt aufmarschieren,
Ein stolzes Regiment.
Laßt die Fanfaren tremulieren!
Faltet die Fahnen ent!

Die harte Brust dem Wetter darzubieten,
Reißt die germanische Lodenjoppe auf!
Kommet zu Hauf!
Wir wollen uns im friedlichen Wettkampf üben.

Braust drei Hepp-hepps und drei Hurras
Um die deutschen Eichenbäume!
Trinkt auf das Wohl der deutschen Frauen ein Glas,
Daß es das ganze Vaterland durchschäume.
Heil! Umschlingt euch mit Herz und Hand,
Ihr Brüder aus Nord-, Süd- und Mitteldeutschland!
Daß einst um eure Urne
Eine gleiche Generation turne.

Freiübungen
(Grundstellung)

Wenn eine Frau in uns Begierden weckt
Und diese Frau hat schon ihr Herz vergeben,
Dann (Arme vorwärts streckt!)
Dann ist es ratsam, daß man sich versteckt.
Denn später (langsam auf den Fersen heben!)
Denn später wird uns ein Gefühl umschweben,
Das von Familiensinn und guten Eltern zeugt.
(Arme – beugt!)
Denn was die Frau an einem Manne reizt,
(Hüften fest – Beine spreizt! – Grundstellung)
Ist Ehrbarkeit. Nur die hat wahren Wert,
Auch auf die Dauer (Ganze Abteilung kehrt!).
Das ist von beiden Teilen der begehrtste,
Von dem man sagt: (Rumpfbeuge) Das ist der
allerwertste.

Kniebeuge

Kniee – beugt!
Wir Menschen sind Narren.
Sterbliche Eltern haben uns einst gezeugt.
Sterbliche Wesen werden uns später verscharren.
Schäbige Götter, wer seid ihr? Und wo?
Warum lasset ihr uns nicht länger so
Menschlich verharren?
Was ist denn Leben?
Ein ewiges Zusichnehmen und Vonsichgeben. –
Schmach euch, ihr Götter, daß ihr so schlecht uns
    versorgt,
Daß ihr uns Geist und Würde und schöne Gestalt
    nur borgt.
Eure Schöpfung ist Plunder,
Das Werk sodomitischer Nachtung.
Ich blicke mit tiefster Verachtung
Auf euch hinunter.
Und redet mir nicht länger von Gnade und Milde!
Hier sitze ich; forme Menschen nach meinem Bilde.
Wehe euch, Göttern, wenn ihr uns drüben erweckt!
Beine streckt!

Zum Bockspringen
(Nach einer Fabel Ae-sops)

Wie war die Geschichte mit Bobs Wauwau?
Ich erinnere mich nicht ganz genau,
Ob dieser Hund Bobs
 – Eins, zwei, drei – hops! –

Ob dieser Hund ein Rebhuhn gebar?
Auf welcher Seite er schwanger war,
Und inwiefern und ob's
 – Eins, zwei, drei – hops! –

Ein Dackel war, der das Rebhuhn erzeugte,
Und ob er das arme Geflügel dann säugte. –
Ich glaube, der Dackel war ein Mops. –
 – Eins, zwei, drei – hops! –

Jedenfalls fraß er zu jedermanns Ärger
Nur Wickelgamaschen und Königsberger,
Auch Danziger Klops.–
 – Eins, zwei, drei – hops! –

Ein seltsamer Mops war Bobs Wauwau.
 – Eins, zwei, drei – hops! – au! au!

Wettlauf

Publikum ungeduldig scharrt –
Scharren lassen – hier Start –
Taschentuch? keins –
Schweiß –
heiß –
Zum Beweis
des Nichtaufgeregtseins:
Billett Spucke kneten.
Achtung: eins!
Nicht mehr Zeit auszutreten –
Was? Rauchen verbeten? –
Sie da, der Dritte, weiter zurücktreten –
Soo! – Endlich Musik –
Der bekannte
Augenblick,
Wo –
wenn der Trikot
nur nicht so spannte –
Schweinerei –
Wäre fatal –
Achtung: Zwei!
Teufel nochmal!
Heiliger Joseph, steh mir bei!
Achtung: Drei!
Tapelti, tapelti, tapelti
Mut!
Gut!
Kopf senken!
Arme vom Leib!

Frieda denken!
Herrliches Weib!
Schade, daß Mund stinkt!
Das war sie! – lacht! – winkt –
Oh, oh! Oh, oh!
Mein Trikot!
Vorne gespalten.
Taschentuch vorhalten –
Jetzt Quark!
Nur laufen!
10 000 Mark –
Wochenlang saufen –
Wenn's glückt –
Schulden bezahlen –
Tante verrückt –
Meyers prahlen –
Sieger gratuliert –
Photographiert –
Händedruck –
Tun als ob schnuppe –
Wändeschmuck –
Lorbeersuppe –
Zeitungsreklame –
Filmaufnahme –
Frieda seidenes Kleid –
Otto platzt Neid –
Engelmann – Wut –
Anton – Pump –
Aushalten! Mut!
Weg da! Lump! –
Einer von beiden –

Weg abschneiden –
Puff!
Was bild't sich –
Uff!
Gilt nicht!
Feste druff.
Gar nicht kümmern!
Schädel zertrümmern!
Zuchthaus –
Flucht – Haus –
Schande –
Tante –
Sterben –
Beerben –
Unsinn! Was Quatsch! Quatsch!
Teufel noch mal!
Laternenpfahl.
Mehr links, ach! ach!
Stopp! Frieda! Halt! Krach!
Kladderadatsch!
Knätsch daun! au! aus!
Ohhhhh! – Publikum Applaus.

Klimmzug

Das ist ein Symbol für das Leben.
Immer aufwärts, himmelan streben!
Feste zieh! Nicht nachgeben!
Stelle dir vor: Dort oben winken
Schnäpse und Schinken.
Trachte sie zu erreichen, die Schnäpse.
Spanne die Muskeln, die Bizepse.
Achte ver die Beschwerden.
Nicht einschlafen. Nicht müde werden!
Du mußt in Gedanken wähnen:
Du hörtest unter dir einen Schlund gähnen.
In dem Schlund sind Igel und Wölfe versammelt.
Die freuen sich auf den Menschen, der oben bammelt.
Zu! Zu! Tu nicht überlegen.
Immer weiter, herrlichen Zielen entgegen.
Sollte dich ein Floh am Po kneifen,
Nicht mit beiden Händen zugleich danach greifen.
Nicht so ruckweis hin und her schlenkern;
Das paßt nicht für ein Volk von Turnern und Denkern.
Klimme wacker,
Alter Knacker!
Klimme, klimb
Zum Olymp!
Höher hinauf!
Glückauf!
Kragen total durchweicht.
Äh – äh – äh – endlich erreicht.
Das Unbeschreibliche zieht uns hinan,
Der ewigweibliche Turnvater Jahn.

Felgeaufschwung

Die wir im Felgeaufschwung uns befinden,
Schwer wie das Eisen, das der Ristgriff faßt,
Und wurde uns der eigne Leib zur Last.
Und langsam sehen wir den Tag entschwinden.

Ein abgerissenes Sichvorwärtsschwingen –
Ein seelenloses Steigen über nichts. –
Von Leiden spricht das Zucken des Gesichts.
Nur in der Ferne tönt ein Vesperklingen.

Nun sinkt das Haupt herab, und wie zum Schwören
Hebt sich der Füße zages Doppelspiel.
Und abermals erlahmt die Kraft am Ziel,
Um wieder sich von neuem zu betören.

Und werden doch den toten • überwinden,
Der Geist ist willig, doch das Fleisch ist weich,
Sitzwellend einst, dem Wellensittich gleich,
So werden wir uns droben wiederfinden.

Während der Riesenwelle

Seht ihr mich? Und spürt ihr nicht den Wind,
Den ich mache? Ja, das ist gefährlich!
Aber mir, dem alten Seemann, sind
Riesenwellen eben unentbehrlich.

Käme mir jetzt einer in die Speichen
(Wär es auch ein Riese aus Granit),
Würde er doch damit nur erreichen,
Daß ich ihn in dünne Scheiben schnitt.
Aber nicht die Herstellung von Scheiben
Denk' ich mir als Lebenszweck. O nein!
Eine Sägemühle möcht' ich treiben,
Möcht' ein Schwungrad für Dynamo sein.

Wenn ich plötzlich jetzt die Hände strecke
(Und ich habe ähnliches im Sinn),
Ja dann – splittert augenblicks die Decke,
Und der Wellenriese – ist dahin.

Am Barren
(Alla donna tedesca)

Deutsche Frau, dich ruft der Barrn,
Denn dies trauliche Geländer
Fördert nicht nur Hirn und Harn,
Sondern auch die Muskelbänder,
Unterleib und Oberlippe.
Sollst, das Hüftgelenk zu stählen,
Dich im Knickstütz ihm vermählen.
Deutsches Weib, komm: Kippe, Kippe!

Deutsche Frau, nun laß dich wieder
Ellengriffs im Schwimmhang nieder.
So, nun Hackenschluß! Und schwinge!
Schwinge! Hurtig rum den Leib!
Oh, es gibt noch wundervolle
Dinge. Rolle vorwärts!
Rolle! Rolle rückwärts, deutsches Weib.

Deutsche Jungfrau, weg das Armband!
In die Hose! Aus dem Rocke!
Aus dem Streckstütz in den Armstand,
Nun die Flanke. Sehr gut! Danke!
Deutsches Mädchen – Hocke, Hocke!

Mußt dich keck emanzipieren
Und mit kindlichem „Ätsch-Ätsche"
Über Männer triumphieren,
Mußt wie Bombe und Kartätsche
Deine Kräfte demonstrieren.
Deutsches Mädchen – Grätsche! Grätsche!

Kniehang

Ich wollte, ich wär' eine Fledermaus,
Eine ganz verluschte, verlauste,
Dann hing ich mich früh in ein Warenhaus
Und flederte nachts und mauste,
Daß es Herrn Silberstein grauste.
Denn Meterflaus, Fliedermus, Fledermaus –
(Es geht nicht mehr; mein Verstand läuft aus.)

Am Hängetau

Das Hängetau ist lang und steil.
Jedoch die Übung an dem Seil
Ist heilsam und veredelt.
Dieweil du kletterst, wächst das Tau
Dir hintenraus und wedelt
À la Wauwau.

Marie, die unten nach dir blickt,
Kommt mit der Quaste in Konflikt.

Ich wette um ein Faß Gelee:
Drei Meter über der Erden
Erfaßt dich plötzlich die Idee,
Du möchtest Seemann werden.

Der Kletterschluß mißlingt dir freilich.
Er klingt auch häßlich papageilich.
Schon dieserhalb und um so mehr
Schwankst du verzweifelt hin und her
Als atemloser Pendel.
Und jäh umgibt dich in der Luft
Ein unartikulierter Duft
Sehr abseits von Lavendel.

Und dann erreichst du ganz verzagt
Den Balken unter Pusten,
Und weil Marie von unten fragt,
Und weil die Stimme dir versagt,
So fängst du an zu husten.

Die Dame frägt, ob schwindelfrei
Und schüttelt die Manilla.
Du mimst voll Angst und Heuchelei
Den schwärmenden Gorilla.
Doch weil allmählich Zeit vergeht
Und nirgends eine Leiter steht,
Entschließt du dich voll Grausen
Und präsentierst dein Hinterteil
Und angelst lange nach dem Seil
Und läßt dich plötzlich sausen.

Du plumpst der Dame auf die Brust
Und tust, als tatst du das bewußt,
Und blähst dich wie ein Segel.
Und nickst ein heiteres Allheil!
Und lachst und fühlst dich doch derweil
Teils Burschenschaft, teils Flegel.

Kein Mädchen, nicht einmal die Braut,
Sieht gerne Hände ohne Haut.

Rundlauf

Heran in die Tiefe, seitab in die Höh –
Auf der Reise im Kreise gewiegt.
Die Mädels, die Buben, Madame und Monsieur,
Das baumelt und taumelt und fliegt.

Es schweben die Röcke wie Glocken dahin,
Und ein viel tätowierter Gesell,
Der fiedelt und sieht nur die Klöppel darin.
Und er spielt, und er fühlt Karussell.

Ein strudelnder Drall im ätherischen Bad,
Vor dem selbst der König sich bückt.
O Leben im Winkel von 50 Grad,
Du lachst an uns und machst uns verrückt.

Zum Keulenschwingen

Die Merowinger sind weit verzweigt.
Es lebte ein Merowinger,
Den die Geschichte uns leider verschweigt,
Ein wackerer Keulenschwinger.

Mit beiden Händen und Leidenschaft
Schwang er die Keulen, die schönen.
Er schwang sie mit barbarischer Kraft
Unter leisem teutonischen Stöhnen.

Er teilte die Lüfte und teilte vorbei
Mit seiner gewuchtigen Keule.
Er schlug seiner Mutter die Backe entzwei,
Erschlug seine Kinder und Gäule.

Erschlug mit übernatürlicher Kraft
Des Königs wieherndes Vollblut.
Da wurde er aber fortgeschafft
In eine Zelle für Tollwut.

Man nahm ihm die Keule, er konnte nicht mehr
Sie schwingen in sausenden Kurven.
Die Zelle ward still und nahezu leer,
Man hörte nur Schritte schlurfen.

Doch eines Tages dröhnte es dumpf.
Der Wächter tät sich beeilen.
Da sah er einen niedrigen Rumpf
Mit seinen leibeigenen Keulen
Die Wände der Zelle verbeulen.
Da fing der Mann an zu heulen.

Das Turngedicht am Pferd
(Schon den Römern bekannt)

Es lebte an der Mündung der Dobrudscha
Ein Roll- und Bier- und Leichenwagenkutscher.
Der riß lebendigem Getier – o Graus! –
Mit kaltem Blut die Pferdeschwänze aus.
  Hopla!

Jedoch verscherzte er mit solchen Streichen
Sich den Verkehr mit Roll und Bier und Leichen
Und frönte nun dem Trunk, auch nebenbei
Der Kunst, speziell der Pferdeschlächterei.
  Hopla!

Man traf ihn manchmal unter Viadukten
Mit Pferdeköpfen, die noch lebhaft zuckten,
Und fragte man dann nach dem Preis pro Pfund,
Dann brüllte er und hatte Schaum vorm Mund:
  „Hopla!“

Doch abermals aus dem Beruf gestoßen,
Ergab er sich dem Schicksal aller Großen
Und wurde – solches traf sich eben gut –
Pedell an einem Turninstitut.
  Hopla!

Schon im Begriff, sein Leben umzuwandeln,
Besoff er sich und stürzte über Hanteln.
Er wußte selber nicht, wie weit, wie tief;
Jedoch er fragte gar nicht, sondern schlief.
  … la …

Punkt Mitternacht bemerkte der Betäubte,
Daß sich sein Haar mit leisem Knirschen sträubte.
Er wachte auf und sah im bleichen Glanz
Ein Pferd, ein Pferd, ganz ohne Haupt und Schwanz.
  … pla!

Nun reckte sich das abenteuerliche
Gespenst und wuchs ins Ungeheuerliche.
Drei Meter mochte es gewachsen sein,
Da hielt es inne, schnappte plötzlich ein.
  Hopla!

Und nun, wohl in Ermangelung von Äpfeln,
Begann es Sägemehl aus sich zu tröpfeln.
„Mensch“, rief es, „der du Tiere quälen kannst,
Auf! Springe über meinen Lederwanst.
  Hopla!“

Er sprang bereits, wie ihn die Formel bannte,
Er sprang und fiel, erhob sich wieder, rannte
Und sprang und rannte, sprang und sprang und sprang,
Wohl stunden-, tage-, wochen-, jahrelang.
  Hopla! Hopla! Hopla! Hopla!

Bis plötzlich unter ihm das Pferd zerkrachte.
Da brach er auch zusammen und erwachte.
Indem er schwur, nie wieder nachts zu picheln,
Bemerkte er, gereizt durch fremdes Sticheln,
Daß ihn, der doch sich täglich glatt rasierte,
Ein langer Zwickelbart aus Roßhaar zierte.
  Ho!

Bumerang

War einmal ein Bumerang;
War ein Weniges zu lang.
Bumerang flog ein Stück,
Aber kam nicht mehr zurück.
Publikum – noch stundenlang –
Wartete auf Bumerang.

Fußball
(nebst Abart und Ausartung)

Der Fußballwahn ist eine Krank–
Heit, aber selten, Gott sei Dank.
Ich kenne wen, der litt akut
An Fußballwahn und Fußballwut.
Sowie er einen Gegenstand
In Kugelform und ähnlich fand,
So trat er zu und stieß mit Kraft
Ihn in die bunte Nachbarschaft.
Ob es ein Schwalbennest, ein Tiegel,
Ein Käse, Globus oder Igel,
Ein Krug, ein Schmuckwerk am Altar,
Ein Kegelball, ein Kissen war,
Und wem der Gegenstand gehörte,
Das war etwas, was ihn nicht störte.
Bald trieb er eine Schweineblase,
Bald steife Hüte durch die Straße.
Dann wieder mit geübtem Schwung
Stieß er den Fuß in Pferdedung.
Mit Schwamm und Seife trieb er Sport.
Die Lampenkuppel brach sofort.
Das Nachtgeschirr flog zielbewußt
Der Tante Berta an die Brust.
Kein Abwehrmittel wollte nützen,
Nicht Stacheldraht in Stiefelspitzen,
Noch Puffer außen angebracht.
Er siegte immer, 0 zu 8.
Und übte weiter frisch, fromm, frei
Mit Totenkopf und Straußenei.
Erschreckt durch seine wilden Stöße,

Gab man ihm nie Kartoffelklöße.
Selbst vor dem Podex und den Brüsten
Der Frau ergriff ihn ein Gelüsten,
Was er jedoch als Mann von Stand
Aus Höflichkeit meist überwand.
Dagegen gab ein Schwartenmagen
Dem Fleischer Anlaß zum Verklagen.
Was beim Gemüsemarkt geschah,
Kommt einer Schlacht bei Leipzig nah.
Da schwirrten Äpfel, Apfelsinen
Durch Publikum wie wilde Bienen.
Da sah man Blutorangen, Zwetschen
An blassen Wangen sich zerquetschen.
Das Eigelb überzog die Leiber,
Ein Fischkorb platzte zwischen Weiber.
Kartoffeln spritzten und Zitronen.
Man duckte sich vor den Melonen.
Dem Krautkopf folgten Kürbisschüsse.
Dann donnerten die Kokosnüsse.
Genug! Als alles dies getan,
Griff unser Held zum Größenwahn.
Schon schäkernd mit der U-Bootsmine
Besann er sich auf die Lawine.
Doch als pompöser Fußballstößer
Fand er die Erde noch viel größer.
Er rang mit mancherlei Problemen.
Zunächst: Wie soll man Anlauf nehmen?
Dann schiffte er von dem Balkon
Sich ein in einem Luftballon.
Und blieb von da an in der Luft,
Verschollen. Hat sich selbst verpufft. –
Ich warne euch, ihr Brüder Jahns,
Vor dem Gebrauch des Fußballwahns!

Der Athlet

Mein Name ist Murxis, der Kraftmensch genannt.
Meine Nahrung ist Goulasch vom Elefant
In einer Sauce des Stärkemehles.
Meine Heimat ist das Zentrum Südwales,
   Upsala!

Ich wurde durch einen Kaiserschnitt
Geboren, mit Hilfe von Dynamit.
Daß ich noch lebte, war reines Glück.
Von meiner Mutter blieb wenig zurück.
   20 kg mit dem kleinen Finger.

Man baute um mich eine Art von Dock.
Mit Strebestützen im 16. Stock
Eines Wolkenkratzers von Rockefeller.
Das Stockwerk brach, man fand mich im Keller
   Mit verschränkten Armen.

Ich war in allen Städten der Welt
Als Muster von Herkules ausgestellt.
Wer das bezweifelt – 5 Groschen –, der fordre
An der Kasse die Wachskabinettsordre.
Ich nenne mich selbst den Venus von Milo.
   Bruttogewicht: 200 Kilo!

Es haben mich Königinnen betastet.
Ich habe einmal drei Wochen gefastet
Und unternehme auch heute noch Schritte
Zu meiner Entlastung. Und deshalb bitte
   Ich die Herrschaften um ein kleines Douceur.

Box-Kampf

Bums! – Kock, Canada: – Bums!
Käsow aus Moskau: Puff! puff!
Kock, der Canadier: – Plumps!
Richtet sich abermals uff.
Ob dann der Käsow den Kock haut,
Oder ob er das vollzieht,
Ob es im Bauchstoß, im Knock-out*
Oder von seitwärts geschieht –
Kurz: Es verlaufen die heit'ren
Stunden wie Kinderpipi.
Sparen wir daher die weit'ren
Termini technici.
Und es endet zuletzt
Reizvoll, wie es beginnt:
Kock wird tödlich verletzt.
Käsow aber gewinnt.
Leiche von Kock wird bedeckt.
Saal wird langsam geräumt.
Käsow bespült sich mit Sekt.
Leiche aus Canada träumt:
    Boxkampf –
    Boxer –
    Boxen –
    Boxel –
    Boxkalf –
    Boxtrott –
    Boxtail –
    Boxbeutel.

* Sprich – „nock", wie Butternockerlsuppe.

Ringkampf

Gibson (sehr nervig), Australien,
Schulze, Berlin (ziemlich groß).
Beißen und Genitalien
Kratzen verboten. – Nun los!

Ob sie wohl seelisch sehr leiden?
Gibson ist blaß und auch Schulz.
Warum fühlen die beiden
Wechselnd einander den Puls?

Ängstlich hustet jetzt Gibson.
Darauf schluckt Schulze Cachou.
Gibson will Schulzen jetzt stipsen.
Ha! Nun greifen sie zu.

Packen sich an, auf, hinter, neben, in,
Über, unter, vor und zwischen,
Statt, auch längs, zufolge, trotz
Stehen auf die Frage wessen.
Doch ist hier nicht zu vergessen,
Daß bei diesen letzten drei
Auch der Dativ richtig sei.

(Pfeife des Schiedsrichters.)

Wo sind die Beine von Schulze?
Wem gehört denn das Knie?
Wirr wie lebendige Sulze
Mengt sich die Anatomie.

Ist das ein Kopf aus Australien?
Oder Gesäß aus Berlin?
Jeder versucht Repressalien,
Jeder läßt keinen entfliehn.

Hat sich der Schiedsmann bemeistert,
Lange parteilos zu sein;
Aber nun brüllt er begeistert:
„Schulze, stell ihm ein Bein!

Zwinge den Mann mit den Nerven
Nieder nach Sitte und Jus.
Kannst du dich über ihn werfen
Just wie im Koi, dann tu's!“

Zum Schwimmen

(Die Brüder)

Plumps! Nun liegst du endlich drin,
Nun hat es wirklich nicht mehr Sinn,
Noch länger den Denker und Dichter zu mimen.
Sonst gibt's mal was mit dem ledernen Riemen!

Lacht mal den Onkel aus, ihr Kinder!
Wißt ihr's?
Das ist der Erfinder
Des drahtlosen Schwebeklistiers,

Der Panslapopel, der große Mann!
Wie Seidenpapier liegt die Hose an.
Der Doktor phil. und der Doktor jur. – –
Ja – pruste du nur!

Wie eifrig du spuckst
Und das Gespuckte noch einmal verschluckst.
Du „Autor“ von „Das Leben von Stosch!“ –
Eine Qualle bist du, ein schleimiger Frosch,
Ein wulstiger, schwulstiger, schwappliger, nasser.
Und willst der Verfasser
Der Biographie sein!
Ziehe das Knie ein!
Nach auswärts die Beine!
Du Stubenhocker!
Hier sind ein paar Steine
Am Ufer recht locker. – –
Sieht aus wie Blaukraut mit Sommersprossen.

Na? Eins, zwei, drei – vier, fünf, die Hände geschlossen!
Und: eins, zwei, drei – vier, fünf; noch besser, viel besser!
Ich werde dir was von wegen Professor!
Los: eins, zwei, drei – vier, fünf. Du Schlumpsack, nur weiter!
Wird's? Eins, zwei, drei – vier, fünf. Nun 'ran an die Leiter!
Du ausgeschwängertes Schwielenschwein!
Ein Wort – und ich stoße dich nochmals hinein.

Zum Wegräumen der Geräte

Veterinär, gleichzeitig Veteran,
Ein Mann, der 92 Jahre zählte,
Daß man zuletzt ihn aus Gewohnheit wählte,
Und trotzdem biegsam, schmiegsam wie ein Schwan.
Das war – trotz eines halbgelähmten Beines –
Der Ehrenvorstand unsres Turnvereines.
Und wirklich nahm er's noch im Dauerlauf
Und Schleuderball mit jedem Rennpferd auf.

Wettläufer sah ich – nun Gott weiß wieviel,
Doch ihrer keiner hielt wohl mit der gleichen
Bescheidenheit gelassen vor dem Ziel.
Denn niemand konnte ihm das Wasser reichen.
Dann griff er abseits zum Pokal. Und Hei!
Wie Donner klang sein Frisch-Fromm-Fröhlich-Frei.
Wie sich sein Vollbart, den er gern sich wischte,
Nach einem 80-cm-Sprung
Mit Kokosfasern einer Matte mischte,
Das bleibt mir ewig in Erinnerung.
Im Springen konnte überhaupt dem Alten
Zuletzt wohl keiner mehr die Stange halten.

Einmal, nach dem Genuß von sehr viel Weißwein,
Verstauchte er beim Spaltsitz auf dem Reck
Ganz unvermutet plötzlich sich das Steißbein.
Er aber wich und wankte nicht vom Fleck.
Im Gegenteil, er brach, um uns zu necken,
Sich noch den Sitzknorren der Sitzbeine am Becken.
Er turnte gern der Jugend etwas vor

Und mühte sich vor Buben oder Mädeln,
Die Beine in die Ringe einzufädeln,
Wobei er niemals die Geduld verlor.
Dann staunte ehrfurchtsvoll solch junges Ding,
Wenn er wie Christbaumschmuck im Nesthang hing.

Denn was ein Nesthängchen werden will, krümmt
sich beizeiten.

Laufschritt-Couplet

Wenn doch die Pferdebahn noch wär'!
Da wurde bald der Kondukteur
Und bald der Gaul verdroschen,
Und manchmal lief man nebenher
Und sparte sich den Groschen.

Die Feuersbrunst ergriff mich sehr.
Das Schulgebäude steht nicht mehr.
Schon spielen Kinder fromm umher
Mit den verkohlten Stücken.
Dann räumt man auf, der Platz wird leer
Und nun beginnt die Feuerwehr
Allmählich anzurücken.

Der Laufschritt freut beim Militär
Uns über alle Maßen.
Zwar drückt der Affe reichlich schwer,
Ganz abgesehn von dem Gewehr,
Der Blase und den Blasen,
Doch außerdem: man fühlt sich sehr,
Singt: „Wenn ich doch ein Vöglein wär'"
Und kann sich so von ungefähr
Das Mittagbrot vergasen.

Die Lumpensammlerin

Hält sie den Kopf gesenkt wie ein Ziegenbock,
Ihre Gemüsenase,
Ihr spitzer Höcker, ihr gestückelter Rock
Haben die gleiche farblose Drecksymphonie
Der Straße.
Mimikry.

Selbständig krabbeln ihre knöchernen Hände
Die Gosse entlang zwischen Kehricht und Schlamm,
Finden Billette, Nadeln und Horngegenstände,
Noch einen Knopf und auch einen Kamm.

Über Speichel und Rotz zittern die Finger;
Hundekötel werden wie Pferdedünger
Sachlich beiseitegeschoben.
Lumpen, Kork, Papier und Metall werden
aufgehoben,
Stetig – stopf – in den Sack geschoben.

Der Sack stinkt aus seinem verbuchteten Leib.
Er hat viel spitzere Höcker.
Er ist noch ziegenböcker
Als jenes arg mürbe Weib.

Schlurfend, schweigsam schleppt sie, schleift sie die
Bürde.
Wenn sie jemals niesen würde,
Was wegen Verstopfung bisher nie geschah,
Würde die gute Alte zerstäuben
Wie gepusteter Paprika. –

Und was würde übrigbleiben?
Eine Schnalle von ihrem Rock,
Sieben Stecknadeln, ein Berlock,
Vergoldet oder vernickelt.
Vielleicht auch: Vielmals eingewickelt
Und zwischen zwei fettigen Pappen:
Fünfzig, gültige, saubere blaue Lappen.

Irgendwo würde ein Stall erbrochen,
Fände man sortiert, gestapelt, gebündelt, umschnürt
Lumpen, Stanniol, Strumpfenbänder und Knochen.

Was hat die Hexe für ein Leben geführt?
Vielleicht hat sie Lateinisch gesprochen.
Vielleicht hat einst eine Zofe sie manikürt.
Vielleicht ist sie vor tausend Jahren als Spulwurm
Durch das Gedärm eines Marsbewohners gekrochen.

Sorge dividiert durch 2 hoch x

Grübeln und grübeln nun stundenlang –
Bing – Bumpf – Bang – –
Korks jetzt! Lona, und prost! Kling! Klang!
Ein Schurke ist gar kein Feind.
Hoch steht überm zeitlichen Raffinement
Die ewige Regel:
Daß immer mal wieder die Sonne scheint.
Liebstes, armes, verquollenes Kind,
So wie wir beide im Augenblick so sind,
Scheint uns die Sonne noch immer recht anständig
lind.
Ihn macht sie frösteln oder sie kocht ihn jetzt heiß.
Bleiben wir aber so!
Sein wir nie schadenfroh!
Ist auch die Sache sehr unangenehm –
Jedes w soll schwinden im Schweiß,
Oder – nein, vor allem und außerdem – –
Na du weißt – – Und ich weiß – –

Stimme auf einer steilen Treppe

Drei Söhne hab' ich bei die Ulanen verloren,
Mein Mann fiel aus dem dritten Stock.
Aber – es wird lustig weitergeboren!
Ich habe nur noch den einen, den Umstandsrock.

Macht es mir nach: Werdet schwanger, ihr Weiber!
Alle Weiber müssen schwanger sein.
Dann springen die Männer vor eure geschwollenen
Leiber
Links und rechts beiseite und sind ganz klein.

Aller Anfang ist schwer.
Pfeift auf die Fehlgeburten und Mißgeburten. –
Wenn nicht immer mal wieder zwei Menschen hurten,
Blieben zuletzt die Wirtshäuser leer,
Gäb's keine Soldaten mehr.

Die Schweinerei ist nun doch einmal Sitte und
Brauch.
Gott hat uns Weiber zu Schöpferinnen gesalbt.
Schiebt also trotzig euren geladenen Bauch
Über die Friedhöfe hin. – Und kalbt!

Chansonette

War ein echter Prinz und hat Warzen im Bett.
Und kniete vor jeder Schleife.
Vaters Leiche lag auf dem Bügelbrett
Und roch nach Genever und Seife.

Wenn der Pfaffe unter meine Röcke schielt,
Sagt die Alte, werd' ich Geld bekommen.
Meinem Bruder, der so schön die Flöte spielt,
Haben sie die Nieren rausgenommen.

Glaubst du noch an Gott? und spielst du Lotterie?
Meine Schwester kommt im Juli nieder.
Doch der Kerl ist ein gemeines Vieh.
Schenk mir zwanzig Mark; du kriegst sie wieder.

Außerdem: ich brauche ein Korsett,
Und ein Nadelchen mit blauen Steinen.
In ein Kloster möcht ich. Oder bei's Ballett.
Manchmal muß ich ganz von selber weinen.

Das Geschwätz in der Bedürfnisanstalt in der Schellingstraße

Heute wurde Geld eingesammelt,
Wo ich angestellt bin, in dem Büro,
Für die Frau von jemand, der sich erhängte.
Eine Büchse ging rum. Und jeder schenkte.
Drei Mark; das ist bei uns immer so.
Es braucht niemand zu wissen, wodran ich bin.
Ich habe das Geld meiner Mutter gestohlen.

Ich habe noch gestern acht Mark für Kohlen
Bezahlt. Und die Alte stumpft doch bloß so hin.
Und bei ihrer Schwindsucht und sowieso
Kann es ja doch nicht mehr lange währen.
Ich kann auch nicht ewig fünf Menschen ernähren
Bei der Arbeit in dem Büro.

Ich möchte mal wieder eine Musik hören;
Das stimmt einen wieder mal froh.

Worte eines durchfallkranken Stellungslosen in einen Waschkübel gesprochen

Bloß weil ich nicht aus Preußen gebürtig.
Wo hab' ich nur den Impfschein verloren?
Das lange Warten auf den Korridoren,
Das ist so un-, so unwürdig.
Wären wenigstens meine Haare geschoren.
Und den Durchfall habe ich auch.
Das geht mitten im Gespräch plötzlich eiskalt aus
dem Bauch.

Als mich Miß Hedwin erkannte und rief,
Die hab' ich vor Jahren in Genf, einmal – versetzt.
Nun sind meine Absätze schief.
Und sie trug ein Reitkleid und fütterte Kücken.
Aber ich darf mich nicht bücken.
Denn meine – ach mein ganzes Herz ist zerfetzt.

Ob ich gespeist habe?
Ob mir die Hecke gefiele?
Ja ich habe – gespeist – (In Genf!
Und zuletzt, vor drei Tagen, Semmel mit Senf)
Und mich können alle Hecken
Am Asche – .

Vergessen sei Genf, vergessen die ganze Schweiz!
Dürfte ich nur einmal in Seifhennersdorf oder Zeitz
Steine klopfen.
Ach! – ich möchte jenem verdammten
Stellenvermittlungsbeamten

Siebzehn Legitimationspapiere meines Großvaters
    mütterlicherseits
In den Rachen stopfen!

Auch hat mich vorübergehend durchzuckt:
Ich wollte sterben nach einer grellen Raketentat.
Ich habe Lysol und einen Drillbohrer verschluckt.
Ich sandte ein Kuvert an den Hamburger Senat;
In das Kuvert hatte ich kräftig gespuckt.

Aber niemand glaubt an den Dreck.
Nun ist meine Seife weg;
Irgend jemand stöbert in meinen Taschen. –

Ich kann mir doch nicht
Das Gesicht
Mit einem Bouillonwürfel waschen?

Nun warte ich auf gigantisches Weltgeschehn.
Wenns mich – zusammen mit den andern –
    zerfleischt,
Wenn das Sterben der anderen, Glücklichen mich
    umkreischt,
– Dann –
Dann will ich mir eine Zigarette drehn!

Nachtgalle

Weil meine beiden Beine
Erfolglos müde sind,
Und weil ich gerade einsam bin,
Wie ein hausierendes Streichholzkind,
Setz ich mich in die Anlagen hin
Und weine.

Nun hab ich lange geweint.
Es wird schon Nacht; und mir scheint,
Der liebe Gott sei beschäftigt.
Und das Leben ist – – alles, was es nur gibt:
Wahn, Krautsalat, Kampf oder Seife.
Ich erhebe mich leidlich gekräftigt.
Ich weiß eine Zeitungsfrau, die mich liebt.
Und ich pfeife.

Ein querendes Auto tutet. –
Nicht Gold noch Stein waren echt
An dem Ring, den ich gestern gefunden. –
Die nächtliche Straße blutet
Aus tausend Wunden.
Und das ist so recht.

Wenn ich allein bin

Wenn ich allein bin, werden meine Ohren lang,
Meine, meine Pulse horchen bang
Auf queres Kreischen, sterbenden Gesang
Und all die Stimmen scheeler Leere.

Wenn ich allein bin, leck ich meine Träne.

Wenn ich allein bin, bohrt sich meine Schere,
Die Nagelschere in die Zähne;
Sielt höhnisch träge sich herum die Zeit. –
Der Tropfen hängt. – Der Zeiger steht. –

Einmal des Monats steigt ein Postpaket
Aufrührerisch in meine Einsamkeit.
So sendet aus Meran die Tante Liese
Mir tausend fromme, aufmerksame Grüße;
Ein' jeden einzeln sauber einpapiert,
Mit Schleifchen und mit Fichtengrün garniert,
Vierblätterklee und anderm Blumenschmuck –

Ich aber rupfe das Gemüse
Heraus mit einem scharfen Ruck,
Zerknülle flüchtig überfühlend
Den Alles-Gute-Wünsche-Brief
Und fische giftig tauchend, wühlend,
Aus all den Knittern und Rosetten
Das einzige, was positiv:
Zwei Mark für Zigaretten.
Die Bilder meiner Stube hängen schief.

In meiner Stube dünsten kalte Betten.
Und meine Hoffart kuscht sich. Wie ein Falter
Sich ängstlich einzwängt in die Borkenrinde.
Wenn ich allein bin, dreht mein Federhalter
Schwarzbraunen Honig aus dem Ohrgewinde.

Bin ich allein: Starb, wie ein Hund verreckt,
Hat mich ein fremdes Weib mit ihren Schleiern
Aus Mitleid oder Ekel zugedeckt.
Doch durch die Maschen seh ich Feste feiern,
Die mich vergaßen über junger Lust. –

Ich reiße auseinander meine Brust
Und lasse steigen all die Vögel, die
Ich eingekerkert, grausam dort gefangen,
Ein Leben lang gefangenhielt, und nie
Besaß. Und die mir niemals sangen.
Wenn ich allein bin, pups ich lauten Wind.
Und bete laut. Und bin ein uralt Kind.
Wenn ich –

Das Geseires einer Aftermieterin

Meine Stellung habe ich verloren,
Weil ich meinem Chef zu häßlich bin.
Und nun habe ich ein Mädchen geboren,
Wo keinen Vater hat, und kein Kinn.

Als mein Vormund sich erhängte,
Besaß ich noch das Kreppdischingewand,
Was ich später der Anni schenkte.
Die war Masseuse in Helgoland.

Aber der bin ich nun böse.
Denn die ließ mich im Stich.
Und die ist gar keine Masseuse,
Sondern geht auf den –

Mir ist nichts nachzusagen.
Ich habe mit einem Zahnarzt verkehrt.
Der hat mich auf Händen getragen.
Doch ich habe mir selber mein Glück zerstört.

Das war im Englischen Garten.
Da gab mir's der Teufel ein,
Daß ich – um auf Gustav zu warten –
In der Nase bohrte, ich Schwein.

Gustav hat alles gesehn.
Er sagte: das sei kein Benehmen.
Was hilft es nun, mich zu schämen.
Ich möchte manchmal ins Wasser gehn.

Gewitter

Oben in den Wolken krachte der Donner.
Am Ufer des Indischen Ozeans balzte ein Kind.
Würde der Mond noch monder, die Sonne noch
    sonner,
So würden die Menschen vielleicht noch drehlicher,
    als sie schon sind.

Tausend Menschen lachten und weinten;
Sechs von dem Tausend wußten, warum;
Zwei von den sechsen aber meinten
Von sich selber, sie seien eigentlich dumm.

Breite Straße filmte mir vorbei,
Links und rechts mit Lichtern und Reflexen
Fechtend und mit Worten und Geschrei.
Helle Nacht ergoß sich brausend.

Und ich grüßte ehrfurchtsvoll die zwei,
Und ich beugte staunend mich den sechsen,
Kniete, echt und bettelnd, vor dem Tausend.

Vor dem Grand Hotel zu den Drei Mohren
Kreiste jämmerlich ein Hund und schiß.
Nebenbei, von irgendwem verloren,
Lag ein künstliches Gebiß.
Doch ich räusperte und spie,
Und ich rotzte,
Bis ich einer weichen Phantasie
Würdig trotzte.

Und zur gleichen Zeit mag ein Kommis
(Elegante Kleidung – sauber – Schaf)
Auf dem Teppich heiß gestammelt haben,
Einer, der vom lieben Gott was wollte,
Was das Hauptbuch und den nächsten Tag betraf:

Dachten andere an Schützengraben.

Denn der Donner grollte.

Der Zahnfleischkranke

Was geht mich der Frühling, was geht mich
    dein dummes Gesicht,
Dein Leben an. Aber nur weine nicht.
Geh, Mädchen! Geh! Geh!
Mir tun meine Zähne,
Deine Knietschträne tut noch mehr weh.

Eine entzündete Wurzelhaut
Kennt keine Braut,
Noch Kunst noch Konstabler.

Wer mir jetzt eins in die Fresse haut,
Oder ein Kinnladenschuß
Wären immerhin diskutabler.
Sterben jetzt, wäre Genuß.

Siehst du den gelben Schaum?
Das Fleisch ist ganz weich.
Selbst wenn ich schliefe,
Blähen versäumte Präservative
Sich Luftschiffen gleich
In meinen Traum.

Stochern muß ich; gib eine Gabel!
Was sagst du? Halt deine – Schnabel!!

Aus dem Tagebuch eines Bettlers

Ich klingelte. Ich bettelte um Brot.
Um alte Sachen.

Ich beschrieb anschaulich die Not.
Ich kann so eine jämmerliche Miene machen.
Meine Familie sei teils hungrig, teils tot.

Nur ein kleines, hartes, verschimmeltes Restchen
Brot,
Womit ich eigentlich Geld meinte.

Der Herr verneinte.

Ich versuchte diverse Gebärden.
Ich kann so urplötzlich ganz mager werden.
Ich taumelte krank.
Ich – stank.

Da wurde ich gepackt.

Fünf Minuten später war ich nackt.

In einer Wanne im Bad
Bei dreißig Grad.
Ich weinte. – Ich wußte:
Hier half kein Beteuern.
Man fing an, meine Kruste
Herunterzuscheuern.

Dieser Herr war ein Schelm.

Ich wurde auf die Straße gestoßen.
Ich fand mich in schwarzen Hosen,
Lackschuhen, Frack und Tropenhelm.

Ich fand kein Geld. – Mir wurde bang,
Ich fand nur ein Trambahn-Abbonnement.

Und ich ging auf die Reise,
Fuhr mit der Sechzehn stundenlang
Immer im Kreise.

Was halfen die noblen Sachen?

Ich bettelte. Probeweise.
Ich kann so eine kummervolle Miene machen.
Aber die Leute begannen zu lachen
Und die Haltestelle zu verpassen.

Ich sann auf einen Schlager.
Ich wurde urplötzlich ganz mager.
Ich wurde gewaltsam aus der Trambahn
    heruntergelassen.

Da waren die Anlagen und Gassen
Auf einmal ganz traurig und fremd.

Als ich aus dem Pfandhause kam,
Trug ich nur noch Hose, Barfuß und Hemd.

Ich mußte mir einen Anzug leih'n.
Ich ging mit der Gräfin Mabelle,
Die eigentlich eine Büfettmamsell
Ist und gesucht wird, in ein Hotel.
Wir speisten: Hirschbraten mit Knickebein.
Wir sangen zu zwei'n:
„Wer hat uns getraut – ..."
Und zuletzt, ganz laut:
„Wohlauf noch getrunken den funkelnden Wein ..."

Von einem, dem alles danebenging

Ich war aus dem Kriege entlassen,
Da ging ich einst weinend bei Nacht,
Weinend durch die Gassen.
Denn ich hatte in die Hosen gemacht.

Und ich habe nur die eine
Und niemanden, wo sie reine
Macht oder mich verlacht.

Und ich war mit meiner Wirtin der Quer.
Und ich irrte die ganze Nacht umher,
Innerlich alles voll Sorgen.
Und sie hätten vielleicht mich am Morgen
Als Leiche herausgefischt.
Aber weil doch der Morgen
Alles Leid trocknet und alle Tränen verwischt –

KUDDEL DADDELDU

Avant-propos

Ich kann mein Buch doch nennen, wie ich will
Und orthographisch nach Belieben schreiben!
Wer mich nicht lesen mag, der laß es bleiben.
Ich darf den Sau, das Klops, das Krokodil
Und jeden andern Gegenstand bedichten,
Darf ich doch ungestört daheim
Auch mein Bedürfnis, wie mir's paßt, verrichten.
Was könnte mich zu Geist und reinem Reim,
Was zu Geschmack und zu Humor verpflichten? –
Bescheidenheit? – *captatio* – oho!
Und wer mich haßt, – – sie mögen mich nur hassen!
Ich darf mich gründlich an den Hintern fassen
Sowie an den *avant-propos*.

Vom Seemann Kuttel Daddeldu

Eine Bark lief ein in Le Haver,
Von Sidnee kommend, nachts elf Uhr drei.
Es roch nach Himbeeressig am Kai,
Und nach Hundekadaver.

Kuttel Daddeldu ging an Land.
Die Rü Albani war ihm bekannt.
Er kannte nahezu alle Hafenplätze.
Weil vor dem ersten Hause ein Mädchen stand,
Holte er sich im ersten Haus von dem Mädchen die
Krätze.

Weil er das aber natürlich nicht gleich empfand,
Ging er weiter – kreuzte topplastig auf wilder Fahrt.
Achtzehn Monate Heuer hatte er sich
zusammengespart.

In Nr. 6 traktierte er Eiwie und Kätchen,
In 8 besoff ihn ein neues, straff lederbusiges Weib.
Nebenan bei Pierre sind allein sieben gediegene
Mädchen
Ohne die mit dem Zelluloid-Unterleib.

Daddeldu, the old Seelerbeu Kuttel,
Verschenkte den Albatrosknochen,
Das Haifischrückgrat, die Schals,
Den Elefanten und die Saragossabuttel.
Das hatte er eigentlich alles der Mary versprochen,
Der anderen Mary; das war seine feste Braut.

Daddeldu – Hallo! Daddeldu,
Daddeldu wurde fröhlich und laut.
Er wollte mit höchster Verzerrung seines Gesichts
Partu einen Niggersong singen
Und „Blu beus blu".
Aber es entrang sich ihm nichts.

Daddeldu war nicht auf die Wache zu bringen.
Daddeldu Duddel Kuttelmuttel, Katteldu
Erwachte erstaunt und singend morgens um vier
Zwischen Nasenbluten und Pomm de Schwall auf
der Pier.

Daddeldu bedrohte zwecks Vorschuß den
Steuermann.
Schwitzte den Spiritus aus. Und wusch sich dann.

Daddeldu ging nachmittags wieder an Land,
Wo er ein Rentiergeweih, eine Schlangenhaut,
Zwei Fächerpalmen und Eskimoschuhe erstand.
Das brachte er aus Australien seiner Braut.

Daddeldus Lied an die feste Braut

Lat man goot sin, lütte seute Marie.
Mi no ssavi!
Ich habe deine Photographie
In der Meditteriniensi
Weit draußen auf dem Meere
Damals verloren,
Als ich bei den Azoren
Mit der Bulldog beinah versoffen wäre. –

Bulldog aheu!

Swiethart! Manilahaariges Kitty-Anny-Pipi –
Oder wie du heißt –
Bulldog aheu!
Bei Jesus Chreist
Ich war – seit Konstantinopel – dir immer treu.

Scheek hends! Ehrlich und offen:
Ich bin gar nicht besoffen.

Giff öß e Whisky, du, ach du! Jesus Chreist!
Skool! bleddi Sanofebitsch – Ohne Spott:
Ich glaube, dich hat der liebe Gott
An einem Sonntag zusammengespleißt.
Weißt du, was du bist: Weißt?
Hör mich einmal ernsthaft auf mich.
Du – du bist – mein zweites Ich.
Du mußt mir mal deinen Namen ausbuchstabieren
Hein soll mir das auf den Arm tätowieren.

Mary, mach mal deinem Daddeldu
Die Hosentür zu.

Ich habe noch immer die graue Salbe von dir,
Das ist ganz egal; das ist auch ein Souvenir.
Wer mir die Salbe nimmt –
Ich bin der gutmütigste Kerl, glaub es mir;
Ich habe noch keinem Catfisch ein Haar gekrümmt –
Wenn ich zurück bin aus Schangei,
Wie Gott will hoffen –
Wer mir die Salbe nimmt,
Dem hau ik die Kiemen entzwei.

Bulldog aheu! Ich bin nicht besoffen.
Wirklich nicht!
Wirklich nicht!
Wer mir die Salbe krümmt,
Dem renn ich die Klüsen dicht. –
Komm her, Deesy, wir schlagen die Bulldog entzwei.
Wenn ich aus Kiatschu, Kiatschau –
Porko dio Madonna!
Mary, du alte Sau,
Wer dir die Salbe stiehlt aus Schangei,
Der wird einmal Kapitän Daddeldus Frau.

Seemannstreue

Nafikare necesse est.
Meine längste Braut war Alwine.
Ihrer blauen Augen Gelatine
Ist schon längst zerlaufen und verwest. –
Alwine sang so schön das Lied:
„Ein Jäger aus Kurpfalz“.

Wie Passatwind stand ihr der Humor.
– Sonntags morgens wurde sie bestattet
In der Heide, wo kein Bäumchen schattet,
Und auch ihre Unschuld einst verlor.

Donnerstags grub ich sie wieder aus.
Da kamen mir schon ihre Ohrlappen
So sonderbar vor.

Freitags grub ich sie dann wieder ein.
Niemand sah das in der stillen Heide. –
Montags wieder aus. Von ihrem Kleide,
Das man ihr ins Grab gegeben hatte,
Schnitt ich eine Handbreit gelber Seide,
Und die trägt mein Bruder als Krawatte. –

Gruslig war's: Bei dunklem oder feuchten
Wetter fing Alwine an zu leuchten.
Trotzdem parallel zu ihr verweilen
Wollt ich ewiglich und immerdar.
Bis sie schließlich an den weichen Teilen
Schon ganz anders und ganz flüssig war.

Aus. Ein. Aus; so grub ich viele Wochen.
Doch es hat zuletzt zu schlecht gerochen.
Und die Nase wurde blauer Saft,
Wodrin lange Fadenwürmer krochen. –
Nichts für ungut: das war ekelhaft. –
Und zuletzt sind mir die schlüpfrigen Knochen
Ausgeglitten und in lauter Stücke zerbrochen.

Und so nahm ich Abschied von die Stücke.
Ging mit einem Schoner nach Iquique,
Ohne jemals wieder ihr Gebein
Auszugraben. Oder anzufassen.

Denn man soll die Toten schlafen lassen.

Abendgebet einer erkälteten Negerin

Ich suche Sternengefunkel.
All mein Karbunkel
Brennt Sonne dunkel.
Sonne drohet mit Stich.

Warum brennt mich die Sonne im Zorn?
Warum brennt sie gerade mich?
Warum nicht Korn?

Ich folge weißen Mannes Spur.
Der Mann war weiß und roch so gut.
Mir ist in meiner Muschelschnur
So negligé zu Mut.

Kam in mein Wigwam
Weit über das Meer,
Seit er zurückschwamm,
Das Wigwam
Blieb leer.

Drüben am Walde
Kängt ein Guruh – –

Warte nur balde
Kängurst auch du.

Die Weihnachtsfeier des Seemanns Kuttel Daddeldu

Die Springburn hatte festgemacht
Am Petersenkai.
Kuttel Daddeldu jumpte an Land,
Durch den Freihafen und die stille heilige Nacht
Und an dem Zollwächter vorbei.
Er schwenkte einen Bananensack in der Hand.
Damit wollte er dem Zollmann den Schädel spalten.
Wenn er es wagte, ihn anzuhalten.
Da flohen die zwei voreinander mit drohenden Reden.
Aber auf einmal trafen sich wieder beide im König von Schweden.

Daddeldus Braut liebte die Männer vom Meere.
Denn sie stammte aus Bayern.
Und jetzt war sie bei einer Abortfrau in der Lehre,
Und bei ihr wollte Kuttel Daddeldu Weihnachten feiern.

Im König von Schweden war Kuttel bekannt als Krakeeler.
Deswegen begrüßte der Wirt ihn freundlich: „Hallo old sailer!“
Daddeldu liebte solch freie, herzhafte Reden,
Deswegen beschenkte er gleich den König von Schweden.
Er schenkte ihm Feigen und sechs Stück Kolibri
Und sagte: „Da nimm, du Affe!“

Daddeldu sagte nie „Sie".
Er hatte auch Wanzen und eine Masse
Chinesischer Tassen für seine Braut mitgebracht.

Aber nun sangen die Gäste „Stille Nacht, Heilige
Nacht".
Und da schenkte er jedem Gast eine Tasse
Und behielt für die Braut nur noch drei.

Aber als er sich später mal darauf setzte,
Gingen auch diese versehentlich noch entzwei,
Ohne daß sich Daddeldu selber verletzte.
Und ein Mädchen nannte ihn Trunkenbold
Und schrie: er habe sie an die Beine geneckt.
Aber Daddeldu zahlte alles in englischen Pfund in
Gold.
Und das Mädchen steckte ihm Christbaumkonfekt
Still in die Taschen und lächelte hold
Und goß noch Genever zu dem Gilka mit Rum in
den Sekt.
Daddeldu dacht an die wartende Braut.
Aber es hatte nicht sein gesollt,
Denn nun sangen sie wieder so schön und so laut.
Und Daddeldu hatte die Wanzen noch nicht verzollt,
Deshalb zahlte er alles in englischen Pfund in Gold.

Und das war alles wie Traum.
Plötzlich brannte der Weihnachtsbaum.
Plötzlich brannte das Sofa und die Tapete,
Kam eine Marmorplatte geschwirrt,
Rannte der große Spiegel gegen den kleinen Wirt.

Und die See ging hoch und der Wind wehte.
Daddeldu wankte mit einer blutigen Nase
(Nicht mit seiner eigenen) hinaus auf die Straße.
Und eine höhnische Stimme hinter ihm schrie:
„Sie Daddel Sie!“
Und links und rechts schwirrten die Kolibri.

Die Weihnachtskerzen im Pavillon an der
Mattentwiete erloschen.
Die alte Abortfrau begab sich zur Ruh.
Draußen stand Daddeldu
Und suchte für alle Fälle nach einem Groschen.
Da trat aus der Tür seine Braut
Und weinte laut:
Warum er so spät aus Honolulu käme?
Ob er sich gar nicht mehr schäme?
Und klappte die Tür wieder zu.
An der Tür stand: „Für Damen“.

Es dämmerte langsam. Die ersten Kunden kamen,
Und stolperten über den schlafenden Daddeldu.

Kuttel Daddeldu und Fürst Wittgenstein

Daddeldu malte im Hafen mit Teer
Und Mennig den Gaffelschoner Claire.
Ein feiner Herr kam daher,
Blieb vor Daddeldu stehn
Und sagte: „Hier sind fünfzig Pfennig,
Lieber Mann, darf man wohl mal das Schiff besehn?“
Daddeldu stippte den Quast in den Mennig,
Daß es spritzte, und sagte: „Fünfzig ist wenig.
Aber, God demm, jedermann ist kein König.“
Und der Fremde sagte verbindlich lächelnd: „Nein,
Ich bin nur Fürst Wittgenstein.“
Daddeldu erwiderte: „Fürst oder Lord –
Scheiß Paris! Komm nur an Bord.“
Wittgenstein stieg, den Teerpott in seiner zitternden
Hand,
Hinter Kutteln das Fallreep empor und kriegte viel
Sand
In die Augen, denn ein schwerer Stiefel von Kut–
Tel Daddeldu stieß ihm die Brillengläser kaputt,
Und führte ihn oben von achtern nach vorn
Und von Luv nach Lee.
Und aus dem Mastkorb fiel dann das Brillengestell aus
Horn,
Und im Kettenkasten zerschlitzte der Cutaway.
Langsam wurde der Fürst heimlich ganz still.
Daddeldu erklärte das Ankerspill.
Plötzlich wurde Fürst Wittgenstein unbemerkt blaß.
Irgendwas war ihm zerquetscht und irgendwas naß.
Darum sagte er mit verbindlichem Gruß:

„Vielen Dank, aber ich muß – – –"
Daddeldu spuckte ihm auf die zerquetschte Hand
Und sagte: „Weet a Moment, ich bringe dich noch an
Land."

Als der Fürst unterwegs am Ponte San Stefano
schmollte,
Weil Kuttel durchaus noch in eine Osteria einkehren
wollte,
Sagte dieser: „Oder schämst du dich etwa vielleicht?"
Da wurde Fürst Wittgenstein wieder erweicht.
Als sie dann zwischen ehrlichen Sailorn und
Dampferhallunken
Vier Flaschen Portwein aus einem gemeinsamen
Becher getrunken,
Rief Kuttel Daddeldu plötzlich mit furchtbarer Kraft:
„Komm, alter Fürst, jetzt trinken wir Brüderschaft."
Und als der Fürst nur stumm auf sein Chemisette sah,
Fragte Kuttel: „Oder schämst du dich etwa?"
Wittgenstein winkte ab und der Kellnerin.
Die schob ihm die Rechnung hin.
Und während der Fürst die Zahlen mit Bleistiftstrichen
Anhakte, hatte Kuttel die Rechnung beglichen.

Der Chauffeur am Steuer knirschte erbittert.
Daddeldu hatte schon vieles im Wagen zersplittert,
Während er dumme Kommandos in die Straßen und
Gassen
Brüllte. „Hart Backbord!" „Alle Mann an die Brassen!"
Rasch aussteigend fragte Fürst Wittgenstein:
„Bitte, wo darf ich Sie hinfahren lassen?"

Aber Daddeldu sagte nur: „Nein!“
Darauf erwiderte jener bedeutend nervös:
„Lieber Herr Seemann, seien Sie mir nicht bös;
Ich würde Sie bitten, zu mir heraufzukommen,
Aber leider – –“ Daddeldu sagte: „Angenommen!“

Auf der Treppe bat dann Fürst Wittgenstein
Den Seemann inständig:
Um Gottes willen doch ja recht leise zu sein;
Und während er später eigenhändig
Kaffee braute – und goß in eine der Tassen viel Wasser
hinein, –
Prüfte Kuttel nebenan ganz allein,
Verblüfft, mit seinen hornigen Händen
Das Material von ganz fremden Gegenständen.
Bis ihm zu seinem Schrecken der fünfte
Zerbrach. – Da rollte er sich in den großen Teppich
hinein.
Dann kam mit hastigen Schritten
Der Kaffee. Und Fürst Wittgenstein
Sagte, indem er die Stirne rümpfte:
„Nein, aber nun muß ich doch wirklich bitten –
Das widerspricht selbst der simpelsten populären
Politesse.“
Daddeldu lallte noch: „Halt' die Fresse!“

Kuttel Daddeldu besucht einen Enkel

„Mein lieber Heini! – Denn so heißt du ja wohl? –
Über die Folgen der Weiber und des Alkohol
Mußt du mal deine Mutter befragen, –
Oder nein!! Besser schon gehst du
Damit zum Lehrer. – Ich will dir nur Eines sagen:
Gehe niemals zur See!! Verstehst du?
Denn das Seemannsleben ist sauer, ernst und schwer;
Und wie du mich hier mit meinem weißen Bart
Siehst – du dummer Bengel, so kik doch her! –
Habe ich mir bis heute noch keinen Groschen erspart.

Mein lieber Heini! du bist heute konfirmiert oder
eingesegnet.
Ich schenke dir hiermit, weil du nun eingesegnet oder
gefirmt
Bist, diesen Schirm. Nicht, daß er dich jemals
beschirmt.
Sondern, wenn's mal recht kabelgarndick vom Himmel
regnet,
Sollst du ihn an der nächsten Kante in Stücke
zerschlagen.
Denn ein rechter Kerl muß jedes Wetter vertragen
Und nur auf Gott und seinen Kaptein vertraun.
Und sollte dir jemals jemand was andres sagen,
Dem mußt du deine Seekiste über den Bregen haun.
Weil ein Mann sich soll als ein Kerl benehmen,
Und laß dich nicht vor den Landratten lumpen.
Wenn wir uns auch mal im Hafen den Schlauch
vollpumpen,

Deswegen braucht sich von uns an Deck keiner zu
schämen.
Denn jedes Frauenzimmer will sich doch mal
amüsieren,
Und als Schiffsjunge heißt es vor allem parieren.
Wenn einem draußen solch dicker Teifun
Durch Nase und Arschloch pfeift, – –
Dann hättest du Großvater Daddeldun
Sehen sollen, wie er den Jungens die Eier schleift!

Hauptsache ist, daß man nur richtig die Lage peilt.
Was die Studierten predigen, das ist alles Beschiß.
Mein erster Bootsmann hat sich viermal die Syphilis
Nur mit Spiegelscherben und Branntwein geheilt. –
Was feixt du da, naseweiser Flegel! –
Das ist alles Wort für Wort wahr
Und gar nicht zum Lachen.

Na, laß man. Du bist erst fünfzehn Jahr.
Da wollen wir beide mal heute mit vollem Segel
So einen Trip durch Sankt-Liederlich machen.“

Seemannsgedanken übers Ersaufen

Ich sterbe. Du stirbst. Er stirbt.
Viel schlimmer ist, wenn ein volles Faß verdirbt.
Aber auch wir wollen erst ausgetrunken sein.
Besauft euch beizeiten.
Alle Flüssigkeiten
Finden sich wieder ins Meer hinein,
Wo wir den Schwämmen gleich sind,
Wo uns nichts gebricht,
Weil wir weich sind.
Und wenn man in eine Leiche sticht:
Sie fühlt es nicht.
Wird mich nie mehr acht Glasen wecken,
Will ich gerne den Fischen wie Hackfleisch mit Rührei
schmecken.

Weil das mit Sinn so geschieht,
Denn die haben gewiß nicht vergessen,
Wieviel Schollen wir in uns hineingefressen.
Nur bei den Würmern im Sarge ist ein Unterschied.
Wenn uns der Haifisch beim Wickel kriegt –
Das müßte mal einer malen!
Was da wohl alles so unten beisammenliegt –
Zerbrochene Schiffe, Krebse und Apfelsinenschalen.
Frisch ersoffen also und nicht gejammert,
Aber natürlich auch nicht zu übereilt;
Wer sich nicht tapfer noch an die letzte Handuhle
klammert,
Der ist im Leben nie um die Horn gesailt.
Ein Schuft, wer mehr stirbt, als er sterben muß!

Aber muß es sein, dann nicht schüchtern.
Ersaufen ist auch ein Genuß,
Und vielleicht wird man dann nie mehr nüchtern.
Denn nur über das Fleisch und die Knochen
Weiß man was, offenbar.
Aber sonst hab' ich noch keinen gesprochen,
Der richtig ersoffen war.

Kuttel Daddeldu im Binnenland

Schlafbrüchige Bürger von Eisenach
Tapsten ans Fenster. Denn draußen gab's Krach.
Da sang jemand, der eine Hängematte
Und ein Geigenfutteral auf dem Rücken hatte.
Und ließ auch Töne frei, die man besser
Sich aufspart für Sturmfahrten im Auslandsgewässer.

Zehn Jahre zuvor und von Eisenach sehr entfernt
Hatte Daddeldu bei Schwedenpunsch, Whisky, Rotwein und Kuchen
In Grönland eine Gräfin Pantowsky kennengelernt,
Die hatte gesagt: „Sie müssen mich mal besuchen."
Und zehn Jahre lang merkte sich Kuttel genau:
Eisenach, Burgstraße 16, dicke, richtig anständige Frau.

Auch studierte bei Eisenach oder Wiesbaden herum
Sein Schwager zolologisches Studium;
Für den schleppte Kuttel in dem Futteral
Seit Bombay ein seltenes Geschenk herum.
Nun, nach dem Untergange der Lotte Bahl,
Wollte er Schwager und Gräfin sozusagen
Mit zwei Fliegen auf einer Klappe schlagen.

Rief also jetzt die nächtlichen Thüringer Leutchen
Mit englischen Fragen an. Später mit deutschen.
Aber die Gräfin Pantowsky kannte keiner.
Und auf einmal las Kuttel an Luvseite „Zum Rodensteiner"
Und kalkulierend, daß dort was zu trinken sei,

Klopfte er. Teils vergeblich und teils entzwei.
Weil weder Wirts- noch Freudenhaus noch Retirade
Sich öffneten, sagte Daddeldu: „Schade".
Fand aber weitersteigend und unverdrossen
Das Haus Burgstraße 16. Leider verschlossen.
Die Tür zum Gräflich Pantowskyschen
    Zwetschgengarten
Zersplitterte. Daddeldu hatte beschlossen zu warten.

Mittags im Pensionat Kurtius
Bewarfen die Mädchen nach Unterrichtsschluß
Mit Stöpseln und leeren Konservendosen
Einen furchtbaren Kerl, der mit buchtigen Hosen
Und einem imposanten Revers
Zwischen Ästen in Höhe des Hochparterres
In einer Hängematte schlief
Und nicht reagierte auf das, was man rief.
Als er doch endlich halbwegs erwachte,
Weil von zwei Bäumen einer zur Erde krachte,
Spritzten die Mädchen dem Manne Eau de Kolon ins
    Gesicht.
Aber die Gräfin Pantowsky kannten sie nicht.
Und verwirrt über die Falschheit des Binnenlands
Nannte Kuttel die Vorsteherin „Alte Spinatgans!"
Und taumelte schlaftrunken, römische Flüche
    stammelnd, zu Tal,
Mit Hängematte, doch ohne das Dingsfutteral.

Alsbald, von wegen das Taumeln und Stammeln,
Begannen sich Kinder um ihn zu sammeln.
Und der Kinder liebende Daddeldu,

Nur um die Kinder zu amüsieren,
Fing an, noch stärker nach rechts und nach links
auszugieren,
Als ob er betrunken wäre. Und brüllte dazu:
„The whole life is vive la merde!"
Und wurde so polizeilich eingesperrt.
An Gräfin Pantowsky glaubte dort keiner.
Und der unglücklich nüchterne Daddeldu
Gab den zerbrochenen Rodensteiner,
Gab alles andre Gefragte eilig zu
Und drehte – ohne Tabak – in der Nacht
Wie ein Log zwölf Knoten ins hölzerne Lager,
Oder vielmehr in die Hängematte.
Weil er das schöne Geschenk für den Schwager
In der Mädchenpension vergessen hatte.
Gewiß war das Futteral schon erbrochen,
Und das Geschenk war herausgekrochen
Und hatte vielleicht schon wer-weiß-wen gestochen.

Später im D-Zug, unter der Bank hinter lauter
ängstlichen Beinen,
Fing Daddeldu plötzlich an, zum einzigsten Male zu
weinen
(Denn später weinte er niemals mehr.) –
Beide Flaschen Eau de Kolon waren leer.

Kuttel Daddeldu und die Kinder

Wie Daddeldu so durch die Welten schifft,
Geschieht es wohl, daß er hie und da
Eins oder das andre von seinen Kindern trifft,
Die begrüßen dann ihren Europapa:
„Gud morning! – Sdrastwuide! – Bong Jur,
    Daddeldü!
Bon tscherno! Ok phosphor! Tsching – tschung!
    Bablabü!"
Und Daddeldu dankt erstaunt und gerührt
Und senkt die Hand in die Hosentasche
Und schenkt ihnen, was er so bei sich führt,
    Whiskyflasche,
Zündhölzer, Opium, türkischen Knaster,
Revolverpatronen und Schweinsbeulenpflaster,
Gibt jedem zwei Dollar und lächelt: „Ei, ei!"
Und nochmals: „Ei, ei!" – Und verschwindet dabei.

Aber Kindern von deutschen und dänischen Witwen
Pflegt er sich intensiver zu widmen.
Die weiß er dann mit den seltensten Stücken
Aus allen Ländern der Welt zu beglücken.
Elefantenzähne – Kamerun,
Mit Kognak begoßnes malaiisches Huhn,
Aus Friedrichsroda ein Straußenei,
Aus Tibet einen Roman von Karl May,
Einen Eskimoschlips aus Giraffenhaar,
Auch ein Stückchen versteinertes Dromedar.

Und dann spielt der poltrige Daddeldu
Verstecken, Stierkampf und Blindekuh,
Markiert einen leprakranken Schimpansen,
Lehrt seine Kinderchen Bauchtanz tanzen
Und Schiffchen schnitzen und Tabak kauen.
Und manchmal, in Abwesenheit älterer Frauen,
Tätowiert er den strampelnden Kleinchen
Anker und Kreuze auf Ärmchen und Beinchen.

Später packt er sich sechs auf den Schoß
Und läßt sich nicht lange quälen,
Sondern legt los:
Grog saufen und dabei Märchen erzählen;
Von seinem Schiffbruch bei Helgoland,
Wo eine Woge ihn an den Strand
Auf eine Korallenspitze trieb,
Wo er dann händeringend hängenblieb.
Und hatte nichts zu fressen und saufen;
Nicht mal, wenn er gewollt hätte, einen Tropfen
    Trinkwasser, um seine Lippen zu benetzen.
Und kein Geld, keine Uhr zum Versetzen.
Außerdem war da gar nichts zu kaufen;
Denn dort gab's nur Löwen mit Schlangenleiber,
Sonst weder keine Menschen als auch keine Weiber.
Und er hätte gerade so gern einmal wieder
Ein kerniges Hamburger Weibstück besucht.
Und da kniete Kuttel nach Osten zu nieder.
Und als er zum drittenmal rückwärts geflucht,
Da nahte sich plötzlich der Vogel Greif,
Und Daddeldu sagte: „Ei wont ä weif."

Und der Vogel Greif trug ihn schnell
Bald in dies Bordell, bald in jenes Bordell
Und schenkte ihm Schlackwurst und Schnaps und
so weiter. –
So erzählte Kuttel Daddeldu heiter, –
Märchen, die er ganz selber erfunden.
Und säuft. – Es verfließen die Stunden.
Die Kinder weinen. Die Märchen lallen.
Die Mutter ist längst untern Tisch gefallen,
Und Kuttel – bemüht, sie aufzuheben –
Hat sich schon zweimal dabei übergeben.
Und um die Ruhe nicht länger zu stören,
Verläßt er leise Mutter und Gören.

Denkt aber noch tagelang hinter Sizilien
An die traulichen Stunden in seinen Familien.

Matrosensang

Herr Steuermann, ach Steuermann.
Mein Herz ist gar so schwer.
„So bind ein gut Stück Eisen dran
Und wirf es über Bord ins Meer.“

Ob meine schwangere Liebste weint?
Eine Trän? Zwei Trän? Drei Trän?
Ho! Meine krumme Mutter meint,
Ich sei ein reicher Kapitän.

Ist Mutters Haus mit Stroh gedeckt,
Wie sie sich freuen kann.
Doch wie ein Sturm mit Branntwein schmeckt,
Das geht sie einen Hundsdreck an.

Logik

Die Nacht war kalt und sternenklar,
Da trieb im Meer bei Norderney
Ein Suahelischnurrbarthaar. –
Die nächste Schiffsuhr wies auf drei.

Mir scheint da mancherlei nicht klar,
Man fragt doch, wenn man Logik hat,
Was sucht ein Suahelihaar
Denn nachts um drei am Kattegatt?

Rezept

Man mische 7 Pfund Palmin
Mit gleichviel Milch und Terpentin.
Dann füge man ein Hühnerei
Und etwas Öl nebst Essig bei.
Dies nun zu festem Brei gerührt,
Wird dann in einen Strumpf geschnürt.
Das ganze läßt man 13 Wochen
In lauem Seifenwasser kochen.
Dann wird es mit Gelee garniert
Und im verdeckten Topf serviert.
(Doch halte man zu rechter Zeit
Ein offenes Töpfchen sich bereit.)

Das Terrbarium

Das war meine Erfindung:
Vor allen Dingen muß man die Tiere lebendig pressen.
Anfangs kostet es Überwindung,
Aber schließlich wird nichts so heiß gekocht wie
gegessen.
Die Presse muß mindestens sechs Quadratmeter messen.

Meine Anlage war ein technisches Wunder;
Riesensäle, um die getrockneten Bestien
Übersichtlich hübsch an der Wand zu befestigen.

Denn ein geplättetes Nashorn ist keine Flunder.
Wegen der Dickhäuter und et cetera
Brauchte ich selbstverständlich elektrische Kraft. –
Doch ich speiste mit dem herausfließenden Saft
Sämtliche Waisenkinder von Zentralamerika.
Ganz abgesehen von der Naturwissenschaft.

Manches läßt sich nicht beim erstenmal schaffen.
Oftmals zappelt und zuckt noch der Hals,
Wenn der Unterkörper schon platt ist, so bei den
Giraffen.
Und ich besinne mich eines noch schwereren Falls.
Um meine Sammlung zu komplettieren,
Wollte ich auch einen Menschen so präparieren.
Jene Miß Hamsy, die ich dazu erkor,
War eine ernste, wohlgebaute Mulattin,
Leichthin sommersprossig und Zollwächters Gattin.
Und der setzte ich Arrak mit Blumenkohl vor,

Sagte, das sei Barbarossas Lieblingsgericht,
Las ihr zwei Novellen von Freiherrn v. Schlicht.
Bis sie langsam das Bewußtsein verlor.
Als ich sie dann im Dunkeln entkleidet hatte,
Legte ich sie behutsam tastend auf die untere Platte,
Kurbelte an. Doch sie erwachte dabei.
Aber ich suchte sie taktvoll bescheiden zu trösten:
Wieviel schlimmer es wäre, lebendig zu rösten,
Und daß die Presse nicht zu umgehen sei.

Nichts stimmt trauriger als ein menschlicher
Todesschrei.
Aber was bedeutet solch kurzer Ton
Gegen die furchtbaren Greuel der Vivisektion!
Und wie Miß Hamsy dann an der Wand die vierte
Halle für Säugetiere und Eidechsen zierte,
Hat ihr Anblick jeden Besucher gebannt.
Die Kritiken hörten nicht auf, sie zu loben.
Bis sich schließlich die Popolaca erhoben.
Diese Indianer haben das ganze Museum
niedergebrannt.
Alles haben mir diese Schweine gestohlen.
Aus Miß Hamsy schnitten sie Mokassinsohlen.
Was ein Barbar ist, hat weder Kultur noch Geschmack.
Aber einen von ihnen erwischte ich später,
Kochte ihn lebend mit Kienharz und Wasserstoff-
Äther.
Und den Kerl verbrauche ich heute als Siegellack.

Die Ameisen

In Hamburg lebten zwei Ameisen,
Die wollten nach Australien reisen.
Bei Altona auf der Chaussee,
Da taten ihnen die Beine weh
Und da verzichteten sie weise
Dann auf den letzten Teil der Reise.

Novaja Brotnein
(Aus des Wunderknaben Horn)

Im Eismeer (jeder weiß das ja)
Da liegt Novaja Semlja.

In Hamburg (das ist auch bekannt)
Wird die Semmel „Rundstück“ genannt.

Im Eismeer – sagt man in Hamburg – da
Liegt Novaja Rundstückja.

Gladderadatsch

Es hatte ein Igel sich geckenhaft und blasiert
Am ganzen Körper von oben bis unten rasiert,
Weil er abstechen wollte.
Stach wirklich auch ab. Da nahte ein Fuchs.
Worauf der Igel sich igelartig zusammenrollte.
Aber der Fuchs verschluckte ihn flugs.
Igel bat Fuchsen, ihn doch wieder auszubrechen;
Er sei ein Igel und könnte empfindlich stechen.
Und mittels bauchrhetorischer Worte
Sprach der Fuchs: „Sie müssen verzeihn;
Ich hielt Sie für ein kindliches Schwein,
Werde nun aber sofort Sie befrein.
Wenn ich bitten darf – durch die Hinterpforte.“
Der Igel gab keinen Laut
Mehr von sich. Er war schon verdaut.

Es setzten sich sechs Schwalben

Es setzten sich sechs Schwalben
Auf sechs Dückdalben
Und haben 3 Minuten vereint
Um den Herzog von Alba geweint
Und flogen weiter und hatten zu sechst
Doch richtig die ganzen Dückdalben beklext.

Überfahrt

Die Brücke brach. Da lag ich sekundenlang
Mehrmals gebrochen quer überm Schienenstrang.
Wuchs ein Balg mit Lichtern aus Donner und
Qualm
Rasend heran.
Schrein? Wegwälz? – Zermalm? –
Dann – –
Quietsch. Meine Knochen zerknürpsten;
Die dicksten waren die mürbsten.
Entzwei. Vorbei.
Splitter mit Brei.
Sah noch den armen motivführer erschauern.
Dann erhob ich mich, heißt: ich fühlte mich licht
Aufwärts schräg durch Lüfte und Mauern,
Dachte vielleicht noch – vielleicht auch nicht –
Mit einem komischen Rest von „Bedauern“:
„Schade, daß mich Bruder Wolfgang jetzt nicht
sieht!“

Das Gesellenstück

Mahagoni auf Eiche furniert.
Deckel sauber scharniert.
Alle Bretter gefedert, gespundet.
Die Ecken fein weich gerundet.
Die Seitenwände mit tiefgeschnitzten
Weintrauben und Schellfischen geziert.
Das war bei Weber in Osnabrück
Mein Gesellenstück.

Selbst Wasmann und Peter sagten 1910:
Solch einen Sarg hätten sie noch nie gesehn.

Ohne mich rühmen. Das soll einer machen.
Und dabei alles selber gemacht.
Die Griffe kupfergeschmiedete Drachen.
Die Füße gedrechselt (((Acht, sacht, Pracht, lacht,
gedacht))),
Auf den Deckel in Rundschrift fein säuberlich
Eingebrannt: „Sarg für Frau (Doppelpunkt Strich)“.
Inwendig ein roßhaargepolstertes Bett,
Rosa Pünktchen auf Gelb-Violett.
Ich habe manchmal des Studiums wegen
24 Stunden darin gelegen.
Da war ein durch schöne Bilder verdecktes
Speiseregal zur linken Hand,
Wo Camembert, Zwieback und Butter stand
Und Trockengemüse und Eingewecktes. –

Auf den leisesten Druck mit der Zehe im Schlaf
Löste sich zu Fußende ein Kinematograph
Und zeigte abwechselnd „Brudermord“
Und „Torpedoangriff an Steuerbord“.
Alle zwei Stunden von selbst automatisch
Spielte ein Grammophon ganz zart:
„Ich bin der Doktor Eisenbarth.“
Außerdem roch es dort sehr sympathisch
Nach Moschus, Kampfer und kalter Küche.
Von wegen die Leichengerüche.

Und dann die Technik und das Komfort:
Kalender, das Telephon rechts am Ohr,
Glühbirnen und Klingeln. Ein tolles Gewirr.
Auch ein kleines, versilbertes Nachtgeschirr. –
Und Wasserstandsglas und Thermometer.
Kurz: herrlich! herrlich! – Wasmann und Peter.
Hätten mir glattweg fünftausend Mark
Und doppelt soviel gezahlt für den Sarg.
Und das war damals ein Geld, wenn man's denkt.

Aber ich hänge nicht so am Golde. –
Und so hab ich ihn dann meiner Tante Isolde
Zum 70. Geburtstag geschenkt.

Ansprache eines Fremden an eine Geschminkte vor dem Wilberforcemonument

Guten Abend, schöne Unbekannte! Es ist nachts
halb zehn.
Würden Sie liebenswürdigerweise mit mir schlafen
gehn?
Wer ich bin? – Sie meinen, wie ich heiße?

Liebes Kind, ich werde Sie belügen,
Denn ich schenke dir drei Pfund.
Denn ich küsse niemals auf den Mund.
Von uns beiden bin ich der Gescheitre.
Doch du darfst mich um drei weitre
Pfund betrügen.

Glaube mir, liebes Kind:
Wenn man einmal in Sansibar
Und in Tirol und im Gefängnis und in Kalkutta war,
Dann merkt man erst, daß man nicht weiß, wie
sonderbar
Die Menschen sind.
Deine Ehre, zum Beispiel, ist nicht dasselbe
Wie bei Peter dem Großen L'honneur. –
Übrigens war ich – (Schenk mir das gelbe
Band!) – in Altona an der Elbe
Schaufensterdekorateur. –

Hast du das Tuten gehört?
Das ist Wilson Line.

Wie? Ich sei angetrunken? O nein, nein! Nein!
Ich bin völlig besoffen und hundsgefährlich
geistesgestört.
Aber sechs Pfund sind immer ein Risiko wert.
Wie du mißtrauisch neben mir gehst!
Wart nur, ich erzähle dir schnurrige Sachen.
Ich weiß: Du wirst lachen.
Ich weiß: Daß sie dich auch traurig machen.
Obwohl du sie gar nicht verstehst.

Und auch ich –
Du wirst mir vertrauen – später, in Hose und Hemd.
Mädchen wie du haben mir immer vertraut.

Ich bin etwas schief ins Leben gebaut.
Wo mir alles rätselvoll ist und fremd,
Da wohnt meine Mutter. – Quatsch! Ich bitte dich:
Sei recht laut!

Ich bin eine alte Kommode.
Oft mit Tinte oder Rotwein begossen;
Manchmal mit Fußtritten geschlossen.
Der wird kichern, der nach meinem Tode
Mein Geheimfach entdeckt. –
Ach Kind, wenn du ahntest, wie Kunitzburger
Eierkuchen schmeckt!

Das ist nun kein richtiger Scherz.
Ich bin auch nicht richtig froh.
Ich habe auch kein richtiges Herz.
Ich bin nur ein kleiner, unanständiger Schalk.
Mein richtiges Herz. Das ist anderwärts, irgendwo
Im Muschelkalk.

Die Blindschleiche

An einem Teiche
Schlich eine Schleiche,
Eine Blindschleiche sogar.
Da trieb ein Etwas ans Ufer im Wind.
Die Schleiche sah nicht, was es war,
Denn sie war blind.
— — — — — — — — —
Das dunkle Etwas aber war die Kindsleiche
Einer Blindschleiche.

Mutter Frühbeißens Tratsch

Wenn der über die Straße ging:
Sechs Schritte vor ihm wurden die Vögel stumm,
Fielen die Pferde, kippte die Trambahn um,
Stürzte die Schwalbe herab und der Schmetterling,
Erbrachen sich Damen, krümmten sich Hunde. –

So roch das Schwein aus dem Munde.

Aber der kann nichts dafür.
Die Frau von dem Sohn, wo Paula die Semmeln holt,
neben Weyl,
Deren Schwester hat auch solch ein Magengeschwür.
Das kommt gar nicht aus dem Halse. Im Gegenteil.

Da hilft kein Pfeffermünz und kein Höllenstein.
Kein Tabak. Alle Säuren hat der durchgekostet.
Die ganze Zunge ist ihm schon hinten zerrostet.

Und stinkt immer noch wie ein Schwein.

Das geht auf keine Kuhhaut, was der erduldet.
So einer ist ja zu nichts zu gebrauchen.
Und will doch auch einmal atmen wie wir, und
hauchen.

Wenn er mir auch noch sieben Mark schuldet.

Feierabendklänge eines einhändigen Metalldrehers an seine Frau mit preisgekrönten Beinen

Ich hätte dem Hinz ein Ohr abgebissen?!
Wie kann der Oswald das wissen,
Dieser Speichellecker!
Der war doch damals mit die Dachdecker
Bei Wasmann in Akkord.

Hermine! Ehrenwort!
Ich habe den Hinz nur rausgeschmissen,
Weil er gesagt hat: du hättest die Konkurrenz
beschummelt,
Und ich habe ihm das verbeten
Und nur ganz leise in den Rücken getreten.

Mir ist doch Wurscht, ob ihr zusammen poussiert
Und in die Wirtshäuser lauft.
Ich will nur nicht, daß ihr das Geld versauft,
Wo eigentlich mir zugebührt.

Hinz und Hillbrecht haben die Dreikantfeile und
den Vorschlaghammer an Meßmer verkauft
Und mich haben sie ausgeschmiert.
Hinz ist überhaupt gar nicht organisiert.
Und der soll mich bloß nicht reizen,
Und deswegen könntest du immerhin die Stube heizen.
Denn wenn wir auch arm sein – –
Ich habe nur eine Hand, aber wehe, wenn sie sich
ballt.

Vor den Feuern ist's heiß und der Heimweg ist kalt.
Und wenn man nach Hause kommt, soll es dann
wenigstens warm sein.
Aber ihr treibt alle Schwindel und Betrug.
Und der Oswald ist ebenso schlecht,
Und Hinz hat an einem Ohr noch übergenug.
Und ich poche auf mein ehrliches Recht
Und lasse mich nicht von denen verkohlen.
– Schweine sind's! –
Und den Hammer und die Feile haben nicht
Hillbrecht und Hinz,
Den habe ich ganz alleine gestohlen!!

Es waren zwei Moleküle

Es waren zwei Moleküle.
Die saßen auf einer Mühle
Und sahen zu, wie das Mühlrad trieb,
Und waren zufrieden und hatten sich lieb.
Und keiner, keiner wußte darum,
Als nur ein Mann, der Adressen schrieb.

Billardopfer

Er starb am Billard, beim letzten Stoße.
Engel trugen ihn in die Höh'.
Abraham fand in seinem Schoße
Blaue Kreide und ein Billardqueue,
Und er stieß in spielerischer Idee
Nach den Sternen und Monden mit Linkseffet.
Abraham bekam das Spielen satt,
Weil der Himmel keine Bande hat.
Warf also das Queue wütend zur Erde zurück.
Das brach einer alten Frau das Genick.
Die stand auf der Straße, doch nicht auf der
Einwohnerliste.
Die nächste Gemeinde begrub und bezahlte die
Kiste.
Und von dem Blitze, der bald dieses, bald jenes
vernichtet,
Wurde dann unter „Lokales" berichtet,
Daß er eine fremde Zigeunerin draußen erschlug,
Die einen gestohlenen Billardstock bei sich trug.

Ob wohl in Afrika oder am Delta des Nils
Auch Leute so sterben als Opfer des Billardspiels??

Mein harmlos Lied

In einem Untertäßchen
Voll Schnee und Rosenlikör
Erwachte das kleine Prinzeßchen.

Noch ganz verschlafen und ohne Gehör
Gewahrte sie mit Erröten
Auf ihren niedlichen Brüsten
Sechsundvierzig breite Warzenkröten,
Die sich gegenseitig auf den Podex küßten.
Und schrie, als sie sowas erblickte:
„Pfui Keks!" Woran sie erstickte.

Und nun ist in jeder Zeitung zu lesen:
Sie sei ein großer Schweinigel gewesen.

Balladette

Das war die sonst noch ziemlich fesche
Marie, die ihrem Prinzipal
In der Fabrik für Sterbewäsche
Drei schwarze Unterhosen stahl.

Und sandte, als es ruchbar wurde,
Dann das Gestohlene zurück.
Und diese mindestens absurde
Idee gereichte ihr zum Glück.

Der Prinzipal für Sterbewäsche,
Der nicht Karrieren gern verdarb,
Gab ihr so viel verdiente Dresche,
Daß sie ein Kind gebar und starb.

Noctambulatio

Sie drückten sich schon beizeiten
Fort aus dem Tanzlokal
Und suchten zu beiden Seiten
Der Straße das Gast- und Logierhaus Continental.

So dringlich: Man hätte können glauben,
Er triebe sie vorwärts wie ein Rind.
Und doch handelten beide im besten Glauben.
Er wollte ihr nur die Unschuld rauben.
Sie wollte partout von ihm ein Kind.

Da geschah es, etwa am Halleschen Tor,
Daß Frieda über dem Knutschen und Schmusen
Aus ihrem hitzig gekitzelten Busen
Eine zertanzte, verdrückte Rose verlor.

Und ein sehr feiner Herr, dessen Eleganz
Nicht so rumtoben tut, folgte den beiden.
Jedoch hielt er sich vornehm bescheiden
Immer in einer gewissen Distanz.

Er wollte ursprünglich zum Bierhaus Siechen.
Aber nun hemmte er seinen Lauf,
Zog die Handschuh aus, hob die Rose auf
Und begann langsam daran zu riechen.

Er wünschte aber keinen Augenblicksgenuß;
Deshalb stieg er mit der Rose in den Omnibus,
Derweilen war Frieda mit ihrem Soldaten
Auf einen Kinderspielplatz geraten.
Dort merkten sie nicht, wie die Nacht verstrich,
Und daß ein unruhiger Mann mit einem Spaten
Sie dauernd beschlich.

Als sich nach längerem Aufenthalt
Das Paar in der Richtung zur Gasanstalt
Mit kurzen, trippelnden Schritten verlor.

Sprang der unruhige Mann plötzlich hervor.
Und fing an, eine Stelle, wo er im Sand
Die Spur von Friedas Stiefelchen fand,
Mit einem Spaten herauszuheben.
Worauf er behutsam mit zitternder Hand
Die feuchte Form in ein Sacktuch band,
Um sich dann leichenblaß heimzubegeben.

Wie um das dümmste Mädchen
Sich sonderbare Fädchen
Nachts durch die Straßen ziehn –
Die Dichter und die Maler
Und auch die Kriminaler,
Die kennen ihr Berlin.

Was der Liftboy äußert

Fahrstuhl ahoi!
Ich bin der Boy
An Silbersteins Lift.
Bin ich mal nicht dabei,
Reißen die Stricke entzwei
Und zermalmt und zerquetscht, wen's gerade trifft.

Aber wenn ich bediene,
Saust die Maschine
Im Nu
Aus dem Hochparterre bis zum dritten.
Um ein Trinkgeld darf ich nicht bitten,
Aber feine Herrschaften drücken ein Auge zu.

Am Zahltage sagte Herr Silberstein:
Ich dürfte stolz auf den Posten sein,
Wo ich immerfort stiege,
Und ich bekäme nur kleines Salär,
Weil ich fürs Lift so geeignet wär',
Weil ich so sehr wenig wiege.

Da lernt man so allerlei,
Und da ist viel Verantwortung bei.
Aber ich kenne schon meine Kunden.
Da hat's eine auf mich abgesehn,
So eine Dicke mit rundem
Busen, die will mir den Kopf verdrehn.
Und da blieb der Fahrstuhl im Dachstuhl stehn.
Und da meinte sie, müßte was geschehn,
Und da hat sie plötzlich entbunden.

Das geht so ungefähr:
Bitte sehr! Immer herein!
Wer will noch mal von unten geliftet sein?
So 2, 4, 8, halt! Nicht mehr!
Rrrr!
Unsereins leidet am Nervenschock.
Das kann auch nicht jeder.
Halt!!!
Meine Damen, bitte schön! Zwischenstock!
Abteilung Knochen und Leder!

Die Nagelfeile

Man stirbt hier vor Langeweile,
Dachte die Nagelfeile
Beim Mittagessen!
Und machte sich, wie von ungefähr,
Über den Fingernagel her,
Beim Mittagessen!
Da begann eine silberne Gabel zu schrei'n:
„Meine Dame – – Sie sind hier nicht allein!"

Die Badewanne

Die Badewanne prahlte sehr.
Sie hielt sich für das Mittelmeer
Und ihre eine Seitenwand
Für Helgoländer Küstenland.
Die andre Seite – gab sie an –
Sei das Gebirge Hindustan
Und ihre große Rundung sei
Bestimmt die Delagoabai.
Von ihrem schmalen Ende vorn,
Erklärte sie, es sei Kap Horn.
Den Kettenzug am Regulator
Hielt sie sogar für den Äquator.
Sie war – nicht wahr, das merken Sie?
Sehr schwach in der Geographie.
Dies eingebildete Bassin,
Es wohnte im *Quartier Latin.*

Lampe und Spiegel

„Sie faule, verbummelte Schlampe,“
Sagte der Spiegel zur Lampe.
„Sie altes, schmieriges Scherbenstück,“
Gab die Lampe dem Spiegel zurück.
Der Spiegel in seiner Erbitterung
Bekam einen ganz gewaltigen Sprung.
Der zornigen Lampe verging die Puste.
Sie fauchte, rauchte, schwelte und rußte.
Das Stubenmädchen ließ beide in Ruhe,
Und doch: Ihr schob man die Schuld in die
Schuhe.

Der Globus

„Wo sitzt“, so frug der Globus leise
Und naseweis die weise, weiße,
Unübersehbar weite Wand,
„Wo sitzt bei uns wohl der Verstand?“

Die Wand besann sich eine Weile,
Sprach dann: „Bei dir – im Hinterteile!“

Nun dreht seitdem der Globus leise
Sich um und um herum im Kreise –
Als wie am Bratenspieß ein Huhn,
Und wie auch wir das schließlich tun –
Dreht stetig sich und sucht derweil
Sein Hinterteil, sein Hinterteil.

Flie und Ele

Fliegend entfernten sich die Fliegen.
Doch ließen sie auf Ei und Kaviar
Zwei, drei, vier Fliegenexkremente liegen.
Die aß der Mensch und ward es nicht gewahr.
Ein Elefant bemerkte diesen Fall
Und rollte einen schweren, goldnen Ball
Nicht ohne leises Lächeln durch den Stall.

Der Briefmark

Ein männlicher Briefmark erlebte
Was Schönes, bevor er klebte.
Er war von einer Prinzessin beleckt.
Da war die Liebe in ihm erweckt.
Er wollte sie wiederküssen,
Da hat er verreisen müssen.
So liebte er sie vergebens.
Das ist die Tragik des Lebens …

Zwei Schweinekarbonaden

Es waren zwei Schweinekarbonaden,
Die kehrten zurück in den Fleischerladen
Und sagten, so ganz von oben hin:
„Menèh tékel ûpharsin.“

Der Bandwurm

Es stand sehr schlimm um des Bandwurms Befinden.
Ihn juckte immer etwas hinten.
Dann konstatierte der Doktor Schmidt,
Nachdem er den Leib ihm aufgeschnitten,
Daß dieser Wurm an Würmern litt,
Die wiederum an Würmern litten. –

Fliege und Wanze

Die Fliege hat zur Wanze gesprochen:
„Leih mir doch eine Maß Blut,
Ich habe den Bürgermeister gestochen. –

Aber der roch nicht gut.
Und ich habe sein Blut, ohne was zu sagen,
In die Nase von seiner Frau übertragen,
Und gab auch der Tochter und dem Sohn
Eine kleine Portion.
Und nun riecht die ganze Familie
Nach Quecksilber und Petersilie,
Und ist voller Pickel und Flecke,
Und es ist ein Vergnügen, von der Decke
Aus zuzugucken, wie sie sich jucken."

Die Wanze tat etwas fremd
Und brummte: „Ach, Bagatelle!"
Und kroch dabei einem Kutscher ins Hemd.
Dort war derzeit ihre Quelle.

Die Schnupftabaksdose

Es war eine Schnupftabaksdose,
Die hatte Friedrich der Große
Sich selbst geschnitzelt aus Nußbaumholz.
Und darauf war sie natürlich stolz.

Da kam ein Holzwurm gekrochen.
Der hatte Nußbaum gerochen.
Die Dose erzählte ihm lang und breit
Von Friedrich dem Großen und seiner Zeit.

Sie nannte den alten Fritz generös.
Da aber wurde der Holzwurm nervös
Und sagte, indem er zu bohren begann:
„Was geht mich Friedrich der Große an!"

Schaudervoll, es zog die reine

Schaudervoll: Es zog die reine,
Weiße, ehrbar keusche Clara
Aus dem Sittlichkeitsvereine
Eines Abends nach Ferrara.
Schaudervoll: Dort, irgendwo,
Floß der Po.
Schaudervoll, doch es geschah
In Ferrara, daß die Clara
Aus dem Sittlichkeitsvereine
Nachts den Po doppelt sah.

Schicksal der Schlaube

Anno 1307
Ante Christum natum
War eine Schlaube in einem Zahn steckengeblieben,
Da nahte sich eine Floskel aus Batum
Und sagte: „Erlaube,
Daß ich dir helfe.“ – – „Ganz nach Belieben,“
Sagte die Schlaube.

Da war das Liebeswerk schon getan.
Da wurde die Floskel blässer und blässer.
Die Schlaube indessen sprang in ein fließend Gewässer,
Trieb fort in der Richtung von Quelle nach Mündung;
Überall roch es nach *ham and eggs*.

Und die kleine Schlaube starb unterwegs
An Ekel, Scharlach oder Gebärmutterentzündung.

Die Geburtenzahl

Die Geburtenzahl
Ging herunter,
Traf den Pfarrer im Tal
Nachts noch munter.

Heidel da diedel dumm
Wie war das schön im Tal!
Aufwärts steigt wiederum
Bald die Geburtenzahl.

Und dann lächelt alles froh
Im statistischen Büro.

Stoffwechsel

„Wie glüht er im Glase! Wie flammt er so hold!
Geschliffnem Topase vergleich ich sein Gold.“
Ich aber meinte den Urin
Und dachte mich in Groß-Berlin.
Und dachte eine junge Braut,
Ganz eingehüllt in Bückingshaut.
Da brachte mir der Pikkolo
Den Grog. Ich schnupperte und floh.

Miß Longwieles Stoßgähnen
(Ein Chanson)

Uah! Ich wollte, ich hätte
An Stelle meiner Beine zwei
Stuhlbeine aus Holz oder Blei –.
Dann wünschte niemand sich das Zeugs ins Bette.

Mein Unterrücks – müßte ein – –
Müßte eine Plakatsäule sein.
Ach nein.
Wie dumm!
Dann stünden sie ja erst recht herum.

Mein Busen – (schöner Gedanke)
Wäre eine Planke,
Mit Stacheldraht
Und frisch geteert.
Dann käme der nächste Soldat,
Sagte: „Danke.
Ganze Abteilung kehrt!"

Und an meiner Nase hinge
Ewig ein Hühnerei,
Und bei jedem Niesen ginge
Das Ei entzwei.
Wären die Augen aus Stein,
Schwarz die Zähne und ohne Schmelz – –

Einmal arm möcht' ich sein,
Einsam, verachtet, bedauert. –

Reich mir den Pelz.
Anspannen! Mich schauert.

Vier Treppen hoch bei Dämmerung

Du mußt die Leute in die Fresse knacken.
Dann, wenn sie aufmerksam geworden sind, –
Vielleicht nach einer Eisenstange packen, –
Mußt du zu ihnen wie zu einem Kind
Ganz schamlos fromm und ärmlich einfach reden
Von Dingen, die du eben noch nicht wußtest.
Und bittst sie um Verzeihung – einzeln jeden –,
Daß du sie in die Fresse schlagen mußtest.
Und wenn du siegst: so sollst du traurig gehen,
Mit einem Witz. Und sie nie wiedersehen.

Mein Riechtwieich

Gutes Bettchen du!
Ich gehe jetzt in dich. Gute Nacht!
Wünsche angenehme Ruh. –
Und auf einmal ist's wieder früh,
Bin ich wieder aufgewacht,
Habe dich naß gemacht –
Herzeleid – Pupo – Pipü.

Bett, ich falle in dich, du mein Bett.
Ich will nichts mehr wissen.
Sticke mich tot mit Gänsekissen.
Ich pfeife auf Schweinskotelett
Und Schutzmann und Feuer im Haus;
Mir ist alles egal.
Eigentlich müßte ich noch einmal –
Aber ich zwing's heute nicht.
Bitte – lie Bett – puste das Licht –

Altes Bettchen, hallo!
Wir brechen in dich hinein;
Ja schau nur: Zu zwei'n!
Nun knurre, knarre nicht so.
Heute geht's stürmisch zu.
Anna, komm doch! Ich friere. Huhu!
Möge uns Gott verzeihn.
Aber das wissen nur Anna und ich und du.

Bettchen, wo fährst du denn hin??
Nun gut, fahr immer zu.
Im Kreise und auf die Reise.
Nach Afrika. Wir besuchen ein Gnu.
Gut Nacht, Anna, ich bin –
Müde bin ich Känguruh.

Frühlingsanfang auf der Bank vorm Anhalter Bahnhof

Vierter Klasse wär' es noch mehr billig.
Aber da käme ich später an.
Und dann ist die Stellung vielleicht schon vergeben,
Und die Frau Bauratswitwe sagt dann
Wieder: Ich sei arbeitsunwillig.
Und wovon soll ich dann am Freitag leben?
Am liebsten möchte ich gar nicht fahren.
Da könnten wir all das Fahrgeld sparen,
Und lieber versaufen.
Und da können wir noch die beiden Weinflaschen
verkaufen.
Da wird man wieder mal richtig vergnügt.
Und hauen uns nachts auf die Bretter am Halleschen Tor,
Wo manchmal der Bolzenmax liegt.
Jetzt kommen schon die Krokusse vor,
Da ist es schon nicht mehr so kalt.
Und morgen werden wir sehn, wo wir bleiben.
Da werden sie uns auseinandertreiben
Wie die Pferdeäppel auf'm Asphalt.
Ob es wohl wahr ist, wenn man noch lebt – daß man
Seine Knochen an die Akademie verkaufen kann?

Lied aus einem Berliner Droschkenfenster

Auf dem Asphalt das Blut und das verspritzte Gehirn
Verlaufen in zierlichen Fädchen.
Ein Fädchen kann sein aus Seide oder Zwirn.
Damit nähen und sticken die Mädchen.

Sie nähen einen Saum, und sie sticken ein „B“
In ein seifensteifes Unterhöschen.
Im Kielwasser eines Dampfers auf See
Ersäuft ein vertrocknetes Röschen.
Mein Onkel im Rostocker Rathaus erschrickt
Über eine sich lösende Tapete.
Der hat einmal eine Sternschnuppe erblickt,
Die sah aus wie eine Rakete.

Wenn der Gaul sich auf dem Spittelmarkt mal
hinlegen will,
Na, dann soll man das dem Vieh auch nicht
verwehren.
Nee, dann trink ich meinen Gilka. Und belausche
dabei still,
Wie die Wanzen sich im Polstersamt vermehren.

Jene brasilianischen Schmetterlinge

Wie schön ihr angezogen seid!
Simpelfarbig ist unsere Menschenhaut
Und hat noch Hitzpickel am Gesicht.
Aber ich denke das ohne Neid.
Ihr renommiert wahrscheinlich auch nicht
Mit euren sonnenmetallischen Flügeln.
Sie sind euer einziges Kleid.
Ihr braucht es niemals zu bügeln.
Und wenn ich es täte, dann ginge
Es sicher entzwei.
Und euer Leben, ihr Schmetterlinge,
Huscht sowieso wie ein Sternschnupp vorbei.
Drum seid ihr Ochsen, wenn ihr's nicht genießt.
Dauernd saufen, naschen, geschlechtlich paktieren!
Derart keine Zehntelsekunde verlieren!
Bis euch der deutsche Professor aufspießt.

– – – – – – – – – – –

Die europäischen Fernen
Kennenzulernen,
Was euch das Leben nie bot,
Was ihr damals auch nie gewollt noch begriffen
hättet, –
Nun wär's euch. – – Zwischen Gläser gebettet
Leuchtet ihr so geduldig tot.
Broschen seid ihr und Fächer.
Ich habe aus euch einen Aschenbecher;
Aber er tut mir so leid.
Ich streue die Asche lieber daneben.
Denn euch brachte das schöne Kleid
Um euer junges, brasilianisches Leben.

Vorm Brunnen in Wimpfen

Du bist kein du,
Wasser. – Hättest nicht Ruh,
Mich auszuhören.

Ihr fließet immerzu
Und immer weiter und möglichst weit.

Wie euch der Brunnen aus eisernen Röhren
In den heißen Althäuserplatz speit,
Erdengeläutert und ausgekühlt;
Da ihr alte und neue Zeit
Und den Himmel abkonterfeit, –
Siehet mein durstiges Staunen
In euch doch immerzu andre.
Immer wieder mit über den Rand gespült,
Fängt es aus eurem Raunen
Nur eines auf: Wandre!

Von euch möcht' ich trinken.

Ihr würdet lau, wenn ihr stehenbliebt,
Ihr würdet trüb. Ihr würdet verweilend
Faulen und stinken.

Was kümmert's euch, ob ein Mensch euch liebt.
Dauernd zerteilt euch selber enteilend,
Seid ihr getrieben ein treibendes
Ganzes, rein Bleibendes.

„Wir sind eine so glückliche Familie, seit mein lieber Mann gestorben ist.“

Katherine Mansfield: In einer deutschen Pension.

Fast ein halbes Jahr lebt die junge neuseeländische Schriftstellerin 1909 im bayerischen Kurort Wörishofen - unter Baronessen, Offizieren und Rohköstlern, die sie mit fasziniertem Staunen beobachtet. Auffällig viele, auffällig fröhliche Witwen bevölkern das Wörishofen der Katherine Mansfield, Frauen, die bei ihrer Ankunft im Kurort als Erstes das Korsett ablegen … Mit diesen 13 ironischen Erzählungen betrat Katherine Mansfield die literarische Bühne und wurde zur Wegbereiterin der modernen englischen Short Story. „Ich war eifersüchtig auf ihre Art zu schreiben - die Einzige, auf die ich je eifersüchtig war“ (Virginia Woolf).

„1909 verbrachte Katherine Mansfield ein paar Monate in Bayern - und schrieb dort Kurzgeschichten, um die die Welt sie beneidete“ (FAS). „Katherine Mansfield schrieb wunderbar funkelnde Prosa. Sie hat die moderne Kurzgeschichte mit erfunden. Weder Fitzgerald noch Hemingway sind ohne sie zu denken … Mansfield ist zugleich revolutionär und klassisch. Kein Wort ist zu viel“ (NZZ). Aus dem Englischen von Ute Haffmans. 192 Seiten. Fester Einband. 9,95 €. Nummer 200 703.

„Pfui über diese Giftmischer! Weshalb können sie nicht die bewährte, ehrliche Methode des Halsabschneidens beibehalten, anstatt solche abscheulichen, aus Italien stammenden Neuerungen einzuführen?“

Thomas de Quincey: Der Mord als schöne Kunst betrachtet.

Keine Frage: Mord an sich ist eine scheußliche Angelegenheit. Aber was fasziniert uns dann so sehr daran - zumindest wenn wir darüber lesen? Denn ginge es in Krimis nur um Eigentumsdelikte, ließen sie uns kalt. Und hat die Lektüre womöglich eine läuternde Wirkung? Diesen und ähnlichen Fragen zur janusköpfigen Natur des Menschen geht der englische Spötter de Quincey in seinen eleganten Essays von 1827 und 1839 nach. Und stellt fest: Für eine niveauvolle Mordtat sind poetisches Empfinden und Zartgefühl unabdingbar.

„Thomas de Quincey ist so etwas wie der Schutzheilige des Kriminalromans geworden all der Texte, die den Mord ästhetisch auffassen, als Problem mit eleganter Lösung“ (Joachim Kalka). 180 Seiten. Fester Einband. 9,95 €. Nummer 200 702.

„Nur ein einziges Wort flüsterte die Muse, aber es war das Wort, das alles erklärt. ‚Arschlöcher' hieß das Wort."

Charles Lewinsky: Der A-Quotient.

Dem Schweizer Dramaturgen, Regisseur, TV-Redakteur und Autor Charles Lewinsky ist der zeitlos-moderne Klassiker zum Thema „harmonisches menschliches Miteinander" gelungen. Das Humormagazin Eulenspiegel erhob ihn zum „ersten und einzigen umfassenden Standardwerk über das Verständnis und zur Diagnostizierung der menschlichen Volksseuche Nummer 1". Es ist auch ein schönes Geschenk. Und passt garantiert in jede A-Tasche.

„Die Profis sterben aus, und die Arschlöcher vermehren sich wie die Kaninchen" (Hans R. Beierlein). Der kleine Band ist auch ein schönes Geschenk. An Freunde, die unter Arschlöchern leiden. Und an Arschlöcher. Und wie die nun mal sind, werden die nicht begreifen, was Sie sagen wollen, und sie werden sich für „dieses lustige Buch" bedanken. Arschlöcher eben. 123 Seiten. Fester Einband. 9,95 €. Nummer 200 701.

Bertrand Piccard
Brian Jones

Mit dem Wind um die Welt

Aus dem Englischen
von Anja Hansen-Schmidt
und Thomas Pfeiffer

Mit 60 Abbildungen

Weltbild

Die Originalausgabe erschien 1999
unter dem Titel »The greatest adventure«
bei Headline Book Publishing, London

Genehmigte Lizenzausgabe
für Weltbild Verlag GmbH, Augsburg 2000

Deutsche Ausgabe: »Malik Verlag«, München

Reihenkonzeption: Michael Keller, München
Umschlaggestaltung: Jan Michel
Fotos: Breitling/Bertrand Piccard
Autorenfoto: Jean-François Luy

Gesamtherstellung: Clausen & Bosse, Leck

Gedruckt auf chlor- und säurefreiem Papier

Printed in Germany

ISBN 3-8289-6860-0

Inhalt

Widmung

Wir widmen dieses Buch dem Team, das den *Breitling Orbiter 3* entwickelt und gebaut und den Ballon um die Erde geführt hat. Um den Einsatz aller Teammitglieder zu würdigen, möchten wir an dieser Stelle aus dem Fax zitieren, welches wir nach Überquerung der Ziellinie über Afrika am 20. März 1999 an das Kontrollzentrum in Genf geschickt haben.

> Hallo an alle unsere Freunde in Genf.
> Wir können es noch gar nicht richtig glauben, daß unser Traum endlich Wirklichkeit geworden ist. Wie oft wären wir um ein Haar hängen geblieben, in politischen Problemen, in der Flaute über dem Pazifik, über dem Golf von Mexiko, als wir vom Kurs abkamen. Doch jedesmal kehrte der Ballon mit Gottes Hilfe und dank einer großartigen Teamarbeit auf den Kurs zurück, der uns schließlich zum Erfolg führte.
>
> Wir sind die privilegierten Vertreter eines wunderbaren und effizienten Teams, dem wir nun, da wir mit Breitling die Ernte von fünf Jahren harter Arbeit einholen, aus tiefstem Herzen danken möchten. Wir sind auf ewig dankbar auch der unsichtbaren Hand, die uns über alle Hindernisse auf dieser phantastischen Reise hinweggeholfen hat.

KAPITEL 1

Take-off

Bertrand

Für alle an den Vorbereitungen zum Start des *Breitling Orbiter 3* Beteiligten war der Winter 1998/99 eine Zeit höchster Anspannung. Meine ersten beiden Versuche, die Welt in einem Ballon zu umrunden, waren gescheitert, der eine nach sechs Stunden, der andere nach neun Tagen. Unser Sponsor, der Schweizer Uhrenhersteller Breitling, hatte klargemacht, daß der dritte Ballon unser letzter sein würde: Einen *Orbiter 4* würde es nicht geben. Das Rennen lief. Außer uns bereiteten sich noch fünf andere Teams auf verschiedenen Kontinenten auf den Start vor. Eine Ballonfahrt um die Welt galt allgemein als die letzte große Herausforderung der Luftfahrt, vielleicht sogar die größte überhaupt, da sie die Mittel der Technik mit der Poesie des Windes verband.

Abgesehen vom Remax-Team, das von Australien aus mit einem Riesenballon in die Stratosphäre aufsteigen wollte und über das wir relativ wenig wußten, kannten wir die anderen Teams ziemlich gut. In den Vereinigten Staaten bauten Jacques Soukup und Kevin Uliassi an ihren Ballons, im spanischen Almería bereitete ein früherer Teamkollege von uns, Andy Elson, einen von Cable & Wireless gesponserten Ballon zum Start vor. Unser härtester Konkurrent aber war der Großindustrielle Richard Branson, dessen auf den Namen *ICO Global Chal-*

lenger getaufter Ballon in Marokko kurz vor der Fertigstellung stand.

Ich hatte fünf Jahre in das *Orbiter*-Projekt investiert, und jetzt ließ es mich nicht mehr los. Die Hoffnung, einen grandiosen Traum verwirklichen zu können, setzte mich beständig unter Druck. Sogar wenn ich bei mir zu Hause den Rasen mähte, kreisten meine Gedanken um das Projekt, und ich fragte mich, ob ich meine Zeit und Energie nicht besser dem Projekt widmete und der Suche nach Details, die ich vielleicht übersehen hatte. Wann immer ich etwas tat, das nichts mit dem Ballon zu tun hatte, kam ich mir vor wie ein ungezogenes Kind, das im Garten spielte statt seine Hausaufgaben zu machen.

Nach zwei Fehlschlägen war mir klar, daß die Menschen in meiner Umgebung nicht mehr wußten, ob sie mir vertrauen sollten. Diese Skepsis nahm noch zu, als ich im November 1998 beschloß, meinen Copiloten auszuwechseln, und Tony Brown bat, seinen Platz an den damaligen Projektmanager Brian Jones abzutreten.

Unter Brians ruhiger und fähiger Anleitung war man bei Cameron Balloons in Bristol mit dem Bau von Kabine und Hülle zügig vorangekommen. Technisch gesehen lagen wir gut im Rennen. Am 16. November wurden die Kabine, die Hülle und die restliche Ausrüstung auf zwei Lkws verladen und zum Startplatz nach Château-d'Oex in den Schweizer Alpen gefahren, einem auf 1000 Meter Höhe gelegenen Wintersportort und Zentrum der Ballonfahrer. Ab Anfang Dezember waren wir startklar, wurden aber von Faktoren außerhalb unserer Kontrolle aufgehalten: vom Krieg im Irak, der die Durchfahrt durch das Land zu einer unsicheren Sache machte, von den Auflagen, von denen China die Durchfahrt abhängig machte, und vor allem vom Wetter.

Für die entscheidende Aufgabe, Windsysteme aufzuspüren, die uns um den Globus tragen würden, standen uns zwei Meteorologen zur Seite: der Belgier Luc Trullemans und der Schweizer Pierre Eckert, beide wahre Zauberer, wie sich rasch herausstellte. Zunächst jedoch waren wir alle frustriert. Die beiden riefen uns mehrfach mit der Nachricht an, daß ein vielversprechendes Wetterfenster nahte, nur leider würden die Winde den Ballon über den Irak oder verbotene Teile Chinas führen – mit anderen Worten, wir mußten eine Chance nach der anderen ungenutzt verstreichen lassen.

Brian

Die Anspannung erreichte einen Höhepunkt, als Richard Branson am 18. Dezember von Marrakesch aus mit dem *ICO Global Challenger* abhob. Bei diesem – seinem dritten – Anlauf fuhr er in Begleitung von Per Lindstrand und Steve Fossett, zwei exzellenten Ballonfahrern, und seine Ausrüstung enthielt alles an modernstem Gerät, was sich für Geld kaufen ließ. Bransons Erfolgschancen standen sehr gut. »Ich weiß, daß es kein normales Rennen ist«, trug meine Frau Jo in ihr Tagebuch ein, »trotzdem hatten wir das Gefühl, weit abgeschlagen zu sein.«

Die folgende Woche war hart. Wir versuchten, uns auf unsere eigenen Startvorbereitungen zu konzentrieren, schielten aber mit einem Auge ständig auf Bransons Fortkommen. Branson erwies uns keinen guten Dienst, als er ohne Erlaubnis in den tibetischen Luftraum eindrang und Zentralchina überquerte. Er habe, erklärte er, wegen des unwegsamen Geländes der Aufforderung der Behörden zur Landung nicht Folge leisten können. Anfang des Jahres war Bertrand noch mit einer Sonderdelegation nach China gereist und hatte für den *Orbiter 3* eine auf einen exakt definierten Korridor beschränkte Durchfahrterlaubnis über das südliche China ausgehandelt. Jetzt sah es so aus, als würde der diplomatische Aufruhr, den Branson mit seiner Aktion ausgelöst hatte, zu unseren Lasten gehen: Bis zum Abschluß der Untersuchung von Bransons Übertritt untersagten die Chinesen alle weiteren Durchfahrten.

Dann, am ersten Weihnachtsfeiertag, erreichte uns die Nachricht, daß Branson von einem Tiefdrucksystem über dem Pazifik nach Süden abgetrieben und in der Nähe von Hawaii zu einer Notwasserung gezwungen worden war. Bei der Landung auf dem Meer versagte der Mechanismus, der die Korbseile lösen und die Kabine von der Hülle trennen sollte, und die Kabine wurde vom Wind mit 30 Stundenkilometern über das Wasser gezogen. Glücklicherweise konnte sich die Besatzung aus der Kabine befreien und ausharren, bis sie gerettet wurde, aber der Ballon und die Kabine gingen im Meer verloren.

Unsere Gefühle waren, zurückhaltend formuliert, gemischt. Daß wir Branson als freundschaftlichen Rivalen betrachteten, änderte nichts daran, daß er mit seiner eigenmächtigen Aktion unsere Lage sehr viel schwieriger gemacht hatte. Es kostete Bertrand fast sechs Wochen intensiver Verhandlungen mit den Chinesen, bis sie uns die zuvor schon mit so viel Mühe erstrittene Genehmigung erneut erteilten. Erst Anfang Februar gab uns Peking grünes Licht, und auch das nur unter der Vorgabe, daß wir uns strikt südlich des 26. Breitengrades hielten. Für unsere Meteorologen hieß das, daß sie ein winziges, 10000 Kilometer entferntes Ziel anvisieren mußten.

Auf der Grundlage von Wettervorhersagen und Computermodellen suchten Luc und Pierre unablässig nach einem Wetterfenster, das uns auf den richtigen Kurs bringen würde. Dazu mußten sie Zusammenspiel und Wechselwirkung verschiedener Windsysteme prognostizieren und daraus eine Flugbahn ableiten – eine unglaublich komplexe Aufgabe.

Schließlich identifizierte Luc am 9. Februar ein mögliches Fenster für den darauffolgenden Sonntag und Montag. Am Freitag brachte das Breitling-Flugzeug die Startcrew von Bristol nach Château-d'Oex. Am Samstag wurden die Propangastanks der Kabine gefüllt und die Hülle auf dem Startfeld ausgelegt, während sich in Paris, acht Fahrtstunden nordwestlich von Château-d'Oex, ein Tanklastzug mit Flüssighelium auf den Weg in die Schweiz machte. (Da in Frankreich an den Wochenenden kein kommerzieller Güterkraftverkehr erlaubt ist, mußte die Spedition für den Transport eine Sondergenehmigung einholen.) Am Sonntag freilich meldeten die Wetterfrösche sich verschlechternde Bedingungen über Nordafrika, und mitten in die Hochstimmung hinein platzte die enttäuschende Nachricht, daß der Start verschoben werden mußte.

Im nachhinein gesehen hat Branson uns vielleicht sogar einen Dienst erwiesen. Da Kevin Uliassi und Jacques Soukup angesichts des von China verhängten Verbotes ihre Vorbereitungen abbrachen, blieb nur noch ein unmittelbarer Konkurrent im Feld zurück, Andy Elson, Bertrands Copilot in *Orbiter 2*. Am Mittwoch, den 17. Februar, hoben Andy und sein Copilot Colin Prescott mit dem Cable-&-Wireless-Ballon in Almería ab.

Damit war ein weiteres gutes Team gestartet, und bald trafen Berichte über ihr gutes Fortkommen ein. Für uns verstrich die Zeit auf einmal im Schneckentempo. Jeder Tag, den wir warteten, verringerte die Aussicht, den Rückstand noch aufzuholen. Zuletzt sah es so aus, als sei das Rennen für uns verloren.

Das Wetter war furchtbar, viel zuviel Regen für die Jahreszeit, und überall in den Alpen forderten Lawinen Menschenleben. Der Februar neigte sich dem Ende zu – und da um diese Zeit häufig das Wetter umschlug und die Winde nicht mehr so günstig wehten, fiel damit normalerweise auch das Ende der Ballonsaison zusammen. Überzeugt, daß die Saison vorüber sei, kehrte das Team Château-d'Oex den Rücken. Ich fuhr mit meiner Familie zum Skilaufen nach Les Diablerets. Stefano Albinati von Breitling rief an und schlug vor, auf einer Pressekonferenz bekanntzugeben, daß wir in diesem Jahr nicht mehr starten würden. Die Pressekonferenz wurde für den 8. März angesetzt.

Ich war verzweifelt. Am folgenden Tag luden Michèle und ich einige Freunde zum Essen in die Ferienwohnung ein, die wir gemietet hatten. Die Freunde brachten Wein mit, um mich aufzuheitern, und wir verbrachten zusammen einen schönen Abend. Für mich war das sehr wichtig, denn es erinnerte mich daran, daß gute Freunde wichtiger sind als Erfolg und Ruhm. Ihr Beistand würde mir helfen, mit den Kritikern fertig zu werden, die mein erneutes Scheitern auf den Plan rufen mußte.

Dann, am frühen Morgen des folgenden Tages, klingelte das Telefon. Am Apparat war Luc. »Bertrand!« rief er aufgeregt. »Hör zu. Wir erwarten für den 1. März ein wirklich gutes Fenster.«

»Du machst Witze«, sagte ich.

»Überhaupt nicht«, versicherte er und beschrieb, was er am Computer vor sich sah: Über dem westlichen Mittelmeer bildete sich ein großes Tiefdruckgebiet heraus, und er war überzeugt, den Ballon an seinem Rand gegen den Uhrzeigersinn über Frankreich und Spanien und dann über Afrika und nach Osten führen zu können, auf exakt der Flugbahn, nach der er die ganze Zeit gesucht hatte.

Ich war ganz durcheinander. Schließlich hatte ich mich schon damit abgefunden, daß wir endgültig aus dem Rennen waren. Andy Elson war seit einer Woche unterwegs und befand sich bereits über dem Sudan mit Kurs auf Saudi-Arabien. Was sollte ich tun? Lucs Enthusiasmus überzeugte mich davon, daß das, was sich uns da bot, eine ernstzunehmende Chance darstellte. Bei unseren früheren Anläufen hatten wir eine Art Alarmsystem eingerichtet. Wenn das Wetter vielversprechend aussah, ging vier Tage vor dem anvisierten Termin die erste Vorwarnung hinaus. Hielt das Wetter, wurde der Alarm am nächsten Tag bestätigt, und die achtköpfige Startcrew flog von Bristol nach Château-d'Oex, wo die Piloten bereits warteten. Zwei Tage vor dem Start fand sich der Rest des Teams vor Ort ein.

Am 25. Februar ging die erste Vorwarnung hinaus.

Brian

Jo und ich waren seit Mitte November in Château-d'Oex – und so war es nicht nur eine herbe Enttäuschung, sondern auch eine ziemliche Arbeit, alles wieder zusammenzupacken und den Heimweg anzutreten. Wir hatten mit unserem bis unter das Dach vollgestopften Wagen gerade die französische Grenze passiert, als Bertrand mich auf dem Handy anrief. »Brian, fahr langsam! Es gibt eine minimale Chance, daß wir doch starten.« Überrascht und ungläubig legten wir bei Mâcon eine Pause ein und aßen etwas.

Wieder klingelte das Telefon. Diesmal war Alan Noble dran, unser Flugleiter. Er sagte: »So wie es aussieht, dreht ihr besser um.« Dann wieder Bertrand, zurückhaltender:

»Dreht noch nicht um. Wir wollen das Schicksal nicht herausfordern.« Nach einigem Hin und Her beschlossen Jo und ich, weiterzufahren. Die Vorstellung, auf einen bloßen Verdacht hin nach Château-d'Oex zurückzukehren und unseren gesamten Kram wieder auszuladen, war zu abschreckend. Wir wollten nach Hause fahren, selbst wenn das hieß, daß wir uns am nächsten Tag ins Flugzeug setzen und in die Schweiz zurückfliegen mußten. Nach Hause, nach Wiltshire zurückzukehren, alles auszuladen und frische Kleider einzupacken schien uns eine gute Gelegenheit, ein Kapitel abzuschließen und noch einmal von vorn anzufangen. Vielleicht war es Aberglaube, aber wir hatten einfach das Gefühl, daß wir einen klaren Schnitt machen mußten. Also strichen wir kurzerhand die geplante Übernachtung in Frankreich und fuhren auf dem schnellstmöglichen Weg nach England zurück.

Gegen Mitternacht kamen wir in Wiltshire an – aber nur, um praktisch auf dem Absatz wieder kehrtzumachen. Um zehn Uhr am nächsten Morgen bestiegen wir in Heathrow eine Maschine nach Genf, zusammen mit drei Mitgliedern des Technikteams – Kieran Sturrock, Pete Johnson und Bill Sly. (Das achtköpfige Startteam von Cameron Balloons, das eine Reihe von Spezialwerkzeugen mitnehmen mußte, war bereits in einem Kleinbus von Bristol aus aufgebrochen.)

Die Flugbegleiter an Bord der Maschine waren so gut aufgelegt, daß der Steward die obligatorischen Sicherheitshinweise von Anfang bis Ende mit einer markigen Sean-Connery-Stimme vortrug – und zwar so überzeugend, daß man sich kaum des Eindrucks erwehren konnte, James Bond höchstpersönlich habe sich das Bordmikrofon geschnappt. Die meisten Passagiere merkten gar nicht, was los war, aber einige fingen an, herzhaft zu lachen.

Ebenfalls mit uns flog Brian Smith, einer der Fluglotsen, die unseren Flug vom Genfer Kontrollzentrum aus überwachen sollten. Er informierte den Kapitän darüber, daß er das Team des *Breitling Orbiter* 3 an Bord habe. Die Antwort ließ nicht lange auf sich warten. Wir wurden samt und sonders von der Touristenklasse im Hinterteil des Flugzeugs in die Luxusklasse verfrachtet und mit Champagner verwöhnt. Als der Kapitän kurz darauf die Passagiere begrüßte, sagte er, er freue sich, uns an Bord zu haben. Später überreichte mir der Chefsteward einen Teddybären und bat mich, ihn auf die Reise um die Welt mitzunehmen. Im Fall eines Erfolges, erklärte er, könnte er ihn für viel Geld auf einer Auktion zugunsten eines Kinderhilfsfonds versteigern. Natürlich erfüllte ich seine Bitte und packte den kleinen, braunen Stoffbären mit seinem Union-Jack-T-Shirt in meine Tasche. Aus naheliegenden Gründen tauften wir ihn auf den Namen Sean.

Wieder in Château-d'Oex eingetroffen, rief ich Alan an. Er war sehr schlecht gelaunt, denn er war inzwischen zu der Überzeugung gelangt, daß Bertrand und ich gar nicht mehr um die Welt fahren, sondern nur noch mit dem Ballon aufsteigen wollten, um wenigstens ein paar Meter geflogen zu sein. Mit seiner Skepsis steckte er die Startcrew an. Ich versuchte, die Moral zu heben, indem ich sagte: »Es ist uns wirklich ernst. Wir haben mit den Wetterfröschen gesprochen, und wir steigen garantiert nur dann auf, wenn wirklich die Chance besteht, es ganz herum zu schaffen.«

Bertrand

Verwundert stellte ich fest, daß nur vielleicht fünf unserer Leute die Startvorbereitungen ernst zu nehmen schienen. Die anderen glaubten, wir wollten den Ballon nur für ein paar Tage aufsteigen lassen, damit Breitling in die Schlagzeilen kam. Für Brian und mich dagegen bestand überhaupt kein Zweifel daran, daß wir nur abheben würden, wenn wir auch eine realistische Chance hatten. Und diese Chance schien jetzt da: Unsere Wetterfrösche beharrten darauf, die aktuellen Wetterbedingungen seien die besten seit Beginn der Saison.

Alan blieb skeptisch. »Gebt es doch zu, am Anfang der Saison hättet ihr ein solches Fenster nicht in Betracht gezogen«, meinte er.

»Doch, natürlich«, antworteten sie.

»Dann ist es euch wirklich ernst?«

»*Absolument!*« rief Luc. »Auf jeden Fall.«

Von da an gingen die Startvorbereitungen zügig voran. An der einen Seite der Werkstatt in Château-d'Oex, direkt über der auf einem Laufwagen stehenden Kapsel, verlief eine Galerie mit einigen Stühlen und Tischen und einer kleinen Küche mit Wasserkocher und Kaffeemaschine. Auf dieser Galerie hatten wir uns in den zurückliegenden drei Monaten die Köpfe heiß geredet und uns zu Brainstorming-Sitzungen zusammengefunden. Jetzt flogen auf der Galerie erneut die Argumente hin und her. Wir studierten die Wetterkarten und debattierten darüber, ob wir starten sollten oder nicht. Die Atmosphäre wurde immer gespannter.

Am 28. Februar, einem Sonntag – inzwischen hatten wir die Kapsel auf das Startfeld hinausgebracht und die Ballonhülle der Länge nach ausgerollt, ohne jedoch die Schutzhülle zu entfernen –, versammelten wir uns erneut in der Werkstatt und versuchten, zu einer endgültigen Entscheidung zu gelangen. Einige waren in den mit braunem Dralon bezogenen tiefen Sesseln versunken, die anderen saßen auf normal hohen Stühlen, was der Versammlung eine leicht absurde Note verlieh.

Sollten wir starten oder nicht? Zu Brian hatte ich schon

gesagt, ich wolle, wenn es soweit sei, keinen Druck ausüben, sondern einfach meine Meinung kundtun und die anderen für sich zu einem Entschluß kommen lassen. Ich war innerlich zerrissen: Der sehnliche Wunsch, doch noch zu unserem Abenteuer aufzubrechen, trieb mich voran, die Angst vor einem Fehlschlag hielt mich zurück.

Brian und mir war klar, daß dies für 1999 unsere letzte Chance war. Wir konnten den Start absagen und in der nächsten Saison einen erneuten Anlauf machen – mit dem Risiko, daß uns im Sommer jemand auf der Südhalbkugel zuvorkam. Oder aber wir ergriffen die Gelegenheit beim Schopf und wagten den Start. Wenn wir starteten, konnten wir den Wettlauf vielleicht noch gewinnen. Wenn jedoch das Wetter umschlug, war dies das definitive Aus.

Ich sagte mir also: »Es ist zu spät, lassen wir's sein. Heben wir den Ballon für nächstes Jahr auf.« Dann, im nächsten Moment, dachte ich: »Nein – wir können nicht warten. Wir *müssen* das Risiko eingehen und starten. Aber nur, wenn das Wetter perfekt ist. Bloß, woher wissen wir das?« Der Ballon lag noch am Boden, und in meinem Kopf drehte sich schon alles.

Alan war immer noch skeptisch. »Wenn ich mir die Wetterkarten ansehe«, erklärte er, »kann ich nicht erkennen, wie du es um die Welt schaffen willst.«

»Das kannst du nur anhand der Karten auch gar nicht«, sagte Luc. »Dazu mußt du eine Flugbahn berechnen. Das Wetter bewegt sich ja genauso wie der Ballon. Die Hoch- und Tiefdruckgebiete verlagern sich unaufhörlich. Das Wetter ist nicht statisch, es ist dynamisch.« Er sah Alan an. »Kümmere du dich darum, daß sie hochkommen, dann sorge ich dafür, daß sie es um die Welt schaffen.«

Der Druck, der auf Brian und mir lastete, war inzwischen noch stärker geworden. Wir wußten beide, daß wir das Schicksal oder die Zukunft nicht in der Hand hatten. Ich bekräftigte noch einmal, daß ich keine Entscheidung erzwingen, sondern mich den Argumenten der anderen fügen wollte. Wenn ich stillhielt, so spürte ich deutlich, würde das Schicksal sich zu erkennen geben und uns zur richtigen Entscheidung führen.

Bei dem entscheidenden Treffen sagten wir beide kaum etwas. Luc und Pierre bestimmten die Diskussion und bekräftigten ein ums andere Mal, daß das Wetterfenster hervorragend aussehe. Immer noch skeptisch, wollte Alan wissen, wie lang wir ihrer Meinung nach unterwegs sein würden.

Nach einer kurzen Beratung kam die Antwort: »Sechzehn Tage.« Jetzt lächelte Alan zum ersten Mal. Die meisten von uns hatten eher mit achtzehn oder neunzehn Tagen gerechnet. »Wenn ihr sechzehn Tage sagt«, erklärte er, »bin ich für einen Start.« Bei einem Tag mehr wäre womöglich der Brennstoff für eine sichere Landung knapp geworden. »Ich will eben nicht, daß ihr mitten über dem Pazifik oder dem Atlantik vom Himmel fallt«, fügte er hinzu. »Aber so, denke ich, können wir es wagen.«

»Also gut«, sagte ich. »Stimmen wir einzeln ab. Denn ich will nicht, daß bei einem Mißerfolg jemand ankommt und sagt: ›Ich war die ganze Zeit dagegen.‹ Und genausowenig sollen bei einem Erfolg die, die dagegen waren, sagen können: ›Ich war die ganze Zeit dafür.‹«

Um Punkt ein Uhr stimmten wir per Handzeichen ab. Die Entscheidung fiel einstimmig: Wir starten. »Okay«, sagte Alan. »Jetzt müssen wir nur noch den Technikern sagen, daß sie sich sofort an die Arbeit machen sollen.« Er stand auf, ging zum Telefon und beorderte die Techniker auf das Startfeld. Nach der großen Enttäuschung zwei Wochen zuvor, als der Start verschoben worden war, hatten sie unsere Entscheidung mit größter Spannung erwartet.

Noch am Morgen hatten unsere Wetterfrösche versichert, daß es in der nächsten Zeit auf keinen Fall regnen werde. Doch als das Technikerteam gerade anfing, die Hülle zu montieren und das Velcro und die über siebzig Karabiner anzubringen, die die äußere Hülle – also Topzelt, Schürze und Heißlufttrichter – zusammenhielten, begann es zu nieseln. Das brachte sie in eine Zwickmühle.

Den Winter über waren Unmengen Schnee gefallen, und wir hatten eine Pistenraupe benutzt, um die Schneedecke auf dem Startfeld zu verdichten. Jetzt hatte das Team auf dieser Unterlage riesige Folien aus schwarzem Polyäthylen ausgelegt, mit denen sonst Silagegruben abgedeckt werden. Damit sollte verhindert werden, daß die Hülle am Boden festfror. Wenn der Regen aber stärker wurde, konnte das fatale Folgen haben: Sog sich der Ballon mit Wasser voll und fiel die Temperatur in der Nacht unter Null, würde die Hülle an der Folienunterlage festfrieren und beim Ablösen später möglicherweise reißen. Genau das war Richard Branson bei seinem ersten Versuch, den Pazifik zu überqueren, passiert. Dazu kam, daß nasses Velcro nicht richtig abdichtet – ein Mangel, der bereits zwei Ballonfahrer das Leben gekostet hatte.

Brian

Am Tag vor dem Start blieben Bertrand und ich dem Startfeld so gut es ging fern. Wir verbrachten den ganzen Tag zusammen, gingen einkaufen, spazierten durch den Ort, tranken Kaffee und unterhielten uns, alles kleine Dinge, die das Vertrauen zwischen uns stärkten. Wir wollten dem Erwartungsdruck der Medien und der Öffentlichkeit möglichst ausweichen und uns in größerer

Ruhe auf den Start vorbereiten, als Bertrand dies bei *Orbiter 1* und 2 getan hatte.

Die Kapsel war zwar bereits beladen, aber es fehlten noch ein paar frische Lebensmittel – Brot, Käse, Margarine und Obst –, die wir im örtlichen Supermarkt besorgten. Vom *Hôtel de Ville* ließen wir uns vorgekochte und vakuumverpackte Menüs mitgeben: Lachs, Hühnchen und Emusteak. Da klar war, daß die frischen Sachen nur ein paar Tage halten würden, hatten wir außerdem dehydrierte Menüs für neunzehn Tage geladen und dazu 150 Anderthalbliterflaschen Wasser, die wir unter dem Kabinenboden verstauten. Bertrand hätte Sprudel vorgezogen, wovon wir aber absahen, da wir fürchteten, die freiwerdende Kohlensäure könnte mehr Kohlendioxid freisetzen als wir durch unser Atmen und dadurch die CO_2-Filter in der Kabine vorzeitig erschöpfen. Um Gewicht zu sparen, entledigten wir uns in letzter Minute noch einiger entbehrlich erscheinender Puddingbecher. Alkohol nahmen wir keinen mit, nicht einmal eine Flasche Champagner, um zu feiern, sollte es etwas zu feiern geben. Der einzige Luxus, den wir uns leisteten, waren zwei kleine Dosen getrüffelte Pastete.

Ein Faktor, der uns zugute kam, war, daß keine anderen Ballonstarts anstanden. Während der Saison, als sich mehrere Teams auf den Start vorbereiteten, hatte Cameron Startcrews für alle von dem Unternehmen hergestellten Ballons bereitstellen müssen. Jetzt, außerhalb des üblichen Wetterfensters, gab es keine Konkurrenz, und wir konnten uns die besten Leute aussuchen. Die Crew, die von Bristol nach Château-d'Oex kam, bestand aus dem Besitzer und Gründer der Ballonfirma persönlich, dem knapp sechzigjährigen Schotten Don Cameron, ferner aus Dave Boxall, Gavin Hailes und Andy Booth, auf deren Anwesenheit beim Start wir besonderen Wert legten.

Am Sonntag abend aßen wir noch einmal im *Hôtel de Ville* – unsere letzte Mahlzeit auf Erden, zumindest bis auf weiteres. Das klingt, als seien wir auf dem Weg zum Schafott gewesen – und fast kam es uns auch so vor. Die Mahlzeit verlief in einer seltsamen Atmosphäre. Danach zogen wir uns zurück, um vor dem großen Ereignis noch einige Stunden zu schlafen.

Bertrand

Laut Vorhersage sollte der Morgen schönes Wetter bringen. Doch vor Anbruch der Dämmerung war der Himmel noch wolkenverhangen, und in dem Tal, in dem Château-d'Oex liegt, hing dichter Nebel. Um fünf Uhr morgens waren Brian und ich im *Hôtel de Ville* hellwach. Draußen auf dem ein paar hundert Meter entfernten Startfeld waren die Techniker seit über acht Stunden daran, den Ballon aufzurüsten. Nach fünf Jahren der Vorbereitung, der fehlgeschlagenen Starts und der enttäuschten Hoffnungen näherte sich der Moment der Wahrheit.

Ich war aus dem Schlaf hochgeschreckt. Mein Puls raste, und mein erster Gedanke war: Wie sieht es auf dem Startfeld aus? Ich griff zum Telefon, rief Alan Noble auf seinem Handy an und fragte: »Wie kommt ihr voran?«

»Bertrand«, sagte er, »leg dich wieder schlafen.«

»WAS?« War alles vorbei? Hatten sie es nicht geschafft, den Ballon zu füllen?

»Leg dich wieder schlafen«, wiederholte er, »wir können euch frühestens in zwei Stunden hier brauchen.«

»Was passiert in zwei Stunden?«

»Ihr fahrt. Alles läuft wie am Schnürchen. Der Ballon ist gefüllt, und es ist windstill.«

»Alan«, brüllte ich ins Telefon, »ich kann jetzt unmöglich schlafen! Ich komme rüber.«

Mein Körper war wie ausgewechselt. Kein Gedanke mehr an Entspannung oder Schlaf! Ich war zu hundert Prozent wach, bereit, sofort aufzubrechen. Es war immer noch dunkel, und außer mir und Brian und einer Bedienung, die wegen uns extra früh aufgestanden war, war niemand im Hotelrestaurant. Brian aß ein Croissant, aber mein Mund war so trocken, daß ich mich mit Müsli und etwas Tee begnügte. Selbst das war für meine angespannten Nerven zuviel. Als ich in mein Zimmer zurückging, um mir die Zähne zu putzen und meine Tasche zu holen, bekam ich plötzlich Magenkrämpfe und mußte mich übergeben. »Nicht zu fassen«, dachte ich. »So etwas ist mir noch nie passiert. Noch nie in meinem Leben hatte ich solche Angst.« Mein revoltierender Magen machte mir bewußt, daß ich vor dem wichtigsten Augenblick meines Lebens stand.

Der 1. März 1999 war zufällig auch mein 41. Geburtstag. Ein Jahr zuvor hatte ich am Geburtstag meines Großvaters mit dem *Breitling Orbiter 2* abgehoben, und damals hatte ich das als Zeichen der Vorsehung betrachtet, als Zeichen dafür, daß ich Erfolg haben würde. Doch meine Vorahnung hatte sich als falsch erwiesen, wir hatten die Fahrt abbrechen müssen. Vielleicht, dachte ich an diesem Tag, meinem eigenen Geburtstag, ist diese Fahrt eben etwas, das ich alleine durchziehen muß, etwas, bei dem mir meine Vorfahren nicht helfen können.

Brian

Ich hatte kaum geschlafen. Jo und ich lagen nebeneinander im Bett, und mir gingen tausend Dinge durch den Kopf, die ich ihr gerne gesagt hätte, aber ich wollte auch kein Gespräch anfangen. Ich lag einfach da und überlegte, ob sie wohl wach war, und sie tat – wie sie mir später erzählte – das gleiche. Ich war genauso aufgeregt wie Bertrand.

Um sechs Uhr verließen wir das Hotel und fuhren den kurzen Weg durch die menschenleeren Straßen des Ortes zum Startfeld. Die Temperatur lag ein paar Grad unter Null, und wegen des Nebels konnten wir weder die Sterne noch die Gipfel der Berge sehen, die sich mehr als tausend Meter über den Ort erhoben. Dann, wir waren gerade auf die Hauptstraße eingebogen, sahen wir den Ballon.

Der Anblick war atemberaubend. Im hellen Schein der Bogenlampen stand leuchtend die schlanke, hoch aufragende silberne Hülle vor dem dunklen Himmel. Über fünfzig Meter hoch – so hoch wie der Schiefe Turm von Pisa und nicht viel kleiner als Nelson auf seiner Säule auf dem Trafalgar Square –, stand der Ballon da wie ein überdimensionales Ausrufezeichen, ein Mahnmal der Kühnheit unseres Unterfangens. Austretendes Helium wirbelte in weißen Wolken um die Hülle. Am Boden stand der klobige horizontale Zylinder der Kabine, knallrot gestrichen, zum Teil hinter den in einer Doppelreihe auf jeder Seite angebrachten Gastanks aus Titan verborgen. Männer rannten hin und her, einige hielten Seile, andere hantierten mit Schläuchen. Die Größe des Gefährts war ehrfurchtgebietend. Der Ballon hatte ein Gesamtvolumen von 18500 Kubikmetern, und an Gewicht brachte er einschließlich Gondel und Brennstoff stolze 9,2 Tonnen auf die Waage. Das also war der majestätische Gigant, von dem wir hofften, daß er uns um die Welt tragen würde.

»Wahnsinn!« rief Bertrand. »Unser Ballon!«

Während wir langsam weiterfuhren und der Ballon vor unseren Augen immer größer wurde, kehrte ich in Gedanken dreißig Jahre zurück zum Start der *Apollo 11* zum Mond. Damals, 1969, hatte ich gebannt vor dem

Fernseher gesessen und mitverfolgt, wie die Astronauten in die Rakete einstiegen. Jetzt hatte ich das Gefühl, die Szene live nachzuspielen. Ich wußte, daß Bertrand beim Apollo-Start in Cape Kennedy dabeigewesen war, doch jetzt sprach er nicht davon, von Gefühlen überwältigt. Wir trugen marineblaue Fliegermonturen aus einem weichen, feuerfesten Gewebe, darüber speziell von Breitling für uns entworfene Jacken. Auf der Brust waren Aufnäher aufgesetzt, auf denen unsere Namen und Blutgruppen standen, an den Hosenbeinen waren Survival-Messer befestigt. »Ich glaube, wir sehen ziemlich professionell aus«, flüsterte Bertrand mir zu, als wir auf die wartende Menge zugingen. »Wenn die Leute nur wüßten, wieviel Schiß wir haben!«

Wir parkten unseren Chrysler Voyager neben den Autos der anderen Mitarbeiter und stiegen aus. Sofort drohte die Menge uns zu schlucken. Um ihr zu entkommen, mußten wir den Weg zu dem Gebäude am Rand des Startfelds, in dem die Pressekonferenz stattfinden sollte, im Laufschritt zurücklegen. Das Wort vom bevorstehenden Start hatte die Runde gemacht, und der Raum war voll. Trotzdem hatten sich nur rund ein Drittel so viele Journalisten vor Ort eingefunden wie beim Start des *Orbiter 2.* Damals hatten die Journalisten auf Stühlen und Tischen gestanden, um einen Blick auf uns zu erhaschen. Jetzt, nach rund zwanzig gescheiterten Versuchen, glaubten nur noch wenige Menschen, daß es möglich sei, in einem Ballon um die Welt zu fahren. Es fiel uns nicht viel Neues zu sagen ein. Alan hielt eine kurze Ansprache, dann traten Luc und Pierre vor die Kameras. Bertrand, begierig, in die Gondel zu kommen, und in Gedanken schon bei den Vorflugchecks, hielt seine Antworten untypisch kurz.

Mir war bei unseren gemeinsamen Auftritten aufgefallen, daß Bertrand immer viel gewandter über das Ballonfahren sprach als ich. Jetzt dachte ich, daß etwas Lustiges am besten ankommen würde – also erzählte ich, daß wir anläßlich seines Geburtstags für ihn gesammelt hätten. Alle seien sehr spendabel gewesen, vor allem Breitling, aber wir hätten Schwierigkeiten gehabt, uns darauf zu einigen, was wir ihm schenken sollten. Da wir nicht in der Lage gewesen seien, uns zwischen einer Ballonfahrt und einer Reise um die Welt zu entscheiden, hätten wir – als Kompromiß – beschlossen, ihm beides zu schenken.

Als ich fertig war, kamen zwei Breitling-Hostessen auf die Bühne und überreichten Bertrand (symbolisch anstelle einer Torte) ein Croissant, in dem eine einzelne Kerze steckte, dann sangen alle gemeinsam »Happy Birthday«.

Draußen arbeiteten die Techniker weiter an den Startvorbereitungen. Ein Tanklastwagen, der minus 200 Grad kaltes flüssiges Helium geladen hatte, war von Paris eingetroffen, und die achtzehnköpfige Crew von Carbagas füllte den Ballon. Das durch den Verdampfer strömende Helium erzeugte einen lauten Pfeifton. Gleichzeitig bemühten sich die Feuerwehrmänner von Château-d'Oex, mit Hilfe von Seilen die Hülle in Position zu halten. In der engen, vollgepackten Kabine hakte unser Elektronikspezialist und Cheftechniker Kieran Surrock eine lange Checkliste ab. Der einzige Defekt, den er entdeckte, war ein kleines Leck an dem mit komprimiertem Stickstoff gefüllten Zylinder, der die Ventile regelte, über die an der Ballonspitze überschüssiges Helium abgelassen werden konnte. Er zog die Verbindung so fest an, wie er konnte, ohne jedoch das Leck ganz abdichten zu können.

Bertrand

Die Techniker hatten um drei Uhr nachts mit dem Aufrüsten begonnen, und bisher war alles glatt verlaufen. Dann, mit der Dämmerung, kam der Wind. Böen, zunächst schwach, dann stärker und von niemandem erwünscht, bliesen durch das Tal. Der Ballon hatte sich bereits zu seiner vollen Höhe aufgerichtet und begann hin und her zu schwanken. Wenn der Wind noch stärker wurde, konnte das gefährlich werden; die Hülle konnte beschädigt oder die Kabine hochgehoben und auf den Boden geschmettert werden. Im schlimmstmöglichen Fall konnte einer der Propangastanks leckgeschlagen werden, explodieren und Kabine und Hülle in Brand setzen. Allen war klar, daß wir so schnell wie möglich abheben mußten.

Der Zeitpunkt des Abschieds von unseren Familien war gekommen – ein Moment, den wir beide fürchteten. Jedesmal, wenn ich meine Frau Michèle und meine drei Töchter ansah – die achtjährige Estelle, die sechsjährige Oriane und die vierjährige Solange –, fragte ich mich, ob es richtig war, für eine Ballonfahrt um die Welt so viel aufs Spiel zu setzen, und jedesmal spürte ich, wie meine Entschlossenheit ein wenig schwächer wurde.

Bei früheren Starts waren die Mädchen ganz unbesorgt gewesen, doch je öfter sie von Journalisten gefragt worden waren, ob sie denn keine Angst hätten, daß ihrem Vater etwas passieren könnte, desto ängstlicher waren sie geworden. Seit ich allerdings von zwei Fehlschlägen nicht nur lebendig, sondern auch bei bester Gesundheit heimgekehrt war, hatten sie ihr altes Vertrauen wiedergefunden und blickten neuen Starts erwartungsvoll entgegen. So auch dieses Mal. Ich nahm sie in die Arme und sagte: »Ist das nicht wunderbar? Diesmal fliegen wir wirklich los.« Das machte sie zwar traurig, vor allem

Estelle, aber sie schienen nicht wirklich besorgt. Wichtiger war für sie, daß sie an diesem Montag nicht zur Schule zu gehen brauchten.

Michèle fiel der Abschied erheblich schwerer. Aber auch sie blieb, als ich ihr für alles dankte, was sie für mich und das Projekt getan hatte, vollkommen ruhig und sagte lediglich: »Sei vorsichtig. Ich vertraue darauf, daß du kein Risiko eingehst, daß du nicht versuchst, etwas zu erzwingen, wenn es unmöglich ist.«

Dann ging ich zu meinem Vater Jacques – selbst ein berühmter Forscher und der erste Mensch, der zum tiefsten Punkt der Weltmeere getaucht war – und dankte ihm, mir die Leidenschaft für das Abenteuer mitgegeben und ermöglicht zu haben, so viele wunderbare Menschen kennenzulernen, Astronauten und Forscher, mit denen er beim Bau seiner Unterseeboote in Florida in Kontakt gekommen war. Sie, die Helden meiner Kindheit, waren zum Mittag- oder Abendessen in unser Haus in Florida gekommen und hatten mir gezeigt, wie wunderbar das Leben sein kann, wenn man als Forscher in die Welt hinauszieht. Schließlich dankte ich ihm noch für die Kraft und Ausdauer, mit der ich mich auf diese Reise um die Erde hatte vorbereiten können. Ein vielsagendes, von Bill Sly, einem Mitglied des Technikteams, aufgenommenes Foto zeigt uns beide in Tränen. Aber es waren keine Tränen der Angst, wir waren nur tief bewegt. Obwohl wir umringt waren von Kameras, war dieser Moment der Nähe für uns beide eine Quelle der Kraft, eine Insel der Ruhe inmitten der allgemeinen Aufregung.

Dann ging ich noch zu Thédy Schneider, dem Chef von Breitling. Da ich wußte, daß er in solchen Situationen nicht gern viele Worte macht, sagte ich einfach: »Danke für Ihr Vertrauen.«

Brian

Auch mir fiel der Abschied sehr schwer. Ich hatte Angst, vor laufenden Kameras in Tränen auszubrechen. Meine einzige Hoffnung war, daß Jo die Fassung behielt. Wenn sie zu weinen begann, würde ich kein Wort herausbringen. Doch als ich dann durch die Menschen zu Jo ging, sah sie mir absolut ruhig entgegen. Sie stand einfach da und strahlte ein unerschütterliches Vertrauen aus. Ich war stolz auf sie. Ich gab ihr einen Kuß, und sie sagte nur: »Du schaffst es.« Mehr nicht. Erleichtert drehte ich mich um. Erst als ich ein paar Monate später eine Videoaufnahme der Abschiedsszene sah, bemerkte ich, daß ihr, nachdem ich mich umgedreht hatte, Tränen über das Gesicht liefen.

Bertrand

Um acht Uhr kletterten Brian und ich mit dem Kopf voran durch die Heckluke in die Kabine – nicht ohne zuvor die Schuhe ausgezogen zu haben. Wir hatten es zur strengen Regel gemacht, daß niemand die Kabine mit Schuhen betreten durfte, eine Vorsichtsmaßnahme, mit der wir vermeiden wollten, daß Feuchtigkeit in die Kabine gelangte und später an den Bullaugen kondensierte. Auf Wunsch der Pressefotografen steckten wir nacheinander den Kopf aus der Luke. Damit wir beim Aufstieg keinen Druck verloren, wischte mein Vater die Dichtung der Luke mit einem Handtuch gewissenhaft ab, wie er es so oft vor seinen Tauchfahrten getan hatte. Dann verriegelten wir sie.

Brian

In der Kabine ging es mir wieder gut. Der Wind nahm beständig zu. Hoch über uns knisterte das silberbeschichtete Mylar der Hülle, ein Geräusch, als ob jemand einen gigantischen Truthahn in Alufolie einwickelte. Die Kabine, die auf dreißig Zentimeter dicken Styroporblökken stand, damit die Treibstofftanks nicht auf dem Boden aufsetzen, gab Geräusche von sich, die mir die Haare zu Berge stehen ließen. Mit jedem Schwanken und Ziehen des Ballons rieb sich der glatte Bauch der Kabine an den Styroporblöcken und erzeugte ein ekelhaftes Quietschen. Als eine Windböe die Kabine ein, zwei Meter vom Boden hob und dann wieder fallen ließ, glaubten die Zuschauer schon, sie würde auseinanderbrechen. Das Rucken und Zerren wurde so heftig, daß die Feuerwehrleute befürchteten, die Hauptverankerung könnte aus dem Boden gerissen werden. Sie beschlossen deshalb, das Halteseil an ihrem Fünftonner zu befestigen.

Im Inneren der Kabine wurden Bertrand und ich hin und her geworfen, während wir die Checkliste durchgingen:

»VHF-Sender.«

»An.«

»Frequenz eins eins neun Komma eins sieben.«

»Korrekt.«

»Luftdruck Höhenmesser.«

»Eingestellt.«

»Sicherungsstifte der Feuerlöscher.«

»Abgezogen.«

»Life-Support-System.«

»An.«

»Gasventil.«

»Zur Überprüfung geöffnet.«

»Zwei rote Lampen.«

»Okay.«

Und so weiter für über fünfzig Positionen.

Es fiel uns schwer, uns zu konzentrieren, einmal wegen des Lärms, zum anderen, weil immer wieder Vorräte und Ausrüstungsgegenstände aus den Staufächern herausfielen und den schmalen Gang in der Kabinenmitte blokkierten. Als wir die Startvorbereitungen abgeschlossen hatten, mußten wir uns noch einige Minuten gedulden. Mit dem Gewicht von uns beiden an Bord benötigte der Ballon mehr Helium, um vom Boden abheben zu können. Während die Crew von Carbagas Helium in den Ballon pumpte, unterhielt sich Bertrand über das Handy mit Alan Noble. Wir hatten für die Startphase die Kontrolle der Bodenmannschaft übertragen, und es gab nichts, was wir für sie hätten tun können.

Da ich nach dem Start zunächst außerhalb der Kabine zu tun hatte, kletterte ich durch die Dachluke hinaus. Zwar wurden wir immer noch heftig hin und her geworfen, doch bestand keine Gefahr, heruntergeschleudert zu werden. Rund um die Kabine verlief ein etwa kniehohes, zweistrebiges Geländer zur Absicherung der Ladung und der Brennstofftanks. Zudem verliefen jenseits dieses Rings aus rostfreiem Stahl, den wir aufgrund des Gefühls der Sicherheit, das er uns vermittelte, »Laufstall« nannten, die schweren Ausleger aus Titan, welche die Propangaszylinder trugen.

Um uns drängten die Zuschauer aufgeregt durcheinanderrufend näher an die Kabine, ohne zu ahnen, in welche Gefahr sie sich begaben. Wäre der Ballon gerissen oder zu Boden gedrückt worden, hätte es Tote oder Verletzte geben können. Außerdem hätte einer unserer 32 Propangaszylinder leckschlagen und in einem Feuerball explodieren können. Tatsächlich verhakte sich ein Seil in einem der Zylinder und zog sein unteres Ende ein Stück nach außen, bevor es zurück gegen die Kabinenwand knallte. Ich wollte die Leute warnen, ließ es aber bleiben, da ich keine Chance hatte, das Geschrei der Menge und das Kreischen der Styroporblöcke zu übertönen.

Bertrand

Rund einhundert Meter weiter war ein anderes Team unter einem erfahrenen Ballonfahrer dabei, einen Heißluftballon für den Start aufzurüsten. Das Team sollte vor uns aufsteigen und die Windverhältnisse über dem Tal prüfen sowie Journalisten und Fotografen mit nach oben nehmen. Die Crew schaffte es, den Ballon mehr oder weniger zu füllen, doch zu unserer Bestürzung ließen sie ihn wegen der zu starken Windböen wieder ab. Als ich das sah, dachte ich: »Jetzt bekommen wir wirklich Probleme.« Brians Gesicht wurde immer blasser, bis es weiß wie ein Laken war.

Trotz der Probleme der anderen Crew dachte keiner von uns auch nur einen Moment daran, den Start abzubrechen. Mir war klar, daß ein Start unter diesen Bedingungen riskant war und uns den Ballon kosten konnte. Wenn der Ballon beim Start beschädigt wurde, mußten wir womöglich gleich wieder landen – und eine Notlandung in den Bergen ist immer extrem gefährlich. Zum einen mußten wir dann ein relativ ebenes Gelände finden, zum anderen bestand die Gefahr, daß die Propangaszylinder beim Aufprall auf den Boden explodierten. Dennoch gab es für uns beide kein Zurück. Wir waren bis hierher gekommen, jetzt mußten wir weitermachen. In einem Interview am Tag zuvor hatte ich erklärt, warum uns gar keine andere Wahl blieb: Wenn wir den Start abbliesen, hielt uns alle Welt für Angeber, wenn wir starteten und dann scheiterten, hielten uns alle für unfähig, und wenn wir starteten und Erfolg hatten, sagten alle, das sei doch kinderleicht gewesen.

Eine Weile leistete ich Brian auf dem Kabinendach Gesellschaft. Inzwischen war es Tag geworden, und obwohl der Himmel immer noch grau über uns hing, schien die Sonne durch den Dunst und auf die Spitze der Hülle. Die Vorhersage der Wetterfrösche traf exakt ein: Das vorhergesagte Startfenster war über uns, während von Norden schon das nächste Tief heranrückte.

Drei Fluglotsen des Genfer Flughafens hatten uns freiwillig ihre Dienste angeboten, und zwei von ihnen – Greg Moegli und Patrick Schelling – hatten vor Ort in Château-d'Oex eine Leitstation eingerichtet. Ihre erste Aufgabe bestand darin, andere Flugzeuge von der Flugbahn des Ballons fernzuhalten. Greg nannte die Aktion hinterher mit das Verrückteste, was er je erlebt habe. Vier Helikopter, zwei Flugzeuge und zwei Luftschiffe kreisten über Château-d'Oex, und die Piloten baten aufgeregt um Erlaubnis, sich dem Ballon noch weiter nähern zu dürfen.

Unten auf dem Boden war die Menge der Schaulustigen enorm angeschwollen. In letzter Minute hatte sich die Nachricht verbreitet, daß wir tatsächlich abheben würden, eine Aussicht, die kurzfristig noch mehrere tausend Leute angelockt hatte. Einer Frau kam es vor, als sei der Ballon ein lebendiges Wesen. »Er war wie ein Tier«, sagte sie, »das ungeduldig darauf wartete, sich losreißen zu können.« Die Frau war nicht die einzige, die glaubte, das Feuerwehrauto würde mit auf die Reise um die Erde gehen.

Ursprünglich war geplant, daß die Bodencrew den Ballon austarieren und uns mitteilen würde, wann sie bereit war, das Halteseil zu kappen. Dann würde sie uns einen Countdown von zehn bis eins geben. Doch es kam ganz anders. Alan, geplagt von Angst vor einem schweren Unfall, wartete einfach die nächste Böe ab, und als der

Ballon anfing, in die Höhe zu steigen, schnitt er um 9.09 Uhr Ortszeit – 8.09 Uhr Zulu – das Seil mit seinem Schweizer Armeemesser durch. Dem Reporter des britischen Fernsehsenders Sky kam die Sache »weniger wie ein Start als vielmehr wie eine Flucht« vor. (Zulu, abgekürzt Z, ist die internationale Bezeichnung für die mittlere Greenwichzeit, an die wir uns während der Fahrt hielten.)

Unmittelbar nach dem Start kletterte ich in die Kabine zurück, bis nur noch mein Kopf aus der Luke schaute, während Brian auf dem Dach blieb. Die Geräuschkulisse, die unseren Aufstieg begleitete, war ohrenbetäubend. Unter uns brach die Menge in lautes Jubelgeschrei aus. Die Menschen hatten Monate auf diesen Moment gewartet, und jetzt, da er endlich da war, ließen sie ihren Gefühlen freien Lauf. Uns traten, bewegt vom Anblick und der Anteilnahme der Menschen, Tränen in die Augen. Der Rundfunksprecher überschlug sich fast vor Begeisterung und schien drauf und dran, sein Mikrofon zu verschlukken. Die Sirene des Feuerwehrwagens heulte, die beiden Kirchen des Ortes, die katholische und die evangelische, läuteten die Glocken. Uns kam es geradezu so vor, als trage uns die so lange aufgestaute Anspannung und Aufregung himmelwärts.

Brian

Wir hoben mit einem so heftigen Ruck vom Boden ab, daß ich mich an das Geländer des Laufstalles klammern mußte. Noch in einigen hundert Fuß Höhe konnten wir die Rufe und Schreie der auf dem Startplatz versammelten Menschen hören, aber Bertrand, der auf dem rechten Pilotensitz saß, schien den irdischen Lärm unter uns schon vergessen zu haben und konzentrierte sich voll auf die Instrumente. Durch das Bullauge vor ihm sah er zwar, daß wir stiegen, aber die Geschwindigkeit konnte er nur von den Instrumenten ablesen.

Wir waren beide überrascht, wie rasch wir an Höhe gewannen. Mein erster Job bestand darin, die Styroporblöcke, die immer noch unter der Kabine hingen, abzuschneiden. Doch als ich über die Kante blickte, sah ich, daß wir schon 500 Fuß gestiegen waren, zu hoch, um die Blöcke noch abzuwerfen, ohne dabei zu riskieren, daß sie jemanden verletzten oder gar töteten. Die Blöcke blieben also, wo sie waren, und fuhren mit uns um die Welt. Ich ging nun daran, die Antenneneinheit für das Satellitentelefon, an der auch die rote Kollisionswarnleuchte und eine weiße Stroboskoplampe befestigt waren, sowie die der Stromversorgung dienenden Solarpaneele abzulassen.

Schon bald, in nur 1000 Fuß Höhe, erreichten wir die erste Inversionsschicht – eine unsichtbare Barriere zwischen der kälteren Luft am Boden und der wärmeren Luft darüber. Der Ballon hörte auf zu steigen. Auf offenem Gelände hätte uns das egal sein können; die Hülle wäre von der Sonne allmählich aufgeheizt worden und der Ballon weitergestiegen. Doch das dauert seine Zeit, Zeit, die uns hier in den Alpen nicht blieb. Verharrten wir zu lange auf derselben Höhe, liefen wir Gefahr, abgetrieben zu werden und womöglich mit einem Berg zu kollidieren. Ein früher Versuch einer Erdumrundung 1993 von Larry Newman mit dem Ballon *Earthwind 1* war aus ebendiesem Grund bereits nach einer Stunde gescheitert; die Crew hatte nicht rasch genug manövrieren können, und der Ballon war gegen eine Bergflanke gedrückt worden.

Eine Möglichkeit, den Aufstieg zu beschleunigen, besteht darin, Ballast abzuwerfen, und genau das taten wir auch. »Einen Sandsack!« rief Bertrand mir zu, und ich begann, die ersten 15 Kilogramm Ballast in eine Stoffröhre zu kippen, die dafür sorgte, daß der Sand nicht gegen die Kabine geblasen wurde, sondern sich weiter unten verteilte. Im nächsten Augenblick griff Bertrand durch die Luke, packte mich am Knöchel und rief: »Brian, Achtung, ich heize!« – ich sollte mich von den Propandüsen fernhalten. Eine Sekunde später schossen zwei Meter lange blaue Flammen in den Heißlufttrichter, erwärmten das Helium in der darüberliegenden Gaszelle, und wir fingen wieder an zu steigen.

Nachdem wir die erste Inversionsschicht hinter uns gebracht hatten, stieg der Ballon wieder schneller, und ich machte mich eilends an meine Aufgaben. Bei etwa 6000 Fuß mußten wir die Luke schließen und die Kabine druckfest machen – eine Höhe, die wir in ein paar Minuten erreichen würden. Sobald ich meine Aufgaben erledigt und mich noch einmal vergewissert hatte, daß alles so aussah, wie es sollte, stieg ich zu Bertrand in die Kabine und verriegelte die Luke. Von einem Augenblick auf den anderen umfing uns absolute Stille.

Gespannt standen wir da und warteten. Als Bertrand nach dem Start von *Orbiter 2* die Luke geschlossen hatte, hatte er nach zwanzig Sekunden ein verräterisches Zischen gehört, ein sicheres Indiz dafür, daß die Luke nicht luftdicht war und die Kabine an Druck verlor. Mit gespitzten Ohren lauschten wir auf verdächtige Geräusche, aber nichts unterbrach die Stille. Wir sahen uns an und grinsten. Die Luke war dicht, und der Ballon stieg weiter. Wir waren unterwegs.

Bertrand

Nach all diesen Aufregungen war es wunderbar, endlich in der Luft zu schweben. Doch als wir uns zwischen den verschneiten Bergen von Château-d'Oex entfernten, passierten wir eine dritte und letzte Inversionsschicht, und plötzlich schoß der Ballon förmlich nach oben. Wir hatten mit 200 Fuß pro Minute aufsteigen wollen, aber das Variometer zeigte an, daß wir sechsmal so schnell waren. Das war gefährlich: Ein derartig rascher Aufstieg konnte die Hülle leicht platzen lassen, da sich das Helium in der Gaszelle durch die Sonnenhitze und den sinkenden Luftdruck stark ausdehnte. Theoretisch sollte das überschüssige Helium zwar durch die Hilfsansätze entweichen – zwei Stoffröhren mit einem Durchmesser von knapp einem Meter, die von der Gaszelle auf beiden Seiten der Hülle nach unten führten –, aber sie hatten sich womöglich beim Start verdreht oder waren auf andere Weise blockiert worden. Und selbst wenn der Ballon nicht platzte, hätte er seine Prallhöhe durchstiegen und viel Helium verloren, und wir hätten den Verlust an Steiggeschwindigkeit durch massives Heizen ausgleichen müssen. (Prallhöhe ist die maximale Höhe, auf die das sich ausdehnende Helium den Ballon in der größten Tageshitze steigen lassen kann, bevor durch den Überdruck Gas durch die Hilfsansätze nach draußen gedrückt wird.)

»Wir müssen Gas ablassen«, sagte ich. Ich machte mit meinem Sitz eine halbe Drehung und langte hinter mich, um das pneumatische System zu betätigen, das die Ventile in der Spitze der Hülle öffnete und schloß. Ich öffnete den Schalter der Stickstoffflasche, und das komprimierte Gas entwich mit einem Zischen. Es bahnte sich den Weg durch die enge Leitung bis zur Spitze der Hülle und drückte dort die Ventile auf. Eigentlich wollten wir möglichst wenig Helium ablassen, da wir keine Reserve dabei hatten, doch zeigte sich schnell, daß eine Entladung nicht ausreichte. Wieder und wieder mußten wir die Ventile öffnen, um den Aufstieg unter Kontrolle zu bekommen.

Als der Ballon endlich stabilisiert war, hatten wir aufgrund des Lecks, das Kieran vor dem Start entdeckt hatte, bereits ein Drittel des Stickstoffvorrats für die pneumatische Öffnung der Ventile verbraucht. Das war einigermaßen beunruhigend, weil es nun so aussah, als müßten wir schon bald auf Handbetrieb umschalten und das System mit Hilfe eines Griffs an einem langen Draht auslösen. Wir versuchten deshalb, Gas zu sparen, indem wir die Flasche jedesmal nach Gebrauch wieder zudrehten, statt das pneumatische System eingeschaltet zu lassen, wodurch die ganze Leitung ständig mit Gas gefüllt gewesen wäre.

Besorgt dachten wir beide an Ballons, die unter ähnlichen Umständen geplatzt waren, zuletzt im Januar 1998 der *Global Hilton*. Die Piloten Dick Rutan und Dave Melton hatten sich mit dem Fallschirm retten können. Zwei Wochen zuvor, im Dezember 1997, war eine Stunde nach dem Start der *J-Renée* geplatzt, weil sein Pilot Kevin Uliassi das Helium nicht schnell genug ablassen konnte. Wenigstens hatte Uliassi den Ballon noch nach unten gebracht, im Gegensatz zu Jean-François Pilâtre de Rozier zweihundert Jahre vor ihm: Der Wasserstoff in seinem Ballon hatte sich sehr schnell ausgedehnt und die Hülle gesprengt. Dann kam das Gas mit dem schwelenden Stroh im Brenner in Kontakt, explodierte und tötete den Erfinder.

Ich dachte auch an meinen Großvater und seine erste Fahrt in die Stratosphäre. Die Ähnlichkeiten zwischen seinem Start und unserem waren geradezu unheimlich. Sein Ballon, den er 1931 gebaut hatte, war fast so groß wie unserer, mein Großvater fuhr ebenfalls in einer Druckluftkabine, und der Wind war bei seinem Start ebenfalls gefährlich stark gewesen. Außerdem fuhr er wie wir mit einer damals hochmodernen Ausrüstung. Vor dem Start hatte sich bei ihm zum allgemeinen Schrekken ein Seil in der Kurbel verfangen, die das Gasventil öffnete. Das Bodenpersonal hätte eigentlich warten sollen, bis er das Signal zum Start gab, doch war der Wind so stark, daß die Männer den Ballon einfach losließen. Der Assistent meines Großvaters sagte plötzlich: »Das ist ja seltsam, aber ich sehe durch die Luke einen Kamin.«

»Welchen Teil denn?« fragte mein Großvater.

»Den oberen«, erwiderte der Assistent.

Daraufhin meinte mein Großvater nur gelassen: »Dann sind wir wohl schon in der Luft!«

Auch er versuchte, den Aufstieg durch Ablassen von Gas zu bremsen, mußte aber feststellen, daß er das Gasventil aufgrund des verhaspelten Seils nicht öffnen konnte. Der Ballon sauste gefährlich schnell nach oben und stieg innerhalb einer halben Stunde um mehr als 50 000 Fuß. Beim Schließen der Luke warnte ihn ein Alarmsignal vor einer undichten Stelle – wie uns in *Orbiter 2* –, er konnte es jedoch mit einer Mischung aus Vaseline und Hanffasern abdichten.

Während mir diese Erinnerungen an meinen Großvater durch den Kopf gingen, dachte ich: »Es mag ja gewisse Ähnlichkeiten innerhalb der Familie geben, aber ich hoffe doch, daß es auch noch Unterschiede gibt.«

Endlich stabilisierte sich unser Aufstieg. Der Druckausgleich funktionierte perfekt, und um 8.28 Uhr Z sendeten wir unsere erste Funknachricht an die Flugsicherung in Genf:

> Genf Delta. Hier spricht Hotel Bravo – Bravo Romeo Alpha. Guten Morgen. Befinden uns über Château-d'Oex. Durchsteigen gerade 10 000 Fuß. Steigen auf Flugfläche zwei zwei null. Steuerkurs eins acht drei Grad. An Bord alles okay.

Prompt kam die Antwort:

Guten Morgen, *Breitling Orbiter 3*. Ich höre Sie laut und deutlich. Melden Sie Flugfläche zwei zwei null. Viel Glück.

Brian

Unser Kontrollzentrum war in der eleganten, ultramodernen VIP-Lounge im Hauptterminal des Genfer Flughafens untergebracht. Angeführt von Alan Noble, hatte ein sechsköpfiges Team von Mitarbeitern den Dienst angetreten. Sie sollten paarweise in achtstündigen Schichten arbeiten. Alan arbeitete mit Sue Tatford zusammen, einer hervorragenden Organisatorin, die es sich zur Aufgabe gemacht hatte, die Medienvertreter in dem ihnen zugewiesenen Raum festzuhalten und sie daran zu hindern, ungefragt ins Kontrollzentrum hereinzuplatzen. Das zweite Paar bestand aus John Albury und Debbie Clarke (auch »Debs« genannt), beides erfahrene Ballonfahrer und enge Freunde von mir. Das dritte Paar waren Brian Smith (besser bekannt als »Smiffy«), Berufspilot und wie ich Ballonprüfer, und seine Frau Cecilia (»C«) – die »Smiffs«, ebenfalls gute Freunde.

Alan und Sue waren Mitarbeiter von Cameron, die anderen hatten ihre Dienste unentgeltlich zur Verfügung gestellt. Meine Frau stand als zusätzliche tüchtige Kraft zur Verfügung, schließlich hatte sie schon bei der Fahrt von *Orbiter 2* im Kontrollzentrum gearbeitet. Sie war zwar kein offizielles Teammitglied, verbrachte aber viel Zeit im Kontrollzentrum und legte eine Schicht ein, wenn es eine Krise gab oder einer der anderen eine Pause benötigte. Immer wenn der Ballon in Schwierigkeiten war, herrschte im Kontrollzentrum eine derart angespannte Atmosphäre, daß die Teammitglieder oft auch noch nach Ende ihrer Schicht lange blieben. Essen konnten sie im Flughafenrestaurant, zum Schlafen hatten sie Zimmer im Holiday Inn, das nur zwei Minuten mit dem Auto entfernt lag.

Für Smiffy und C wäre der Arbeitsbeginn fast zum Trauma geworden. Als ich sie für unser Projekt anwarb, hatten sie gedacht, Jo und ich würden mit ihnen arbeiten und ihnen helfen. Doch dann kam alles anders, und sie mußten ins kalte Wasser springen. Als sie nach unserem Start ins Kontrollzentrum kamen, waren sie in Cs eigenen Worten »fast Computeranalphabeten«, mußten aber mit höchster Geschwindigkeit komplizierte Prozeduren meistern. Alan und Sue wiesen sie ein, hatten aber nicht viel Zeit, etwas näher zu erklären oder gar zu wiederholen. Smiffy war nach zwei Tagen so erledigt, daß er fast alles hingeschmissen hätte. Besonders machte ihm Sorgen, daß er und C einfach nicht kompetent genug sein könnten, nachts allein Dienst zu tun. Doch dann konnte er auf einmal seine Erfahrung als Pilot und Ballonfahrer und seine Kenntnisse in Meteorologie und Flugsicherung einsetzen und fand sich unversehens in seinem Element.

Aus dem Ballon meldeten wir der Bodenstation: »Wir nähern uns dem Matterhorn. Schickt doch schnell ein Flugzeug rauf, es könnte ein tolles Foto schießen.« Alan, der in aller Eile vom Startplatz nach Genf geeilt war, antwortete:

> Haben Eure Nachricht erhalten. Habe mit Luc gesprochen und Position, Geschwindigkeit und Höhe durchgegeben. Sie melden sich schnellstmöglich mit der besten Flughöhe zurück. Waren etwas besorgt, daß Ihr in einer Stunde 20000 Fuß gestiegen seid. Aber es ist vernünftig, das Matterhorn mit ausreichend Abstand zu überqueren.

Das Wetter war einfach ideal und der Blick über die Alpen phantastisch. Wir schwebten mühelos über den 4478 Meter hohen Gipfel des Matterhorns. Daneben lag der Monte Rosa, dahinter Italien. Seitlich sahen wir den Montblanc und die französischen Alpen. Wir fuhren geradewegs über Les Diablerets, wo Bertrand so oft zum Skifahren gewesen war, und über die Berge, in denen er als Drachenflieger unterwegs gewesen war und die er deshalb auswendig kannte.

Nachdem wir die italienische Grenze überquert hatten, waren wir so beruhigt, daß wir folgendes Fax an das Kontrollzentrum schickten:

> Zeit für eine Teepause und etwas Entspannung vor einem umwerfenden Alpenpanorama. Matterhorn liegt hinter uns, vor fünf Minuten in Italien eingetroffen. Der Start war etwas anstrengend wegen des Winds, aber jetzt ist es sehr ruhig. Sogar beim dritten Mal überkommen einen noch die gleichen Gefühle, wenn man Familie und Freunde am Boden winken sieht. Wir danken besonders all jenen, die uns dieses unglaubliche Abenteuer ermöglicht haben. Es kommt uns in unserer neuen Welt, der engen Gondel, so vor, als sei die Zeit stehengeblieben.

Bertrand

Gegen Mittag unseres ersten Reisetages war Brian hundemüde. Der Streß der letzten Wochen und eine fast schlaflose Nacht hatten ihn erschöpft, deshalb legte er sich um halb zwei zu einem Mittagsschlaf in die Koje. Ich steuerte den *Orbiter 3* unterdessen weiter nach Süden.

Langsam glitten wir über Italien, Frankreich und Spanien. Umgeben von völliger Stille, sah ich zu, wie die Berge an den Bullaugen vorbeizogen. Ich wußte zwar genau, daß dies die riskanteste Unternehmung meines Lebens war, aber zum ersten Mal seit Monaten, vielleicht sogar Jahren fühlte ich mich einfach großartig und zuversichtlich. Unser Team hatte sein Bestes gegeben, und jetzt, allein im Cockpit, konnte ich nur auf den Wind vertrauen und auf das Ungewisse vor uns.

KAPITEL 2

Anfänge

Bertrand

Die Wurzeln des *Orbiter*-Projekts von Breitling reichen mehr als ein halbes Jahrhundert und durch zwei Generationen meiner Familie zurück zu meinem Vater Jacques und meinem Großvater Auguste, beides bahnbrechende Wissenschaftler und Forschungsreisende, die nicht nur in ihrer Heimat, der Schweiz, sondern in der ganzen Welt zu großen Ehren gelangten. Ihre Leistungen und ebenso ihr Abenteurertum beeindruckten und prägten mich entscheidend.

Mein Großvater war Physiker an der Universität Brüssel. Um die kosmische Strahlung zu erforschen, baute er eine druckfeste Gondel und einen Ballon, um damit bis in die Stratosphäre aufzusteigen, wo die Weltraumstrahlung weniger stark von der Atmosphäre absorbiert wird als in tieferen Schichten. 1931 stieg er mit seinem Ballon in eine Höhe von 16000 Metern auf, im darauffolgenden Jahr sogar bis auf 17000 Meter. Beide Male stellte er einen Höhenrekord auf und sah als erster Mensch mit eigenen Augen die Erdkrümmung – vor allem aber zeigte er mit seinen Expeditionen, daß man in extreme Höhen über Wolken, Wind und schlechtem Wetter vorstoßen kann und daß man in der dünneren Atmosphäre sehr viel weniger Brennstoff verbraucht. Zu seiner Zeit erregten diese Höhenflüge größtes Aufsehen, und bei seiner Rückkehr auf die Erde wurde er begeistert gefeiert wie in späteren Tagen die Apollo-Astronauten nach der Rückkehr vom Mond. Das Konstruktionsprinzip seiner Kabine diente später dazu, Flugzeuge und Raumkapseln druckfest zu machen.

Als nächstes machte er die Gondelkonstruktion für die Erforschung der Tiefsee nutzbar. Er erfand ein Unterseeboot, das er »Bathyscaph« nannte, »Schiff der Tiefe«. Bei seinem ersten Tauchgang, bei dem ihn mein Vater begleitete, erreichte er eine Tiefe von über 3150 Metern. Später, am 23. Januar 1960, tauchte mein Vater gemeinsam mit Don Walsh, einem Offizier der US-Marine, 10916 Meter (fast elf Kilometer) bis zum Grund des Marianengrabens hinunter, der tiefsten Stelle der Weltmeere.

Mein Vater setzte die Entwicklung von U-Booten fort und baute unter anderem das weltweit erste U-Boot für Touristen mit Platz für vierzig Passagiere. Mit einem anderen U-Boot wollte er – analog zu einem Ballon im Wind – im Golfstrom über 4000 Kilometer von Florida bis Neuschottland treiben. Ziel war nicht, möglichst schnell voranzukommen, sondern ohne aufzutauchen bis zu einem Monat unter Wasser zu bleiben und neben den Fischen und anderen Meerestieren herzufahren.

Organisiert wurde die Expedition vom Flugzeugbauer Grumman, der damals eine ozeanographische Abteilung aufbaute. 1968, ich war zehn, zogen wir für zwei Jahre nach West Palm Beach in Florida. Da Grumman auch die Lunarmodule für die Apollo-Raummissionen konstruierte, blieb es nicht aus, daß unsere Familie in Cape Canaveral Freundschaft mit einigen Astronauten schloß und auch mit Wernher von Braun, dem Leiter des US-Raumfahrtprogramms.

Von zehn bis zwölf, einem für Eindrücke sehr empfänglichen Alter, erlebte ich alle Apollo-Starts von Apollo 7 bis Apollo 12 mit, oft an der Seite der Männer, die bei vorangegangenen Missionen mitgeflogen waren. Und nicht nur das: Diese Helden meiner Jugend kamen zum Essen und Trinken zu uns nach Hause, sprachen über ihre Flüge und schenkten mir handsignierte Fotos. Daß ich sie in Fleisch und Blut und nicht nur im Fernsehen und in der Zeitung sah, gab mir das Gefühl, im Zentrum einer bahnbrechenden Entwicklung zu stehen, an der sich die Phantasie der ganzen Welt entzündete. Der Reiz, der darin lag, Neuland zu erforschen, Grenzen zu überwinden und vor allem aus nächster Nähe atemberaubende Unternehmungen mitzuerleben, erweckte in mir eine solche Abenteuerlust, daß meine Leidenschaft für das Fliegen mir später als ganz natürliche Folge erschien.

Als ich sechzehn war, quälte und entmutigte mich der Gedanke, daß mit den Fahrten zum Mond das letzte große Abenteuer der Menschheit abgehakt war und für mich nichts mehr zu tun blieb. Dann, 1974, sah ich einen Hängegleiter, einen der ersten in Europa. Begeistert lernte ich Drachenfliegen. Natürlich reizte mich die körperliche Herausforderung, zumal als ich anfing, mit dem Drachen Kunststücke zu machen, aber mir wurde auch schnell klar, daß dieser Sport für mich viel mehr war als Nervenkitzel, daß er auch mein Bewußtsein auf eine neue Ebene hob. Die ständige Gefahr in der Luft zwang mich zu absoluter Konzentration, und das wiederum lehrte mich, voll und ganz im Jetzt zu leben, alle Gedanken an Vergangenes und Zukünftiges zu verdrängen und ganz bei mir selbst zu sein. Außerdem stellte ich fest, daß mein Verstand besser funktionierte und mein Selbstvertrauen wuchs und ich deshalb in der Schule und später auf der Universität bessere Noten hatte. Ich flog nicht, um Rivalen zu übertrumpfen oder illustren Vorbildern nachzueifern. Es ging mir darum, zu mir selbst zu finden. Meine wichtigste Entdeckung war, daß ich, wenn ich meine inneren Ressourcen richtig nutzte, nicht nur im Drachenfliegen, sondern im Leben überhaupt mehr erreichen konnte.

Auf dem Rückweg von meinen Flügen durchlebte ich im Geist noch einmal die Gedanken, die mir dabei durch den Kopf gegangen waren, und die Gefühle, die ich empfunden hatte, und im Vergleich dazu erschien mir der Alltag unweigerlich als nüchtern und grau. Ich erkannte, daß die meisten Menschen im Alltag eine Art Autopiloten eingeschaltet haben und nur einen Teil ihrer Fähigkeiten nutzen. Dagegen ist jemand, der einen tieferen Kontakt zu sich selbst herzustellen vermag, effektiver und effizienter.

Es gab damals keine Instrumente, von denen Drachenflieger ihre Fluggeschwindigkeit hätten ablesen können. Wollte ich einen Looping fliegen, mußte ich selbst beurteilen, wann der Moment gekommen war, den Steuerbügel nach vorne zu drücken. Drückte ich zu früh, bevor ich schnell genug war, blieb der Drachen im Looping hängen und geriet ins Trudeln. Drückte ich zu spät, bestand die Gefahr, daß ich im Dive blieb und der Drachen unter dem immensen Druck zerbrach. Es gab nur einen richtigen Moment, einen perfekten Looping anzusetzen – und je schärfer mein Bewußtsein wurde, desto besser spürte ich ihn.

Viele der Sportarten, die in den siebziger Jahren aufkamen – Windsurfen, Fallschirmspringen, Rollerskating und Snowboarden –, waren in dieser Beziehung ähnlich. Sie zwangen einen, den eigenen Körper als Instrument einzusetzen, und boten nicht nur Nervenkitzel und körperliche Fitneß, sondern – wichtiger noch – einen Weg, durch Intuition und wahre Empfindung zu sich selbst zu finden.

Ich verdankte meinem Vater, dem Wissenschaftler in der Familie, sehr vieles, war aber auch stark von meiner Mutter beeinflußt, der Tochter eines protestantischen

Pfarrers. Sie beschäftigte sich mit Musik, Psychologie und orientalischer Religion und Philosophie. Von frühester Kindheit an diskutierte ich mit ihr auf langen Spaziergängen über die verschiedensten Ideen und Vorstellungen und später, als ich mit dem Fliegen anfing, über meine neue Theorie der Selbstfindung.

Mein vom Drachenfliegen angeregtes Interesse an der menschlichen Psyche brachte mich zur Medizin. Ich wurde Arzt und Psychiater. Ich war überzeugt, daß unzufriedene Menschen nicht im Jetzt mit sich verbunden sind, sondern entweder nur mit der Vergangenheit – weshalb sie zu Depressionen neigen, weil sie unablässig über Dinge nachdenken, die nicht so waren, wie sie es gerne gehabt hätten – oder mit der Zukunft, was oftmals mit Angstzuständen einhergeht. Ich erkannte, daß nur die Gegenwart die Zeit ist, in der man etwas in seinem Leben ändern kann, und daß sie deshalb am wichtigsten ist. Mein Traum war es, meine Einsichten aus dem Drachenfliegen in der psychiatrischen Therapie einzusetzen – natürlich nicht, indem ich meine Patienten zum Drachenfliegen nötigte, sondern indem ich ihnen zeigte, wie sie ihre inneren Ressourcen und Fähigkeiten erschließen konnten.

Nach fünf Jahren Medizinstudium an der Universität Lausanne beschloß ich, eine dreijährige Auszeit zu nehmen, um zu reisen und andere Freiflugfahrzeuge kennenzulernen, darunter Motordrachen und Ultraleichtflugzeuge. Anschließend kehrte ich an die Universität zurück, schloß mein Studium ab und arbeitete acht Jahre in der psychiatrischen und psychotherapeutischen Praxis. Die ganze Zeit über betrieb ich weiter Drachenkunstflug. Meine Spezialität war, mich bei Flugshows mit dem Drachen von einem Ballon auf zwei- bis zweieinhalbtausend Meter hinaufbringen zu lassen und von dort zu starten. Wenn ich dann Loopings, Spins und Wingovers flog oder über die Flügel wegkippte und mit Rauchpatronen Spuren an den Himmel zeichnete, tönte unten am Boden aus Lautsprechern die Musik von Jonathan Livingstone, gesungen von Neil Diamond. Ich wurde immer besser, und nach einiger Zeit wurde ich Europameister im Kunstfliegen.

Während meiner Post-Graduate-Zeit lernte ich Hypnose und stellte fest, daß sie das medizinische Äquivalent zu dem war, was ich in der Luft machte. Ich freute mich, eine Verbindung entdeckt zu haben, die mir ermöglichte, gleichzeitig mehr über das Fliegen und über die Medizin zu erfahren.

Ich hatte bei meiner Fliegerei nie das Gefühl, ich müßte meinem Vater oder meinem Großvater etwas beweisen. Andy Elson, mein Rivale beim Ballonrennen um die Welt, behauptete oft, mein einziges Ziel sei, so berühmt zu werden wie sie. Aber ich wollte etwas ganz anderes. Mein Beruf war nicht, U-Boote oder Ballons zu bauen. Ich war Arzt und wollte Geist und Seele des Menschen erforschen, nicht die physische Welt. Andererseits war die Abenteuerlust meiner Kindheit und Jugend ungebrochen.

Mit dreißig wußte ich schon gar nicht mehr, wie oft ich an einem Ballon hängend in die Höhe gestiegen war, den Auslösemechanismus gezogen und in die Tiefe geglitten war. Doch hatte ich noch nie daran gedacht, selbst einen Ballon zu steuern. Die Vorstellung, dem Wind ausgeliefert zu sein und nicht zu wissen, wohin er mich treiben würde, erschien mir geradezu absurd. Mit einem Drachen konnte ich meinen Flug präzise kontrollieren und auf demselben Punkt landen, von dem ich gestartet war. Ein Ballonpilot dagegen mußte nach der Landung oft mehrere Stunden in den Bergen warten, bis sein Team ihn fand. Mich damit anzufreunden schien mir unmöglich.

Dann, eines Abends Ende Januar 1992, war ich zu

einem großen Essen für Ballonfahrer in Château-d'Oex eingeladen. Ich kam, aufgehalten durch ein Interview, zu spät. Als ich den Saal betrat, begannen einige hundert Menschen gerade zu essen. Nur ein Stuhl war noch frei. Ich setzte mich darauf und entdeckte, daß mein Nachbar Wim Verstraeten war, ein freundlicher, rundgesichtiger Belgier, von dessen Ballon ich mehrere Male in die Tiefe gestartet war.

Wim sagte, man habe ihn gefragt, ob er als Pilot am ersten Transatlantik-Ballonrennen teilnehmen wolle, an der im Herbst desselben Jahres stattfindenden Chrysler Challenge. Ich mit meinem medizinischen Wissen und meiner Flugerfahrung würde sicher einen guten Copiloten abgeben und könnte meine Fähigkeiten in das Projekt einbringen. Ich witterte ein verlockendes Abenteuer. Außerdem fiel mir sofort Charles Lindbergh ein, der mit seiner einmotorigen *Spirit of St. Louis* 1927 im Alleinflug als erster den Atlantik nonstop überflogen hatte. Ich hatte ihn in Cape Kennedy kennengelernt. Ohne zu zögern sagte ich deshalb zu.

Mir war klar, daß eine Ballonfahrt für mich eine vollkommen neue Erfahrung sein würde, auf die ich mich erst geistig einstellen mußte. Bis dahin hatte ich den Wind immer im Gesicht gehabt und gegen ihn ankämpfen müssen. Jetzt mußte ich das Gegenteil tun und ihm folgen, wohin er mich trug. Für mich eine höchst seltsame Vorstellung! Doch freute ich mich auf die Herausforderung – und bevor es soweit war, gab mir das Schicksal noch einen Wink.

Ich flog in jenem Sommer mit einer Gruppe von Ärzten nach China, wo wir uns mit der traditionellen chinesischen Medizin beschäftigen wollten. Als ich in Schanghai unerwartet einige Zeit für mich hatte, besuchte ich ein Antiquariat. Dort sah ich zufällig in einer Schale einige Bronzemedaillons liegen. Eins davon gefiel mir besonders gut, und so fragte ich den Verkäufer, was die Schriftzeichen darauf bedeuteten. Er erwiderte, es handle sich um ein altes chinesisches Sprichwort: »Weht der Wind in dieselbe Richtung, in die dein Weg führt, wirst du großes Glück haben.« Ich kaufte das Medaillon sofort.

Als sich im August die Teams des Chrysler-Rennens in Neuengland versammelten, nahm ich das Medaillon mit. Auf den Pressekonferenzen vor dem Start witzelte Wim noch, wir würden das Rennen sicher gewinnen, weil ich einen Talisman mit Zauberkräften dabei hätte. Und dann gewannen wir tatsächlich – natürlich nicht, weil das Medaillon Zauberkräfte besaß, aber weil die Zeichen darauf eine magische Bedeutung hatten. Die Teams, die versucht hatten, gegen die Elemente anzukämpfen, stürzten ins Meer (sie wurden aber zum Glück gerettet). Wim und ich erreichten nach fünf Tagen und Nächten in unserer winzigen Gondel ohne Druckausgleich die portugiesische Küste und landeten wohlbehalten in Spanien.

Dieser Flug hatte mir nicht nur das Ballonfahren schmackhaft gemacht, ich hatte auch einen unschätzbaren neuen Freund kennengelernt. Wim hatte, als sich die Vorhersagen des offiziellen Wetterdienstes als hoffnungslos ungenau erwiesen, während der Fahrt Kontakt mit einem Meteorologen vom königlich meteorologischen Institut in Brüssel aufgenommen, mit Luc Trullemans. Luc wußte sofort, wie wir den Stürmen entkommen konnten, die uns so zusetzten. »Steigt über das schlechte Wetter auf«, riet er – und genau das taten wir. So konnten wir die Energie des Tiefdruckgebietes dazu nutzen, ihm zu entkommen.

Begeistert kehrte ich nach Hause zurück. Dort erzählte ich amüsiert, Wim und ich hätten das Rennen vor allem deshalb gewonnen, weil wir nicht versucht hätten, den Elementen unseren Willen aufzuzwingen, sondern einfach mit Wind und Wetter geflogen seien. Ändern hatten wir die Richtung nur können, indem wir höher oder tiefer fuhren. Auf unserer Prallhöhe von 20000 Fuß trugen uns die Winde nach Südosten. Gingen wir dagegen extrem tief bis auf 100 Fuß hinunter, trieb der Wind uns nach Nordosten.

Nach unserer Ankunft in Europa wurden wir gefragt, was wir als nächstes vorhätten. Worauf wir, mehr aus Jux als im Ernst, sagten, wir wollten um die Welt fahren.

In den dreißiger Jahren war mein Großvater von König Leopold von Belgien eingeladen worden, von seiner Fahrt in die Stratosphäre zu berichten. Als Auguste mit seinem Bericht zu Ende war, wollte der König wissen, was er nun vorhabe, und mein Großvater umriß in groben Zügen seine Pläne für das Bathyskaph. Darauf erwiderte Leopold: »Das klingt ja höchst interessant. Wenn Sie Hilfe bei der Finanzierung brauchen, wenden Sie sich an mich.« An der Universität erzählte mein Großvater seinen Kollegen von der Audienz und sagte dann: »Jetzt, wo ich dem König vom Bathyskaph erzählt habe, muß ich es auch bauen.«

Über fünfzig Jahre später, nach unserer Ballonfahrt über den Atlantik, wiederholte sich die Geschichte. Der belgische König Baudouin nahm unsere erfolgreiche Atlantiküberquerung zum Anlaß, Wim und mich in den Palast einzuladen, wo er sich unseren Bericht über die Fahrt anhörte und sich nach unseren zukünftigen Plänen erkundigte. Ich sprach von der Ballonfahrt um die Welt, und kaum hatten wir den Palast verlassen, sah ich Wim an. »Tja«, sagte ich. »Jetzt müssen wir das auch tun.«

KAPITEL 3

Breitling stößt dazu

Bertrand

Wer konnte unsere Ballonfahrt um die Welt finanzieren? Nur jemand, der sich leidenschaftlich für die Geschichte der Luftfahrt interessierte und dessen Produkte so gut waren, daß ich guten Gewissens dafür Reklame machen konnte.

Der Hauptsponsor des Transatlantikrennens war der Automobilhersteller Chrysler, aber die einzelnen Teams hatten sich für ihre Ausrüstung zusätzlich eigene Sponsoren suchen dürfen. Zufällig kannte ich Théodore (Thédy) Schneider, den Besitzer und Chef von Breitling, einem Unternehmen aus Grenchen in der deutschsprachigen Schweiz, das hochwertige Pilotenuhren herstellt.

Die Firma, von Anfang an auch mit dem Bau von Spezialprodukten für die Luftfahrt befaßt, war als Sponsor bisher vor allem in Zusammenhang mit mechanisch angetriebenen Fluggeräten in Erscheinung getreten. Doch als ich Schneider auf eine mögliche Unterstützung ansprach, sagte er uns sofort seine Hilfe zu. Wir plazierten das Breitling-Logo an auffälligen Stellen, und unser Sieg beim Transatlantikrennen bescherte Schneider enorme Publizität. Neben dem Chrysler-Logo war auf Hunderten von Pressefotos das von Breitling zu sehen. Ohne eigentlich damit gerechnet zu haben, fuhr der Uhrenhersteller eine reiche Ernte ein.

Ende 1992 kehrte ich mit meiner ehrgeizigen Idee zu Breitling zurück. Thédys Antwort war vielversprechend: Wenn sich eine Nonstop-Ballonfahrt als technisch machbar erwies, wollte er sich beteiligen. Daraufhin kontaktierte ich die Schweizerische Meteorologische Anstalt MeteoSchweiz, den nationalen Wetterdienst, der auf dem Gebiet der Routenplanung für Hochseeyachten große Erfahrung hatte. Auf meine Bitte hin berechnete man dort mit Hilfe Tausender von Computersimulationen die Erfolgsaussichten für Ballons, die zu unterschiedlichen Jahreszeiten von unterschiedlichen Breitengraden in Europa und Nordafrika starteten. Anschließend riet man uns, im Winter irgendwo auf dem 40. Grad nördlicher Breite zu starten und auf einer Höhe von 10 000 Metern zu fahren. Als Gesamtdauer für die Erdumrundung veranschlagten die Computer zwanzig Tage.

Mit diesen Angaben im Gepäck begab ich mich nach Bristol zu der Ballonfirma Cameron Balloons, aus deren Hallen nicht nur die fünf Ballons stammten, die beim Transatlantikrennen an den Start gegangen waren, sondern auch so gut wie alle Ballons, mit denen bislang eine Erdumrundung versucht worden war. Dort versicherte man mir nach einigem Überlegen, eine druckfeste Kapsel aus Kohlenstoffasern und Kevlar (leichter und stabiler als Stahl) bauen zu können und eine Hülle, die in der Lage sei, die Kabine samt Besatzung und ausreichend Brennstoff drei Wochen in der Luft zu halten.

Der tatsächliche Bau von Ballon und Kapsel sollte Spezialisten vorbehalten bleiben, doch der Plan für die Kapsel stammte von mir. Ich bat Cameron Balloons, dasselbe System zu verwenden, das meinem Großvater und meinem Vater schon so gute Dienste geleistet hatte: eine druckfeste Kapsel in Form eines horizontalen Zylinders ähnlich dem letzten U-Boot meines Vaters, ausgerüstet mit einem Tank mit flüssigem Sauerstoff, der allmählich verdampfen und die Crew mit Atemluft versorgen sollte, ergänzt durch Lithiumfilter, die das ausgeatmete Kohlendioxid aus der Luft filterten.Wir stimmten darin überein, daß der Ballon ein Rozier-Typ sein sollte, benannt nach seinem Erfinder, dem im 18. Jahrhundert lebenden Luftfahrtpionier Jean-François Pilâtre de Rozier (siehe Darstellung auf Seite 395). Rozier-Ballons arbeiten mit einer Kombination aus Heißluft und Gas. Für den Hauptauftrieb sorgt eine mit Helium gefüllte Gaszelle. Tagsüber dehnt sich das Gas durch die Sonneneinstrahlung aus und läßt den Ballon steigen. Nachts – oder am Tag, wenn zusätzliche Höhe benötigt wird – wird mit einem Propan- oder Kerosinbrenner die Luft im Heißlufttrichter aufgeheizt und so der Auftrieb verstärkt.

Eine meiner besten Ideen war wohl, daß ich Cameron Balloons nicht nur beauftragte, unseren Ballon zu konstruieren – die Firma baute auch die Ballons unserer Konkurrenten –, sondern bat, mit in das Projektteam einzusteigen. Besonders lag mir daran, den Cameron-Manager Alan Noble wie schon beim Transatlantikrennen als Flugleiter zu gewinnen. Alan wurde schnell nicht nur mein privilegierter Draht zum Ballonbauer, sondern auch ein guter Freund, dem ich vertrauen konnte.

Bei Breitling war man begeistert von dem realistischen Konzept, das nun auf dem Tisch lag. In Anbetracht der Aussicht, ein neues Kapitel in der Luftfahrtgeschichte schreiben zu können, entschied das Unternehmen – so man es sich leisten konnte –, als alleiniger Sponsor des Projekts aufzutreten und die Sponsortätigkeit des Unternehmens in den nächsten paar Jahren darauf zu konzentrieren.

Sobald ich im Juni 1995 einen Kostenvoranschlag von Alan in Händen hielt, wurde ich wieder bei Thédy Schneider vorstellig. Er warf einen Blick auf die Zahl und sagte: »Gut, das läßt sich machen. Wohin soll ich das Geld überweisen?«

»Thédy!« sagte ich, ein wenig erschrocken. »Ich weiß nicht.«

»Das sollten Sie aber«, kam die Antwort. »Wir müssen jetzt, da wir uns entschieden haben, schnell handeln, denn es sind noch andere im Rennen. Wohin soll ich das Geld überweisen?«

»Hmm...«, überlegte ich. »Ich könnte Alan Noble anrufen.«

»Dann tun Sie das.«

Schneider reichte mir das Telefon. Ich rief bei Cameron an und erklärte das Problem. Nach einigem Hin- und Hertelefonieren gab mir Alan eine Kontonummer. Schneider stellte daraufhin einen Scheck über die erste Rate aus. Innerhalb von drei Tagen, noch bevor auch nur ein Vorvertrag unterzeichnet worden war, traf das Geld in Bristol ein, eine Geste, die dem Projekt zu einem Start unter einem denkbar guten Stern verhalf.

Zu keinem Zeitpunkt während des gesamten Unternehmens betrachtete ich Breitling nur als Sponsor. Das Unternehmen war vielmehr ein Partner, ein Mitglied des Teams, das in allen Phasen des Projekts eng mit uns zusammenarbeitete. Überzeugt, daß wir am besten fuhren, wenn jeder sich auf sein Spezialgebiet konzentrierte, lehnte ich es ab, mich in die Verwaltung der Mittel einzumischen, und vereinbarte mit Schneider, daß Breitling die Gelder direkt an Alan Noble überwies.

Auf der Heimfahrt von Thédys Büro sah ich mich nach einer Stunde gezwungen, eine Pause in einem Restaurant einzulegen, so überwältigt war ich von den Gefühlen, die über mir zusammenschlugen. Mir war, als hätte man mir soeben grünes Licht gegeben, meinen Lebenstraum zu verwirklichen, und ich wußte, daß in Zukunft alles anders und daß die nächsten Jahre sehr aufregend, aber auch sehr anstrengend werden würden. Noch vom Restaurant aus rief ich Wim an. Ich sagte, das Projekt sei auf dem Weg. Ich wollte ihn als meinen Copiloten dabeihaben und freute mich sehr darauf, die über dem Atlantik geschlossene Freundschaft fortzuführen.

Das war im Juni 1995. Auf der Suche nach einem Meteorologen bat ich MeteoSchweiz um Hilfe, wo man mir Pierre Eckert empfahl, einen Experten auf dem Gebiet der Routenplanung für Hochseeyachten. Zusätzlich zu Eckert verpflichtete ich Luc Trullemans, der uns während der Chrysler-Wettfahrt von so großer Hilfe gewesen war. So verschieden die beiden von ihrem Äußeren und ihrer Art her waren – hier der große, extrovertierte Luc, immer mit einem Lächeln auf den Lippen, leicht zu begeistern und von dem Wunsch beseelt, allen zu erklären, was er gerade machte; dort Pierre, ein leidenschaftlicher Radsportler und Mitarbeiter einer kommunalen Umweltbehörde, ruhig, ernst und bescheiden –, so gut verstanden sie sich bei ihrer ersten Begegnung auf meine Einladung hin in Château-d'Oex, ein Beweis für die internationale Bruderschaft der Meteorologen. Luc und Pierre, unsere »Wetterfrösche«, wie wir sie nannten, zusammengebracht zu haben war ein absoluter Glücksgriff, der sich hundertfach auszahlte. Keins der anderen Teams beschäftigte zwei Meteorologen. Entweder sie glaubten, einer reiche aus, oder sie fürchteten, zwei würden sich nur streiten. Luc und Pierre dagegen lobten und unterstützten sich gegenseitig, was sie zu einer wirklich unschätzbaren Hilfe für uns machte.

Luc hatte die Meteorologie ursprünglich als reines Hobby betrieben und erst später zu seinem Beruf gemacht. Zum Ballonfahren kam er, der selbst niemals als Pilot in einer Gondel gesessen hatte, als eines Tages ein Heißluftballon im Garten hinter seinem Haus in Belgien landete. Der Pilot bat ihn, die Wetterprognose für ein

Ballontreffen zu erstellen. Dort begegnete Luc dann Wim Verstraeten. Wim wiederum bot ihm den Posten des Wetterexperten bei seiner bevorstehenden Ballonfahrt über den Kilimandscharo an, die ein großer Erfolg wurde. Daraufhin engagierte er Luc auch für das Transatlantikrennen 1992, und so kam es, daß auch ich ihn kennenlernte.

Für die Breitling-Fahrten setzten Luc und Pierre hauptsächlich auf zwei Informationsquellen. Pierre arbeitete mit dem ECMWF, dem European Centre for Medium-range Weather Forecasting mit Sitz im britischen Reading, Luc bezog seine Vorhersagen über das Internet von Norad, der US-amerikanischen National Oceanographic and Atmospheric Administration. Beide Einrichtungen verarbeiten Wetterinformationen aus allen Teilen der Welt – von Satelliten, Funkballons, Flugzeugen und Schiffen – und erstellen auf dieser Grundlage Computermodelle, die Wetterprognosen für die folgenden vierzehn Tage zulassen. Der Großteil der eingehenden Informationen stammt von geostationären Satelliten, die in einer Höhe von 35 000 Kilometern über der Erde stehen und anhand der Wolkenbewegung Windgeschwindigkeiten und -richtungen messen. Darüber hinaus können sie über die Messung der Strahlung auch ungefähre Temperaturprofile erstellen. Genauere Temperaturangaben liefern Wettersatelliten, die auf tieferen Umlaufbahnen um die Erde kreisen.

Bei der Planung unserer Ballonfahrten galt das Hauptinteresse unserer Wetterfrösche den Windprognosen, aus denen sie mittels ausgefeilter Modelle die wahrscheinlichsten Windströmungen hochrechneten. Besonders interessant war das Modell, dessen sich Luc bediente und das auf der Ausbreitung des radioaktiven Fallouts über Europa nach der Reaktorkatastrophe von Tschernobyl basierte. Ein Experte hatte aufgrund der Verteilung der radioaktiven Partikel die Wettermuster errechnet, die damals in Europa geherrscht haben mußten. Luc zog das Modell, das ursprünglich entwickelt worden war, um im Fall einer neuerlichen Reaktorkatastrophe bessere Vorhersagen treffen zu können, zur Berechnung unserer Flugbahn beim Transatlantikrennen heran. Er behandelte den Ballon als Äquivalent eines Partikels, das in unterschiedlichen Schichten und auf verschiedenen Höhen vom Wind transportiert wird, eine Methode, die sich als äußerst effizient erwies. Obwohl das Modell allen Teilnehmern am Wettlauf um die Erde zur Verfügung stand, verfügten wir über einen unschätzbaren Vorteil: ein Meteorologenteam aus zwei so hervorragenden und einander ergänzenden Köpfen.

Während einer Brainstorming-Sitzung im *Prince of Wales*, einem Pub in Bristol, schlug jemand vor, unseren Ballon auf den Namen *Breitling Orbiter* zu taufen, ein Vorschlag, der sofort auf allgemeine Zustimmung stieß. Wim, der mein Angebot, als Copilot mit mir zu fahren, angenommen hatte, kannte einen Engländer namens Andy Elson, den er für den besten Ingenieur für extreme Höhenflüge hielt. Elson, ein gedrungener, etwas gebeugt gehender Mann in den späten Vierzigern, sah mit seinem wuchernden Bart und einem fehlenden Schneidezahn zwar nicht sonderlich vertrauenerweckend aus, war aber ein erfahrener Techniker und hatte als erster Mensch in einem Ballon den Mount Everest überquert. Auf Wims Empfehlung hin beauftragte Alan den Engländer, genau nach unseren Vorgaben die Kapsel zu konstruieren.

Es war Andy, der die Idee hatte, Kerosin statt Propangas zu benutzen. Der große Vorteil von Kerosin liegt darin, daß für seine Speicherung viel weniger Gewicht benötigt wird. Das Leergewicht der Titantanks für eine ausreichende Menge Propangas hätte sich auf eine Tonne belaufen. Die aus synthetischem Gummi bestehenden

Behälter, die eine äquivalente Menge an Kerosin faßten, wogen dagegen nur knapp 50 Kilo.

Ich wußte bereits damals, daß wir uns in einem Wettlauf mit anderen Teams befanden. Im Winter 1995/96, der *Breitling Orbiter* befand sich noch im Bau, fuhr Richard Bransons Team nach Marokko und wartete auf ein günstiges Wetterfenster für einen Start mit dem *Virgin Global Challenger.* Wie sich zeigen sollte, warteten sie den ganzen Winter vergeblich. Der einzige, der es in die Luft schaffte, war der Amerikaner Steve Fossett, der in einer offenen Gondel in St. Louis startete und rund 3000 Kilometer weiter in Kanada landen mußte. Daß Fossett und Branson vor uns startbereit waren, überraschte mich weniger als die vertikale Zylinderform, die Branson für seine Kapsel gewählt hatte und die im Falle einer Notwasserung bei starkem Wellengang sehr instabil sein würde. Kaum weniger verwunderte mich, daß sich der Schlafbereich am Boden der Kapsel befand – dem kältesten Teil der Kabine – und daß die Atemluft in seiner Kapsel mit Hilfe von Kompressoren erzeugt wurde, schweren und lauten Aggregaten, die viel Brennstoff verbrauchten.

Diesmal, im Winter 1996/97, traten wieder dieselben Konkurrenten gegen uns an. Steve Fossett bereitete sich bei St. Louis mit einem neuen *Solo Spirit* auf den Start vor, Richard Branson versuchte sein Glück erneut von Marokko aus.

Cameron hatte den Bau der Kabinenhülle an eine andere Firma untervergeben, an Tods, deren erstes Modell jedoch nicht über die Testphase hinauskam. Als im Testlauf im Kabineninneren Überdruck erzeugt wurde, verlor die Kabine an den Stellen, an denen sie aufgehängt war, stark an Druck. Tods ging zwar sofort daran, eine neue – und diesmal tatsächlich druckfeste – Kabine zu bauen, konnte sie jedoch erst im September

1996 fertigstellen. Dadurch geriet der Innenausbau in Verzug, und als die Kabine endlich in der Schweiz eintraf, befand sie sich noch weitgehend im Rohzustand. Zusammen mit einigen anderen Technikern mußte Andy den Innenausbau in Rekordzeit vollenden, zusätzlich behindert durch die beengten Verhältnisse in einer kleinen Halle in Château-d'Oex.

Eigentlich hatten wir im Dezember starten wollen, doch als sich das Jahr dem Ende zuneigte, war der Ballon immer noch nicht fertig. Am 7. Januar 1997, während wir noch warteten, hob Branson in Marokko ab und löste damit im Breitling-Camp große Niedergeschlagenheit aus – die jedoch nicht lange anhielt. Schon am nächsten Morgen rief mich Alan an und sagte: »Wenn du deinen Fernseher einschaltest, kannst du Bransons Landung mitverfolgen.«

Ich war überrascht zu hören, daß Bransons Team bereits in der ersten Nacht mit mehreren ernsthaften Problemen zu kämpfen gehabt hatte und daß die Männer vor ihrer Landung in Algerien gezwungen waren, ihre gesamten Lebensmittel- und Wasservorräte und fast den gesamten Brennstoff abzuwerfen, um einen Absturz zu vermeiden. Was genau ihr Problem gewesen war, wurde nie bekannt, aber Gerüchten zufolge war der Ballon zu schnell gestiegen, hatte die Prallhöhe durchstoßen und so viel Helium verloren, daß er sich nicht länger in der Luft halten konnte.

Das Rennen war wieder offen. Am darauffolgenden Sonntag, dem 12. Januar 1997, gaben Luc und Pierre dem *Orbiter* grünes Licht, und wir hoben in Château-d'Oex ab. Rückblickend muß ich zugeben, daß der Ballon wahrscheinlich noch nicht ausgereift war. Weil in der Kabine bis zuletzt die Techniker zugange waren und überall Kabel herumlagen, konnten wir nicht einmal unsere Brennstoffvorräte laden. Überhaupt geriet die ganze letzte Stunde vor dem Start zu einem einzigen Alptraum. Andererseits schienen alle anderen Vorzeichen für uns zu sprechen. Tausende von Menschen hatten sich versammelt, um den Start mitzuerleben. In einer kurzen Ansprache an die Schaulustigen zitierte ich einige Zeilen eines belgischen Dichters und erklärte, wenn die Welt rund sei, dann deshalb, damit Liebe, Freundschaft und Frieden sie umrunden könnten. Da wir vom Internationalen Olympischen Komitee unterstützt wurden, prangten auf der Ballonhülle die fünf olympischen Ringe, und der Brenner wurde mit der eigens aus dem Olympiamuseum herbeigebrachten olympischen Flamme entzündet. Das Wetter hätte nicht besser sein können. Nicht eine Wolke stand am Himmel, und auch der Wind in der Höhe stand ideal und würde den Ballon mit hoher Geschwindigkeit direkt in Richtung Jetstream treiben.

Leider erwiesen sich all diese hoffnungsvollen Omen als trügerisch. Nach nur einer halben Stunde in der Luft lief einer der Kerosintanks über, setzte den Kabinenboden unter Kerosin und verdarb unsere Lebensmittelvorräte. Zu diesem Zeitpunkt hatten wir bereits eine Höhe von 27000 Fuß erreicht und kamen mit einer Geschwindigkeit von 90 Kilometern in der Stunde rasch voran. Doch Wim und mir war klar, daß wir den Kerosindunst auf Dauer nicht aushalten würden, und so leiteten wir den Abstieg ein. Nur sechs Stunden nach dem Start in den Schweizer Alpen wasserten wir – grenzenlos enttäuscht und zutiefst frustriert – um 15 Uhr im Mittelmeer südlich von Nizza. Während die Kabine Salzwasser zog und wir niedergeschlagen in unseren Überlebensanzügen und Rettungswesten auf dem Kabinendach hockten, dröhnte ein Flugzeug der Küstenwache im Tiefflug über uns hinweg und signalisierte, daß ein Bergungsschiff unterwegs sei. Doch in diesem Moment kümmerte uns unsere eigene Sicherheit relativ wenig. Viel schwerer lastete auf uns das Gefühl, unseren Traum leichtfertig aufs Spiel gesetzt zu haben. Die Kabine wurde zwar an Land geschleppt, aber die gesamte Innenausrüstung war ruiniert. Die Hülle konnte erst zwei Monate später geborgen werden, und als sie von Fischerbooten an Land gebracht wurde, war sie über und über mit Algen und Muscheln bedeckt.

Wim und ich flogen barfuß und immer noch in nassen Kleidern in einem Privatjet zurück. Im Gepäck hatten wir nur einen Quadratmeter Hüllenstoff als Erinnerung an den gescheiterten Traum. Als ich an diesem Abend zu Hause in meinem Bett lag, hatte ich das Projekt abgeschrieben. Doch dann, am nächsten Morgen, rief mich Thédy Schneider an und sagte: »Kopf hoch. Die Welt wurde auch nicht an einem Tag erschaffen. Wahrscheinlich ist es zuviel verlangt, gleich beim ersten Anlauf Erfolg haben zu wollen.« Er war wie ich der Meinung, daß es nur eine sichere Methode gab, im Leben zu versagen – nämlich nie etwas zu wagen.

Bei einem Treffen in Genf drei Tage später fragte Alan: »Also, wie sieht's aus? Versuchen wir's noch einmal?«

»Natürlich«, erwiderte Thédy.

»Wann fangen wir mit dem neuen Ballon an?«

»Zehn Sekunden, nachdem Sie mir gesagt haben, wieviel er kosten wird.«

Alan nannte eine Zahl, und kaum zehn Sekunden später antwortete Thédy: »Okay, legen wir los!«

Niemand erhob irgendwelche Vorwürfe wegen des übergelaufenen Brennstoffs, und Andy wurde beauftragt, einen zweiten Ballon zu bauen. Diesmal war ich entschlossen, mich selbst aktiver am Bau zu beteiligen, und ich bat auch Wim und die Leute von Breitling, öfters in Bristol vorbeizuschauen, ein Auge auf den Fortgang der Arbeiten zu haben und sich mehr um die Details zu kümmern, damit wir eventuelle Fehler frühzeitig erkennen und entsprechend gegensteuern konnten.

Unsere Konkurrenten ließen das Jahr, in dem wir am *Breitling Orbiter 2* bauten, nicht ungenutzt verstreichen. Neben Branson und Fossett, die jeweils an einem neuen Ballon bauten, trat ein dritter Herausforderer auf den Plan, der Amerikaner Dick Rutan, der von Albuquerque in New Mexico aus aufsteigen wollte. Unterdessen zeigte sich bei Cameron nach und nach, daß Wim sehr viel Arbeit in sein eigenes Ballonunternehmen in Belgien investieren mußte. Aus Sorge, er könnte nicht genügend Zeit für uns haben und die Systeme der Kabine nicht richtig verstehen, beschloß ich, einen dritten Piloten mit an Bord zu nehmen – einen Partner, der so kompetent war, daß er den Ballon fliegen konnte, wenn ich schlief, und einen Techniker, der in der Lage war, Reparaturen auszuführen, sollte etwas schiefgehen. So kam es, daß im Sommer 1997 Andy Elson zur Crew hinzustieß und die Kabine umgebaut wurde, damit sie Platz für ein drittes Crewmitglied bot.

Dann, im Juli, tauchte ein neues Gesicht auf, ein Freund Andys und selbst ein erfahrener Ballonpilot: Brian Jones.

Brian

Mein Hintergrund könnte von dem Bertrands kaum verschiedener sein. Geboren wurde ich in Bristol, wo mein Vater als auf Eherecht spezialisierter Anwalt in einer Kanzlei arbeitete. Meine Mutter kam aus Wick, einem Städtchen weit im Norden Schottlands, und arbeitete als Sekretärin an einer Schule.

Zu Hause war ich so glücklich, wie man nur sein kann, aber da ich – wie mir heute klar ist – von Natur aus eher ruhig und bescheiden bin, wurde ich in der Schule viel gehänselt. Das untergrub nicht nur mein Selbstbewußtsein, sondern verleitete mich auch dazu, die Schule zu schwänzen. Nachdem ich das mehrere Male getan hatte, plagte mich mein schlechtes Gewissen, und als ich erfuhr, daß die Schulleitung meinen Eltern geschrieben hatte, bekam ich es so sehr mit der Angst zu tun, daß ich davonrannte. Irgendwie hatte sich in mir die Idee festgesetzt, daß ich zu Fuß nach Schottland marschieren wollte, und so machte ich mich, gerade dreizehn Jahre alt, auf den Weg nach Norden. Nach sieben Stunden – ich war noch nicht sonderlich weit gekommen – überfiel mich die Müdigkeit, und ich legte mich in einer Scheune schlafen, wo mich ein Bauer aufgriff und der Polizei übergab.

Als Mitglied der Pfadfinder hatte ich schon immer das Leben draußen in der Natur genossen, und später, im Ausbildungscamp der Luftwaffe, gesellte sich dazu eine Leidenschaft für das Fliegen. Leider versagte ich bei meinen Prüfungen in der Schule kläglich und ging mit nur einem einzigen Abschluß – in Englisch – von der Schule ab. Mir war klar, daß ich ziemlichen Mist gebaut hatte, und ich fing als Büroangestellter bei der British Airways in Filton im Nordwesten von Bristol an. Es dauerte nicht lange, bis ich erkannte, daß das eine Sackgasse war, und so beschloß ich, mich bei der Royal Air Force zu bewerben.

Mit nur einem Abschluß hatte ich natürlich keine Chance auf einen Ausbildungsplatz zum Piloten – dafür mußte man Abschlüsse in mindestens fünf Fächern vorweisen –, aber immerhin bot die RAF mir eine Bürostelle an. Ich nahm den Job an und belegte Kurse an der Abendschule der RAF. Ein Jahr später hatte ich die noch fehlenden Abschlüsse in der Tasche und bewarb mich wieder für das Pilotenausbildungsprogramm – doch nur, um erneut abgelehnt zu werden. Statt dessen wurde ich

Lademeister, zuerst auf Hercules-C-130-Transportern, später auf Puma-Helikoptern.

In meinen sieben Jahren auf C-130-Transportern kam ich auf der ganzen Welt herum und erlebte so einiges mit, unter anderem bei der Evakuierung des britischen Botschaftspersonals aus Phnom Pen im Vietnamkrieg. Die Vietcong standen so nahe am Rollfeld, daß vor der Landung schußsichere Westen an die Crewmitglieder ausgegeben wurden und unser Pilot eine, wie die Amerikaner dazu sagten, *Ke San*-Landung hinlegte. Er hielt die Maschine relativ hoch, ungefähr auf 500 Metern, bis wir praktisch über der Landebahn waren, dann drückte er die Nase steil nach unten, zielte auf die an eine Klaviertastatur erinnernden Markierungen am Ende des Rollfelds und setzte mit voll ausgefahrenen Landeklappen und einem mächtigen Rums auf.

Bei zwei Ausbildungsflügen umrundeten wir die Erde in westlicher Richtung, wozu wir jedesmal fünfzehn Tage benötigten. Bei diesen Trips wurde weder die Maschine noch die Crew gewechselt; wir flogen acht bis zehn Stunden, dann kam eine sechzehnstündige Pause – auf Hawaii ein längerer Aufenthalt.

Während meines Dienstes auf Puma-Helikoptern wurde ich zu drei längeren Einsätzen nach Nordirland geschickt. Dort unternahmen wir häufig Flüge in die »Banditenland« genannten Grenzgebiete, die so unsicher waren, daß sämtliche Güter und Personen auf dem Luftweg transportiert werden mußten. Wir setzten Armeepatrouillen ab, brachten Spezialeinheiten in ihre Operationsgebiete, nahmen Gefangene auf und versorgten Außenposten mit Nahrungsmitteln. Auf solchen Flügen war die Crew immer bewaffnet – der Pilot mit einem Gewehr, ich, allein im Heck, mit einem Maschinengewehr und einer Bordwaffe. Wir wußten nie, ob und wann wir die Waffen brauchen würden.

Mit dreißig nahm ich 1977 meinen Abschied von der RAF und arbeitete als Vertreter und dann Ausbilder für drei Pharmaunternehmen, bevor ich gemeinsam mit meiner Schwester Pauline unter dem Namen Crocks einen Großhandel für Cateringbedarf in Frome aufmachte. Eine Weile lief das Geschäft ziemlich gut, und ich eröffnete sogar zwei Ladengeschäfte, aber das bei weitem Beste, das mir in dieser Zeit widerfuhr, war, daß ich Jo kennenlernte, die Teilhaberin einer ebenfalls in Frome ansässigen Cateringgesellschaft.

1986 fuhr ich bei einem Festival in Bristol mit einem Heißluftballon mit. Ich war sofort süchtig. Ich verkaufte die Ladengeschäfte, und von einem Teil des Erlöses erwarb ich einen eigenen Ballon. 1989 rutschte Großbritannien in eine tiefe Wirtschaftskrise, die die Cateringindustrie zuerst traf. Da absehbar war, daß Crocks auf Dauer nicht zwei Menschen ernähren konnte, überließ ich das Unternehmen bis auf weiteres Pauline.

Zufällig wurde in ebendiesem Jahr der Ballonsport in Großbritannien reformiert. Bis 1989 durfte jeder, der einen Privatpilotenschein besaß, einen Ballon fahren, kommerzielle Lizenzen gab es nicht. Doch dann gab die zivile Flugaufsichtsbehörde die ersten kommerziellen Lizenzen heraus. Ballonpiloten, die solche Lizenzen hatten, durften gegen Geld Passagiere mitnehmen. Diese Neuerung löste einen Boom in der Ballonfahrt aus.

Ich ergriff die Gelegenheit beim Schopf und begann, kommerzielle Ballonfahrten anzubieten. Zusätzlich arbeitete ich als Berater für andere Ballonunternehmen, die Passagiere befördern wollten. Ich war bereits Ausbilder, und als ich zum nationalen Trainingsoffizier für britische Ausbilder ernannt wurde, versuchte ich, den Sport weiter zu professionalisieren. 1994 gründete ich zusammen mit Andy Elson und Dave Seager-Thomas das Unternehmen High Profile Balloons, das Ballons für

Unternehmen wie Royal Mail und Mitsubishi Motors fahren ließ. Ich glaube, man kann sagen, daß ich, als ich im Mai 1997 zum Breitling-Projekt stieß, über einige Erfahrung im Ballonsport verfügte.

Andy bat mich dann, die Planung für den *Orbiter 2* in die Hand zu nehmen. Bei Cameron gab es damals Probleme, hauptsächlich weil Andy als Techniker zwar hervorragend, aber als Organisator unfähig war und häufig etwas zusagte, das er dann nicht einhalten konnte. Davon abgesehen hatte er ein heftiges Temperament, und wenn etwas nicht so lief, wie er es sich vorstellte, stürmte er aus der Werkstatt und knallte die Tür hinter sich zu. In dieser Situation konnte ich, von Natur aus ein eher ruhiger Zeitgenosse, einen mäßigenden Einfluß ausüben und am Arbeitsablauf manches verbessern. Da ich bei der RAF unter anderem Überlebenskurse gegeben hatte, organisierte ich ein Überlebenstraining für Ballonpiloten, und auf einem dieser Trainingslehrgänge bei Cameron traf ich zum ersten Mal Bertrand Piccard.

Anfangs begegnete ich dem schlanken, ernst wirkenden Mann mit dem schütteren Haar, der hohen, intelligenten Stirn und den durchdringenden blaugrauen Augen mit einer gewissen Scheu. Immerhin hatte er das ganze Projekt ins Leben gerufen. Doch als ich bemerkte, daß er stets versuchte, alle einzubeziehen, wurde daraus schon bald Sympathie. Wenn Bertrand in ein Zimmer mit vielen Menschen kam, von denen vielleicht nur zwei für ihn wichtig waren, gab er trotzdem allen die Hand, egal, ob es sich um eine Sekretärin oder auch nur die Person handelte, die ihm die Tür aufhielt. Ein weiterer Pluspunkt war für mich, der ich so gut wie kein Französisch konnte, daß Bertrand exzellent Englisch sprach und alle einschlägigen technischen Begriffe beherrschte.

Es war bereits abgemachte Sache, daß Jo und ich bei der Fahrt von *Orbiter 2* als zweites von drei Paaren im

Genfer Kontrollzentrum arbeiten sollten. Als die Werkstatt in die Schweiz verlegt wurde, wurde ich immer mehr in die Vorbereitungen hineingezogen. In der Phase der Startvorbereitungen lernte ich nicht nur Bertrand besser kennen, sondern fungierte auch allgemein als Vermittler, wenn Andys Temperament wieder einmal mit ihm durchging. Das brachte mir den Spitznamen »Andys nutzerfreundliches Interface« ein.

Bertrand

Wie schon beim *Orbiter 1* hinkten wir auch diesmal hinter dem Zeitplan her. Eine Frist nach der anderen kam und verstrich. Andy hatte zwar alle technischen Details der Kapsel im Kopf, aber nichts davon war schriftlich festgehalten. Wenn ich ihn fragte, ob dies oder das auch wirklich funktionieren würde, sagte er nur: »Bertrand, vertrau mir. Ich bin doch kein Arzt!« Wir anderen versuchten, seine Fehler zu akzeptieren, weil wir fürchteten, daß er, wenn wir ihn zu sehr unter Druck setzten, alles hinschmeißen und sich aus dem Staub machen würde. Zuletzt war es dann zu spät, Konsequenzen zu ziehen, und uns blieb nur noch, das Projekt mit ihm durchzuziehen.

Persönliche Reibungen verschärften die technischen Probleme. Andy warf Wim vor, sich zuwenig zu engagieren und vorzubereiten und zuviel mit der Presse zu sprechen, was schließlich in der Drohung gipfelte: »Wenn Wim mitfährt, bleibe ich hier.«

So tief, wie ich immer noch in Wims Schuld stand, konnte ich ihm unmöglich eine Absage erteilen. Ich sagte Andy, wenn ich ohne Wim startete und Erfolg hätte, würde ich zwar in allen Zeitungen mein Konterfei sehen, aber nie mehr in den Spiegel schauen können.

Schließlich erklärte sich Andy doch bereit, mit uns zu fahren, allerdings unter der Bedingung, daß nur er und ich den Ballon steuerten. Wim sollte sich um Kommunikation und Navigation kümmern, aber um Himmels willen die Finger von allem lassen, was mit Technik zu tun hatte. Sonst, meinte Andy, würde er uns vergiften, indem er statt Sauerstoff versehentlich Stickstoff in die Kabine leitete, oder die Kabine in Brand setzen, wenn er versuchte, die Brenner zu zünden. (Wir mußten während des Trainings tatsächlich zweimal zu den Feuerlöschern greifen, um zu verhindern, daß die Kabine ausbrannte.)

Unter den extrem beengten Verhältnissen in der Kabine wäre ein solches Gezänk unerträglich gewesen. Wir kannten etliche Crews, bei denen Reibereien in Handgreiflichkeiten ausgeartet waren. Um die Situation zu entschärfen, betätigte ich mich deshalb als Psychologe. Wir setzten uns zu dritt zusammen und sprachen über unser Leben und uns selbst, wobei wir die Unterschiede hervorhoben und nach Wegen suchten, die Eigenheiten des jeweils anderen zu respektieren. So lernten wir uns besser kennen, und es gelang uns, einen tragfähigen Teamgeist zu entwickeln.

Einmal mehr war Richard Branson unser schärfster Konkurrent, und wir blickten immer mit einem Auge in Richtung Marokko. Es hieß zwar immer wieder, er sei noch nicht startbereit, aber wir wußten nicht, inwieweit wir diesen Gerüchten trauen durften, und argwöhnten, daß er auf Zeit spielte. Eines Tages im Oktober rief sein Projektmanager Mike Kendrick an und bat uns, in der nächsten Zeit nicht zu starten, da Branson nach China fliegen wolle, um mit den Chinesen wegen der Durchfahrtsrechte zu verhandeln. Die Chancen für eine allgemeine Durchfahrtserlaubnis für Ballons sollten durch nichts gefährdet werden. Kendrick rief auch Alan Noble an und schlug ihm vor, dies an Steve Fossett weiterzugeben.

Doch Branson flog nicht nach China, und wir hörten auch nichts mehr von ihm, bis er einige Monate später begann, seinen Ballon startklar zu machen. Da sein Wetterfenster knapp bemessen war, mußte er den Ballon tagsüber aufblasen – wegen der häufigen Sandstürme in der Wüste ein überaus riskantes Unterfangen. Es kam, wie es kommen mußte: Seine Hülle hob ohne die Kapsel ab und flog bis Algerien, wo sie beim Herunterkommen irreparabel beschädigt wurde.

Was uns betraf, so erzählte Andy – ebenso unfehlbar optimistisch wie unorganisiert – allen, die es hören wollten, daß wir so gut wie startbereit seien, obwohl das keineswegs zutraf. »Nur noch hier und da ein paar lose Enden«, sagte er – doch brauchten wir für diese »losen Enden« noch zwei volle Monate. Die Folge war, daß Branson glaubte, wir könnten jeden Moment starten, eine Furcht, die ihn am Ende zu seinem übereilten Start verleitete.

Endlich, im Januar 1998, war auch unser Ballon fertig. Doch als die Kabine auf dem Startfeld bei Château-d'Oex von einem Kran hochgehoben wurde, rissen einige Anschlußstücke aus, an denen die Hauptseile der Kabine am Lastrahmen befestigt waren. Die Kapsel krachte auf den Hänger und wurde erheblich beschädigt. Der Lastrahmen, die Brenner und einige Rohrleitungen waren verbogen. Uns blieb nichts anderes übrig, als den Start zu verschieben und die Schäden so schnell wie möglich zu beheben. Nach der Notwasserung mit dem *Orbiter 1* im Mittelmeer hatte ich mir eine größere Demütigung nicht vorstellen können – bis zu diesem idiotischen Unfall, der das ganze Team der Lächerlichkeit preisgab.

Doch dann machten unsere Wetterfrösche ein vielversprechendes Fenster aus, und am 28. Januar 1998, dem Geburtstag meines Großvaters, hob der *Breitling Orbiter 2* ab. Für mich war das Datum ein glückliches Omen. Ich konnte nicht wissen, daß ich noch bis zu meinem eigenen Geburtstag warten mußte, bevor ich zu einer erfolgreichen Fahrt starten würde. Kaum hatten wir eine Höhe von 6000 Fuß erreicht und schlossen die Dachluke, hörten wir ein pfeifendes Zischen, das anzeigte, daß die Heckluke undicht war. Hektik, bittere Kälte und Erschöpfung hatten dazu geführt, daß die Heckluke nicht richtig aufgesetzt worden war – was bedeutete, daß wir tief fahren mußten, bis wir die Luke abgedichtet hatten, und deshalb die schnellsten Winde verpassen würden.

Mir kam es so vor, als wiederholte sich die Geschichte: Mein Großvater hatte auf dem Weg in die Stratosphäre mit dem gleichen Problem gekämpft. Doch während er das Leck mit einer Mischung aus Hanf und Vaseline hatte abdichten können, versuchten wir das gleiche vergeblich mit einer Plastiktüte und einer Silikondichtmasse. Die Sorge um das Leck verdarb uns den ersten Tag in der Luft – und noch schlimmer kam es am zweiten Morgen, als wir entdeckten, daß wir auf ungeklärte Weise ein Drittel unseres Brennstoffvorrats verloren hatten. Wir fanden nie heraus, was genau geschehen war, aber Tatsache war, daß sich zwei der sechs jeweils 500 Liter Kerosin fassenden Tanks über Nacht entleert hatten. Ich hatte von solchen Lecks allmählich wirklich genug, hielt es aber für besser, Andy meinen Unmut nicht spüren zu lassen, und sagte ihm auch nicht, daß ich mir geschworen hatte, niemals mehr mit Kerosin zu fahren.

Aufgrund des Kerosinverlustes waren wir auf sehr schnelle und direkte Winde angewiesen, wollten wir es um die Welt schaffen. Doch wegen der lecken Luke mußten wir den Ballon die ersten vier Tage relativ niedrig fahren, bis Andy in 5000 Fuß Höhe nach außen kletterte, sich an einem Seil herunterließ, die Luke öffnete und richtig aufsetzte. Danach hatten wir mit ihr keine Probleme mehr.

Allerdings wußte ich zu diesem Zeitpunkt bereits, daß auch dieser Anlauf zum Scheitern verurteilt war. Zum einen führten die einzigen starken Winde direkt über China hinweg, und Peking verweigerte nach wie vor allen Ballons die Durchfahrt. Laut internationalen Abkommen dürfen zivile Luftfahrzeuge, die nicht linienmäßig verkehren, zwar jedes Land überfliegen. Allerdings gestehen dieselben Abkommen auch jedem Land das Recht zu, aus Sicherheitsgründen Überflugbeschränkungen zu verhängen – und China hatte entsprechende Beschränkungen für das ganze Jahr ausgesprochen. Zum anderen stand, nachdem wir ein Drittel unseres ursprünglichen Brennstoffvorrats verloren hatten, eine Umfahrung Chinas außer Frage. Trotzdem fuhren wir weiter, allerdings in einer sehr geringen Höhe, um nicht in die gesperrte Region abgetrieben zu werden. Wenn wir schon die Welt nicht umrunden konnten, wollten wir wenigstens eine möglichst gute Figur abgeben.

Während der gesamten Fahrt hoben immer wieder die Nachrichten, die Brian Jones uns vom Kontrollzentrum schickte, unsere Moral. Stets gelassen und oft witzig, verbreitete er unfehlbar gute Laune. Er trug so sehr dazu bei, die Stimmung an Bord zu heben, daß ich das Gefühl hatte, er sei oben bei uns. Eine seiner denkwürdigsten Nachrichten erreichte uns über Afghanistan: »Paßt auf«, warnte er uns, »die Leute da unten haben seltsame Angewohnheiten. Bei Hochzeiten tanzen die Männer um die Tische und schießen in die Luft. Falls ihr eingeladen werdet, lehnt bitte ab und fahrt weiter.«

Da die Höhenwinde immer noch Richtung China wehten, fuhren wir sehr tief zwischen 1000 und 3000 Fuß – einen Tag über Pakistan, drei über Indien und einen über den Golf von Bengalen. Wir saßen auf der Kabine und schwebten mit dreißig bis vierzig Kilometern in vollkommener Stille dahin. Hin und wieder stieg uns der Duft von Weihrauch aus einem Tempel oder von den Gewürzen einer Kochstelle in die Nase, begleitet von kaum noch hörbarem Geschrei von Kindern, die den Ballon erblickt hatten. Das war natürlich nicht das, was wir eigentlich hätten tun sollen: nämlich in einer druckfesten Kabine zu sitzen und hoch und schnell zu fahren. Statt dessen trieben wir gemächlich und ohne Ziel im warmen Wind dahin – was freilich auch eine wunderbare Sache war.

Der Zufall wollte es, daß sich zu dieser Zeit der stellvertretende chinesische Ministerpräsident in der Schweiz aufhielt. Jedesmal, wenn er den Fernseher einschaltete oder eine Zeitung las, wurde er mit derselben Schlagzeile konfrontiert: CHINA VERWEIGERT PICCARD DIE DURCHFAHRT. Schließlich hatte er das Gefühl, etwas tun zu müssen, und begann nach Peking zu faxen. Doch in China wurde gerade das Neujahrsfest gefeiert, und als die Erlaubnis dann endlich eintraf, befanden wir uns bereits über Birma und hatten fast keinen Brennstoff mehr.

Nach den anfänglichen technischen Problemen ging nichts mehr schief, und die Stimmung an Bord war erheblich besser, als sie es am Boden gewesen war. Allerdings konnten wir Wim aufgrund seiner mangelnden Kenntnis unserer hochmodernen Ausrüstung nicht allein im Cockpit lassen. Also mußte ich mich mit Andy in zwei Schichten abwechseln. Daß wir zu dritt waren, machte angesichts dessen keinen Sinn. Noch während wir in der Luft waren, beschloß ich, die Crew zu ändern, sollte jemals ein dritter *Orbiter* abheben.

Da wir nirgendwo mehr ankommen mußten, fiel auch jede Anspannung von uns ab. Einmal mehr erkannte ich, wie wichtig es ist, zu akzeptieren, was das Leben einem bringt. Hätten wir mit unserem Schicksal gehadert, hätten wir viel gelitten, wären wütend zurückgekehrt und hätten der ganzen Welt und vor allem China Vorwürfe gemacht. Indem wir uns dem Wind überließen, entschieden wir uns gegen das Leiden. Mir kam es fast so vor, als setzte Leiden eine Art aktive Entscheidung voraus: Wer sich weigert, anzunehmen, was das Leben ihm bringt, leidet. Wer dagegen sein Schicksal annimmt, leidet weniger.

Wim war derselben Meinung, aber Andy wurde ungeduldig und wollte so schnell wie möglich landen. Er hatte in dem schottischen Großgrundbesitzer James Manclark, dem Präsidenten der Elephant Polo Association, einen neuen Sponsor gefunden, der ihm die Finanzierung eines neuen Ballons zugesichert hatte. Mit anderen Worten, ich mußte Andy von nun ab als potentiellen Konkurrenten betrachten. Beendeten wir die Fahrt vorzeitig und war Breitling nicht bereit, einen dritten Ballon zu sponsern, hatte Andy einen Rivalen weniger.

Alan Noble faxte uns vom Kontrollzentrum und drängte uns, die Fahrt möglichst lange fortzusetzen. Eine vorzeitige Landung, warnte er, würde das gesamte Projekt lächerlich machen und Breitling womöglich davon abhalten, einen weiteren Anlauf zu unterstützen. Dann teilte er uns noch etwas mit, wofür zu kämpfen sich lohnte: Der Dauerrekord, den der Amerikaner Dirk Rutan bei seinem Voyager-Flug um die Erde auf neun Tage und eine Stunde hochgeschraubt hatte, lag in greifbarer Nähe.

Selbst Andy erfüllte diese Aussicht mit neuem Ehrgeiz. Er setzte sich mit Stift und Lineal hin und stellte erneut Kursberechnungen an. Als wir uns der chinesischen Grenze näherten, meldeten unsere Wetterfrösche, daß über uns ein Jetstream blies, der uns mit über 200 Stundenkilometern in nur vier Tagen über den Pazifik bis nach Kalifornien gebracht hätte. Schade!

Als wir schließlich in Birma landeten, hatten wir in der Tat einen neuen Dauerflugrekord aufgestellt. In neun Tagen und achtzehn Stunden hatten wir 5266 Meilen zurückgelegt. Auch wenn wir unser eigentliches Ziel nicht erreicht hatten und unser Erfolg mehr ideeller denn technischer Art war, war ich doch glücklich und stolz.

Brian

Sobald klar war, daß der Ballon in Birma landen würde, brach in der Schweiz ein Team zur Bergung von Crew und Ausrüstung auf. Da es keine Direktflüge nach Rangun gab, mietete Breitling einen Privatjet, eine Falcon 2000. Zum Team gehörten Thédy Schneider, Stefano Albinati (ein professioneller Jetpilot, der am Steuer des Flugzeugs saß), Monika Pieren (die Breitling-Projektmanagerin), Alan, ich und noch einige andere Leute. Nach einem Zwischenstopp zum Tanken in Bahrain erreichten wir Rangun, noch bevor der Ballon gelandet war. Auf der Suche nach einem Bergungshelikopter wandten wir uns an das birmanische Militär, das dafür jedoch 6000 britische Pfund pro Stunde verlangte. In zähen Verhandlungen konnten wir den Preis auf ein erträgliches Maß drükken, doch verloren wir dabei so viel Zeit, daß wir den Ballon erst nach seiner Landung auf einem trockenen Reisfeld knapp hundert Kilometer nördlich der Hauptstadt erreichten. Bis dahin waren aus den umliegenden Dörfern schon zahllose Menschen herbeigeeilt und hatten sich um den Ballon versammelt. Einige von ihnen, so hörten wir später, waren beim Anblick der riesigen über sie hinwegschwebenden Silberhülle betend auf die Knie gesunken.

Das erste, was Bertrand zu mir sagte, als er bestens

gelaunt auf mich zukam, war: »Ich habe mir zwei Dinge geschworen – und wenn ich dagegen verstoße, sollst du mich daran erinnern. Erstens, ich werde nie mehr mit Kerosin fliegen. Und zweitens, ich werde nie mehr mit dieser Crew fliegen. Die Stimmung an Bord war gut, aber das nächste Mal will ich es um die Welt schaffen.«

Da es keine Möglichkeit gab, das Helium aus dem Zeltballon an der Spitze abzulassen – wir hätten den Ballon nur durchlöchern können, was jedoch nicht ging, da er außerhalb unserer Reichweite über unseren Köpfen schwebte –, hatten wir Schwierigkeiten, die Hülle einzuholen. Schließlich versuchten wir es mit Gewalt und baten einen Soldaten, mit dem Gewehr Löcher in den Ballon zu schießen. Er feuerte mehrere Salven ab, was aber auch nicht viel half. Schließlich fragten wir die Einheimischen, ob sie uns helfen könnten, was sie auch taten. Anschließend stürzten sie sich wie wild auf den Ballon, stachen mit Messern darauf ein und zerrten und rissen so lange an dem Stoff, bis die Hülle zerstört war. Die ganze Zeit über blies ein starker Wind und sorgte hin und wieder für Unterhaltung, insbesondere, als ein Fahrrad zur großen Bestürzung seines Besitzers von den Leinen erfaßt und in die Höhe gezogen wurde.

Endlich sank der Ballon zur Erde. Soldaten schafften das Schleppseil und den Großteil der Hülle fort, und die Schaulustigen zerstreuten sich wieder. Die Crew aus der Schweiz kehrte heim und ließ mich als Verantwortlichen zurück. Zu meiner großen Erleichterung dauerte es nicht lange, bis ein Sattelschlepper eintraf und mit seinem Kran die Kabine ohne weitere Schwierigkeiten auf die Ladefläche lud. Probleme bekamen wir erst auf der Fahrt nach Rangun. Zum einen verhedderten sich die Aufbauten der Kabine in den Dörfern immer wieder in den niedrig über die Straße hängenden Stromleitungen. Zum anderen litt ich, nachdem ich den ganzen Tag in der prallen Sonne und bei Temperaturen von fast 44 Grad gegen die Zeit gearbeitet hatte, unter einem leichten Sonnenstich und fühlte mich entsprechend elend. Während also ein Einheimischer tapfer versuchte, mit Hilfe eines langen Bambussteckens die Stromkabel aus den Brennern, in denen sie sich verfangen hatten, zu befreien, saß ich zusammengesackt auf dem Beifahrersitz. Oft schlugen die Kabel, die er befreit hatte, gegen einen am Heck der Kapsel befestigten Propangastank. Blauglänzende Blitze sprühten in die Nacht, und ein Stromausfall folgte auf den anderen. Vor allem nach Einbruch der Dunkelheit geriet unsere Fahrt so zu einem wahren Lichterspektakel. Für die knapp hundert Kilometer nach Rangun brauchten wir geschlagene vierzehn Stunden.

Die birmanischen Behörden hatten damals ein scharfes Auge auf alle Kommunikationsmittel. Niemand in Birma durfte das Internet benutzen, und jedes Telefonat ins Ausland oder aus dem Ausland wurde aufgezeichnet. Kein Wunder also, daß das Militär die Kommunikationsausrüstung in unserer Kabine gerne beschlagnahmt hätte. Doch es gelang uns, die Kabine heimlich in eine Fabrik zu schaffen, wo wir sie versteckten, bis wir sie verpacken und nach Singapur verschiffen konnten.

KAPITEL 4

Aller guten Dinge sind drei

Bertrand

Bei unserer Rückkehr in die Schweiz wurden wir als Helden gefeiert, und innerhalb von vierundzwanzig Stunden gab Thédy Schneider grünes Licht für den *Orbiter 3* und ernannte Stefano Albinati zum Breitling-Projektmanager. Diesmal war ich entschlossen, nur zu zweit zu starten. Zum einen wußte ich, daß zwei Mann Besatzung ausreichten, zum andern hätte man für einen dritten Mann auf viel Brennstoff verzichten müssen: Er hätte samt Verpflegung, Wasser, Sauerstoff und persönlicher Ausrüstung unter dem Strich 400 Kilo gewogen. Mir tat das vor allem für Wim leid, aber wie sich gezeigt hatte, reichte eine gute – und wichtige – Freundschaft nicht als Basis für eine Fahrt um die Welt aus.

Als neuen Copiloten suchten wir jemanden, der bereit war, ein Jahr lang wenigstens die Hälfte seiner Zeit in das Projekt zu investieren. Unsere Wahl fiel zunächst auf Tony Brown, einen untersetzten Concorde-Bordingenieur in den Fünfzigern mit einem buschigen Schnauzer. Tony überredete seinen Arbeitgeber, ihm unbezahlten Urlaub zu geben, und an seiner Qualifikation für das Projekt konnte angesichts seiner über 5500 Überschallflüge kein Zweifel bestehen. Trotzdem wurde mir schnell klar, daß er und ich bei der Zusammenarbeit Probleme haben würden.

Als er im August 1998 zu uns stieß, lief alles glatt, und wir lagen gut im Zeitplan. Doch aus irgendeinem Grund schien Tony das Gefühl zu haben, sich seinen Platz im Team erkämpfen zu müssen. In seinen Augen war ich offenbar zu sehr der Boß, zu arrogant, und kümmerte mich zu wenig um ihn; so war jedenfalls mein Eindruck. Trotz seiner Erfahrung hatte er einige ziemlich starre Vorstellungen. Er war ein guter Ballonpilot, war aber noch nie weiter als hundert Kilometer gefahren. Dennoch meinte er, mir erklären zu müssen, wie man eine Ballonfahrt um die Welt organisiert, und er propagierte ein von der British Airways entwickeltes Konzept namens »Crewressourcen-Management«.

Tony erwarb sich mit seinem Auftreten nicht gerade Sympathien im Team. Wenigstens konnten er und ich offen über unsere Unterschiede reden und zugeben, daß wir uns miteinander schwertaten. Wir beschlossen, es auf einen Versuch ankommen zu lassen. Doch als wir mit der technischen Ausbildung begannen, zeigte sich zu meiner wachsenden Frustration, daß sich unsere Fähigkeiten nicht kombinieren ließen.

Im gleichen Maße, wie mein Unmut über ihn wuchs, stieg mein Interesse an Brian Jones. Ich wußte, wie hart er sich ins Zeug legte, und ich bewunderte den Einfallsreichtum, mit dem er Probleme anging. Brian vereinte nicht nur ein exzellentes aeronautisches Wissen mit einem ausgeprägten Sinn für Humor, er erwies sich auch als ein sehr umgänglicher Mensch.

Anfang März 1998, unmittelbar nach seiner Rückkehr aus Birma, hatten wir ihn zum Projektmanager von *Orbiter 3* ernannt und ihm die Verantwortung für die Konstruktion der Kapsel übertragen. Manchmal fühlt man sich zu Menschen instinktiv hingezogen, obwohl man sie gar nicht gut kennt. So ging es mir mit Brian, an dem mir neben seiner ruhigen Art auch seine extrem effiziente

Arbeitsweise gefiel. Stellte er etwa fest, daß beim Bau der Kabine etwas nicht stimmte, schrieb er seinen Änderungswunsch zur Erinnerung für sich selbst und die Techniker auf eine Tafel und sorgte dann dafür, daß die Anweisung auch ausgeführt wurde. Er drückte sich vor keiner Arbeit und blieb an dem, was er angefangen hatte, bis zum Ende dran. Während ich dazu neigte, andere mit zu vielen Vorschlägen auf einmal zu verwirren, brachte Brian Methode in mein Chaos.

Die Idee, ihn als unseren Reservepiloten aufzustellen, stammte von ihm selbst. Auf einer der ersten Besprechungen zu *Orbiter 3* sagte er: »Da diesmal nur zwei fliegen, braucht ihr einen Mann in Reserve.« Als dem alle Anwesenden zustimmten, schlug er vor, daß er selbst sich gemeinsam mit Tony und mir in die Handhabung der Bordsysteme einarbeiten sollte – was er dann auch tat. Einige Zeit später fragte er vorsichtig an, ob er nicht auch eine Pilotenjacke haben könnte, wie Tony und ich sie bereits besaßen. Daraufhin rief ich bei Breitling an und bat sie, für Brian eine Jacke schneidern zu lassen. Schließlich würde das nach Ende des Projekts sein einziges Andenken an die Zeit als unser Reservepilot sein. Die Zusage erfolgte prompt, und kurze Zeit später hielt Brian stolz die Jacke in Händen. Wir verstanden uns immer besser, und ich bedauerte allmählich, nicht mit ihm zu starten.

Am 16. November wurde die Kabine samt Hülle und dazugehöriger Ausrüstung auf zwei Trucks geladen und nach Château-d'Oex transportiert. Auch die Crew übersiedelte in den Wintersportort und setzte die Startvorbereitungen dort fort. Der Start konnte jederzeit zwischen Dezember und Ende Februar erfolgen – der Zeit, in der die globalen Windverhältnisse am günstigsten für eine Fahrt um die Welt sind.

Je länger ich Brian beobachtete, desto rätselhafter

wurde mir, warum um alles in der Welt ich nicht ihn gebeten hatte, mein Copilot zu sein. Wie ich später erfuhr, war ich nicht der einzige, der die Spannung im Team spürte. Brians Frau Joanna schrieb in ihrem Tagebuch:

> Die Piloten machen einen sehr aggressiven Eindruck, was sich auf alle auswirkt. Wir sind nicht mehr gern in Château-d'Oex. Niemand weiß so recht, woran es liegt. Die Atmosphäre ist einfach sehr gespannt.

Schließlich, am Abend des 23. November, brach der Konflikt zwischen mir und Tony offen aus. Ich hatte Tony gesagt, wenn wir wirklich Probleme miteinander hätten, sei es jetzt an der Zeit, damit herauszukommen. Daraufhin entzündete sich beim Abendessen im *Hôtel de Ville* ein heftiger Streit. Ich sagte zu Tony, daß ich nicht bereit wäre, gute Elemente in unserem Projekt zu ändern, nur um ihm einen Gefallen zu tun. Tony erwiderte: »In Ordnung. Ich komme nicht mit. Fahr mit Brian.«

Ich dachte, daß ich nichts lieber tun würde.

Dann sagte Tony zu Brian: »Brian, nimm du meinen Platz ein.«

Doch Brian war viel zu klug, um auf Tonys Angebot einzugehen. »Ich halte mich da raus«, sagte er.

Nach dem Essen wußte ich zwar, was ich wollte, aber nicht, wie ich es am geschicktesten erreichte. Pierre Blanchoud, unser aeronautischer Berater, drängte mich zu einer Entscheidung. »Es ist dein Projekt«, erklärte er. »Du bist zu Breitling gegangen, und jetzt mußt du entscheiden.«

»Stimmt«, antwortete ich, »aber genau deshalb fällt es mir ja so schwer. Wenn ich einen Fehler mache, könnte das fatale Folgen haben.«

»Also gut«, sagte Pierre. »Dann schlaf eine Nacht drüber.«

Am nächsten Morgen sah ich alles ganz klar: Ich würde nicht mit Tony fahren. Als Tony zum Frühstück erschien, begrüßte er mich mit einem freundlichen »Hallo«.

»Habt ihr euer Problem gelöst?« fragte Pierre.

»Ja, alles bestens«, antwortete Tony.

»Was soll das heißen?« fragte ich. »Wir starten vielleicht schon nächste Woche. Du bist weder technisch vorbereitet, noch ist unser Verhältnis in Ordnung. So, wie ich das sehe, ist das Problem alles andere als gelöst.« Nach einem sich anschließenden kurzen, aber heftigen Wortwechsel stand für mich endgültig fest, daß wir nicht zusammen weitermachen konnten. Ich sagte: »Was mich betrifft, steht die Entscheidung fest, Tony. Du fährst nicht.«

Nach dem Frühstück fuhren wir zusammen zur Werkstatt, wo wir uns, von heftigen Gefühlen ergriffen, die Hand gaben. Tony sagte, ich hätte seiner Meinung nach das Zeug dazu, mit dem Ballon um die Welt zu fahren, es tue ihm leid, daß wir nicht gemeinsam fahren könnten. Dann wünschte er mir noch viel Glück. Ich bewunderte seinen Gleichmut und seine Beherrschung. Als ich Thédy anrief und ihn von meiner Entscheidung unterrichtete, war seine erste Frage, warum ich nicht von Anfang an auf Brian gesetzt hätte. »Tut mir leid«, sagte ich, »aber Brian ist nie mit einer Concorde geflogen – und das mit der Concorde schien mir für das Projekt interessant.«

Die Presse machte ein ziemliches Aufheben um den Wechsel, einen zu einem so späten Zeitpunkt auch zugegebenermaßen dramatischen Schritt. Wim Verstraeten wurde mit der Aussage zitiert, ich sei auf Rivalen eifersüchtig und außerstande, mit jemand länger befreundet zu sein. Ich würde jeden aus dem Team entfernen, der es wagte, mich zu kritisieren. Plötzlich wurde ich für alles mögliche kritisiert, zum Beispiel auch dafür, Château-d'Oex als Startplatz gewählt zu haben, wo das Wetter damals schlecht war. Die Schweiz war zwar ein guter Startplatz für eine Fahrt um die Welt, wenn man die Erlaubnis hat, über China zu fliegen. Doch da wir China meiden mußten, erschien die Wahl auf einmal nicht mehr so klug.

Auch Andy Elson stimmte in den Chor der Kritiker ein. Seiner Zusammenarbeit mit James Manclark war zwar kein langes Leben beschieden gewesen, doch er hatte einen neuen Sponsor gefunden, Cable & Wireless, und bereitete sich gerade in Spanien auf den Start vor. Der *Orbiter 3*, gab er kund, werde es nie um die Welt schaffen, weil er viel zuwenig Brennstoff mitführe. Allein die Reservetanks seines Ballons enthielten mehr Brennstoff, als wir überhaupt an Bord hätten.

Ich konnte meine Kritiker nur widerlegen, indem ich mit dem Ballon um die Welt fuhr. Als ich die Entscheidung für Brian und gegen Tony endlich getroffen hatte, war ich unendlich erleichtert. Ich hoffte nur, daß ich nicht schon wieder blind war, so blind, wie ich es Tony gegenüber von Anfang an gewesen war. War ich im Begriff, denselben Fehler ein zweites Mal zu machen?

Brian

Als Alan Noble mich kurz nach meiner Rückkehr aus Birma bat, Projektmanager von *Orbiter 3* zu werden, stellte ich meinen Standpunkt in der Werkstatt sofort nachdrücklich klar. Ich wußte noch gut, wie sehr Andys sprunghaftes Temperament die anderen Mitglieder des Teams verunsichert hatte – manchmal so sehr, daß auch sie die Arbeit hingeschmissen hatten. Deshalb sagte ich: »Wutanfälle will ich hier nicht sehen, darunter leidet die

Moral des gesamten Teams. Hier steht keiner auf und geht einfach raus. Wer das tut, kann gleich ganz gehen.«

Ich kannte Tony schon seit Jahren, und mir war von Anfang an klar gewesen, daß er und Bertrand nur schwer miteinander auskommen würden. Als ich eines Tages im Büro einige Papiere durchging, entdeckte ich, daß Tony den Begriff »Copilot« unbedingt ganz genau hatte definieren müssen. So sollte etwa gelten, daß er das Kommando innehatte, wenn er auf dem rechten Pilotensitz saß. Alles war bis ins kleinste Detail festgelegt. Ich sah Bertrand an und sagte: »Das ist doch Quatsch!«

Meinem Vorschlag, den beiden Piloten einen Reservepiloten zur Seite zu stellen, lagen freilich rein praktische Überlegungen zugrunde. Mir ging es schlicht und einfach darum, daß Bertrand oder Tony ausfallen konnte und für diesen Fall ein Ersatzmann da sein mußte. (Beim Start von *Orbiter 2* hatte die Temperatur bei minus 16 Grad gelegen. Startfeld und Kabine waren mit Eis bedeckt gewesen. Wie leicht hätte jemand ausrutschen und sich den Knöchel brechen können.)

Da ich nicht zu den Leuten gehöre, die sich in den Vordergrund drängen, zögerte ich mit meiner Bitte nach einer Pilotenjacke. Ich wußte, daß keine dritte Jacke in Auftrag gegeben worden war – niemand hatte daran gedacht –, und ich fragte auch nicht direkt danach. Ich sagte zu Bertrand nur etwas wie: »Wäre es nicht praktisch, wenn ...?« Das reichte schon. Er griff die Anregung sofort auf und kümmerte sich darum, ohne ein Wort darüber zu verlieren. Zehn Tage später kam die Jacke mit meinem Namen. Ich dachte wieder, wie aufmerksam Bertrand doch war.

Wir mußten bei Cameron ein weitgehend neues Team zusammenstellen, hatten aber von den ersten beiden Projekten viel gelernt und versuchten das jetzt umzusetzen, wo immer möglich. Rein äußerlich unterschied sich die

Kabine des *Orbiter 3* zwar kaum von den Vorgängermodellen, dennoch wies sie einige Verbesserungen auf. Die Kapselwand bestand aus zwei beschichteten Häuten aus Kevlar und Kohlenstoffasern mit einer dazwischenliegenden Schaumstoffisolation, ähnlich einer kugelsicheren Schußweste. Eine wichtige Neuerung waren die doppelverglasten Bullaugen mit einem Durchmesser von 30 Zentimetern auf beiden Seiten des Pilotentisches. (In den bisherigen Kabinen hatten die Piloten nichts sehen können, weil die einfachverglasten Bullaugen vereist waren.)

Da Bertrand die Brennstoffversorgung von Kerosin auf Propangas umstellen wollte, mußten wir außerdem ein neues Brenneraggregat entwickeln. Dazu liehen wir uns Pete Johnson aus, einen von Camerons besten Ingenieuren. Auf vielen anderen Gebieten war unser bester Mann Kieran Sturrock, zunächst und vor allem ein Elektronikspezialist, der sich jedoch auch in Physik sehr gut auskannte. Pete und Kieran waren ein ebenso gutes Gespann wie unsere beiden Wetterfrösche.

Die Ballonhülle, deren Form mit dem Ziel einer verbesserten Isolation modifiziert worden war, faßte 18500 Kubikmeter und war damit um 15 Prozent größer als die des *Orbiter 2*. Beim Design der Hülle konnten wir auf die Hilfe der École Polytechnique Fédérale de Lausanne zurückgreifen, deren Experten zahllose Computersimulationen für uns durchführten und dabei nach Mitteln und Wegen suchten, den Brennstoffverbrauch zu reduzieren. Um möglichst wenig Helium zu verlieren, so ihr Ergebnis, war es wichtiger, den Ballon tagsüber kühl zu halten, als ihn nachts aufzuheizen.

Aus diesem Grund wurde das Mylar im Schulterbereich der Hülle, dort, wo die Heliumkammer an die Außenwand stieß, mit einer dünnen Schicht aus Hartschaum überzogen. Die ganze Hülle war so groß, daß an ihrer Anfertigung, einem sehr komplexen Vorgang, über zwanzig Personen beteiligt waren. Die äußere Hülle bestand aus aluminiumbeschichtetem Mylar, einem sehr leichten, durch ein Netz verstärkten Material. Darunter lag eine zweite, innere Hülle, die zusammen mit der äußeren Hülle eine Art Doppelverglasung und Klimaanlage bildete. Zweck des Designs war, die Temperatur innerhalb der Hülle durch die Steuerung des Wärmeaustauschs möglichst stabil zu halten – tagsüber sollte die silberglänzende Hülle die Sonneneinstrahlung reflektieren, nachts sollte das Luftpolster zwischen den beiden Außenhäuten als Isolationsschicht fungieren und die von den Brennern erzeugte Wärme konservieren.

Trotzdem würde tagsüber die Sonne das Balloninnere aufheizen und, wenn die Wärme die Heliumkammer und den Heißlufttrichter erreichte, dem Ballon zusätzlichen Auftrieb verleihen. Als Gegenmaßnahme installierte Cameron auf der Oberseite der Heliumkammer kleine strombetriebene Ventilatoren, jeder mit einem eigenen Solarpaneel ausgerüstet. Tagsüber, wenn die Sonne schien, bliesen die Ventilatoren, angetrieben von den Solarzellen, die warme Luft nach draußen. Nachts, wenn es darum ging, die Wärme im Ballon zurückzuhalten, erzeugten die Solarzellen keinen Strom, und die Ventilatoren schalteten ab.

Die Heliumkammer bestand aus einem mit einer laminierten Heliumsperre abgedichteten Nylongewebe. Die Nahtstellen der Nylonbahnen, aus denen die Zelle zusammengenäht wurde, hatte Cameron an den Säumen mit einer zweiten, aufgeschweißten Gewebelage abgedichtet. Der *Orbiter 3* war zwar der technisch raffinierteste je hergestellte Ballon, wurde aber am Boden nie komplett getestet. Die Hülle war so riesig, daß sie stückweise gefertigt werden mußte, und obwohl Cameron Computersimulationen durchführte, wußte niemand genau, wie der Ballon sich in der Luft verhalten würde.

In einem Anfall schamloser Vetternwirtschaft holte ich Jo als Projektsekretärin mit ins Boot, verantwortlich für den Einkauf und die Büroverwaltung. Für das Kontrollzentrum in Genf benötigten wir drei mit je zwei Personen besetzte Teams. Das erste bildeten Alan und Sue Tatford, die bei Cameron als Einkäuferin arbeitete. Das zweite Team bestand aus mir selbst und Jo, das dritte aus dem Flugzeugpiloten Brian Smith, wie ich ein Ballonprüfer, und seiner Frau Cecilia, beides alte Freunde von mir. Als Reserveteam hatten wir John Albury und seine Freundin Debbie Clark vorgesehen, ebenfalls erfahrene Ballonpiloten und enge Freunde von mir. Uns war wichtig, daß die Teams sich untereinander gut kannten; das würde, sollte es zu einer Krise kommen, dafür sorgen, daß die Atmosphäre am Boden entspannt blieb.

Einmal mehr organisierte ich ein Überlebenstraining für die Piloten. Da für sie die größte Gefahr eine Notwasserung auf hoher See darstellte, legte ich besonderen Wert auf das Überlebenstraining im Ozean. Natürlich war auch unsere Notausrüstung auf eine Wasserung ausgerichtet und umfaßte neben einem Überlebensanzug eine Schwimmweste, an der ein persönliches Notfallpaket befestigt war, eine Rettungsinsel, Signalfackeln, Wasserbeutel und Energieriegel. Wir verfügten auch über Instrumente zur Standortbestimmung – einen Spiegeltelegraphen, Signalraketen sowie eine satellitengestützte EPRIB-Notrufbake (Emergency Personal Identification and Rescue Beacon). Im Notfall würde ein Satellit anhand der von der Notrufbake ausgesandten Signale unsere genaue Position feststellen und die entsprechenden Angaben an die Rettungsleitstellen übermitteln. Für den Fall, daß alles ausfiel – oder wir mit nichts als unseren Pyjamas und den Fallschirmen am Leib aus der

Kabine springen mußten –, hatten wir immer noch unsere Breitling-Emergency-Uhren, ausgerüstet mit einem Mikro-Notrufsender, der auf der internationalen Flugnotruf-Frequenz 121,5 MHz Notsignale aussendet, die von einem vorbeifliegenden Flugzeug oder einem Satelliten aufgefangen werden können.

Da Bertrand das Trainingsprogramm bereits im Vorjahr absolviert hatte, nahm ich nur Tony zur RAF-Testpilotenschule bei Boscombe Down und in das Schwimmbecken des Oasis-Freizeitzentrums in Swindon mit. In der Dekompressionskammer von Boscombe Down schleuste ich Tony durch das Unterdrucktraining und zeigte ihm, woran man Sauerstoffmangel erkennt, der die mentale Fähigkeit des Opfers einschränkt, ohne daß es sich dessen bewußt wird.

In Gegenwart eines Arztes stiegen wir, ausgerüstet mit Atemmasken, in die Kammer und verringerten den Druck, bis er dem Druck in einer Höhe von 30000 Fuß entsprach. Dann nahm einer von uns die Maske ab, und während die anderen auf die charakteristischen Anzeichen von Sauerstoffmangel achteten – weiß werdende Lippen und Fingernägel –, mußte die Testperson einfache Additionen durchführen oder beispielsweise ihre Adresse aufschreiben. Ohne daß die Testperson sich dessen bewußt wurde, ließen ihre Denkfähigkeiten rasch nach. Tony etwa konzentrierte sich so sehr darauf, fehlerfrei rückwärts zu zählen, daß er es gar nicht merkte, als der Arzt ihm signalisierte, die Maske wieder aufzusetzen. Bertrand war bei den Tests im Vorjahr ganz still geworden, hatte sich mit leerem Gesicht in der Kammer umgesehen und allgemein desorientiert gewirkt. Ich selbst nahm, da ich schon mehrere Male in der Dekompressionskammer gewesen war, meine Maske nicht ab. Aber bei früheren Tests hatte ich grundlos zu kichern angefangen, als sei ich leicht betrunken.

Später im Schwimmbecken gaben sich die Instruktoren alle Mühe, uns das Leben so schwer wie nur möglich zu machen. Das Becken war mit einer Wellenmaschine und einer Wasserkanone ausgestattet, mit der mäßiger Seegang bei starkem, kaltem Regen simuliert werden konnte. Wir taten uns in dem künstlichen Regenschauer schwer, die Fallschirmgurte abzustreifen, unsere Einmann-Rettungsinseln auszusetzen, hineinzuklettern und sie wetterfest zu machen. Bei einer anschließenden Visite auf dem Flughafen Bristol schickte uns die Flughafenfeuerwehr in eine mit Rauch gefüllte Kammer, aus der wir einen Dummy retten mußten – eine sehr nervenaufreibende Erfahrung.

Da ich bereits bei der RAF mehrere Fallschirmsprünge gemacht hatte, wußte ich, wie es ist, aus einem Flugzeug zu springen, und setzte kein weiteres Training an. Bertrand hatte schon zahllose Sprünge absolviert und außerdem vor dem Start von *Orbiter 1* einige Freifall-Sprünge gemacht, um zu lernen, wie man sich dreht und den Fall stabilisiert.

Innerhalb des Teams legten wir großen Wert auf die Beziehungen zwischen den einzelnen Crewmitgliedern. In der Luftfahrt hat sich »Crewressourcen-Management«, also der Umgang mit dem Faktor Mensch an Bord, zu einem wichtigen Thema entwickelt. Früher herrschte der Flugkapitän unumschränkt, und niemandem wäre im Traum eingefallen, ihn zu kritisieren oder seine Entscheidungen in Frage zu stellen. In den letzten zehn Jahren jedoch hat sich in dieser Hinsicht ein radikaler Wandel vollzogen. Heute muß eine Crew als Team funktionieren. Auch das rangniedrigste Crewmitglied soll sich zu Wort melden, wenn ihm etwas auffällt. Wir luden sogar einen Spezialisten ein, vor dem *Orbiter*-Team über das Thema zu referieren.

Mit der Zeit ließ sich das immer gespanntere Verhältnis

zwischen Bertrand und Tony nicht mehr ignorieren. Ich tat, was ich konnte, um die Wogen zu glätten, hielt mich im Hintergrund und ließ den Wunsch, selbst zu fliegen, niemals zu übermächtig werden. Doch dann explodierte, wenn man so will, der Kessel, und einige Tage lang herrschte Chaos.

Als Tony dann ausstieg und Bertrand mich fragte, ob ich an seiner Stelle mitkommen würde, sagte ich sofort zu. Plötzlich wurde mir klar, warum er mich in den vorangegangenen Tagen so oft gemustert hatte. Ich hatte fast schon das Gefühl gehabt, es hänge etwas an meiner Nase. Als ich um ein Uhr morgens zu Jo in die Wohnung zurückkehrte, besorgt, wie sie die Neuigkeit aufnehmen würde, sagte sie nur: »Mir macht nur eines wirklich Sorgen. Was passiert, wenn die Welt doch nicht rund ist?«

»Die Reserve sitzt auf dem Schleudersitz«, trug Jo nach dem letzten, entscheidenden Streit zwischen Bertrand und Tony in ihr Tagebuch ein. Obwohl die Medien noch nicht informiert waren, stand intern fest, daß ich an Tonys Stelle neben Bertrand in der Kabine sitzen würde. An diesem Wochenende flogen wir nach England zurück, um uns von unseren Familien zu verabschieden.

Öffentlich bekanntgegeben wurde meine Ernennung zum zweiten Piloten erst am 9. Dezember auf einer Pressekonferenz in Château-d'Oex. Für Jo bedeutete das, daß sie keinen Partner mehr in ihrem Team im Kontrollzentrum hatte. Deshalb rückten John Albury und Debbie Clarke an unsere Stelle, und Jo wurde die erste Reserve. Bertrand und ich setzten unser Training fort, und nach Tonys Abreise besserte sich auch die Stimmung im Lager wieder. In der Werkstatt, die ein ziemlich verdrießlicher Ort geworden war, konnte man endlich wieder Lachen hören.

An Bransons Debakel – er hatte am 18. Dezember abgehoben und sechs Tage später notwassern müssen – faszinierte uns am meisten, daß wir es sechsunddreißig Stunden vor ihm hatten kommen sehen. Luc und Pierre lokalisierten seinen Ballon in einem starken Jetstream, der über dem Pazifik Richtung Amerika wehte, erkannten aber aufgrund ihrer Modelle, daß die Windströmung ihn nach Hawaii abtreiben würde. Wir begriffen nicht, warum seine Berater ihn nicht anwiesen, tiefer zu gehen. Wäre er von 33000 auf 18000 oder auch nur 24000 Fuß abgestiegen, hätte er einen zwar schwächeren, aber in die richtige Richtung wehenden Wind erwischt. Offenbar hatte es jedoch niemand für notwendig befunden, ihm diese alles entscheidende Information zu übermitteln.

Bransons Fehlschlag half uns zu verstehen, daß ein Jetstream keineswegs ein kontinuierliches Phänomen ist. Er besteht aus zwischen einem Tief, einem Hoch und der Tropopause komprimierter Luft. Je enger dieser Kanal ist, um so schneller ist der Jetstream; läßt der Druck nach, breitet sich die Windströmung aus und verliert an Geschwindigkeit. Branson wurde von einer Verzweigung des Hauptstroms nach Hawaii getrieben, wo der abflauende Wind ihn zu einer Wasserung zwang. Er und seine Crew wurden zwar gerettet, aber der Ballon und die Kabine versanken im Meer. Nur wenige Menschen außerhalb unseres Teams wußten, daß Branson vor seinem Start noch versucht hatte, die Dienste Luc Trullemans einzukaufen – er hatte dem belgischen Wetterdienst für die Arbeit eines Monats ein Jahresgehalt angeboten. Luc hatte darauf bloß entgegnet, daß er aus Freundschaft und Leidenschaft für uns arbeite und nicht zum Verkauf stehe.

Trotz aller Rückschläge gab ich die Hoffnung nicht auf. Neben den eigentlichen Startvorbereitungen mußten immer noch Dutzende anderer Dinge erledigt werden. Da war zum Beispiel das Internationale Olympische Komitee, mit dem wir zusammenarbeiteten. Wir wollten allen Ländern, die wir auf unserer Fahrt überquerten, Friedensbotschaften überbringen, und das IOC hatte sämtliche nationalen Komitees vorab über unser Kommen informiert. Es half uns auch dabei, von China sowie vom Irak und vom Iran Freigaben für die Durchfahrt zu erhalten. Allein diese Genehmigungen kosteten zwei Wochen harte Arbeit, da die Iraner anfangs auf stur schalteten und wir ihnen erst erklären mußten, warum ihre Freigabe für den Erfolg unseres Vorhabens so wichtig war. Die Zeit vor dem Start war für alle Beteiligten sehr hektisch. Für mich persönlich war sie der vorläufige Höhepunkt von fünf Jahren harter Arbeit, Engagement und Hoffnung.

In dieser Zeit voller Schwierigkeiten und Zweifel noch kurz vor dem Start wurde meine Zuversicht durch das Wissen gestärkt, daß ich mit Brian einen erstklassigen Copiloten gefunden hatte, einen Partner mit großen menschlichen Qualitäten. Wir hatten uns viel unterhalten und dabei festgestellt, daß wir sehr verschieden waren, was unser Temperament betraf, unseren Hintergrund, unsere Familien, unsere Jobs, die Erfahrungen, die wir im Leben gemacht hatten, unsere Heimat, unsere Sprache. All das hätte unterschiedlicher kaum sein können.

Und doch gab es Dinge, die wir gemeinsam hatten: Beide waren wir rückhaltlos offen, und beide legten wir großen Wert auf gute zwischenmenschliche Beziehungen. Einander zu betrügen oder zu belügen kam für uns nicht in Frage. Das half uns, schnell zu einem guten Verhältnis zu finden, manchmal auch nur dadurch, daß wir über unsere Unterschiede sprachen und sie humorvoll kommentierten. Wären wir genau gleich, sagte ich, bräuchten wir nicht zusammen zu fahren. Indem wir die Unterschiede zwischen uns erkannten und lernten, die Eigenarten des anderen zu akzeptieren und zu respektieren, legten wir den Grundstein für eine stabile Freundschaft und Partnerschaft, in der der eine den anderen ergänzte. Da wir dauernd und über alles miteinander sprachen, konnten wir darauf verzichten, einen Chef zu bestimmen. Eigentlich waren wir zu dritt, denke ich heute: Brian, ich und dann noch Wir-beide – und Wirbeide tat immer das Richtige zur richtigen Zeit.

KAPITEL 5

Unterwegs nach Süden

Bertrand

Ich hielt den Ballon an diesem ersten Nachmittag auf einer Höhe von 20000 bis 22000 Fuß. Dabei stellte ich fest, daß die Sonne das Helium aufgrund der guten Isolierung der Hülle nicht genügend erhitzte, um die Höhe zu halten. Ich mußte deshalb oft den Brenner betätigen – eine unerfreuliche Überraschung. Wir hatten zwar von Anfang an gewußt, daß wir nachts heizen mußten, um die Höhe zu halten, aber wenn das auch tagsüber galt, würden wir unseren Brennstoff viel zu schnell verbrauchen. Dann erkannte ich jedoch, daß es so besser war als umgekehrt: Mit einer weniger effektiven Isolierung hätte sich der Ballon tagsüber stärker aufgeheizt. Er wäre schneller gestiegen, und wir hätten Propan gespart, gleichzeitig aber auch mehr Helium durch die Hilfsansätze verloren. Nachts dagegen hätten wir aufgrund der mangelnden Isolierung mehr Wärme verloren und mehr heizen müssen – das heißt, unter dem Strich hätten wir viel mehr Propan verbraucht.

Brian schlief etwa eineinhalb Stunden, von halb zwei bis drei. Er wachte mit heftigen Kopfschmerzen auf, deshalb gab ich ihm ein relativ starkes, verschreibungspflichtiges Schmerzmittel. Gegen fünf legte er sich noch einmal hin. Das war übrigens fast das einzige Mal, daß wir unsere Bordapotheke benutzten, die ich mit allem be-

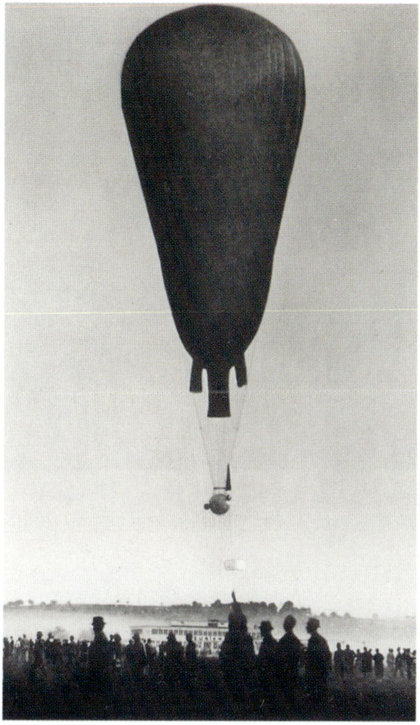

1931 und 1932 unternimmt Auguste Piccard, der Erfinder der druckfesten Kapsel, die ersten beiden Ballonfahrten in die Stratosphäre. *(Bertrand Piccard)*

Der *Breitling Orbiter 2,* von Form und Größe her dem ersten Stratosphärenballon ähnlich, 1998 bei seiner Landung in Birma nach einer Rekordfahrt von 9 Tagen, 17 Stunden und 55 Minuten Dauer. *(Breitling)*

Blick durch die Heckluke auf Brian Jones (links) und Bertrand Piccard während der Konstruktion der *Breitling-Orbiter-3*-Kapsel. Ganz links ist der Flüssigsauerstofftankzu sehen. *(Gamma)*

Mittelteil der Instrumententafel im Cockpit. Links die Heizungs-, die Lifesupport- und die elektronischen Systeme sowie die Sicherungen, rechts das GPS, das Satellitentelefon, die Fernsteuerung der Videokamera, die Notsysteme und die Gasventile. *(Bill Sly)*

Einige Mitglieder des Teams während des Aufbaus der Kabine in der Werkstatt in Château-d'Oex. Von links nach rechts: Brian Jones, Bertrand Piccard, Stefano Albinati, Thédy Schneider, Alan Noble, Pete Johnson, Kieran Sturrock, Joanna Jones und Roland Wicki. *(Breitling)*

Letzte Handgriffe an der Ausrüstung kurz vor dem Verladen. Brian und Bertrand mit Pierre Blanchoud. *(Bill Sly)*

Nach drei Monaten voller Zweifel und Fehlalarme wird die *Breitling-Orbiter-3*-Kapsel endlich zum Startfeld gebracht. *(Bill Sly)*

Ein Anblick, der einen an ein Nachtgespenst denken läßt: die silberbeschichtete, von verdampfendem Flüssighelium in Nebelschwaden gehüllte Mylarhülle des *Breitling Orbiter 3* reflektiert das Licht der Bogenlampen auf dem Startfeld. Die Aufrüstung des Ballons setzt eine absolut ruhige Nacht voraus.
(Oben – Annie Clement; unten links – Edipresse, S. Féval; unten rechts – Edipresse, P. Martin)

Der schwierigste Moment des Starts: der Abschied von den Familien. Links oben Brian und seine Frau Jo vor den Kameras.
(Yvain Genevay)

Kurz vor dem Start: Auch Bertrand und sein Vater Jacques können, als der Moment der Wahrheit kommt, ihre Tränen nicht verbergen.
(Bill Sly)

Auf dem Bild rechts Bertrand an seinem Geburtstag mit Michèle und ihren Töchtern Estelle, Oriane und Solange.
(Yvain Genevay)

Erst als die Sonne über Château-d'Oex aufgeht, kann der Ballon in seiner ganzen Größe bewundert werden; so empfindlich, wie die Hülle ist, kann sie nur einmal – für die Fahrt selbst – gefüllt werden. *(Breitling)*

Freundschaftliche Rivalen:
Steve Fossett mit dem *Solo Spirit* startet im Busch-Stadion von St. Louis zu seinem Um-die-Welt-Ballonfahrtversuch *(Associated Press/St. Louis Dispatch)*; Richard Branson im *ICO Global Challenger* am 24. Dezember 1998 über dem Fudschjiama; Andy Elson muß mit seinem *Cable-&-Wireless-Ballon* am 7. März 1999 im Pazifik notwassern – und machte damit den Weg für uns frei (beide *PA*).

Bei gefährlich böigem Wind hebt der *Breitling Orbiter 3* endlich ab. Da nach einem Vierteljahr des Wartens und der Zweifel schon niemand mehr daran geglaubt hatte, war die Begeisterung auf dem Startfeld, wo sich Tausende von Schaulustigen versammelt hatten und winkten und jubelten, um so größer. *(Chas Breton)*

Bald wird der noch tief schwebende Ballon in derselben Höhe fahren wie das Flugzeug über ihm – in 30 000 bis 35 000 Fuß. *(Chas Breton)*

stückt hatte, was wir eventuell brauchen würden, einschließlich Morphium. Ich hatte fünfhundert Pfund für Medikamente ausgegeben – für Probleme mit den Lungen, den Nieren oder dem Blut, für Hämorrhoiden, Durchfall und Verstopfung –, und nichts davon brauchten wir.

Abends saßen wir wieder beide im Cockpit. Die Sonne ging gerade unter, als die ersten Probleme auftauchten. Aus irgendeinem Grund funktionierte das Faxgerät nicht mehr, und die Antenne für das Satellitentelefon war gefroren, so daß wir auch nicht mehr telefonieren konnten. Doch unsere weitaus größte Sorge war, daß wir viel zuviel Propan verbrauchten. Um die Höhe zu halten, hatten wir den Brenner schon vor Einbruch der Dunkelheit einschalten müssen, weil die Heizkraft der Sonne gegen Abend stark nachließ. Jetzt, in der Dämmerung, stießen wir auf eine weitere Schwierigkeit. Die Pilotflammen – kleine Hochdruckflammen, die die auf dem Kabinendach angebrachten Brenner zündeten – funktionierten auf einmal nur noch sporadisch. Eigentlich hätten sie, gesteuert von dem Zeitschalter auf unserer Instrumententafel, die ganze Zeit über brennen und die Brenner automatisch zünden müssen. Statt dessen löschten sie sich ständig selbst aus, und wir mußten einen elektronischen Anzünder benutzen. Das war äußerst ermüdend, denn einer von uns mußte dazu jedesmal aufstehen, ein paar Schritte zurücktreten, nach oben langen und auf einen Knopf drücken.

In mein kleines, grünes Notizbuch notierte ich, daß wir die Brenner sechzig Prozent der Zeit heizen lassen mußten: alle zehn Sekunden ein sechs Sekunden langer Feuerstoß aus einem der Brennerpaare. Wir sahen uns nur an und dachten: »Das kann ja heiter werden!«

Fax und Telefon würden sicher irgendwann wieder funktionieren, aber das mit dem Brennstoffverbrauch war etwas anderes. Schon die Aussicht, die Brenner die ganze Zeit manuell zünden zu müssen, war ein Alptraum. Die Angst, der Brennstoff könnte uns in einigen Tagen ausgehen, war allerdings noch schlimmer. Die Berechnungen über unseren Brennstoffverbrauch im Vorfeld waren höchst unterschiedlich ausgefallen: Bei den einen reichte er für höchstens zwölf, bei den anderen für vierundzwanzig Tage. Nun sah es so aus, als seien unsere Chancen auf eine volle Erdumrundung drastisch gesunken. Bei unserem momentanen Verbrauch würde uns das Propan schon in knapp einer Woche ausgehen.

Nach einer kleinen Ruhepause hatten wir alle Hände voll zu tun. Wir mußten ständig heizen, um den Ballon zu stabilisieren. Gleichzeitig versuchten wir, das Fax zu reaktivieren, und nahmen zwischendurch über Funk Kontakt mit den Fluglotsen an der Côte d'Azur auf, einem sehr stark frequentierten Luftraum. Wir hatten auch öfter Kontakt mit dem Tower in Marseille. Die Lotsen hätten uns gerne auf einer konstanten Flughöhe gehabt, statt dessen sausten wir hinauf und hinunter, mit Höhenunterschieden von bis zu tausend Metern, weil die Brenner immer wieder ausgeblasen wurden. Wir erklärten, wir hätten Probleme, und baten um eine gesperrte Flugbahn, auf der wir unseren Schlingerkurs fortsetzen konnten, bis wir den Ballon wieder stabilisiert hatten.

Um 19.45 Uhr ging ich zu Bett, aber ich konnte lange nicht einschlafen, weil ich von *Orbiter* 2 noch das ständige leise Schnarchen der Kerosinbrenner gewohnt war. Es hatte mich immer an das gleichmäßige Brummen eines Linienflugzeugs erinnert und war genauso beruhigend gewesen. Jetzt mußte ich mich an das stoßweise scharfe Zischen der Propanbrenner gewöhnen. Ich glaube, ich bin etwa zweihundertmal eingenickt und wieder aufgewacht, bevor ich endlich Zuflucht zu Ohrstöpseln nahm. Doch auch damit blieb mein Schlaf unruhig. Ich mußte ständig an das viele Propan denken, das wir verbrauchten. Irgendwann bildete ich mir ein, der Ballon würde nach unten absacken und Brian hätte auf das zweite Paar der Propantanks umgeschaltet, weil das erste bereits leer war. Wenn wir das erste Paar schon nach der ersten halben Nacht verbraucht hatten, war unsere Chance auf einen Erfolg gleich Null. Alles hatte so gut angefangen, und jetzt entwickelte sich gleich die erste Nacht zu einer wahren Katastrophe.

Brian

Ursprünglich wollten wir achtundzwanzig Propantanks mitnehmen, vierzehn auf jeder Seite der Kabine, jeweils paarweise miteinander verbunden. Die rechte Seite war die sogenannte »grüne« Seite, die linke die »gelbe«. Doch gegen Ende der Bauzeit hatte Bertrand die Ingenieure instruiert, vier weitere Druckgasflaschen anzubringen, eine an jeder Ecke, um zusätzliche Reichweite zu bekommen, falls wir nach dem Start den Umweg über Afrika fahren mußten.

Jeder Tank enthielt über hundert Kilo flüssiges Propan, gemischt mit Ethan, einem flüchtigeren Gas, zur Erhöhung des Drucks in großer Flughöhe. Bei Temperaturen unter minus 40 Grad bleibt Propan flüssig. Darüber verwandelt es sich in Gas, und der dadurch entstehende Druck drückt die Flüssigkeit aus der Flasche zu den Brennern. Bei minus 50 Grad oder noch kälteren Temperaturen dagegen, wie sie in großen Höhen vorherrschen, verdampft Propan nicht. Für diesen Fall brauchten wir zur Erhöhung des Drucks das Ethan, das erst bei minus 89 Grad flüssig wird.

Jedes Flaschenpaar hing an einem Dehnungsmesser, der anzeigen sollte, wieviel Propan noch in den Flaschen war, zumindest theoretisch. Wir hatten im Vorfeld jedoch nicht bedacht, daß diese Meßgeräte sehr empfindlich auf Temperaturveränderungen reagierten und deshalb in der Luft, wo die Temperaturen sehr stark schwanken, vollkommen nutzlos waren. Sie zeigten also etwa minus vierzig Kilo an und im nächsten Moment zweihundert Kilo – völligen Blödsinn also.

Auf dem Dach der Kabine waren auf jeder Seite drei Brenner angebracht. Jeder Brenner wurde mit einer eigenen Kontrolltafel gesteuert, und man konnte die Brenner in verschiedenen Kombinationen zusammenschalten. Der erste Brenner auf jeder Seite konnte für sich allein angeschaltet werden, Nummer zwei und drei konnten entweder zusammen oder gemeinsam mit dem ersten Brenner angeschaltet werden, und im Notfall konnten wir auch alle sechs gleichzeitig betreiben.

Aufgrund des starken Einsatzes der Brenner in der ersten Nacht fürchteten wir, daß unser Brennstoffvorrat knapp werden könnte. Da sich die Dehnungsmesser schnell als unzuverlässig herausstellten, konnten wir unseren tatsächlichen Verbrauch auch nicht berechnen. Wir mußten also warten, bis das erste Flaschenpaar leer war. Erst dann konnten wir in etwa einschätzen, wie weit uns der Brennstoff bringen würde. Bei *Orbiter 1* und *Orbiter 2* hatte Andy Elson noch Kerosin für am besten geeignet gehalten. Doch nachdem beide Versuche gescheitert waren, hatte Bertrand gemeint, wir sollten wieder auf Propan zurückgreifen, weil man damit schon viele Erfahrungen gemacht habe und Propan besser heize als Kerosin. Wir waren schon vor dem Start recht unsicher gewesen, wie lange die Tanks reichen würden – und jetzt wußten wir gar nichts mehr. Das Ganze drohte zu einem Fiasko zu werden.

Wenigstens funktionierte das Fax inzwischen wieder. Während meiner Schicht tauschte ich wegen der Probleme mit den Flammen Faxe mit Kieran Sturrock und Pete Johnson aus, die im *Hôtel de Ville* in Château-d'Oex geblieben waren. Sie antworteten mit ausführlichen Anweisungen und empfahlen mir, das Ventil manuell so einzustellen, daß immer eine kleine Sparflamme brannte, auch wenn dann bei einer Steuerung durch den Autopiloten möglicherweise das Alarmsystem ausgelöst wurde.

Kieran und Pete, unsere besten Techniker, hatten an allen Details der Kabinenkonstruktion mitgewirkt. Sie kannten sich nicht nur hervorragend mit allen Systemen aus, sie waren auch von unserem ganzen Unternehmen begeistert und bereit, mitten in der Nacht Fragen zu klären.

Manchmal hatte Kieran das Gefühl, daß er dabei von den anderen Mitarbeitern nicht genug unterstützt wurde. Als er feststellte, daß Alan auf seine Anweisungen für die Reparatur des Faxes nicht sofort reagiert hatte, schickte er eine empörte Nachricht nach Genf.

> Was zum Teufel treibt Ihr eigentlich im Kontrollzentrum? Das ist doch kein Nachtclub! Ihr seid für das Leben zweier Menschen in einem Versuchsballon verantwortlich… Wenn wir zwei stundenlange Blackouts innerhalb von nur sechsunddreißig Stunden nicht verhindern können, solltet Ihr ernsthaft überlegen, ob Ihr die Fahrt nicht lieber abbrecht, bevor der Ballon in Gegenden fährt, wo solche Fehler gefährliche Folgen haben. Wenn Probleme auftauchen, sollten wir nach Ursachen und Lösungen suchen und nicht einfach annehmen, daß sie von selbst wieder verschwinden!

Nachforschungen ergaben, daß die Schwierigkeiten beim Faxen auf die Überlastung der für uns zuständigen

Bodenstation und die verschiedenen Geschwindigkeiten der verwendeten Modems zurückgingen. Nachdem das Problem erkannt worden war, wurde es sofort beseitigt.

Um 22.20 Uhr faxte ich an Genf:

> Hallo, wer immer da unten sitzt. Brian am Steuer. Der Start war ziemlich aufregend … Wir mußten unerwartet viel Gas ablassen, damit der Ballon nicht über FL 220 stieg. Beide Gasventile waren jeweils über eine Minute offen … Jetzt sind wir jedenfalls hier oben, Gott allein weiß, wie lange. Wenn das erste Tankpaar leer ist, können wir den Verbrauch überschlagen – hoffentlich nicht schon heute nacht. Wir sind beide hundemüde, aber wie heißt es doch so schön: Wer keinen Spaß versteht, bleibt besser zu Hause. Wenn Jo da ist, sagt ihr bitte liebe Grüße.

Einige Minuten später bekam ich folgende Antwort:

> Hallo Brian. Hier ist Deine Frau! Deine Nachricht kam genau richtig. Gerade betrete ich mit John und Debs das Kontrollzentrum. Ich kann nicht schlafen, also bleibe ich ein paar Stunden hier. Morgen nach dem Frühstück bin ich wieder da. Euer Start war ja ganz schön aufregend! Aber ich glaube, inzwischen habe ich mich wieder beruhigt.

Ich hatte Bertrand zum Geburtstag als Jux einen kleinen Fußball besorgt, den ich ihm nach der Überquerung der Alpen überreichte. Wenn man an das Ding stieß, spielte es viermal hintereinander *Olé! Olé! Olé! Wir sind die Champions.* Als Bertrand das zum ersten Mal hörte, rief er lachend: »Nein! Das ist noch zu früh! Wir dürfen das

Schicksal nicht herausfordern.« Trotzdem hängten wir den Ball an eine Lampe im Cockpit, und hin und wieder, wenn wir ihn versehentlich berührten, fing er an zu spielen, und wir riefen: »Noch nicht! Halt!« Doch konnte man den Ball nur stoppen, indem man die Batterien entfernte.

Bertrand

Als Brian mich am 2. März morgens um 1.45 Uhr wachrüttelte, waren meine ersten Worte: »Hast du schon auf die zweiten Tanks umgeschaltet?«

»Nein«, beruhigte er mich. »Wir fahren immer noch mit den ersten beiden.« Gleich war ich wieder voller Hoffnung. Als ich dann noch sah, daß unser Fortschritt genau mit der Vorhersage unserer Wetterfrösche übereinstimmte, stieg meine Laune weiter. Wir fuhren auf 22000 Fuß, mit Kurs 210 Grad und einer Geschwindigkeit von 25 Knoten – was exakt den Vorgaben von Luc und Pierre entsprach. Bald darauf schwenkten wir noch weiter nach Westen auf 222 Grad, aber auch das war genau nach Plan.

Brian legte sich schlafen, und ich fuhr den Rest der Nacht. In den frühen Morgenstunden entdeckte ich, daß ich die Brenner nur noch fünfundzwanzig Prozent der Zeit heizen lassen mußte, nämlich vier Sekunden alle sechzehn Sekunden. Und obwohl wir in den ersten Nachtstunden so viel Propan verbraucht hatten, waren die Tanks noch immer nicht leer. Plötzlich dachte ich: »Toll, da haben wir ja wahrscheinlich noch mindestens sechzehn Flugtage.«

Kurz vor Anbruch der Dämmerung befanden wir uns über den Balearen – Mallorca und Menorca vor der Ostküste Spaniens. Es war ein wunderschöner Moment: der Himmel wolkenlos und tief unter uns das mondbeschienene Meer und die schwarzen Inseln mit einzelnen Lichtern.

Mir wurde klar, wie sehr sich diese Fahrt von den vorangehenden Fahrten unterschied. In *Orbiter 2* war ich in einer viel »philosophischeren« Stimmung gewesen. Damals hatten wir ja schon bald gewußt, daß wir es nicht um die Erde schaffen würden. Die Fahrt hatte ihr Ziel verloren, und ich hatte mich schicksalsergeben von den Winden treiben lassen. Jetzt dagegen war das Ziel in greifbare Nähe gerückt, und ich war angespannt und vollkommen konzentriert auf Ballon und Fahrt.

Das Telefon funktionierte immer noch nicht. Um 6.15 Uhr ging am Horizont links hinter uns die Sonne auf, und ich schaltete die Brenner aus. Ich führte die morgendlichen Kontrollen durch, schaltete die Sonnenkollektoren an und das Stroboskop sowie das rote Navigationslicht aus. Um acht wachte Brian auf. Er machte sich Frühstück und kam ins Cockpit, wo wir den ganzen Tag zusammen verbrachten.

Brian

Wer zu Klaustrophobie neigt, wäre angesichts der Ausmaße der Kapsel, in die wir uns für die Dauer der Reise gezwängt hatten, in Panik geraten. Die Kabine ähnelte einer kurzen Röhre mit abgerundeten Enden, fünfeinhalb Meter lang und zwei Meter zwanzig breit. Innen war sie mit einem weißen, feuerfesten Isolierschaum gegen Lärm und Kondensation verkleidet. Am meisten Platz war vorne im Cockpit. Dort konnten beide Piloten nebeneinander auf bequemen, hochlehnigen Drehstühlen sitzen, vor sich einen in das Halbrund des Bugs eingepaßten Tisch. Die Tischplatte bestand aus einer durchsichtigen Plexiglasscheibe, durch die hindurch man durch die

Luke im unteren Teil des Rumpfs nach draußen sehen konnte. Vor den Sitzen befanden sich auf Kopfhöhe zwei Bullaugen mit einem Durchmesser von dreißig Zentimetern, durch die wir nach vorn sehen konnten. Über dem Tisch war zwischen den Piloten und quer über den Bug die schwarze Instrumententafel montiert.

Gleich hinter dem rechten Sitz kam, durch eine Wand getrennt, eine winzige Kochecke, etwa einen halben Quadratmeter groß, mit einem in die Arbeitsplatte eingelassenen Waschbecken und einem kleinen Boiler. Von zwei kleinen Wasserkesseln abgesehen, war der Boiler unsere einzige Kochmöglichkeit. In den ersten Tagen der Fahrt, als wir noch frische Lebensmittel hatten, schalteten wir ihn an, ließen das Wasser eine halbe Stunde heiß werden und hängten dann Beutel mit vorgekochtem Fleisch oder Fisch hinein.

Hinter der Küche lag die Steuerbord-Koje mit Stauraum darunter und darüber. Weil wir schon im Vorfeld beschlossen hatten, nur die Koje gegenüber zum Schlafen zu benutzen, lag hier immer unsere Überlebensausrüstung für den Notfall bereit – Fallschirme, Rettungsflöße, isothermische Überlebensanzüge und so weiter. Der Hauptgang war etwa einen halben Meter breit und gerade hoch genug, daß wir aufrecht darin stehen konnten. Wir sind beide mittelgroß – Bertrand einsfünfundsiebzig, ich einssiebenundsiebzig –, eine größere Person hätte sich bücken müssen. Auf der Backbordseite des Gangs lag die zweite Koje. Sie war zwei Meter lang, aber nur einen halben Meter breit und sehr niedrig. Wenn der Vorhang zwischen Koje und Gang zugezogen war, lag man in ihr wie im Sarg.

Es gab in jeder Koje eine Schaumstoffmatratze, außerdem einen fest eingebauten Gurt, eine zusätzliche Sicherheitsmaßnahme, die wir im Herbst zuvor nach Steve Fossetts spektakulärem Absturz eingebaut hatten. Sein

Ballon war durch heftige Winde und Hagelschauer fast völlig zerstört worden und mitten in der Nacht über dem Korallenmeer abgestürzt. Fossett hatte die Propanbrenner voll aufgedreht und sich auf seiner Koje angeschnallt, um den Aufprall auf das Meer möglichst unbeschädigt zu überstehen. Das hat ihm mit ziemlicher Sicherheit das Leben gerettet. Seine Kabine fiel ins Wasser, und er kletterte aus der Luke. Zu diesem Zeitpunkt hatte die Hülle bereits Feuer gefangen. Fossett erstickte fast an den giftigen Dämpfen, als die brennenden Überreste seines Ballons über ihm zusammensackten. Zwar hielt er schon das Rettungsfloß in der einen und den Notrufsender in der anderen Hand, aber er war so durcheinander, daß er den Sender nicht anschaltete, sondern versehentlich nur den Testknopf drückte. Das Gerät gab daraufhin nur zwei oder drei Pieptöne von sich. Wie durch ein Wunder befand sich Fossett direkt unter einem Satelliten, der das Signal auffing. So wurde er doch noch gerettet. Wir wollten uns bei unkontrolliertem Sinkflug ebenfalls auf den Betten anschnallen.

Der gesamte Stauraum war vollgestopft mit Essen, Kleidern und Ausrüstung. Platz gab es nur noch ganz hinten. Dort war in der einen Ecke eine kleine Toilette untergebracht. Auf der anderen Seite der hinteren Luke hingen rostfreie Stahlzylinder mit flüssigem Sauerstoff und Stickstoff an der Wand. (Der Stickstoff sollte die Brennstofftanks wieder druckfest machen, was in großen Höhen notwendig werden kann. Wir mußten nie darauf zurückgreifen.) Viel bewegen konnte man sich in derart beengten Verhältnissen natürlich nicht – aber der Ausblick aus unserer Toilette war spektakulär.

Ein Ventilationssystem versorgte die Kabine mit Atemluft. Sauerstoff wurde aus einer Flasche gepumpt und zirkulierte in der Kabine, während Lithiumfilter das ausgeatmete Kohlendioxid wieder herausfilterten. Eine

Röhre, die mit Sauerstoff angereicherte Luft ins Cockpit transportierte, führte über unsere Schlafkoje weg. Sie hatte eine verschließbare Öffnung, die der in der Koje liegenden Person im Bedarfsfall Frischluft lieferte, die dann als sanfte Brise über sein Gesicht strich.

Die Kabine verfügte über drei getrennte Sauerstoffsysteme. Das reguläre System mischte Flüssigsauerstoff mit Luft und erzeugte so eine Luft, in der man normal atmen konnte. Außerdem waren an unsere Pilotenhelme Sauerstoffmasken angeschlossen, die hundertprozentigen Sauerstoff lieferten (notfalls unter Druck). Sie wollten wir aufsetzen, falls der Druckausgleich in der Kabine versagte. Schließlich hatten wir noch Sauerstoffmasken an den Fallschirmen. Wenn man in 9000 Meter Höhe ohne Atemgerät abspringt, wird das Gehirn sehr wahrscheinlich ernsthaft geschädigt.

Detektoren zeigten den prozentualen Sauerstoffgehalt der Luft an. Bestimmen konnten wir ihn über das reguläre System. Monitore maßen ständig den Anteil von Kohlendioxid, Schwefeldioxid und Propangas. Verschiedene Warnlampen leuchteten auf, wenn der Druck in der Kabine zu hoch anstieg. Sie zeigten ferner, ob die Gasventile geöffnet oder geschlossen waren und ob die Pilotflammen der Brenner richtig arbeiteten.

Auch wenn unsere Lebensbedingungen ziemlich primitiv waren, unsere Ausrüstung bestand aus der besten Technologie, die man für Geld bekommen konnte. Den Strom lieferten zwanzig Sonnenpaneele, jedes knapp einen Meter breit und einen halben Meter hoch, die in einer langen Reihe unter uns herflatterten. Sie waren an einem rechteckigen Rahmen so angebracht, daß einige von ihnen immer der Sonne zugewandt waren, egal in welche Richtung der Ballon fuhr. Sobald morgens die Sonne über dem Horizont erschien, schaltete sich unsere Stromversorgung an.

Der Strom wurde in fünf Autobatterien unter dem Boden des Cockpits gespeichert. Für den Fall, daß diese einmal versagten, hatten wir noch Lithiumbatterien, die für siebzehn Tage reichen würden. Unsere Stromversorgung erwies sich allerdings als höchst effizient, und nur ein einziges Mal, gegen Ende der Reise, als wir mit dem Jetstream fuhren und die Sonne hinter Zirruswolken verschwand, konnten die Zellen die Batterien nicht voll aufladen, so daß wir in der zweiten Hälfte der Nacht auf die Lithiumbatterien umschalten mußten.

Unser wertvollstes Instrument war das GPS (global positioning system), das ständig auf einer kleinen, sich bewegenden Karte die Position des Ballons anzeigte. Der Schwarzweiß-Bildschirm war nur sieben auf sechs Zentimeter groß und zeigte oft das ganze Gelände unter uns an, verfügte aber auch über ein Zoom für die vergrößerte Darstellung von Details. Wenn wir auf unseren Karten sahen, daß wir uns einem Flugplatz oder Funkfeuer näherten, konnten wir uns auf dessen Frequenz rasten und erhielten sofort eine Anzeige, die uns beispielsweise mitteilte, daß Signal X 360 Kilometer entfernt auf einer Peilung von 085 Grad lag. Auf dem Display war außerdem eine Linie zu sehen, die anzeigte, wie unsere Flugbahn verlaufen würde, wenn wir die gegenwärtige Richtung beibehielten. Auf unserem Weg nach Osten konnten wir genau beobachten, wie diese Linie ihre Richtung änderte und entweder etwas weiter nach Norden oder etwas weiter nach Süden zeigte. Dies ermöglichte, bestimmte Ziele direkt anzufliegen. Am unteren Rand des Bildschirms wurden unsere Geschwindigkeit, Richtung und Flughöhe digital angezeigt. Als Reserve hatten wir noch zwei weitere GPS in unseren Computern, die wir notfalls auf dem Bildschirm aufrufen konnten, und in unserer Überlebensausrüstung ein in der Hand zu haltendes GPS.

Zwei Radarsender gaben unsere Identität, Höhe und Position automatisch an die Luftverkehrskontrollen entlang unserer Strecke weiter. Die Fluglotsen forderten uns auf, eine Nummer einzugeben, etwa die 5555, und wenn wir das taten, konnten sie erkennen, wer wir waren. Immer wenn eine Radarstation unsere Identität überprüfte, leuchtete an unserem Transponder ein orangefarbenes Licht auf. Ein GPS zeigte ständig unsere Höhe, Position und Geschwindigkeit an. Für die Sprechverbindung verwendeten wir VHF- und HF-Funk sowie ein Satellitentelefon. Bertrand benutzte das Telefon oft dazu, sich mit unseren Meteorologen auf Französisch zu beraten. Meist tauschten wir uns mit dem Kontrollzentrum jedoch über unsere zwei Faxgeräte aus. Wir tippten unsere Nachrichten in die beiden Laptops, die uns von Devillard in Genf zur Verfügung gestellt worden waren, und verschickten sie via Satellit. Die Antworten aus dem Kontrollzentrum erschienen dann ebenfalls auf unseren Bildschirmen und wurden, nachdem wir sie gelesen hatten, mangels Papier im Computer gespeichert. Bertrand, der nicht gern tippte, schickte eher kurze Nachrichten, ich verfaßte längere Schreiben.

Alan Noble hatte auf diesem Kommunikationssystem bestanden, weil das Risiko einer fehlerhaften Übermittlung dabei nur minimal war. Funk- oder Telefonnachrichten konnten verstümmelt oder mißverstanden werden, auf einem Fax dagegen war alles eindeutig – vorausgesetzt, es funktionierte. Im großen und ganzen tat es das auch, nur wenn wir direkt unter einem Satelliten schwebten, wurde der Ballon zu seinem eigenen Funkschatten, und die Übertragung brach ab. Wenn wir eine Nachricht erhielten, blinkte ein orangefarbenes Lämpchen. Wir waren dann aufgeregt wie Kinder, besonders wenn wir eine Antwort auf eine wichtige Frage erwarteten. Für den Fall, daß etwas ausfiel, war unsere gesamte Ausrüstung doppelt oder sogar dreifach vorhanden.

Unter unseren Instrumenten befanden sich zwei Höhenmesser – ein gewöhnlicher mit Zeigern wie eine Uhr und ein elektronischer mit einer roten LED-Anzeige. Außerdem hatten wir einen Funkhöhenmesser, der allerdings nur bis zu einer Höhe von 2500 Fuß funktionierte. Er maß die Höhe, indem er ein Signal Richtung Boden schickte, und war für Landungen bei schlechter Sicht gedacht. Ein Variometer übermittelte uns die Steig- und Sinkgeschwindigkeit. Ein Barograph stellte automatisch alle paar Sekunden unsere Höhe und Position fest und zeichnete unsere Fahrt genau auf. Er war vor dem Start von einem offiziellen Prüfer versiegelt worden, und wir hatten, solange wir in der Luft waren, keinen Zugang zu ihm.

Wir hatten außerdem noch vier Videokameras dabei: Drei waren außen an der Gondel angebracht, die vierte im Inneren der Kabine. Die digitalen Videoaufzeichnungen konnten wir auf unsere Laptops überspielen und dann über Satellitentelefon an das Kontrollzentrum schicken.

Bertrand

Wir waren natürlich auf diese hochmoderne Ausrüstung angewiesen, aber noch wichtiger war für uns der Sachverstand des Teams, das uns am Boden betreute, nicht zuletzt unserer Meteorologen. Ich glaube nicht, daß Brian und mir richtig bewußt war, wie diese zwei für uns schufteten. Sie hätten sich eigentlich in Zwölf-Stunden-Schichten abwechseln sollen, waren aber oft gemeinsam anwesend. Luc ging nie vor ein Uhr nachts ins Bett, weil er auf die neuesten Informationen über das Wetter wartete, die um Mitternacht über das Internet eintrafen. Morgens um sechs oder sieben saß er dann wieder im Kontrollzentrum, um die Informationen auszuwerten. Weil er keinen eigenen Schreibtisch zur Verfügung hatte, arbeitete er mit seinem Laptop die ganze Zeit über an einem kleinen Bistrotisch, den er sich aus dem Restaurant geholt hatte. Sobald es auch nur den kleinsten Grund zum Feiern gab, eilte er kurz nach nebenan, um mit den Frauen vom Pressezentrum ein Glas Champagner zu trinken.

Ebenfalls wichtige Unterstützung erhielten wir von den Fluglotsen, die uns für die Dauer der Fahrt freiwillig ihre Dienste zur Verfügung gestellt hatten. Greg Moegli, Patrick Schelling und Niklaus Gerber, die sogenannte »Ballon-Mafia«, waren alle bei der Flugsicherung des Genfer Flughafens angestellt. Sie hatten flexible Arbeitszeiten, und wann immer sie nicht arbeiten mußten, halfen sie in unserem Kontrollzentrum aus. Ihre Aufgabe bestand darin, für unseren Ballon von Luftverkehrskontrollstellen rund um den Globus Genehmigungen zur Durchquerung des Luftraums anzufordern. Außerdem mußten sie die Flughäfen vor unserer Ankunft warnen, damit entweder wir unsere Höhe ändern konnten, um stark frequentierten Flugbahnen auszuweichen, oder andere Flugzeuge umgeleitet wurden, damit sie uns nicht in die Bahn gerieten.

Piloten des Luftverkehrs müssen vor dem Start einen Flugplan mit der voraussichtlichen Route ihres Fluges einreichen. Unser Flugplan war insofern ungewöhnlich, als wir ja nicht genau wußten, welche Route wir fliegen würden. Greg Moegli – der übrigens Luciano Pavarotti verblüffend ähnlich sieht – hatte vor dem Start einen Plan ausgearbeitet, der sich beeindruckend las:

> Château-d'Oex, Schweiz – Überquerung der Alpen – Nizza – Balearen – Marokko – Maureta-

nien – Mali – Niger – Tschad – Sudan – Saudi-Arabien – Oman – Indien – Birma – Südchina – Pazifik – Kalifornien – Überquerung der USA – Überquerung des Atlantiks – Kanarische Inseln – beabsichtigte Landung in Nordafrika östlich 10 Grad östlicher Länge.

In das Kästchen für »geschätzte Flugdauer« hatte er »20 Tage« eingetragen, bei »Farbe des Flugzeugs und Markierungen« hatte er »silbergraue Hülle, rote Kabine, Name *Breitling Orbiter 3*« angegeben. Normalerweise bringt jedes Land den Flugplan auf den aktuellen Stand und reicht ihn, wenn das Flugzeug sein Fluginformationsgebiet verläßt, an das nächste weiter. Da aber der genaue Kurs unseres Ballons nicht von vornherein feststand, erstellten Greg und seine beiden Kollegen selbst die jeweils aktuelle Version. Diese ging dann an das Kommunikationszentrum der Schweizer Luftverkehrskontrolle, wo ein Team von über dreißig Leuten sie korrekt formulierte und über das feste Flugfernmeldenetz (AFTN) verschickte.

Daneben führte das Trio noch Hunderte von Telefongesprächen, um uns die Reise zu erleichtern. Die Männer empfingen 24 Stunden am Tag die Koordinaten unserer Position und gaben sie an die zuständigen Luftverkehrskontrollen weiter. Tag für Tag klebten sie kleine Zettel mit den aktuellen Angaben zu Kurs, Höhe, Geschwindigkeit und Position auf eine große Weltkarte. Eines ihrer wichtigsten Ziele war, den Luftraum um den Ballon freizuhalten, um jede Gefahr eines Zusammenstoßes mit einem Linienflugzeug auszuschalten. Es war oft sehr schwer, den örtlichen Fluglotsen begreiflich zu machen, daß der Ballon sechzig Meter hoch war, neun Tonnen wog und nicht wie ein Flugzeug gleichmäßig auf einer Höhe flog, sondern in einer Art Wellenlinie. Bei einer Flughöhe oberhalb von 29000 Fuß baten sie meist um einen Freiraum von wenigstens 2000 Fuß.

Das Hauptziel der Meteorologen war es, den Ballon auf eine Flugbahn zu bringen, die ihn nach etwa zehn Tagen und 10000 Kilometern genau an die richtige Stelle an der Südwestgrenze Chinas bringen würde. Ein außenstehender Beobachter hätte sich über unseren anfänglichen Kurs vermutlich gewundert: Anstatt uns in Richtung Osten starten zu lassen, schickten sie uns nach Südwesten, hinunter zum Mittelmeer und dann weiter über Westafrika. Anscheinend fuhren wir in die falsche Richtung – doch Luc und Pierre wußten genau, was sie taten.

Satellitenbilder hatten ihnen ein großes Tiefdruckgebiet über dem westlichen Mittelmeerraum angezeigt. Da die Luft um ein Tief stets gegen den Uhrzeiger strömt, wußten sie, daß der Ballon um den Rand des Tiefs herumgetrieben und danach Kurs auf Südwest, Süd, Südost und schließlich Ost nehmen würde. Dann würden die Winde uns aus dem Tief heraus und über die Sahara blasen.

Wir konnten unseren Kurs nur ändern, indem wir die Fahrthöhe änderten, das heißt, indem wir den Ballon auf der Suche nach Winden, die uns in die gewünschte Richtung bringen würden, steigen oder sinken ließen. Unsere Meteorologen gaben uns ständig durch, in welcher Höhe wir fahren sollten, und wir sagten ihnen dann, welche Winde wir dort vorfanden. So gingen Hunderte von Routinenachrichten, abgefaßt in der Sprache der Luftfahrt, zwischen uns hin und her. »Flugfläche zwei drei null« bedeutete eine Flughöhe von 23000 Fuß, »Flugfläche zwei acht null« eine von 28000 Fuß, und so weiter. Um 10.25 Uhr, als wir immer noch aufstiegen, berichteten wir folgendes über Höhe, Windrichtung und Geschwindigkeit: »FL [Flugfläche] 214 hat Steuerkurs 171 [Grad] mit 20 Knoten. FL 240 hat Kurs 180 mit 18 Knoten.«

Daraufhin erhielten wir vom Kontrollzentrum die Antwort: »Habe mit Pierre gesprochen. Er sagt, FL 210 ist für tagsüber gut, aber er wird Euch für heute nacht wahrscheinlich FL 180 empfehlen.«

Ein Knoten entspricht einer Geschwindigkeit von 1,852 km/h, 20 Knoten waren also rund 37 km/h Dies schien angesichts der vor uns liegenden 40 000 Kilometer erbärmlich langsam.

Der Ballon drehte sich während der Fahrt langsam um sich selbst. Vermutlich wurde diese Rotation durch die unterschiedlichen Windstärken verursacht, die auf den oberen und den unteren Teil der 50 Meter hohen Hülle einwirkten. Manchmal drehte er sich stundenlang im Uhrzeigersinn und dann plötzlich in die andere Richtung. Die Bewegung war jedoch niemals so schnell, daß sie uns beunruhigte. Im Gegenteil, wir hatten dadurch aus unseren Bullaugen immer wieder eine neue Aussicht.

Das Kontrollzentrum übermittelte uns schon am Morgen des zweiten Tages Bitten von Journalisten um Telefoninterviews. Ich antwortete, ich stünde jederzeit zur Verfügung, solange wir nicht zuviel zu tun hätten. Um 10.17 Uhr meldete ich nach unten, daß wir die Brenner eingeschaltet hätten, um über eine Nebelschicht zu steigen und in die Sonne zu kommen. Drei Minuten später sah ich, daß wir 43 Knoten Fahrt auf Flugfläche 232 machten, und fragte an: »Fahren wir zu schnell, Luc?« Die Antwort verrät die große Erfahrung unserer zwei Wetterexperten:

> Versucht, auf FL 240 zu bleiben, wo Ihr bis 12 Uhr Z einen Steuerkurs von 235 vorfinden solltet und zwischen 12 Uhr Z und 18 Uhr Z einen Steuerkurs von 225. Eure Geschwindigkeit sollte zwischen 40 und 50 Knoten liegen. Wir werden am frühen Nachmittag eine langfri-

stigere Wetterprognose erstellen, um zu sehen, wie es mit der Überquerung exotischerer Gegenden steht (Mallorca kennt Ihr vermutlich bereits ...). Auf Eurer Strecke sind keine Wetterrisiken zu befürchten. Wir sehen nur ein paar Wolken über der Nordküste Algeriens, mit Wolkenobergrenze bei FL 150. Bleibt auf FL 240, nicht höher. Grüße, Luc und Pierre.

Brian

Auch am zweiten Tag machten die Brenner Schwierigkeiten, doch wir bekamen sie durch Herumprobieren mehr oder weniger in den Griff. Wir stellten die Zeitschalter so ein, daß die Flamme eines Brennvorgangs gleich den nächsten entzündete. Auf diese Weise sank der Brennstoffverbrauch auf ein annehmbares Niveau. Größere Sorgen machte uns das Eis, das sich auf der Brennstoffkontrolltafel an der Decke neben der Deckenluke bildete. Um diese Luke lief, in die Kabinenwand eingelassen, ein breiter Metallring mit Steckern, durch die Drähte zu den oberen Antennen führten. Diese Verbindungen mit der Außenluft leiteten die Kälte, und nachts gefror dann die Luftfeuchtigkeit, die wir mit unserem Atem erzeugten, auf der Kontrolltafel. Um wieder an sie heranzukommen, mußten wir die Eisschicht abkratzen. In einem Fax beschrieben wir das als »eine fürchterliche Arbeit, schlimmer als das Streichen einer Zimmerdecke«. Auch auf der Ballonhülle hatte sich eine dünne Eisschicht gebildet, vermutlich am Heißlufttrichter, weil das Propan beim Verbrennen große Mengen Wasser freisetzte. Später beschwerte ich mich darüber bei Alan:

> Ständig prasseln kleine Eisschauer auf die Kabine nieder, wirklich unheimlich. Es hört sich an, als wollte einer reinkommen. Hat sich vielleicht beim Start jemand in den Seilen verfangen?

Bertrand und ich hatten von Anfang an ein sehr gutes Verhältnis zueinander. Er bestand immer auf völliger Offenheit, und gleich zu Beginn der Fahrt sagte er noch einmal: »Brian, wenn ich etwas tue, was dir nicht gefällt, dann sag es mir unbedingt. Zum Beispiel wenn ich stinke oder Mundgeruch habe.« Diese Offenheit im Umgang wirkte sich auch auf andere Bereiche aus. So waren wir übereingekommen, uns nicht an feste Schlafenszeiten zu halten, sondern jeweils gemeinsam zu entscheiden, wer den Schlaf nötiger hatte. So etwas funktioniert natürlich nur, wenn niemand schummelt. Aber Schummeln entsprach nicht unserer Art, deshalb hatten wir damit auch keine Probleme. Außerdem hatten wir ja ein gemeinsames Ziel.

Bei normaler Fahrt bewegte sich der Ballon vollkommen ruhig – so ruhig, daß wir oft das Gefühl hatten, gar nicht voranzukommen. Das einzige Geräusch war das Summen der Ventilatoren, die uns mit Luft versorgten. Waren sie aus, herrschte völlige Stille. Nach den aufregenden ersten vierundzwanzig Stunden an Bord konnten wir jetzt gut schlafen. Die Schaumstoffmatratze war sehr bequem. Ich schlief nackt, Bertrand bevorzugte einen kurzärmeligen Pyjama. Einige Leute hielten uns für verrückt, weil wir uns überhaupt auszogen. Sie glaubten, das könnte gefährlich werden, wenn plötzlich etwas passierte. Aber dann wären wir in unseren normalen Kleidern auch nicht besser dran gewesen als nackt oder im Schlafanzug: Wir hätten in jedem Fall die Überlebensanzüge anziehen müssen. Umgekehrt wußten wir (oder hofften jedenfalls), daß wir einen dreiwöchigen Marathon vor uns hatten, und so etwas übersteht man am besten, indem man so normal wie möglich lebt. Wir zogen uns also aus, putzten die Zähne und verhielten uns soweit wie möglich wie zu Hause.

Wir teilten ein Federbett, hatten aber beide einen eigenen Leinenschlafsack. Bertrand hatte sich ein spezielles Kopfkissen aus einem Hotel in Bristol mitgebracht, in dem er oft übernachtet hatte. Er hatte darauf so gut geschlafen, daß er Sue Tatford gebeten hatte, ihm eins zu besorgen. Sue war die Bitte zwar etwas peinlich gewesen, aber das Hotel hatte ihr bereitwillig eins gegeben.

In unseren häuslichen Gewohnheiten nahmen wir große Rücksicht aufeinander. Wir räumten nach dem Aufstehen die Koje auf, damit der andere sich in ein ordentlich gemachtes Bett legen konnte. Einmal legte mir Bertrand sogar ein Stückchen Schokolade aufs Kopfkissen. Auch auf Hygiene achteten wir sehr. Natürlich gab es keine Dusche, aber wir rieben uns nach dem Aufstehen und vor dem Zubettgehen von Kopf bis Fuß mit Feuchtigkeitstüchern ab. Keiner von uns mußte sich über den Gestank des anderen beschweren. Außerdem gab es in der Kabine praktisch keinen Staub oder Schmutz, deshalb blieben die wenigen Kleider, die wir mithatten, bemerkenswert sauber, und wir konnten dieselben Sachen vier oder fünf Tage lang anziehen.

An Bord entwickelte sich rasch ein geregelter Tagesablauf. Wir brauchten beide acht Stunden Schlaf. Bertrand schlief lieber, wenn es dunkel war. Deshalb legte er sich am frühen Abend hin und schlief den ersten Teil der Nacht über. Ich weckte ihn einige Stunden vor Sonnenaufgang und legte mich dann bis mittags schlafen. Mir war das recht, weil ich so nicht in den kalten Nachtstunden aufstehen und mich anziehen mußte. Wenn ich Bertrand geweckt hatte, kochte ich ihm gewöhnlich Tee, während er das Bett für mich machte. Wenn er dann den Ballon durch die Nacht steuerte, trank er den Tee und etwas Orangensaft. Zwei oder drei Stunden später, wenn der Morgen dämmerte, machte er sich Frühstück.

Wenn ich mittags aufwachte, machte ich mir Frühstück, und am späten Nachmittag machte Bertrand sich das Abendessen warm. Den Nachmittag und Abend bis Sonnenuntergang verbrachten wir gewöhnlich zusammen – Bertrand nannte diese Stunden netterweise »wirklich schöne Momente«. Wenn wir langsam fuhren, zogen die Nachmittage sich in die Länge, bei schnellerer Geschwindigkeit vergingen sie nur allzu rasch.

Was das Essen betraf, lebten wir die ersten Tage wie die Könige. Wir stellten den Boiler eine halbe Stunde lang an, hängten zwanzig Minuten lang einen Beutel hinein und aßen dann heißes Filetsteak, Emufleisch, Huhn oder Lachs mit Messer und Gabel von Plastiktellern. Zum Nachtisch gab es Äpfel, Bananen und Nüsse und zum Trinken Orangensaft. Wir hatten keine festen Essenszeiten, sondern aßen, wenn uns danach war. Da der Wasserkocher genau 28 Minuten brauchte, um Wasser für Tee oder Kaffee heiß zu machen, und im Kocher nur Platz für einen Beutel mit Essen war, mußten wir die Mahlzeiten rechtzeitig planen. Wir aßen nur selten gemeinsam, weil einer von uns immer das Cockpit beaufsichtigen mußte. Der Vorteil davon war, daß eine Lebensmittelvergiftung nur einen von uns hätte treffen können. Außerdem hatten wir meist sowieso Appetit auf verschiedene Sachen.

Die Lebensmittel waren unter den Schlafkojen verstaut. Bertrand hatte superleichte, aber extrem stabile Boxen aus gewelltem Plastik aufgetrieben, die perfekt in die Fächer paßten. Unter dem Boden im Heck gab es noch zusätzlichen Platz, den wir als Kühlschrank benutzten, weil die Temperatur dort bei etwa null Grad lag, auch wenn es in der Kabine warm war.

Bertrand ist zwar schlank, hat aber viel mehr Appetit als ich und aß doppelt soviel. Mir war Essen noch nie so wichtig. Ich muß natürlich essen, um bei Kräften zu bleiben, aber eigentlich bin ich selten richtig hungrig. An Bord frühstückte ich meist nach dem Aufwachen – zuerst Müsli, später Panettone. Im weiteren Verlauf des Tages aß ich dann nur noch einmal. Bertrand verspeiste immer ein gewaltiges Frühstück: eine große Schüssel Müsli mit Trockenmilch, Orangensaft und manchmal Panettone.

Der Wasserkocher war hauptsächlich dazu gedacht, die Päckchen mit vorgekochtem Essen aufzuwärmen, hatte aber noch einen zweiten Vorteil: Man konnte darin Wasser zum Waschen warm machen und sich über dem kleinen Waschbecken die Hände waschen oder die Zähne putzen. Vom Waschbecken lief das Wasser in Plastikflaschen. Wenn eine davon voll war, leerten wir sie ins Klo. Unter dem Waschbecken hatten wir Brot, Müsli, Tassen und andere kleinere Dinge verstaut.

Die Toilette bestand aus einer Schüssel mit einem luftdichten Deckel und einer Klappe im Boden. Wenn wir etwas entsorgen mußten, warfen wir es in die Schüssel, versiegelten den Deckel, schlossen das obere Ventil und öffneten das untere, worauf der Druck in der Schüssel den Inhalt nach unten beförderte. Wir hatten die Schüssel zwar mit Teflon beschichten lassen, damit nichts hängen blieb, aber Bertrand wußte von früheren Erfahrungen, daß es am besten war, sie mit einer Plastiktüte auszukleiden. Er hatte französische Supermarkttüten gefunden, die perfekt in die Toilette paßten, und gleich einige Rollen davon gekauft. Immer wenn die Natur uns zu einem größeren Geschäft rief, verwendeten wir eine neue Tüte. Wir versiegelten die Tüten nicht, sondern knickten nur den oberen Rand um. Wenn wir das Ventil öffneten, zischte es – und weg waren sie. Vermutlich verdunstete der größte Teil des Inhalts sofort.

Aus Sorge darüber, daß bei jedem Klogang ein wenig Druck verlorenging, verwendeten wir zum Pinkeln rote Plastikflaschen. Wer dann ein größeres Geschäft zu erledigen hatte, mußte die vollen Flaschen in die Tüte leeren, bevor er den Inhalt hinausjagte.

Ich hatte dieser Prozedur mit gemischten Gefühlen entgegengesehen, aber als es dann soweit war, entwikkelte ich ein geradezu klinisches Interesse. »Dein Urin ist zu dunkel«, sagte ich etwa zu Bertrand. »Du trinkst nicht genug.« Er freute sich dann, daß ich so gut auf ihn aufpaßte. Wir gaben acht, wo wir etwas abwarfen – am liebsten hätten wir auf jede Ladung auch noch einen Aufkleber mit der Aufschrift »Virgin Atlantic Airline« geklebt. Unseren Müll verstauten wir in dunkelgrünen Plastiktüten, die wir bis zur Entsorgung in der Nähe der Toilette aufbewahrten.

Bertrand

Das Leben in der Luft war insgesamt recht angenehm. In der Kabine war es warm, wir hatten eine wunderbare Aussicht, die sich ständig veränderte, und keine größeren Sorgen. Auf Höhen zwischen 20 000 und 24 000 Fuß lag die Außentemperatur bei minus 35 Grad. Die Feuchtigkeit, die wir ausatmeten, kondensierte an den Luken. Nachts überzogen sich die Scheiben deswegen mit einer Eisschicht, die bei Sonnenaufgang wieder taute.

Solange wir nach Süden fuhren, dauerte es von Sonnenuntergang bis Sonnenuntergang vierundzwanzig Stunden, doch als wir uns nach Osten wandten und mit hundert Knoten vorankamen, verkürzte sich dieses Intervall auf zwanzig Stunden. Bei acht Stunden Schlaf verbrachten wir deshalb nur noch vier Stunden zusammen, eigentlich zuwenig, wie wir fanden.

Wir bemühten uns sorgfältig, möglichst viele Informationen aufzuzeichnen. Von den vorhergegangenen zwei Flügen gab es fast keine Daten. Ich war bei der Planung des dritten Versuchs deshalb fest entschlossen, möglichst alles zu sammeln. Kieran hatte ein automatisches Datenaufzeichnungsgerät konstruiert, und wir hatten außerdem noch spezielle technische Logbücher, in die jede Stunde Informationen über den Brennstoffvorrat, die lebenserhaltenden Systeme, die Außentemperatur und anderes eingetragen werden mußten. Da ich nicht gerne tippe – ich verwende nur drei Finger, mit jedem Breitling-Ballon einen mehr –, schrieb ich meine persönlichen Eindrücke in mein grünes Notizbuch. Brian vertraute seine Gedanken lieber einem Laptop an.

Viele, die noch nie einen Hightechballon gefahren haben, stellen sich vor, daß die Piloten nicht viel zu tun haben. In Wirklichkeit waren wir fast immer irgendwie beschäftigt oder schliefen. Obwohl wir beide etwas zu lesen mitgenommen hatten, las während der zwanzig Tage unserer Fahrt keiner auch nur eine Seite.

Als Talisman hatten wir ein Exemplar von Guy de Maupassants Roman *Ein Leben* dabei, das er Jules Verne, dem Autor von *In achtzig Tagen um die Welt*, gewidmet hatte. Verne war so stolz auf das Buch gewesen, daß er es in Leder binden und seine Initialen in Gold auf den Einband hatte drucken lassen. Dieses Exemplar nun hatte uns Vernes Urenkel Jean-Jules als Glücksbringer für unsere Reise geliehen. Wir waren seiner Meinung nach das einzige Ballonteam, das von der gleichen wahren Abenteuerliebe beseelt war wie sein Vorfahr. Er hatte festgestellt, daß wir weder nach Geld noch nach Rekorden süchtig waren.

Zufällig überreichte er mir das Buch in einem Augenblick, in dem ich an allem zweifelte – an meinem bisherigen Copiloten, an der Fahrt und am Sinn des Vorhabens überhaupt. Die Feier anläßlich der Übergabe fand im *Jules-Verne-Restaurant* im Pariser Eiffelturm statt. In einer ruhigen Minute vertraute ich mich Jean-Christophe Joffre an, dem Gründer und Organisator der Jules Verne Adventure Association. Ich fragte ihn, ob es richtig sei, so viel zu riskieren, meine Familie, meinen Beruf, mein schönes Leben. Seine Antwort war eindeutig. »Sie dürfen nicht fragen, ob Sie das *Recht* haben zu fahren«, sagte er. »Sie haben die *Pflicht*. Die Menschheit braucht Leute, die solche Abenteuer wagen. Die Menschen werden mit Ihnen träumen. Und daß wir Ihnen dieses einzigartige Buch mit auf den Weg geben, ist doch der beste Beweis dafür, wie sehr wir Ihnen vertrauen.« Nach diesen bewegenden Worten kehrte ich mit neuer Entschlossenheit in die Schweiz zurück. Endlich sah ich wieder klar. Das Buch half mir, mich von den vielen Zweifeln, die mich plagten, zu befreien, und trug so dazu bei, daß *Orbiter 3* sich schließlich doch noch in die Lüfte erhob.

Am Nachmittag des zweiten Tages fuhren wir mit 49 Knoten so schnell wie noch nie, und wir beobachteten eifrig das GPS in der Hoffnung, uns noch auf 50 Knoten zu steigern. Da meldete sich Alan und sagte: »Langsamer! Langsamer!« Sanft sanken wir von 24000 Fuß auf 16000 Fuß. Unsere Geschwindigkeit fiel auf 31 Knoten, und als wir den marokkanischen Luftraum erreichten, fuhren wir nur noch mit 25 Knoten. Unsere Mitarbeiter am Boden wußten, wie schwer es uns psychisch fiel, das Tempo zu drosseln, aber unsere Meteorologen wußten aufgrund ihrer Berechnungen, daß wir es tun mußten. Alan erklärte: »Keine Sorge. Wenn ihr schneller seid, fahrt ihr zum Schwarzen Meer rauf, und dann kommt ihr in China nicht an der richtigen Stelle an.«

Wirklich frustrierend war für uns nur, Befehle zu erhalten, die wir nicht verstanden. Deshalb baten wir in solchen Fällen das Kontrollzentrum per Fax um einen umfassenden Lagebericht. Wir wollten die Faktoren, die bei den Entscheidungen eine Rolle spielten, ebenfalls kennen. Wir haßten die Vorstellung, in einem ferngesteuerten Ballon zu sitzen. Unsere Mitarbeiter in Genf stellten bald fest, daß es am besten war, wenn sie uns regelmäßig über bestimmte Dinge wie die allgemeine Wetterlage und den angestrebten Kurs informierten. Manchmal paßte beides prima zusammen, manchmal auch nicht. Die schönsten Momente waren die, wenn wir die Anweisungen der Meteorologen noch verbessern konnten, weil wir einen Wind fanden, der ein paar Grad mehr in die Richtung blies, in die wir fahren sollten. Ich rief dann das Kontrollzentrum an, fragte, ob wir den Wind nehmen sollten, und erntete begeisterte Zustimmung.

Anschließend bemühten wir uns, den Kurs durch Aufsteigen oder Absinken zu halten. Wenn wir die Richtung verloren, versuchten wir herauszufinden, warum, und stiegen oder sanken ein wenig. Die Wolken gaben uns selten Hinweise auf Kurs oder Geschwindigkeit – sie standen meist nur vor den Bullaugen und zogen mit uns mit. Die einzige Möglichkeit, den Ballon auf dem richtigen Kurs zu halten, waren die Angaben des GPS. Das GPS zeigte uns sowohl Kurs als auch Geschwindigkeit absolut exakt an. Indem wir Richtung, Geschwindigkeit und Höhe aufzeichneten, erstellten wir ein Windprofil. Unser Logbuch füllte sich mit Dutzenden von Einträgen, die auf kleine Veränderungen hindeuteten: »Flugfläche 157, 185 Grad, 24 Knoten. Flugfläche 160, 180 Grad, 23 Knoten.« Ein Höhenunterschied von nur dreihundert Fuß, also knapp hundert Metern, bedeutete in diesem Fall bereits eine Windänderung um fünf Grad – ein gewaltiger Unterschied angesichts der Entfernungen, die noch vor uns lagen.

Am Abend des zweiten Tages betrug unsere Geschwindigkeit immer noch nur 25 Knoten. Wir überquerten Almería, wo Andy Elson zwölf Tage vor uns gestartet war. Vor unserem Start hatten Luc und Pierre seinen Kurs genau analysiert und ihn mit ihren Computermodellen verglichen. Immer wieder sagten sie: »Wahrscheinlich macht er jetzt das ... und dann das ...« – und ihre Vorhersagen stellten sich als äußerst präzise heraus. Andy schwebte inzwischen schon Tausende von Kilometern vor uns über Indien.

Doch seit unserem eigenen Start hatte ich aufgehört, an ihn zu denken. Ich wollte mich lieber auf unsere Fahrt konzentrieren. Wir taten unser Bestes, und bisher hatte alles geklappt. Wir hatten auf Andys Entscheidungen und damit auf den Ausgang des Rennens keinen Einfluß. Das Schicksal würde entscheiden. Gegenwärtig sah es so aus, als könnten wir es tatsächlich um den Globus schaffen, allerdings nur als Zweiter. Aber ich hatte mir immer gesagt, daß ich die Erdumrundung auf jeden Fall machen wollte, auch wenn ich nicht der Erste war. Auch als Zweiter war es eine große Leistung und eine unvergeßliche Erfahrung.

Wir überquerten das Mittelmeer östlich von Gibraltar und erreichten den marokkanischen Luftraum, als die Sonne rechts von uns in flammender Pracht unterging. Der Ballon drehte sich ganz langsam um seine Achse, einmal alle zwei oder drei Minuten, und immer wieder zog der spektakuläre Sonnenuntergang an den Bullaugen vorbei. Offenbar fuhren wir über ein Luftsperrgebiet, denn nach der Fahrt beschwerten sich die marokkanischen Behörden bei uns. Das Schreiben endete mit den Worten: »Für diesmal lassen wir es gut sein, aber tun Sie es bitte nicht noch einmal.«

Brian hatte am Nachmittag zwei Stunden geschlafen, weil er wieder unter Kopfschmerzen litt. Ich fuhr den Ballon deshalb bis nach Einbruch der Dunkelheit. Um acht ging ich zu Bett, und Brian übernahm. In meinem

Tagebuch notierte ich, daß ich fünf Stunden tief und fest schlief und dann noch zwei Stunden döste und mich entspannte.

Brian

Ich hatte einen Großteil der Nacht mit einem periodisch auftretenden elektrischen Problem am Sicherheitssystem der Brenner zu kämpfen. Die Brenner sollten automatisch abgestellt werden, wenn das Propan sich nicht entzündete und unverbrannt in die Hülle strömte oder wenn sie zu heiß wurden. Letzteres geschah immer dann, wenn ein Tank fast leer war und statt flüssigen Propans nur noch Dampf aus den Düsen strömte. Als nun aber die Brenner immer wieder ausgingen, blieb mir nichts anderes übrig, als das Sicherheitssystem zu umgehen. Dies hatte zur Folge, daß jedesmal, wenn die Brenner nicht gezündet hatten, eine Wolke unverbrannten Brennstoffs in den Ballon strömte. Wenn das Gas dann verspätet doch noch Feuer fing, gab es einen lauten Knall, die Kabine schwankte, und Eisstücke prasselten auf sie herab.

Die Situation war ziemlich schlimm, besonders wenn es gleich zwei- oder dreimal hintereinander knallte. Ich saß auf meinem Stuhl, versuchte, die Brenner zu steuern, merkte dann plötzlich, daß sie nicht gezündet hatten, sprang auf und drückte den Zündknopf, ehe eine zweite Ladung unverbrannten Gases in die Hülle strömte. Bertrand ärgerte sich über solche Fehlfunktionen viel weniger. Er war so froh, endlich einmal leistungsstarke Brenner zu haben, daß er den Ballon notfalls auch von Hand um die Erde gesteuert hätte.

In dieser Nacht bekamen wir auch zum ersten Mal Probleme mit unserem Variometer, dem Flytec. Die meisten Instrumente hatten wir doppelt, aber zur Messung der

Steig- und Sinkgeschwindigkeit hatten wir nur eins. Und ausgerechnet dieses Instrument spielte nun verrückt. Laut ihm stiegen beziehungsweise sanken wir mit hoher Geschwindigkeit, auch wenn wir in Wirklichkeit gleichmäßig auf einer Höhe fuhren. Da wir auf das Flytec angewiesen waren, bereiteten uns diese Aussetzer große Sorgen. Ich bat das Kontrollzentrum per Fax, den Hersteller zu kontaktieren. Glücklicherweise stellte sich heraus, daß Bertrand vor dem Start noch einem zischenden Geräusch nachgegangen war und als dessen Quelle in dem Gewirr von Drähten und Plastikschläuchen hinter der Instrumententafel die Verbindung des Flytec mit der Kabinenaußenwand ausgemacht hatte. Deshalb wußte er jetzt gleich, wie man das Variometer abmontierte. Anschließend blies er einige Male Kabinendruckluft durch die statische Röhre, die das Variometer mit der Außenwelt verband. Der Fehler lag nicht an dem qualitativ sehr hochwertigen Instrument, sondern daran, daß sich in der Verlängerungsröhre, die wir zusätzlich eingebaut hatten, Feuchtigkeit niederschlug. Obwohl wir sie gründlich reinigten, wiederholte sich die Fehlfunktion alle paar Tage, und das Instrument arbeitete nicht immer zuverlässig.

Am Abend des zweiten Tages funkten uns einige Schweizer Piloten an, um uns alles Gute zu wünschen. Der freundliche Klang der Stimmen aus dem Dunkel der Nacht machte uns Mut. Um acht waren die ersten beiden Tanks endgültig leer. Sie hatten zwei Tage und eine Nacht lang gereicht und unsere Erwartungen damit weit übertroffen. Ihre gute Leistung stärkte unsere Zuversicht weiter.

Um Mitternacht war Schichtwechsel. Brian legte sich schlafen. Einige Stunden später, über Marokko, wurde ich mit einem der schönsten Anblicke meines Lebens belohnt. Um 4.48 Uhr faxte ich:

> Absolut unglaublicher Blick auf das Atlasgebirge unter Vollmond. Alles ist schwarz, nur die Schneefelder leuchten weiß. Das Gebirge wirkt plastisch wie ein dreidimensionales Bild. Es ist, als sehe man bei Tageslicht durch eine sehr starke Sonnenbrille: Außer den weißen Flächen ist alles ganz schwarz. Das schimmernde Mondlicht läßt die Berggipfel viel näher erscheinen, als sie in Wirklichkeit sind. In der Ferne funkeln die Lichter von Marrakesch.

Wir fuhren weiter in südwestlicher Richtung, entgegengesetzt zu dem Kurs also, den wir letztlich einschlagen wollten, aber das war ja die Strategie unserer Meteorologen. Der Ballon fuhr sehr gut, ich mußte weniger als ein Viertel der Zeit heizen: alle sechzehn Sekunden für dreieinhalb Sekunden. Ich hatte alle automatischen Alarmsysteme ausgeschaltet und beobachtete die Brenner aufmerksam.

An diesem Morgen, während ich noch Dienst hatte, war es soweit: Mein erster Gang zur Toilette stand an. Die Aussicht von dort war wirklich phantastisch, und da niemand neben uns flog, brauchten wir vor dem Fenster auch keinen Vorhang. Leider endete meine Sitzung mit einem Fiasko. Das Klo war auf einmal verstopft, und ich mußte die aufwendige Entleerung gleich zwei- oder dreimal durchführen, also jedesmal den Deckel mit dem

Gummi versiegeln und dann das untere Ventil öffnen. Das Ganze war mir äußerst peinlich. Ich wollte nicht, daß das Klo ausgerechnet bei mir zum ersten Mal verstopfte. Ich eilte also schnell ins Cockpit zurück, um die Höhe zu überprüfen, dann versuchte ich erneut, die Toilette zu leeren. Endlich ertönte ein lautes Zischen, und die Schüssel war leer.

Der Sonnenaufgang über dem Atlasgebirge war herrlich. Die Berge waren dunkelrot und ohne Schnee, weil wir schon weiter im Süden waren, nur am nördlichen Horizont zeigten sich noch schneebedeckte Gipfel. Beunruhigend war jedoch, daß sich während der Nacht unten an der Hülle drei Meter lange Eiszapfen gebildet hatten. Auch die Kabel waren von einer Eisschicht überzogen. Als die Sonne aufging, schmolz das Eis. Wasser tropfte auf die Kabine, gefror sofort wieder und trübte die Sicht aus den Bullaugen.

Im großen und ganzen bewährten sich die Bullaugen angesichts der harten klimatischen Bedingungen jedoch sehr gut. Sie waren doppelverglast, und in dem Zwischenraum zwischen den beiden Scheiben befanden sich Quarzkristalle, die jede eindringende Feuchtigkeit sofort aufsaugten. Die Lukendeckel bestanden dagegen aus nur einer Scheibe, so daß sie Feuchtigkeit anzogen und jede Nacht vollkommen zufroren. Im Grunde war das eine praktische Art, die Luft in der Kabine trocken zu halten. Mehrmals am Tag wischten wir das Wasser mit einem Schwamm auf und leiteten es über das Waschbecken in eine Flasche.

Mein Bericht über den herrlichen Sonnenaufgang hatte Alan offenbar in gute Stimmung versetzt. Er faxte mir aus Genf: »Guten Morgen, Bertrand. Sind die Cameron-Ballons nicht toll? Das IOC fragt an, ob Du nicht anfangen willst, die Friedensbotschaft zu senden.«

Ich antwortete:

Lieber Alan, tut mir leid, wenn Du jetzt eifersüchtig bist, aber ich glaube, ich bin mit einer netten marokkanischen Fluglotsin verabredet, die mich mit ihrer süßen Stimme immer wieder anfunkt. Sie möchte mich laut und deutlich hören und fragt immer wieder nach meiner Position.

Mit den von den Piloten unterzeichneten IOC-Friedensbotschaften sollten wir noch warten, bis wir an Libyen vorbei sind. Ich möchte nicht, daß Libyen sich provoziert fühlt. Über Ägypten könnten wir sie dann senden. Die Botschaft von Mr. Samaranch dagegen könnte man schon jetzt an die Länder schicken, die wir überquert haben oder in den nächsten Tagen überqueren werden. Bitte rufe beim IOC an und erkläre ihnen das.

Alan war etwas besorgt wegen meines Berichts über das viele Eis am Ballon und über dessen zusätzliches Gewicht. Er überlegte, ob wir nicht eine Zeitlang in niedrigerer Höhe fahren sollten, um das Eis zu schmelzen.

Wir schlagen vor, daß Ihr morgen auf 10000 Fuß runtergeht, damit das Eis schmelzen kann und der Ballon trocknet. Dann könntet Ihr auch mal einen Spaziergang machen und etwas frische Luft schnappen. Wenn Ihr einverstanden seid, wäre es am besten, den Ballon kurz vor der Morgendämmerung von selbst absinken zu lassen. Dann bleibt Ihr ein paar Stunden unten. Die Meteorologen meinen, daß das Euren Kurs nicht gefährdet, und auch der Geschwindigkeitsverlust ist vermutlich nur minimal.

Brian

Den größten Teil des dritten Tages fuhren wir in einem, wie uns schien, unerträglich langsamen Tempo weiter nach Süden. Wir mußten sehr geduldig sein, weil alles so lange dauerte. Die Probleme mit dem Flytec zum Beispiel kosteten uns Stunden. Und wenn wir ein Fax an das Kontrollzentrum schickten, konnten bis zur Antwort gut zwanzig Minuten vergehen, weil die Nachrichten über eine Bodenstation liefen, die oft überlastet war.

Natürlich brannten wir darauf, endlich nach Osten und damit auch schneller fahren zu können. Am Abend war es endlich soweit: Grad für Grad schwenkten wir herum, genau wie die Wetterfrösche es vorhergesagt hatten. Um 22.30 Uhr fuhren wir auf 17700 Fuß Höhe auf einem Steuerkurs von 115 Grad, allerdings nur mit 22 Knoten. Das Fax schickte automatisch jede Stunde die Einzelheiten unserer Position nach unten, und zu jeder halben Stunde meldeten wir uns persönlich, um zu sagen, daß wir noch lebten – theoretisch konnte der Ballon, auch wenn wir beide tot waren, noch tagelang weiterfahren, solange die Automatik funktionierte. Irgendwann wäre er dann aufgrund des erkaltenden Heliums langsam gesunken.

Daß Andys Ballon weit vor uns lag, war wenig ermutigend. Allerdings schien er noch langsamer voranzukommen als wir. Das Kontrollzentrum schickte uns Berichte über seine Fortschritte, und in dieser Nacht – der vierzehnten seiner Fahrt – befand er sich irgendwo nördlich von Bangkok. »Wenn Luc kommt, fragt ihn doch bitte, was er von Andys Position hält«, faxte ich. »Ich habe den Eindruck, daß man von Bangkok aus gut an China vorbeikommen könnte.« Bis dahin waren wir überzeugt gewesen, daß wir das Rennen nur gewinnen konnten, wenn Andy irgendwann an die geschlossene chinesische

Grenze stieß. Es gelang ihm allerdings tatsächlich, China zu umgehen, auch wenn er dafür sehr lange brauchte.

Kleinere technische Probleme machten uns zu schaffen. Das System, das die Kabinenluft überwachte, schlug Alarm und zeigte einen Schwefelgehalt von 0,4 ppm an. Ich dachte, daß die Lithiumbatterien dafür verantwortlich sein könnten, war mir aber nicht sicher und fragte das Kontrollzentrum um Rat. Die Anfrage wurde an Kieran weitergeleitet, der vorschlug, die Batterien mit dem Meßinstrument einzeln zu überprüfen. »Wenn Ihr die schuldige Batterie gefunden habt, müßt Ihr sie verpacken und versiegeln, bis Ihr sie loswerden könnt. Das Alarmsystem ist allerdings auf eine sehr niedrige Stufe eingestellt, es besteht also kein Anlaß zur Sorge.«

Das beruhigte mich wieder etwas, und ich stellte das System erst einmal aus. Trotzdem war ich in streitlustiger Stimmung, wie mein Fax an das Bodenteam zeigte: »Wenn die zweite Alarmstufe losgeht, zerkleinern wir den Lautsprecher mit dem Feuerwehrbeil, damit der schreckliche Lärm aufhört.« Die Geschichte hatte ein lustiges Ende. Wir bauten das Instrument aus, stellten es neu ein, schwenkten es über den Batterien und konnten rein gar nichts finden. Über der Koje dagegen begann es erneut auszuschlagen. Daraufhin überlegten wir, ob vielleicht menschliche Ausdünstungen für den Schwefelgehalt verantwortlich waren, und faxten: »Könnten unsere Blähungen im Bett den Alarm auslösen?« Die Antwort lautete: »Möglich.« Um mich zu rechtfertigen, wies ich dann noch darauf hin, daß zum Zeitpunkt des Alarms Bertrand in der Koje gelegen hatte. »Meine Blähungen riechen nämlich eindeutig nach Maiglöckchen!«

Doch damit nicht genug. Der Stecker von einem unserer Wasserkocher wurde zu heiß und schmolz. Ich schickte deswegen später am Abend noch ein Fax an Kieran und fragte, ob es möglich sei, das Kabel abzuschneiden und den Kocher direkt an die Buchse anzuschließen. Am Ende tat ich genau das, und Bertrand bewunderte meine Künste als Schweißer.

Bertrand

Als ich an diesem Abend zu Bett ging, arbeiteten die Brenner völlig gleichmäßig. Es hörte sich an, als würde jemand leise schnarchen. Alle sechzehn Sekunden erfolgte ein vier Sekunden langer Brennstoß – ein sehr beruhigender Rhythmus. Doch immer wenn der Ballon zu sehr stieg, mußte Brian die Brenner für ein oder zwei Stöße abschalten, was sehr störend war, weil es den Rhythmus unterbrach. Ich wachte ständig auf und dachte: »Die Brenner arbeiten nicht. Ist Brian eingeschlafen? Haben wir Probleme?« Dann kam das Geräusch wieder, und ich wußte, alles war in Ordnung. Das Geräusch hat sich so tief in mein Unterbewußtsein eingegraben, daß ich nach unserer Rückkehr auf den Boden noch wochenlang nachts in Panik aufwachte, weil ich glaubte, die Brenner seien ausgegangen. Sobald ich dann Licht machte und mich in meinem Schlafzimmer wiederfand, schlief ich erleichtert wieder ein.

Brian

Kurz nach Mitternacht erhielt ich ein Fax von Pierre Eckert von MeteoSchweiz. Schlagartig war der ganze Ärger des Tages verflogen. Das Fax bestätigte in jeder Beziehung den Kurs, den Pierre und Luc für uns ausgetüftelt hatten.

Die Drehung nach Osten kam schneller als erwartet, aber in Übereinstimmung mit der letzten Version des numerischen Modells. Wir haben auch den gewünschten Breitengrad erreicht und liegen genau im Zeitplan, über den wir letzten Sonntag gesprochen haben.

Von jetzt an solltet Ihr auf allen Flugflächen über FL 180 Steuerkurs 090 und 100 vorfinden. Ich schlage vor, daß Ihr auf FL 180 bleibt (oder darunter, wenn Ihr dabei nicht zuviel Geschwindigkeit verliert), bis Ihr zum Auftauen und Durchatmen nach unten geht… Die weiteren Aussichten sind gut. Ich denke, wir lassen Euch auf FL 240 steigen, sobald das Eis geschmolzen ist. Eure Flugbahn verläuft weiter nach Osten auf dem 25. [Breitengrad] nördlich des Roten Meeres. Vermutlich erreicht Ihr am Samstag Oman.

Ich habe Nachtschicht und werde gerade sehr müde. Das Wetter über Genf ist turbulent. Ich habe gerade Sturmwarnung gegeben. Aber auf Eurem Kurs sehe ich keine Probleme. Übrigens, wie viele Kamele habt Ihr schon gesichtet?
Viele Grüße, Pierre

KAPITEL 6

Frische Luft über Afrika

Brian

Am 4. März schickte ich um 1.44 Uhr morgens ein Fax an John Albury, um sicherzugehen, daß es keine Mißverständnisse über die vor uns liegenden Manöver gab.

> Ich muß zwar erst noch mit Bertrand reden, wenn er aufwacht, aber ich habe mir folgendes gedacht: Wenn es hell wird, gehen wir etwas nach unten, um das Eis und einigen Müll loszuwerden. Wenn die Sonne das Eis geschmolzen hat, steigen wir wieder auf 24000 Fuß. Die Styroporblöcke unter der Kabine würde ich gerne behalten, als Schutz für den Fall, daß wir mit den Tanks landen müssen. Die gelben Reservetanks dagegen möchte ich irgendwann loswerden. Das Eis ist wirklich beeindruckend. Es hängt in langen Zapfen von der Hüllenschürze herunter (erinnert mich an eine Frau, die ich einmal gesehen habe). Fast ständig regnen kleine Eisschauer auf die Kabine, wahrscheinlich weil die Hülle sich bewegt…
>
> Hast Du mit Debs schon die superbequeme Couch ausprobiert? Oder darf ich nicht fragen? Ich unterschreibe vorsichtshalber mit Bertrand.
>
> Gruß, Bertrand.

Bertrand

Als ich das Steuer am frühen Morgen von Brian übernahm, bot sich mir ein phantastischer Anblick. Über der Sahara schien der Mond, und am Himmel funkelten eine Million Sterne. Ich löschte ein paarmal die Cockpit-Beleuchtung, damit die Sterne noch heller glänzten. Mir fiel ein, daß wir der alten Strecke der Aéro-Postale folgten, der ersten Postfluggesellschaft, die von Paris über Toulouse nach Dakar und dann über den Südatlantik nach Brasilien flog. Ihre Piloten – Jean Mermoz, Henry Guillaumet und vor allem natürlich Antoine de Saint-Exupéry – waren die eigentlichen Pioniere der kommerziellen Luftfahrt. Saint-Exupérys Buch *Der kleine Prinz* spielt genau in der Gegend, über der wir gerade schwebten. Ich ließ den Blick suchend über den Himmel wandern und überlegte, welcher Stern wohl der des kleinen Prinzen war.

Wieder auf dem Pilotensitz, las ich die Nachrichten, die während der Nacht eingegangen waren. Das Kontrollzentrum hatte zwischen die technischen Informationen ein paar scherzhafte Bemerkungen eingestreut, weil nun unser erster Videobericht vom Schweizer Fernsehen, CNN und anderen Sendern ausgestrahlt worden war. Dann entdeckte ich gerührt, daß auch Michèle ein Fax geschickt hatte:

> Ich bin im Moment mit den Kindern im Kontrollzentrum. Wir sind sehr glücklich darüber, Dir so nahe zu sein und Eure Fahrt auf den Karten vor uns besser nachvollziehen zu können. Wir sind froh, daß alles so gut läuft. Viele liebe Grüße auch an Brian – er sieht mit seinem amerikanischen Haarschnitt sehr fotogen aus. Die Kinder glauben fest an Euren Erfolg. Sie haben

ihre guten Wünsche dem Wind anvertraut, auf daß Euer Vorhaben gelinge und Euer Traum sich erfülle. »Alles Gute, Papa«, von Solange. »Viel Erfolg«, von Estelle. »Und ich wünsche Dir, daß Du es um die Welt schaffst, und gebe Dir drei Küsse.« Ein Stupser mit dem Zeigefinger von Oriane. Grüße auch von Sandro Haroutounian, der heute abend für uns kocht. Wir umarmen Euch beide. Michèle & Co.

Es war großartig zu wissen, daß meine Familie gesehen hatte, welch hervorragende Arbeit das Team im Kontrollzentrum leistete. Die Nachricht von Michèle war außerdem ein gutes Ventil für meine Gefühle. Wenn Brian und ich zusammen im Cockpit saßen, hielten wir sie immer unter Kontrolle, aber eine solche liebevolle Botschaft von meiner Frau und meinen Kindern traf mich mitten ins Herz.

Michèle hatte eine große Weltkarte gekauft, auf der sie jeden Tag den Fortschritt unserer Reise mit Nadeln markieren wollte – genauso, wie es meine Mutter für meinen Bruder Thierry, meine Schwester Marie-Laure und mich getan hatte, als unser Vater auf Tauchfahrt im Golfstrom gewesen war. Aber die Erde sah darauf so riesig aus, daß sie Angst hatte, der Anblick der wenigen Nadeln, die mit jeweils drei Zentimeter Abstand in Europa und Afrika steckten, könne die Kinder unnötig beunruhigen. Deshalb legte sie die Karte beiseite und wartete, bis wir den Pazifik fast überquert hatten. Erst dann hängte sie sie im Hausflur auf, steckte die Nadeln entlang unserer Route hinein und erklärte den Mädchen: »Schaut, das ist ein Bild von der Erde. Und Brian und Bertrand sind jetzt hier. Sie müssen nur noch über Zentralamerika und den Atlantik fahren, dann haben sie es geschafft!«

Als die Sonne am vierten Tag aufging, schien sie durch die zugefrorene Backbordluke und zauberte außergewöhnliche Lichteffekte in unsere Kabine. Mit der einen Hand hielt ich die Videokamera, um das Schauspiel zu filmen, mit der anderen kratzte ich das Eis ab.

Im Tageslicht sah ich dann das spektakuläre Dunkelrot der Wüste. Irgend jemand hatte uns gesagt, eine Ballonfahrt über die Sahara sei langweilig, weil man tagelang nichts zu sehen bekäme. Die Wirklichkeit war ganz anders. Der Anblick unter uns war einfach märchenhaft. Alle hundert Kilometer tauchte etwas Neues auf – andere Farben, andere Formen, anderer Sand, anderes Gestein. Für mich war diese Wüste voller Leben! Mir wurde plötzlich klar, daß Steine und Felsen genauso lebendig sein können wie Menschen, Tiere, Bäume und Pflanzen. Das Licht lebte, der Sand lebte. Die Wüste war keineswegs öde und leer, sondern voller unbekannter Möglichkeiten. Die meisten Landschaften sind durch natürliche Vorgänge und den Einfluß des Menschen bereits fertig ausgeformt, so daß nur wenig Spielraum für Veränderungen bleibt. Die Wüste dagegen machte den Eindruck, als stünde sie erst am Anfang der Evolution, als berge sie ein enormes Lebenspotential.

Mir kam der Gedanke, daß alles Leben einer kleinen Humusschicht entspringt, die über der Wüste liegt. Wasser läßt Bäume wachsen, deren Blätter dann abfallen und zu Humus werden. Wir stellen uns gerne vor, daß die Erde mit Humus identisch ist, aber das ist natürlich ganz falsch. Humus, diese dünne Schicht fruchtbaren Bodens auf der Erdoberfläche, ist ein Wunder. An diesem herrlichen Morgen sah ich, daß das ganze Leben ein Wunder ist. Unser Planet hätte ja auch einfach nur eine Wüste sein können wie der Mars. Über die Sahara zu fahren, das war wie eine Fahrt über einen anderen Planeten.

Der erste Tag über der Wüste war eine ganz neue Erfahrung. Ich griff nach meinem Tagebuch, zückte den Stift und schrieb:

Die Wüste unter mir ist wie der Boden eines Meeres, ohne Wasser, aber mit den gleichen Formen. Hier und da sehen wir unglaubliche Felsenreliefs aus dem Sand herausragen, kilometerlang wie das Rückgrat eines gigantischen Dinosauriers. Es gibt hier so viele verschiedene Formen und Farben, zwischen Gelb und Schwarz, alle erdenklichen Variationen von Rot und an einer Stelle ein leuchtendes Tiefblau, als gebe es dort Wasser.

Ich kann mir vorstellen, daß es Menschen angesichts einer solchen Leere, eines solch ungeheuerlichen Nichts zum Schreiben drängt. Ich denke an Saint-Exupéry, wie er nach einer Notlandung wegen Motorschadens neben dem Flugzeug sitzt, den Sand durch die Finger rieseln läßt und großartige Bücher schreibt... Es ist sehr arrogant zu sagen, hier gäbe es nichts. Nur die menschliche Eitelkeit läßt uns glauben, daß dort, wo keine Menschen sind, auch sonst nichts ist. Bei näherem Hinsehen erkennen wir, daß die Wüste voll ist – voller Sand, Luft, Trokkenheit, Farbe, Licht, Dünen – und daß sie genau deshalb voller Möglichkeiten steckt. Sie ist auch voller Leere – aber auch die Leere ist hier etwas Wunderbares.

Ich verbrachte Stunden damit, die Wüste anzustarren, ihre Fremdheit zu spüren und zu schreiben. Es war für mich einer der schönsten Abschnitte unserer Reise.

Mir ging es genauso – und dazu kam die Überraschung. Daß die Karibik aussehen würde wie eine Postkarte, erwarteten wir, und wir wußten auch, wie dramatisch Nordindien war. Aber niemals hätten wir gedacht, daß die Wüste der spektakulärste Anblick der ganzen Reise sein würde. Gerade aufgrund der Überraschung war ihre Schönheit eine um so größere Offenbarung.

Es war noch früh am Morgen, als wir wieder auf einen südlicheren Kurs einschwenkten. Vorsichtshalber fragten wir im Kontrollzentrum an, ob das in Ordnung ging. Mußten wir nicht allmählich nach Osten fahren und aufsteigen, um den Jetstream zu erreichen, statt zum Abtauen abzusinken? In seiner ersten Nachricht an diesem 4. März beruhigte Alan uns:

> Im Moment ist noch keiner der Meteorologen hier, aber soweit ich die Situation überblicke, sind Höhe, Geschwindigkeit und Kurs noch nicht kritisch. Kritisch wird es erst in den nächsten Tagen. Jetzt ist die Zeit günstig, den Ballon abzutauen, indem Ihr ihn bei Anbruch der Morgendämmerung einfach sinken laßt … Wenn Ihr so niedrig fliegt und das Gelände unter Euch gut seht, solltet Ihr vielleicht die leeren Tanks abwerfen.

Die vier zusätzlichen Gastanks, die wir mitgenommen hatten, hatten im Unterschied zu den anderen 28 Tanks keinen automatischen Abwurfmechanismus. Um sie loszuwerden, mußten wir aus der Kabine klettern und sie abschneiden. Ein Ausstieg war also unvermeidlich. Bei unseren Planungen im Vorfeld hatten wir gehofft, daß wir die Kabine nur einmal würden verlassen müssen.

Natürlich sollte der Abwurf möglichst über einer verlassenen Gegend erfolgen, wo die herabfallenden Tanks keinen Schaden anrichten konnten, und zu einem Zeitpunkt, an dem keine Wolken unsere Sicht behinderten. Außerdem durften wir nicht zu schnell fahren, denn das Sinken und Steigen kostete uns einige Stunden, die bei einer möglichen Geschwindigkeit von 100 Knoten ein beträchtlicher Verlust gewesen wären. Wir wollten nicht nur die Tanks loswerden, sondern auch soviel Eis wie möglich, vor allem aber die Eisschicht, die unsere Bullaugen teilweise verdeckte.

Wir waren ganz aufgeregt wegen des Ausstiegs, und während wir den Ballon sanft auf 10 000 Fuß absinken ließen, stieg unser Adrenalinpegel in schwindelerregende Höhen. Wir öffneten die obere Luke, kletterten hinaus und genossen es, auf der Kabine in der frischen Luft zu sitzen. Eine Bewegung war nicht zu spüren. Jemand, dem leicht schwindlig wird, hätte große Probleme gehabt, denn wir konnten geradewegs auf die Wüste drei Kilometer unter uns blicken. Doch glücklicherweise vertrugen wir beide die Höhe gut, und keiner von uns brauchte den Sicherheitsgurt, der am Lastgestell befestigt war.

Ein Teil des Eises schmolz bereits. Wasser regnete von der Hülle herunter, doch gefror es beim Auftreffen auf die Kabinenoberfläche sofort wieder. Immer noch hingen drei Meter lange Eiszapfen von der Hüllenschürze herunter und verbanden sie mit der Kabine. Rein theoretisch bestand natürlich eine gewisse Verletzungsgefahr durch herunterfallende Eisbrocken, aber die Eisablagerungen im Innern der Hülle waren sehr dünn und schmolzen, bevor sie uns treffen konnten.

Kieran hatte vermutet, daß unsere Zündprobleme auf der einen Seite des Brennersystems auf einen elektrischen Kurzschluß bei einem der Detektoren zurückzuführen seien. Jetzt bewahrheitete sich seine Diagnose. Ich ging daran, den Fehler zu beheben, während Bertrand den Eiszapfen mit einem Beil zu Leibe rückte und auch die Eisschicht von den Kabeln abschlug. Er fühlte sich in seine Kindheit zurückversetzt. Als Junge hatte er die kleinen Eiszapfen an der Dachtraufe des elterlichen Ferienhauses zertrümmert. Damals hatten seine Eltern gesagt, es sei schade, so schöne Dinge zu zerstören, aber jetzt konnte er nach Herzenslust draufloshauen. Vermutlich war es das erste Mal seit mehreren tausend Jahren, daß es in der Sahara Eis regnete.

Inzwischen flogen wir auch planmäßig in Richtung Osten, allerdings nur mit 25 Knoten. Wir schienen uns überhaupt nicht zu bewegen. Es war sehr warm, und überhaupt frische Luft atmen zu können war schon ein Genuß. Der Himmel über uns war wolkenlos, unter uns erstreckte sich eine unendliche Weite aus Sand und Fels. Die Brenner waren ausgeschaltet, nicht das kleinste Geräusch störte die wunderbare Stille um uns. Auf dem stabilen Gitter des Ladegestells und seinen Auslegern fühlten wir uns vollkommen sicher. Ich legte mich bäuchlings hin und streckte die Hand aus, um das weiße Nylonband des Reservetanks rechts hinten durchzuschneiden. Bertrand hielt mich an den Knöcheln fest – weitere Sicherheitsmaßnahmen hielten wir nicht für nötig.

Wir hatten die Kameras angestellt, um das Ereignis zu filmen. Ich versuchte zuerst, das Band mit einem Messer zu durchtrennen. Als das nicht gelang, griff ich zu einem Bolzenschneider. Endlich fiel die Flasche nach unten. Purzelbäume schlagend und in der Sonne glitzernd entfernte sie sich. Wir verfolgten sie bis ganz nach unten und sahen, wie in den letzten Sekunden des Falls ihr Schatten über den Boden auf sie zu glitt. Ein Sandwölkchen wirbelte auf, die Flasche war gelandet. Wir überlegten, was weiter mit ihr passieren würde. Wenn sie an der

Oberfläche liegen blieb, würde sie nach jahrelangem Bombardement durch Sandstürme wahrscheinlich zerfallen. Wenn sie vom Sand verschüttet wurde, würde sie vermutlich in ein paar tausend Jahren von einem Archäologen ausgegraben.

Nachdem alle vier Tanks entsorgt waren, hatten wir eine Menge Schläuche und die entsprechenden Muffen übrig. Man hatte uns geraten, soviel Gewicht wie möglich zu sparen und die Schläuche auch wegzuwerfen. Sie sahen aber so teuer aus, daß wir das nicht wollten. Vielleicht waren sie ja noch zu etwas nütze. Also behielten wir sie – zum Glück, wie sich herausstellte, denn später hatten wir ein Problem mit dem Treibstoff und konnten die Schläuche gut gebrauchen.

Es gab noch weitere Reparaturarbeiten außen an der Kabine zu erledigen. Ich reparierte eine Brennerdüse und brachte eine zweite Antenne für unser Telefon an. Währenddessen reinigte Bertrand die Bullaugen. Er stellte sich bei solchen Dingen manchmal etwas ungeschickt an, übertraf sich bei dieser Gelegenheit aber selbst. Er klebte einen ausziehbaren Bootshaken und eine Funkantenne mit Klebeband zusammen, befestigte einen Schwamm an der Spitze, und fertig war sein Wischmop. Stolz machte er sich in 10000 Fuß Höhe an die Arbeit.

Wir waren so gut gelaunt, daß wir uns wie Schuljungen benahmen. Ich filmte meinen Partner bei der Arbeit und kommentierte dabei: »Ich filme gerade Bertrand, der versucht, mit einem speziellen Fensterleder etwas Vogelkacke von unserem Fenster wegzuputzen.« Er antwortete: »Ich versuche nicht zu putzen, ich putze wirklich!«

Bei allem Amüsement verloren wir doch die Arbeit nicht aus den Augen. Alles lief bestens, und wir hatten die Lage im Griff, aber uns war gleichzeitig bewußt, daß sehr viele Menschen unglaublich viel Arbeit investiert hatten, um diesen Ballon zu bauen und uns auf diese

Reise zu schicken – und wir hatten fast schon Schuldgefühle, weil wir hier draußen herumspielten.

Inzwischen war der Ballon, von der Sonne aufgeheizt, nach und nach gestiegen. Als wir unsere verschiedenen Aufgaben erledigt hatten, befanden wir uns auf 12500 Fuß. Statt ganz tief nach unten zu sinken, um den dort herrschenden Luftdruck in der Kabine einzufangen, zogen wir es vor, die Kabine mit Stickstoff unter Druck zu setzen. Wir säuberten die Dichtung gründlich, bevor wir die Luke aufsetzten. Dann verriegelten wir sie und lauschten. Doch wir hörten nichts, es herrschte wieder vollkommene Stille.

Unsere Freude über den Ausflug spricht aus dem überschwenglichen Fax, das ich um 11.13 Uhr an das Kontrollzentrum schickte. Ich zählte die durchgeführten Arbeiten auf und fügte dann noch hinzu:

> Haben den Tuaregs ein paar Geschenke gemacht: einen Lithiumfilter, mehrere leere Wasserflaschen und eine Mülltüte. Hoffentlich können sie das Zeug gebrauchen. Wahrscheinlich kann Alan das als Spende absetzen. Haben mehrere Fotos gemacht. Die Katze wollte nicht wieder mit rein, das blöde Tier wird also die ganze Nacht draußen bleiben müssen. Freuen uns schon auf den nächsten Ausstieg. Die Wüste ist unglaublich. Haben übrigens gesehen, wie die Tanks auf dem Sand gelandet sind – irgendwelche Schadensersatzansprüche könnt Ihr also getrost zurückweisen.

Als Antwort faxte uns Sue Tatfort:

> Guten Morgen, Jungs, hier Sue. Letzte Neuigkeiten von Andy: bisherige Flugzeit 15 Tage,

22 Stunden und 44 Minuten, Höhe 18000 Fuß, 19.06 N 112.12, östlich von Hainan über dem Südchinesischen Meer …

Eure ideale Flugfläche für die nächsten 24 Stunden liegt bei FL 220. Der Jetstream befindet sich etwa auf FL 260. Luc meint, daß seine Geschwindigkeit im Moment zu hoch sei und er Euch in den nächsten beiden Tagen zu weit nach Norden und für die weitere Reise in die falsche Position bringen würde. Unser Ziel für Samstagabend ist der Punkt, an dem Saudi-Arabien, Jemen und Oman zusammenstoßen.

Habe gerade über das IOC einen Brief von Uday Saddam Hussein, dem Sohn des irakischen Präsidenten, erhalten. Er schreibt: »Es ist uns eine große Freude, zum Erfolg dieser friedlichen Fahrt beizutragen.« Er verbietet Euch nicht, sein Land zu überfliegen. Aber er fügt hinzu: »Leider können wir die Sicherheit der Ballonfahrer nicht garantieren.«

Bertrand

Manchmal werde ich gefragt, warum wir nicht in Nordafrika gestartet sind, statt zuerst drei Tage lang langsam in Richtung Süden zu fahren. Die Antwort lautet, daß ein Start in einem anderen Land zu viele Schwierigkeiten gemacht hätte. Wir hätten die Kabine auf einem großen, mit einem Kran ausgerüsteten Lkw transportieren müssen. Dann hätte es womöglich im letzten Moment geheißen: »Tut uns leid, wir streiken gerade«, oder: »Meine Schwester heiratet, ich kann leider nicht kommen.« Ich hatte wirklich große Angst vor derartigen Verzögerungen, deshalb wollte ich in einem Land starten, in dem wir alles zuverlässig planen konnten. Amerika wäre eine Alternative gewesen. Dort arbeitet man auch sehr effizient, und der Jetstream wäre ganz in unserer Nähe gewesen, besonders im Süden. Allerdings hätten wir dann als letzte Etappe über den Pazifik fahren müssen, und wir wollten diesen großen Ozean zu einem möglichst frühen Zeitpunkt in Angriff nehmen. Außerdem wäre es sehr schwierig gewesen, von Amerika aus Südchina gezielt anzufahren. Château-d'Oex war alles in allem also ein guter Kompromiß. Die Entscheidung für Château-d'Oex hatte übrigens nichts mit irgendwelchen Marketingstrategien von Breitling zu tun, auch wenn viele Leute das damals glaubten. Es waren nicht zuletzt die Begeisterung und Freundschaft der Einwohner von Château-d'Oex, die uns überzeugten.

Jetzt fuhren wir also endlich nach Osten. Saddam Hussein war uns ziemlich egal, aber mit Andy Elson und Colin Prescott in ihrem Cable-&-Wireless-Ballon wollten wir Verbindung aufnehmen. Sie befanden sich gerade über dem Südchinesischen Meer, es mußte ihnen also irgendwie gelungen sein, das chinesische Festland zu umfahren. Das war eine erstaunliche Leistung, für die wir sie bewunderten. Nachdem wir mehrere Male vergeblich versucht hatten, ihren Ballon direkt anzufaxen, baten wir das Kontrollzentrum, eine Nachricht an sie zu übermitteln, die wir im Morgengrauen verfaßt hatten.

> Hallo Andy,
> bei uns geht gerade die Sonne über der Wüste von Mali auf, und bei Euch müßte sie schon bald wieder untergehen. Das ist der Nachteil, wenn man so weit voraus ist. Es ist schon seltsam, sich mit dir auf einer Weltumrundung per

Fax zu unterhalten. Schließlich haben wir bisher im selben Ballon gesessen.

Ich hoffe, Dein Kontrollzentrum hat Dir meine Glückwünsche übermittelt, als Du den Dauerrekord gebrochen hast. Vielen Dank dafür, daß Du Brian zum Breitling-Projekt gebracht hast – obwohl ich glaube, daß ihm immer noch nicht ganz klar ist, daß er jetzt *im* Ballon sitzt. Irgendwie kann ich es selbst kaum begreifen, nach dieser ewigen Warterei. Viele Grüße auch an Colin. Paßt auf Euch auf! Viel Glück, Bertrand.

Hallo Jungs, hier Brian. Sind vor zwei Tagen über Euren Startplatz gefahren. Offenbar muß ich immer hinter Euch aufräumen! Hoffentlich habt Ihr meine E-Mails erhalten, sonst muß ich die ganzen Beschimpfungen noch einmal abschicken. Habe gehört, Ihr wart letzte Nacht über Thailand. Wirklich unglaublich, daß Ihr über all die schönen Mädchen gefahren seid, ohne anzuhalten… Nach allem, was ich für Euch getan habe, könntet Ihr doch jetzt etwas langsamer fahren und auf uns warten, oder??? Viel Glück, Leute, und seid vorsichtig. Bitte ärgert unterwegs niemanden – denkt dran, wir kommen nach Euch.

Ich versuchte auch, Kontakt mit der *Mata Rangi* aufzunehmen, einem Papyrusboot, in dem Kittin Munos den Pazifik von Südamerika nach Japan überqueren wollte. Das Projekt wurde ebenfalls von Breitling gesponsert und sollte einige Hypothesen zur Wanderung früher Kulturen überprüfen, ähnlich wie es in den sechziger Jahren Thor Heyerdahl mit seinem Floß *Kon Tiki* getan hatte.

1997, als der erste *Orbiter* im Mittelmeer landete, war Kittin in der Nähe der Osterinsel in einen schrecklichen Sturm geraten. Sein Boot wurde zerstört, er selbst überlebte nur, weil er die Breitling-Uhr mit dem Notrufsender trug. Er aktivierte das Notrufsignal und wurde gerettet. Ich empfand jetzt, da wir beide auf Entdeckerfahrt waren, er auf See und Brian und ich in der Luft, ein tiefes Gefühl der Verbundenheit mit diesem Mann. Wir versuchten also, bei ihm anzurufen, kamen aber nicht durch. Drei Tage später gelang es uns jedoch, und wir hörten, daß er ebenso gut vorankam wie wir.

Um 13.15 Uhr informierte ich das Kontrollzentrum, daß wir versuchten, unser »Monster« auf einer Höhe von 22000 Fuß zu halten. Unser Kurs war perfekt – 085 Grad, fast genau nach Osten –, und wir flogen mit 40 Knoten. Zwanzig Minuten später waren wir 600 Fuß gesunken. Der Wind hatte etwas nach Norden gedreht, auf 078 Grad, aber unsere Geschwindigkeit betrug nun 48 Knoten. Sue Tatford beruhigte mich vom Kontrollzentrum aus: »Euer Kurs ist ganz ausgezeichnet. Jetzt könnt Ihr langsam auf FL 230 gehen, aber nicht höher. Eure Geschwindigkeit wird sich gegen 18 Uhr Z auf 50 bis 60 Knoten erhöhen. Das ist in Ordnung.«

Um 15.19 Uhr passierten wir den Nullmeridian. Endlich hatten wir das Gefühl, auf dem Weg zu sein. »Es ist, als habe unsere Erdumrundung erst jetzt wirklich begonnen«, vermeldete ich dem Kontrollzentrum. »Wir haben die 180-Grad-Wende genau nach den Vorhersagen unserer beiden Wetterengel vollzogen und fahren nun endlich mit vollen Brennstofftanks nach Osten. Geschwindigkeit 55 Knoten … Wir essen immer noch die köstlichen Mahlzeiten, die das *Hôtel de Ville* für uns zubereitet hat. In ein paar Tagen, wenn die frischen Lebensmittel aus sind, machen wir uns an die Trockennahrung von Nestlé.«

Meine letzte Bemerkung stellte sich als etwas zu optimistisch heraus. Noch am selben Tag schrumpfte unsere Speisekarte beträchtlich zusammen, weil die letzten Fleischportionen trotz der Vakuumverpackung zu stinken begannen. Wir untersuchten die Beutel sorgfältig und beschlossen dann, nichts mehr davon zu essen. Wir verpackten sie luftdicht in Plastiktüten und verstauten sie erst einmal unter dem Fußboden. Das Hühnchenfleisch hielt sich noch ein paar Tage, dann gab es nur noch vegetarischen Fleischersatz mit Kartoffelbrei, der übrigens mit heißem Wasser angerührt ganz ausgezeichnet schmeckte. Zum Würzen verwendeten wir Salz, Pfeffer, Ketchup und Mango-Chutney.

Ich schrieb in mein Tagebuch, wie außergewöhnlich es doch sei, *von* der Luft getragen *in* der Luft zu schweben. Luft in einer Hülle einzufangen war ja absolut einfach, einen Ballon aber richtig zu fahren sehr schwer. An diesem Nachmittag freilich, nachdem Brian sich zu einem Mittagsschlaf hingelegt hatte, fuhr der Ballon ganz ohne mein Zutun völlig ruhig und stabil, als wollte er mich widerlegen. Ich war so entspannt, daß ich zum ersten Mal auf unserer Reise eine CD hörte. Ich wählte die CD einer Gruppe namens Era, deren Musik halb religiös, halb mystisch klingt. Die Musik wirkte wunderbar beruhigend auf mich, und ich betrachtete dazu die Wüste unter uns.

Am Abend drängten uns die Wetterexperten, den südlichsten Kurs zu nehmen, den wir finden konnten. Der Wind hatte den Rand des Tiefs rückdrehend umkreist und blies wieder mehr nach Norden, zwischen 72 und 78 Grad. Die Geschwindigkeit stieg auf 65 Knoten, unsere bisher schnellste Fahrt. Luc meldete sich aufgeregt am Telefon. »Bertrand«, sagte er, »ich bin so froh, daß ich Tränen in den Augen habe. Diesmal werdet Ihr Südchina genau richtig anfahren und es schaffen.« Obwohl Luc und seine Kollegen nicht bei uns im Ballon saßen, empfanden sie wie die anderen im Kontrollzentrum die gleichen Gefühle und die gleiche Aufregung wie wir.

Brian

Am vierten Tag durfte auch Sean, der Bär heraus. Ich hatte ihn ganz vergessen, bis ich ihn in meiner Tasche fand und vor uns auf den Tisch setzte. Wir schickten ein Bild nach unten, auf dem er den Ballon steuert. John Albury faxte uns entzückt: »Hoffentlich leidet er nicht an Höhenangst, und hoffentlich gefallen ihm Eure schrecklichen Witze!« Bei Breitling war man jedoch nicht glücklich darüber. Dort hielt man es für unprofessionell, mit einem Spielzeug herumzualbern, und wollte das Bild gar nicht an die Medien weitergeben – vielleicht auch, weil der kleine Kerl ein T-Shirt mit aufgedrucktem Union Jack trug. Das konnte unsere gute Laune freilich in keiner Weise dämpfen. Zu diesem Zeitpunkt unserer Fahrt kannte unsere Begeisterung keine Grenzen, und alles machte großen Spaß. Angesichts des guten Kurses, der akzeptablen Geschwindigkeit und des niedrigen Treibstoffverbrauchs wagten wir sogar, daran zu denken, daß unsere Fahrt vielleicht tatsächlich in die Geschichte eingehen würde. Ein so überwältigender Hoffnungsschub beflügelte uns, daß wir manchmal tief durchatmen und unseren Optimismus ganz buchstäblich hinunterschlukken mußten.

Ein Grund für diesen Überschwang war auch, daß unser Selbstvertrauen gewachsen war und wir nicht mehr glaubten, wir könnten uns lächerlich machen. Wenn wir schon nach einigen Stunden wieder gelandet wären, hätten wir nach dem ganzen Rummel davor ziemlich dumm dagestanden. Jetzt war vor allem wichtig, daß wir uns konzentrierten und keine Fehler machten.

Manchmal stellten wir fest, daß eine Windschicht dünner war als die Höhe des Ballons. In solchen Fällen hat der Pilot alle Hände voll zu tun, den Ballon stabil zu halten. Sich selbst überlassen, sank der Ballon gewöhnlich langsam nach unten, deshalb mußten wir auch tagsüber alle drei bis vier Minuten die Brenner betätigen. Wir durften den Ballon nie länger aus den Augen lassen.

Inzwischen waren wir jedoch sehr gut darin, unseren Riesen zu fahren, und hatten mehr Vertrauen in unsere Fähigkeiten. Jeder Ballon reagiert anders, und ich war noch nie mit einem gefahren, der auch nur annähernd so groß wie *Orbiter 3* gewesen wäre. Bei einem Heißluftballon ist der Pilot gewissermaßen ein Teil des Gefährts. Er fährt nach Gefühl und spürt, was der Ballon macht. Er bringt den Ballon dazu, so zu reagieren, wie er es will, und läßt sich nicht einfach von ihm durch die Luft tragen. Die Erkenntnis, daß uns das gelungen war, erfüllte uns mit Stolz und Erleichterung.

Bertrand

Trotzdem blieb ich vorsichtig. Ich empfand eine ganz besondere Verantwortung gegenüber den Menschen am Boden, die mir bei meinen drei Versuchen so viel Rückhalt gegeben hatten: gegenüber Breitling, den Ballonbauern von Cameron, dem IOC (sozusagen dem Großvater der *Orbiter*), der Mannschaft im Kontrollzentrum, den Fluglotsen, den Meteorologen. Sie alle vertrauten mir, und ich durfte sie nicht enttäuschen. Ich fühlte mich auch dem Schweizer Außenministerium und seinen Diplomaten in China verpflichtet, die solche Anstrengungen unternommen hatten, um eine Luftverkehrsfreigabe für den südlichen Teil des Landes zu erhalten. Nach all der Arbeit und den Sorgen, die ich ihnen bereitet hatte, wäre es schrecklich, wenn wir schon vor der chinesischen Grenze landen müßten.

Der Abend des vierten Tages präsentierte uns erneut einen phänomenalen Sonnenuntergang über der Wüste. Nach Einbruch der Dunkelheit schickte Luc den neuesten Wetterbericht und drängte uns, in 22 000 Fuß Höhe zu bleiben. Er sagte voraus, daß sich unser Kurs in der Nacht nach Süden drehen würde, von 080 Grad auf 115. Unsere Geschwindigkeit sollte zwischen 55 und 68 Knoten liegen. Das klang perfekt, und ich legte mich frohgemut schlafen.

Brian

Unsere Flugbahn hatte uns bisher noch nicht durch Länder geführt, von denen politische Schwierigkeiten zu erwarten waren. Doch jetzt fuhren wir Richtung Libyen und dann nach Ägypten und über andere Staaten des Nahen Ostens, die alle Probleme machen konnten. Wir hatten zwar alle Länder auf dem üblichen Weg um eine Durchfahrtgenehmigung ersucht und diese auch stets prompt erhalten, aber man durfte nicht vergessen, daß es sich bei den letzten Flugzeugen der westlichen Allianz im libyschen Luftraum um F-111-Bomber gehandelt hatte, die vergeblich versucht hatten, Gaddafi auszuschalten. Als Folge waren amerikanische und englische Ballons dort, vorsichtig formuliert, nicht gerade beliebt. Sowohl Branson als auch Fossett waren bei ihrer Durchfahrt schikaniert und belästigt worden. Unser Ballon kam zwar aus der Schweiz, trotzdem war dem witzigen Fax, das ich um 20.35 Uhr an das Kontrollzentrum schickte, die Unruhe anzumerken.

> Glaubt Ihr, der General läßt uns ohne Streit durch? Wir könnten eine unserer grünen Tüten

aufbewahren, falls wir sein Zelt entdecken. Bitte vergewissert Euch noch mal, daß die Schweiz nicht gerade dabei ist, einem arabischen Land den Krieg zu erklären!

Zu diesem Zeitpunkt befanden wir uns immer noch über Algerien, rund 200 Kilometer nördlich von Tamanrasset. Unsere Lotsen beauftragten uns, den Tower dort zu kontaktieren, und gaben mir eine Telefonnummer und zwei Funkfrequenzen. Ich probierte es erst über das Telefon, hörte aber nur einen Pfeifton, der anzeigte, daß die Nummer ungültig war. Über Funk hatte ich auch nicht mehr Erfolg. Da ich den libyschen Luftraum keinesfalls ohne Vorwarnung betreten wollte, funkte ich einem vorbeifliegenden Flugzeug meine Position und bat den Piloten, die Daten weiterzuleiten. John Albury faxte mir noch einmal die Funkfrequenzen. Um 23.37 Uhr kam ich auf der zweiten durch, aber der Empfang war so schlecht, daß ich nicht sicher war, ob die Libyer über unsere Ankunft informiert waren.

Einige Minuten lang war die Atmosphäre spannungsgeladen, und zwischen Ballon und Kontrollzentrum gingen in rascher Folge Nachrichten hin und her.

Kontrollzentrum
Brian – Bestätige Erhalt des Wetterberichts von Luc und Pierre vor ein paar Minuten. Die Luftaufsicht ist mit Euch zufrieden, und Algerien wird Euch ganz normal an Libyen abgeben, auf der üblichen Frequenz, die Greg [Moegli] mir gleich mitteilt. Keine Sorge, alles bestens. John.

Kontrollzentrum
Brian – Gerade hat Greg angerufen. Ihr werdet rechtzeitig von Algier an Tripolis weitergege-

ben. Offenbar muß es über Tunis nach Tripolis gehen. Tripolis zögert momentan noch, die Frequenz an Algier durchzugeben, aber Greg sieht hier kein Problem. Ich muß dem Tower faxen, wenn Ihr zwanzig Minuten von der libyschen Grenze entfernt seid. Ich werde Euch also genau beobachten! John.

Ballon
John – Wetterbericht erhalten, danke. Steigen jetzt für höhere Geschwindigkeit. Kurs wird geringfügig abweichen. Wir werden Libyen vermutlich auf 25.5 N um 2.10 Uhr Z erreichen. Durchsteigen gerade FL 191. Kurs 086 bei 49 Knoten. Brian.

Kontrollzentrum
Brian. Bist Du mit meiner letzten Nachricht zufrieden, daß Ihr von Algier nach Tripolis weitergegeben werdet? Dein kleiner Freund.

Ballon
John. Meckermeckermecker. Ja, ich habe Deine Faxe erhalten. Sind jetzt auf FL 220. Haben sechs Grad unseres östlichen Kurses für höhere Geschwindigkeit von 64 Knoten geopfert. Müßte in Ordnung sein. Brian.

Aufgrund der höheren Geschwindigkeit erreichte der Ballon Libyen früher, als ich vorhergesagt hatte. Wir überflogen die Grenze um 1.57 Uhr. Algier sagte, man hätte mich über HF-Funk an Tripolis weitergegeben, aber der Empfang war immer noch so schlecht, daß wir keine Chance hatten, zum Tower durchzukommen. »Auch auf VHF kein Kontakt mit dem Tower in Tripolis«, meldete ich schließlich. »Bitte redet mit Greg.« Ein paar Minuten später faxte John: »Brian, Greg versucht es in Tripolis, also hab etwas Geduld mit mir, bis ich mich bei Dir melde.«

Unser Kontrollzentrum in Genf hatte Greg um 2.30 Uhr morgens angerufen und um Hilfe gebeten. Tripolis hatte sich geweigert, Funkfrequenzen durchzugeben – Greg wußte nicht warum –, und irgendwie mußte er uns jetzt den Weg freimachen. Später sagte er: »Es war ein Wunder. Ich rief Algier an, und dort war man sehr hilfsbereit. Ich bekam eine Telefonnummer und rief um drei Uhr morgens in Tripolis an. Der Mann am anderen Ende war auch sehr hilfsbereit. Er sagte: ›Der Ballon ist zu weit im Süden. Dort erreichen wir ihn nicht. Aber es gibt dort auch einige Flughäfen, hier sind die Frequenzen …‹

Die Funkverbindung war die ganze Nacht über sehr schlecht, aber zumindest befahl uns niemand zu landen.

Bertrand

Ich schlief außergewöhnlich gut, und als Brian mich um 7.00 Uhr mit einer Tasse Tee weckte, fühlte ich mich durch und durch erfrischt. Natürlich hatte ich wie immer Schmetterlinge im Bauch. Ich war ganz aufgeregt, weil ich gleich wieder im Cockpit sitzen würde, um gespannt zu hören, was in der Nacht alles passiert war. Außerdem wollte ich die eingegangenen Meldungen und Faxe lesen.

Wir fuhren immer noch über die Wüste – »Noch mehr Sand als an den vergangenen Tagen«, notierte ich –, aber ich hatte schon bald Grund, dem Kontrollzentrum ein begeistertes Fax zu schicken:

> Hallo Sue – Gerade bin ich nach langem Schlaf wieder ins Cockpit gekommen. FL 228, Kurs 086 bei 74 Knoten. Position N 26.29, E 16.43.

> Wenn wir dabei bleiben, daß ein Jetstream ein Wind mit einer Geschwindigkeit von über 70 Knoten ist, dann kannst Du den Presseleuten sagen, daß wir gerade zum ersten Mal in den Jetstream gefahren sind.

Natürlich war ich begeistert – und wie reagierte die Bodenstation? Unsere Wetterexperten befahlen uns sofort, langsamer zu fahren. »Danke für Deine Nachricht«, antwortete das Kontrollzentrum, »aber man hat Euch doch gesagt, bitte NICHT schneller als 70 Knoten. Allerdings meint Luc, Eure momentane Geschwindigkeit und Flughöhe sind vermutlich okay. Er überprüft das noch.«

Die Versuchung, einfach mit dieser Geschwindigkeit weiterzufahren, war groß. Um 8.36 Uhr faxte ich:

> Hallo, der Ballon fährt vollkommen stabil, ohne daß ich heizen oder Gas ablassen muß, aber die Geschwindigkeit liegt mit 75 bis 76 Knoten etwas über Eurer Empfehlung. Wenn Pierre und Luc meinten, wir sollten langsamer sein, kann ich etwas ablassen, aber erfahrungsgemäß wird es schwer werden, in niedrigerer Höhe wieder ins Gleichgewicht zu kommen. Und der Kurs liegt eher bei 80 als bei 86 Grad.

Doch die Wetterfrösche blieben unnachgiebig. Sie hatten uns von Anfang an um das große Tief über dem Mittelmeer herumgelotst, von dessen Ausläufern wir immer noch getragen wurden. Wenn wir zu schnell flogen, überholten wir das Tiefdruckgebiet und kamen nach Norden ab. Am besten war es deshalb, mit derselben Geschwindigkeit wie das Tiefdruckgebiet nach Osten zu ziehen und sich dabei so südlich wie möglich zu halten. Also mußten wir doch nach unten gehen, aber nur einige hundert Fuß. Ich öffnete die Gasventile dreimal für jeweils zwanzig Sekunden und sank um 1400 Fuß.

Also schrieb ich an Sue:

> Bin Euren Anweisungen gefolgt und gesunken. Habe auf FL 214 Geschwindigkeit 63 Knoten und Kurs 91 Grad vorgefunden. Offenbar können wir Kurs und Geschwindigkeit tatsächlich durch Veränderung der Höhe variieren. Was wären denn der ideale Kurs und die beste Geschwindigkeit? Ich experimentiere dann so lange herum, bis ich beides habe.

Alan antwortete, unser momentaner Kurs sei richtig, also folgten wir ihm, nachdem wir den Ballon auf 21 400 Fuß stabilisiert hatten. Die Isolierung des Ballons war so gut, daß wir weit unter seiner Prallhöhe fuhren.

Später entdeckten wir, daß wir auf dem Rücken liegend und mit dem Kopf unter der Luke im Heck die Hilfsansätze auf der einen Seite des Ballons sehen konnten. Dasselbe galt auch für die andere Seite, wenn wir durch eins der vorderen Bullaugen nach oben sahen. Wenn wir also bemerkten, daß die Gaszelle straff gespannt war, begannen wir die Hilfsansätze zu beobachten. Näherte sich der Ballon der Prallhöhe, konnten wir beobachten, wie das Helium von oben nach unten durch die Röhren gedrückt wurde. Solange die letzten zwei bis drei Meter der Röhren schlaff herunterhingen, wußten wir, daß wir kein Gas verloren.

Ich hatte mich schon nachmittags ziemlich über die ständigen Aussetzer unseres Variometers geärgert und auch darüber, daß unser Kontrollzentrum das Problem offenbar nicht lösen konnte. Meine Faxe an Alan bekamen einen etwas gereizten Ton: »Hier ist der grantige Brian … Bertrand stellt die Logitech-Kamera für einen Videofilm auf, falls Du Interesse hast, Dir den zu Gemüte zu führen, bevor Du wieder in Dein gemütliches Hotel zurückfährst.« Zu meiner Genugtuung ärgerte sich Alan über diese Bemerkung:

> Lieber Brian, es macht mir nichts aus, wenn Du grantig bist, aber Du kennst die Regeln. Hier unten sind Leute, die wissen wollen, daß es Euch gutgeht! Ja, ich würde in der nächsten Stunde gern alles mögliche von Euch herunterladen, damit ich mich bald wieder in mein bequemes Doppelbett mit Daunendecke und Minibar legen kann. Zum Flytec: Ihr konntet den Unterschied zwischen Nacht und Tag nicht genau erklären …«

Ich ließ mich nicht abwimmeln und versuchte das Problem noch einmal zu beschreiben. Außerdem bat ich Alan, Peter Joder von Flytec zu kontaktieren und um Rat zu fragen, »bevor wir zu Plan B übergehen und das Instrument einfach ausbauen. Plan C beinhaltet dann den Gebrauch des Beils.«

Alan rief tatsächlich bei Flytec an. Während er sich mit diesem Problem herumschlug, mußten wir uns um dringendere Fragen kümmern, zum Beispiel um den Kontakt mit der Flugsicherung Kairo. Das gelang uns nach einer Weile über den Umweg eines Flugzeugs der Egyptair.

Um 18.30 Uhr machten wir eine kleine Pause und gaben einem Fernsehsender ein Live-Interview.

Bertrand

Später am Tag, immer noch über Libyen, telefonierte ich mit dem IOC und bat, die Friedensbotschaft, die Brian und ich unterschrieben hatten, an alle nationalen Olympischen Komitees der Welt zu schicken. Diese sollten unsere Worte dann an die entsprechenden Behörden und die Presse weiterleiten. Wir hatten gehofft, die Botschaft direkt aus unserer Kabine senden zu können, aber es hätte Stunden gedauert und unseren gesamten Strom verbraucht, um die über 190 Faxe zu versenden.

Die Botschaft lautete:

> Soeben ist unser Ballon in der Schweiz gestartet. Dort hat das Internationale Olympische Komitee seinen Sitz. Es unterstützt unseren Versuch einer Nonstop-Ballonfahrt um die Erde, oder vielleicht sollten wir besser sagen, um unseren Planeten, denn aus der Luft sind die Formen und Farben der Ebenen, Berge, Flüsse und Meere ein ehrfurchtgebietender Anblick.
>
> Wir haben keinen Motor an Bord, es ist allein der Atem des Windes, der uns auf Ihr Land zuträgt. Vielleicht überqueren wir Ihr Land, vielleicht treiben uns die Windströmungen auch in eine andere Richtung. Was immer geschieht, der Wind wird unseren Ballon für einige Tage zu einem Bindeglied der Länder der Erde machen und zu einem Botschafter des auf Frieden, gegenseitigem Verständnis und Solidarität basierenden olympischen Ideals. Vor

allem aber beflügelt uns der Wunsch, mit den Einwohnern aller Länder in Verbindung zu treten und ihnen zu vermitteln, was wir vom Himmel aus sehen.

Wenn wir zum gewaltigen Firmament aufblicken, an dem unserer Ballon hängt, können wir nicht umhin, in aller Demut und Bescheidenheit das unermeßliche Ganze zu bewundern, zu dem die Menschheit gehört. Unser Planet befindet sich in einem kleinen Winkel des Universums. Liebevoll sehen wir auf unsere Welt hinunter, die Wiege des Menschen, in der wir geboren werden, aufwachsen und sterben. Unwillkürlich denken wir, was für ein großes Glück es ist, daß die Menschen dort leben dürfen, oder was für ein großes Glück es wäre, wenn sie in Eintracht mit ihrer Umwelt, ihren Nachbarn und sich selbst leben könnten.

Vom Himmel gesehen, sind keine zwei Berge gleich, sieht kein Fluß aus wie der andere, und wir wissen genau, daß auch kein Mensch ist wie sein Nachbar. Diese Vielfalt, dieser wunderbare Reichtum unseres Planeten ist zugleich der Grund schrecklicher Konflikte. Und doch stehen alle Menschen mit den Füßen auf dem Boden und reichen mit dem Kopf in den Himmel, so wie jeder Fluß eine Quelle in den Bergen hat. So wie der Fluß zum Meer fließt, folgen die Menschen ihrem Schicksal. Sie leben ihr Leben, so gut sie es verstehen, inmitten blutiger Kriege oder in jenem Glück, wie es der Toleranz, dem Sport oder dem unschuldigen Lachen eines Kindes entspringt. Jeder hat die Möglichkeit, seinen Weg zu wählen und danach zu streben, die Bedeutung des eigenen Lebens besser zu verstehen.

Heute kreuzt sich unser Weg mit dem Ihren, morgen wird uns der Wind in ein anderes Land wehen. Wir werden unsere Fahrt fortsetzen, Sie Ihr Leben, das ebenfalls ein großes Abenteuer ist. Letzten Endes suchen wir alle dabei vielleicht nach etwas, das unsere Schritte lenkt.

Damit verabschieden wir uns wieder. Doch vor allem bitten wir Sie, uns zu helfen, diese Friedensbotschaft auf unserem Planeten zu verbreiten. Er hat sie dringend nötig.

Zu unserer großen Erleichterung hatten wir mit Libyen keine Schwierigkeiten. Vor uns lag Ägypten, aber von dort waren keine Probleme zu erwarten. Um 19.00 Uhr ging ich beruhigt zu Bett. Ich hätte nicht im Traum gedacht, daß Brian eine so aufregende Nacht vor sich hatte.

Brian

Doch waren unsere Probleme noch keineswegs vorbei. Es sah aus, als würde unser Kurs uns über die nordöstliche Spitze des Sudan führen. Dabei hatten wir gehofft, das Land ganz zu umgehen, weil dort vorgeschrieben war, daß Piloten sich 72 Stunden im voraus anmeldeten. Uns war nicht bekannt, daß uns jemand angemeldet hätte. Um 21.00 Uhr schickte ich ein launiges Fax nach unten:

Lieber John, liebe Debbie,
hoffentlich gibt es wegen uns keine Scherereien mit dem Sudan. Wir haben alles versucht, das Land doch noch zu streifen, was ja nur beweist, daß wir den besten, nämlich südlichsten Kurs eingeschlagen haben. Also noch ein Land für

unsere Liste ... Mensch, habt Ihr eben das fliegende Schwein vorbeirauschen sehen? Bertrand liegt jetzt im Bett. Wir haben uns um den Teddy gezankt. FL 230, 114 Grad, 52 Knoten. Ich bin fest entschlossen, meinen Freunden einen netten Brief zu schreiben, der keinerlei Beleidigungen enthält – Ihr solltet ihn einrahmen lassen. Liebe Grüße, Brian.

Eine halbe Stunde später tauchte eine neue Bedrohung auf. Etwas verspätet sah ich auf unserer Karte von Ägypten, daß wir auf eine Gefahrenzone zusteuerten. Der Wind brachte uns in das Gebiet südlich des Assuanstaudamms, der im Umkreis von 60 Kilometern von einem Sperrgebiet umgeben war. Wir konnten die Vorsicht der Ägypter verstehen. Wenn jemand den Damm mit Bomben zerstörte, würde wahrscheinlich ein Großteil Ägyptens überflutet. Aber es würde doch wohl niemand glauben, daß wir mit unserem Ballon so etwas vorhatten?

Der Lotse in Kairo begann, ermüdende Fragen zu stellen. Er fragte nach unserem Kurs und wie lange wir in seinem Luftgebiet bleiben wollten. »Ich habe mit dem üblichen arabischen Schulterzucken geantwortet«, faxte ich an John. »Aber wenn das ein Ungläubiger macht, gefällt es ihnen offenbar nicht.«

Genau in diesem Moment gingen die Brenner aus, und der Ballon verlor rasch an Höhe. Die Propantanks waren wieder leer, und ich mußte zu einem neuen Paar umschalten. Dabei entdeckte ich, daß ein wichtiges Ventil zugefroren war. Die Pilotflamme ließ sich nicht entzünden. Es war ein einziger Alptraum, gleichzeitig mit dem Funk und mit den Brennern fertig zu werden, da der Kopfhörer für den Funk nur ein ein Meter langes Kabel besaß und ich ihn jedesmal abnehmen mußte, wenn ich aufstand und hinten mit der Brennerkontrolltafel kämpfte. Eine große Menge unverbrannten Propans strömte in den Ballon, und als es sich schließlich doch noch entzündete, gab es einen unglaublich lauten Knall.

Inmitten dieses Durcheinanders meldete sich Kairo und verlangte unsere genaue Position. Da ich die vergangenen zehn Minuten mit den Brennern beschäftigt gewesen war, konnte ich sie nicht exakt angeben. Als der Ägypter mir befahl, den Kurs zu ändern und die Sperrzone zu umfahren, griff ich zum Telefon und bat John, sich von Genf aus um das Problem zu kümmern.

Zum Glück für meinen Seelenfrieden erfuhr ich erst später von dem Hin und Her zwischen Genf und Kairo. Im Flugverkehr verläuft normalerweise alles nach festen Regeln. Die Lotsen geben Anweisungen, damit die Flugzeuge nicht zusammenstoßen, und die Piloten folgen diesen Anweisungen, ohne zu fragen. Die internationale Verkehrssprache ist Englisch. Doch in dieser Situation war, wie Greg später erzählte, Improvisation gefragt. »Wir mußten uns anpassen, auf mögliche Diskussionen vorbereitet sein und notfalls wie auf einem Basar feilschen.«

Wieder einmal hatte man ihn mitten in der Nacht geweckt. Er rief sofort in Kairo an und erklärte den Kurs des Ballons. Die Antwort klang endgültig. »Sie dürfen den Damm NICHT überfliegen«, sagte der Mann am anderen Ende der Leitung. »Das ist ausgeschlossen. Fahren Sie sechzig Kilometer südlich oder nördlich daran vorbei, sonst lassen wir Kampfflugzeuge starten.«

Greg holte tief Luft. »Sehen Sie, ich verstehe Ihr Problem ja. Aber wir haben auch ein Problem, denn der Ballon läßt sich nicht lenken. Begreifen Sie das? Der Ballon kann nur mit dem Wind fahren. Ich bin übrigens auch Lotse wie Sie. Vielleicht können Sie uns doch helfen.«

Auf diese Worte reagierte der Ägypter sofort: »Ach, Sie sind auch Lotse? Das ist ja großartig! Wo arbeiten Sie?«

»In Genf«, erwiderte Greg. »Wir haben hier auch sehr viel Flugverkehr.«

»Alles klar«, rief sein Gesprächspartner. »Ihnen gebe ich dreißig Kilometer. Nein, fünfundzwanzig!«

Jedenfalls fuhren wir ohne weiteren Ärger dreißig Kilometer südlich an dem »verdammten Damm«, wie John ihn mittlerweile nannte, vorbei. Greg hatte so gute Arbeit geleistet und in Kairo einen so guten Eindruck gemacht, daß der Lotse die ganze Zeit mit mir plauderte. »Keine Sorge, keine Sorge«, rief er über Funk. »Ich habe Sie jetzt auf dem Radar. Ihr Kurs ist in Ordnung.« Um 22.32 Uhr schickte ich ein Fax nach Genf, in dem die ganze Hektik noch zu spüren ist:

> Hier Brian, hallo! Willkommen in Dantes Inferno – zumindest bis die Pilotflammen ausgingen. Warum müssen eigentlich Gastanks, die über sechsunddreißig Stunden lang gehalten haben, ausgerechnet dann leer sein, wenn Kairo verlangt, ich solle den Kurs ändern, um dem verdammten Damm auszuweichen? Ich sinke 650 Fuß pro Minute, während ich verzweifelt versuche, ein zugefrorenes Ventil zu öffnen, und dann gehen die Pilotflammen nicht an. Ich muß auf die Doppelbrenner umschalten und jage fast die Gaszelle durch das obere Zelt. Na ja, so ist das eben mit dem Ballonfahren …
>
> Die gute Nachricht? Tja, die Kameras haben nicht funktioniert, und Bertrand hat alles verschlafen. Danke für Eure Hilfe. Was tun wir bloß, wenn der Spaß hier vorbei ist? FL jetzt stabil auf 217, habe gerade noch einige andere Flugflächen versucht.

Wir hatten vereinbart, daß der von uns, der gerade Dienst hatte, den anderen nur im äußersten Notfall wecken würde, und ich war froh, daß ich mich in dieser kleinen Krise daran gehalten hatte. Der Ballon war zwar zu keinem Zeitpunkt ernsthaft in Gefahr gewesen, aber unsere Sinkrate hatte mir zeitweise große Sorgen gemacht, da unsere Luftverkehrsfreigabe nur für eine 3000 Fuß hohe Flugbahn galt. Auch bei gleichmäßiger Fahrthöhe in der Mitte dieser Bahn wären wir bei einem Versagen der Brenner mit Sicherheit unter diese Höhe gesackt – wir hätten also in jedem Fall illegalen Luftraum betreten. Allerdings hätte es wenig genützt, dies der Luftaufsicht mitzuteilen. Uns blieb nur, schnellstmöglich wieder aufzusteigen.

Als nächstes kam der Sudan. Als ich versuchte, die Flugsicherung in Khartum anzufunken, erhielt ich keine Antwort. »Sollen wir nicht einfach heimlich durch den Sudan schleichen?« fragte ich. »Ich habe dort mal mit der Royal Air Force eine Befreiungsoperation durchgeführt. Ruft doch an und sagt, Jumima aus Juba läßt ausrichten, das geht in Ordnung.« Mein Einfall beeindruckte Smiffy (Brian Smith), der mittlerweile im Kontrollzentrum Dienst tat, nicht im geringsten. »Daß du mal im Sudan austreten mußtest, nützt jetzt nichts, Herr Oberleutnant«, erwiderte er. »Heimlich durchschleichen? Nicht die feine englische Art, Junge. Laßt die Brenner donnern!« Wir folgten seinem Rat. Unser Transponder gab ständig unsere Position in allen Einzelheiten weiter. Die Sudanesen mußten also gewußt haben, wo wir waren, sie meldeten sich aber nicht über Funk.

Kurz vor Mitternacht kam eine schöne Überraschung: eine Nachricht vom Cable-&-Wireless-Ballon, abgefaßt in Andy Elsons unverwechselbarem Stil:

Hallo Bertie und Brian,
herzlichen Glückwunsch, daß Ihr uns in der Luft Gesellschaft leistet. Das Aufblasen hat wohl Probleme gemacht? War ja klar, wenn ich nicht dabei bin.

Jetzt hörten wir, Ihr hättet Probleme mit dem Eis. Was ist los, habt Ihr nicht genug Gin dabei? Ihr wollt uns also folgen und zweite werden. Prima, dann feiern wir hinterher, ja? Und Cameron soll das Fest bezahlen, schließlich verdienen die ja am meisten an diesem Abenteuer.

Schade, daß Ihr Euren Jetstream Richtung Irak verpaßt habt. Was macht Ihr jetzt? Unsere Fahrt dauert wahrscheinlich 26 oder 28 Tage, je nachdem, wie lange wir auf die pazifischen und atlantischen Wettersysteme warten müssen. Momentan warten wir schon seit 48 Stunden über Taiwan darauf, daß sich die Strecke über den Pazifik öffnet.

Wir wünschen Euch beiden eine sichere und schöne Fahrt. Colin und Andy.

Tut mir leid, habe Eure Nummer verloren und war dann zu müde. Durch die Formosastraße zu schwimmen und einen Ballon hinter sich her zu ziehen ist verdammt anstrengend, kein Vergleich mit dem Training im Schwimmbad von Swindon. Liebe Grüße, Andy.

Beim Lesen dieser Nachricht fuhr mir ein Schauer über den Rücken. Andy steckte über Taiwan fest und mußte ein paar Tage warten, aus Angst, der Wind könnte ihn nach Süden treiben und wie Branson bei Hawaii ins Meer wehen. Wir dagegen würden in wenigen Tagen China erreichen, das heißt, wir waren gar nicht mehr so weit hinter ihm. Wir holten schnell auf …

Das Schönste an dieser Nacht war die Leistung unserer Tanks: Das erste Reservepaar hatte 36 Stunden gehalten, das zweite 33, das erste reguläre Paar zu unserer großen Beruhigung sogar die Rekordzeit von 41 Stunden. Als ich um 3.30 Uhr an Bertrand übergab, hatte ich für diese Nacht genug. Ich faxte Smiffy: »Also, ich lege mich jetzt ins Bett und träume von Fluglotsen, die nichts kapieren. Gute Nacht.«

Bertrand

Als ich Brian am sechsten Tag ablöste – draußen war es noch dunkel –, fuhren wir immer noch über den Sudan. Ich sah im Cockpit die Sonne aufgehen – wieder ein herrlicher Morgen – und schrieb in mein Tagebuch:

> Mit Wüsten kenne ich mich bald gut aus. Diese, die Nubische Wüste, ist wieder ganz anders. Die Berge sind ganz dunkel, die sandigen Täler hellgrau. Es sieht aus, als würde es hier manchmal stark regnen und aller Sand nach unten gespült. Die Natur ist auch dann schön, wenn sie nur aus Steinen und Sand besteht. So muß die Erde am Anfang ausgesehen haben. Als ich 1992 über den Atlantik flog, waren wir fünf Tage über Wasser. Im *Orbiter 3* sind wir seit fünf Tagen über Sand. Aber über diese Wüste zu fliegen macht viel mehr Spaß als die hinter uns liegenden drei Monate, die mir wie eine grausame Wüste vorkamen.

Ein Berg war viel höher als die anderen, mit Wolken um den Gipfel. In einem Fax schrieb ich, ich hätte gerade »den Fudschijama des Sudan gesehen, mit einer Wolkenkappe anstelle des Schnees. Er steht ganz allein mitten in der sudanesischen Wüste.« Gegen sechs kamen wir an die Küste des Roten Meeres. Die Wüste reichte bis ganz an den Rand des Wassers – ein herrlicher Anblick. »Ich bin so glücklich, daß ich all diese wunderbaren Gegenden sehen darf«, schrieb ich. »Das ist wirklich ein großes Privileg für Brian und mich.«

Mittlerweile näherten wir uns in raschem Tempo Saudi-Arabien oder, wenn wir Pech hatten, dem Jemen. Das Kontrollzentrum riet uns dringend, nicht zu weit nach Süden in Richtung Eritrea und Äthiopien zu fahren, weil dort gerade Krieg herrsche. Als ich das hörte, stand mir das Grauen des Krieges plötzlich ganz unmittelbar vor Augen. Es schien so unmöglich und unerklärlich, daß sich dort unten Menschen töteten, während wir über ihnen in einer Art Paradies schwebten.

»Die Menschen kämpfen und sterben und wissen nicht einmal, warum«, schrieb ich. Ich dachte daran, wie flüchtig unser Interesse am Krieg ist. Wir lesen in der Zeitung, daß irgendwo ein Krieg stattfindet, und blättern weiter. Wir sehen einen Bericht im Fernsehen, Bilder von sterbenden Menschen, und schalten auf ein anderes Programm um. Aber die Menschen, die diesen Krieg erleben, tragen schwere Verletzungen davon, die sie ein Leben lang zeichnen, oder verlieren Freunde und Verwandte. Wir machen uns keine Vorstellung von ihrem Leid. Nur wenige Menschen haben so viel Glück wie Brian und ich, dachte ich. Warum gerade wir? Warum konnten gerade wir es uns leisten, in einem Ballon um die Erde zu fahren, während andere Menschen ums Überleben kämpfen und verzweifelt versuchen, schneller zu laufen als der Feind, der sie töten will? Ich fand keine Antwort auf diese Fragen.

Alan schrieb in seiner ersten Nachricht an diesem Morgen:

Die saudi-arabische Luftaufsicht ist erfahrungsgemäß aufmerksamer und hilfsbereiter als die im Sudan. Wenn Ihr Euch in Dschidda meldet, gebt uns bitte die Frequenz und die Station durch, damit die Schweizer Lotsen zufrieden sind.

Habt Ihr eigentlich das fliegende Insekt noch einmal gesehen, das Kieran kurz vor dem Start in der Kabine bemerkt haben will? Ist es entkommen, als Ihr draußen wart? Die Medien sind sehr neugierig…

Meine Frau sagt, sie hätte Brian letzte Nacht gehört. Sie sagt, sie erfährt vom Fernsehen mehr als von mir. Tut mir leid, daß Eure frischen Lebensmittel aus sind. Aber Ihr könnt ja immer noch diese Fliege essen!

Offenbar hatte Alan da etwas nicht mitbekommen. »Wenn Du dem Schweizer Radio besser zuhören würdest«, belehrte ich ihn, »wüßtest Du, daß die kleine Schnake, die mit uns nach Süden fliegen wollte, ihr Leben ein paar Stunden nach dem Start ausgehaucht hat. Ich habe sie gebissen, bevor sie mich beißen konnte.«

Als wir uns auf der Höhe von Mekka der saudi-arabischen Küste näherten, war die Luft so dunstig, daß wir die Gebäude der Stadt nicht erkennen konnten. Wir hatten jedoch Kontakt mit dem Lotsen in Dschidda in der Nähe der heiligen Stadt. Ich schrieb: »Ein solcher Flug weckt die Ehrfurcht vor Gott, gleich welcher Religion man angehört und wie man Ihn nennt.«

Brian stand um die Mittagszeit auf. Er war sehr ungehalten und teilte dem Kontrollzentrum den Grund dafür unverzüglich mit:

> Das verdammte Bett ist naß. Bertrand und ich haben einander streng gemustert, und auch Sean wurde eingehend befragt. Nach sorgfältiger Untersuchung entdeckten wir jedoch, daß die innere Isolierung nur bis zum oberen Rand der Matratze reicht. Darüber läuft jede Menge Kondenswasser an der Kabinenwand herunter. Das Bettzeug haben wir jetzt überall in der Kabine zum Trocknen aufgehängt. Es ist hier drin wie in einer chinesischen Wäscherei.

Die Temperatur in der Kabine war immer noch angenehm, mir fiel allerdings auf, daß Brian offenbar weniger Kleider benötigte als ich. Wir hatten beide blaue Hosen von Karrimor an, doch während Brian oben ein Hemd ausreichte, trug ich gewöhnlich einen blauen Breitling-Pullover und manchmal noch einen Faserpelz dazu. In *Orbiter 2* mit Andy war es das gleiche gewesen. Damals hatte ich auch immer vier oder fünf Schichten übereinander getragen, während Andy praktisch nackt gewesen war.

Dieser Nachmittag war jedenfalls einer der schönsten unserer Reise. Wir verbrachten ihn gemeinsam im Cockpit, und weil es kaum Funkverkehr gab, hatten wir nur wenig zu tun. Wir konnten in Ruhe den großen Kumuluswolken zuschauen, die um den Ballon trieben, Tee trinken und uns gegenseitig aus unserem Leben erzählen. Brian erzählte von den Orten, an denen er schon gewohnt hatte, und was ihm wichtig gewesen war. Ich sprach von meinen Erfahrungen. Die Atmosphäre war friedlich und entspannt.

Manchmal, in einer Gesprächspause, heizten wir kurz, um über eine vor uns herziehende große Kumuluswolke zu steigen. Die Wolken an sich waren nicht gefährlich, aber der Ballon hätte beim Durchflug eine Menge Feuchtigkeit oder Eis eingesammelt, und das wollten wir vermeiden. Es war wie ein Spiel mit großen, weichen Wattebäuschen. Elegant stiegen wir über sie hinweg und sanken wieder nach unten.

Bei Sonnenuntergang entdeckten wir in den Tälern einige Dörfer, die ersten menschlichen Siedlungen seit fünf Tagen. Wir fuhren in 18000 Fuß Höhe mit 46 Knoten, aber ein aufmerksamer Betrachter am Boden hätte sicher erkannt, daß das silbrige Objekt am Himmel ein Ballon war. Mir fiel ein, daß Per Lindstrand gesagt hatte, ihm sei seinerzeit eine Geschwindigkeit von 40 Knoten als viel zu langsam für eine Erdumrundung vorgekommen. Unsere durchschnittliche Geschwindigkeit seit dem Start betrug genau 40 Knoten – und trotzdem glaubten wir fest, daß wir genug Treibstoff hatten, um es um die Erde zu schaffen. Wir begriffen immer besser, daß es nicht darauf ankam, möglichst schnell und hoch zu fahren, sondern darauf, verschiedene Windschichten auszunutzen, auch wenn sie einmal etwas langsamer waren.

Treibstoff und Wind waren allerdings nicht die einzigen Faktoren, die über unser Fortkommen bestimmten. Auch politische Zwänge begannen eine immer größere Rolle zu spielen. Wir erhielten eine neue Nachricht von Alan:

> Warnung. Euer derzeitiger Kurs führt Euch über eine große Gefahrenzone im Jemen. Wir berechnen einen neuen, weniger südlichen Kurs, auf dem Ihr den Jemen fast ganz meidet. Deswegen im Moment bitte nicht unter FL 220 und nicht über FL 240. Mehr zum Wetter in einer halben Stunde.

Ich antwortete: »Warnung erhalten. Steigen auf 220 bis 230 und geben Euch dann neuen Kurs durch. Bin etwas besorgt, weil wir langsamer sind als in der Vorhersage vom 4. März. Ist das gut oder schlecht?« Alan versicherte uns schon bald: »Luc sagt, gut.« Außerdem gab er uns Einzelheiten über die Kurse und Geschwindigkeiten durch, die wir in den jeweiligen Höhen erwarten konnten. Vor uns lag ein Luftsperrgebiet, in dem unseren Informationen zufolge Eindringlinge ohne Vorwarnung abgeschossen wurden.

KAPITEL 7

Neue Probleme voraus

Brian

Das Luftsperrgebiet war auf unserer Karte rot umrandet. Es lag in Form eines breiten Streifens vor uns, der von Südwesten nach Nordosten verlief und den Jemen in zwei Teile teilte. Die Mannschaft im Kontrollzentrum war sich darüber im klaren, daß die Aussicht, das Gebiet zu umgehen, gering war. Luc und Pierre taten zwar ihr möglichstes, uns darum herumzuleiten, indem sie uns anwiesen, höher und damit auf einen nördlicheren Kurs zu gehen, doch machte der Wind nicht mit.

Niemand wußte, warum der Jemen die Zone zum Sperrgebiet erklärt hatte. Wir konnten nur vermuten, daß dort militärische Übungen stattfanden.

Bertrand schätzte die Fähigkeit der Einheimischen, hoch fliegende Flugobjekte zu erkennen, gering ein und meinte, ihre schwersten Waffen seien wahrscheinlich ein paar Schrotflinten, mit denen sonst Demonstrationen niedergeschlagen würden. Da wir den Jemen in 21000 Fuß Höhe überflogen, fühlten wir uns ziemlich sicher.

Obwohl wir bei Nacht über das Sperrgebiet kommen würden, waren unsere Lotsen in Genf sehr besorgt. Patrick Schelling brachte die Stimmung auf den Punkt, als er sagte, man wisse nie, was für Fanatiker in einem Land wie dem Jemen herumliefen und auf ein fremdes Objekt in der Luft losballerten. Er dachte dabei an den

Zwischenfall über Weißrußland während der Gordon-Bennett-Wettfahrt, die von der Schweiz aus gestartet war. Die Organisatoren hatten im Vorfeld eine Luftverkehrsfreigabe erhalten, aber die örtlichen Behörden hatten versäumt, das Militär darüber zu informieren. Die Armee ließ einen Hubschrauber aufsteigen, zwang einen Ballon zur Landung und schoß einen anderen ab. Die beiden Piloten kamen dabei ums Leben. Patrick beschloß deshalb, uns landen zu lassen, wenn die Jemeniten uns keine Freigabe erteilten oder zumindest glaubhaft versicherten, uns unbehelligt passieren zu lassen.

Er versuchte den ganzen Samstagnachmittag angestrengt, das Problem zu lösen. Glücklicherweise funktionierte die Sprechverbindung einigermaßen gut. Leider waren die Englischkenntnisse der Jemeniten beschränkt, so daß Patrick die Mentalität und die wahren Absichten der Leute, mit denen er zu tun hatte, nicht genau einschätzen konnte. Es bestand immer das Risiko, daß sie seiner Bitte zunächst zustimmten und dann doch feindselig reagierten.

Weil wir ursprünglich gar nicht über den Jemen hatten fahren wollen, hatten wir uns nicht um eine offizielle Durchfahrtgenehmigung bemüht. Patrick mußte bei seinen Verhandlungen also ganz von vorne anfangen. Zuerst versuchte er den Flughafen in Saana anzurufen, kam aber nicht durch, weil der Tower als Sicherheitszone eingestuft war und die Jemeniten sich zunächst weigerten, Patrick die Nummer zu geben. Als er den zuständigen Lotsen dann endlich am Telefon hatte, begann die erste Diskussion von vielen an diesem Nachmittag. Der Araber wies ihn an, die zivile Luftfahrtbehörde anzufaxen und dort um Erlaubnis für die Durchfahrt zu bitten. Patrick tat dies sofort, erhielt aber keine Antwort. Also rief er wieder beim Tower in Saana an.

Es dauerte eine Weile, bis Patrick überhaupt erklärt

hatte, worum es ging, da der Mann am anderen Ende der Leitung nur gebrochenes Englisch sprach und ständig nach dem Zielort des Ballons fragte. Wenn Patrick daraufhin zu erklären versuchte, daß der Ballon sich auf einer Erdumrundung befinde, fragte er wieder: »Aber was ist sein Zielort? Wenn Sie eine Flugstrecke haben, müssen Sie doch auch den Start- und Zielort kennen!« Außerdem beharrte der Jemenite darauf, daß er persönlich die Genehmigung nicht erteilen könne. Patrick konnte also nur so lange weiter mit ihm reden, bis er einigermaßen sicher war, daß niemand dem Ballon Schaden zufügen würde. Natürlich wußte er, daß er mit einem Kollegen verhandelte, einem Lotsen wie er selbst, dessen Aufgabe es eigentlich war, Flugzeugen einen sicheren Flug zu ermöglichen. Doch sein Gesprächspartner gehörte einer fremden Kultur an. Vielleicht hatte er von Ballonfahrten um die Welt eine ganz andere Ansicht, und es war ihm egal, was mit dem *Orbiter 3* passierte.

Zuletzt war Patrick dann doch überzeugt, daß alles gutgehen würde. Er glaubte, einen psychologischen Sieg insofern errungen zu haben, als er mit dem direkt Verantwortlichen im Kontrollturm gesprochen hatte und nicht mit einem weit entfernten Vorgesetzten. Eine explizite Erlaubnis erhielt er freilich nicht. Der Lotse redete immer nur um das Thema herum. Nachdem Patrick sein Bestes für uns getan hatte, fuhr er nach Hause. Die Erinnerung an die Katastrophe in Weißrußland verfolgte ihn immer noch. Was ging in den Köpfen von Leuten vor, die so etwas taten?

Wenn Patrick tatsächlich beschlossen hätte, uns landen zu lassen, hätten wir im Roten Meer wassern müssen. Das Kontrollzentrum ließ uns jedoch nicht wissen, wie knapp wir vor einer solchen Landung standen. In einer Nachricht von John Albury war lediglich von Schwierigkeiten am Boden die Rede: »Apropos Jemen: Wir haben keine offizielle Antwort, aber Patrick hat mit der Flugsicherung Saana gesprochen, und er hat den Eindruck, daß es keine Probleme geben wird.« John gab uns außerdem eine Telefonnummer und die Funkfrequenz des verantwortlichen Lotsen und sagte, notfalls würde er Alan bitten, es auf diplomatischem Weg zu versuchen. Wir entnahmen dem, daß Patrick offenbar mit dem Jemen verhandelte, hatten aber keine Ahnung, wie langwierig und schwierig diese Verhandlungen waren.

Um 17. 46 Uhr berichtete ich dem Kontrollzentrum von meinen Bemühungen, einen nördlicheren Kurs zu finden und entlang der oberen Grenze des Sperrgebiets zu fahren.

> John – War auf 21000 Fuß mit Kurs zwischen 099 und 104. Dann runter auf FL 198, wo ich 098 oder 099 hatte. Mehr kann ich leider nicht tun... Laut meinen Berechnungen erreichen wir das Sperrgebiet in fünfeinhalb Stunden, genug Zeit, daß sich der Kurs eventuell noch ändert. Sagt bitte Nik, Patrick und Greg, daß wir ihre Bemühungen sehr zu schätzen wissen und daß sie mich, wenn alles vorbei ist, gerne zum Essen einladen dürfen. Dschidda hat uns auf dem Radar und scheint ganz zufrieden.

Bertrand und ich waren etwas verärgert, weil wir nach Norden ausweichen mußten, nachdem wir während der letzten Tage solche Anstrengungen unternommen hatten, uns südlich zu halten. Luc aber blieb auf Patricks Drängen hin unnachgiebig. Zweimal forderte er uns per Fax auf, so nah wie möglich an Kurs 090 zu bleiben. Später, wenn wir das Sperrgebiet passiert hatten, sollten wir auf 13000 Fuß heruntergehen und Kurs 100 suchen.

> Nach Lage der Dinge wird es mit dem Sperrgebiet in Jemen keine Probleme geben, ihr solltet aber die vorhin durchgegebene Telefonnummer anrufen … Ich halte das für einen Höflichkeitsanruf. Dort hat man das mit Eurer Durchfahrt geregelt. Ich finde, DU solltest MICH zum Essen einladen, schließlich renne ich hier Euretwegen wie blöd in der Gegend herum!

Wir versuchten es mit der Telefonnummer, kamen aber nicht durch. Um 19.15 Uhr sagte ich John, ich hätte zwar wie verrückt in verschiedenen Höhen nach Kurs 090 gesucht, aber nur 093 finden können. »Sieht so aus, als würden wir das Sperrgebiet im Norden überfahren. Ich schätze, wir werden das Gebiet gegen eins wieder verlassen.«

Im Kontrollzentrum blieb die Atmosphäre geladen, während ich um 20.34 Uhr berichtete: »Es gab Kartoffelbrei aus der Packung und einen Gemüseburger zum Abendessen. Wie tief sind wir gesunken!« John lenkte mich von der möglichen Katastrophe ab, indem er mir die wichtigste Meldung schickte, die momentan die Welt bewegte, nämlich daß Dusty Springfield gestorben war. Außerdem fragte er, ob ich die Ergebnisse des morgigen Grand-Prix-Rennens wissen wollte. Später steuerte auch Jo noch eine Neuigkeit bei. Sie erzählte, Andy und Colin stünden mit ihrem Ballon südlich von Osaka und wollten in einigen Tagen den Pazifik überqueren. Luc fragte, ob wir nach unten gehen müßten, um Eis loszuwerden, und ich erwiderte: »Nein, müssen wir nicht. Wir behalten unseren Müll gerne an Bord, wenn wir dafür früher auf schnellere Winde treffen. Soweit wir wissen, hat sich kein Eis festgesetzt.«

Aus 19000 Fuß Flughöhe hatten wir eine herrliche Aussicht auf eine wieder andere Art von Wüste. Die

Landschaft war übersät mit kleinen Höckern, die Bertrand an Windpocken erinnerten.

Um 23.15 Uhr standen wir meiner Meinung nach über dem nördlichen Rand des Flugsperrgebiets. Ich faxte Brian Smith: »Vielleicht bilde ich es mir ja nur ein, aber laut topographischer Karte sind wir jetzt drin. Was meinst du?« Brian antwortete: »Wir schätzen, daß Ihr gerade mal so daran vorbeikommt. Ihr berührt den oberen Rand – allerdings hängt das davon ab, wie dick der Filzstift ist, mit dem Ihr Eure Kurslinie zieht.«

Während Patrick sich mit den Jemeniten auseinandersetzte, hatten Luc und Pierre die nächste Etappe unserer Fahrt ausgerechnet. Kurz bevor ich zu Bett ging, informierten sie uns über ihren Plan:

> Unsere Berechnungen für die nächsten Tage führen zwischen FL 180 und 240 nach Nordindien. Der nördlichste Punkt dieser Route liegt bei ungefähr 90 Grad östlicher Länge. Er liegt zu weit nördlich, um höhere Gebiete im Himalaja zu umfahren und die chinesischen Bedingungen zu erfüllen.
>
> Deshalb müssen wir jetzt wieder weiter nach Süden. Ihr solltet zu einer für Euch günstigen Zeit auf FL 100 bis FL 130 sinken. Die Geschwindigkeit sollte zwischen 20 und 25 Knoten liegen. Das Ziel ist es, 17 Grad nördlicher Breite zu erreichen, bevor Ihr das Arabische Meer überquert. Das bedeutet, daß Ihr etwa zwölf Stunden lang auf einer niedrigen Flughöhe bleiben müßt.

Obwohl wir keinen direkten Kontakt mit dem Jemen hatten, wußten wir, daß wir die ganze Zeit von ihrem Radar überprüft wurden. Wir hielten die Tatsache, daß man uns beobachtete, für ein gutes Zeichen.

Bertrand

Um 2.30 Uhr legte sich Brian schlafen. Einige Stunden später wurde ich wieder einmal durch einen herrlichen Sonnenaufgang über der Wüste belohnt. Doch noch bevor ich ihn gebührend bewundern konnte, erfuhr ich von Jo eine ungeheuerliche Neuigkeit:

> Ich habe gerade einen Anruf von Alan erhalten. Andy muß 100 Kilometer vor der japanischen Küste landen. Als Grund wird angegeben, der Ballon sei »vereist«. Sie wollen im Meer landen; der Such-Rettungsdienst ist bereits bei ihnen. Wir schauen regelmäßig auf ihre Homepage und haben CNN im Fernsehen eingeschaltet, aber im Augenblick gibt es noch keine weiteren Nachrichten. Wir halten Euch auf dem laufenden.

Im nachhinein klingt meine Antwort reichlich nüchtern, aber ich war einfach völlig schockiert:

> Das ist unglaublich. Ich kann mich gar nicht freuen, wenn ich daran denke, wie frustrierend es für sie sein muß. Aber natürlich können wir jetzt erste werden. Allerdings haben wir auch Angst, daß es uns genauso gehen könnte.

Ich konnte es nicht fassen und hatte Angst um die Piloten, beide gute Freunde von uns. Dennoch dachte ich unwillkürlich: »Wenn wir es um die Erde schaffen, sind wir die ersten.« Ich hatte das Gefühl, daß jetzt alle auf uns sahen, weil nur noch wir im Rennen waren. Ich sagte mir allerdings auch, daß uns, wenn wir in schlechtes Wetter gerieten, das gleiche passieren konnte wie Andy. Ich wurde von widerstreitenden Gefühlen hin und her gerissen.

Zwei Stunden später bestätigte ein Fax von Smiffy, daß Andys Ballon im Meer gelandet und die Crew gerettet worden war. Natürlich brannte ich darauf, Brian davon zu erzählen, aber ich hielt mich an unsere Vereinbarung, den anderen nicht unnötig zu wecken. Als er irgendwann den Kopf hinter dem Kojenvorhang vorstreckte, sagte ich: »Brian, ich habe eine wirklich unglaubliche Nachricht für dich. Rat mal!«

Er sagte sofort: »Andy mußte notlanden.«

Vielleicht war Telepathie im Spiel. Auch Brian war überrascht und schockiert und gleichzeitig erleichtert. Wir waren Andy zwar schon ein ganzes Stück nähergekommen, lagen aber zur Zeit seiner Notlandung immer noch vier Tage hinter ihm. Es war nur menschlich, daß wir uns über unsere neue Chance freuten. Wahrscheinlich war auch Alan in seinen Gefühlen gespalten, denn der Cable-&-Wireless-Ballon war ebenfalls von Cameron gebaut worden. Später an diesem Tag erzählte Alan uns, daß er mit dem Kontrollzentrum von Cable & Wireless gesprochen habe.

> Nach der offiziellen Version ist der Ballon in einen Schneesturm geraten, aber das war nicht der einzige Grund für die Landung. Der Hauptgrund war offenbar Strommangel. Es gab Probleme mit den Solarpaneelen, vermutlich zuwenig Sonneneinstrahlung aufgrund der schlechten Wetterbedingungen.

Auf dem Boden sorgte die Nachricht für große Aufregung. Alan sagte, die Medien wollten mit uns reden und wir sollten uns gut überlegen, was wir ihnen sagten. Er bat uns, einen kurzen Videofilm mit einem englischen

Kommentar zu drehen. »Wenn wir den Film schnell genug bekommen, wird er vermutlich in der ganzen Welt gesendet werden.« Er sagte außerdem, am nächsten Tag würde ein Flugzeug zu uns herauffliegen, um uns für ein Interview zu filmen – »die interessieren sich offenbar sehr für Eiszapfen«.

Andy erzählte uns später in Bristol, was genau passiert war. Gemeinsam mit Siemens hatte er leistungsstarke Solarpaneele entwickelt und deshalb keine Lithiumbatterien als Reserve mitgenommen. Als er über dem Japanischen Meer in die Wolken geriet, hatte er die Wahl, entweder höher zu steigen, was ihn in eine gefährliche Richtung getrieben hätte, nämlich nach Hawaii, wo gerade heftige Gewitter wüteten, oder unten zu bleiben und unter den Wolken weiter in die richtige Richtung zu fahren. Unten hatten die Solarpaneele jedoch die Batterien nicht aufladen können, so daß er nach einem Tag keinen Strom mehr hatte. Ohne Strom konnte er weder Kerosin aus den Tanks zu den Brennern pumpen noch Kontakt mit dem Kontrollzentrum aufnehmen. Der Ballon gab seinen Geist auf, und Andy mußte notlanden.

Wir folgten inzwischen weiter unserem Kurs. Fax- und Telefonverbindung funktionierten nur sporadisch, weil wir uns aus dem Bereich des Satelliten über dem Ostatlantik entfernten. Wir versuchten, auf den Satelliten über dem Indischen Ozean – auf einer geostationären Umlaufbahn 36 000 Kilometer tief im All – umzuschalten. Da der Satellit aber fast direkt über uns stand, waren unsere Antennen oft im Schatten des Ballons. Das Kontrollzentrum wollte auf keinen Fall, daß die Verbindung für längere Zeit ausfiel, und Alan drängte uns, irgendwie Kontakt zu halten, und sei es nur über den HF-Funk.

Während wir auf Oman zufuhren, versuchte Brian Smith, die Luftsicherung in Maskat telefonisch zu erreichen und sie über den Fortgang unserer Reise zu informieren, doch sagte man ihm, daß der zuständige Mitarbeiter gerade beim Gebet sei. Als er es eine halbe Stunde später noch einmal versuchte und dieselbe Antwort erhielt, sagte Smiffy, ohne nachzudenken: »Da muß er ja einiges ausgefressen haben.« Um 4.54 Uhr meldete ich: »Jemand hat mich auf 121.5 angefunkt (vielleicht der Tower von Salala), aber er hat meine Antwort nicht gehört.« Es war fast sieben, als ich schließlich eine Verbindung mit dem Tower in Salala herstellen konnte. Smiffy meldete ich: »Wahrscheinlich hatten wir einfach unterschiedliche Gebetszeiten, aber jetzt sind wir doch noch zusammengekommen.«

Kurz darauf entdeckte ich, daß ich, wenn ich mich auf den Rücken legte und den Kopf in die gewölbte Heckluke steckte, mit Brians Handy über das Netz von Oman telefonieren konnte. Ich rief sofort bei unserem Kontrollzentrum an und sprach dort mit Thédy Schneider. Ich wußte, daß die Verantwortung für unsere Fahrt schwer auf ihm lastete und daß er sich nie verzeihen würde, wenn uns etwas zustieße. Deshalb tat es ihm gut, mit mir zu sprechen. Er klang so barsch wie immer, aber ich hörte aus seinen Worten heraus, wie sehr er uns gutes Gelingen wünschte. Außerdem sprach ich mit Luc und Pierre, die meinten, daß wir mit unserem gegenwärtigen Kurs genau am richtigen Punkt der chinesischen Grenze herauskommen würden.

Stefano Albinati war an diesem Morgen ebenfalls im Kontrollzentrum und schickte uns ein Fax: »Liebe Piloten, es geht alles so gut, daß ich mir fast überflüssig vorkomme.« Dann teilte er uns noch das Ergebnis des Formel-1-Rennens in Australien mit, das der Nordire Eddie Irvine gewonnen hatte, und fügte hinzu: »Der nächste Grand Prix ist erst in fünf Wochen. Wahrscheinlich landet Ihr kurz vorher in Málaga! Seid umarmt, Stefano.« Das waren Nachrichten, wie wir sie hören wollten. Von den anderen blieben wir zum Glück verschont – von den Kriegen, Morden, Katastrophen und politischen Skandalen.

Wir waren den Anweisungen der Meteorologen gefolgt und auf eine relativ niedrige Flugfläche von 10000 bis 11000 Fuß gesunken. Da die Sonne vom Wüstensand reflektiert wurde, wurde es in unserer Kabine mit 28 Grad und einer Luftfeuchtigkeit von 76 Prozent unangenehm schwül. Wir konnten allerdings nichts dagegen tun, und Brian schrieb an John und Debbie: »Immer, wenn ich das Fenster aufmache, macht es der blöde Bertrand wieder zu. Jetzt reicht's mir wirklich. Wenn ich groß bin, werde ich Kapitän in einem Ballon, der um die Erde fährt, und dann lasse ich alle Fenster offen!«

Nach einer langen Fahrt über die Windpocken-Wüste überquerten wir die flache Hochebene von Oman, die irgendwann abrupt zur Küste des Arabischen Meeres abfiel.

Ich dachte oft an philosophische Dinge. Der Ballon war für mich ein idealer Ort zum Nachdenken und Schreiben, und so notierte ich in mein kleines grünes Notizbuch:

> Dieser Planet ist wunderschön. Wir müssen den Menschen seine Schönheit und Weiträumigkeit bewußt machen – nicht, damit sie glauben, er sei das Paradies, sondern damit jeder sich selbst sein Paradies schaffen kann. Ich hoffe wirklich, daß wir nicht durch die Hölle auf Erden müssen, um ins Paradies zu gelangen. Vielleicht gelingt es uns auch mit Hilfe von Harmonie und Weisheit.

Brian

Meine neueste Sorge war die Entdeckung, daß sich der Velcroverschluß an der Außenhaut am unteren Ansatz der Gaszelle über weite Strecken geöffnet hatte. Wenn wir seitlich an der Hülle hinaufblickten, konnten wir große Lücken erkennen. Zwar konnte der untere Teil der Hülle nicht abfallen, weil er mit Karabinerhaken am oberen Teil befestigt war, aber die Lücken sahen trotzdem besorgniserregend aus.

»Verlieren wir durch den Spalt nicht einen Teil der Wärme, die wir in den Heißlufttrichter blasen?« fragte ich besorgt. Alans Antwort war beruhigend:

> Es könnte sogar die Heizdauer verbessern, da der Raum zwischen den beiden Hüllen ja belüftet werden soll. Wenn nachts heiße Luft zwischen die Stoffbahnen kommt, gibt sie meiner Ansicht nach ihre Wärme an die Heliumkammer ab, bevor sie entweicht.
>
> Das lose Velcro ist schon beim Aufblasen des Ballons bemerkt worden. Schuld daran ist der Regen, der den Ballon naß gemacht hatte, als er ausgebreitet auf dem Boden lag. Velcro verliert, wenn es naß wird, fünfzig Prozent seiner Haftkraft.

Ich antwortete, daß wir das lose Velcro beim Start ebenfalls bemerkt hätten, daß sich seitdem aber noch viel mehr gelöst hätte: »An vier Stellen sehen wir das Tageslicht durch. Insgesamt ist etwa die Hälfte offen.«

Sobald wir draußen über dem Meer waren und wir uns vergewissert hatten, daß keine Schiffe unter uns fuhren, warfen wir mit Hilfe der automatischen Abwurfvorrichtung drei leere Tanks ab. Dazu schalteten wir den Strom ein. Der Strom erhitzte ein Element, welches das Nylonband durchschmolz, das die Brennstoffzylinder an ihrem Platz hielt. Ich berichtete dem Kontrollzentrum von unserem Erfolg:

> Die Tanks lösen sich perfekt. Wir haben die Flaschen 7 A und 7 B sowie 8 A abgeworfen. Irritierend war, daß das Gewicht von Paar 7 vor dem Abwurf mit 20 Kilo angezeigt wurde und daß die beiden Flaschen 62 und 60 Sekunden brauchten, um sich zu lösen. Für Paar 8 wurde ein Gewicht von 150 Kilo angezeigt. Wir versuchten deshalb, weiter mit ihm zu heizen. Erst als feststand, daß tatsächlich kein Gas mehr in 8 A war, warfen wir die Flasche ab. Ihr Band brauchte übrigens 44 Sekunden, bis es durchgeschmolzen war.

Zu meiner Enttäuschung wirkte sich der Abwurf von rund 100 Kilo kaum auf die Leistung des Ballons aus, und unsere Aufstiegsgeschwindigkeit blieb praktisch gleich. Da der Brennstoff so wichtig für uns war, fragte Alan, ob die Flaschen, die wir weggeworfen hatten, womöglich noch Propan, aber keinen Druck mehr enthalten hätten und ob wir beim nächsten Mal nicht versuchen könnten, sie mit Stickstoff wieder unter Druck zu setzen? Ich verneinte das jedoch entschieden und wies darauf hin, daß Flasche 8 A ja mitten in der Nacht ausgegangen war und zusammen mit 8 B 41 Stunden lang Brennstoff geliefert hatte. Laut dem Computer im Kontrollzentrum sollte jedes Paar für 33 Stunden und 15 Minuten reichen, aber bisher hatten wir einen Durchschnitt von 35 Stunden und 30 Minuten erreicht – eine wichtige Leistungssteigerung.

Unser nächstes Ziel hieß Indien. Am Abend des 7. März instruierte mich John, wie wir die Flugsicherung Bombay kontaktieren sollten. »Es empfiehlt sich, sie mit MUMBAI anzufunken, dem indischen Namen für Bombay«, riet er. »Viel Glück, und versucht es mit dem Akzent, den man in einem indischen Schnellimbiß hört.« Kurz darauf gab er durch, daß Greg Moegli bereits mit den indischen Lotsen gesprochen hätte und diese hilfsbereit und freundlich geklungen hätten. »Mumbai weiß, daß Ihr kommt und wo Ihr seid.«

Um 17.32 Uhr überraschte mich John mit Glückwünschen, weil wir die 10000-Kilometer-Marke erreicht hatten. Ich freute mich darüber, daß wir den Rekord von 8700 Kilometern gebrochen hatten, den Bertrand mit *Orbiter 2* aufgestellt hatte, aber gleichzeitig schmerzte es mich zu hören, daß im Presseraum neben dem Kontrollzentrum Champagner ausgeschenkt wurde. Bertrand schlief tief und fest. Wir krochen mit nur 31 Knoten auf den indischen Subkontinent zu. Bei einer Geschwindigkeit von 10000 Kilometern in der Woche würden wir für unsere Erdumrundung einen Monat brauchen. Aber Luc und Pierre bestanden unnachgiebig darauf, daß wir niedrig und langsam fuhren. Um Mitternacht faxten sie die neuesten Anweisungen:

> Bleibt für die nächsten 48 Stunden auf FL 180, damit Ihr China bei 26N erreicht. Höher wärt Ihr zwar schneller, würdet aber nach Norden abgetrieben ... Fahrt über Nacht einen mittleren Kurs von 070. Euer Ziel an der indischen Küste ist am frühen Nachmittag des 8. März Porbandar. China werdet Ihr am 10. gegen 0 Uhr Z erreichen. Danach können wir zu den höheren Geschwindigkeiten aufsteigen, bleiben aber trotzdem unter 26N. Wo genau Ihr den Pazifik

erreicht, wird noch einiger Korrekturen bedürfen, damit Ihr den Jetstream im richtigen Moment erwischt. Erste Simulationen gehen von einer Ankunft in Marokko am 19. März aus.

Ankunft in Marokko! Was für ein Gedanke! Die Genauigkeit unserer Wetterkünstler war doch wirklich ein Anlaß zur Hoffnung – aber wir würden viel Geduld aufbringen müssen, noch einmal zehn oder elf Tage durchzuhalten. In der Zwischenzeit heiterte ich Jo ein wenig auf, die mehrere Schichten im Kontrollzentrum übernommen hatte.

Meine liebe Frau, bist Du unter die Märtyrer gegangen oder was? Noch mal eine Nachtschicht? Du hast doch nicht heimlich eine Affäre mit Bertrand über Satellit?

Ich fasse es nicht, daß wir schon eine Woche unterwegs sind. Wenn ich zurückkomme, kann das Reisebüro was erleben. Ich habe von allem Videoaufzeichnungen gemacht: von den winzigen Zimmern, von dem Bett, das ich mit einem anderen Urlauber teilen muß, dem feuchten Bettzeug und dem entsetzlichen Frühstücksbuffet. Nicht einmal eine Minibar gibt es hier. Das einzig Gute ist, daß man wenigstens keinen Baustellenlärm hört. Und natürlich darf ich jeden Abend am Tisch des Kapitäns sitzen. Ich bin noch bis etwa Mitternacht hier. Seltsames Gefühl, wie sich jeden Tag die Nacht ranschleicht. Ich würde sonstwas für eine Dusche geben. Bertrand vermutlich noch mehr – damit ich dusche, natürlich. Ich habe Ritzen und Falten entdeckt, die noch kein Feuchtigkeitstuch gesehen hat.

Zur Feier von Andys Landung haben wir frische Unterwäsche angezogen. Wenn wir noch länger unterwegs sind, muß ich mit Bertrand tauschen, wenn ich die Wäsche wechseln will. Ich wünsche Dir einen schönen Abend. Sieh zu, daß Du Alan zu einer Gehaltserhöhung überreden kannst. Das wird wohl die ganze Nacht dauern. Liebe Grüße, Brian auf FL 156.

Bertrand

Als ich am Morgen des 8. März aufwachte, entdeckte ich aufgeregt, daß wir meinen eigenen Streckenrekord geschlagen hatten. Wenigstens das hatten wir erreicht! Auch an diesem Morgen bezauberte mich wieder die Schönheit des Sonnenaufgangs. Als die Sonne um 3.30 Uhr aus dem Ozean stieg, trieben unter uns viele kleine Kumuluswolken, und zum ersten und einzigen Mal auf unserer Fahrt sah ich ein Schiff, einen Tanker. Eine Stunde später lief Elton John im CD-Spieler, und ich vertraute Jo im Kontrollzentrum an, daß ich die Musik für eine gute Flasche Bordeaux sofort eintauschen würde, nicht aber den blauen Himmel. Durch Herumprobieren fand ich heraus, daß die Windschicht, die uns entlang des erforderlichen 70-Grad-Kurses führte, nur knapp 100 Meter hoch war.

Luc rief an und sagte, seiner Einschätzung nach würden wir Marokko am 18. Reisetag erreichen – also einen Tag früher, als er Brian gesagt hatte. Sofort war ich wieder voller Hoffnung. »Wir haben noch nicht einmal Indien erreicht«, dachte ich, »aber er ist von unserem Erfolg überzeugt.« Die noch vor uns liegende Strecke schien unglaublich lang und der Gedanke an das Ende der Reise kaum vorstellbar. Doch Luc klang so ruhig und nüchtern, daß ich nicht anders konnte, als ihm zu glauben.

Während der nächsten Stunde verfaßte ich ein langes Fax auf Französisch und bat das Kontrollzentrum, es an Gerard Sermier weiterzuleiten, den Pressesprecher von Breitling im Presseraum. Der Bericht enthielt die eindrücklichsten Erinnerungen der ersten Flugwoche. Ich hatte sie niedergeschrieben, weil mich weniger die Fakten als vielmehr unser subjektives Erleben dieser unvorstellbaren Erfahrung interessierten.

Ich schwärmte von der Vielfalt der Wüsten, die wir überquert hatten, von »gewaltigen, vom Menschen vollkommen unberührten Gebieten«, und erinnerte daran, wie Saint-Exupéry nach seiner Notlandung neben seinem Flugzeug sitzend geschrieben hatte, »allein mit der Wüste und sich selbst«. Ich erzählte, daß ich sogar in unserer Druckkabine noch den Geruch des heißen Sandes riechen könne, der einem aus den Seiten seines Buchs *Wind, Sand und Sterne* entgegenschlage. Ich schrieb, daß ich in Gedanken wie Saint-Exupéry den Sand durch die Finger rieseln ließ, um die körperliche Verbundenheit mit der Erde zu spüren, und wie ich es dann doch vorgezogen hatte, in der Luft zu bleiben, solange Gott, Wind und Schicksal das zuließen. Ich schloß mit einer kurzen Beschreibung:

> Als der Vollmond über den schneebedeckten Gipfeln des Atlasgebirges aufgegangen war, erschienen einer nach dem anderen die Sterne über der mauretanischen Wüste, und ein dünner, weißer Nebel hüllte den Ballon ein. Ich höre das gleichmäßige Schnarchen der Brenner und denke, der Ballon atmet. Alles ist still.

Nach der Notlandung von Andys Ballon erhielten wir täglich zahlreiche Anfragen wegen Interviews. Journalisten baten uns über das Kontrollzentrum um Termine. Wir versuchten nach Kräften, sie alle unterzubringen. Da sie aber alle dasselbe fragten, wünschten wir uns irgendwann, wir könnten Sammelfragen beantworten.

Meine Schicht im Cockpit verging langsam, nicht zuletzt deswegen, weil wir so langsam vorankamen. »33 Knoten sind viel, wenn man mit einem Heißluftballon landen oder starten möchte«, faxte ich, »aber ich versichere Euch, daß es uns hier oben scheint, als kämen wir nicht vom Fleck. Ab und zu geben Flugzeuge unsere Position an Mumbai weiter.« Ich hielt einen mittleren Kurs von 70 Grad, womit Luc und Pierre offenbar sehr zufrieden waren. Berichten zufolge kamen sie lächelnd ins Kontrollzentrum. Von dort schickten sie mir ein paar kleine Berichtigungen zu Höhe und Richtung, damit wir China genau auf dem 26. Grad nördlicher Breite erreichten.

Die beiden schienen überglücklich, weil sie es geschafft hatten, uns so zu positionieren, daß wir geradewegs auf den magischen Punkt zusteuerten. Vom Tiefdruckgebiet über dem Mittelmeerraum waren wir in ein Hochdruckgebiet gekommen, dessen Zentrum über Indien lag. Weil es sich im Uhrzeigersinn drehte, würde es uns erst ein wenig nach Norden bringen und dann Richtung Osten wieder aus seinem Einfluß entlassen. Es kam uns wie ein Wunder vor, daß dieses Hoch genau zum richtigen Zeitpunkt am richtigen Ort war, um uns genau zwischen dem 25. und 26. Breitengrad nach Osten zu befördern – genau in die Richtung, in die wir wollten.

Gegen zehn am Abend des 8. März wachte ich gutgelaunt auf. »Hallo und einen wunderschönen guten Morgen. Wer ist überhaupt da?« begrüßte ich das Kontrollzentrum, als ich den Pilotensitz übernahm. »Soeben ist Brian ausgeruht aus dem gemeinsamen nassen Bett geklettert. Zweimal um den Block, etwas Tai Chi, Flasche 8 B fallen lassen (absichtlich) und jetzt bereit für die Freuden des Winters.« Smiffy und Cecilia ließen sich nicht lumpen: »Schön, daß Du so gut drauf bist... Haben Eure Position und Flugfläche an die Flugsicherung gefaxt. Für Mumbai solltest Du Dich um einen höflichen Ton bemühen.«

Ich faxte zurück:

> Ich grüße meinen höchst ehrenwerten Freund Brian und seine schöne Frau. Wir sind hier über dem Meer und sehen nichts. Ich freue mich sehr, mit meinen lieben Freunden in der schönen Stadt Mumbai zu sprechen. Unser Kurs ist für unsere einfachen Gemüter sehr durcheinander, also wir probieren verschiedene Höhen aus. Mit den allerbesten Wünschen verbleibe ich Ihr ergebener Diener Brian auf FL 210, langsam steigend.

Noch konnten wir scherzen! Wir hatten ja keine Ahnung, daß unsere Leute in Genf plötzlich auf ein großes Problem gestoßen waren. Nik Gerber hatte gerade Dienst bei der Schweizer Flugsicherung, als er um 11 Uhr mitteleuropäischer Zeit einen Anruf von unserem Kontrollzentrum erhielt. Man habe Schwierigkeiten mit Indien. Nik war überrascht, denn die Flugpläne an die indischen Lotsen entlang unserer Strecke waren längst verschickt worden, und niemand hatte Einwände erhoben. Jetzt dagegen behauptete Bombay plötzlich, wir hätten für Indien keine Freigabe. Es lägen keine entsprechenden Unterlagen vor, deshalb dürfe der Ballon nicht über Indien fahren.

Nik nahm die Drohung zunächst nicht ernst und glaubte an eine schnelle Lösung. Er teilte dem Kontrollzentrum mit, er werde kurz nach 13 Uhr vorbeikommen und helfen, das Problem zu beseitigen. Bei seiner Ankunft fand er alle in völliger Panik vor. Sue Tatford durchsuchte verzweifelt einen Stoß Akten und mußte dann zugeben, daß tatsächlich keine Freigabe existierte. Alan hatte im August des Vorjahres um eine Genehmigung gebeten und später nochmals per Fax und Fernschreiben nachgefragt, aber offenbar war nie eine Antwort gekommen. In der Hektik, den Ballon startklar zu machen, war die Angelegenheit dann offenbar vergessen worden.

Was tun? Der Ballon konnte unmöglich um Indien herumfahren, und es blieb keine Zeit, die Freigabe auf normalem Wege zu erhalten. Eine Katastrophe drohte. Um 14.54 Uhr traf erneut eine Nachricht aus Bombay ein. »Keine amtliche Freigabe von DECA [der Luftfahrtbehörde] möglich. Anweisung an Hotel Bravo – Bravo Romeo Alpha, Indien auszuweichen.«

Dieser Befehl war vollkommen unrealistisch. Vor uns lag Indien in einer Breite von 3000 Kilometern, und wir steuerten genau auf die Mitte zu.

Nik rief den Lotsen in Bombay an und versuchte, ihn zur Vernunft zu bringen, aber der Mann sagte nur: »Wir haben keinen Sekundärradar und können den Ballon deshalb nicht orten. Das ist sehr gefährlich. Der Ballon ist etwa 400 Kilometer von unserer Küste entfernt. Dort ist ein Wegpunkt für Verkehrsflugzeuge. Wir können den Ballon weder sehen, noch haben wir Funkkontakt mit ihm. Deshalb können wir ihn unmöglich durch die

Anflugschneise von Bombay durchlotsen.« Schließlich fragte er noch: »Was ist das überhaupt für ein Ballon? Wie wird er gelenkt, und wie viele Motoren hat er?«

»Überhaupt keine«, erklärte Nik. »Er läßt sich gar nicht lenken, nur ein wenig durch Steigen oder Sinken.«

»Also gut«, sagte der Inder. »Ich gebe Ihnen die Nummer von Mr. Saran, dem stellvertretenden Generaldirektor für zivile Luftfahrt.«

In Delhi war es bereits 18.30 Uhr, aber da alle im Kontrollzentrum furchtbar nervös waren, versuchte Nik es trotzdem noch. Er erreichte den stellvertretenden Generaldirektor auch tatsächlich und verbrachte die nächsten fünfzig Minuten am Telefon. Mr. Saran konnte nicht begreifen, warum der Ballon keine Genehmigung hatte. Nik erklärte, man habe trotz wiederholter Anfragen keine Freigabe erhalten. Daraufhin wollte Mr. Saran die genaue Route und präzise Angaben für die Durchfahrt haben. Er bestand darauf, daß der Ballon auf einer Höhe von FL 200 bis 220 blieb. Pierre Eckert, der diensthabende Meteorologe, sagte sofort, daß dies ohne weiteres möglich sei. Nach fast einer Stunde des Diskutierens und Argumentierens erteilte Mr. Saran endlich die Genehmigung und gab seinen Lotsen die Anweisung, den Ballon durchzulassen. Aber nun mußte Nik noch Mr. Wasir, den Stellvertreter von Mr. Saran, anrufen und ihm alles erklären, denn er selbst hatte dazu keine Zeit mehr.

Zum Glück erfuhr ich in meinem Ballon davon nichts. John meldete lediglich: »Hier gibt es ein wenig Durcheinander wegen Indien, aber Nik kümmert sich darum.« Dann sagte er noch, ich müsse ihm unbedingt mindestens einmal in der Stunde einen Positionsbericht mit unserer Flughöhe schicken. Daß unsere Fahrt von einem vorzeitigen Abbruch bedroht gewesen war, ahnten wir nicht. Erst als wir den Subkontinent schon halb überquert

Über den Alpen kommt unsere Stunde der Wahrheit – der Drucktest. Im Gegensatz zum Orbiter 2 ist die Kabine des *Breitling Orbiter 3* von Anfang an druckfest. *(Edipresse, S. Féval)*

Während uns leichte Winde nach Süden treiben, bietet sich uns durch das rechte Bullauge ein phantastischer Blick auf das Matterhorn. *(Bertrand Piccard und Brian Jones)*

Unterdessen hat das Kontrollteam in Genf alle Hände voll zu tun: Luc Trullemans erklärt der Presse die prognostizierten Kursbahnen (oben links, *Keystone*). Greg Moegli und Niklaus Gerber lotsten uns während der ganzen Fahrt durch den Flugverkehr am Himmel (oben rechts, *Edipresse, Di Nolfi*). Pierre Eckert berechnete am Computer die Richtung der Windströmungen (unten links), Patrick Schelling, der dritte Fluglotse der Schweizer Flugsicherung (unten rechts, beide *Patrick Schelling*).

Während unseres ersten Ausstiegs: Brian macht sich daran, einen der leeren Zusatztanks abzuwerfen.

Rechts: Bertrand wischt mit einem an die HF-Antenne und einen Bootshaken geknoteten Schwamm die Bullaugen ab.
(Bertrand Piccard und Brian Jones)

Die einwöchige Fahrt über der nordafrikanischen Wüste hat in uns eine dauerhafte Erinnerung an ihre Farben und Formen hinterlassen. Der Blick auf die Wüste und ihre Leere zeigt, wie wunderbar und verletzlich das Leben auf unserer Erde ist. *(Bertrand Piccard und Brian Jones)*

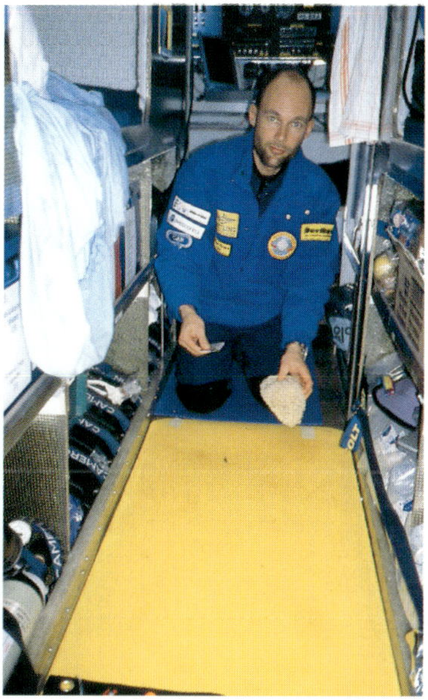

Links: Brian im Cockpit vor der Instrumententafel. Unter seiner Linken der Laptop, mit dem wir Faxe verschickten und empfingen. Rechts Blick auf den Mittelgang der Kabine. Bertrand wischt das Wasser und das Eis auf, das wir von der Brennersteuerung an der Decke abgeschlagen haben.
(Bertrand Piccard und Brian Jones)

Bertrand zeigt, daß man sich auch dann, wenn Mommy und Daddy nicht da sind, die Zähne putzen soll. *(Bertrand Piccard und Brian Jones)*

Mit zu chinesischen Hüten gefalteten Navigationskarten feiern wir die erfolgreiche Überquerung Chinas. *(Bertrand Piccard und Brian Jones)*

Um in einer guten Flugbahn zu bleiben, muß immer wieder die Fahrthöhe gewechselt werden; manchmal fährt der Ballon nur ein paar hundert Fuß über den Wolkenspitzen. *(Bertrand Piccard und Brian Jones)*

Als die Sonne über China aufgeht, ist das ganze Land von Wolken bedeckt. *(Bertrand Piccard und Brian Jones)*

Fünf lange Tage bei geringer Geschwindigkeit und in geringer Höhe über dem Pazifik lassen den Ozean zu einem Spiegel werden, der uns mit unseren Emotionen, Zweifeln und Ängsten konfrontiert. In der Ferne Gewitterwolken, die, sollte der Ballon in sie hineingeraten, die Hülle zerstören könnten. *(Bertrand Piccard und Brian Jones)*

Am sechsten Tag über dem Pazifik tritt der Ballon, von den typischen, von der untergehenden Sonne gefärbten Zirruswolken umgeben, südlich von Hawaii endlich in den Jetstream ein. *(Bertrand Piccard und Brian Jones)*

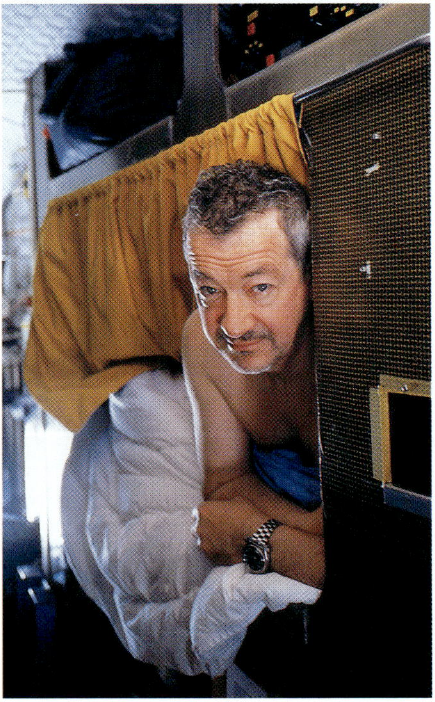

Der schlimmste Abschnitt der Fahrt: die Überquerung des Golfs von Mexiko. Statt Richtung Afrika zu fahren, treibt der Ballon mit geringer Geschwindigkeit Richtung Venezuela ab und verbraucht viel zuviel Propan. Wir beide im Innern der Kabine mit Atemnot und Verdacht auf ein beginnendes Lungen ödem. Als Brian aufwacht, hat er die rettende Idee: Um wieder zu Atem zu kommen, setzen wir unsere Sauerstoffmasken auf. *(Bertrand Piccard und Brian Jones)*

hatten, ließ uns das Kontrollzentrum wissen, daß die indischen Behörden eine Notlandung im Arabischen Meer verlangt hätten.

Bertrand

Als ich später von dem ganzen Ärger erfuhr, mußte ich unwillkürlich an Jules Vernes Buch *In achtzig Tagen um die Welt* denken, das 1873 erschienen war. Dort vertraut der Protagonist Phileas Fogg darauf, Indien mit Hilfe der neuen Eisenbahn rasch durchqueren zu können, doch in einem kleinen Dorf namens Kholby hält der Zug einfach an. Fogg entdeckt, daß die Strecke dort endet, weil zwischen Kholby und Allahabad eine Lücke von achtzig Kilometern klafft. Er kauft daraufhin einfach einen Elefanten und setzt die Reise auf dem Tier fort. Uns hätte die Bürokratie des heutigen Indiens fast einen Strich durch die Rechnung gemacht, aber unser geschickter Unterhändler Nik – das moderne Gegenstück zu Vernes Elefanten – hatte uns gerettet. Wir erreichten die Küste im Dunkeln und sahen nur die Lichter von Porbandar 400 Kilometer östlich von Bombay. In dieser Nacht hatten wir den geringsten Verbrauch: alle achtundzwanzig Sekunden einen Feuerstoß von einer Sekunde – eine unerhebliche Menge. Der Grund dafür war wohl unsere relativ niedrige Flughöhe von 15000 Fuß, obwohl uns niemand genau erklären konnte, warum die Höhe einen solchen Unterschied ausmachte. Später in der Nacht stiegen wir auf 25000 Fuß, um den Kurs von 73 Grad zu finden, den die Meteorologen uns durchgegeben hatten, und unsere Geschwindigkeit beschleunigte sich von 35 auf 50 Knoten.

Bei Sonnenaufgang befanden wir uns zwischen Porbandar und Bhopal. Weil wir endlich wieder über bewohntes Gebiet fuhren, zog ich zur Feier des Tages saubere Kleider an. Ich freute mich über die Rückkehr nach Indien. Vor einem Jahr waren wir auf niedriger Höhe mit dem *Orbiter* 2 durch Indien geschwebt. Wir hatten auf unserer Gondel gesessen wie auf einem fliegenden Teppich, der Geruch von Essen und Weihrauch war zu uns heraufgezogen, und wir hatten Stimmen von Kindern gehört.

Dieser Tag, der neunte unserer Reise, war von entscheidender Bedeutung, denn wir hatten letztmalig Gelegenheit, Kurskorrekturen für die Anfahrt auf China vorzunehmen. Ich war damit beschäftigt, den Kurs zu halten, den Luc und Pierre vorgegeben hatten, als mich plötzlich ein Flugzeug anfunkte: »Hotel Bravo – Bravo Romeo Alpha«, sagte der Pilot, »ich habe eine Überraschung für Sie.«

»Ich liebe Überraschungen«, sagte ich. »Um was handelt es sich?«

»Moment.«

Und dann hörte ich im Kopfhörer die Stimme meines guten Freundes Charles-André Ramseyer, der mit einer Delegation des Schweizer Touristenbüros zu einer Konferenz unterwegs war. Er sagte, ein anderer Passagier habe uns gesehen und gerufen: »Seht alle her! Da fliegt der Breitling-Ballon!«

Charles-André hatte mich mit der Welt des Ballonfahrens bekannt gemacht. Damals, 1978, war er Direktor des Touristenbüros in Château-d'Oex gewesen und hatte dort die erste Ballonfahrer-Woche organisiert. Er hatte mich gefragt, ob ich mich von einem Ballon in die Luft bringen und anschließend eine kleine Demonstration im Drachenfliegen geben würde. Ich hatte sofort zugesagt, und so war ich mit der Welt des Ballonfahrens in Kontakt gekommen. Es war wunderbar, daß ausgerechnet dieser Mann in diesem Augenblick an uns vorbeiflog und ich seine Stimme hören konnte. Er sagte, ihm liefen Tränen über die Wangen, und auch die übrige Schweizer Delegation drängte sich tief gerührt im Cockpit, vor sich einsam am Himmel unseren Ballon, 10000 Kilometer von zu Hause entfernt.

Die Begegnung war eine der vielen kleinen Fügungen des Schicksals, die unser gesamtes Unternehmen begleiteten. Wie schon erwähnt, startete *Orbiter 2* am Geburtstag meines Großvaters und *Orbiter 3* an meinem eigenen. Luc Trullemans arbeitete am selben meteorologischen Institut, das meinen Großvater 1931 in die Stratosphäre begleitet hatte. Später, bei der Überquerung des Pazifiks, fuhren wir über den Marianengraben, wo mein Vater zur tiefsten Stelle der Weltmeere hinuntergetaucht war. Ich wußte nicht genau, woher diese Zeichen kamen, akzeptierte sie aber nur zu gerne als eines der Rätsel des Lebens. Die meisten Menschen übersehen sie – ich bin überzeugt, daß auch ich viele übersehe. Doch gehört es zu den schönsten Momenten im Leben, ein solches Zeichen zu erkennen.

Ebenfalls über Indien schickte der Filmproduzent Garfield Kennedy ein Flugzeug zu uns herauf, um den fahrenden Ballon zu filmen. Nach mehreren Verzögerungen, verursacht unter anderem durch das Betanken mit dem falschen Benzin, startete eine Turbo-Prop-Maschine. Sie flog in etwa 400 Meter Entfernung an uns vorbei und machte einige sehenswerte Aufnahmen. Leider zeigten die Bilder nur, wie der Ballon durch die Luft schwebte, nicht aber, daß wir uns über Indien befanden. Außerdem funktionierte die Kurzwellenverbindung zwischen den Kameras nicht, so daß die Filmcrew für Aufnahmen aus dem Kabineninneren warten mußte, bis wir gelandet waren.

Am selben Nachmittag hatten wir eins der schönsten Erlebnisse unserer Reise. Wir saßen gemeinsam im Cockpit, als links von uns plötzlich die Gipfel des Himalaja durch die Wolken ragten. Sie waren rund 500 Kilometer von uns entfernt, aber wir fuhren so hoch, daß wir sie als Kette entlang dem nördlichen Horizonts sahen. Wir glaubten sogar den Mount Everest zu erkennen, jedenfalls überragte ein Berg alle anderen. Ich hatte Branson beneidet, weil er über dem verbotenen Teil Chinas einen so phänomenalen Blick auf den Mount Everest gehabt hatte. Die Aufnahmen, die das Verfolgerflugzeug von seinem *ICO Global Challenger* vor der Achttausender-Kulisse gemacht hatte, waren die schönsten Bilder eines Ballons in der Luft, die ich je gesehen hatte. Jetzt hatten wir Branson gewissermaßen eingeholt und konnten den Himalaja endlich mit eigenen Augen bewundern, auch wenn die Gipfel weit entfernt waren.

Ich schickte den Chinesen schon jetzt einmal am Tag ein Fax, um zu sagen, daß wir unterwegs seien und die Bedingungen, die sie gestellt hatten, erfüllen könnten. Außerdem teilte ich ihnen unsere ungefähre Ankunftszeit an der südwestlichen Grenze mit. Sie antworteten nicht, aber da ich schon Erfahrungen im Umgang mit ihnen gemacht hatte, erwartete ich das auch gar nicht. Keine Nachrichten waren demnach gute Nachrichten.

Ich war den drei Genfer Lotsen immer dankbarer dafür, daß sie uns so umsichtig und gutgelaunt um die Welt führten. Um 11. 34 Uhr am Morgen des 9. März faxte ich an unser Team:

> Hallo. Bitte leitet dieses Fax an die Schweizer Flugsicherung weiter. Wir bedanken uns ganz besonders bei Patrick und seinen Freunden für die geleistete Arbeit und Hilfe. Es ist sehr beruhigend, zu wissen, daß die Lotsen auf unserer Route von der Schweizer Flugsicherung informiert worden sind. Vielen Dank und viele Grüße an Euch alle. Brian und Bertrand.

Indien stieg uns irgendwie zu Kopf. Die Witze, die zwischen der Kabine und dem Kontrollzentrum hin und her gingen, wurden immer alberner. Da ich auf einem früheren Fax meinen Namen vertippt hatte, variierte ich ihn nun und unterzeichnete meine Faxe mit »Banir«, »Bnria« und »Biriani«. Brian Smith unterschrieb mit »Nairb« und machte Bemerkungen wie »Sikhst du nun?«. Grund dafür war die Funktionsuntüchtigkeit der indischen Kommunikationssysteme, die uns fast wahnsinnig machte. Der Funkkontakt war immer irgendwie gestört, und wir waren fast immer auf die Weitervermittlung durch vorbeifliegende Flugzeuge angewiesen. Die Piloten waren sehr hilfsbereit, aber ärgerlich war, daß die indischen Lotsen ständig nach unserer Position fragten – oft alle zehn Minuten.

In der Nacht vom 8. auf den 9. März spielten unsere Brenner wieder verrückt. Um Mitternacht faxte ich nach Genf:

> Wir dachten schon, wir hätten den Ausfall des Brenner-Autopiloten letzte Nacht behoben. Dann hat Captain B. das Steuer übernommen, und es ging schon wieder los. Offenbar muß man auf Englisch mit ihm reden – besonders bei ernsten Dingen ist es *très important*, daß man es mit einem original englischen Holzhammer versucht… Kalkutta hat uns an Dhaka übergeben. Bertrand geht demnächst zu Bett, also beruhigen sich die Brenner hoffentlich wieder. Wenn Mr. Singh anruft und sich für die kleinen grünen Beutel bedankt, die vom Himmel fallen, sag einfach, Du weißt von nichts oder es handle sich um italienisches Fastfood. Nairb.

Bald darauf erreichten wir Bangladesch. Die Lotsen dort waren sehr gastfreundlich, wie schon die erste Nachricht zeigte, die wir von ihnen erhielten:

> Hotel Bravo – Bravo Romeo Alpha. Hier spricht Dhaka Tower. Im Namen der Regierung und meines Volkes wünsche ich Ihnen viel Glück und eine sichere Fahrt um die Welt.

Wir fuhren nur kurz über dieses freundliche Land. Bald waren wir wieder über indischem Staatsgebiet und fuhren in Richtung Myanmar oder Birma. Obwohl wir fast genau nach Osten fuhren, kamen wir ganz allmählich nach Norden ab, in Richtung des kritischen 26. Breitengrades, so daß wir nach wie vor wie auf Kohlen saßen. Unsere Wetterfrösche in Genf sagten jedoch unerschütterlich, wir seien genau richtig, wir müßten bis fast an die Grenze, und dann würde der Wind uns auf Kurs 090 Grad genau nach Osten bringen. Auch unsere Lotsen arbeiten mit ihrer gewohnten Zuverlässigkeit. »Der Tower in Myanmar kennt Eure Position und ist damit zufrieden«, sagte John Albury am Abend des 9. März.

> Greg kümmert sich um Myanmar, Patrick arbeitet an China. Es gibt in Eurer Gegend keinen Flugverkehr, also eine Sache weniger, um die Ihr Euch sorgen müßt. Bitte überprüft noch einmal die genaue Höhe der Berge. Der höchste Gipfel ist laut meinen Unterlagen 4600 Meter hoch und liegt bei einem Ort namens Dali, an einem großen See etwa 30 Kilometer von der Stadt Xiaguan entfernt. Der Gipfel liegt auf N25.42 und E100.04. Wenn Ihr ihn verfehlt, ist alles in Ordnung. Bitte Empfang bestätigen.

Die birmanischen Lotsen wußten offensichtlich von uns, schienen aber nicht zu begreifen, warum wir um die Welt fuhren. Wir hatten ein wunderbares Gespräch mit ihnen:

> Tower: »Hotel Bravo – Bravo Romeo Alpha, was ist Ihr Abflug- und Zielort?«
>
> Ich: »Startort Château-d'Oex, Schweiz. Zielort irgendwo in Nordafrika.«
>
> Tower, nach einigen Sekunden Schweigen: »Wenn Sie von der Schweiz nach Nordafrika wollen, was tun Sie dann in Myanmar?«

Greg mußte in Genf ähnliche Gespräche führen. Seine Kontaktpersonen waren zwar hilfsbereit, aber auch sehr bürokratisch. »Wir brauchen eine Freigabenummer«, beharrte einer von ihnen. »Ohne Nummer können wir Ihnen keine Erlaubnis geben.« Während der folgenden längeren Diskussionen fuhr der Ballon über den nördlichen Teil des Landes, und als nach vier Stunden der Lotse in Genf stolz mit der Nachricht anrief, er habe endlich eine Freigabenummer erhalten, konnte Greg sagen: »Vielen Dank, aber der Ballon ist schon in China!«

Wir schossen förmlich durch die Luft. Wir machten fast 80 Knoten und überquerten das Land außerdem an einer besonders schmalen Stelle. Zum erstenmal gerieten wir in sogenannte Leewellen – sich in der Luft bildende Wellen, die oft im Gebirge entstehen und wie Aufwinde wirken können. Ich beobachtete meine Instrumente und sah plötzlich, wie das Variometer nach unten fiel. Der Ballon sank mit etwa 600 Fuß pro Minute. Zuerst dachte ich, wir würden abstürzen. Die Bewegung war zwar lange nicht so abrupt und heftig wie die Turbulenzen, in die Flugzeuge geraten können, aber die Anzeige des Variometers beunruhigte mich trotzdem. Instinktiv stellte ich die Brenner an, merkte aber, daß ich den Abstieg nicht aufhalten konnte. Dann erst wurde mir klar, was passierte. Ich tat nichts mehr, und bald stiegen wir wieder nach oben, genauso schnell, wie es vorher nach unten gegangen war. Ich berichtete dem Kontrollzentrum:

> Ich glaube, wir stecken in starken Leewellen. Ballon steigt um 600 Fuß pro Minute und sinkt dann ebenso schnell wieder. Kurs ändert sich ständig. Denke, ich lasse ihn einfach eine Weile in Ruhe und sehe zu, was passiert. Sinnlos, dagegen anzukämpfen. FL zwischen 240 und 255.

Bertrand hatte sich turnusgemäß schlafen gelegt. Davor hatten wir noch besprochen, ob wir beide im Cockpit sitzen sollten, wenn wir die chinesische Grenze überflogen. Schließlich war es ein bedeutsames Ereignis, auf das wir achtzehn Monate lang hingearbeitet hatten. Doch wir entschieden, daß wir dafür nicht unseren Schlafrhythmus durchbrechen wollten, an den wir uns so gut gewöhnt hatten. Wir wären am nächsten Tag beide müde gewesen und hätten nichts gewonnen. Also ging Bertrand zu Bett, ein wenig traurig, das große Ereignis zu verpassen.

Die Chinesen sahen uns kommen, und ihre erste Reaktion war bezeichnend. Sie riefen unser Kontrollzentrum an und sagten: »Ihr Ballon fährt auf das Sperrgebiet zu. Er muß sofort landen.« Luc und Pierre erklärten ihnen, sie bräuchten sich keine Sorgen zu machen, wir würden südlich des 26. Breitengrades bleiben und die magische Grenze nicht verletzen. Das Kontrollzentrum faxte uns:

> Wenn Ihr Zeit habt, wäre es klug, die Chinesen auf HF zu kontaktieren. Sie wollen das. Versucht es beim Tower von Kunming.

Am Tag zuvor hatte Bertrand versucht, über eine besondere Nummer, die wir von der Schweizer Botschaft erhalten hatten, den Chef der Flugsicherung in Peking anzurufen. Er kam auch nach China durch, mußte jedoch feststellen, daß dort niemand Englisch sprach. Auf seine Meldung »Hier spricht der Breitling-Orbiter-Ballon« kam eine Antwort auf Chinesisch, und als er fragte, ob jemand Englisch spreche, kam gar nichts mehr. Nach einer verwirrten Pause legte sein chinesischer Gesprächspartner auf.

Einige Minuten später berichtete ich:

> John – Danke für den Tip. Ich habe über HF mit Rangun gesprochen. War etwas schwierig, ging aber. Ich habe es auch beim Tower von Kunming versucht, bis jetzt aber ohne Erfolg. Übrigens ist ein Flugzeug auf ähnlicher Höhe vor uns vorbeigeflogen, vermutlich keine zehn Kilometer entfernt. Ich habe einen Funkruf auf 121.5 losgelassen, um es auf uns aufmerksam zu machen, bekam aber keine Antwort. Schwierig mit den Chinesen. Ich glaube, ich kann jetzt nach einem Kurs suchen. Willst du lieber 090 oder 085? Ich weiß jedenfalls, daß ich besser südlich 25.5 N bleibe.

John erwiderte, wir sollten uns möglichst auf Kurs 090 halten. Er werde Greg auf den anderen Flugverkehr aufmerksam machen, aber vermutlich seien wir noch zu weit von Kunming entfernt, um Funkkontakt herzustellen, und würden außerdem noch von den Bergen verdeckt. Als ich endlich einen chinesischen Lotsen erreichte, war seine erste Reaktion nicht gerade freundlich. »Sie dürfen den 26. Breitengrad keinesfalls überqueren«, sagte er, woraufhin ich antwortete: »Ja, das wissen wir.«

Kurz vor der Morgendämmerung am 10. März fuhren wir mit 84 Knoten und auf einer Höhe von 26 000 Fuß in Richtung Grenze, 50 Kilometer oder einen halben Breitengrad neben dem für uns gesperrten Gebiet her. Übermütig faxte ich:

> Kommt und seht, meine Herrschaften. Hier habt ihr eure 90 Grad. China, wir kommen.

KAPITEL 8

Chinesisches Geduldspiel

Bertrand

Ich glaube nicht, daß Brian das hätte sagen können, wenn in den Monaten vor unserem Start nicht intensive diplomatische Bemühungen stattgefunden hätten. Vor der Fahrt des *Orbiter 2* hatten sich Mitarbeiter der Schweizer Botschaft in Peking engagiert für mich eingesetzt und versucht, eine Genehmigung für die Durchfahrt auszuhandeln. Florence Mattli, die Geschäftsträgerin, und ihr Mann Arthur hatten einmal sogar stundenlang vor den verschlossenen Türen des Außenministeriums im Schnee gestanden, um eine diplomatische Note zu überbringen. Nachdem die Fahrt in Birma zu Ende gewesen war, hatten sie mir versichert, für einen neuen Anlauf bereitzustehen. Allerdings glaubten sie nur dann an einen Erfolg, wenn ich selbst nach China käme. Ich erfuhr, daß die Chinesen ihre Verhandlungspartner gerne kennenlernten, um sich von der Seriosität ihres Anliegens zu überzeugen.

Also fuhr im August 1998 eine Breitling-Truppe nach Asien, bestehend aus Alan Noble, Tony Brown, mir, meiner Frau Michèle und Pierre Blanchaud, dem aeronautischen Berater des Teams. Wir flogen mit der Swissair von Zürich nach Peking, wo wir zu unserer großen Freude die Schweizer Diplomaten persönlich kennenlernten. Schließlich hatten wir stundenlang mit ihnen telefoniert und unzählige Faxe ausgetauscht. Sie hatten für uns Besuche bei der Nationalen Sportkommission, im Außenministerium und bei der zivilen Luftfahrtbehörde organisiert. Dort lernten wir den stellvertretenden Chef der chinesischen Luftaufsicht kennen.

Die Verhandlungen wurden zwar mit Hilfe eines Dolmetschers geführt, aber der Schweizer Botschafter sprach ebenfalls ausgezeichnet Chinesisch und konnte oft wichtige Punkte klären.

Das Treffen im Außenministerium hatte einen offiziellen Charakter. Wir saßen in großen Armsesseln entlang den Wänden eines ansonsten völlig leeren Raums. Die ersten Worte unserer Gastgeber waren: »Wir sind sehr dankbar, daß Sie zu uns gekommen sind, denn ich glaube, daß wir die Probleme gemeinsam lösen können. Sie müssen verstehen, daß Sie uns enorme Schwierigkeiten bereitet haben, als Sie letztes Jahr in Ihrem Ballon auf China zugefahren sind und nur einen Tag im voraus um eine Luftverkehrsfreigabe gebeten haben. Wir haben uns bemüht, Ihnen die Durchfahrt zu ermöglichen – zwei Tage später hatten Sie die Genehmigung. Leider mußten Sie dann aufgrund anderer Probleme in Birma landen.«

Diese Aussage stimmte so nicht. Wir hatten mindestens ein halbes Jahr vor dem Start um eine Genehmigung ersucht, und die Chinesen wußten das auch genau. Doch ich erwiderte nur: »Es tut mir sehr leid, daß wir Ihnen letztes Jahr so viele Schwierigkeiten bereitet haben. Deshalb sind wir heute mit den wichtigsten Mitgliedern unseres Teams hier, um dafür zu sorgen, daß das gleiche Problem nicht noch einmal auftaucht.« Aufgrund meiner diplomatischen Worte nahm die Diskussion einen guten Anfang. Nachdem das Treffen zu Ende gegangen war, fragte ich den Schweizer Botschafter: »War es richtig, so zu antworten?«

Er antwortete leise: »Absolut richtig.«

»Ich hätte ihm allerdings gerne gesagt, daß seine Darstellung vollkommen falsch war.«

»Das weiß er doch!« Der Botschafter lächelte. »Sie brauchen ihm das nicht zu sagen. Aber durch Ihre Höflichkeit haben Sie die Situation gerettet. Jetzt reden wir über die Zukunft. Lassen Sie die Vergangenheit ruhen.«

Auf dem Weg nach draußen sagte der Vertreter des chinesischen Außenministeriums: »Ich hoffe, Sie gewinnen das Rennen um die Welt. Sie sind ein gutes Team. Wir danken Ihnen dafür, daß Sie so gute Beziehungen zu China aufgebaut haben.«

Bei einem weiteren Treffen versicherten unsere Gastgeber uns, daß sie unser Projekt befürworteten, nicht zuletzt deshalb, weil wir uns als einziges Team die Mühe gemacht hatten, persönlich nach China zu kommen. Trotzdem erklärten sie, daß die Durchfahrt durch den chinesischen Luftraum große Probleme aufwerfen würde. Ein Problem war, daß viele Orte nicht über Radar verfügten und der gesamte zivile Luftverkehr über das Telefon kontrolliert wurde. Wenn ein Pilot von A nach B fliegen wollte, mußte er die Luftaufsicht anrufen und um eine Fluggenehmigung bitten. Es konnte durchaus vorkommen, daß er zehn oder zwanzig Minuten warten mußte, weil gerade ein anderes Flugzeug auf seiner Route flog. Wenn ein Ballon den chinesischen Luftraum durchquerte, mußten die Behörden also alle anderen Flüge absagen, bis der Ballon China wieder verlassen hatte. Das war im Prinzip kein Problem, wenn wir zwei Monate im voraus genau angeben konnten, wo, wann, in welcher Höhe, mit welcher Geschwindigkeit und auf welchen Kurs der Ballon fliegen würde – doch genau das konnten wir natürlich nicht.

Schließlich sagte der stellvertretende Direktor: »Ich habe eine Idee. Können Sie auch in 45000 Fuß Höhe fahren?«

»Ja«, erwiderte ich. »Aber auf dieser Höhe gibt es wahrscheinlich keinen Wind, so daß wir vielleicht einen Monat bräuchten, um das Land zu durchqueren.«

Daraufhin lachte er. »Das wollen wir natürlich nicht. Also bleiben Sie lieber auf 30000 Fuß.« Er betonte, wir dürften auf keinen Fall über die nördlichen Gebiete fliegen, schon gar nicht über Tibet. Er hatte Angst, wir könnten gezwungen sein, an einer Stelle zu landen, die so abgelegen war, daß die Chinesen uns nicht retten konnten. Dann würden sie vor der ganzen Welt als unfähig dastehen.

Ich konnte nur versprechen, die Chinesen drei Tage vor unserem Start zu informieren und noch einmal vierundzwanzig Stunden vor unserem Eintreffen an der chinesischen Grenze. Dann könnten wir auch die genauen Koordinaten unserer Durchfahrt angeben. Einmal in ihrem Luftraum, würden wir alle zehn Minuten per Fax unsere Position bis auf zwanzig Meter genau melden.

Das genügte ihnen. Unter diesen Bedingungen, sagten sie, würden sie uns die Durchfahrt genehmigen – allerdings entlang eines exakt definierten Luftkorridors, der drei Tage vor unserer Ankunft festgelegt würde. Wenn der Wind uns an einem anderen Punkt an die Grenze brachte, würden sie, um uns entgegenzukommen, den Korridor dorthin verlegen.

Nach einer Woche flogen wir zufrieden nach Hause, mit dem Gefühl, daß die Chinesen uns mochten und vertrauten. Drei Monate später erhielten wir die Genehmigung. Auch alle anderen Ballonteams bekamen die Erlaubnis zum Durchflug, allerdings mußten sie entweder unter dem 26. oder über dem 43. Breitengrad bleiben. Als Richard Branson dann im Dezember 1998 zu seiner Erdumrundung aufbrach, verzichteten wir auf ein günstiges Wetterfenster, weil wir schon im Vorfeld sahen, daß der Wind uns vermutlich über das chinesische Sperrgebiet treiben würde. Wir behielten recht. Als Branson über Nepal nach Süden fuhr, drehte der Wind plötzlich und führte ihn weit nach Norden über die chinesischen Sperrgebiete.

Es kam, wie es kommen mußte. Per Fax widerriefen die Chinesen sofort ihre Genehmigung für die anderen Ballonteams, zumindest bis auf weiteres. Ich schrieb ihnen: »Ich akzeptiere Ihre Entscheidung. Wir sind zwar nicht glücklich darüber, aber wir werden nicht starten, ehe wir nicht eine neue Genehmigung haben.«

Dann begannen erneut intensive Verhandlungen. Wir wiesen darauf hin, daß wir als einzige nach China gekommen seien. Außerdem hätten wir versprochen, sämtliche Bedingungen zu respektieren. Die Chinesen erwiderten, sie seien davon ausgegangen, daß ein Pilot seinen Ballon besser unter Kontrolle habe. Branson habe, so schrieben sie uns, seinen Ballon nicht steuern können und außerdem mit keinem einzigen chinesischen Fluglotsen gesprochen. Da niemand genau wußte, wo er sich befand, hatten die chinesischen Behörden laut eigenen Angaben zehn Linienflüge ausfallen lassen müssen.

Sie verlangten deshalb die hundertprozentige Garantie, daß wir entweder südlich des 26. oder nördlich des 43. Breitengrades fahren würden. Letzteres war unmöglich, denn der 43. Breitengrad führte entlang der chinesischen Grenze zu Rußland, dem gefährlichsten Luftraum, den man sich vorstellen kann. Jedes Luftfahrzeug lief Gefahr, von den Russen oder den Chinesen abgeschossen zu werden. Die südlichere Alternative war dagegen möglich. Auch den Chinesen war diese Strecke im Grunde lieber, weil es in diesem Gebiet mit seinem dichten Linienflugverkehr sowohl Radar als auch Englisch sprechende Fluglotsen gibt.

Die frühere Vereinbarung über einen speziellen Luftkorridor für den Ballon wurde widerrufen, da die Militärbehörden aus Ärger über Bransons Fahrt ihre Zustimmung verweigerten. Nach einer Weile hatten wir den Eindruck, es mit zwei verschiedenen Gruppen zu tun zu haben: Die einen wollten uns helfen, die anderen taten zwar freundlich, mißbilligten Ballonfahrten durch den chinesischen Luftraum aber generell. Zwischen diesen beiden Gruppen gab es viele Auseinandersetzungen.

Die Verhandlungen mit China wurden teilweise über die Schweizer Botschaft in Peking und teilweise über die chinesische Botschaft in Bern geführt. Zu unserem Glück hatte einer der chinesischen Diplomaten in der Schweiz *Tim und Struppi* ins Chinesische übersetzt, amüsante Comicgeschichten über einen jungen Abenteurer und seinen Hund. Als er hörte, daß mein Großvater dem Autor als Vorbild für Professor Bienlein gedient hatte, war er ganz aus dem Häuschen. Sein Einfluß reichte zwar nicht aus, um die Entscheidung in Peking zu unseren Gunsten zu beeinflussen, war aber dennoch eine große Hilfe. Er half uns mit dem Schriftverkehr und leitete Dokumente nach China weiter. Er kam sogar nach Château-d'Oex, um den Ballon zu besichtigen und die Qualität unserer Kommunikationsausrüstung persönlich zu testen, indem er von der Kabine aus mit Peking telefonierte.

Doch auch mit seiner Hilfe waren die Verhandlungen sehr anstrengend, vor allem aufgrund des großen Zeitunterschieds. Wenn der Arbeitstag in China um 8 Uhr morgens chinesischer Zeit begann, war es bei uns 2 Uhr nachts. Oft erhielten wir zwischen zwei und vier einen Anruf, in dem es hieß, unser letztes Fax sei zwar angekommen, man benötige aber noch zusätzliche Papiere. In unserem Haus in Lausanne saß Michèle oft die halbe Nacht wach, tippte, druckte und faxte die Papiere, die ich ihr vom *Hôtel de Ville* in Château-d'Oex aus diktierte.

Wir versuchten es über alle möglichen Kanäle, über

Leute, die Kontakt mit der chinesischen Presse hatten, Leute, die den chinesischen Ministerpräsidenten kannten, Leute, die mit Fluglotsen befreundet waren, und Leute mit Beziehungen zu chinesischen Fluggesellschaften. Da sich auch die anderen Ballonteams um eine Durchfluggenehmigung für China bemühten, hatten die chinesischen Behörden alle Hände voll zu tun.

Drei Faktoren beeinflußten die Dinge zu unseren Gunsten. Da war einmal das Engagement des Schweizer Außenministeriums, dessen Vertreter unser Projekt bei ihren Gesprächen mit China an die Spitze der Tagesordnung setzten. Weiter half uns, daß unser Ballon in der Schweiz zugelassen war; ich hatte mich in der Vergangenheit beim Bundesamt für Zivilluftfahrt um ein Zertifikat zur Bescheinigung der Lufttauglichkeit bemüht. Und schließlich begünstigte unsere Taktik, die chinesischen Vorgaben nie zu kritisieren, den Gang des Genehmigungsverfahrens.

Zwei Monate lang faxte ich, wenn wir ein gutes Wetterfenster kommen sahen, nach China, wir hätten zwar eine Möglichkeit zum Start, würden diese aber aus Respekt vor ihrer Entscheidung nicht nutzen. Irgendwann konnten wir ihr Vertrauen gewinnen, und sie erteilten uns die Durchfluggenehmigung – allerdings unter drei Bedingungen. Wir mußten garantieren, daß wir erstens südlich des 26. Breitengrads fahren würden, daß wir zweitens landen würden, falls wir zu weit nach Norden abtrieben, und daß wir drittens in Indien, Pakistan oder dem Iran landen würden, falls wir China auf einer Flugbahn erreichten, die uns an einem ungünstigen Punkt über die Grenze bringen würde.

Brian und ich gingen zur chinesischen Botschaft, um die notwendigen Garantien schriftlich abzugeben. Die Papiere waren zweisprachig abgefaßt. Als der Botschaftsrat mich fragte, ob ich zur Unterschrift bereit sei, sagte ich:

»Glauben Sie denn, daß ich eine Wahl habe?« Er mußte lachen und sagte: »Stimmt, es ist die einzige Möglichkeit.«

Wir hatten zwar einen wichtigen Sieg errungen, aber zugleich ein mögliches Todesurteil für unsere Fahrt unterzeichnet. Wenn der Wind auch nur ein wenig aus der falschen Richtung kam und wir unser Ziel verfehlten – das gerade mal fünf Prozent des Landes ausmachte und von Westen eine sehr enge Anflugschneise hatte –, mußten wir landen.

Kurz darauf versuchten die Chinesen, der Abmachung eine weitere Bedingung hinzuzufügen. Sie verlangten von der Schweiz eine Garantie, daß ich mein Versprechen auch wirklich halten würde. Natürlich sagten unsere Behörden, sie könnten keine Garantien für einen Bürger abgeben, dies sei illegal. Ich rief die chinesische Botschaft an und sagte: »Kann denn Ihre Regierung garantieren, daß Ihre Diplomaten die Geschwindigkeitsbegrenzung auf den Schweizer Autobahnen immer einhalten?« »Natürlich nicht«, lautete die Antwort, »aber das ist uns egal. Besorgen Sie die Garantie, und wir erteilen Ihnen die Genehmigung.« Die Diskussion schien endlos. Sie kam uns vor wie ein Dialog unter Taubstummen. Doch schließlich konnten wir einen für China akzeptablen Kompromiß finden: Die Schweiz garantierte, daß Bertrand Piccard und Brian Jones sich verpflichtet hatten, zu landen, wenn sie aus dem vorgegebenen Luftkorridor hinausgetrieben wurden.

Ich erkannte, daß unsere Erdumrundung zugleich eine Reise durch die Länder der Welt und ihre unterschiedlichen Mentalitäten war. Wir mußten uns nicht nur mit Wind und Wetter auseinandersetzen, sondern auch mit den Launen sehr vieler Menschen.

Als ich am 10. März 1999 um 23 Uhr Z aufwachte, brach gerade die Morgendämmerung an. Ich steckte den Kopf hinter dem Vorhang hervor und fragte Brian: »Wo sind wir?« Er sagte: »In CHINA!« Es war ein wunderbarer Augenblick! Wir spürten, daß auch im Kontrollzentrum alle sehr aufgeregt waren. Unsere Wetterfrösche hatten uns auf eine turbulente, 13000 Kilometer lange Fahrt geschickt und dann durch ein Nadelöhr geführt. Sie hatten ein Meisterwerk der Planung vollbracht und waren zu Recht stolz darauf.

Auch in der Schweizer Botschaft in Peking herrschte große Aufregung. Die Diplomaten dort seien mittlerweile zu guten Freunden geworden. Als sie meine Stimme im chinesischen Luftraum hörten, meldeten sie sich auf unserem Satellitentelefon und sagten, daß sie vor lauter Freude in Tränen ausgebrochen seien. Florence und Arthur Mattli faxten einen Cartoon mit einem sehr chinesisch aussehenden Ballon nach Genf, auf dem *»Lieber Bertrand und Brian, willkommen in China!«* stand und der mit Unterschriften aller Mitarbeiter verziert war, auch der von Botschafter Dominique Dreyer. Leider konnte das Kontrollzentrum keine Bilder an uns faxen. Doch wir bekamen eine genaue Beschreibung der Zeichnung.

In Genf hatte gerade Cecilia Smith Dienst. Sie sagte uns, wie begeistert alle vom Fortschritt unserer Reise seien:

> Manchmal kommen wir uns vor wie in einem Traum. Jo schreibt gerade in ihr Tagebuch. Sie meint, während sie heute geschlafen habe, hättet Ihr Indien verlassen, Bangladesh und Birma überquert und die chinesische Grenze erreicht. Dabei hat sie gar nicht lange geschlafen! Das ist alles wirklich außergewöhnlich.

Tief bewegt antwortete ich ihr:

> Hallo, meine Freunde. Vielen Dank für das nette Fax. Ich denke, unser größter Glücksfall ist, daß wir ein so wunderbares Team haben. Es ist toll zu spüren, wie Ihr hinter uns steht und bei uns seid… Beste Grüße, Bertrand. PS: FL zwischen 240 und 250 bei konstant 088 Grad und 79 Knoten.

Das Wetter war leider gar nicht dem Anlaß entsprechend. Über fast ganz China war schlechtes Wetter, und es regnete. Nur über Kunming war ein Loch in der Wolkendecke, durch das wir die Start- und Landebahnen eines Flughafens und Flugzeuge auf dem Rollfeld sahen. Ich rief den Fluglotsen an und sagte: »Wenn Sie jetzt nach oben schauen, können Sie unseren Ballon sehen. Wir befinden uns genau über Ihnen.« Er antwortete: »Ich habe kein Fenster. Ich kann leider nicht nach draußen sehen.« Dann meldete sich eine fremde Stimme: »Aber *ich* kann Sie sehen. Es sieht wirklich wunderschön aus.« Der Sprecher nannte seinen Namen nicht, aber wir vermuteten, daß es ein Pilot in einer Maschine auf der Startbahn war. Damals und auch später noch beeindruckten uns die chinesischen Fluglotsen als sehr professionell. Ihr Englisch war recht ordentlich, vorausgesetzt, wir hielten uns an das Vokabular der internationalen Flugsicherung. Wenn sie unsere Position untereinander weitergaben, unterhielten sie sich auf Chinesisch.

Wir mußten noch etwa 2400 Kilometer lang über China fahren, doch unsere Wetterfrösche hatten das Problem bereits abgehakt. Sie vertrauten fest darauf, daß wir auf unserem 90-Grad-Kurs pfeilgerade hindurchfahren würden, den 26. Breitengrad keine 50 Kilometer von uns entfernt zu unserer Linken, und waren in Gedanken schon wieder weit voraus. Sie faxten uns:

Wir freuen uns, daß wir Euch auf einen halben Breitengrad genau nach China bringen konnten. Es ist das Ergebnis von acht Tagen harter Arbeit für Euch und uns. Jetzt ist es wichtig, daß Ihr einen nördlichen Kurs haltet, um den Pazifik am richtigen Punkt angehen zu können. Auf der jetzigen Höhe riskieren wir, zum Äquator abgetrieben zu werden.

Wir schlagen deshalb vor, daß Ihr nach 4 Uhr Z auf FL 180 hinuntergeht… Der Steuerkurs sollte während der nächsten 24 Stunden auf 095 Grad drehen, 100 Grad jedoch nicht überschreiten. Die Geschwindigkeit sollte zuerst bei 60 Knoten, später unter 50 Knoten liegen. Es wird bewölkt sein, aber nur bis FL 120.

Wir werden China gegen 15 Uhr Z verlassen und sollten dann einen etwas nördlicheren Kurs haben. Wir werden 48 bis 60 Stunden auf dieser Höhe bleiben. Dann können wir in größerer Höhe einen guten Jetstream erwischen, der Euch in neun Tagen mitten über den Atlantik bringt. Viele Grüße, Luc und Pierre.

Endlich kamen wir mit 80 Knoten vorwärts, und schon sagten die beiden wieder, wir sollen langsamer fahren! Das fiel mir wirklich schwer, denn es war so wunderbar, schnell in Richtung Osten voranzukommen. Wir sollten also, ohne wirklich zu verstehen warum, Helium ablassen, sinken und langsamer werden. Um uns zogen Wolken auf. Einige trieben unmittelbar neben dem Ballon. Sie sahen zwar nicht unbedingt gefährlich aus, konnten aber trotzdem unangenehme Turbulenzen verursachen. Wir wollten außerdem vermeiden, daß die Hülle durch das Kondenswasser naß würde. Ich war sehr angespannt. Der Ballon stieg und sank wie ein Delphin in Sprüngen von 300 Metern, während die Wolken um uns immer dichter wurden – eine faszinierende, aber äußerst unangenehme Kombination.

Unsere Fluglotsen sorgten wie immer für freie Fahrt. Taiwan war für Patrick Schelling ein Kinderspiel, weil er über persönliche Kontakte zur dortigen Flugsicherung verfügte und schon alles im voraus geregelt hatte. Unser gleichmäßiger Kurs und die konstante Geschwindigkeit ermöglichten es ihm, genau zu bestimmen, wann wir den taiwanesischen Luftraum erreichen würden. Während wir uns Taiwan näherten, erhielt das Kontrollzentrum ein seltsames, an British Airways adressiertes Fax aus Vietnam, in dem jemand in gebrochenem Englisch nach der Position des Ballons und der geschätzten Ankunftszeit im Fluginformationsgebiet Ho-Chi-Minh-Stadt fragte.

Greg antwortete, er sei vom Schweizer Kontrollzentrum und nicht von British Airways, und der Ballon sei bereits an Vietnam vorbeigeflogen. Daraufhin kam ein zweites Fax: »Wir haben Ihre Nachricht erhalten. Besten Dank für Ihre Antwort.«

Brian

Als ich mich wieder zu Bertrand gesellte, war ich bestens gelaunt und sagte, er solle filmen, wie ich mir Frühstück mache. Ich begann, Butter aufs Brot zu schmieren, und er sagte: »Was für ein leckeres Butterbrot. Das werde ich jetzt mal von nahem filmen, damit allen der Mund wäßrig wird.«

»Dies ist mein Frühstück am 11. März um acht Uhr morgens«, kommentierte ich.

»Ach so, du schmierst schon Dein Brot für morgen«, sagte Bertrand. »Bis dahin ist es vielleicht schon ausgetrocknet – heute ist nämlich der 10. Ich überprüfe das jetzt an Deinem Bart. Jawohl, das ist ein Zehn-Tage-Bart, kein Elf-Tage-Bart!«

Nach diesem Ausbruch von guter Laune hatte er plötzlich sehr viel zu tun, denn wir hatten unseren Kurs verloren. Bertrand mußte versuchen, über die Wolken zu steigen, und dafür wiederholt die Brenner betätigen. Er rief bei den Meteorologen an und sagte, das Wetter sei furchtbar. »Warum müssen wir so niedrig fliegen?« wollte er wissen. »Also«, antworteten sie, »wir haben alles noch mal durchgerechnet. Ihr könnt auf Eure ursprüngliche Flugfläche von 270 zurückgehen.« Sofort stiegen wir wieder auf. Wir hatten das Gefühl, in den vergangenen drei oder vier Stunden nur Helium verloren, Propan verbrannt und Zeit vergeudet zu haben – alles vergeblich.

Nach dem vorausgegangenen Rummel verlief die Fahrt über China eher ereignislos. Wir wagten nicht an eine komplikationslose Überquerung zu denken, doch genau so kam es. Die Fahrt war ein 2400 Kilometer langer Balanceakt, aber der Ballon hielt den 90-Grad-Kurs fast von allein mit einer geradezu unheimlichen Genauigkeit. Aufgrund des schlechten Wetters sahen wir überhaupt nichts, bis wir die Ostküste erreichten. Dort rissen die Wolken auf, die Luft war allerdings dunstig und die Sicht immer noch schlecht. Ich war erleichtert, daß wir das Nadelöhr ohne Schwierigkeiten passiert hatten. Bis zu diesem Moment hatte China auf uns gelastet wie ein Alptraum, ein Ort, an dem menschlicher Starrsinn unsere Fahrt zu einem plötzlichen Ende bringen konnte. Jetzt war die Gefahr vorbei, und uns fiel ein Stein vom Herzen.

Kurz bevor wir den chinesischen Luftraum wieder verließen, faxte ich um 12.04 Uhr: »Habe die nächste Karte ausgepackt. Sie ist ganz blau.« Zum zweiten Mal auf unserer Reise näherten wir uns einem Punkt, an dem keine Umkehr mehr möglich war. Die erste Schwelle war der Start gewesen, jetzt lag das größte Hindernis überhaupt vor uns, der Pazifik. Um Bertrands Stimmung zu heben, sagte ich: »Weißt du eigentlich, daß der Pazifik breiter ist als die Entfernung von Château-d'Oex bis hierher?«

Und wie zur Steigerung unserer Sorgen erhielten wir dann noch ein Fax von Stefano Albinati, einem eher nüchternen Menschen, der nicht zu Emotionen neigt:

> Ich wollte Euch nur sagen, daß mein Herz mit zweihundert Knoten pro Sekunde schlägt, obwohl ich hier gemütlich im Kontrollzentrum sitze. Der Pazifik vor Euch ist zwar sehr groß, aber längst nicht so groß wie meine Bewunderung für das, was Ihr tut. Ich wünsche Euch alles Gute für die Überfahrt.

KAPITEL 9

Pacific Blues

Bertrand

Angesichts der 13000 Kilometer Wasser, die vor uns lagen, schrieb ich:

> Genau das ist für mich das Abenteuer. Ein Abenteuer fällt aus dem Rahmen, führt einen an einen Punkt, an dem man dem Unbekannten ins Auge sehen muß. Dann muß man in sich den Mut und die Kraft finden, mit dem, was vor einem liegt, fertig zu werden.

Viele große Taten der Menschheit sind keine echten Abenteuer. Sie sind vielleicht mit großen Gefahren verbunden, aber die daran beteiligten Menschen wissen genau, was auf sie zukommt. Für uns dagegen war der Ozean vor uns eine völlig unbekannte Größe. Das war schwierig, aber zugleich wunderbar. Ich liebe Situationen, in denen ich mich auf das Unbekannte einlassen muß. Sie helfen mir, mit dem Leben zurechtzukommen, wenn ich wieder zu Hause bin. Schließlich ist das ganze Leben eine unbekannte Größe und ein großes Abenteuer. Viele Menschen erkennen nie, wie faszinierend das Abenteuer des Lebens sein kann. Für mich war der Pazifik vor uns eine Metapher für das Leben.

Ich war aufgeregt, aber ich hatte auch Angst. Als die

Sonne unterging – wir befanden uns gerade zwischen China und Taiwan –, blockierten die elektrischen Ventile auf der einen Seite des Brennersystems und blieben offen. Riesige Flammen schossen in den Heißlufttrichter. Wir drehten schleunigst das Gas ab, damit es kein Loch in die Hülle brannte, und schalteten auf die drei Brenner der anderen Seite um. Dann mußten wir auch noch die Einstellung des Autopiloten ändern und den Ballon wieder stabilisieren. Jedenfalls hätten wir auf solche Probleme im Moment gerne verzichtet. Wir überlegten, ob vielleicht Schmutz in das System gekommen war, aber die Techniker am Boden meinten, die Ventile seien vermutlich aufgrund der Kälte vereist. Die Möglichkeit eines totalen Brennerausfalls erschien uns angesichts der gewaltigen Wasserfläche unter uns unendlich erschreckender als über dem Festland. Ich brauchte nur an Richard Branson und Andy Elson zu denken, die beide im Meer hatten notlanden müssen ...

Schlimmer wurde alles noch dadurch, daß der Steuerkurs auf 101 Grad gedreht hatte und der Wind uns viel zu weit nach Süden abtrieb. Wir hatten den Pazifik in einer geraden Linie überqueren wollen – und schon jetzt konnten wir diesen Kurs nicht halten. Auch Branson war gescheitert, als es ihn nach Süden abgetrieben hatte.

Zum ersten Mal fragte ich mich, ob unsere wackeren Meteorologen wirklich genau wußten, was zu tun war. Sie hatten hart gearbeitet, um uns sicher nach China und über China weg zu bringen. Vielleicht hatten sie sich zu sehr auf das Festland konzentriert und noch gar nicht überlegt, mit welcher Strategie sie den Pazifik angehen wollten. Ihre Arbeit wurde außerdem dadurch erschwert, daß sie nur sehr wenige Informationen über das Wetter im Pazifik bekommen konnten. Eins ihrer Modelle sah eine nördliche Route vor, das andere genau das Gegenteil, eine südliche Route. Sie konnten uns nur um etwas Geduld bitten, bis sie neue Flugbahnen errechnet hatten.

»Diese Probleme zerstören das Vertrauen wieder, das in uns gewachsen ist«, schrieb ich. Unsere moderne Technik hatte bisher so gut funktioniert, daß die plötzlichen Ausfälle uns einen Schock versetzten. Als ich zu Bett ging, hatte ich richtig Angst und mußte zum Einschlafen auf Selbsthypnose zurückgreifen.

Um vom Ballonfahren und den ständigen Brennstoffberechnungen und Sorgen über das Geräusch der Brenner abschalten zu können, verwendete ich eine wirksame Technik. Ich legte mich auf den Rücken, schloß die rechte Faust und drückte sie fest zu. Zeigefinger und Daumen der Faust zeigten zu mir. Dabei stellte ich mir vor, wie ich den ganzen Streß und die Anspannung in meiner Hand zerquetschte. Dann atmete ich tief ein, hielt den Atem an, ballte die Faust mit aller Kraft und starrte angestrengt auf einen Punkt an meiner Hand. Als ich es nicht mehr aushalten konnte, atmete ich aus und öffnete die Faust wieder. Schon spürte ich, wie sich die Anspannung in Entspannung verwandelte. Ich stellte mir vor, wie alles schwer wurde, das Handgelenk, der Unterarm, der Arm, die Schulter, der andere Arm, der Kopf, der Rücken, der Unterleib, der Magen und die Füße – bis ich mich ganz entspannt fühlte. Dann erzählte ich mir eine Geschichte. Ich war aus der Kabine gestiegen und lag auf einer warmen, weichen Wolke und sah den Ballon an, der langsam von mir wegtrieb. Er wurde von Brian gesteuert, und ich mußte mich um nichts kümmern.

Ich entspannte mich auf meiner Wolke und sah zu, wie der Ballon durch einen riesigen, leuchtend farbigen Regenbogen fuhr. Zuerst kam Rot, die Farbe der Aufregung und Anspannung, dann das etwas weichere Orange, dann Gelb wie ein wunderschönes Rapsfeld, ein Labsal für Auge und Seele, dann Grün wie die Prärien des amerikanischen Mittleren Westens, über die eine sanfte Brise streicht, und dann Blau, das noch entspannender war, weil es zugleich Himmel und Meer ohne Horizont dazwischen verkörperte. Zuletzt fuhr der Ballon in das Indigo, ein tiefes Nachtblau, praktisch ohne Farbe, in dem alles fast schwarz war. Als ich den Ballon kaum noch erkennen konnte, drehte ich mich auf die Seite und fiel in einen tiefen Schlaf.

Brian

Ich war wie Bertrand sehr nervös. Wir beide kamen zwar blendend miteinander zurecht, aber gegenüber dem Kontrollzentrum wurde ich im Laufe der Nacht immer gereizter. Wir hatten einen Vertrag mit Oakland Oceanic Control in der Nähe von San Francisco, der Organisation, die den Luftverkehr in dem vor uns liegenden Gebiet überwacht. Kurz vor neun faxte ich nach Genf:

> Sieht so aus, als sei die Entscheidung gefallen, die große Pfütze vor uns in Angriff zu nehmen. Bitte bestätigt, daß alle im Team eine Kopie des Vertrags mit der Flugsicherung Oakland vorliegen haben. Wir gehen davon aus, daß Ihr unsere Ankunft dort meldet. Guten Morgen von Brian. FL 180, steigen mit Eurer Erlaubnis auf FL 260.

Einige Minuten später fügte ich noch hinzu:

> Schließt Lucs Skier im Schrank ein, bis unsere Fahrt vorbei ist. Das ist ein Befehl von den Kapitänen Piccard und Jones.
>
> Unsere Probleme haben Bertrand das Abendessen verdorben. Ich kann nicht glauben, daß

für den Ärger mit den Ventilen die Kälte verantwortlich sein soll. Wir hatten letzte Nacht über Birma eine niedrigere Umgebungstemperatur, und die Ventile funktionierten trotzdem reibungslos. Und überhaupt haben wir nur minus 23 Grad. Was passiert, wenn die Temperatur auf minus 56 fällt?

Einige Minuten später meldete sich Alan. Er fand offenbar, wir würden unsere Position nicht oft genug melden, und sein herablassender Ton ärgerte mich zusätzlich.

Der Pazifik ist groß und ziemlich leer. Ich will Euch ja nicht beunruhigen, aber …

Die Flugstraßen zwischen Taiwan und Honolulu, Japan, Nord- und Südamerika sind sehr stark frequentiert. Es gibt keine Radarkontrolle, und vermutlich schaut auch niemand aus den Cockpitfenstern der vorbeifliegenden Düsenjets. Die Flugzeuge fliegen auf den ihnen zugewiesenen Flugflächen, es ist deshalb sehr wichtig, daß Ihr die zuständige Behörde auf HF und das Kontrollzentrum über Inmarsat benachrichtigt, bevor – und ich meine BEVOR – Ihr Eure Höhe ändert. In anderen Worten, Ihr solltet erst um Erlaubnis fragen, bevor Ihr auf eine andere Flugfläche wechselt.

Wenn Ihr versehentlich oder aufgrund eines Notfalls die Flugfläche ändert, meldet Eure Position auf 121.5 und gebt Eure alte beziehungsweise aktuelle Höhe sowie die angestrebte neue Flugfläche genau an. Anschließend benachrichtigt Ihr die Flugsicherung und das Kontrollzentrum … Ich schlage vor, daß Ihr auf Mode C schaltet, da einige moderne Flugzeuge über einen Anti-Kollisions-Radar verfügen, der Euer Signal empfangen kann.

Einige neue Videobilder zur Feier Eurer China-Überquerung wären schön. Morgen ist das schon kalter Kaffee.

Mir kam vor, als würde Alan von Sachen reden, die für uns sowieso selbstverständlich waren. Meine ironische Antwort verrät, wie gereizt ich war:

Danke, daß Du uns so viel Mut machst. Ich habe den Vertrag schon vor ein paar Stunden gelesen. Es ist sehr schwer, sich an einen Streifen von einhundert Metern zu halten, aber wir werden natürlich unser Bestes versuchen. Mode C für den Anti-Kollisions-Radar war in letzter Zeit ständig eingeschaltet. Bertrand Spielberg schläft momentan, deshalb ist im Augenblick kein Videoclip von uns erhältlich. Wir waren über China viel zu beschäftigt, um mit den Kameras zu spielen.

Um Mittag gab es außer den Aussetzern der Ventile weiteren Grund zur Sorge. »Wir driften langsam ab«, meldete ich. »Wir kommen auf unserem Kurs viel zu tief in den Süden. Bitte bestätigt, daß alles in Ordnung ist, und laßt uns wissen, was uns in Sachen Kurs und Geschwindigkeit erwartet.« Ich hatte zum ersten Mal auf unserer Fahrt das Gefühl, daß die Leute am Boden nicht wirklich auf unsere Anfrage reagierten.

Auf der Karte hatte ich gesehen, daß direkt vor uns zwei Gefahrenzonen mit den Kennzeichen W 172 und W 184 lagen, über die wir nichts wußten. Zu meinem Glück wußte ich auch nicht, daß Patrick Schelling von der Schweizer Flugsicherung bereits mit einem unerwarteten

Problem kämpfte, das uns sehr gefährlich werden konnte. Als Patrick den Namen Naha zum ersten Mal hörte, hatte er von der Existenz dieses Ortes keine Ahnung. Es stellte sich heraus, daß es sich um die Hauptstadt der Insel Okinawa handelte und daß sich dort ein militärisches Übungsgebiet befand. Als Patrick beim Tower von Naha anrief, wiederholte der Chef der dortigen Luftaufsicht, der nur schlecht Englisch sprach, nur ständig mit hoher Stimme: »Gefährliche Zone! Sehr heikel! Sehr heikel!« Er schien sehr nervös und verlangte, daß der Ballon umgeleitet würde. Das war natürlich unmöglich, und so blieb unseren Lotsen wieder einmal nichts anderes übrig als zu verhandeln. Wieder hatten sie es mit Menschen einer fremden Kultur zu tun und mußten extrem vorsichtig sein, damit sie sie nicht beleidigten.

Patrick versuchte alles, seine Gesprächspartner zu einer Freigabe zu bewegen. Er versuchte es wieder von Kollege zu Kollege, doch erfolglos. Der Chef der Luftaufsicht sagte, japanische Flugzeuge machten eine Übung, und er könne ihnen kein Flugverbot erteilen. Mehrmals wiederholte er: »Sehr heikel! Sehr heikel!« Schließlich, nach einer längeren Diskussion, fragte Patrick ihn einfach ganz direkt: »Können Sie uns die Sicherheit des Ballons garantieren?« Die unerwartete Antwort lautete: »Ja, ja!«, und das Problem war gelöst.

Ich bekam von diesen Gesprächen nichts mit, aber ich war nervös wegen der Gefahrenzonen und verärgert über die spärlichen Informationen vom Kontrollzentrum. Meine schlechte Laune zeigte sich in den Meldungen, die ich kurz hintereinander nach Genf schickte:

> John – Sieht so aus, als würde unser Ballon mitten durch die Gefahrenzone W 172 fliegen. Weiß die Schweizer Flugsicherung darüber etwas? FL 250, Steuerkurs 097, 84 Knoten. Wir sind so

schnell, daß es mir die Haare nach hinten weht (zumindest die paar, die ich habe – obwohl das noch viele sind, verglichen mit einigen anderen Leuten). Außerdem haben wir hier mittlerweile auch eine Dusche. Man stellt sich einfach den Tag über unter die Deckenluke oder die Brennstoffvorratsanzeige, dort tropft jede Menge kaltes Wasser herunter. Im Moment ist es natürlich noch gefroren. Es taut erst, wenn Bertrand aus seiner Koje kommt, die genau darunter liegt.

John – Ich will ja nicht aufdringlich sein, aber … Schreibt Ihr unsere Fragen bei Euch nicht mehr an die Tafel? In den letzten Faxen haben wir gefragt, ob alle Teams den Vertrag mit den Amerikanern zur Pazifiküberquerung kennen. Außerdem brauchen wir Funkfrequenzen, die Bestätigung von Luc und Pierre, daß wir auf dem richtigen Weg sind, Informationen zur Installation der Stabantenne für das Satellitentelefon und Aufklärung über die Gefahrenzone vor uns …

Auf dieses zweite Fax erhielt ich eine scharfe Antwort von Alan:

Jetzt hör mal zu, Du Miesepeter. Wir dachten, Du machst Witze. Hast *Du* den Vertrag denn gelesen? Er betrifft Euch erst in ein paar Tagen, dann nämlich, wenn Ihr in den Zuständigkeitsbereich von Oakland kommt … Momentan befindet Ihr Euch noch im Bereich der japanischen Luftaufsicht, mit der wir keinen Vertrag geschlossen haben … Luc sagt, Kurs 094 wäre perfekt, aber der zuletzt von Euch gemeldete von 092 ist auch gut, wenn es nicht besser geht…

Gefahrengebiet W172 ist eigentlich ständig für den Luftverkehr gesperrt. Die Luftaufsicht teilt einem mit, wenn man irgendwo nicht durch darf – und dann muß man eben umkehren. Aber im Ernst, Ihr habt schon einige Gefahrengebiete und Luftsperrgebiete durchquert, anders wäre eine Erdumrundung gar nicht möglich. Sollten solche Gebiete gesperrt sein, wird bei Zugang des Flugplans im Normalfall die Schweizer Flugsicherung informiert. Bevor Ihr eine solche Zone betretet, werdet Ihr darauf hingewiesen. Wir überprüfen W172 und W184 telefonisch bei den Japanern und melden uns dann bei Euch.

Gefahrenzone W184: Eine Freigabe ist mit dem Verantwortlichen in Naha abgestimmt, allerdings gibt es dort heute abend um 22 Uhr Z ein großes Manöver mit Kampffliegern, Bombern, Raketen und U-Booten, also beeilt Euch besser und erschreckt nicht, wenn es knallt und blitzt und die Kabine wackelt. Die japanische Armee weiß, daß Ihr in der Gegend seid und vermutlich das Gebiet überfliegen werdet. Also sorgt Euch nicht… nicht zu sehr.

Das war vielleicht witzig gemeint, aber ich fand es überhaupt nicht komisch. »Okay, Du Witzbold«, explodierte ich. »Du sagtest, Du würdest wegen des Satellitentelefons noch mal nachsehen. Wir kennen Dich ja – wahrscheinlich hast Du alles im Kopf und in Deiner Tasche, aber leider kommt das Team dort nicht an die Infos heran!« Dann merkte ich, daß der Ton unserer Unterhaltung außer Kontrolle geriet, und nach ein paar lieben Worten von Debbie

Clark, die nach unserer Flugfläche fragte, beruhigte ich mich wieder.

> Ich bin ja gar nicht wirklich böse auf Euch da unten. Es ist nur so, daß unser geliebter Flugleiter sich immer gleich so wahnsinnig über irgendwelche Sachen aufregt.

John erwiderte:

> Du hast uns so aufgeregt, daß alle ins Hotel zurück sind, um etwas zu essen. Ich soll hier nur noch das Licht ausmachen und dann nachkommen. Nein, war nur Spaß! Wir alle lieben Euch inniglich... Ich dachte, das Manöver in Eurer Nähe sei für Euch Unterhaltung genug. Kannst Du mir sagen, ob die japanische Luftwaffe F-16 Js oder die älteren F-16 Gs verwendet, ich meine, die mit der alten Funkantenne und den alten Vorderkante-Landeklappen (wäre schön, wenn Du die Seriennummer notieren könntest).

Nicht nur bei uns in der Kabine war die Stimmung angespannt. Wir erfuhren später, daß auch im Kontrollzentrum alle unter Hochspannung gestanden hatten. Meine eigenen Schwierigkeiten ließen mich völlig vergessen, wie angestrengt auch die Mitarbeiter im Kontrollzentrum arbeiteten. Sie hatten zwar bequeme Hotelzimmer und konnten gut essen, wann immer sie wollten, aber auch auf sie nahm der Druck stetig zu. Paradoxerweise stieg die Spannung, je weiter wir gefahren waren und je größer unsere Aussicht auf Erfolg war. Meine und Bertrands Sicherheit stand für meine Freunde John, Debbie, Smiffy und C an oberster Stelle. Sie saßen jede Minute ihrer

Schicht wie auf glühenden Kohlen, aus Angst, etwas könnte schiefgehen. Smiffy meinte nach unserer Landung, er habe das Gefühl, drei Wochen lang ununterbrochen die Luft angehalten zu haben.

Nach unserem bissigen Faxaustausch nahm er Alan beiseite und sagte, er solle sich zurückhalten. Jo – die laut den anderen tagelang eine geradezu heroische Selbstbeherrschung gezeigt hatte – bekam einen hysterischen Anfall und schrie, Alan ruiniere durch seine gefühllose Art unsere Erfolgschancen. Dann brach sie in Tränen aus, rannte aus dem Raum und schloß sich in der Toilette ein.

Alans Bemerkungen über ein großes Manöver, die wir für einen Witz gehalten hatten, stellten sich als in jeder Beziehung wahr heraus. Zwar passierten wir die Gefahrenzone W 184, ohne etwas zu sehen, aber wenn wir die ganze Zeit an den Bullaugen gelauert hätten, wäre uns vielleicht doch angst und bange geworden, weil in dieser Nacht offenbar viele Flugzeuge unterwegs waren.

Die schlechte Funkverbindung in dieser Nacht war ein neues Ärgernis. »Bekomme mit diesem schrecklichen HF-Funk keine Verbindung mit Naha«, meldete ich John. »Zwei Flugzeuge haben mich auf 121.5 angefunkt und mir gesagt, ich solle mit Naha sprechen, aber ich kann nichts hören.« Erst als ich an Bertrand übergab und die Sonne aufging, kam eine kleine Aufmunterung in Gestalt eines freundlichen Fax aus Oakland in Kalifornien, in dem man uns jegliche Unterstützung zusicherte. Doch inzwischen hatte ich für diese Nacht genug.

Bertrand

»Hallo, alle zusammen«, faxte ich, als ich das Cockpit übernahm. »Ich lasse den Ballon ohne Brenner ausgleichen. Er bleibt auf FL 217 mit Kurs 092 und 74 Knoten.

Kein Kontakt auf HF, nur VHF auf 121.5 mit Flugzeugen, die unsere Meldungen nach Naha und Tokio weiterleiten. Zeit für meine morgendliche Tasse Earl-Grey-Tee.«

Später an diesem Morgen fuhren wir über die Insel Iwojima, die amerikanische Truppen nach heftigen Gefechten im Februar 1945 von den Japanern erobert hatten. Auf ihr gab es einen Vulkan, um dessen Gipfel Wolken hingen. Auf einer kleinen Insel daneben befand sich ein Flugfeld, ich funkte also den Fluglotsen dort an und sagte, daß ich vorbeifahren würde. Er war nicht im geringsten an uns interessiert, aber ein amerikanischer Pilot hörte unser Gespräch mit und kam uns so nahe, daß ich seine Motoren hören konnte.

»Wer fliegt neben unserem Ballon?« rief ich über Funk.

»US Navy Gulfstream 4«, antwortete er fröhlich und stellte dann eine Menge Fragen. Ich erzählte dem Kontrollzentrum:

> Bin über Iwojima gefahren. Die haben sich nicht mal die Mühe gemacht, nach oben zu schauen. Vermutlich ist das letzte Mal vor fünfzig Jahren etwas Seltsames am Himmel aufgetaucht, nämlich Bomber der amerikanischen Luftwaffe. Vielleicht saßen sie auch schon alle in ihren Bunkern, dabei schwöre ich Euch, ich habe das Klo nicht benutzt…

Die nächste Nachricht aus dem Kontrollzentrum war insofern beruhigend, weil sie die Punkte klärte, die Brian zuvor angesprochen hatte: Unsere Teams in Genf waren über die pazifischen und atlantischen Flugsicherungsverfahren informiert, Luc und Pierre bestätigten, daß wir auf dem richtigen Kurs fuhren, und das Satellitentelefon funktionierte auch wieder. An diesem Tag flogen wir über den Marianengraben – ein großer Augenblick für mich. Dort unten war mein Vater zum tiefsten Punkt des Ozeans hinabgetaucht. Es freute mich so, daß unsere beiden Unternehmen sich an dieser Stelle berührten, daß ich ihn sofort anrief.

Ende der fünfziger Jahre hatte sich das Tiefseetauchen zu einem Wettrennen entwickelt, vergleichbar unserem Rennen. Mit von der Partie waren das von meinem Großvater und meinem Vater gebaute Bathyscaph *Trieste* und eine von der französischen Marine angefertigte Kopie dieses Tauchboots. Ich hatte in Zeitungsartikeln gelesen, wie erbittert das Rennen zum tiefsten Punkt der Meere gewesen war, und war natürlich stolz darauf, daß mein Vater es gewonnen hatte. Als ich den Marianengraben überquerte, war auch ich Teilnehmer eines internationalen Rennens. Konnte ich den Erfolgen meiner Familie einen weiteren hinzufügen? Manchmal war ich mir dessen vollkommen sicher, dann wieder zweifelte ich daran, daß sich solche Erfolge von Generation zu Generation wiederholten. Jetzt endlich war, nach fünf Jahren der Vorbereitung und des Schwankens zwischen Furcht und Hoffnung, die Stunde der Wahrheit gekommen.

Brian

Auf der ganzen Welt verfolgten Menschen unsere Fahrt. Auf der Internetseite von Breitling trafen E-Mails mit ermutigenden Worten ein. Später erfuhren wir von Alan Kirby, einem pensionierten Atomphysiker aus England, der sich selbst fröhlich als »Ballonfanatiker« bezeichnete, er habe an die fünftausend solcher E-Mails heruntergeladen. Insgesamt gingen während unserer Fahrt acht- bis neuntausend E-Mails bei Breitling ein. Sie kamen aus allen Winkeln der Erde, aus Australien, Neuseeland, Dubai, Malaysia, Brasilien und Europa, doch die meisten stammten aus Nordamerika. Dort hofften viele Menschen begeistert, daß wir über ihr Land fahren würden.

»Guten Abend, Bertrand und Brian«, schrieb Ralph R. Davis aus Walnut Creek in Kalifornien. »Ihr seid zwar keine Amerikaner, aber ihr habt in den Staaten eine Menge Fans.« Jane Matheson, eine frühere Klassenkameradin von Bertrand, die in North Palm Beach in Florida lebt, schickte liebe Grüße und fragte, ob Bertrand an der Stelle am Knie, wo sie ihn getreten hatte, immer noch eine Narbe habe. Ein Mann, der sich »Montgolfier« nannte, wollte »eine kleine Ballonflotte« organisieren, die uns an der Westküste der USA begrüßen sollte. »Wäre schön, wenn Sie etwas sinken könnten, um uns zu treffen«, schrieb er. »Ich gebe Ihnen rechtzeitig Bescheid, ob die Flotte bereit steht oder das Unternehmen abgeblasen werden mußte.«

Doch dann war auf einmal alles anders, und an eine Überquerung der USA war nicht mehr zu denken. Luc gab im Kontrollzentrum eine drastische Änderung unserer Reiseroute bekannt – noch bevor wir davon erfuhren. Er und Pierre hatten beschlossen, uns nun doch nach Süden zu schicken, statt uns weiter auf dem nördlichen Kurs fahren zu lassen. Im Süden würden wir auf einen Jetstream stoßen, der dort laut Wetterbericht in drei Tagen entstehen sollte. Alle waren wie vor den Kopf gestoßen, und Brian Smith wollte den Jetstream auf dem Computer sehen. Luc sagte: »Das hast Du falsch verstanden. Der Jetstream existiert noch gar nicht. Er entsteht erst in drei Tagen.« Daraufhin wurde Brian kreidebleich.

Die Entscheidung für die südliche Route warf auch die Pläne der Fluglotsen über den Haufen. Sie mußten jetzt einen neuen Plan für die Strecke über Mexiko und Kuba ausarbeiten. Das Kommunikationszentrum im Genfer Flughafen mußte eilends die Adressen der zuständigen Flugsicherungen in Miami, New York, Honolulu, Oakland, Havanna, Kingston (Jamaika), Curaçao und Santo Domingo ermitteln – sie mußten alle benachrichtigt werden.

Uns schickten Luc und Pierre eine genaue Analyse der neuesten Wetterlage, da sie unseren Schrecken offenbar schon ahnten.

> Lieber Brian, lieber Bertrand. Nach vielen Diskussionen mit Alan haben wir beschlossen, die südliche Route über den Ozean zu nehmen. Luc wird Euch das am Telefon erklären. Die dafür benötigte Flugfläche liegt bei 260 bis 280, mit Kurs zwischen 093 und 098 und einer Geschwindigkeit von etwa 35 Knoten bis 0 Uhr Z. Danach könnt Ihr auf Eure Prallhöhe steigen. Sie wird vermutlich um FL 295 liegen. Der Kurs wird innerhalb von vierundzwanzig Stunden von 095 auf 150 übergehen, mit Geschwindigkeiten zwischen 25 und 30 Knoten. Am Tag danach werdet Ihr zwischen dem 13. und 15. Grad nördlicher Breite wieder auf eine niedrigere Flugfläche sinken, mit Geschwindigkeiten von 20 bis 25 Knoten.
>
> Dieses aufwendige Manöver ist notwendig, um den schnellen subtropischen Jetstream zu erwischen, den wir gerade beobachten. Er beginnt südwestlich von Hawaii und verläuft über Zentralamerika nach Nordwestafrika.

Diese dramatische Kursänderung beunruhigte uns natürlich zutiefst, zumal wir den Eindruck hatten, daß unsere Wetterfrösche selbst etwas unschlüssig waren. Nachdem wir nun bereits vierundzwanzig Stunden auf der nördlichen Strecke gefahren waren, hatten sie nach nochmaliger Überprüfung ihrer Berechnungen offenbar herausgefunden, daß die nördliche Strecke zwar kürzer und die Geschwindigkeit auf ihr größer war, daß uns dort aber eine Schlechtwetterfront einholen würde. Dadurch liefen wir Gefahr, wie Andy Elson auf dem Wasser notlanden zu müssen. Die südliche Route in Richtung Äquator dagegen war mit drei bis vier Tagen niedriger Flugfläche und Geschwindigkeit zwar für uns eher unerfreulich, würde uns dann aber zu einem Jetstream führen, der sich in einigen Tagen südlich von Hawaii bilden sollte.

Nach Süden fahren zu müssen war für uns eine schreckliche Vorstellung, nicht zuletzt deswegen, weil Richard Branson das gleiche getan hatte und dann gescheitert war. Auch er war zunächst auf der nördlichen Route gefahren und dann Richtung Süden nach Hawaii umgeschwenkt; dort hatte ihn die Katastrophe ereilt. Jetzt sollten wir demselben Kurs folgen. Statt direkt nach Osten über den Pazifik zu fahren und dann irgendwo zwischen Los Angeles und San Francisco in Kalifornien die nordamerikanische Küste zu erreichen, sollten wir sogar noch weiter nach Süden steuern als Branson – bis 1500 Kilometer südlich von Hawaii. Dort waren wir an einer Stelle Australien näher als den Ländern der nördlichen Hemisphäre, außerdem verlängerte sich unsere Reise um mehrere tausend Kilometer.

Bertrand

Brian und ich hatten den Eindruck, daß unsere Wetterfrösche sich aus Unfähigkeit, eine wirklich gute Strecke zu finden, einfach für das kleinere von zwei Übeln entschieden hatten. Ich hatte ernsthafte Zweifel und war so deprimiert, daß ich Michèle anrief und ihr sagte, ich glaubte, wir würden es nicht schaffen, weil wir nicht genug

Brennstoff hätten, um eine so weite Strecke so langsam hinter uns zu bringen.

»Aber Bertrand«, sagte sie, »das verstehe ich nicht. Luc und Pierre waren vor einer Stunde fest davon überzeugt, das Richtige zu tun. Ihr braucht nur vier Tage langsam zu fahren, dann erreicht Ihr den Jetstream. Wovor hast du denn Angst?«

»Hm«, erwiderte ich, »ich sehe nicht, wie wir uns auf einen Jetstream verlassen können, der noch gar nicht existiert.«

Michèle rief noch einmal bei den Meteorologen an, erzählte ihnen von unseren Bedenken und fragte sie, was sie wirklich glaubten. »Aber es gibt doch überhaupt keinen Grund, deprimiert zu sein«, rief Luc entgeistert. Er rief sofort bei mir an, und wir unterhielten uns lange auf Französisch. Als ich fragte, ob er uns wirklich nach Süden schicken wolle, sagte er: »Bertrand, vertraust du mir? Ja oder nein?«

In dieser Situation erschien es mir besser, einfach zu bejahen.

»Ja«, sagte ich also.

»Okay, dann tut einfach, was wir sagen! Die Situation ist unter Kontrolle.«

Dies war der Wendepunkt unserer Fahrt. Wenn wir auf der nördlichen Route geblieben wären, wäre unser Unternehmen gescheitert. Wir wären in heftige Gewitter geraten, die den Ballon zerrissen und uns ins Meer geschleudert hätten. Jedenfalls hätten wir keinen Jetstream erreicht. Damals wußten wir das natürlich nicht, und so vertraute ich Brian an: »Brian, ich muß zugeben, ich habe ein wenig Angst.«

»Gott sei Dank!« erwiderte er. »Ich wollte dir schon die ganze Zeit sagen, daß ich mir vor Angst fast in die Hosen mache.«

Es war ein wunderbarer Augenblick. Das Eingeständnis, daß wir beide Angst hatten, brachte uns näher zusammen als je zuvor und gab uns die Kraft, zu meistern, was vor uns lag.

Brian

Ich hatte schon immer Angst vor dem Unbekannten. Deshalb war es ein großer Trost zu wissen, daß auch Bertrand Angst hatte. Daß ich meine Angst zugegeben hatte, brachte mir allerdings nur eine vorübergehende Erleichterung. Die Angst blieb, nicht zuletzt deshalb, weil ich ständig an Steve Fossetts schrecklichen Absturz denken mußte. Der Gedanke an eine Notwasserung war für mich am schlimmsten.

Die Kabine des *Orbiter 2* hatten wir vor der Fahrt getestet. Wir wußten daher, daß sie sehr gut schwamm. Die Kerosintanks waren relativ leicht, und die Kapsel selbst hatte einen Kiel, der sich mit Wasser füllte und die Kabine dadurch stabilisierte. Die Kabine des dritten *Orbiter* dagegen war viel toplastiger. Das Gewicht des Lastgestells, der Ausleger und die schweren Titantanks auf dem Dach würden die Kabine bei einer Wasserung wahrscheinlich umkippen. In diesem Fall konnten wir sie womöglich nicht mehr durch eine der Luken verlassen.

Wir konnten dann nur noch die ganze Ausrüstung nach vorn tragen und hoffen, daß der Bug der Kabine so weit untertauchen würde, daß wir durch die Heckluke entkommen konnten. Doch auch selbst dann war die Gefahr des Ertrinkens groß: Die Kabine konnte sich durch die offene Luke mit Wasser füllen und uns mit unter Wasser ziehen. Eine Rettung mit dem Fallschirm während des Absturzes war ebenfalls keine Alternative. Wir waren sechs, sieben oder gar acht Tage von jeder Hilfe entfernt. Die Chancen, daß uns jemand rechtzeitig finden würde, waren äußerst gering. Selbst wenn uns ein Flugzeug entdecken und ein großes Rettungsfloß zu uns hinunterwerfen würde, war das noch lange keine Garantie dafür, daß wir tatsächlich überlebten.

Bei Sonnenuntergang sah ich durch das Bullauge die gewaltigen Kumulonimbuswolken, von denen jede einzelne genügend Fallwinde und Hagelstürme enthielt, um unseren Ballon zu zerstören. Solche Wolken – die übrigens größer sind als die, die sich über Land bilden – hatten im Sommer zuvor Steve Fossett fast das Leben gekostet. Als die Dunkelheit anbrach, dachte ich: »Ob ich im Dunkeln in eine von ihnen hineingerate?« Ich konnte nicht erkennen, ob eine von ihnen auf unserer Strecke lag.

Man konnte den Wolken nur dadurch ausweichen, indem man stieg und über sie hinweg fuhr. Bei Sonnenuntergang saßen sie vielleicht noch vier- oder fünfhundert Kilometer von uns entfernt am Horizont. Es war unmöglich zu sagen, wie hoch sie waren und in welche Richtung sie nachts ziehen würden. Am meisten Angst machte mir die Vorstellung, der Ballon könne nachts plötzlich zu schwanken anfangen. In geradezu paranoider Verfassung löschte ich alle paar Minuten die Lichter in der Kabine und spähte hinaus, um mich zu überzeugen, daß man die Sterne noch sah. Wenn ja, wußte ich, daß wir nicht in einer Wolke steckten.

Bertrand

Die Wolken bildeten sich meist morgens durch die Feuchtigkeit, die vom warmen Meer aufstieg und in der kühleren Luft weiter oben kondensierte. Im Verlauf des Tages wuchsen sie zu riesigen Gebilden heran, die sich am Abend wieder auflösten.

Wir versuchten also, inmitten der Wolken, deren Obergrenze bei 28000 Fuß lag, einen Kurs von 123 Grad zu halten. Unsere Prallhöhe lag bei 30000 Fuß, wir hatten über den Wolken also nur noch 2000 Fuß Spielraum. Glücklicherweise führte uns unser Kurs immer, wenn wir einer Wolke zu nahe kamen, in eine etwas andere Richtung. Während wir uns zwischen den bedrohlichen Ungetümen hindurchschlängelten, hatten wir das Gefühl, von einer unsichtbaren Hand beschützt zu werden. Obwohl der Himmel voller gefährlicher Wolken war, stießen wir auf wundersame Weise mit keiner zusammen.

Die untere Hälfte einer Wolke zog oft in dieselbe Richtung wie wir, allerdings langsamer. Der Wind riß dann die Wolkenspitze ab und blies sie einige hundert Kilometer weit weg, und die Kumulonimbuswolke verwandelte sich in viele kleine Zirruswolken – Haufen von kleinen Eiskristallen, die in der Sonne glitzerten. Manchmal sahen wir, wie sich ganze Scharen kleiner Wolken im Kreis um eine große versammelten. Die Ursache dafür war vermutlich ein lokales Tief.

»Die Wolken über dem Pazifik sind lebendig«, schrieb ich in mein Tagebuch. »Sie wachsen in die Länge und in die Breite. Wenn wir Glück haben, bleiben die größten – die gefährlichen Kumulonimbuswolken – südlich von unserer Route.« Luc berichtete in einem Fax, im Süden tobten gewaltige Stürme. »Könnt Ihr sie eigentlich sehen?« Das konnten wir tatsächlich. Am Horizont standen gewaltige, bedrohlich wirkende Wolkenmassen.

Die Kommunikation wurde immer schwieriger. Fax und Telefon hatten beide den Geist aufgegeben, weil wir direkt unter dem nächsten Satelliten standen. Der Ballon schirmte die Antennen vom Satelliten ab, und wir trieben zwei Tage ohne direkten Kontakt mit Genf dahin. Jo schrieb damals in ihr Tagebuch: »Wir haben seit fast vierundzwanzig Stunden keine Verbindung mehr. Im Kontrollzentrum ist es still geworden.«

Das tote Telefon und das tote Fax verschlimmerten unser Gefühl der Isolation. Es war schon eigenartig, lautlos über einen 13000 Kilometer breiten Ozean zu schweben. Der Pazifik wurde zu einem riesigen Spiegel, der unsere Emotionen nackt reflektierte. Wir konnten uns nichts mehr vormachen: Wir hatten Angst. Brian zitierte zwei Verse aus einem seiner Lieblingsgedichte, aus *The Rhyme of the Ancient Mariner* von Coleridge:

Alone, alone, all, all alone,
Alone on a wide, wide sea.

Wir standen nur noch mit den Fluglotsen in Oakland bei San Francisco über HF-Funk in Verbindung. Während wir ohne Kontakt mit Genf über die Ödnis unter uns trieben, mußte ich plötzlich lachen. Mir war eingefallen, daß ich bei der Planung der Kabine gesagt hatte, ich wolle kein HF-Funkgerät an Bord haben. Ich hielt es für zu teuer und zu schwer und glaubte sowieso nicht, daß es funktionieren würde. Satellitengeräte, versicherte ich Alan, seien viel besser. Glücklicherweise aber war der HF-Funk bei derartigen Flügen immer noch gesetzlich vorgeschrieben.

Jetzt waren wir auf den HF-Funk angewiesen. Als ich aber in San Francisco anfragte, ob man mich telefonisch mit Luc verbinden könne, kam die Antwort: »Kein Problem. Sagen Sie uns, wer die Kosten übernimmt.« Und schon wurde ich verbunden. Genau in diesem Moment kam Luc in das Kontrollzentrum geeilt und sagte: »Die beiden sind nur etwa zweihundert Kilometer von heftigen Stürmen entfernt. Ich *muß* ihnen irgendwie eine Nachricht zukommen lassen.« Kaum hatte er das gesagt, klingelte das Telefon, und San Francisco leitete unseren

Anruf weiter. Luc war entgeistert und sagte nur: »Das ist unglaublich. Gott ist mit uns!« Er warnte Bertrand vor den vor uns liegenden Kumulonimbuswolken und schlug vor, so hoch wie möglich zu steigen, um ihnen aus dem Weg zu gehen. So konnte ich zum ersten Mal seit vierundzwanzig Stunden wieder mit Luc sprechen, und ich schwor hoch und heilig, mich nie wieder abfällig über den HF-Funk zu äußern. Wieder einmal schien eine höhere Macht das Geschehen zu unseren Gunsten zu beeinflussen.

Brian

In der Kabine war es so kalt, und es ging so viel schief, daß es nur eines kleinen Funkens bedurfte, um meinen Zorn zu entfachen. Im Kontrollzentrum schien man nicht zu begreifen, was wir gerade durchmachten, wie müde wir waren und wie sehr uns die ständige Kälte zusetzte. In meiner Verärgerung reagierte ich auf die Faxe aus Genf sehr gereizt. Es war sicher zum großen Teil meine Schuld, daß die Atmosphäre so feindselig wurde – ich hatte damals einfach das Gefühl, daß die Leute im Kontrollzentrum sich nicht in unsere Lage versetzten.

Als die Wetterfrösche den neuen Kurs vorschlugen, war ich zum ersten Mal versucht zu denken: »Für *die* ist es leicht. Sie sind nicht Tausende von Kilometern vom Festland entfernt.« Nach ihren bisherigen Erfolgen durfte ich an ihren Fähigkeiten eigentlich nicht zweifeln, trotzdem fand ich ihren neuen Vorschlag einfach verrückt. Wußten sie überhaupt, was sie da taten? Die Zweifel machten es mir unmöglich, meine Ängste zu unterdrücken.

Erschwerend kam hinzu, daß sich gerade im Moment der größten Unsicherheit die technischen Probleme vervielfachten. Zum ersten Mal auf unserer Fahrt mußten wir unbedingt so hoch wie möglich steigen, um über den Wolken zu bleiben, und je höher wir stiegen, desto tiefer sanken die Temperaturen. Die Kabinenheizung, die mit Propan betrieben wurde, arbeitete kaum noch. Die Pilotflammen funktionierten nicht mehr, weil sie zufroren, und nachts war es in der Kabine erbärmlich kalt, ein oder zwei Grad über dem Gefrierpunkt. Ich gewöhnte mich daran, drei Paar gefütterte Hosen anzuziehen und oben so viele Kleiderschichten wie möglich. Dann wikkelte ich mich in einen riesigen grünen Daunenmantel, der Wim Verstraeten gehört hatte; die Füße steckte ich in die Kapuze. (Wir teilten uns den Mantel; wenn Bertrand übernahm, zog er die Kapuze über den Kopf.)

So ließ sich die Kälte einigermaßen ertragen, aber sie versetzte unserer Stimmung trotzdem einen gewaltigen Dämpfer. Im ersten Fax meiner Schicht am 11. März beschwerte ich mich darüber, daß ich eine halbe Stunde gebraucht hätte, die Brennstoffvorratsanzeige an der Decke des Mittelgangs vom Eis zu befreien. Bisher hatten wir das problemlos mit Hilfe einer Kreditkarte erledigt, jetzt mußte ich mit einer Zange die großen Eisbrocken wegbrechen, die sich auf den Gasventilen festgesetzt hatten. Ventil Nr. 3 ließ sich überhaupt nicht mehr öffnen, Nr. 4 nur eingeschränkt, so daß die ganze rechte Seite des Brennersystems ausfiel. Nr. 1 auf der gegenüberliegenden Seite hatte in den vergangenen zwei Stunden zweimal blockiert. Ich befürchtete, daß bald alle Brenner ausfielen. Damit wäre unsere Fahrt zu Ende gewesen.

> Es wäre wirklich schön zu wissen, was hier los ist. Jonglieren lernt man hier schnell. Wir drehen jetzt ein Video, vorausgesetzt, wir können uns zu einem Lächeln zwingen.

Alans Antwort war keineswegs mitfühlend:

> Brian, wenn ich abends den Dienst beende, klingt mir noch Dein Jammern in den Ohren. Wenn ich morgens komme, ist schon wieder ein Fax da, in dem Du Dich beschwerst, daß etwas nicht funktioniert... Die Lektüre Deiner Nachrichten ist mittlerweile so deprimierend, daß wir einen Ordner für »wirkliche Nachrichten« angelegt haben und einen für »Nachrichten, die keiner lesen kann, ohne sich Sorgen zu machen«. Uns sind die netten, fröhlichen Faxe lieber, die Bertie schickt.

Bei allem Sarkasmus mußte er aber zugeben, daß niemand bisher erklären konnte, was mit unserem Brennstoff los war. Meine Unruhe wuchs, als Tankpaar Nr. 6 schon nach vierundzwanzig Stunden und fünfzig Minuten leer war. Dann teilte Alan mir mit, unsere Geschwindigkeit würde Luc zufolge weiter zurückgehen, von jetzt 45 auf 35 oder sogar nur 30 Knoten. Das sei jedoch Teil des Gesamtplans, versicherte er. Er schätze die Dauer unserer Fahrt nach wie vor auf zwanzig Tage. Er schloß eine Bemerkung an, die sich als prophetisch herausstellen sollte: »Bei Eurem derzeitigen Verbrauch dürftet Ihr genug Propan haben, um weit über den notwendigen Längengrad in Marokko hinaus bis nach Ägypten fahren zu können.«

War das eine realistische Einschätzung der Lage? Oder sagte er es nur, um uns aufzuheitern? Ich konnte solche zynischen Gedanken immer weniger verdrängen.

Um meine Stimmung zu heben, begann ich Limericks zu schreiben und zu faxen. Beileibe nicht alle waren druckfähig oder besonders gut, aber einige charakterisieren treffend die Atmosphäre.

Of a hairy-faced pilot called Jones
Twas said that he frequently moans
Of the burners all night
With no pilot light.
The boss – he just sits there and groans.

Alan ließ sich nicht lumpen und antwortete:

One of those chaps flying Breitling
Was dyslexic when it came to his pilotling.
He went on to say
That flying this way
Over the Pacific was really quite frightening.

Mit dem Dichten besserte sich meine Laune. Unser Kurs war mittlerweile auf 155 Grad umgeschwenkt – steil Richtung Südost –, und unsere Geschwindigkeit betrug nur noch 35 Knoten. Dennoch hatte mein nächstes Fax an das Kontrollzentrum einen viel fröhlicheren Ton.

> Hallo John, altes Haus. Der Mond scheint etwa alle fünf Minuten durch mein Bullauge. Bist Du sicher, daß wir nicht im Kreis fahren? Das Bett ist wieder naß. Deshalb hängt das Leintuch hier, um zu trocknen. Hilft allerdings nicht viel, wenn es in die Pfütze am Boden fällt. Übrigens, wer hat eigentlich den letzten Limerick für Alan geschrieben? Er ist viel zu gut für einen Manager von Cameron.

Ein weiterer Lichtblick war ein Fax des durch nichts unterzukriegenden Steve Fossett. »Lieber Bertrand, lieber Brian. Ich bin von Eurer Fahrt wirklich beeindruckt. Eure Geduld beim Start und mit der langsamen Flugbahn zahlt sich jetzt aus. Ich hoffe, Ihr kommt heil nach Mexiko.« Typisch Steve, dachten wir – anzudeuten, wir könnten nur bis Mexiko kommen. Wir riefen sofort im Kontrollzentrum an und sagten, wir würden auf keinen Fall in Mexiko landen. Alan lachte und meinte: »Genau wegen solcher Faxe müßt Ihr gewinnen.«

Unser Bodenteam hatte die Hersteller der Ventile gefragt, wie wir sie reparieren könnten, und Kieran Sturrock machte einige geniale Vorschläge zur Verbesserung ihrer Funktion. Zuletzt mußte jedoch auch er zugeben, daß sie wahrscheinlich zugefroren waren und daß wir am besten auf eine Höhe sanken, in der das Eis schmolz. Dort müßten wir einen weiteren Ausstieg aus der Kabine machen und die Ventile notfalls mit heißem Wasser auftauen. »Bei Eurem Ausstieg«, schrieb Alan, »solltet Ihr auch gleich alles wegwerfen, was Ihr nicht mehr braucht. Denn in wenigen Tagen ist Höhe gleichbedeutend mit Geschwindigkeit.«

Bertrand

Unser Ausstieg war ein außergewöhnliches Erlebnis. Wir sanken mit dem Ballon auf 6000 Fuß. Unter uns lag der Pazifik völlig ruhig, ohne jegliche Wellen da. Wieder einmal schwebten wir in der Mitte von Nirgendwo. Wir sahen uns nur an. Ich sagte: »Als wir das letzte Mal aus der Kabine geklettert sind, fuhren wir über einer Sandwüste. Diesmal ist es eine Wasserwüste, und diesmal habe ich Angst.«

Es war ein wunderbar sonniger Morgen, als wir durch die Deckenluke kletterten. Einige Augenblicke saßen wir nur da, angesichts der vollkommenen Stille von Ehrfurcht ergriffen. Kein Vogel war zu hören, nicht das kleinste Geräusch von Wind und Meer. Diesmal hingen keine

Eiszapfen an der Hüllenschürze des Ballons, aber bald strömte das Wasser nur so herunter, als das Eis schmolz, das innen an der Hülle saß. In Ermangelung eines Hammers griff Brian zu einem T-förmigen Rohrstück und schlug damit das Eis weg, das die Magnetschalter an den defekten Brennern umhüllte. In unserer Überlebensausrüstung hatten wir einige Handwärmer. Wir drückten auf das Gel in der Packung, bis die Reaktion einsetzte, und banden die heißen Päckchen dann um die elektrischen Ventile.

Dann entdeckten wir, daß das Ventil für das Tankpaar Nr. 9 leckte. Wir beschlossen, das Gas umzuleiten, indem wir die Schläuche auswechselten und durch die ersetzten, die ursprünglich an den Reservetanks befestigt gewesen waren. Zum Glück hatten wir sie nicht über Nordafrika abgeworfen. Wir müssen beide sehr angespannt gewesen sein, denn wir hatten Schwierigkeiten, uns in die Brennstoffleitungen hineinzudenken. Es gab so viele verwirrende Probleme zu lösen, daß wir alles genau durchsprechen mußten und deshalb eine Weile überlegend in der Sonne saßen. »Wenn wir dieses Ventil schließen, wohin fließt der Brennstoff dann? Wenn wir hier ein Leck haben, wie können wir es umgehen?« Bei der Ausführung der Reparaturen unterliefen uns keine Fehler, aber wir waren auch äußerst vorsichtig.

Außerdem warfen wir alles über Bord, was wir nicht brauchten, darunter die gebrauchten Lithiumfilter, neun Ersatzfilter, den gesamten Sandballast, die Lebensmittel, die sich mittlerweile schon in einem fortgeschrittenen Stadium der Fäulnis befanden, die aufgebrauchten Wasserflaschen und den Müll, der sich angesammelt hatte. Insgesamt wurden wir 128 Kilogramm Gewicht los. Ich putzte wieder die Bullaugen mit meinem selbstgebastelten Wischmop und drehte eine der äußeren Videokameras so, daß sie das Vorderteil der Kabine und die Unterseite der Hülle filmte. Für das alles brauchten wir etwa sechs Stunden.

Wieder in der Kabine, faxte Brian in die Schweiz, was wir alles erledigt hatten. Er schloß:

> Es war gar nicht lustig, auf den Auslegern zu liegen, um an das Ventil von Tank 14 A zu kommen, während Bertrand mich an den Füßen festhielt. Aber wir sind jedenfalls sehr zufrieden mit uns. In der Kabine, in der wir ja um die zehn Tage eingeschlossen waren, riecht es jetzt viel besser. Und jetzt wollt Ihr uns weitere elf Tage darin einsperren, Ihr Sadisten!
>
> Einsam auf der Kabine zu sitzen, zweitausend Meter über einer endlosen blauen Wüste, ist ein unwirkliches Gefühl.

Mittlerweile waren Uhrzeit und Datum für uns immer verwirrender geworden. In der Kabine hatten wir noch den 11. März, 18 Uhr Z, aber draußen wurde es bereits hell, und für die Menschen auf den Inseln unter uns war es der Morgen des 12. März. In der Mitte der Instrumententafel vor uns war eine Breitling-Uhr mit Zeigern angebracht, deren Zifferblatt aber nur zwölf Stunden zeigte. Um Vormittag und Nachmittag nicht durcheinanderzubringen, hatte Bertrand hinter die Uhr einen Papierstreifen mit der Beschriftung AM (*ante meridiem* oder Vormittag) und PM (*post meridiem* oder Nachmittag) geklemmt, den wir der Tageszeit entsprechend hin- und herschoben.

Nach unserem Ausstieg ging Brian schlafen, und ich übernahm den Ballon. Bald fuhren wir in südwestlicher Richtung auf FL 290, der höchsten Flugfläche, die wir bisher erreicht hatten. Ich hatte erwartet, daß der Ballon noch höher steigen würde, aber im Moment schien das seine Prallhöhe zu sein. Laut unseren Meteorologen mußten wir in drei Tagen auf FL 330 steigen. Der Pazifik sah auf unseren Karten beängstigend groß aus. Die erste Karte zeigte einen kleinen Streifen Land auf der linken Seite, der Rest war blau. Die daran anschließende Karte war nur blau, die dritte war blau bis auf einen schmalen Streifen auf der rechten Seite. Da wir nur mit 35 Knoten fuhren, kam es uns so vor, als bräuchten wir ewig, um die riesige Fläche zu überqueren.

Die Mannschaft in Genf merkte offenbar, daß wir über den neuen Kurs nicht glücklich waren, und schickte uns aufmunternde Nachrichten. Man habe mit Oakland und Tokio gesprochen, und Tokio habe uns viel Glück gewünscht. Smiffy und C faxten:

> Nur damit Ihr es wißt: Wir wissen, wie es Euch mit dem neuen Kurs der Wetterfrösche geht, aber Luc und Pierre sind sehr optimistisch. Habt Vertrauen in ihre Vorhersage. Es lohnt sich, auf die schnellen Winde zu warten.

Als ich mit Smiffy sprach und ihm erzählte, wie sehr uns unsere Umgebung deprimierte, schickte er mir eine faszinierende E-Mail von Jane Abbott, einer Astrologin aus Denver, die während der vergangenen zwei Jahre Versuche, die Erde zu umfahren, ausgewertet hatte:

> In den letzten sechs Tagen habe ich den Fortgang Eurer Reise mit den Horoskopen verglichen, die ich für Euren Start am 1. März erstellt habe. Da an diesem Tag die Position aller wichtigen Planeten mit Euren Geburtshoroskopen und dem Horoskop der ersten bemannten Ballonfahrt aus dem Jahr 1783 übereinstimmten, ist die Wahrscheinlichkeit, daß Ihr Erfolg haben werdet, sehr groß. Ich schicke Euch meine

> besten Wünsche für eine sichere Reise und hoffe, daß Ihr eine sanfte Landung neben den ägyptischen Pyramiden habt.

»Ist das nicht unglaublich?« faxte Cecilia. »Und so etwas kommt ausgerechnet jetzt.« Es war wirklich kaum zu glauben, daß wir im Moment des größten Zweifels einen solchen Brief erhielten. Dann kam ein weiteres Fax, das uns mitteilte, daß wir die 20000-Kilometer-Marke passiert hatten, und für eine Weile hob sich meine Laune wieder.

Allerdings nicht für lange. Alan sagte, wir müßten die Kabine womöglich bald noch einmal verlassen:

> Offenbar habt Ihr immer noch einigen überflüssigen Ballast an Bord. Wir müssen noch einen Ausstieg ins Auge fassen, damit Ihr alles loswerden könnt, was Ihr nicht unbedingt braucht: überflüssige Wasservorräte, schmutzige Kleider, Reservefilter. Ihr müßt auf 36000 Fuß steigen, wenn Ihr bis zum 22. oder 23. März in Nordafrika sein wollt. Schlage vor, daß Ihr schon jetzt überlegt, was Ihr beim nächsten Mal abwerft... Tut mir leid, daß ich keine Ruhe gebe, aber die Gewichtsreduzierung hat momentan oberste Priorität.

Außerdem wiederholte er noch einmal, daß die Amerikaner jede Stunde die Angabe unserer Flugfläche benötigten. Als ich ihm allerdings mitteilte, daß ich über Funk niemanden erreichen könne und es außerdem sehr schwierig sei, ständig Faxe zu schreiben, weil ich erstens kein Licht hätte und zweitens immer aufstehen müsse, um die Brenner manuell zu zünden, wurde sein Ton wieder freundlicher.

Bertrand, es tut mir leid, daß Ihr Euch mit diesen technischen Problemen herumschlagen müßt und daß der Pazifik zu breit und die Winde so langsam sind, aber Dr. Noble, der weltbekannte Psychiater, der übrigens bald eine Praxis in Lausanne eröffnen wird, sagt, man dürfe sich auf keinen Fall den Depressionen und der Müdigkeit überlassen.

Ich weiß, wir haben es hier warm und gemütlich, aber wir sind auch optimistisch. Luc ist nahe daran, ein Jahresgehalt darauf zu wetten, daß er Euch nach Nordafrika bringt. Mit den langsamen Winden müssen wir vorlieb nehmen, bis wir den tropischen Jetstream erreichen. Ich habe die Vorhersagen der amerikanischen Computer gesehen, und sie sind phantastisch – Du weißt, daß ich Dich nicht anlügen würde.

Ich wußte nach sechsjähriger Zusammenarbeit tatsächlich, daß ich Alan voll und ganz vertrauen konnte. Wir hatten viel zusammen erlebt, und ein erfolgreiches Ende dieses Abenteuers wäre auch für ihn ein Triumph.

Trotz aller Verunsicherung konnte ich die Schönheit unserer Umgebung genießen. Wir hatten einen herrlichen Sonnenuntergang. Mit der neu positionierten Kamera filmte ich, wie die Sonne die Unterseite der Hülle in flammendes Licht tauchte. In dieser Nacht schlief ich sehr gut, obwohl ich träumte, in einem Linienflugzeug zu sitzen, das im Pazifik notlanden mußte. Als ich aufwachte, konnte ich nur hoffen, daß der Traum kein böses Omen war.

Alan drängte uns, es noch einmal mit dem HF-Funk zu versuchen. Er schlug vor, wir sollten den Flugplatz von Wake Island tausend Kilometer in Südsüdost anfunken oder ein Flugzeug, das von dort kam. »Konzentriert Euch auf die wirklich wichtigen Dinge«, schrieb er, und er betonte noch zweimal: »Bitte denkt daran, in jedem Fax Eure Flugfläche anzugeben.«

Brian

Der 12. März war einer meiner schlimmsten Tage. Ich hatte nach unserem Ausflug auf das Kabinendach rasende Kopfschmerzen bekommen. In mein Tagebuch schrieb ich: »War zu nichts zu gebrauchen und mußte mich hinlegen. Unruhiger Schlaf. Mußte aufstehen und Schmerztabletten nehmen.« Meine erste Nachricht an das Kontrollzentrum lautete: »Alan, bin gerade nach einer absolut schrecklichen Nacht aufgestanden. Geht mir schon viel besser. Gib mir zwanzig Minuten, um mich zu orientieren, dann melde ich mich wieder.«

Als ich das versprochene Fax schickte, bestand es aus einer deprimierenden Mängelliste. Wir konnten niemand auf HF erreichen, das Satellitentelefon funktionierte über keine der Antennen, es dauerte Ewigkeiten, die Brenner zu stabilisieren, und unser Kurs schwankte die ganze Zeit hin und her und war überhaupt viel zu weit nördlich. Zudem hatte es auch keinen Zweck, noch mehr Ballast abwerfen zu wollen:

> Das einzige Gewicht von Bedeutung ist der Brennstoff, es sei denn, wir werfen aus lauter Verzweiflung noch die Stickstoffflaschen ab. Nach meinen Berechnungen müßte unsere Prallhöhe bei FL 320 liegen, aber offenbar liege ich um 3000 Fuß daneben. Um auf 360 zu kommen, müßten wir weitere 1500 Kilogramm loswerden – fast zehn volle Tanks!
>
> Auch wenn Ihr da unten zuversichtlich seid – hier oben ist es ganz anders. Wir müssen uns

> immer wieder selbst Mut machen. Das einzig Gute ist, daß wir uns gut ergänzen und gegenseitig stützen (also 100 Punkte für die Auswahl der Mannschaft).

Alan schickte mir eine Antwort, die mich wirklich auf die Palme brachte:

> Ihr befindet Euch seit O155 im Fluginformationsgebiet von Oakland. Schaut Ihr denn nicht auf Eure Karten? Dieses Fluginformationsgebiet ist für zehn Prozent der Erdoberfläche zuständig. Erinnert Ihr Euch nicht mehr an unsere Faxe wegen des Vertrags mit Oakland? Du wolltest die Bestätigung, daß wir ihn auch gelesen haben. Haben wir. Und Du? Er gilt für Oakland. Ihr seid jetzt in den Händen der Yankees. Gruß, Alan.

Das war zuviel. Die Atmosphäre wurde giftig, und ich schlug zurück:

> Alan, die Warnlichter, die ein Versagen meines Sinns für Humor melden, blinken wie verrückt. Ich brauche weder Vorträge noch Kritik, nur Ratschläge, okay? Hier oben passieren so viele verwirrende Dinge, und mir ist bitterkalt. Ich habe guten Kontakt mit Tokio. Oakland bekomme ich nicht herein. Also bleibe ich, wo ich bin. FL 263, Steuerkurs 100 Grad, 31 Knoten. Brian.

Alan erwiderte ungerührt:

> Brian, wenn ich Dich kritisiere, dann merkst Du das schon. Ich habe – recht humorvoll, wie ich

finde – nur darauf hingewiesen, daß Ihr bereits seit mehreren Stunden durch einen Luftraum fahrt, der zu einem bestimmten Fluginformationsgebiet gehört, und es nicht bemerkt habt. Dadurch habt Ihr Eure Sicherheit und auch die von anderen gefährdet. Da kann ich nicht still sein, nur damit Du Deinen Sinn für Humor nicht verlierst – es sei denn, Du willst lachend sterben.

Zieh Dich warm an und überprüfe den Sauerstoffgehalt. Könnte es sein, daß Du unter Sauerstoffmangel leidest?

Er fuhr mit längeren Ausführungen darüber fort, was mit den Ventilen, dem Autopiloten und den Leitungen der Tanks nicht stimmen könnte. Das Fax endete mit der Frage: »Sind wir wieder Freunde?« Doch ich war nicht in versöhnlicher Stimmung.

Alan, laß mich bitte noch einmal kurz zusammenfassen. Ich habe sehr schlecht geschlafen und bin mit Kopfweh aufgewacht. Bertrand war ziemlich aufgeregt, so wie ich vorgestern. Wir konnten deshalb nicht entspannt und vernünftig über unsere Probleme sprechen, was hauptsächlich an unserer Müdigkeit und dem Streß der letzten Tage lag. Es war sehr wichtig für Bertrand, endlich ins Bett zu kommen.

Das Telefon funktioniert nicht. Der Funk funktioniert nicht. Die Pilotenflammen funktionieren nicht. Die Brennstoffvorratsanzeige ist ein einziger Eisklumpen. Wir können Wasserkocher und Funkgerät nicht gleichzeitig anschalten. Ich muß alle zwei Minuten aufstehen, um die Brenner anzuzünden und zu stabilisieren, und versuchen, die Höhe des Ballons zu halten.

Wenn die Sonne aufgeht, wird auch unser Lebensmut zurückkehren und damit hoffentlich auch unsere Leistungsfähigkeit. Bis dahin brauchen wir jede Hilfe und jeden Rat, den Du uns geben kannst.

Natürlich sind wir noch Freunde! Du nervst mich nur manchmal … Brian.

Alan begriff, in was für einem Zustand wir waren, und meldete sich mit einem viel freundlicheren Fax, adressiert an »Brian, Kumpel, alter Freund«. Er schrieb: »Tut mir leid, daß ich vorhin so barsch war. Ich wurde nicht über Eure gesundheitlichen Probleme unterrichtet.« Er gab verschiedene mögliche Lösungen für unsere Brennerprobleme durch, sagte, er würde Pete Johnson und Kieran Sturrock um Rat fragen, und schlug vor, wir sollten noch einmal auf die Kabine klettern und die ursprüngliche Verbindung der Tankpaare 2 und 9 wiederherstellen.

Bertrand

Vor der Fahrt hatten wir oft mit Alan darüber geredet, daß die Beziehung zwischen Piloten und Bodencrew sich nach einigen Flugtagen oft verschlechtert. Die Ballonfahrer meinen, nicht genügend Unterstützung vom Kontrollzentrum zu bekommen, und beide Seiten werden wütend aufeinander. Wir wußten, daß es Steve Fossett so ergangen war, und jetzt erkannten Brian und ich, daß wir in ein ähnliches Muster verfielen. Auch Alan begriff, daß die Spannungen eine normale Folge von Streß und Nervosität waren, und versuchte, die Wogen wieder etwas zu glätten.

Ich sagte zu Brian: »Eigentlich ist es doch nur gut, daß Alan den Schurken spielt. Er ist stark genug, um unsere Beschimpfungen auszuhalten.« Brian lachte und fand seinen Humor wieder – den er zuvor wirklich verloren hatte, zum ersten Mal auf unserer Reise. Wir begriffen, daß seine aggressiven Faxe an Alan ein Ventil der Angst waren, die an Bord herrschte, und ein Mittel, etwas von dem Druck, der auf uns lastete, an Alan weiterzugeben.

Ich schrieb in mein Tagebuch:

> Der 13. März ist ein wichtiger Tag. Die Nachrichten sind gut. Wir müssen noch achtundvierzig Stunden lang mit niedriger Geschwindigkeit fahren, dann nimmt uns der Jetstream mit, der uns bis zum Morgen des 19. März nach Mauretanien bringen soll. Also weitere achtundvierzig Stunden, die wir über die größte Wüste der Welt kriechen, den Pazifik. Ich muß wirklich gewaltsam den Drang unterdrücken, dem Weg der Winde zu folgen. Aber die Hoffnung kehrt langsam zurück. Wir schmieden Pläne und träumen wieder. Vielleicht ist das Schwierigste wirklich, die eigene Ungeduld und die überwältigende Sehnsucht nach Erfolg in Zaum zu halten.

Der Gedanke an das gewaltige Meer, das wir überqueren mußten, an die unendlich weit voneinander entfernten Küsten, wühlte mich auf. Ich erinnerte mich an die chinesischen Ideogramme aus dem alten Yi-Jing, dem »Buch der Wandlungen«, das ich im Februar vor unserer Reise gelesen hatte. Mein Lehrer hatte mir eine Passage erklärt, die davon handelt, wie man durch die Angst hindurchgehen und über den Abgrund springen kann. Den Samurai etwa wurde beigebracht, über ihre Angst hinauszuwachsen, um stärker zu werden und besser zu ihrem Selbst zu finden. Das Hexagramm der Samurai zeigt einen kleinen Vogel, der aus dem Nest gestoßen wird; bevor er auf dem Boden auftrifft, muß er fliegen lernen. Es ist ein sehr schwieriges Hexagramm, aber wenn man ihm folgt, gibt es einem am meisten. Jetzt, über dem Ozean, mußte ich meine Angst überwinden und fliegen lernen. Ich mußte meine Schwindelgefühle unter Kontrolle bringen, während ich am Rand des Abgrunds balancierte.

Im Alltag kann man der Angst ausweichen, indem man einfach etwas anderes anfängt oder Medikamente nimmt. Hier dagegen, über dem Pazifik, gab es kein Entrinnen. Ich lernte daraus viel. Wenn man die Angst annimmt, statt gegen sie zu kämpfen, kann man lernen, sie zu überwinden. Man findet Zugang zu inneren Kräften und gewinnt ein neues Selbstvertrauen.

Brian

Zu allem Überfluß hatte ich schon immer Angst vor Wasser. Als Kind war ich ein schrecklicher Feigling, wenn es ums Wasser ging, und das war auch der Grund, warum ich so gern flog. Von Anfang an liebte ich das Fliegen und fühlte mich dem Himmel verwandt.

Wir erhielten immer noch täglich neue E-Mails:

> Ich sehe zum Himmel auf und wünsche Euch eine gute Reise. Und natürlich eine sichere Rückkehr zur Erde, aber nicht zu bald. (Jonathan Adriaens, Belgien)

> Haltet durch. Die Erde ist nicht zu groß, nur der Wind muß Euer Freund sein. Kommt gut ans Ziel. (Pavol Kvackay, Slowakische Republik)

> Herzlichen Glückwunsch, meine Herren, zu Ihrem bisherigen Erfolg, und weiterhin viel Glück. Möge Zephirs süßer Atem Sie sanft um die Erde tragen … Mögen eine riesige Flasche Champagner und eine heiße Dusche Sie erwarten … Gott segne Sie. (Greg Eastlund, Minnesota, USA)

> Ich würde gerne wissen, wie das mit der Toilette an Bord funktioniert. (Dodo)

> Meinen Glückwunsch. Ihr steht jetzt auf einer Stufe neben den Gebrüdern Wright, Amelia Earhart usw. Vielleicht schafft Ihr es nächstes Mal mit dem Ballon zum Mond. Bis dann. (Hooly, Rotterdam)

Einen bewegenden Glückwunschbrief erhielten wir von Neal Armstrong, eine andere bemerkenswerte Nachricht erreichte uns am 13. März:

> Lieber Bertrand, lieber Brian. Hier in Virgin ziehen alle den Hut vor Euch und Eurer verwegenen Fahrt. Sieht wirklich so aus, als könntet Ihr es diesmal schaffen. Ich freue mich schon darauf, Euch wieder in Europa begrüßen zu können. Ich wünsche Euch eine sichere Überquerung des Pazifik. Mögen die Winde Euch geneigt sein. Liebe Grüße, Richard Branson.

Bertrand

Ich las diesen Brief und mußte an Branson denken. Ich bewundere ihn sehr, denn er hat viel Tatkraft und hat auch schon viel erreicht. Beim Ballonfahren ist er vor allem auf Rekorde aus, anders als wir, die wir mehr aus Spaß an der Sache fahren. Während der Vorbereitungen auf unser Rennen um die Welt entstand zwischen uns eine interessante Beziehung. Jeder sagte nette Dinge über den anderen. Wenn Branson in einem Interview nach mir gefragt wurde, beschrieb er mich als Freund und bedauerte, mich nicht früher kennengelernt zu haben, weil er mich dann gefragt hätte, ob ich ihn begleiten würde.

Ich sagte in meinen Interviews, daß ich ihn mochte und bewunderte, was er als Ballonfahrer schon alles erreicht hatte. Als 1998 die Hülle seines Ballons davonflog und die Kabine von *Orbiter 2* vom Kran stürzte, rief ich ihn an und sagte: »Wir sollten wirklich zusammen fahren. Sie bringen Ihre Kabine mit und ich meine Hülle, und dann bauen wir einen Ballon daraus.« Es war nur ein Scherz, zeigte aber, wie gut die Stimmung zwischen uns war.

Bertrand

Hoffnung für uns kam in Gestalt einer weiteren Vorhersage von Luc und Pierre. Am Samstag, den 13. März würde unser Kurs weiterhin Richtung Südosten verlaufen. Eine Steigerung der Geschwindigkeit über unsere kläglichen 35 Knoten sei nicht in Sicht. Am Sonntag dagegen würde der Kurs von 145 auf 105 Grad wechseln und das Tempo allmählich schneller werden. Bereits am Montag sollten wir mit 100 Knoten Richtung Osten fahren, am

Dienstag sollte die Geschwindigkeit sogar auf 120 Knoten steigen. Bei diesem Tempo würde die Landung in Mauretanien am Samstagmorgen erfolgen. Doch es gab noch mehr gute Neuigkeiten, schrieb Pierre.

> In der Nähe des Äquators ist die Luft weniger dicht, Ihr seid deshalb mit einem auf 1013 eingestellten Höhenmesser höher, als ihr annehmt. Luc meint, daß Ihr in Wirklichkeit 3000 Fuß zu der angezeigten Höhe dazuzählen müßt.

Alan ermahnte uns immer wieder, an die Flugflächen zu denken. Außerdem versuchte er uns Mut zu machen, indem er mitteilte: »Ich soll Euch von Luc ausrichten, daß das Wetter immer besser aussieht. Er meint jetzt, daß Ihr am 19. März über Nordafrika seid.«

Am 14. März schrieb ich in mein Tagebuch:

> Ich glaube, wenn wir die von Zweifeln und von Hoffnung und Angst gezeichneten Tage über dem Pazifik überstanden haben, werden wir nach der Rückkehr in den Alltag sehr viel Kraft haben. Jedenfalls haben wir in uns Reserven entdeckt, mit denen wir viele Schwierigkeiten meistern können.

Ich dachte bei diesen Sätzen an Peter Bird, einen Menschen von geradezu übermenschlicher Ausdauer, der den Pazifik in einem Ruderboot überqueren wollte. Seine ersten zwei Versuche schlugen fehl, beim dritten Mal ruderte er in vier Monaten von San Francisco nach Australien. Unterwegs drehte er noch einen erstaunlichen Film über sich. Die Kommentare sprach er direkt in die Kamera. Dann wollte er über den Pazifik nach Amerika zurückrudern und verschwand. Nach seinem Tod ließ ein Freund zum Gedenken an seine ungewöhnliche Beharrlichkeit in Dijon eine Trophäe anfertigen, eine Treppe aus Titan, und verlieh sie einmal im Jahr an Menschen, die besondere Anstrengungen auf sich genommen hatten. Die ersten Preisträger – Freunde von Peter – starben alle bei dem Versuch, über den Pazifik zu rudern. Dann verlieh der Freund den Preis an einen Mann, der zu Fuß zum Südpol marschiert war, und dann, nach der Fahrt von *Orbiter 2*, überreichte er ihn mir. Jetzt dachte ich daran, daß wir irgendwo auf dem Pazifik Peters Weg kreuzen würden. Ich kam mir ganz klein vor, als ich daran dachte, daß er diese unglaubliche Leistung nicht mit einem angenehmen Begleiter, sondern ganz allein auf sich genommen hatte.

> Ich werde mich mein ganzes Leben lang daran erinnern, was ich jetzt empfinde. Wir überqueren eine Wüste aus Wasser. Nie würde ich vierzig Tage in ihr verbringen wollen, selbst wenn ich dabei an innerer Freiheit gewinnen und lernen würde, loszulassen, weniger angespannt zu sein und dem Leben und den Winden zu vertrauen.

Brian

Früh am 14. März weckte mich Bertrand für unseren dritten und letzten Ausstieg. Kieran hatte bestätigt, daß die von uns während unseres zweiten Ausstiegs improvisierten Brennstoffleitungen alles nur schlimmer machten. Während der Ballon sich langsam drehte, erwärmte die Sonne die Tanks auf der einen Seite. Der erwärmte Brennstoff wanderte dann automatisch von dieser Seite zu den kalten Tanks auf der anderen Seite, und die Brenner konnten nicht mehr richtig arbeiten, weil sie nur Gas anstelle von flüssigem Propan erhielten. Unsere Aufgabe bestand nun darin, die ursprünglichen Verbindungen wiederherzustellen.

Da wir wußten, daß wir auf einer niedrigeren Höhe den Funkkontakt verlieren würden, informierten wir San Francisco im voraus über unser Vorhaben. Um Zeit und Brennstoff zu sparen, gingen wir nur auf 15000 Fuß hinunter und zogen Sauerstoffmasken über, die durch lange Schläuche mit unserer Sauerstoffflasche verbunden waren. Erst dann öffneten wir die Luke. In wenigen Minuten hatten wir die Leitungen wieder umgesteckt und soviel Gewicht wie möglich abgeworfen. Wir behielten nur Lebensmittel für weitere fünf Tage und ließen alles andere fallen, darunter eine Menge Wasser und den größten Teil unserer Ersatzfilter. Alan hatte auch vorgeschlagen, überflüssige Kleidungsstücke loszuwerden, aber das hätte unsere Höhe um höchstens fünf bis zehn Fuß verbessert. Da eine Menge Wasser von der Hülle herabströmte, blieben wir noch eine Weile auf dieser Höhe, um auch den größten Teil des Eises loszuwerden.

Was wir nicht wissen konnten, war, daß Oakland aus Sorge über unser langes Schweigen Alarm ausgelöst hatte. Es gibt für solche Notsituationen feste internationale Vorschriften. Wenn innerhalb von dreißig Minuten nach einer Pflichtmeldung keine Nachricht über den Verbleib des Luftfahrzeugs eingegangen ist, starten die Fluglotsen automatisch die sogenannte Ungewißheitsstufe und einen Rettungseinsatz. Besonders im Pazifik mit seinen riesigen Entfernungen zählt dabei jede Minute. Oakland telefonierte also mit Genf und sagte, man sei dabei, die Ungewißheitsstufe einzuleiten, weil der Kontakt mit dem Ballon verlorengegangen sei. Alan bat, noch ein wenig zu warten. Er erklärte, daß wir gesunken seien, um einen Ausstieg durchzuführen; er rechne nicht mit

Schwierigkeiten. Doch als er fragte, ob ein anderes in diesem Bereich fliegendes Flugzeug vielleicht Kontakt mit uns aufnehmen könne, antwortete der Lotse: »Wir haben leider kein Flugzeug in dieser Gegend. Dort fliegt nie jemand.« Alan war bestürzt. »Dort fliegt nie jemand?« wiederholte er entgeistert. Er machte sich nicht zuletzt Sorgen wegen der gigantischen Rechnung, die auf Breitling zukam, wenn Rettungsflugzeuge von den Marshall- oder Midwayinseln aus starteten. Ein solcher Einsatz würde mehrere hunderttausend Dollar kosten.

Bevor es allerdings dazu kam, hatten wir glücklicherweise wieder Verbindung mit Oakland aufgenommen. Um 19.25 Uhr stiegen wir wieder, und ich faxte an das Kontrollzentrum: »Ausflug erfolgreich beendet.« Anschließend schilderte ich detailliert, was wir getan hatten. Jo warnte uns in einem Fax, daß Alan gerade wutschäumend zum Essen gegangen sei. »Er wird Euch vermutlich später auf die Finger klopfen.« Ich erwiderte:

> Wir sind doch keine Idioten. Wir haben San Francisco genau erklärt, was wir vorhaben. Wir haben während des Abstiegs mit ihnen gesprochen und auch während des Aufstiegs versucht, sie zu kontaktieren. Bei FL 200 hatten wir wieder Verbindung. Außerdem haben wir mit dem Kontrollzentrum für den Fall einer Funkunterbrechung vereinbart, daß mit uns alles in Ordnung ist, solange unsere Notrufbake nicht sendet.

Es ärgerte mich, daß man uns mangelnde Professionalität vorwarf. Wir hatten doch keine Schuld daran, daß die Verbindung eine Zeitlang unterbrochen gewesen war. Später meldete ich John Albury:

> Wir haben heute morgen die meisten Lebensmittel über Bord geworfen, also kaum noch Auswahl. Bertrand will die getrüffelte Pastete erst öffnen, wenn wir über den USA sind – aber ich habe ihm gesagt, daß ich nicht noch mal eine Runde fahre. Also gibt es wieder Nudeln mit Käsesauce. Die Brenner schnaufen und keuchen etwas, und ich muß immer wieder aufstehen, um sie zu zünden. Kieran sollte wissen, daß hier ein Konstruktionsfehler vorliegt: Entweder wir haben Funkenzünder auf der Instrumententafel vor uns, oder ein elektrischer Sessellift trägt mich zur Brennerkontrolltafel hinauf – aber bitte ein schnelles Modell, damit ich zur Stelle bin, wenn wieder ein Stoß unverbranntes Propan in die Hülle schießt.

Bertrand versuchte einmal, dieses Problem zu lösen, und bastelte während einer seiner Schichten eine raffinierte Konstruktion aus Draht und Schnur, die uns erlaubte, die manuellen Ventile von unseren Sitzen aus zu öffnen. Auch ich erfand etwas, das uns das Leben erleichtern sollte. Ich nahm einen Autospiegel und band ihn so auf das Instrumentenbrett, daß ich, ohne mich umzudrehen, durch die obere Luke sehen konnte, ob die Brenner arbeiteten oder nicht. Das war besonders nachts sehr nützlich. Wenn ich den Spiegel ein wenig drehte, konnte ich tagsüber die untere Hälfte eines Hilfsansatzes im Auge behalten, ohne aufzustehen.

Während Telefon und Fax noch außer Betrieb waren, hörte ich plötzlich über Funk einen Piloten der Air France auf Französisch mit Tahiti sprechen. Ich meldete mich über Funk und sprach zuerst mit Tahiti und dann mit dem Piloten. Ich fragte ihn, ob er einem Freund von mir, Gérard Feldzer, dem Präsidenten des französischen Aero-Clubs und Kapitän eines Airbus, Grüße ausrichten könnte. »Ach«, sagte der Pilot, »den kenne ich gut. Ich richte es aus.« Sobald er nach Tahiti kam, schickte er eine E-Mail los, und Gérard bekam Grüße mitten aus dem Pazifik.

Nach unserem Ausstieg trieb der Wind uns nach Osten, und unsere Geschwindigkeit stieg auf 60 Knoten. Eine Art Countdown hatte nun eingesetzt. Auf dem GPS nahmen die Längengrade, die zuvor bis zur internationalen Datumsgrenze zugenommen hatten, wieder ab, von 180 Grad westlicher Länge bis zum – noch weit entfernten – magischen 9. Grad westlicher Länge, der die Ziellinie in Mauretanien markierte.

Um 2 Uhr am 15. März fuhren wir mit einer Geschwindigkeit von 70 Knoten. Und die Geschwindigkeit stieg stetig von 73 auf 74 und dann 76. Wir hatten endlich den Jetstream erreicht. Um uns leuchteten auf einmal wunderschöne Farben. Der Ballon fuhr sehr hoch, in 32000 Fuß Höhe, und wir schienen in lauter rosa Schleier eingewickelt zu sein. Ich schrieb in mein Notizbuch, wir seien von Zirruswolken umgeben und von den Resten der Spitzen, die von den großen Kumulonimbuswolken abgerissen worden waren. Hier oben, auf seiner Prallhöhe, bildete der Ballon selbst eine Wolke aus winzigen Kristallen, die das Sonnenlicht von der Hülle abhielt, so daß ich immer wieder die Brenner betätigen mußte. Mit jedem Propanstoß kondensierte Wasser außen an der Hülle.

Zuletzt stand eine große, dunkle Wolke wie Rauch um den Ballon. Das gefiel mir nicht, und um die Wolke loszuwerden, ging ich wieder ein bißchen nach unten.

Die Sorge um den Brennstoff wurde immer drängender, und ich schrieb in mein Tagebuch: »Ich fühle eine Anspannung, als ob ich Geld ausgeben würde, das ich mir von der Bank geliehen habe, ohne die Hoffnung, es je wieder zurückzahlen zu können. Jeder Propanstoß kostet uns unwiderruflich etwas Brennstoff.« Unsere Reserven schienen gefährlich klein. Wir hatten nur noch sechs volle Tankpaare, und immer noch lagen Tausende von Kilometern vor uns. Wir hatten zwei Drittel des Propans für die Hälfte der Strecke verbraucht. Und je höher wir flogen, desto schneller waren die Tanks leer. Von unserem Rekord von 41 Stunden war nichts mehr übrig. Mittlerweile waren wir bei gut 20 Stunden angelangt. Jetzt hing alles von unseren Wetterfröschen ab: Wenn sie recht behielten, hatten wir noch eine Chance. Wenn sie unrecht hatten, würden wir es nicht schaffen. Uns blieb nichts, als ihnen und ihren Computermodellen zu glauben.

Brian

Am 15. März – unserem vierzehnten Tag in der Luft – war die Stimmung wieder etwas besser, unter anderem deshalb, weil Bertrand sich einbildete, eine Fluglotsin in Oakland habe sich in ihn verliebt. Wir hatten es uns zur Regel gemacht, nicht über Frauen zu sprechen; das wäre für zwei in einer Kabine eingesperrte Männer auch zu hart gewesen. Dann hatten wir plötzlich Kontakt zu dieser Frau mit einer unglaublich sanften Stimme. Sie funkte uns jede Stunde an und fragte uns nach unserer Position. Ich meldete daraufhin dem Kontrollzentrum: »Gute Verbindung mit San Francisco. Einer der Lotsen ist eine Frau, und Bertrand ist überzeugt, daß sie auf ihn steht.« Ihre Anwesenheit spornte uns jedenfalls dazu an, öfter Positionsmeldungen durchzugeben als sonst.

Weniger schön war an diesem Tag, daß ich mir aus unerklärlichen Gründen eine Erkältung und Halsweh geholt hatte und außerdem eine rätselhafte Schwellung am Handrücken entdeckte. Wenigstens war das ein Anlaß, Bertrands teure Apotheke in Anspruch zu nehmen, die wir noch kaum angerührt hatten. Ich nahm ein wirksames Mittel gegen den Schnupfen. Die Hand stellte ein größeres Problem dar. Weil Bertrand fürchtete, es könne sich um eine Entzündung handeln, wollte er mir Antibiotika geben, wenn die Schwellung nicht bald zurückging. Ich dachte an den Champagner, der sicher literweise strömen würde, wenn wir die Erdumrundung schafften, und lehnte Antibiotika vorerst ab, weil ich dann keinen Alkohol mehr trinken konnte. Statt dessen rieb ich die Hand mit einem Öl ein und wartete erst einmal ab.

Unsere Mitarbeiter am Boden waren dagegen in Hochstimmung. »Es sieht immer besser aus«, faxten Smiffy und C. »Pierre sagt, der Jetstream sei so wunderbar, daß er Euch gleich noch einmal um die Erde schicken will. Ist das nicht eine gute Nachricht?« Wieder wurden eifrig Limericks geschrieben und verschickt. Besonders einer, den ich am 16. März um 3.08 Uhr nach unten faxte, gefiel mir:

Wiv Smiffy and C in control
My mate said: »They're out on parole
From the Betty Ford clinic.«
I fink it's a gimmick:
Next week they'll be back on the dole.

Die Smiths erwiderten schlagfertig:

> *There was a young girl from Madras*
> *Who had the most beautiful ass –*
> *Not round and pink*
> *As you might think:*
> *It was grey, had long ears and ate grass.*

Solange alles gut lief, tauschten wir unbekümmert Witze und Zoten aus. Zu diesem Zeitpunkt war mein einzig wirkliches Problem die Kälte. Um 6.50 Uhr meldete ich John:

> Bin auf FL 310. Es ist stockdunkel und saukalt. Ich habe drei Paar Hosen an, Schlüpfer von Jo (also trägt sie vermutlich gerade keine) und eine ziemlich große Jacke, die Wim letztes Jahr getragen hat. Ich überlege, ob ich etwas essen oder lieber die Kapuze aufsetzen soll. Beides gleichzeitig geht nicht. Ich frage mich außerdem, ob ich die Handwärmer in meine Stiefel legen soll oder ob ich sie lieber aufbewahre, falls die Brennerventile wieder einfrieren.

Zum Glück wußte ich nicht, was in Genf gerade los war. Dort hatte Greg Moegli Dienst und versuchte, Kontakt mit seinen Kollegen in Mexico aufzunehmen. Hinterher erzählte er: »Der Kerl sprach nicht gut Englisch, und als er nicht verstand, was ich sagte, klang er sehr aggressiv. Also sagte ich: ›Haben Sie bitte etwas Geduld. Ich rufe Sie in zwanzig Minuten wieder an.‹«

Greg eilte nach Hause und weckte seine Frau Claudia, eine Kolumbianerin. »Bitte rede mit dem Mann«, bat er, und Claudia sprach mit dem Fluglotsen auf Spanisch. Die Mexikaner waren auf einmal sehr hilfsbereit, wiesen aber darauf hin, daß der Ballon keine Genehmigung für die Überquerung ihres Landes habe. Also mußte Claudia um 3 Uhr morgens einen Brief auf Spanisch aufsetzen, den Greg sofort nach Mexiko City und Kuba faxte. Greg befürchtete Schwierigkeiten mit Kuba, aber Claudia konnte den General der zivilen Luftfahrtbehörde mit ihrem Charme erweichen, und vier Stunden später hatten wir von beiden Ländern die gewünschte Genehmigung.

Bertrand

Am Abend des 15. März fuhren wir mit 73 Knoten Richtung Mexiko, genau wie Luc und Pierre es vorhergesagt hatten. Unser Vertrauen in sie war wieder vollkommen hergestellt, und wir waren wieder voller Hoffnung. »Wir sind sehr glücklich darüber, hier zu sein, auch wenn es manchmal schwierig ist«, faxte ich an das Kontrollzentrum. Ich hatte mir eine CD von den Eagles angehört, und die Worte aus dem Lied *Hotel California* – »Wir sind Gefangene hier aus freien Stücken« – schienen wie für Bertrand und mich geschrieben.

Dann gab uns Luc den Rat, noch einen Grad weiter nach Süden zu drehen, um ins Zentrum des Jetstream zu gelangen und zusätzliches Tempo zu gewinnen. Wir drehten also etwas nach Süden, leider, wie sich herausstellte, zuviel. Offenbar breitete sich der Jetstream aus, und wir drifteten in seine äußeren Bereiche ab. Wir hatten über den Wolken den Eindruck, als würden wir nach Nordosten geschoben, doch unter den Wolken ging es in die entgegengesetzte Richtung. Das zeigt, daß ein Jetstream offenbar aus vielen unterschiedlichen Luftströmen besteht, die sich spiralförmig um seine Mitte drehen.

Noch wußte es niemand, aber dies war der einzige Fehler, den Luc und Pierre machten. Damit begannen unsere schlimmsten Probleme.

KAPITEL 10

Dem Wind ausgeliefert

Bertrand

Am 16. März ging ich gleich nach Sonnenuntergang zu Bett. Ich fror jedoch jämmerlich, und es kam mir ewig vor, bis ich endlich einschlief. Dann hatte ich einen seltsamen Traum: Wir hatten die Erdumrundung erfolgreich beendet, aber ich konnte nach der Landung niemanden begrüßen. Ich mußte allen Leuten bis zur offiziellen Feier aus dem Weg gehen. Nur Brian und ich wußten, daß wir es geschafft hatten.

Brian weckte mich wie gewöhnlich einige Stunden vor Sonnenaufgang. Er hielt sich eine Taschenlampe vor den Mund wie ein Mikrofon und sagte:

»Ich begrüße Sie, Dr. Piccard. Wie fühlen Sie sich als Inhaber des Ballonfahrer-Streckenrekords?« Ich spielte sofort mit und antwortete: »Der Streckenrekord ist natürlich nur ein Trostpreis, wenn wir es nicht um die Erde schaffen. Ich hoffe weiterhin, daß uns das gelingt.« Und ich fügte hinzu: »War das nicht eine gute Antwort für jemanden, der gerade aus dem Bett steigt?« Brian nickte. »Eine geradezu brillante Antwort – und das war Brian Jones aus dem *Breitling Orbiter 3* für Radio X.« Ich wußte nicht, daß er die Videokamera eingeschaltet und die ganze Szene gefilmt hatte.

In der Nacht hatten wir den Streckenrekord von 22910 Kilometern gebrochen, den Steve Fossett vor seiner Landung im Korallenmeer aufgestellt hatte. Obwohl »brechen« in diesem Zusammenhang eigentlich das falsche Wort ist. Dafür ist eine Fahrt im Ballon viel zu sanft und ruhig. Für mich sind solche Rekorde Geschenke des Windes. Außerdem kommt es darauf an, wie man die Strecke berechnet. Rein auf die Entfernung bezogen, hatten wir seinen Rekord schon längst überboten, aber die Fédération Aéronautique Internationale (FAI), die für solche Rekorde zuständige oberste Luftsportorganisation, hatte festgelegt, daß Ballonfahrten zur Feststellung der Gesamtlänge in Abschnitte unterteilt werden müssen. Ein Abschnitt zählt nur dann, wenn er wenigstens die Hälfte des Erdradius beträgt, also 3000 Kilometer oder 2000 Meilen. Unser erster Reiseabschnitt nach Marokko war zu kurz und zählte daher nicht. In unserem Fall zählte nur die direkte Entfernung zwischen Château-d'Oex und Ägypten, wodurch wir 6000 Kilometer verloren.

Unser Ballon hatte in der Nacht zum ersten Mal 100 Knoten überschritten, und mittags meldete ich »den persönlichen Geschwindigkeitsrekord« von 102 Knoten. Die Meteorologen waren begeistert. Ihr riskantes Spiel, das uns so weit nach Süden gebracht hatte, war tatsächlich aufgegangen. Sie waren fest davon überzeugt, daß wir bis Afrika im Jetstream bleiben konnten. Brian und ich glaubten jetzt, daß wir es schaffen würden, und in den Interviews mit der Presse klangen alle schon ganz euphorisch. Auch die Medien sprachen bereits von unserem Erfolg, schließlich hatten wir »nur noch den Atlantik« vor uns. In Wirklichkeit mußten wir noch 13000 Kilometer zurücklegen.

Brian

Die Faxe belegen den allgemeinen Stimmungsumschwung. Sue traf die Atmosphäre mit einem ihrer zahlreichen Limericks:

There were two balloon pilots over the Pacific
Who said: »Now we must be specific.
With a record to break,
We could do with a cake –
And a glass of champagne would be t'riffic.«

Ich wagte nie zu träumen, daß wir es um die Erde schaffen könnten, aber ich hatte insgeheim gehofft, wenigstens die USA zu erreichen. Mit der Überquerung des Pazifiks hatten wir automatisch den Streckenrekord und vermutlich auch den Dauerrekord gebrochen, und das allein war schon ein Triumph. Wir hatten eine beispiellose Fahrt hinter uns, und selbst wenn sie westlich des Atlantiks enden sollte, hatten wir allen Grund zu feiern. Das war für mich eine unglaubliche Erleichterung.

Nach der Pazifiküberquerung kam uns der Atlantik plötzlich viel weniger einschüchternd, geradezu läppisch vor.

Bertrand

Wir fuhren den ganzen 16. März in 34 000 Fuß Höhe, der Prallhöhe des Ballons, mit hoher Geschwindigkeit nach Osten. Ein großer Nachteil des Jetstream ist allerdings, daß man von Zirruswolken begleitet wird, die eine direkte Sonneneinstrahlung verhindern. Aufgrund der Zirruswolken und der dunklen Wolke, die der Ballon selbst um sich bildete, mußten wir, um die Flughöhe zu halten, ständig den Brenner betätigen. Als Folge davon verbrauchten wir viel Brennstoff. Außerdem mußten wir nachts zum ersten Mal auf die Lithiumbatterien zurückgreifen, weil die Sonne die Hauptbatterien tagsüber nicht genügend auflud. Um Strom zu sparen, kommunizierten wir mit Genf nur noch per Fax (für das man sehr wenig Strom braucht), und wir baten das Kontrollzentrum, die Luftaufsicht in San Francisco über unseren Kurs auf dem laufenden zu halten. Dadurch verlor ich leider auch den Kontakt mit der schönen Lotsin (ich bin sicher, daß sie schön war), der ich so sympathisch gewesen war.

Unser Team in Genf erhielt von uns automatisch jede Stunde über Satellit eine Positionsmeldung. Nachdem Genf es übernommen hatte, San Francisco unsere Position zu melden, brauchten wir nur noch zur halben Stunde unsere Flugfläche und eine Positionsbestätigung an das Kontrollzentrum zu faxen. Das war für Brian und mich eine große Erleichterung, da wir nun nicht mehr ständig den HF-Funk überwachen mußten und statt dessen CDs hören konnten. Bisher hatte, wenn einer von uns schlief, der andere die Lautsprecher ausgeschaltet und den Funk über Kopfhörer abgehört. Das Kopfhörerkabel war sehr kurz, und wir konnten mit aufgesetztem Kopfhörer weder den Wasserkocher noch die Brennerkontrolltafel erreichen.

Bald kündigten sich neue Probleme an. Nachdem Luc und Pierre uns zunächst immer weiter nach Süden geschickt hatten, damit wir im Zentrum des Jetstream blieben, teilten sie uns jetzt plötzlich mit, wir seien zu weit südlich und müßten unseren Kurs von 84 auf 80 Grad korrigieren.

Nachmittags übergab uns San Francisco an die mexikanische Flugsicherung in Mazatlán. »Die mexikanische Luftaufsicht freut sich schon auf euch«, sagte Alan. »Die in Kuba auch. Und in New York fiebern sie schon dem

Augenblick entgegen, in dem sie euch endlich im Luftraum über dem Atlantik begrüßen dürfen.« Die Medien taten so, als hätten wir unsere Mission schon beendet. Alan faxte:

> Garfield Kennedy, ITN und NBC wollen Verfolgerflugzeuge in den mexikanischen Luftraum schicken. Leider werdet Ihr bei Sonnenuntergang in Mexiko eintreffen und noch vor Tagesanbruch über der Karibik sein. Garfield will noch einmal versuchen, gute Videoaufnahmen von Euch herunterzuladen. Letztes Mal bekamen sie nur Ton, keine Bilder. Könnt Ihr bitte die Verkabelung noch einmal prüfen und sicherstellen, daß die Verbindungen stimmen? Sie wissen nicht, woran es lag, und bitten deshalb, daß wir alles noch einmal überprüfen und uns vergewissern, daß die grüne Lampe am Sender unter dem Tisch brennt. Vielen Dank.

Später stieß ich auf ein neues Problem. Da Luc uns angewiesen hatte, noch weiter zu steigen, versuchte ich, Gewicht loszuwerden, und warf zwei leere Gastanks ab, 10 A und 10 B. Den ersten Tank sah ich hinunterfallen, den zweiten nicht, obwohl ich beim Betätigen des Abwurfmechanismus das normale Auslösegeräusch gehört hatte. Beunruhigt meldete ich dem Kontrollzentrum, der Tank hänge womöglich irgendwo fest.

Zum Abwerfen leiteten wir elektrischen Strom durch einen Lötkolben. Um dessen Spitze war ein von einer Feder an seinem Platz gehaltenes Nylonband gewickelt, das den Tank hielt. Wurde der Lötkolben heiß, schmolz das Band durch, und der Tank fiel hinunter. Ich wußte nicht, woran Tank 10 B hängengeblieben war, ich sah nur, daß der Halteriemen immer noch straff gespannt war.

Als Alan das hörte, war er sehr besorgt.

> Wenn Brian aufwacht, solltet Ihr beide in der Kabine herumhüpfen, um sie zu erschüttern. Ich meine das wirklich ernst, denn es wäre schrecklich, wenn der Tank über Mexiko herunterfallen würde. Wenn Ihr mit Garfield im Verfolgerflugzeug sprecht, bittet ihn doch, die Tanks auf beiden Seiten zu zählen – aber sagt bloß nicht, warum. Wenn die Flasche hängengeblieben ist, müßt Ihr raus und nachsehen, ob Ihr sie von Hand lösen könnt, solange Ihr noch über Wasser seid.

Brian

Wir mußten das Problem schnell lösen, weil wir nur noch wenige Stunden von der mexikanischen Küste entfernt waren. Die Vorstellung eines nochmaligen Ausstiegs war haarsträubend. Wir flogen auf 34000 Fuß mit 105 Knoten – wenn wir nach unten gingen, war nicht nur der Jetstream, sondern wahrscheinlich die ganze Fahrt verloren. Eine vier- bis fünfstündige Verspätung hätte uns 800 bis 1000 Kilometer und sehr viel Brennstoff gekostet. Doch natürlich waren wir bereit, das Opfer zu bringen und auf den Erfolg zu verzichten, bevor wir am Boden jemanden verletzten oder gar töteten. Das Problem war für uns ein Alptraum.

Wir sprachen mit den Technikern im Kontrollzentrum, aber niemand hatte eine Idee, wo der Fehler liegen könnte. Aufgrund des vielen Eises, das sich um die Tanks gebildet hatte, dachten wir zunächst, der widerspenstige Tank sei vielleicht an der Kabine festgefroren. Das wäre nicht weiter schlimm gewesen, weil wir sowieso bei Nacht über Mexiko fahren würden, also bei Temperaturen weit unter dem Gefrierpunkt. Das Eis wäre nicht geschmolzen, und der Tank hätte nicht herunterfallen können.

Trotzdem folgten wir Alans Anweisungen und versuchten, die Flasche freizubekommen, indem wir gemeinsam in der Kabine hin und her sprangen, der eine im Bug, der andere im Heck. Die Kabine schwankte, und wir hörten die vollen Tanks gegen die Kabinenwand schlagen, was darauf hindeutete, daß sie nicht festgefroren waren. Sonst tat sich nichts. Durch die Stäbe des Lastgestells war zu erkennen, daß der Gurt, der 10B hielt, weiter straff gespannt war. Schließlich gelangten wir zu der Überzeugung, daß der Riemen falsch befestigt worden war und der Tank nicht von allein hinunterfallen konnte. »Gott sei Dank«, dachten wir, »daß wir nicht noch einmal raus müssen, sondern beruhigt weiterfahren können.« (In Wirklichkeit hatte der Lötkolben das Nylonband zu einem harten Klumpen geschmolzen, der so dick war, daß er nicht mehr durch die Öffnung des Dehnungsmessers paßte und darin festhing. Aber das fanden wir erst nach unserer Landung heraus.)

Alan war allerdings noch nicht zufrieden. Er vermutete, der Tank könnte zwischen den Nachbartanks eingeklemmt sein. In diesem Fall, faxte er, sollten wir doch einen weiteren Ausstieg in Betracht ziehen, möglicherweise mit Sauerstoffmasken in größerer Höhe. »Aber Vorsicht«, fügte er hinzu, »bald taucht unter Euch – oder fast unter Euch – eine kleine Insel auf. Prüft Eure Position anhand der Karte genau, bevor Ihr etwas fallen laßt.«

Im Kontrollzentrum war die Stimmung trotz dieses Problems ausgelassen. »He, Jungs«, faxte Cecilia. »Überall auf der Welt sind die Menschen ganz begeistert von Eurem Flug. Ich dachte, ich schicke Euch ein paar Briefe, die wir übers Internet erhalten haben.«

> Weiter so! Ganz rum! (Karl aus Bülach, Schweiz)
>
> Eure Fahrt macht allen Menschen mit Träumen Mut. Bitte landet in Ägypten bei den Pyramiden von Gise. Ihr schafft es! Gott segne Euer ganzes ausgezeichnetes Team. (Nabil Mikhail aus Kairo, Ägypten)
>
> Vorsicht! Bei den Pyramiden gibt es eine Farm mit freilaufenden Hühnern. (Tom Holt Wilson)
>
> Hallo, hier spricht das Apron-Control-Team des Züricher Flughafens. Viel Glück. Ihr schafft es!

Die Anspielung auf die Hühnerfarm bezog sich auf ein Ballontreffen in Northampton, an dem über achtzig Ballons teilgenommen hatten. Ich war versehentlich über eine Hühnerfarm gefahren und daraufhin vom weiteren Rennen ausgeschlossen worden – für einen Fluglehrer eine große Demütigung, die mich seither verfolgt.

Nach sieben Tagen über Wasser erreichten wir in dieser Nacht endlich wieder Land, die Küste Mexikos. Obwohl ich aus 34500 Fuß Höhe nichts erkennen konnte, war ich glücklich, wieder festen Boden unter mir zu wissen, und schickte folgendes Werk nach Genf:

The girls in Mexico City
I'm told are incredibly pretty.
But we're just passing by
In the Mexican sky.
Dammit – it seems such a pity.

In den ersten Stunden des 17. März meldete ich:

> Kontakt mit Mexico City auf VHF. So, diese kleine Pfütze war also der Pazifik. Danke für die Internetbriefe. Es ist wirklich schön zu wissen, daß so viele Menschen unseren Ausflug verfolgen.

Doch dann ging es mit dem Ärger richtig los. Um unsere extreme Flughöhe zu halten, mußte ich ständig heizen. Das Tankpaar, mit dem wir gerade fuhren, war schon nach sechzehneinhalb Stunden leer. Wenn die übrigen vier Tankpaare nicht länger hielten, würden wir es nicht über den Atlantik schaffen. »Könnte am Eis liegen oder einfach an den Brennern in dieser Höhe«, faxte ich. »Wir müssen Luc fragen, ob wir auf einer niedrigeren Flughöhe genauso schnell sein können, sonst sieht es schlecht aus.«

Doch der schlimmste Schock kam erst noch. Wir hatten die mexikanische Küste bereits weit hinter uns gelassen, als ein Ruck durch den Ballon ging und ich ein leises Geräusch hörte. »Ich bin ziemlich sicher, daß wir den steckengebliebenen Propantank verloren haben«, berichtete ich nach unten und gab unsere genaue Position an das Kontrollzentrum durch, falls jemand auf Schadensersatz klagte. Bertrand, der zu diesem Zeitpunkt im Bett lag, hörte das Geräusch ebenfalls. Er war mit einem Schlag hellwach, zog aber schnell das Kopfkissen über den Kopf. Später erzählte er mir, er habe nicht mehr einschlafen können und die ganze Zeit schreckliche Bilder vor Augen gehabt.

Es war ein schrecklicher Moment. Wenn wir jemanden getötet hatten, war die gesamte Fahrt entwertet und unser Traum zerstört. Ich machte mir die ganze Nacht nur Sorgen um die steckengebliebenen Tanks, die Brennstoffvorräte, die Geschwindigkeit und unseren Kurs. Um 5.10 Uhr meldete ich:

Auf FL 335 mit Kurs 095 – zu weit südlich, fürchte ich. Das ist wirklich knifflig. Tankpaar Nr. 3 brennt noch, aber ich bin sicher, daß nur noch Dampf drin ist. Offenbar enthalten Tanks dieser Größe enorm viel Dampf. Deshalb läßt sich der Verbrauch erst bestimmen, wenn ich auf ein neues Paar umschalte. Ich bin schon jetzt ein halbes Grad südlicher als der Kurs, den Luc für 6 Uhr Z angepeilt hat. Ich versuche, nicht noch weiter nach Süden abzutreiben.

Die meisten Sorgen macht mir der Brennstoff, denn für die Überfahrt des Atlantiks brauchen wir eine große Höhe. Wir halten Euch auf dem laufenden. Hoffentlich packt uns wegen des heruntergefallenen Tanks nicht die mexikanische Polizei am Kragen. Laut Karte sieht es so aus, als sei sie über den Ausläufern der Berge abgestürzt. Ich drücke uns die Daumen.

Auf meine dringende Bitte, welchen Kompromiß zwischen Höhe, Geschwindigkeit und Kurs ich eingehen sollte, setzte ein lebhafter Faxverkehr ein. Um 6.10 Uhr faxte ich meine neueste Einschätzung der Lage:

Tankpaar Nr. 3 hielt neunzehn Stunden, bis es ganz leer war. Wir schalteten letzte Nacht um 10.30 Uhr Z auf das Paar um. Sonnenaufgang war um 14 Uhr Z. Sie hielten bis 5.30 Uhr Z. Tagsüber mußten wir oft heizen. Im Jet sind offenbar oft Stratus- und Zirrostratuswolken über uns. Außerdem verbrauchen wir über 30 000 Fuß ziemlich sicher mehr. Wenn die letzten vier Tankpaare eine ähnliche Leistung bringen, reichen sie genau bis 12 Uhr Z am Samstag – also bis sie ganz leer sind.

Ich glaube, wir würden weniger verbrauchen, wenn wir uns von den Wolken fernhalten und/oder auf FL 300 fahren könnten. Allerdings weiß ich nicht genau, wieviel wir dadurch sparen. Ein Kompromiß zwischen Geschwindigkeit und Höhe ist sehr schwierig... Jetzt hängt vermutlich alles von Lucs und Pierres Berechnungen ab. Mein Gefühl sagt mir aber, daß wir es wagen sollten.

Zusätzlich zu dem Ärger, der uns plagte, ging jetzt auch noch jede Minute an der Brennerkontrolltafel der Alarm los, obwohl alles in Ordnung war. Ich bat Genf um sofortige Anweisungen von Kieran, wie man dem abhelfen konnte, ohne etwas zu beschädigen. Mit seiner Anleitung konnte ich den Alarm, der mittlerweile schon alle zwanzig Sekunden ertönte, endlich abstellen. Trotz unserer Schwierigkeiten blieb ich gutgelaunt und faxte an John und Debbie: »Hier ist es nie langweilig, was? Geschenkt wird uns nichts.« Die Frage unserer Brennstoffreserven beschäftigte mich allerdings immer mehr. Um 9.34 Uhr schrieb ich an Alan, der gerade ins Kontrollzentrum zurückgekehrt war:

Tankpaar Nr. 9 [das wir für schon für leer gehalten hatten] brennt nach vier Stunden immer noch. Jede Stunde hilft. Ich denke, wir riskieren es über den Atlantik, ich möchte aber bitte über sämtliche Überlegungen unterrichtet werden und am Entscheidungsprozeß teilnehmen. Leider können wir den steckengebliebenen Tank nicht sehen. Dafür ist die Kuppel über der Luke nicht groß genug, selbst wenn man einen Spiegel benutzt. Ich bilde mir trotzdem ein, gehört zu haben, wie er hinuntergefallen ist...

> Einer der Gurte, den wir vorher noch gesehen haben, ist ebenfalls weg. Ich kann nur beten, daß wir nichts getroffen haben.

Alan versuchte zu ergründen, warum wir so viel Brennstoff verbrauchten. Er kam zu dem Schluß, daß wir den Ballon irgendwann während der letzten vierundzwanzig Stunden versehentlich über seine Prallhöhe hätten steigen lassen. Überschüssiges Helium sei entwichen, und das verringere den Auftrieb und zwinge uns, öfter zu heizen. Das Eis auf der Hülle falle kaum ins Gewicht, versicherte Alan. Er war allerdings sehr besorgt und riet uns, von 34000 Fuß auf 33000 Fuß zu sinken.

> Es ist absolut entscheidend, daß Ihr die Prallhöhe nicht überschreitet. Ihr müßt aus jedem Tank den letzten Tropfen Propan herausholen und den Verbrauch ständig beobachten. Unser Programm sagt, daß Ihr immer noch genug habt, um es zu schaffen, aber wir brauchen gute Winde und dürfen auf keinen Fall noch mehr verbrauchen.

Um 10 Uhr war ich hundemüde und faxte: »Bertrand ist aufgestanden. Wir werden beide eine Weile im Cockpit sitzen. Ich glaube, ich lasse mich heute nacht von ihm einschläfern. Wenn ich nicht bald schlafe, werde ich bei der Heimkehr furchtbar aussehen. Dann fügte ich eine unheilverkündende letzte Beobachtung hinzu: »FL 335, aber wir haben 10 Knoten verloren und 5 Grad nach rechts zugelegt.«

In der Schlafkoje war es so kalt, daß ich auch mit zwei übereinandergestülpten Schlafsäcken noch vor Kälte zitterte. Deshalb döste ich nur ein wenig. Als Brian mich weckte, sagte er, der Ballon habe unglaublich viel Propan verbraucht, und die Chancen, Afrika zu erreichen, stünden schlecht. Bald darauf legte er sich schlafen, und ich blieb allein im Cockpit, den Bauch voller Schmetterlinge.

Wahrscheinlich hatte die Kälte meine Stimmung untergraben, jedenfalls war meine Moral am absoluten Nullpunkt angelangt, und ich konnte die Schönheit des Sonnenaufgangs über den bewaldeten Bergen von Mexiko überhaupt nicht genießen. Unsere Geschwindigkeit nahm extrem ab, und auch unser Kurs fiel auf fast 110 Grad ab, was bedeutete, daß wir nicht länger Richtung Afrika, sondern nach Venezuela fuhren. Die endgültige Katastrophe drohte. Luc rief mich über das Telefon an und sagte: »Keine Sorge. Eure Bahn schwenkt später wieder nach links. In achtzehn Stunden habt Ihr den Jetstream wieder.« Es fiel mir jedoch schwer, ihm zu glauben.

Eine Nachricht aus dem Buckingham Palace, die Alan an uns weiterleitete, gab mir vorübergehend Auftrieb:

> Seine Hoheit, der Herzog von Edinburgh, bittet Dr. Bertrand Piccard und Mr. Brian Jones, ihm bei seinem Besuch von Cameron Balloons in Bristol am 1. April 1999 Gesellschaft zu leisten.
>
> Sollten Dr. Piccard und Mr. Jones die Erdumrundung erfolgreich beenden, wird der Herzog von Ihrer Majestät, der Königin, begleitet werden.

»Es wäre natürlich toll, die Königin zu treffen, wenn wir Erfolg haben«, erwiderte ich. »Noch toller wäre es allerdings, überhaupt Erfolg zu haben.« Schlechtgelaunt fügte ich hinzu: »Ich mag Leute, die an uns glauben, ob wir Erfolg haben oder nicht. Wenn die Königin also erst das Ergebnis abwarten will, bevor sie sich entscheidet, ob sie uns besuchen will, soll sie lieber gleich zu Hause bleiben.« Alan lachte nur und sagte: »Bertrand, du hast ja fast immer recht, aber die Königin ist nun wirklich eine Ausnahme.«

Geschwindigkeit und Kurs machten mir weiter große Sorgen. Wir fuhren nur noch mit 42 Knoten, und unser Kurs hatte sich mit 095 Grad zwar ein wenig verbessert, zeigte aber immer noch viel zu weit nach Süden. »Wann kommen wir wieder in den Jetstream?« wollte ich wissen. Um meine Gedanken von unseren augenblicklichen Problemen abzulenken, fragte ich, ob wir Andy Elsons neuen Dauerrekord schon geschlagen hätten. John Albury antwortete:

> Andys Rekord liegt bei siebzehn Tagen, achtzehn Stunden und fünfunddreißig Minuten. Per Lindström hält den Höhenrekord mit 11 095 Metern (den dürftet Ihr schon übertroffen haben), und Dick Rutans Flug um die Erde (in dem motorgetriebenen Flugzeug *Voyager*) war 41 000 Kilometer lang.
>
> Luc ist mit Eurem Kurs zufrieden, sagt aber, daß die Geschwindigkeit in den nächsten vierundzwanzig Stunden nicht schneller werden wird. Aber er hat das in seinem Plan bereits berücksichtigt und glaubt immer noch, daß Ihr Samstag in Nordafrika sein werdet.

Genau in diesem Moment fand bei Cameron in Bristol eine Feier zu Ehren von Colin und Andy statt. Als Don dem Team zum neuen Dauerrekord gratulierte, sagte

Andy mit einem gequälten Lächeln: »Leider nur bis morgen!«

Trotzdem blieb meine Stimmung gedrückt, nicht zuletzt deswegen, weil ich mich plötzlich sehr seltsam fühlte. Aus mir unerklärlichen Gründen war ich völlig außer Atem und keuchte, auch wenn ich mich körperlich gar nicht anstrengte. In den nächsten Stunden wurde es immer schlimmer, und dann kroch, lange bevor seine achtstündige Ruhezeit vorbei war, Brian kreideweiß und zitternd aus der Koje und sagte: »Ich kriege keine Luft.«

»Ich auch nicht«, sagte ich. Beide waren wir angesichts unserer plötzlichen Unpäßlichkeit verstört, fast panisch. Bald fühlte ich mich so krank, daß ich über das Satellitentelefon das Kontrollzentrum anrief. Als ich hörte, daß Michèle gerade da war, wollte ich sie sprechen. Das war vermutlich ein Fehler. Beim Klang ihrer Stimme brach ich in Tränen aus.

»Stell dir vor«, schluchzte ich, »es sieht so aus, als müßten wir jetzt noch aufgeben, so kurz vor dem Ziel und nach all der Mühe ... Wir treiben immer mehr nach Süden ab, und der Brennstoff geht uns aus. Wir sehen keinen Ausweg mehr. Wir schaffen es nicht.«

Michèle war sehr einfühlsam, blieb aber ganz ruhig. »Das verstehe ich nicht«, sagte sie. »Die Wetterfrösche glauben fest daran, daß Ihr wieder in den Jetstream kommt.« Sie sagte, sie sei überzeugt, daß alles gutgehen würde.

Ihre vernünftige Reaktion half mir ein bißchen, aber ich fühlte mich immer noch sehr krank. Da dies auch die erste Gelegenheit seit zehn Tagen war, mit dem Schweizer Rundfunk zu sprechen, der jeden Nachmittag ein Live-Gespräch mit meinem Vater sendete, rief ich dort an und gab einen kurzen Kommentar zu unserer Fahrt: »Ich bin im Cockpit, Brian versucht zu schlafen. Wir haben beide Schwierigkeiten mit dem Atmen, und es ist nicht gerade unser bester Tag heute.«

Als unsere Leute am Boden mich keuchen hörten und merkten, daß ich kaum sprechen konnte, bekamen sie große Angst und fragten sofort bei Ärzten und Spezialisten um Rat. Sie sahen schon eine schreckliche Katastrophe auf sich zukommen, bei der beide Piloten bewußtlos in einem führerlosen Ballon nach Süden trieben und für immer in den Weiten des Ozeans verschwanden.

Doch obwohl es uns sehr schlecht ging, waren wir doch klar im Kopf. Wir wußten genau, wo wir waren und was wir taten. Auch rechnen konnten wir ganz normal. Im Kontrollzentrum war man jedoch verunsichert und begann, entsprechende Fragen zu stellen. Brian verstand zunächst gar nicht, was los war, und wurde ärgerlich. Als Alan ihn fragte, wann er Geburtstag habe, schimpfte er: »Um Himmels willen, wir haben hier genug Ärger. Um meinen Geburtstag brauchst du dir jetzt wirklich keine Sorgen zu machen.« Aber Alan ließ sich nicht abwimmeln, deshalb sagte Brian schließlich: »Also gut, am 27. März.«

»Und deine Telefonnummer?«

»Alan, zum Teufel ...« Dann begriff Brian plötzlich, daß Alan herauszufinden versuchte, ob wir an Sauerstoffmangel litten, und beruhigte sich wieder.

Unsere Symptome wiesen jedoch nicht auf Sauerstoffmangel hin. Die andere Möglichkeit, ein erhöhter Kohlendioxidgehalt in der Kabinenatmosphäre, schien auch nicht in Betracht zu kommen. Die Nadeln auf den Anzeigen der CO_2-Monitore hatten sich nicht bewegt, und wir hatten beide kein Kopfweh. Der eine Sensor befand sich zwar unter einem Kleiderhaufen auf der Koje und zeigte wahrscheinlich nicht den korrekten Wert an, aber der andere war vorn in der Kabine hinter dem Instrumentenbrett angebracht und funktionierte vermutlich. Doch obwohl die Anzeige auf keine Veränderung hindeutete, hatten wir das Gefühl, langsam zu ersticken.

Brian

Solange ich im Bett lag, hatte ich das Gefühl gehabt, schlecht Luft zu bekommen, aber als ich aufstand, wurde mir klar, daß etwas ernsthaft nicht stimmte. Ich sah durch den Vorhang. Bertrand saß zusammengesunken auf dem rechten Pilotensitz und schnappte nach Luft wie ein Fisch auf dem Trockenen.

Als er dann die Fassung verlor und auf Französisch mit Michèle sprach, konnte ich ihn zwar nicht genau verstehen, aber er war ganz offensichtlich verzweifelt und in katastrophaler Verfassung. Wir litten beide unter dem angestauten Streß der letzten Tage, aber da ich glücklicherweise einigermaßen gut geschlafen hatte, ging es mir in diesem Augenblick nicht ganz so schlecht. Also sagte ich zu ihm: »Leg dich ins Bett, du bist ja völlig am Ende.«

Er kroch angezogen ins Bett, vergrub sich unter drei Schlafsäcken und setzte eine Sauerstoffmaske auf, die durch einen Schlauch mit unserem Sauerstoffvorrat verbunden war. Alle fünf oder zehn Minuten sah ich nach ihm, um sicherzugehen, daß er noch lebte.

Das Bodenteam telefonierte weiter hektisch mit Ärzten und Spezialisten auf der Suche nach der Ursache unseres Übels. Alan faxte:

> Brian, ich spreche gerade mit dem besten Spezialisten der Schweiz. Er will wissen, ob Ihr das Mittel Nifedipin an Bord habt. Damit behandelt man die Vorstufe eines Lungenödems [Ansammlung von Flüssigkeit in der Lunge]. Er hat nämlich

> die Befürchtung, Eure Symptome könnten auf das Anfangsstadium eines Lungenödems zurückgehen, was sehr gefährlich wäre.
>
> Wir raten Euch, auf FL 250 oder noch tiefer zu sinken, bis wir mit weiteren Ärzten gesprochen haben. Ihr solltet außerdem den Sauerstoffgehalt der Kabinenluft ein wenig erhöhen – aber vorsichtig, damit nichts explodiert. Ihr könnt Euch auch direkt über die Flasche mit Sauerstoff versorgen. Bitte meldet die Ergebnisse. Bis bald, Alan.

Während ich am Pilotentisch saß, dachte ich ständig: »Es geht mir zwar überhaupt nicht gut, aber das ist eigentlich kein Wunder nach dem, was wir durchgemacht haben.« Ich versuchte, die Atemlosigkeit einfach als weitere Unannehmlichkeit zu akzeptieren. Dann setzte ich mir auch eine Sauerstoffmaske auf, und nach und nach ging es mir besser.

Mein Kopf klärte sich auf, und ich dachte: »Vergiß die Instrumente einfach. Vielleicht sind sie ja kaputt. Ich tausche einfach die Filter aus und sehe, was passiert.« Also wechselte ich Kohlenstoff- und Kohlendioxidfilter, und innerhalb weniger Minuten verbesserte sich mein Zustand spürbar.

Während der ganzen Aufregung mußte ich natürlich auch den Ballon im Auge behalten. Wir befanden uns auf 34 400 Fuß, sanken aber immer wieder nach unten. Um die Höhe zu halten, mußte ich deswegen alle zwanzig Sekunden heizen. Ich ging deshalb auf 32 000 Fuß hinunter und beriet mich mit Alan über andere mögliche Flugflächen. Dann sagte ich noch:

> Wenn Michèle bei Euch ist, sagt ihr bitte, daß es Bertrand gutgeht. Er liegt im Bett und hängt an

der Sauerstoffmaske. Am Telefon haben ihn einfach die Gefühle überwältigt.

Ich habe Eure Nachricht bezüglich des Ödems erhalten. Ich frage Bertrand, wenn er aufwacht. Aber wir haben jetzt seit einer halben Stunde die Masken auf, und mir geht es schon viel besser. Der Sauerstoffgehalt in der Kabine liegt bei 18,9 Prozent, das entspricht etwa 26,9 Prozent auf Meereshöhe. Ich passe auf, aber wir wollen den Flug nicht unnötig gefährden.

Der Ballon hat sich auf FL 320 einigermaßen stabilisiert. Wir brauchen auf dieser Höhe sehr viel weniger Brennstoff. 100 Grad, 38 Knoten.

Alan antwortete:

Luc ist mit Eurer Höhe einverstanden. Etwas langsamer werden und dadurch Propan sparen ist eine gute Strategie. Kurs ebenfalls okay.

Wir überlegen, ob Ihr vielleicht zu lange Styroldämpfe eingeatmet habt [im Klebstoff enthalten, der die Teile der Kabine zusammenhält]. Um die Luft zu reinigen, könntet Ihr in der Höhe Druck ablassen und die Kabine dann mit Stickstoff und Flüssigsauerstoff neu unter Druck setzen.* Das ist aber nur eine Vermutung.

Bitte sag Bertrand, er soll nicht mehr mit dem Rundfunk oder dem Fernsehen sprechen. Die ganze Schweiz redet jetzt über seine Atemprobleme. Wir sagen der Presse bis auf weiteres,

---

* Um die Kabine erneut unter Druck zu setzen, hätten wir für ein Mischungsverhältnis von 20 Prozent Sauerstoff und 80 Prozent Stickstoff eine Sekunde Sauerstoff und vier Sekunden Stickstoff zugegeben.

daß Ihr für Interviews zuviel zu tun habt und zu müde seid.

Das Positive an unserer Krankheit war, daß die Leute am Boden endlich merkten, daß wir hier oben kein Picknick machten, sondern ein schwieriges und gefährliches Unternehmen durchführten. Für die Öffentlichkeit hatte unsere Fahrt bisher viel zu einfach ausgesehen.

Das Kontrollzentrum hatte die Hersteller der Kabine angerufen und erfahren, daß Styrol in bestimmten außergewöhnlichen Situationen Depressionen und Atemschwierigkeiten verursachen kann. Das schien einigermaßen plausibel. Wir waren zwar nicht richtig depressiv, aber auf jeden Fall müde und verängstigt und angesichts des drohenden Scheiterns sehr niedergeschlagen. Und wir hatten definitiv Probleme beim Atmen. Doch als wir später noch einmal über unser rätselhaftes Leiden nachdachten, kamen wir zu dem Schluß, daß wahrscheinlich die Diagnose des Schweizer Professors richtig war und wir tatsächlich an der Vorstufe eines Lungenödems gelitten hatten, verursacht durch tagelanges Einatmen der außergewöhnlich trockenen Kabinenluft. Es war in der Kabine so kalt, daß alle Feuchtigkeit an den Luken kondensierte. Deshalb war der Feuchtigkeitsgehalt der Luft mit neunundzwanzig Prozent außergewöhnlich niedrig. Wenn man müde ist und friert, kann das Einatmen von derart trockener Luft ein Lungenödem verursachen. Setzt man eine Sauerstoffmaske auf, hilft zum einen natürlich der Sauerstoff beim Atmen, aber außerdem sammelt sich Feuchtigkeit in der Maske an. Bertrand hatte zwar auch für diesen Notfall Medikamente in seiner Bordapotheke, aber wir nahmen nichts davon ein, weil wir nicht ganz sicher waren, daß die Diagnose stimmte.

Ich überzeugte mich noch einmal, daß Bertrand fest schlief. Dann rief ich Michèle an. Ich wußte nicht, über was sie mit Bertrand gesprochen hatte, wollte sie aber auf alle Fälle beruhigen. »Mach dir keine Sorgen«, sagte ich. »Bertrand geht es gut. Er liegt mit einer Sauerstoffmaske im Bett und schläft. Wir wissen nicht, was genau uns fehlt, aber wir kriegen es schon wieder hin.«

»Danke, Brian«, sagte sie. »Du bist ein lieber Mensch.«

Außerdem sprach ich mit Jo. Sie sagte etwas, das mich zutiefst rührte: »Wenn Liebe und gute Wünsche euch den Brennstoff ersetzen könnten, wärt ihr jetzt schon bei der zweiten Umrundung.«

Ich bat sie, den Direktor des Zentrums für Luftfahrtmedizin der Royal Air Force in Boscombe Down anzurufen, der bei unserem Training die Hypoxie-Übungen durchgeführt hatte. Er meinte, unsere Symptome deuteten auf eine Kohlendioxidvergiftung hin – nur daß keiner von uns Kopfweh hatte, normalerweise das erste Anzeichen eines zu hohen Kohlendioxidgehalts der Atemluft.

Bertrand

Trotz der Kälte und der sperrigen Maske schlief ich tief und fest und erwachte zwei Stunden später deutlich erfrischt. Körperlich ging es uns jetzt besser, aber wir hatten ein anderes Problem. Was war die beste Strategie? Sollten wir in großer Höhe fahren, um schneller zu sein und einen besseren Kurs zu haben, oder sollten wir unten bleiben, um weniger Brennstoff zu verbrauchen und mehr Zeit zum Nachdenken zu haben? Die Wetterfrösche wollten, daß wir stiegen, Alan wollte, daß wir Propan sparten.

Während ich schlief, hatte Brian den Ballon sinken lassen. Dabei waren wir sehr viel langsamer geworden. Brian hatte genau die Anweisungen des Kontrollzentrums befolgt, und jetzt mußten wir machtlos zusehen, wie wir immer weiter nach Süden abdrifteten und aus dem Jetstream gestoßen wurden.

Pierre Steiner, ein Freund von mir, der als Arzt auch mit Hypnose arbeitete, hörte mich im Radio keuchen und wollte mir daraufhin spontan helfen. Um 10 Uhr mitteleuropäischer Zeit erschien er bei der Schweizer Luftaufsicht und wollte Pierre Eckert sprechen. Der Meteorologe war wie die Fluglotsen überrascht und wußte nicht so recht, was er von dem Besuch halten sollte. Er fragte mich über das Satellitentelefon, ob ich mit dem Besucher verbunden werden wolle.

»Natürlich«, rief ich. »Sofort!«

Daraufhin kam der andere Pierre ans Telefon und führte eine telefonische Hypnosesitzung mit mir durch. Er kannte mich sehr gut, weil wir einige Workshops und Übungen zusammen gemacht hatten, und war mit meinen »sicheren Orten« vertraut, wie man die Gedanken, Gefühle, Bilder oder Erinnerungen nennt, bei denen man sich sicher und gut aufgehoben fühlt. Wenn ein Hypnotiseur erst einmal den mentalen Rückzugsort eines Menschen kennt, kann er ihn immer wieder dorthin zurückführen.

Pierre sagte, ich solle an meine sicheren Orte denken, und sofort ging es mir besser. Dann sagte er: »Brian und du, ihr macht gerade etwas sehr Schwieriges. Es ist völlig normal, daß du dabei Angst hast. Vor jedem großen Erfolg steht eine Phase der Angst. Ohne sie gibt es keine großen Leistungen. Wenn du über dem Golf von Mexiko keine Angst hättest, dann doch wahrscheinlich deshalb, weil ihn schon zwanzig Leute vor dir überquert haben. Je mehr Angst ihr habt, desto näher seid ihr dem Erfolg. Ihr beide seid bereits weiter geflogen als sonst jemand in der Geschichte der Ballonfahrt. Daß du Angst hast, ist doch nicht schlimm. Diese Angst ist etwas Großartiges.

Genieße sie! Wenn du in Afrika landest, wirst du in ihr im nachhinein das erste Anzeichen des späteren Erfolgs sehen.«

Pierre hatte unsere Situation neu beleuchtet. Er hatte beschrieben, was mit uns passierte, die Fakten aber ganz anders interpretiert. Das Ergebnis war großartig: Ich fühlte mich unendlich viel besser. Als Pierre Eckert in Genf wieder das Telefon übernahm, dankte ich ihm dafür, daß er mich mit dem anderen Pierre verbunden hatte. Ich sagte, mein Tatendrang sei wieder erwacht und ich würde gerne etwas Neues probieren. Was sollten wir in bezug auf Kurs und Höhe unternehmen?

»Steigt so hoch wie möglich«, ordnete er an. »Steigt bis an die absolute Prallhöhe. Ich glaube, daß der Wind dort oben etwas mehr nach links bläst und euch nicht nach Venezuela treibt. Es ist die letzte Chance, die Fahrt noch zu retten. Steigt so hoch ihr könnt.«

Also schaltete ich die Brenner an und stieg, ohne auf den Brennstoffverbrauch zu achten. Dann rief ich noch einmal bei Michèle an, erzählte, daß ich zwei Stunden geschlafen hätte und mich nun, nach einer Hypnosesitzung mit Pierre, als neuer Mensch fühlte. »Jetzt liegt Brian im Bett«, sagte ich, »und ich versuche das letzte Mittel, mit dem ich unsere Fahrt noch retten kann.«

Das Gespräch mit Michèle baute mich zusätzlich auf. Während unserer Unterhaltung heizte ich unentwegt und verbrannte Propan, als gäbe es kein Morgen. Der katastrophale Kurs auf Venezuela blieb zunächst. Dann rief ich plötzlich: »Michèle! Es tut sich was. Warte… Ja! Der Wind dreht! Das GPS zeigt einen Grad mehr nach Norden. Jetzt sind es zwei Grad. Jetzt drei! Das ist ja fabelhaft.«

Ich war so aufgeregt, daß ich die ganze Zeit sprach. »Jetzt sind es nur noch hundert Meter bis zur Prallhöhe. Aber schau an! Unglaublich! Wir drehen uns wirklich.

Wir haben uns um *zehn* Grad gedreht! Ist das zu glauben, Michèle? Zwölf Grad!«

»Nein«, rief sie begeistert. »Wie schön, daß wir gerade in diesem Augenblick miteinander sprechen!«

»Es kommt noch besser«, sagte ich. »Jetzt haben wir von hundert auf fünfundachtzig gedreht. Erstaunlich! Jetzt glaube ich, daß wir es schaffen.«

Es war ein verrückter Zufall, daß ich Michèle gerade in dem Moment am Telefon hatte, als das Wunder geschah. Als sie auflegte, fuhren wir in 35000 Fuß Höhe und steuerten nicht mehr auf Venezuela zu, sondern auf Jamaika. Unsere Geschwindigkeit betrug nach wie vor nur 41 Knoten, aber unser Steuerkurs war mit 82 Grad genau da, wo er sein sollte. Innerhalb von wenigen Minuten hatten sich unsere Aussichten wieder vollkommen geändert.

Als Brian nach zwei Stunden Ruhepause wieder übernahm, erklärte ich ihm aufgeregt, was passiert war. Dann legte ich mich ins Bett und machte Selbsthypnose, um einzuschlafen. Dabei dachte ich an Pierres Worte. Ich versetzte mich in Gedanken an einen sicheren Ort. Dazu wählte ich eine Erinnerung aus meiner Kindheit. Immer wenn ich abends zu Bett gegangen war, flog eine Turbo-Prop-Maschine über Lausanne. Das Geräusch der Motoren dröhnte beim Einschlafen beruhigend durch das Fenster. Jetzt benutzte ich das Brummen der Brenner, um mir das Geräusch des Flugzeugs vorzustellen, und fiel schnell in einen tiefen Schlaf.

Brian

Ich kehrte ins Cockpit zurück und vernahm die gute Nachricht. Dann merkte ich, daß wir immer weiter nach Norden abtrieben. Ich meldete das den Smiths, die gerade im Kontrollzentrum Dienst hatten.

Was für ein Tag – als hätten wir von solchen Tagen nicht schon genug hinter uns. Jetzt habe ich eine wichtige Frage. Man hat uns eine Reihe von Zielen genannt, aber wir befinden uns bereits auf einem nördlicheren Kurs. Ist das in Ordnung? Soll ich versuchen, noch weiter nach Norden zu fahren?

Cecilia antwortete:

Ich wünschte, Du könntest die Karte sehen, die vor uns liegt. Sie zeigt, daß Ihr dicht am Jetstream dran seid, der im Norden von Euch bläst. Er reicht über den ganzen Atlantik. Luc ist gerade nicht da, aber bevor er ging, habe ich ihn gefragt, ob der Kurs gut ist, und er sagte ja. Auf der Karte ist der Jetstream nordöstlich von Kuba eingezeichnet. Er wird in Richtung Osten immer schneller. Jamaika ist über Euer Kommen informiert: 124.0 oder 128.1, wenn Ihr in Reichweite seid.

Gerührt registrierte ich, daß die Leute am Boden alles taten, um unsere Stimmung zu heben. Auch ein Brief von Bertrands Vater, der vom Pressezentrum in Genf an uns weitergeleitet wurde, machte uns Mut:

Lieber Bertrand, lieber Brian,
der Sieg ist in Reichweite. Ihr seid müde, erschöpft und ungeduldig. Wer wäre das nicht unter diesen Bedingungen? Die ganze Welt fiebert mit Euch und drückt Euch die Daumen.

Bleibt vorsichtig, aber habt den Mut, denen zu helfen, die Euch hier mit aller Kraft und von ganzem Herzen helfen. Wenn Ihr an all die Jahre denkt, die Ihr diesem Vorhaben gewidmet habt, dann braucht Ihr jetzt nur noch ein Tausendstel dessen zu leisten, was Ihr bereits geleistet habt.

Nur noch knapp drei Tage trennen Euch von Eurem Meridian … mit einem Wind im Rücken, der immer schneller wird.

Nur Mut. Alle lieben und umarmen Euch.

Papa, Mittwochabend, 17. März

PS: Vielleicht würde Euch etwas Bewegung guttun. Ich weiß, ich spreche als Außenstehender, aber wäre es nicht denkbar, auf 2500 Meter hinunterzugehen und einige Stunden mit offener Luke durchzulüften, bevor Ihr den Atlantik überquert? (Noch einmal, ich spreche als Außenstehender!) Verzeiht mir meine Ratschläge. Sie sollen Euch nur zeigen, wie sehr hier alle an Euch denken.

Bertrand war sehr gerührt von den besorgten und wohlmeinenden Worten seines Vaters, doch es gab keine realistische Möglichkeit, die Kabine noch einmal zu verlassen, obwohl das wirklich sehr angenehm gewesen wäre. Wir mußten so hoch wie möglich fahren. Als wir gerade wieder eine Aufmunterung nötig hatten, bekamen wir sie von einer Fluglotsin, die in Kingston auf Jamaika Dienst tat. Als ich mich mit »Hotel Bravo – Bravo Romeo Alpha: Ballonkurs null-acht-eins« meldete, antwortete mir eine ganz entzückende Frauenstimme: »Verstanden«, sagte sie. »Was macht ihr hier?«

»Wir sind in der Schweiz gestartet«, antwortete ich. »Wir wollen um die Welt fahren und steuern gerade Afrika an.«

»Hallo!« rief sie. »Ihr Jungs habt ja echt Mut!« Dann fragte sie: »Und wo seid ihr jetzt?«

»Über Kingston.«

»Bleibt dran.«

Einige Minuten lang war es still, dann war sie wieder da. Sie klang ein wenig enttäuscht. »War gerade draußen«, berichtete sie, »aber ich kann euch nicht sehen.«

Bertrand behauptete hinterher, ich hätte mich in sie verliebt, so wie er damals in die Fluglotsin von Oakland. Als meine Schicht vorbei war, rief er sie an und verabschiedete sich in meinem Namen von ihr. Auch wenn die Romanze sehr kurz war, kam sie doch genau im richtigen Moment, um unsere Moral zu heben. Nachdem ich mit der Bodenstation einige Faxe wegen drohender Kumulonimbuswolken über der Karibik ausgetauscht hatte, schickte mir Smiffy folgenden Brief:

> Hallo, Mann. Sieht ja aus, als würden die zwei Bleichgesichter da oben ganz gut mit den Einheimischen klarkommen. Gut für den Bananenpreis. Laßt die Jalousien runter – wir wollen doch nicht, daß die Limbotänzer noch mal umsonst reinkommen. Vom Wetter nichts Neues. Flugbedingungen okay?

Ich antwortete:

> Eh, Mann, laß die spöttischen Bemerkungen. Die Kumulonimbuswölkchen können mir echt gestohlen bleiben. Aber Pierre könnte angesichts unserer gegenwärtigen Position das nächste Wetter-Update ja mal im Rapstil vortragen.
>
> Es geht ständig rauf und runter. Haben wir es hier vielleicht mit schwachen Abwinden zu tun? Der Ballon sinkt manchmal einfach, und dann muß man wieder jede Menge heizen, um ihn nach oben zu bekommen.

Als unsere Geschwindigkeit sich langsam auf 60 Knoten steigerte, sagten die Leute im Kontrollzentrum schon, wir würden uns am Wochenende in der Kneipe sehen. In Wahrheit waren unsere Brennstoffvorräte inzwischen gefährlich geschrumpft, und niemand wußte genau, ob wir genug hatten, um den Atlantik zu überqueren. »Ganz wichtig!« faxte Debbie uns um 10 Uhr. »Könnt Ihr uns bitte angeben, wieviel Brennstoff Ihr noch habt, also welche Tanks gerade in Gebrauch sind und wie lange schon und wie viele volle Tanks Ihr noch habt. Alan schlägt vor, daß wir in Puerto Rico entscheiden, ob Ihr über den Atlantik fliegt.«

Es gab zu viele unbekannte Variablen, um genau ausrechnen zu können, wie lange das Propan noch reichen würde. Eine war die Temperatur auf großer Höhe über dem Atlantik: Wie oft und wie lange würden wir heizen müssen, um über 30 000 Fuß zu bleiben? Doch der wichtigste Faktor war die Geschwindigkeit im Jetstream. Wenn die Winde dort, wie wir hofften, 100 Knoten und mehr erreichten, würden wir es trockenen Fußes nach Hause schaffen.

Bertrand

Als ich nach dem Aufstehen ins Cockpit kam und fragte, wo wir seien, drehte sich Brian breit lächelnd auf seinem Drehstuhl zu mir um und sagte: »Bertrand, wir sind schon an Jamaika vorbei und auf dem Weg nach Haiti.« Mittlerweile betrug unsere Geschwindigkeit 65 Knoten – um die Hälfte mehr als die vorausgesagten 45 Knoten. Das Wunder hatte begonnen. Von da an waren wir immer schneller als die Vorhersagen.

Unter uns im Golf von Mexiko sahen wir malerische Inseln. Auf dem weiteren Weg entlang der Nordküste von Honduras sahen wir nacheinander Mexiko, Guatemala und Belize. Doch zu diesem Zeitpunkt interessierte uns die Aussicht nicht mehr. Wichtig war nur, daß Inseln unter uns lagen, denn wenn wir doch noch landen mußten, mußten wir es tun, bevor wir Puerto Rico überflogen.

Als der Morgen des 18. März dämmerte, hatten wir Haiti überquert und näherten uns der Dominikanischen Republik. Unser Kontrollzentrum bekam keine Verbindung mit Haiti, aber der Lotse von Puerto Rico war sofort Feuer und Flamme. Er sagte: »Keine Sorge. Ich richte denen aus, was ihr wollt.« Offenbar gefiel es ihm, als Zwischenstation zu fungieren. Sein Kollege in Santo Domingo war genauso begeistert. Er fachsimpelte einige Minuten lang mit mir und fragte dann: »Wie ist es eigentlich da oben?« Ich versuchte es ihm zu erklären, worauf er sagte: »Das hört sich toll an! Wenn ihr das noch mal macht, ruft mich bitte an. Ich komme mit!«

Im Kontrollzentrum richteten sich die Augen jetzt auf Afrika. Alan meldete:

> Von unserer Seite sieht es gut aus, aber wir sollten in drei Stunden, wenn Ihr über Puerto Rico seid, noch einmal miteinander reden. Dann überprüfen wir noch einmal die Zahlen, um sicherzugehen, daß eine Atlantiküberquerung wirklich möglich ist.

Der Ballon fuhr auf seiner Prallhöhe, Kurs und Geschwindigkeit waren perfekt. Dann begannen wir plötzlich wieder, nach Süden abzudriften. Als ich Luc und Pierre deswegen anrief, sagten sie: »Laßt nicht mehr Helium als unbedingt nötig ab, aber euer Kurs ist tatsächlich schlecht – ihr müßt sinken.«

Der Grund war, daß wir wieder inmitten von Zirruswolken fuhren, was diesmal seltsamerweise zur Folge hatte, daß die Sonnenwärme im Ballon eingeschlossen wurde. Die Hülle wurde immer heißer, und schon bald wurde überschüssiges Helium durch die Hilfsansätze nach unten gedrückt. Ich sah, daß die dicken Stoffröhren bis ganz zu ihren Öffnungen hinunter prall gefüllt waren.

Wir steckten in einem furchtbaren Zwiespalt. Was sollte ich tun? Mein Instinkt sagte mir, möglichst hoch zu bleiben. Sonst mußten wir beim folgenden Aufstieg wieder mehr Propan verbrennen. Es war wie beim Poker: verdoppeln oder passen. Doch was nützte uns der Brennstoff, wenn wir dafür auf einem schlechten Kurs fuhren. Lieber suchten wir einen guten Kurs und nahmen dafür einen höheren Verbrauch in Kauf. Also verdoppelte ich den Einsatz und öffnete das Ventil oben an der Hülle. Ich ließ kostbares Helium ab, damit der Ballon sank.

Ich drehte mich zu der Stickstoffflasche hinter mir um und betätigte den Knopf. Zischend strömte das Gas durch die Leitung zum Ventil. Auf dem Instrumentenbrett leuchteten rote Lampen auf. Sie zeigten an, daß das Ventil nun geöffnet war. Ich ließ fünfmal jeweils zwanzig Sekunden Gas ab. Den Finger ließ ich dabei auf dem Knopf – das hatten wir uns zur Regel gemacht, damit das Ventil nicht versehentlich offenblieb. Nach einer Weile verloren wir an Höhe. Das Sinken erfüllte seinen Zweck und brachte uns wieder auf den richtigen Kurs. Allerdings mußte ich den ganzen Tag als Ausgleich für das verlorene Helium mit kostbarem Propan heizen.

Unser Vorrat an Brennstoff war inzwischen lächerlich klein. Wir hatten noch ein volles Tankpaar und ein halbvolles – das reichte noch für höchstens vierzig Stunden. Doch auf dem Weg nach Puerto Rico begegnete uns ein weiteres gutes Omen. Wir standen kurz vor der Entscheidung, ob wir die Atlantiküberquerung in Angriff nehmen sollten, als ich bemerkte, daß der Transpondercode, den Puerto Rico uns zugeteilt und den Brian bereits eingegeben hatte, 5555 lautete. Meine Glückszahl war schon immer die Fünf gewesen. Vor dem Tod meiner Mutter, in der glücklichsten Zeit meiner Kindheit, waren wir zu fünft gewesen. Ich starrte Brian an und sagte: »Unglaublich! Ich weiß nicht, wie das kommt, aber es ist bestimmt ein Zeichen, daß wir fahren sollen und daß wir es schaffen werden.«

Bei den Medien herrschte inzwischen Alarmbereitschaft. Nach dem Drama unserer Erkrankung, über das Rundfunk und Fernsehen live berichtet hatten, war die entscheidende Frage: Würden wir uns an den Atlantik wagen oder nicht? Unmengen von Journalisten drängten sich im überfüllten Presseraum neben dem Kontrollzentrum. Einige mußten ins Restaurant ausweichen. Sobald einer vom Team aus dem Kontrollzentrum kam, stürzten sich sogleich ein Dutzend Reporter auf ihn. »Hier geht es zu wie im Zoo«, berichtete Alan. »Pierre hat sogar auf dem Klo noch ein Interview gegeben! Na ja, dafür hat Breitling ja wohl das Geld ausgegeben, also versuchen wir nach Kräften, alle zufriedenzustellen.«

Bei uns war es Nachmittag und im Kontrollzentrum bereits Abend, als wir die offizielle Entscheidung zur Weiterfahrt treffen mußten. Alan schlug vor, sie live im Rahmen einer Pressekonferenz zu fällen, und faxte uns dazu ein paar Anweisungen:

> Die Unterhaltung wird nur ganz kurz sein und auf Englisch stattfinden, weil die meisten Teams hier aus England und Amerika kommen. Alle großen Sender sind vertreten. Ich werde Euch fragen, wieviel volle Tanks Ihr noch habt und ob die Life-Support-Systeme funktionieren, und Euch über die neueste Wetterlage informieren. Dann frage ich, wie Ihr über eine Weiter-

> fahrt denkt. Ich sage, ich bin dafür, aber die endgültige Entscheidung liegt bei Euch.
>
> Zieht den Anruf bitte nicht unnötig in die Länge, indem Ihr nach Luc fragt. Die Leute sollen so schnell wie möglich wieder aus dem Kontrollzentrum verschwinden. Luc und Pierre können Euch danach anrufen und Euch weitere Informationen geben.

Zur verabredeten Stunde meldete sich Alan bei uns. Fernsehkameras aus aller Welt waren auf ihn gerichtet, während er uns ganz formell nach unserer Geschwindigkeit, unserem Kurs, unserer Höhe und unseren Brennstoffreserven fragte. Wir saßen im Cockpit, die Lautsprecher waren angeschaltet, damit wir ihn beide hören konnten. Ich hielt den Hörer, Brian neben mir hatte die notwendigen Unterlagen in der Hand.

Als wir die Formalitäten hinter uns hatten, sagte Alan: »Ich glaube, Ihr könnt es wagen.«

»Bertrand!« rief Brian aufgeregt. »Sag ihm, wir fahren sowieso!«

Mir fiel eine Bemerkung aus einem Brief ein, den Dick Rutan mir vor dem Start des ersten *Orbiter* geschrieben hatte. Rutan hatte von seinem Flug um die Erde im *Voyager* berichtet und erzählt, er sei die letzten beiden Tage überzeugt gewesen, nicht mehr genug Treibstoff zu haben. Nach der Landung habe er noch zwei Liter im Tank gehabt. Er schloß mit den Worten: »Vergiß eines nicht, Bertrand: Man scheitert nur, wenn man aufgibt.«

In diesem entscheidenden Moment unseres Fluges wiederholte ich seine Worte: »Man scheitert nur, wenn man aufgibt – *und wir geben nicht auf*. Selbst wenn wir mitten im Atlantik landen müssen, wir versuchen es.«

Brian stand voll und ganz hinter mir. Wir hatten beide das Gefühl, daß wir es schaffen konnten. Es war unsere letzte Chance, wir mußten es einfach versuchen. Eine Notlandung auf dem Atlantik mit seinen hohen Wellen war zwar gefährlich und unangenehm, aber lang nicht so schlimm wie eine Landung im Pazifik. Wir brauchten wahrscheinlich nicht lange auf Rettungsschiffe oder -flugzeuge zu warten. Die Entscheidung für die Weiterfahrt war also keineswegs eine Verzweiflungstat zweier Verrückter. Auch unseren Humor hatten wir nicht verloren. Vor laufender Videokamera fragte ich unseren Teddy Sean, der wie immer auf dem Pilotentisch saß: »Sean, wenn wir nicht fahren sollen, gib uns ein Zeichen.«

Natürlich rührte er sich nicht – und Brian schickte schnell noch eine witzige Bemerkung hinterher. »Sean«, sagte er, »bevor du antwortest, muß ich dir noch etwas sagen. Wenn du nicht über den Atlantik willst, müssen wir in Puerto Rico landen. Und dort ißt man Bären.«

Der kleine Gesell tat keinen Mucks, also bedankten wir uns höflich bei ihm. Dann sagten wir: »Packen wir's an!«

Die Gefühle schlugen wieder hoch, als ein Fax von unseren drei hilfsbereiten Gefolgsmännern aus dem Schweizer Kontrollturm bei uns eintraf:

> Cher Bertrand, lieber Brian,
> wir wollten Euch nur sagen, daß wir drei Lotsen und unsere Kollegen von der Schweizer Flugsicherung Eure Reise um die Welt begeistert verfolgen. Jetzt ist die Spannung auf den Siedepunkt gestiegen. Beim Essen fragt man uns ständig nach Euch, und um die Tafel mit der Weltkarte, in die Eure Fahrt eingetragen wird, steht eine Traube von Leuten.
>
> Wir wünschen Euch, daß Ihr gesund und körperlich und geistig fit für das große Finale seid. Und selbst wenn Ihr doch noch beschließt, die Fahrt abzubrechen, bleibt das, was wir miterle-

ben durften, ein großartiges und außergewöhnliches Abenteuer.

Viel Kraft und gutes Gelingen wünschen Niklaus, Greg und Patrick.

Wie immer verhandelten die drei unermüdlich in unserem Auftrag. Als wir die Karibik verließen, sagte der für den Atlantik zuständige Fluglotse in New York zu Niklaus, er habe starken Flugverkehr aus Richtung New York, der Ballon solle deshalb von seiner Flughöhe von 35000 Fuß hinuntergehen. Nik machte daraufhin den Gegenvorschlag, die Flugzeuge sollten tiefer fliegen, und zu seiner Überraschung stimmte der Amerikaner sofort zu.

Doch bald tauchten noch größere Schwierigkeiten auf. Um diese abendliche Uhrzeit war der Luftraum, den wir als nächstes durchqueren mußten, durch in nord-südlicher Richtung verkehrende Linienflugzeuge stark frequentiert. New York teilte Nik deshalb mit, der Ballon könne unmöglich auf 35000 Fuß Höhe weiter nach Osten fahren. Nik war überrascht, denn er hatte schon gar nicht mehr damit gerechnet, Probleme mit den Amerikanern zu bekommen. Er sagte, er könne den Ballon nicht aufhalten. Außerdem müsse der Ballon unbedingt auf seiner derzeitigen Flugfläche bleiben, da dies die beste Höhe für Brennstoffverbrauch und Geschwindigkeit sei.

Daraufhin berief man sich in New York auf eine Einverständniserklärung, die Breitling vor unserem Start abgegeben hatte und laut der wir in einer Höhe zwischen 31000 und 33000 Fuß fahren würden. »Haltet euch daran«, sagte der Lotse und legte auf. Nik wartete einige Minuten, dann rief er wieder bei ihm an. »Hören Sie, wir müssen das noch weiter besprechen.« Er sagte, die Erklärung sei zwei Monate zuvor abgefaßt worden, und der Jetstream liege nun doch höher als erwartet.

»Gut«, sagte der Amerikaner. »Aber was sollen die anderen Piloten machen? Sie können ihren Aufstieg doch nicht einfach bei 290 beenden – das wäre nicht ökonomisch.«

»Können Sie nicht mit den Piloten sprechen?« beharrte Nik. »Fragen Sie sie, ob sie nicht für diese eine Nacht auf 290 bleiben oder auf 390 steigen können. Warum denn nicht?«

»Na, vielleicht. Versuchen können wir es ja.«

»Unsere Jungs werden es nicht schaffen, wenn sie auf 310 heruntergehen müssen«, sagte Nik. »Dann müssen sie im Atlantik notlanden – und wissen Sie, wer sie da rausholen muß? Das sind Sie, weil sie sich in Ihrem Aufsichtsbereich aufhalten.«

Der Amerikaner schwieg eine halbe Minute, dann sagte er: »Passen Sie auf, ich rufe Sie zurück.« Eine halbe Stunde später gab er grünes Licht.

Brian

Die Überquerung des Atlantiks war ein durchaus berechenbares Risiko. Selbst wenn wir die afrikanische Küste nicht erreichten, würden wir mehr als drei Viertel der Strecke schaffen. Damit waren wir einigermaßen in Reichweite der auf den Azoren stationierten amerikanischen Rettungshubschrauber. Das Risiko, daß wir eine Notwasserung nicht überleben würden, war also nur minimal.

Im Kontrollzentrum dachte Alan mal wieder weit voraus:

> Vermutlich werdet Ihr am Sonntag bei Sonnenaufgang in Mali landen, aber das kann sich auch noch ändern. Mali besteht hauptsächlich

aus Wüste, dort gibt es Löwen, Leoparden und so weiter... Es könnte also schwierig werden, zu Euch zu kommen. Wir fliegen mit dem Privatjet hinunter, aber dann müssen wir vermutlich Jeeps mieten und durch die Wüste fahren, weil es in Mali offenbar keine Hubschrauber gibt... Solltet Ihr Mali allerdings verfehlen, in Nigeria ist man nicht besonders hilfsbereit, und nach Libyen kommen wir sowieso nicht rein. Wenn Ihr also genug Brennstoff habt, steuert Ägypten an.

James Manclark und Kevin Uliassi haben angerufen. Beide gratulieren Euch zu Eurer bisherigen Fahrt und wünschen Euch viel Erfolg.

Ich beantwortete sein Fax auf meine gewohnt flapsige Art:

Danke für Deine Überlegungen zu unserer Landung in Mali. Du verlängerst unsere Reise übrigens ständig um zwölf Stunden.

Ein Vorschlag, der uns helfen könnte, Ägypten zu erreichen, und Deinem Hintern die Tortur einer Jeep-Fahrt erspart: Wäre es nicht möglich, entlang unserer Route – natürlich nach dem Zielmeridian – ein paar Propanflaschen von *Orbiter 2* aufzustellen? Wir könnten sie uns einfach von oben angeln und ohne Probleme weiterfliegen.

Zur Aufmunterung bekamen wir noch einen wunderbaren, an uns beide adressierten Brief von Pierre Blanchoud.

Zum Glück dürfen wir mit einem schnellen Flug in großer Höhe bei blauem Himmel rechnen und brauchen keine Angst vor Kumulonimbuswolken zu haben, da die sich in so schnellen Winden nicht bilden können. Selbst wenn eine bis auf Eure Höhe steigen sollte, würde sie sich schon bald wieder auflösen. Unsere Karten zeigen einen Jetstream, der Euch problemlos nach Ägypten bringen wird.

Brian, Dein Traum wird Wirklichkeit, und Du wirst sehr wahrscheinlich in der Nähe der Pyramiden landen.

Bertrand, koste die unvergeßlichen Momente der Fahrt aus. Sprich mit dem Wind, Eurem Verbündeten, und danke ihm, wie der Seemann dem Delphin dankte, der ihm das Leben rettete. Sieh, wie sich die Wolken auf Eurem Weg auflösen, um Euch durchzulassen, und wie die Zirruswolken über dem Ballon Euch den Weg zeigen, dem Ihr folgen sollt, den Jetstream …

Bleibt aufmerksam und wachsam, habt Mut und vertraut auf Eure Intuition. Denkt an die Landung im Sand. Möge Gott bis zu unserem Wiedersehen seine Hand über Euch halten.

KAPITEL 11

Endspurt

Bertrand

Wie eine Rakete schossen wir auf den Atlantik hinaus. Um 5.00 Uhr Z am 19. März – für uns noch mitten in der Nacht – fuhren wir mit 80 Knoten auf einem rechtsweisenden Kurs von 078 Richtung Afrika und näherten uns dabei langsam der Kernzone des Jetstream. So verzweifelt wir gewesen waren, als wir über dem Golf von Mexiko aus dem Jet hinausgetrieben wurden, so phantastisch war es nun, wieder in ihn hineingezogen zu werden. Die Kälte machte uns zu schaffen. Draußen, außerhalb der Kabine, lag die Temperatur bei 50 Grad unter Null, drinnen waren es immer noch eisige minus 2 Grad. Das eine unserer Heizaggregate hatte den Dienst ganz eingestellt, das andere brachte nicht mehr als eine mickrige Zündflamme von zweieinhalb Zentimeter Höhe zuwege. Wenn ich die Hände vor die Ventilatoren hielt, die eigentlich die Warmluft der Heizgeräte hätten verteilen sollen, spürte ich nur einen kalten Luftzug.

Als Brian mich aufweckte und ich mich wieder an den Pilotentisch setzte, war es draußen noch ganz dunkel. Später, als die Sonne aufging, sah ich, daß wir von einer Wolke umgeben waren, wahrscheinlich einer Altostratus – einer hohen Schichtwolke, die sich mit derselben Geschwindigkeit wie wir voranbewegte. Die Wolke dämpfte das Sonnenlicht, und es bestand die Gefahr,

Nach fast drei Wochen Fahrt überquert der *Breitling Orbiter 3* ein zweites Mal die nordafrikanische Wüste. An Bord des Ballons hat sich nichts geändert, wir müssen uns immer noch voll auf die Fahrt konzentrieren. Doch unten am Boden, im Kontrollzentrum in Genf, fließt der Champagner in Strömen.
(Bertrand Piccard und Brian Jones)

Eine halbe Stunde vor der Landung in der ägyptischen Wüste fährt der Ballon im Tiefflug über das erodierte Gelände. Auf dem Dach der Kapsel türmt sich von der Hülle heruntergefallenes Eis. *(Bertrand Piccard und Brian Jones)*

Das erste Zusammentreffen des Ballons mit dem Breitling-Flugzeug, von dem aus Fotos und Filmaufnahmen von der Landung in der ägyptischen Wüste gemacht wurden.
(Popperfoto/Reuters)

Blick vom Breitling-Flugzeug auf uns, als wir verzweifelt versuchen, den Ballon zu leeren, nachdem er sich in ein riesiges Segel verwandelt und die Kabine zehn Meter über den Wüstenboden geschleift hatte. *(Sygma)*

Nach der sicheren Landung in der ägyptischen Wüste winken und rufen wir, mitgerissen vom erst jetzt sich einstellenden Gefühl des Triumphes, dem Flugzeug zu. *(Martin Rütschi)*

Da die dreihundert in Kairo gestrandeten Journalisten keine Transportmöglichkeit zum Landeplatz finden, können wir nur mit Hilfe einer ferngesteuerten Kamera Bilder von dem Ereignis machen. Das Eis auf den Tanks zeigt an, wie wenig Brennstoff wir bei der Landung noch hatten. *(Bertrand Piccard und Brian Jones)*

Brian wäscht sein Haar mit dem letzten Rest an warmem Wasser. *(Bertrand Piccard und Brian Jones)*

Nach sieben langen Stunden in der Wüste trifft endlich ein ägyptischer Bergungshubschrauber ein. *(Bertrand Piccard und Brian Jones)*

Als die Nachricht von der erfolgreichen Landung im Kontrollzentrum eintrifft, bespritzt Alan Noble den Rest des Teams mit Champagner. *(Associated Press)*

Unsere beiden Wettergurus, Pierre Eckert und Luc Trullemans, arbeiteten die ganze Zeit über perfekt Hand in Hand. Zusammen waren sie mehr als die Summe der Teile. *(Wichser)*

Das Kontrollteam bejubelte den Erfolg des Abenteuers ebenso euphorisch wie wir selbst. Von links nach recht, hintere Reihe: John Albury, Debbie Clark, Brian Smith, Sue Tatford, Cecilia Smith. Im Vordergrund: Joanna Jones und Alan Noble. *(Cecilia Smith)*

Endlich können wir unsere Freude mit dem Rest des Teams, mit unseren Familien und den Tausenden von Menschen teilen, die uns auf unserem dreiwöchigen Abenteuer begleitet haben und nach Genf gekommen sind, um uns wie Helden zu empfangen.
(Oben – Edipresse, Di Nolfi; links – Sygma; unten – Popperfoto.)

Vor dem Hintergrund der olympischen Flamme in Lausanne verleiht uns IOC-Präsident Juan Antonio Samaranch den Olympischen Orden. *(IOC)*

Ihre Majestät Königin Elisabeth II. überreicht uns den Charles-Green-Teller bei Cameron Balloons in Bristol; anschließend erwies die Queen auch den anderen Mitgliedern des Teams die Ehre. *(PA)*

Wir beide vor dem zur Erinnerung an unsere Fahrt in Château-d'Oex aufgestellten Denkmal.

Wieder in Paris, wo wir das Buch von Jules Verne an Jean-Jules Verne, den Urenkel des berühmten Schriftstellers, zurückgeben. *(Sygma)*

»Wir sind als Piloten gestartet, als Freunde gefahren und als Brüder gelandet.« *(Keystone)*

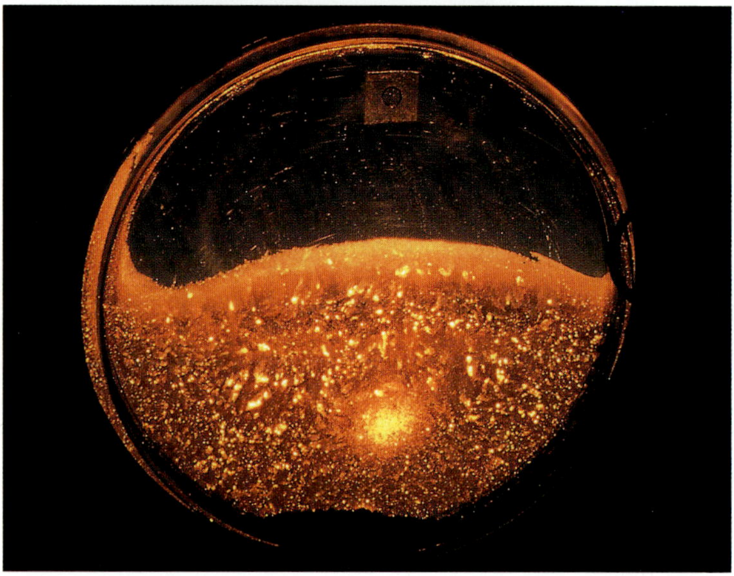

Diese gefrorene Luke vor der aufgehenden Sonne könnte ein Symbol dafür sein, daß das Leben selbst wohl das größte aller Abenteuer ist. *(Bertrand Piccard und Brian Jones)*

daß das Kondenswasser auf der Hülle gefrieren und sie mit einer Eisschicht überziehen würde. Der Aufstieg über die Wolke verschlang eine enorme Menge Brennstoff, aber schließlich kamen wir in die Sonne und unsere Geschwindigkeit stieg auf 85 Knoten.

Mit klammen Fingern schrieb ich in mein Tagebuch: »Ich bete, daß wir in der Kernzone des Jetstream bleiben und nicht aus ihm hinausgetrieben werden.« Jedes Mal, wenn ich mit Pierre oder Luc sprach, stellte ich dieselbe Frage: »Seid ihr sicher, daß wir nicht wieder hinausgetrieben werden?« Und sie antworteten das eine um das andere Mal: »Mach dir keine Sorgen. Ihr befindet euch direkt im Zentrum. Und wenn ihr noch höher steigen könnt, werdet ihr noch schneller; der Kern ist immer noch über euch.«

Als vom Kontrollzentrum die Nachricht kam, daß die Medien sich vor Begeisterung schier überschlugen, schrieb ich:

> Ich darf an solche Sachen gar nicht denken, sonst fange ich noch an zu glauben, wir hätten es schon geschafft. Ich will auch nicht an die Hoffnungen denken, die unser Team und unsere Familien und Freunde sich machen. Obwohl ich allmählich selbst von unserem Erfolg überzeugt bin. Aber ich glaube, daß ich sogar dann, wenn wir es tatsächlich geschafft haben, noch nicht daran glauben kann.

Alles war unwirklich geworden. Seit zwei Tagen begleitete uns dieses seltsame Gefühl, diese Mischung aus der Überzeugung einerseits, kurz vor Vollendung einer unerhörten Leistung zu stehen, und der Unfähigkeit andererseits, dies tatsächlich glauben zu können. War es möglich, daß all diese Leute im Kontrollzentrum nur für uns arbeiten? Daß Hunderte von Journalisten jeden Handgriff, den wir taten, verfolgten und kommentierten? Wir hatten das Gefühl, als ruhten plötzlich die Augen der ganzen Welt auf uns. Womit hatten wir diese Aufmerksamkeit, diese Ehre verdient?

Es schien uns, als sei die Zeit stehengeblieben, als gebe es keine Zeit mehr. Der Start lag eine Ewigkeit zurück. Wollten wir wissen, welches Datum wir hatten, mußten wir die Tage an den Fingern abzählen.

Zu diesem Zeitpunkt gelobte ich, daß ich mich, sollten wir tatsächlich Erfolg haben, an keinem der Leute rächen würde, die sich während des Projekts über uns lustig gemacht hatten. An niemandem, auch nicht an dem Deutschen – einem selbsternannten Luftfahrtexperten, der kurzzeitig an einem anderen Ballonprojekt mitgewirkt hatte, das aber nie aus den Startlöchern gekommen war –, der aus Eifersucht im schweizerdeutschen Fernsehen gesagt hatte, es sei verrückt, daß Breitling auf uns setzte, zwei zum Scheitern verurteilte Piloten. Der Ballon sei zu klein, die Brennstoffvorräte würden nie reichen, und die Piloten, die ohne jede Erfolgsaussicht nur aus Gründen der Publicity starteten, seien nicht genügend ausgebildet. Sollen ihm und einigen anderen doch die Worte im Mund stecken bleiben, dachte ich jetzt.

Die Fahrt am Nachmittag des 19. März verlief ruhig. Der Ballon hielt eine gleichmäßige Höhe von 33 500 Fuß, knapp unter der Prallhöhe, und machte zwischen 84 und 90 Knoten. Alles sah so vielversprechend aus, daß ich, als Brian übernahm, viel zu aufgeregt war, um Schlaf finden zu können. Gleichzeitig war ich, in der Koje ausgestreckt und dem monotonen Geräusch der Brenner lauschend, vollkommen gelöst. Mein Körper war so entspannt, daß ich das Gefühl hatte, als befände ich mich außerhalb von ihm: Mein Geist war zwar wach, aber mein Körper, so kam es mir vor, schlief und erholte sich.

Diesmal wurde die Fahrt jedenfalls dadurch verkürzt, daß wir nach Osten fuhren und am nächsten Tag die Ziellinie überqueren sollten. Da wir natürlich beide im Cockpit sitzen wollten, wenn der große Moment kam, verkürzten wir unsere Ruhepausen.

Brian

Es war kaum zu fassen, wie kalt es war. Eingemummt in meinen Schlafsack, der nach Herstellerangaben bis minus 35 Grad warmhalten sollte, versuchte ich zu schlafen, schaffte es aber nicht einmal, warme Füße zu bekommen. Als ich Bertrand im Cockpit ablöste, trug ich alles, was ich an Kleidern dabei hatte, unter anderem drei Hosen – ein Paar Fleecehosen, ein Paar fleecegefütterter Rohans und darüber eine winddichte Hose –, und schlüpfte in meinen Schlafsack. Teil des Problems war, daß wir uns nicht richtig bewegen konnten, um unseren Kreislauf auf Trab zu bringen. Auf Anraten von Bertrands Vater versuchte ich es anfangs mit Liegestützen, was nur im Mittelgang und auch nur mit eingezogenen Ellbogen möglich war; aber nachdem ich eines Morgens aus dem Bett gekrochen war und dreißig oder vierzig Liegestützen gedrückt hatte, konnte ich mich hinterher kaum mehr bewegen, und so ließ ich auch das bleiben.

Die Anspannung wirkte sich auf alle aus, auch auf mich. Nachdem ich dem Kontrollzentrum mehrere Faxe geschickt hatte, ohne darauf eine Antwort zu erhalten, stellte ich fest, daß ich das falsche Faxgerät benutzt hatte. »Entschuldigung, muß an der Aufregung liegen«, schrieb ich, diesmal auf dem richtigen Fax. »Bin jetzt auf Capsat 2. Kein Wunder, daß Ihr Euch nicht gemeldet habt.« Zwanzig Minuten später schickte ich dieses Fax:

> FL 360 bei 95 Knoten. Scharf auf 100 Knoten, aber keine Sorge – nicht scharf genug, um die Prallhöhe zu durchstoßen, es sei denn, da oben kommt das Boudoir einer Dame. Waren vorher auf FL 365. Wie nahe liegen wir damit an Pers Rekord?

Vom Kontrollzentrum kam die Antwort, unsere Druckhöhe betrage nach Aussage von Alan 38 000 Fuß, folglich müsse »der Krach, den wir hören, mit dem Brechen der Rekorde zusammenhängen«. Nach ein paar Witzen über die Menge an Alkohol, die unten am Boden konsumiert wurde, taufte ich Smiffy auf den Namen »Squiffy« (»angesäuselt«):

> Hallo, Squiffy und C, wie geht es Euch? Sieht ganz so aus, als wäre das die letzte Nacht, die ich hier oben verbringe und mir auf diesem Sitz die Eier abfriere. Falls wir morgen nacht noch in der Luft sind, werden wir wohl beide am Steuer sitzen. Noch ein Grad West, und ich kann die Landkarte umschlagen und Land voraus sehen. Aus irgendeinem Grund ist mein Handrücken angeschwollen. Dachte zuerst, ich hätte mich irgendwo angeschlagen, aber inzwischen sieht es mir eher nach einer Infektion aus. Wäre das nicht absolut typisch, wenn ich Antibiotika schlucken müßte und deshalb eine Woche lang keinen Alkohol anrühren dürfte? Na ja, dann müßt eben Ihr für mich mittrinken. Da – hast Du gerade das Aufblitzen in seinen Augen gesehen, C?

Ich wußte gar nicht, wie weitverzweigt das Netz von Menschen war, die uns halfen. Als ich Brian Smith fragte, ob er für mich herausfinden könne, wie die Lage auf dem Atlantik sei, rief er seinen Freund Mickey Dawson bei New York Oceanic an. Nachdem sie kurz geplaudert hatten, fragte Mickey, wie er uns helfen könne, und als er hörte, was ich wissen wollte, rief er: »Heiliger Strohsack! Muß er notwassern?«

»Nein«, beschwichtigte Brian ihn. »Er ist bloß Brite und etwas ängstlich.«

»Gut«, sagte Mickey, »gib mir zehn Minuten.« Kurze Zeit später rief er zurück: »Also, ich habe mit einer sehr netten Frau von der Küstenwache in San Juan gesprochen, und sie hat mir das Wetter an der Oberfläche durchgegeben: Wind 310 mit 10 Knoten, Wellengang ein Meter ...«

Die Nachrichten von unseren Wetterfröschen waren durchweg ermutigend. »Glückwunsch – ihr seid in der Mitte des Jetstream«, faxte Pierre um Mitternacht. »Allerdings: je höher, desto schneller.« Er ermahnte uns, nicht unter 34000 Fuß zu gehen, und versprach uns dafür eine kontinuierliche Beschleunigung auf bis zu 120 Knoten. »Damit erreicht ihr um 3.00 Uhr Z [am 21. März] Ägypten. Wenn ihr höher geht, kommt ihr noch früher an. FL 380 beispielsweise ergibt 1.00 Uhr Z. Aber geht sparsam mit dem Brennstoff um.«

Am Boden fingen die Dinge an, sich zu überschlagen. Das Kontrollzentrum schickte uns laufend neue E-Mails, die aus der ganzen Welt und vor allem aus den USA eintrafen. »Unglaublich!! Haltet durch und landet sicher«, schrieb ein Mann aus Seattle. Aus Kalifornien kam die Aufforderung: »Weiter, Jungs, weiter!«, und aus New Jersey: »Tolle Leistung, Leute. Ihr seid fast daheim.« Was wir zu dieser Zeit nicht wußten, war, daß Andy Elson im britischen Fernsehen verkündet hatte, er habe unseren Brennstoffverbrauch kalkuliert und wisse nun sicher, daß wir es nicht bis zur afrikanischen Küste schaffen würden.

Als Brian zu Bett ging, versprach ich ihm, ihn eine Stunde vor Erreichen der Ziellinie zu wecken. Mit jedem Kilometer, den wir uns Afrika näherten, stieg die Spannung in mir, und irgendwann gab ich ihr nach und drückte auf den Knopf, um zu überprüfen, wieviel Brennstoff wir in Tank 5 noch hatten. Auf der Anzeige erschien die magische Zahl – 55 Kilo. Beim Anblick dieser Zahl brach ich in Tränen aus und begann zu beten, beides zur gleichen Zeit. In mein Tagebuch schrieb ich: »Ich liebe diese Zeichen. Ich weiß zwar nicht, woher sie kommen, aber laßt uns die Geheimnisse des Lebens respektieren. Solche Dinge können nicht aus Zufall geschehen. Einmal mehr habe ich den definitiven Eindruck, daß wir geführt werden.«

Später, draußen herrschte immer noch tiefste Nacht, fügte ich hinzu:

> In den drei Wochen in unserer eigenen magischen Welt der Kapsel ist das Leid der Menschen auf diesem Planeten, auf den wir mit so großer Bewunderung hinunterblicken, nicht geringer geworden. Es muß eine Möglichkeit geben, wie wir den Ruhm, den wir aller Voraussicht nach ernten werden, zur Linderung dieses Leides verwenden können. Wäre es nicht eine schöne Vorstellung, eine Stiftung ins Leben zu rufen, die jedes Jahr eine wohltätige Einrichtung unterstützt, welche Respekt, Toleranz und Harmonie unter den Menschen und zwischen den Menschen und der Natur fördert? Wir verstehen nicht, warum wir hier oben so viel Glück haben. Aber wir werden alles tun, es mit unseren Mitmenschen zu teilen.

Das lenkte meine Gedanken auf das Preisgeld in Höhe von einer Million Dollar, welches die amerikanische Bierbrauerei Budweiser für diejenige Crew ausgelobt hatte, die als erste die Welt in einem Ballon umfuhr. Das Unternehmen hatte festgelegt, daß die Hälfte der Summe an eine gemeinnützige Institution weitergegeben werden müsse, und Brian und ich hatten unterwegs des öfteren darüber gesprochen, wie schön es wäre, den Empfänger bestimmen zu dürfen.

Im Kontrollzentrum hatten die Smiths Schicht. Ich schickte ihnen ein Fax:

> Hallo, meine Freunde, wenn wir die Ziellinie überqueren, werdet Ihr alle bei uns in der Gondel sein. Es wird ein Sieg der Leidenschaft, der Freundschaft und der Beharrlichkeit sein – und deshalb der Sieg von uns allen.

»Vielen Dank für die Nachricht«, antworteten die Smiths. »Wir waren den ganzen Weg über bei Euch, und wir werden Euch auch die Ziellinie nicht ohne uns passieren lassen. Könnte sein, daß Ihr im Einzugsbereich der Flugleitstelle der Kanarischen Inseln seid: 124.7, 199.3 oder 126.5.« Ein paar Minuten später meldete sich Cecilia noch einmal:

> Lieber Bertrand, das wird wahrscheinlich meine letzte Nachricht sein. Hier unten herrscht so etwas wie die Ruhe vor dem Sturm. Ich glaube nicht, daß ich nachher noch mal an die Tastatur komme.
>
> Wollte nur sagen, wie sehr geehrt ich mich fühle, daß ich mit Euch beiden an diesem sehr besonderen Projekt mitarbeiten darf. Smiffy und ich haben von Anfang an gehofft, daß die

> Guten gewinnen. Wie auch Jo immer wieder sagte, der Preis konnte – DURFTE – nur an zwei Ballonfahrer gehen, die aus Leidenschaft Ballon fahren. Nun sieht es so aus, als würde dieser Traum Wirklichkeit werden.
> Alles Liebe von uns beiden – Cecilia und Brian.

Obwohl absolut gar nichts zu sehen war, meldete ich um 5.56 Uhr per Fax an das Kontrollzentrum: »Hallo, nähern uns der Küste.« Auch wenn ich es mit eigenen Augen noch nicht überprüfen konnte, hatten wir laut GPS die Küste erreicht. In diesem Teil Afrikas gab es keinen elektrischen Strom, und deshalb war nirgendwo ein Licht zu sehen – ein großer Unterschied selbst zur indischen Westküste, wo wir schon viele Kilometer vor Erreichen der Küste die Lichter von Porbandar hatten ausmachen können. Aus Genf kam Jos Antwort:

> Guten Morgen, Bertrand und Brian. Unseren Berechnungen zufolge müßt Ihr jetzt gerade die Küste erreichen. Willkommen in Afrika! Ich wünsche Euch einen schönen Sonnenaufgang und einen glorreichen Tag. Alles Liebe – wir denken an Euch.

Ich antwortete:

> Liebe Jo, deine Berechnungen stimmen. Nach fast drei Wochen um die Welt kehren wir jetzt in die westliche Sahara zurück. Die Stunden bis zur Ziellinie werden wahrscheinlich die längsten meines Lebens sein. Die Dämmerung bricht gerade an. Beste Wünsche – Bertrand.

Der Sonnenaufgang war märchenhaft. Um 6.15 Uhr stieg die Sonne direkt vor uns über den Horizont, und unter mir sah ich wieder die Wüste, die mich vor zwanzig Tagen so verzaubert hatte. Die Ziellinie lag zwar noch 500 Kilometer vor uns, aber bei unserer momentanen Geschwindigkeit mußten wir sie in spätestens drei Stunden überqueren. In diesem Moment erhielt ich einen Anruf, in dem uns angekündigt wurde, daß ein Flugzeug mit Terry Lloyd von ITN an Bord auf dem Weg zu uns sei.

Die Sonne war kaum aufgegangen, als der kleine Privatjet auch schon hinter uns am Himmel auftauchte. So hoch, wie wir fuhren, konnte der Pilot nicht langsam fliegen, sondern mußte seine Geschwindigkeit beibehalten. Als er, einen breiten Kondensstreifen hinter sich herziehend, an uns vorüberflog, meldete sich Terry per Funk und bat mich, Brian für ein Interview aufzuwecken.

»Terry«, sagte ich, »wir haben uns die ganze Zeit über an die Regel gehalten, den anderen nur im Notfall aufzuwecken, und das hier ist kein Notfall.«

»Bertrand, *bitte*«, beschwor er mich, »ich brauche Brian unbedingt für das britische Fernsehen.«

»In Ordnung«, sagte ich. »Alles, was ich tun kann, ist, mich möglichst laut mit dir zu unterhalten. Wenn Brian wach ist, hört er mich und steht auf.«

»Sprich lauter, Bertrand! Schrei!«

»Keine Sorge, das tue ich schon.«

Die Wirkung ließ nicht lange auf sich warten. Brian steckte seinen Kopf durch den Vorhang der Koje, und kurz darauf kam er praktisch nackt ins Cockpit getappt.

Als der Ballon zum Endspurt ansetzte, zogen wir uns frische Kleider an, damit wir auf dem Video, das wir von uns aufnehmen wollten, einigermaßen passabel aussahen. Dann setzten wir uns ins Cockpit und zählten die Längengrade herunter. Unsere Geschwindigkeit stieg immer noch jenseits der 100-Knoten-Marke.

Doch die Fahrt war noch nicht zu Ende, und nach wie vor hatte das Bodenteam alle Hände voll zu tun. Patrick Schelling faxte: »Wir sind fast da, müssen uns aber noch mit der Luftüberwachung abstimmen.« Patrick hatte mit dem Tower in Dakar gesprochen, der den Luftraum über Mauretanien kontrollierte. Der dortige Fluglotse hätte es zwar gern gesehen, wenn wir auf 35 000 Fuß heruntergegangen wären, konnte sich aber auch mit unserer aktuellen Flughöhe von 36 000 Fuß abfinden. Die Freigaben für Libyen und Ägypten lagen bereits vor.

Das Hauptproblem, dem sich das Kontrollzentrum nun widmen mußte, war die Organisation der Bergung nach unserer Landung. Von einer Landung in Mali oder Mauretanien riet man uns ab. Abgesehen von den Leoparden, die Alan erwähnt hatte, und davon, daß es vor Ort keine Hubschrauber zu mieten gab, lagen dort viele Minen im Boden versteckt. Als nächste Möglichkeit bot sich Algerien an, aber die Algerier waren offenbar nicht scharf darauf, uns in ihrem Land zu haben, und weigerten sich, für unsere Sicherheit zu garantieren. Die nächste Option war Libyen. Seit Bertrand von Gaddafis zweihundertköpfiger, ausschließlich aus Frauen bestehender Leibwache gehört hatte, rangierte Libyen auf der Liste der potentiellen Landeplätze ganz oben. Doch selbst wenn Gaddafi uns ein freundliches Willkommen bereitet hätte, wäre immer noch unklar gewesen, ob die Libyer Breitlings Privatflugzeug, das vor der Landung zu uns stoßen sollte, ins Land gelassen hätten – ganz zu schweigen von irgendwelchen Presseflugzeugen.

Damit blieb nur noch Ägypten, und entsprechend lauteten auch die Anweisungen des Kontrollzentrums: Bleibt so hoch und fahrt so schnell und so weit wie möglich. Je weiter ostwärts der vorgeschlagene Landeplatz lag, um so idiotischer kam ich mir vor; schließlich hatte ich seit Puerto Rico in Faxen und Interviews unablässig betont, daß ich ganz und gar nicht sicher sei, ob unsere Brennstoffvorräte überhaupt bis zur afrikanischen Küste reichten – und jetzt hatten wir die Küste längst hinter uns und überlegten, ob wir noch schnell ein paar tausend Kilometer weiter fahren sollten. Der Grund dafür war, daß sich unsere Geschwindigkeit, seit wir auf den Atlantik eingeschwenkt waren, verdreifacht hatte – etwas, das ich beim besten Willen nicht hatte voraussehen können.

Wir kamen uns allmählich unbesiegbar vor und hatten das Gefühl, tun und lassen zu können, was wir wollten. Sollten wir vielleicht einen Abstecher zum Roten Meer machen? Warum nicht in Saudi-Arabien landen? In unseren Köpfen spukten alle möglichen und unmöglichen Ideen herum. Doch eigentlich gab es nur ein Ziel, das mich wirklich reizte.

Auf der ersten Pressekonferenz nach meiner Ernennung zum Copiloten hatte mich jemand gefragt, wo ich denn, gesetzt den Fall, wir würden es tatsächlich um die Welt schaffen, am liebsten landen würde. Ohne zu Zögern hatte ich geantwortet: »In Ägypten, bei den Pyramiden von Gise.« Jetzt schien das, was ein bloßes Hirngespinst gewesen war, plötzlich zum Greifen nahe, und die Presse machte viel Wirbel darum. Wie sich allerdings herausstellte, mußten wir am Ende alles tun, uns von Kairo fernzuhalten, da der Wind dort viel zu stark blies. Für eine sichere Landung durfte die Windgeschwindigkeit am Boden höchstens vier oder fünf Knoten betragen, an den Pyramiden betrug sie jedoch rund zwanzig Knoten – Bedingungen, unter denen eine Landung geradezu selbstmörderisch gewesen wäre.

Kurz bevor wir die Ziellinie bei 9 Grad und 27 Minuten westlicher Länge passierten, schwang sich Alan – sonst immer der praktische und nüchterne Organisator – zu ungeahnten Höhen der Höflichkeit und des Gefühls auf:

> Gentlemen: Was Sie heute vollbringen werden, ist ein historisches Ereignis von weltweiter Bedeutung. Folglich bedarf es, wie ein Bühnenstück, einer sorgsamen Inszenierung.
>
> Ich schlage folgendes Vorgehen vor, mit der sich auch Breitling einverstanden erklärt hat:
>
> 1. Sobald Ihr die Ziellinie überquert habt, gebt Ihr die üblichen Daten per Telefon an das Kontrollzentrum durch und bestätigt damit den Zeitpunkt der Überschreitung. Ich werde Euch kurz gratulieren (und dabei wahrscheinlich in Tränen ausbrechen). Die Unterhaltung wird von einer Fernsehkamera live aufgezeichnet und in alle Welt übertragen.
> 2. Nach diesem Gespräch wartet Ihr zwei oder drei Minuten, bis ich mich zum Pressezentrum durchgekämpft habe, dann wählt Ihr folgende Nummer: 717–7999. Das anschließende Gespräch wird live vor zahllosen Journalisten geführt. Ich möchte, daß Ihr beide Euch zu Wort meldet und sagt, was Ihr gerade empfindet. (Bertrand, bitte überrede Brian dazu. Die Medien beschweren sich, sie würden nicht genug von ihm hören.) Anschließend werde ich einige ausgewählte Fragen der Journalisten an Euch weitergeben. Um

Zeit zu sparen, schlage ich vor, daß Bertrand sie auf französisch und Brian auf englisch beantwortet – aber faßt Euch bitte kurz. Sagt nach ein paar Minuten, daß Ihr wegen Problemen mit der Stromversorgung nicht weitersprechen könnt, aber hofft, alle nach der Rückkehr nach Genf wiedersehen zu können.
3. Meldet Euch dann bitte noch mal im Kontrollzentrum und sprecht mit Michèle, Jo und Thédy Schneider.

Wir gehen davon aus, daß Ihr ungefähr um 10.30 Uhr Z die Linie überqueren werdet. Ich melde mich dann später noch mal und spreche mit Euch über die Landung. Momentan gehen wir von Ägypten aus. Ich bin stolz auf Euch. Alan.

Bertrand

Ein paar Minuten vor Erreichen der Ziellinie fiel das Telefon aus. Die Antenne war wieder einmal eingefroren. Das hieß, daß weder wir das Kontrollzentrum noch irgend jemand uns anrufen konnte. Wir überflogen die Linie um ungefähr 9.54 Z – ganz genau konnten wir es nicht feststellen. Wir bewegten uns so schnell voran, daß wir, als wir wieder auf das GPS sahen, die Linie bereits passiert hatten.

Wir standen auf und umarmten uns, schüttelten uns die Hände, schlugen uns auf die Schultern und riefen immer wieder: »Wir haben es geschafft! Wir haben es geschafft!« Wir versetzten dem kleinen Fußball einen Stoß, was er mit einem blechernen ›*Olé! Olé! Olé!*‹ quittierte, gefolgt von dem Schlachtruf ›*Wir sind die Champions!*‹, der jetzt, neunzehn Tage, nachdem Brian mir den Ball über den Schweizer Alpen in die Hand gedrückt hatte, zum ersten Mal gerechtfertigt war.

Unterdessen wartete das Team im Kontrollzentrum verzweifelt auf eine Nachricht von uns. Als kein Anruf kam, schickte Alan ein Fax:

> Unseren Aufzeichnungen zufolge habt Ihr die Linie um 9.54 Uhr Z überquert. Herzlichen Glückwunsch, Jungs. Ihr habt es geschafft. Glückwünsche von allen hier unten in Genf. Alles Liebe für Euch beide. Alan.

Wir hatten uns überlegt, wie wir unser Gefühl ausdrükken konnten, daß uns eine höhere Kraft auf dem Weg um die Erde begleitet hatte. Nun kam uns der Gedanke, diese Macht als unsichtbare Hand zu beschreiben, die uns über alle Hindernisse hinweggeholfen hatte. Wir wollten nicht naiv religiös erscheinen, aber doch unsere Überzeugung publik machen. Interpretieren sollten die Menschen das dann, wie sie wollten. Wir schickten also folgendes Fax nach Genf:

> Hallo an alle unsere Freunde in Genf.
> Wir können es noch gar nicht richtig glauben, daß unser Traum endlich Wirklichkeit geworden ist. Wie oft wären wir um ein Haar hängen geblieben, in politischen Problemen, in der Flaute über dem Pazifik, über dem Golf von Mexiko, als wir vom Kurs abkamen. Doch jedesmal kehrte der Ballon mit Gottes Hilfe und dank einer großartigen Teamarbeit auf den Kurs zurück, der uns schließlich zum Erfolg führte.
>
> Wir sind die privilegierten Vertreter eines

> wunderbaren und effizienten Teams, dem wir nun, da wir mit Breitling die Ernte von fünf Jahren harter Arbeit einholen, aus tiefstem Herzen danken möchten. Wir sind auf ewig dankbar auch der unsichtbaren Hand, die uns über alle Hindernisse auf dieser phantastischen Reise hinweggeholfen hat.

Wir konnten nicht ahnen, was wir mit dem Bild einer unsichtbaren Hand auslösten. Viele Menschen erinnerten sich später nur noch daran, und es kam zu zahlreichen Diskussionen, was genau wir damit gemeint hatten.

Kurz nachdem wir das Fax abgeschickt hatten, erwachte das Satellitentelefon wieder zum Leben, und wir stellten uns der von Alan moderierten Pressekonferenz in Genf. Live über Telefon verfolgten wir mit, was sich in Genf abspielte. Champagnerkorken knallten, Gläser klirrten, die Leute lachten, heulten, brachen in Hurrarufe aus und fielen sich gegenseitig in die Arme. Mitgerissen von der Stimmung und im Bewußtsein, Zeugen eines großen Ereignisses zu sein, konnten die anwesenden Journalisten gar nicht mehr aufhören zu reden. Auf der ganzen Welt berichteten große Fernsehsender nicht fünf oder zehn Minuten, wie in solchen Fällen üblich, sondern eine ganze Stunde live aus Genf.

Inmitten der Menge, die sich im Kontrollzentrum eingefunden hatte, stand mein Vater. Ich wußte, daß er erst zur Ruhe kommen würde, wenn wir gelandet waren. Er blieb also sehr nüchtern und zeigte seine Freude nicht wie die anderen. Am Telefon sagte er nur ruhig: »Bertrand, was du getan hast, ist wunderbar. Aber du mußt erst noch landen, und deshalb will ich dich an etwas sehr Wichtiges erinnern. Wahrscheinlich hast du selbst schon daran gedacht, aber nur für den Fall, daß du es nicht getan hast – wenn ihr landet, mußt du *in die Knie gehen.*«

Als Teenager hatte es mich manchmal gekränkt, von ihm wie ein kleiner Junge behandelt zu werden. Inzwischen weiß ich, wie wichtig es für meinen Vater ist, mir jeden nur denkbaren Rat mitzugeben, damit mir nichts passierte. Das war eben seine Art, mit seinen Gefühlen fertig zu werden. Ich selbst tue mich sehr viel leichter als er, meine Gefühle zu zeigen, sie herauszulassen. Mein Vater hatte täglich im Schweizer Rundfunk unsere Fahrt kommentiert und im Kontrollzentrum vorbeigesehen. Obwohl er sich die ganze Zeit schreckliche Sorgen um uns gemacht hatte, hatte er allen immer wieder versichert, es gebe nicht den geringsten Grund zur Beunruhigung. Er selbst hatte drei Wochen lang schlecht geschlafen und wahrscheinlich noch mehr unter der Anspannung gelitten als Brian oder ich.

Nicht alle konnten sich so gut beherrschen. Stefano Albinati beispielsweise wurde mitten in einem sehr herzlichen Gespräch mit mir von seinen Gefühlen übermannt. Er drehte sich um, lehnte sich in einen offenen Schrank, stützte den Kopf in die Hände und ließ seinen Tränen freien Lauf.

Brian

Im Ballon folgte der Hochstimmung bald eine gewisse Ernüchterung. Wir waren immer noch in der Luft, unter uns erstreckte sich immer noch die Wüste, und in der Kabine war es nach wie vor vor allem eins: kalt. Als sich ein Journalist über Satellitentelefon erkundigte, was wir als nächstes tun würden, antwortete ich: »Wenn ich endlich zu meiner Frau durchkomme, sage ich ihr, daß ich sie liebe, und dann trinke ich eine Tasse Tee.«

Die typische Antwort eines Briten. Allerdings hatten wir ja noch unsere kostbare getrüffelte Pastete, die einzigen Dosen an Bord. Eigentlich hatten wir damit die Überquerung Amerikas feiern wollen, doch als es dann über dem Golf von Mexiko so viele Probleme gegeben hatte, war uns die Lust darauf vergangen. Statt dessen nahmen wir sie nun über Mauretanien in Angriff. Die beiden Dosen hatten einen altmodischen Verschluß: Man mußte den Dosendeckel unter Zuhilfenahme eines speziellen Schlüssels und mit erheblichem Kraftaufwand zurückrollen. Da an einer Dose der Schlüssel fehlte, attackierte Bertrand sie mit seinem gelben, von Breitling eigens für ihn hergestellten Schweizer Armeemesser. (Es ist bei den Piccards schon fast eine Tradition, daß alle immer ein Schweizer Taschenmesser in der Tasche haben. Bertrands Vater und sein Großvater bewahrten die Messer, die sie in die Stratosphäre und auf den Meeresgrund mitgenommen hatten, sorgfältig auf. Bertrand selbst hatte drei Messer auf die Reise mitgenommen.) Doch sosehr er sich auch abmühte, die Dose wollte nicht aufgehen, und zuletzt beschlossen wir, uns die andere Dose zu teilen. Wir schmierten die Pastete auf ein paar Cracker, die ironischerweise ursprünglich ein Beitrag Tony Browns zur Bordverpflegung gewesen waren.

Der vergebliche Kampf mit der widerspenstigen Dose brachte uns zum Lachen, ein Lachen, das unsere Ernüchterung verscheuchte. Die Kälte war freilich schlimmer als jemals zuvor. Da inzwischen auch unser zweiter Wasserkocher den Geist aufgegeben hatte, nachdem wir ihn ohne Wasser angestellt hatten, konnten wir weder Wasser noch Essen warm machen. Was das Essen betraf, hatten wir noch ein paar Cracker und Panettone, etwas geräucherten Emu, Brot und Margarine. Das Wasser in den Plastikflaschen im Staufach unter dem Kabinenboden war gefroren. Wollten wir etwas trinken, holten wir eine Flasche herauf, zerbrachen das Plastik und schmolzen die Eisklumpen, indem wir sie in Becher füllten, die wir dann mühsam mit den Händen erwärmten.

Zwei weitere leere Brennstofftanks lösten sich nicht aus ihren Halterungen. Wahrscheinlich waren sie festgefroren, wir mußten deshalb beim Abstieg auf eine niedrigere Flugfläche sehr vorsichtig sein, da das Eis beim Eintritt in wärmere Luftschichten unterhalb 10000 Fuß tauen würde.

Am Boden bereitete sich unterdessen das Breitling-Empfangskomitee auf den Abflug nach Ägypten vor. Per Fax informierte Alan uns, daß er sich in zwei Stunden mit einem Bergungsteam, dem auch Thédy angehörte, auf den Weg machen würde. Er gab uns noch einige Anweisungen und Ratschläge:

> Ich schlage vor, daß Ihr in großer Höhe und mit hoher Geschwindigkeit Libyen durchfahrt. Wenn Ihr ein Stück nach Ägypten reingefahren seid, beginnt mit einem langsamen Abstieg auf sagen wir 5000 Fuß. Vergeßt nicht, die Flugsicherung laufend über Eure Absichten zu unterrichten. Beim Abstieg wird sich Euer Kurs von 92 auf 98 Grad rechtsweisend ändern. Wir versuchen, Euch zwischen 26 und 28 Grad Nord und 29 Grad Ost herunterzubringen, sehen uns derzeit aber noch außerstande, eine genaue Landeposition vorherzusagen. Es gibt dort einige große offene Flächen und einige Höhenzüge, allerdings nur bis knapp 400 Meter hoch.
>
> Schlage weiter vor, daß Ihr Ballast zum Abwurf bereithaltet, wobei die üblichen Vorsichtsmaßnahmen einzuhalten sind, damit niemand am Boden gefährdet wird. Ihr müßt Euch noch überlegen, was Ihr mit den losen Tanks macht. Falls sie beim Aufsetzen abfallen, wird

Euch der Gewichtsverlust wieder steigen lassen. Besser wäre es wahrscheinlich, rauszugehen und sie abzuwerfen, bevor Ihr Euch auf einer niedrigeren Höhe stabilisiert.

Obwohl wir heute am späten Abend in Kairo ankommen werden und Hubschrauber bereitstehen, um beim ersten Tageslicht loszufliegen, halte ich es für unwahrscheinlich, daß wir Euch rechtzeitig zur Landung erreichen. Laßt Euch nicht dazu verleiten, den Ballon zu lange gefüllt zu lassen – wir wollen keine Neuauflage der Probleme, die wir in Birma hatten.

Bertrand

Wir fuhren den ganzen 20. März mit hoher Geschwindigkeit über die Wüste. Zwanzig Tage zuvor waren wir hoffnungsfroh, aber sehr viel langsamer über die endlosen Weiten hinweggetrieben. Der Anblick, der sich uns jetzt bot, war der gleiche, nur daß wir den Erfolg in der Tasche hatten. Die 4000 Kilometer, die wir aus Sicherheitsgründen zusätzlich zurücklegten, gerieten zum puren Vergnügen. Der Ballon lag ruhig und stabil in der Luft, und abgesehen von der Kälte war alles in bester Ordnung.

Vor dem Start hatten wir manchmal natürlich über die Möglichkeit gesprochen, neue Rekorde für Strecke, Dauer und Höhe aufzustellen. Aber jedesmal, wenn wir davon anfingen, sagte jemand sofort, wir sollten das Schicksal nicht herausfordern. Doch dann hatten wir irgendwann über dem Atlantik den Dauer- und den Streckenrekord gebrochen: Kein Flugobjekt war ohne Nachtanken länger in der Luft geblieben oder weiter geflogen als wir mit dem *Orbiter 3*. Jetzt wartete nur noch ein Rekord auf uns: der Höhenrekord.

Vor dem Erreichen der Ziellinie hatten wir nicht ernsthaft daran gedacht; zu diesem Zeitpunkt wäre der Versuch, den Höhenrekord zu brechen, eine unverzeihliche Extravaganz gewesen. Zum einen hätte er uns erhebliche Mengen Propan gekostet, zum anderen hätten wir riskiert, beim Durchstoßen der Prallhöhe Helium ablassen zu müssen. Jetzt dagegen, mit dem Landeplatz sozusagen schon in Sichtweite, sah das anders aus.

Brian

Ich verlor gegenüber Bertrand kein Wort über Rekorde. Nachdem er zu Bett gegangen war, faxte ich aber um 16.05 Uhr an John Albury:

> Ich hoffe, der Barograph funktioniert. Da dies unsere letzte Chance ist, Höhe zu machen, ohne viel heizen zu müssen, steigen wir bis zur Prallhöhe auf und sehen mal, ob wir auch noch den Höhenrekord einsacken können. FL 371, 113 Knoten.

Das brachte mir eine harsche Rüge ein:

> Du ungezogener kleiner Flegel! Natürlich, noch mehr Rekorde! Wenn Du Dir schon den Höhenrekord vorknöpfen willst, dann paß wenigstens auf, daß Du NICHT vom Kurs abkommst. Ihr müßt Euch so weit wie nur möglich südlich halten; für die Gegend um Kairo wird nämlich für morgen früh ein Bodenwind mit 18 Knoten vorhergesagt. Und noch was: Laßt kein Helium ab.

Von Alan soll ich Dir ausrichten, daß Ihr einen Funkhöhenmesser an Bord habt, an dem Ihr Euch bei Eurem Abstieg orientieren könnt.

Dieser letzte Hinweis war denkbar überflüssig: Der Funkhöhenmesser, das größte Instrument an Bord, befand sich genau in der Mitte der Instrumententafel, und wir hatten fast drei Wochen ununterbrochen davorgesessen und ihn angestarrt. So gesehen war es äußerst unwahrscheinlich, daß wir ihn vergessen würden. Ich konnte diesen Hinweis nicht ohne eine sarkastische Retourkutsche stehen lassen:

Richte Alan unseren besten Dank für seinen Ratschlag aus. Der Funkhöhenmesser – ist das das Ding mit den drei kleinen Zeigern oder das knallgelbe Ding mit dem orangefarbenen Knopf? Ach ja, und frag ihn bitte, ob er nächstes Jahr vielleicht als Ausbilder arbeiten will.

Mit ein paar kurzen Brennerschüben ließ ich den Ballon vorsichtig steigen. Zwei, drei Minuten lang beobachtete ich mit einer starken Taschenlampe die Unterseite der Heliumkammer. Als ich sah, daß sie sich extrem spannte, beschloß ich, den Aufstieg abzubrechen. Kurze Zeit später kam vom Kontrollzentrum die Nachricht, daß wir mit einer berichtigten Höhe von 38 500 Fuß tatsächlich den bestehenden Höhenrekord gebrochen hatten. Das erste, was Bertrand sagte, als er aufwachte und aus seiner Koje kroch, war: »Brian! Wir haben den Höhenrekord vergessen, und das war unsere letzte Chance.« Ich grinste ihn breit an und erwiderte: »*Ich* habe ihn nicht vergessen! Während du geschlafen hast, habe ich einen neuen Höhenrekord aufgestellt.«

Das nächste Fax stammte von Jo. Sie nannte uns überschwenglich ihre »Helden« und sagte, sie habe Alan einen Satz frische Kleider und mein Rasierzeug mit auf den Weg nach Kairo gegeben. Dann übermittelte sie mir herzliche Grüße und Glückwünsche von der ganzen Familie und übergab an John, der hinzufügte: »Die Queen (ja, die echte) und Tony Blair sowie Jacques Chirac haben Glückwünsche geschickt. Und Juan Antonio Samaranch hat verlauten lassen, daß Ihr den Olympischen Orden bekommt. Ob Du jetzt noch mit mir redest?«

Ich antwortete:

> Hi Sweetheart (nicht Du, Albury),
> hat die Queen ihre Glückwünsche am Telefon geäußert? Ich hoffe, der alte Hund hat nicht versucht, ihr einen Ballon anzudrehen. Ich muß meinen Bart mit nach Genf zurückbringen, damit Bertrand im Vergleich zu mir nicht allzu schäbig aussieht. Liege ich richtig mit der Annahme, daß das Flugzeug uns direkt zurückbringt? Niemand sagt uns etwas. Meinst Du, wir dürfen unterwegs in einem Hotel anhalten, damit wir uns frisch machen können? Sie sollten darauf bestehen, ansonsten wird es mindestens eine Woche dauern, den Gestank wieder loszuwerden. Sag John, daß er mich auch weiterhin mit dem Vornamen ansprechen darf, zumindest unter vier Augen. FL 365 bei 130 Knoten.

Bertrand

Meine letzte Nacht im Cockpit war die schönste der gesamten Fahrt. Vor uns stieg über der Wüste die dünne Sichel des zunehmenden Mondes auf, und einmal mehr spürte ich die enge und tiefe Beziehung, die wir in den letzten Wochen zur Erde entwickelt hatten. Ich hatte das Gefühl, mich außerhalb der Kabine zu befinden und unter den Sternen dahinzufahren, die unseren Ballon umgaben. Ich fühlte mich unendlich privilegiert und wollte mir keine Sekunde dieser luftigen Welt entgehen lassen.

Wenn alles gutging, würde der *Breitling Orbiter 3* kurz nach Tagesanbruch im ägyptischen Wüstensand landen. Brian und ich würden von einem Hubschrauber abgeholt werden und sofort die richtigen Worte finden müssen, um die Neugier der Leute zu befriedigen. In diesem Moment jedoch, in dem ich eingemummt in die Daunenjacke im Cockpit saß, erinnerte mich die beißende Kälte daran, daß ich einen der großartigsten Augenblicke meines Lebens erlebte. »Die einzige Möglichkeit, diesen Moment zu bewahren«, schrieb ich, »besteht darin, ihn mit anderen zu teilen. Brian und ich, wir werden ein Buch schreiben müssen, das die Menschen an den wunderbaren Erfahrungen, die wir auf dieser Fahrt gemacht haben, teilhaben läßt.«

Ich dachte an die Zukunft, an die Dinge, die in den nächsten Tagen, Wochen und Jahren auf uns zukommen würden. Immer wieder holte mich die beißende Kälte in die Gegenwart zurück, doch das erste Mal seit zwanzig Tagen hatte ich keine Angst mehr, zu versagen. Es war wunderbar, nicht ständig daran denken zu müssen, was passieren würde, wenn ich einen Fehler machte oder wir vom richtigen Kurs abgetrieben würden.

Ich betrachtete die Sterne und hing meinen Gedanken über die unsichtbare Hand oder Vorsehung nach. Ich dachte auch an Gott. Weder Brian noch ich sind im konventionellen Sinne religiös, wir glauben aber beide daran, daß es einen Gott gibt, einen Gott, der die Menschen erschaffen hat, nicht einen Gott, der von den Menschen erschaffen worden ist.

Mir scheint, daß die meisten Religionen sich den Gott geschaffen haben, den sie wollten – eine Projektion des Menschen, keine mystische Realität. Offiziell bin ich zwar Protestant, aber ich will mich nicht Protestant, Katholik oder sonstwas nennen. Ich will nicht einem bestimmten Bekenntnis angehören, sondern verstehe mich als Christ, weil ich finde, daß der christliche Glaube gut dazu geeignet ist, das Leben zu erklären und zu Gott zu finden. In seiner ursprünglichen Form ist das Christentum eine sehr tolerante Religion, eine Eigenschaft, die ebenso auf den Islam, das Judentum, den Buddhismus oder den Hinduismus zutrifft. Alle diese Religionen erlauben ihren Gläubigen, ihr Herz anderen und Gott zu öffnen und in sich Raum für das Göttliche zu schaffen.

Statt von »Religion« spreche ich lieber von »Spiritualität« – einem Weg, Gott in sich aufzunehmen, nicht einem System, das beweisen soll, daß der eine Gott besser ist als der andere. Ich besuche manchmal einen Gottesdienst, aber das kann, je nachdem, wo ich gerade bin, genausogut eine Moschee oder ein buddhistischer Tempel wie eine christliche Kirche sein. Dort finde ich, worauf es mir ankommt: Gelassenheit und innere Ruhe. Am wichtigsten ist mir allerdings, zu erkennen, was wesentlich ist.

Oft verlieren wir uns im Leben, lassen uns von automatisch ablaufenden Gedanken und Reaktionen irreführen und verlieren den Blick für das Wesentliche: Die meisten Dinge, denen wir hinterherjagen, sind trivial – wir können sie nicht mitnehmen, wenn wir sterben. Meiner Meinung nach ist es wichtig, daß wir uns hin und wieder Zeit nehmen, den Blick auf das Wesentliche zu richten, auf das, was tief in unserem Herzen verborgen liegt. Manchmal gelingt mir das in Kirchen oder Moscheen, manchmal aber auch beim Fliegen. Dann war der Hängegleiter oder der Ballonkorb meine Kirche.

Auf der Fahrt des *Orbiter 3* gab es viele solche

Momente – und beileibe nicht nur, wenn wir gut vorankamen. Im Gegenteil, häufig erlebte ich sie gerade in schwierigen Situationen – etwa, als wir über dem Pazifik kaum Fahrt machten und von Angst und Zweifeln geplagt wurden. Für mich waren das großartige Momente, Momente, in denen ich das Leben an sich spürte, was es bedeutete, am Leben zu sein. Über dem Pazifik, umgeben von Wasser, Licht und Luft, hatte ich wie über der Wüste das Gefühl, daß auch die mineralische Erde in einem gewissen Sinn lebendig ist, und ich begriff, daß ich die Dinge so nehmen mußte, wie sie kamen. Sobald ich das verstanden hatte, erfüllten mich Gelassenheit und Vertrauen.

Das ist kein Fatalismus, sondern eine Philosophie der Akzeptanz. Vieles im Leben läßt sich beeinflussen, aber nicht alles – zum Beispiel nicht die Richtung des Windes. Sie kann man nicht ändern, man kann sie nur hinnehmen. Das ist das Entscheidende – und das Ballonfahren ist eine Philosophie der Akzeptanz.

Wie ich spät in dieser Nacht entdeckte, bestand der Jetstream, in dem wir fuhren, aus mehreren Windschichten. Die einzelnen Schichten verliefen so scharf getrennt, daß jedesmal, wenn wir von einer Schicht in die nächste stiegen oder absanken, die Hülle ihre Form änderte und sich auf der einen Seite wie das Segel eines Bootes ausbeulte, während sie auf der anderen eingedrückt wurde. Mit Hilfe von Kompaß und GPS und der Beobachtung, auf welcher Seite der Ballon eingedrückt und auf welcher er nach außen ausgebeult wurde, konnte ich beurteilen, ob die Schicht, in die wir gerade eindrangen, besser oder schlechter als die war, aus der wir kamen. Wir sollten uns möglichst weit südlich halten. Wenn also die linke Seite der Hülle eingedrückt wurde, wußte ich, daß der Wind uns nach rechts trieb, und versuchte, den Ballon in dieser Schicht zu halten. Es kam mir fast vor, als würde ich nicht einen Ballon fahren, sondern ein Segelboot – die im Wind schlagende, im Licht der Brennerflammen silbern glänzende Mylarhülle erschien mir wie ein Segel.

Irgendwann an diesem Tag war Don Cameron von Bristol nach Genf geflogen und hatte Alans Platz im Kontrollzentrum eingenommen – Alan war bereits auf dem Weg nach Kairo. In seinem ersten Fax aus Genf gratulierte Don Cameron uns zu unserem »großartigen Erfolg« und gab uns Anweisungen für die Landung. Wir sollten nach Überquerung der ägyptischen Grenze mit dem Abstieg beginnen und kurz nach Sonnenaufgang in der Nähe des Dorfes Mut landen. Ich antwortete:

> Vielen Dank für Deine Vorschläge zur Landung – und gleichfalls Glückwünsche an Dich und Deine Leute; Ihr habt einen phantastischen Ballon gebaut. Mit ihm durch den Himmel dieses Planeten zu fahren war (und ist immer noch) ein großes Vergnügen.

Bald darauf kamen sehr bestimmte Anweisungen von John: »LANDET AUF KEINEN FALL IM GROSSEN SANDMEER! Ihr würdet wochenlang feststecken, bevor man Euch dort rausholen könnte; nicht einmal Hubschrauber fliegen dorthin.« Ich antwortete, ich hätte keineswegs die Absicht, das zu tun – und fragte, warum wir statt dessen nicht einfach noch 200 Kilometer über Mut hinaus fahren und im Niltal landen könnten. Das ginge nicht, erwiderte John. Wir müßten einige Stunden nach Sonnenaufgang landen, da im Laufe des Vormittags die von der Sonne erwärmte Luft aufsteigen und am Boden Wind aufkommen würde.

Don hätte die Medien besser informieren müssen. Zu diesem Zeitpunkt warteten in Kairo rund dreihundert

Reporter und Kameraleute inmitten eines Sandsturms auf unsere Ankunft. Im Kontrollzentrum wußten alle, daß wir nicht in Kairo landen würden, sondern viel weiter südlich, wo das Wetter besser war, aber es kam keiner auf die Idee, das den wartenden Journalisten mitzuteilen.

In den frühen Morgenstunden, noch vor Ende meiner Schicht, überkam mich auf einmal die Erschöpfung. Ich weckte Brian und fragte ihn, ob ich mich noch zwei Stunden hinlegen könnte, wozu er sich großzügigerweise bereit erklärte. Es war dieser außerplanmäßige Wechsel, der unsere Pläne für die Landung über den Haufen warf.

Brian

Einmal mehr mußte das Kontrollzentrum für uns die Hürden aus dem Weg räumen. Die ägyptische Flugsicherung erkannte zwar unsere Durchfahrtsgenehmigung an, verweigerte dem Ballon aber die Erlaubnis zur Landung. »Hören Sie«, erklärten unsere Leute dem ägyptischen Fluglotsen, »der Ballon hat fast keinen Brennstoff mehr. Wenn der Pilot keine Landeerlaubnis bekommt, muß er einen Notruf absetzen, und dann müssen Sie ihm helfen.« Daraufhin lenkte der ägyptische Fluglotse ein: »Okay, in diesem Fall erteile ich ihm eine Landeerlaubnis.«

Auf unseren Karten, die uns sehr genau vorkamen, entdeckten wir nahe Mut, das inzwischen Dakhla hieß, eine grüne Fläche, die wie ein Flußtal oder eine Oase aussah. Wir vermuteten, daß das Grün auf Felder hinwies, und da Felder allemal ein besserer Landeplatz sind als die Wüste, beschlossen wir, dort die Landung zu versuchen. Kurz nachdem ich meine letzte Schicht angetreten hatte, schickte ich ein Fax an das Kontrollzentrum:

Hallo, Jungs und Mädels. Brian macht es sich eine Zeitlang auf dem Fahrersitz bequem, damit Bertrand endlich die Gesichtsmaske auflegen und die Rolläden runterlassen kann. Wenn Ihr mir eine Tasse Tee hochschicken könntet, wäre mir das im Moment sogar noch willkommener als einer von Smiffys Witzen.

Sollte es mit einer Jones-Landung enden, dann werden wir wahrscheinlich in jedem der erwähnten Dörfer/Orte einmal kurz aufsetzen. Sagt Alan, daß wir kluge Ratschläge weder zu den Punkten auf der Checkliste brauchen noch dazu, wie man das Ding fliegt oder welche Strippen wir ziehen müssen. Laßt uns auch ein bißchen Stolz. Weitere Hilfe, die Ihr uns zu Landung, Ballonverhalten und zu erwartenden Winden anbieten könnt, wird dankend angenommen.

Um 2.23 Uhr schickte ich folgendes Fax:

Stand Brennstoff: Sowohl Tankpaar Nr. 5 als auch Tankpaar Nr. 11 stehen laut Anzeige auf 26. Was das heißt, weiß ich nicht, aber es dürfte sechs Stunden Heizzeit entsprechen, sprich, müßte eigentlich in Ordnung sein.

Falls die Berechnungen falsch sind, sollen wir auf keinen Fall im Großen Sandmeer landen, hat man uns gesagt. Warum nicht? Gibt es dort eine Hühnerfarm, oder wartet da Treibsand auf uns? Auf keinen Fall wollen wir auf eine Höhe mit zuwenig Wind absteigen und dann heizen müssen, um wieder aufzusteigen und in den Wind zu kommen. Das heißt, wenn Luc uns etwas zum Windprofil sagen könnte, wäre das sehr zuvorkommend. Schalte jetzt zurück auf Tankpaar Nr. 5. Die Tanks sitzen an der Frontseite und werden wahrscheinlich vor der Landung abgeworfen. Aufregend, nicht?

Johns Antwort ließ nicht lange auf sich warten:

Warum Ihr nicht im Großen Sandmeer landen sollt? Weil es aus abgrundtiefem Sand besteht, du bekloppter Schwachkopf. Es würde Tage dauern, Euch da rauszuholen. In Asyut, New Valley (Al Kharidschah) und Dakhla gibt es Landebahnen und Straßen, die brauchbar aussehen. Alan ist unterwegs nach Mut, also seht zu, was Ihr tun könnt.

Ich faxte zurück:

Die Kabine ist so voller Eis, daß es hier drin wahrscheinlich aussieht wie im Nil, wenn wir absteigen. Womöglich bricht die Verbindung ab. Sollte das passieren, geht davon aus, daß alles in Ordnung ist. Wenn wir wirklich Mist bauen, aktivieren wir die Notbake. Ansonsten werden wir versuchen, auf die Notrufausrüstung zu verzichten und mit den Handfunkgeräten Kontakt zum Rettungsflugzeug und zum Boden aufzunehmen.

Danke für den Hinweis über den Sand. Gibt es da unten keine Schaufeln? Ich glaube eigentlich nicht, daß wir in Mut landen sollten ... Meinen Karten zufolge steigt der Grund unmittelbar hinter der Straße an, was uns das Leben schwermachen könnte, wenn die Winde unberechenbar sind und wir darüber hinausschießen. Wenn ich Alan wäre, würde ich mit Al Kharidschah anfangen, aber hakt Mut noch nicht ganz ab.

Später setzte ich noch nach:

> Typisch Ballonpilot – kann keine Entscheidung fällen. Ich glaube, wir sollten jetzt doch eine Landung auf der Straße nordwestlich von Mut in Betracht ziehen. Die nächste Straße ist, wie ich das hier sehe, 180 Seemeilen entfernt, und das würde uns weit in den Vormittag hinein bringen. Spiele mit dem Gedanken, Abstieg bei 26 Grad 45 Minuten Ost zu beginnen. Was haltet Ihr davon?

Meine Nachricht überschnitt sich mit einem eingehenden Fax der Meteorologen, die uns dasselbe rieten, nämlich bei Sonnenaufgang den Abstieg einzuleiten und auf Mut oder die von dem Ort nach Nordwesten führende Straßen zuzuhalten.

»Wir drücken Euch alle die Daumen und hoffen, daß Ihr sicher runterkommt«, fuhr Luc fort. »Wenn Ihr sicher gelandet seid, informiert uns bitte so bald wie möglich.« Worauf ich, immer noch in Hochstimmung, erwiderte: »Macht Euch keine Sorgen. Wenn irgend möglich, lasse ich Euch als erste wissen, daß wir sicher angekommen sind – und erst dann wecke ich Bertrand und überbringe ihm die frohe Botschaft.«

KAPITEL 12

Harte Landung

Bertrand

Beim Training der Landung waren wir davon ausgegangen, daß ich den Ballon fahren und Brian sich um die Aufgaben kümmern würde, die außerhalb der Kabine anstanden. Diese Arbeitsteilung war naheliegend, da ich schon zweimal große Rozier-Ballons gelandet und Brian sich auf die externen Systeme spezialisiert hatte, insbesondere die Auslösevorrichtungen, die in einer festgelegten Reihenfolge vom Kabinendach aus betätigt werden mußten. Doch als er mich weckte, hatte er den Abstieg bereits eingeleitet und überwachte Fahrt, Geschwindigkeit und Kurs.

Er war angespannt, hatte aber alles unter Kontrolle, und für eine Ablösung schien keine Notwendigkeit zu bestehen. Also wechselten wir die Zuständigkeiten, und als die Zeit kam, war ich es, der nach draußen ging. Das war zwar nicht ideal, da wir uns ständig gegenseitig zurufen mußten, was als nächstes zu tun war, schien aber zu diesem Zeitpunkt die beste Lösung zu sein.

Nach Überquerung der libysch-ägyptischen Grenze in einer Höhe von 32000 Fuß leiteten wir den Abstieg ein. Vorgesehen war, daß wir bei abnehmender Geschwindigkeit mit rund 300 Fuß pro Minute relativ langsam sinken sollten. Ausgehend von einer Anfangsgeschwindigkeit von 130 Knoten, hatten wir auf Grundlage der von unseren Meteorologen durchgegebenen Windprognosen für die einzelnen Schichten einen Kurs ausgerechnet. Wie sich jedoch zeigte, lagen Luc und Pierre mit ihren Vorhersagen ziemlich daneben. Statt langsamer zu werden, behielten wir unsere Geschwindigkeit bei. Dazu kam, daß wir nicht annähernd die geplante Sinkrate erreichten. Zunächst genügte es, einfach die Brenner ausgeschaltet zu lassen, doch nach Sonnenaufgang wurde es schnell wärmer, und auf rund 20000 Fuß Höhe begannen die Eisplatten, die sich auf der Innenseite des Heißlufttrichters gebildet hatten, zu schmelzen und krachten auf die Kabine herunter.

Abgesehen von dem ohrenbetäubenden Lärm im Kabineninneren – ein unablässiges Donnern und Schlagen und Splittern über unseren Köpfen –, verlor der Ballon dadurch so viel an Gewicht, daß er nicht weiter sank. Die einzige Möglichkeit, die uns noch blieb, war, Helium abzulassen. Ich drehte das Gasventil auf und ließ es, wie es mir vorkam, eine Ewigkeit offen. Nichts passierte. Bertrand, der unter der Luke stand, rief mir zu, ich solle auch das andere Ventil öffnen. Kaum hatte ich das getan, als wir auch schon mit 800 Fuß pro Minute sanken, also viel zu schnell. Dann fiel eine weitere Ladung Eis von der Hülle, und wir stiegen wieder.

Auf dem Weg nach unten schien die aufgehende Sonne rot durch das mit Eiskristallen überzogene Bullauge und gab ein so phantastisches Bild ab, daß ich einfach ein Foto machen mußte. »Brian«, sagte ich, »tut mir leid, ich weiß, das ist wirklich nicht der beste Moment, aber könntest du einen Augenblick zur Seite gehen...«

Wegen der fast pausenlos auf das Kabinendach prasselnden Eisplatten mußte ich einige Zeit warten, bis ich die Deckenluke öffnen konnte – und als ich sie schließlich aufdrückte, ergoß sich ein Strom von Eisbrocken und Wasser in die Kabine. Zwanzig Tage lang, bis zu diesem Moment, hatten wir es geschafft, das Kabineninnere sauber und trocken zu halten; jetzt verwandelte es sich binnen weniger Augenblicke in ein Chaos aus Wasser und Eis.

Einen Moment später hatte ich mich hochgezogen und stand im vollen Sonnenlicht. Die Luft war warm, und vor uns lagen dunkle, felsige Hügel. Mit den Händen schaufelte ich das überall herumliegende Eis über Bord und legte das fünfzig Meter lange und fast hundert Kilogramm schwere Schleppseil auf der Heckseite bereit. (Sobald wir aufsetzten, wollten wir das Seil abwerfen; der Widerstand des über den Boden schleifenden Seils sollte dafür sorgen, daß die Kabine in Fahrtrichtung ausgerichtet blieb.) Dann zog ich die Sicherungsstifte aus den Auslösemechanismen an den Ecken des Lastrahmens, damit wir im Fall eines Falles jederzeit die Druckluftladungen abfeuern konnten, die die Hülle von der Kabine trennten. Da ich es für wichtig hielt, möglichst viel aufzuzeichnen, filmte ich alles – die Hülle, das Eis und Brian im Cockpit. Aber als ich versuchte, die Solarpaneele einzuholen, mußte ich feststellen, daß mir nach fast drei Wochen der Untätigkeit schlicht die Kraft fehlte, die Paneele hochzuziehen. Schließlich blieb mir nichts anderes übrig, als Brian um Hilfe zu bitten. Er nahm unter der Luke Aufstellung und hielt das Ende des Seils in Händen. Dann hievten wir auf das Kommando »eins, zwei, drei … ziehen!« das Paneel gemeinsam hoch. Als das getan war, mußte ich noch die Verbindungsseile zwischen Kabine und Hülle öffnen und die Thermodrähte mit einem Bolzenschneider kappen – unter dem Strich und vor allem in meinem geschwächten Zustand ein ganzer Haufen Arbeit.

Brian

Den Ballon im Flußtal zu landen war unmöglich. Es gelang uns einfach nicht, ihn schnell genug herunterzubekommen. Auf 3000 Fuß blies der Wind statt mit den vorhergesagten 15 immer noch mit 28 Knoten, und die Bremsen griffen erst, als wir auf 1000 Fuß unten waren.

Daß das Breitling-Bergungsteam bereits in der Gegend war und schon geraume Zeit versuchte, von seinem Canadair-Jet auf der Notruffrequenz 121,5 MHz Kontakt mit uns aufzunehmen, erfuhren wir erst später. Nach Abbruch der erfolglosen Suche befand sich die Maschine schon auf dem Anflug auf Dakhla, als der Pilot zehn Sekunden vor dem Aufsetzen plötzlich meine Stimme in seinem Kopfhörer vernahm: »An alle – hier ist der Breitling-Orbiter-Ballon. Können Sie uns hören?« Sofort zog er die Maschine wieder nach oben. Stefano Albinati eilte ins Cockpit, und als das Flugzeug wieder an Höhe gewonnen hatte, hatten wir guten Funkkontakt. Ich gab unsere GPS-Koordinaten durch, und sofort nahm der Pilot Kurs auf uns.

Da Dakhla weniger als hundert Kilometer von unserer Position entfernt lag, wußten wir, daß das Flugzeug uns in wenigen Minuten erreichen würde. Bertrand stieg mit der Kamera auf das Dach, um den Anflug zu filmen. Es war ein bewegender Augenblick, als der weiße Jet kurz darauf am Himmel erschien. Im Tiefflug kreiste das Flugzeug um den Ballon und wackelte zum Zeichen unseres Triumphs mit den Flügeln. Alan Noble meldete sich per Funk, und ich sagte ihm, daß wir nun, nachdem wir das Flußtal verpaßt hätten, versuchen würden, nahe einer Straße zu landen, die laut unseren Karten 80 Kilometer vor uns lag.

»In Ordnung«, antwortete er, »was hältst du davon, wenn wir vorausfliegen und das Gelände für euch sondieren?«

»Gute Idee«, stimmte ich zu. Das Flugzeug drehte ab und verschwand, kehrte aber schon nach wenigen Minuten wieder zurück. »Brian«, meldete sich Alan, »glaub mir, da vorn ist keine Straße. Am besten wäre es, ihr landet, sobald sich eine Gelegenheit dazu ergibt.«

Bertrand kam in die Kabine zurück und machte sich daran, die losen Ausrüstungsgegenstände zu verstauen. Da wir den Laptop für die Kommunikation mit dem Kontrollzentrum noch brauchten, ließen wir ihn auf dem Tisch stehen. Ich kämpfte immer noch darum, unseren Abstieg zu stabilisieren, und stellte mich im Gang auf, um notfalls möglichst schnell an die Brennersteuerung zu kommen. Obwohl ich angestrengt durch die Bullaugen starrte, konnte ich nach unten kaum etwas erkennen, zumal der Ballon in diesem Moment rückwärts trieb. Gerade als ich dachte, daß wir mindestens noch in 150 Fuß Höhe waren, sah ich durch das gewölbte Glas der vorderen Luke Felsen und war überrascht, wie groß sie aussahen. Während ich noch überlegte, ob konvexes Glas einen so starken Vergrößerungseffekt haben konnte, schrie Bertrand, der durch die Heckluke und damit in Fahrtrichtung nach unten sah: »Achtung, Brian! Wir sind keine zehn Meter über dem Boden. Halt dich fest! Wir schlagen gleich auf!« Sofort schaltete ich die Brenner auf volle Leistung. Dann klammerten wir uns am oberen Handlauf der Koje fest und gingen in die Knie, um die Wucht des Aufpralls zu mildern. Sekunden später prallte die Kabine mit einem gewaltigen Schlag auf den Boden.

Wir blieben keine Sekunde unten, dann riß uns der Ballon, einen kurzen Moment vom Gewicht der Kabine befreit, wieder nach oben. Wir schossen bis auf 300 Fuß hoch. Dort konnten wir mit einem weiteren Feuerstoß aus den Brennern die gleich darauf wieder einsetzende Abwärtsbewegung stoppen und den Ballon stabilisieren.

Ein Blick nach unten zeigte, daß dies definitiv kein Gelände war, auf dem man versuchen sollte, einen Ballon aufzusetzen. Vor uns erstreckte sich ein sandbedecktes Plateau, aber direkt unter uns zog sich bis an den Rand des Plateaus eine steile Geröllhalde hinauf – und genau dort hatten wir den Boden berührt. Wieder einmal war uns das Schicksal zu Hilfe gekommen: Die Styroporblöcke, die ich nach dem Start in Château-d'Oex nicht hatte losschneiden können, hatten die Hauptwucht des Aufpralls abgefangen und die Kabine vor massiven Schäden bewahrt. Wichtiger noch, sie hatten verhindert, daß unsere vier verbliebenen Propantanks gegen die Felsen schlugen. Wenn einer dieser Tanks zerborsten wäre, hätte es womöglich eine gewaltige Explosion gegeben.

Über Funk meldete sich Alan, der uns mit unverkennbarem Zynismus für diesen Landeversuch fünf von zehn möglichen Punkten zuerkannte. Bertrand, der auf das Dach zurückgeklettert war, entdeckte zwei oder drei Kilometer vor uns ein Plateau, das perfekt für eine Landung geeignet schien. »Gib uns fünf Minuten«, rief er nach unten, »dann sind wir über geeignetem Gelände.«

Während wir mit fünf bis zehn Knoten dahintrieben, umkreiste uns das Flugzeug, von dem aus wir unter anderem vom offiziellen Beobachter der Fédération Aéronautique Internationale, Jakob Burkard, gefilmt wurden. Burkards Aufgabe war es, den exakten Moment unseres Aufsetzens festzuhalten.

Als wir die Ebene erreichten, meldete sich Alan wieder und sagte: »Sieht gut aus. Kommt runter.«

Bertrand kehrte in die Kabine zurück und setzte seinen Helm auf. Wie er mir später erzählte, sagte er noch zu mir, ich solle meinen ebenfalls aufsetzen, doch offenbar war ich zu beschäftigt, um ihn zu hören. Als er auf der Instrumententafel ein grünes Licht aufleuchten sah, das anzeigte, daß ein Gasventil geöffnet war, schlug er mir vor, auch das andere Ventil aufzudrehen und beide geöffnet zu lassen. Durch diese Maßnahme wird binnen kurzer Zeit eine große Menge Helium abgelassen, was aus dem Rozier-Ballon einen normalen Heißluftballon macht und der Standardmethode entspricht, einen solchen Mischballon zu landen.

Jetzt endlich steuerte ich den Ballon, statt von ihm herumgeworfen zu werden, und brachte uns mit ein paar wohldosierten Brennerstößen langsam nach unten. Unmittelbar vor dem ersten Aufsetzen klammerten wir uns wieder an das Kojengeländer, doch der Aufprall war kaum zu spüren. Nach einem kleinen Zwischenhüpfer schlitterte die Kabine noch ein paar Meter auf dem Bauch über den Boden, dann kam sie zum Stillstand. Ein paar Augenblicke lang starrten wir uns an, ohne etwas zu sagen. Die Erkenntnis, daß wir sicher gelandet waren, verschlug uns die Sprache. Der Flug war vorbei, und um uns herrschte absolute Stille.

Bertrand faßte sich als erster. »Sieh auf die Uhr! Sieh auf die Uhr!« rief er. Ich gehorchte. Es war ein paar Sekunden nach 6.00 Uhr Z. Hastig hob ich den Laptop auf, der bei der Landung vom Tisch herunter und quer durch die Kabine geschleudert worden war und mich mit ziemlicher Wucht an der Hüfte erwischt hatte, und um 6.01 Uhr schickte ich ein kurzes Fax an das Kontrollzentrum: »Der Adler ist gelandet. Alles okay. Verdammt gut. B.«

Im nachhinein schämte ich mich ein bißchen, mich so wenig originell ausgedrückt zu haben – aber es war eine spontane Äußerung gewesen. Der Anblick der Wüste muß in mir eine unbewußte Erinnerung an die Mondlandung wachgerufen haben. Ich wollte das Kontrollzentrum wissen lassen, daß wir sicher gelandet seien, hatte aber nicht die Zeit, etwas Längeres oder dem Anlaß Angemesseneres zu schreiben.

Wie sich zeigte, wußte man im Kontrollzentrum bereits, daß wir gelandet waren, nachdem drei aufeinanderfolgende Positionsmeldungen unseres GPS die gleichen Koordinaten gezeigt hatten. Unverzüglich meldete sich Sue: »Ist das Flugzeug bei euch? Oder jemand am Boden? Erbitte Statusmeldung.«

Bertrand

Meine Ohren schmerzten. In der Hektik vor der Landung hatte ich den Helm allzu hastig aufgesetzt und mir dabei fast die Ohren abgerissen. Gleich nachdem die Kabine zum Stillstand gekommen war, zogen wir durch die Deckluke die rote Leine der Reißbahn, um das Helium aus der Gaszelle abzulassen. Der Ballon blieb trotzdem aufgerichtet, gehalten vom Gas in dem kleinen Zeltballon an der Hüllenspitze.

Was für ein Bild. Die Sonne stand inzwischen ganz über dem Horizont. Wir befanden uns in der Mitte von Nirgendwo. Die rote Kabine stand auf dem Wüstenboden, darüber ragte die silbrig glänzende Hülle auf, um die ein dreistrahliger Jet in einer Höhe von knapp fünfzehn Metern kreiste. Wie wir später hörten, ertönte im Cockpit der Maschine ständig der durchdringende Ton des automatischen Bodennähe-Alarms, aber Stefano, der inzwischen am Steuerknüppel saß, war viel zu euphorisch, als daß er dem Alarmsignal groß Aufmerksamkeit geschenkt hätte.

Ich schnappte mir Foto- und Videokamera, öffnete die Heckluke und kletterte hinaus, um die Szene festzuhalten, bevor der Ballon zusammensackte. Als ich mit dem linken Fuß auf den Sand trat, hinterließ ich einen Abdruck, bei dessen Anblick mir ein ähnlicher Gedanke durch den Kopf ging wie Brian, als er in seinem Fax an das Kontrollzentrum Neil Armstrongs berühmte Botschaft vom Mond wiederholt hatte. Wie der Mondoberfläche fehlte auch der Wüste jedes erkennbare Lebenszeichen, und als ich meinen eigenen Fußabdruck sah, dachte ich: »Für Armstrong mag es die Erfüllung eines Traums gewesen sein, seinen Fuß so weit entfernt von der Erde auf den Boden zu setzen – für mich ist es ein Ereignis, endlich wieder einen Fuß auf die Erde zu setzen.«

Draußen vor dem Ballon wäre ich fast von meinen Gefühlen überwältigt worden. Da ich den Ballon noch in aufgeblasenem Zustand in den Kasten bekommen wollte, setzte ich von der Kabine weg zu einem Spurt an, geriet aber nach Wochen der körperlichen Untätigkeit sofort außer Atem. Die Hülle lehnte in einem Winkel von etwa 45 Grad nach vornüber, und der in die Hüllenöffnung blasende Wind bauschte das Mylar auf. Während ich die Szene mit der Videokamera festhielt, sprach ich ununterbrochen – zu niemandem im besonderen, ich war ja alleine, vielleicht zum Himmel: »Das ist phantastisch! Einfach phantastisch. Danke. Vielen Dank!« Dann zog der Breitling-Jet in einer letzten, sehr niedrigen Kurve über uns hinweg, und während ich mit der rechten Hand die Kamera auf das Flugzeug gerichtet hielt, winkte ich mit der linken nach oben.

Per Funk teilte Stefano Brian mit, daß er zum Nachtanken nach Dakhla zurückkehren müsse, sich aber darum kümmern werde, daß unverzüglich ein Bergungstrupp zu uns aufbrach. Ich kehrte zum Ballon zurück und bat Brian, mir den Erste-Hilfe-Koffer herauszureichen. Dann stellte ich den Koffer in den Sand, baute darauf die Videokamera auf und ließ sie laufen. Anschließend kletterte ich in die Kabine zurück, verschloß die Heckluke und sagte zu Brian: »Okay – jetzt können wir unseren offiziellen Ausstieg machen.« Also kletterten wir ein zweites Mal aus der Kabine, nur daß wir diesmal gefilmt wurden. Angesichts der Erleichterung und Freude darüber, sicher gelandet zu sein, geriet uns der Ausstieg zu einer regelrechten Jubelszene.

Nach der ersten Euphorie wurden wir uns der Einsamkeit und der Stille der Wüste um uns herum bewußt. Da ich immer noch meinen Fliegeranzug samt drei Lagen Fleece darunter trug, lief mir schon bald der Schweiß in Strömen herunter, aber es gab so viel zu sehen und zu filmen, daß mir das im Moment egal war. Ich erinnerte mich an den seltsamen Traum, den ich vor ein paar Nächten gehabt hatte: daß Brian und ich die Fahrt um die Welt erfolgreich beendet hatten, aber niemandem davon erzählen konnten. Nun war der Traum auf gewisse Weise Wirklichkeit geworden – wir hatten die Erde umkreist, aber es gab hier keine Menschenseele, mit der wir unsere Freude hätten teilen können.

Brian

Als wir aus der Heckluke kletterten, ging uns auf, wieviel Glück wir gehabt hatten. Ursprünglich hatten wir geplant, noch in der Luft die verbleibenden Brennstofftanks auf einer Seite der Kabine abzuwerfen und mit dem Ballon mit dieser Seite voraus auf dem Boden aufzusetzen. Wegen der Vielzahl der Dinge, die wir vor der Landung hatten tun müssen, war uns schlicht keine Zeit geblieben, die Tanks loszuschneiden; dazu kam, daß das Schleppseil entgegen den Erwartungen praktisch nichts bewirkt hatte. Doch wie durch ein Wunder waren wir mit der Heckseite voraus gelandet und hatten für unser Versäumnis nicht büßen müssen.

Erst jetzt sahen wir, wie wenig Brennstoff wir noch in den Tanks hatten. Flüssigpropan ist so kalt, daß sich selbst hier in der Wüste bis zur Füllhöhe Eis an der Außenseite der Zylinder niederschlug, und so konnten wir genau ablesen, wieviel Propan sich noch in den Tanks befand. Zusammengerechnet schätzten wir, daß die Vorräte der einzelnen Tanks einen drittel Tank gefüllt hätten, eine Menge, mit der wir uns gerade noch ein paar Stunden in der Luft hätten halten können.

Der Canadair-Jet kreiste rund zehn Minuten über uns, bevor er wieder abdrehte. Auf der Notruffrequenz informierte Alan uns darüber, daß er versuchen würde, uns über Land mit Allrad-Geländewagen zu erreichen, eine Nachricht, die uns beide ziemlich empörte. Wir unterstellten ihm, daß er sich aus purem Geiz dagegen entschieden habe, einen Hubschrauber zu mieten. Das letzte, was wir jetzt wollten, war, fünf Stunden tatenlos herumzusitzen und dann nochmals fünf Stunden durch die Wüste gekarrt zu werden, bis wir ein Hotel erreichten, wo wir duschen und etwas essen konnten. In Wirklichkeit steckte dahinter nicht der Geiz Alans, sondern ein ganz anderes Problem.

Im Kontrollzentrum in Genf hatte ein »Agent« aus Kairo angerufen, dessen Name so ähnlich wie »Zigzag« klang. Mr. Zigzag, wie er sofort genannt wurde, forderte von Breitling das Doppelte des ursprünglich vereinbarten Charterpreises für den Bergungshubschrauber. Mit anderen Worten, entweder Breitling zahlte 30000 Dollar, oder der bereits auf dem Weg zu uns befindliche Hubschrauber wurde wieder zurückbeordert. Da alle wichtigen Entscheidungsträger in Ägypten oder auf dem Weg dorthin waren, wußten unsere Leute im Kontrollzentrum nicht, was sie tun sollten. Schließlich, nach einigem Hin und Her, konsultierten sie die Liste der vertraulichen Telefonnummern, und Brian Smith rief den Privatanschluß des Schweizer Außenministers an, der zu Brians großer Überraschung auch sofort abhob. Der Minister hörte ihm höflich zu und sagte dann, er werde sehen, was er tun könne. Keiner von uns erfuhr jemals, was dann passierte, aber vier Stunden später rief Mr. Zigzag zurück und sagte, das Problem habe sich erledigt: Ein Hubschrauber und zwei Herkules C-130 seien unterwegs – und man freue sich, sie uns umsonst zur Verfügung stellen zu dürfen.

Zurück in der Kabine, aktivierten wir das Satellitentelefon und riefen das Kontrollzentrum an, um zu bestätigen, daß wir heil und in einem Stück gelandet waren. Doch nach dreißig Sekunden brach die Leitung zusammen. Da sich die Verbindung nicht mehr herstellen ließ, schickten wir schließlich ein Fax:

> 6.39 Uhr Z: Befinden uns in der Mitte von Nirgendwo. Müssen wahrscheinlich fünf Stunden bis zur Bergung warten. Haben die Hülle gerettet, aber nächstes Mal, Don, müssen wir über eine Vorrichtung zum Heraustrennen des Zeltballons nachdenken. Will jemand Sand kaufen? Danke, Leute, und bis bald. Bertrand und Brian.

Sue antwortete:

> Laßt das Fax an, damit wir in Verbindung bleiben können. Jemand wird hier die Stellung halten, bis die Rettungsmannschaft bei Euch eintrifft. Allerdings waren wir die ganze Nacht auf und hatten gerade Champagner zum Frühstück… Baut nicht zu viele Sandburgen.

Wir hätten unendlich viele Sandburgen bauen können, und sie hätten dem Auge zweifellos eine willkommene Abwechslung geboten. Die Wüste um uns herum war, so weit der Blick reichte, topfeben, so eben, wie es ebener nicht geht. Der Boden bestand aus einem weichen, gelbbraunen Sand, hier und da durchsetzt mit kleinen Steinen. Nirgendwo war auch nur die geringste Spur von Leben zu sehen, keine Pflanze, kein Vogel, keine Insekten – nichts. Abgesehen von der im Wind schwankenden Hülle und dem Hitzeflimmern über dem Horizont bewegte sich nichts. Es war, als seien wir auf einem fremden Planeten gelandet, und auf eine gewisse Weise kam es uns auch passend vor, daß wir nach unserer Marathonfahrt in einer Welt gelandet waren, in der es nur uns gab, und nicht vor laufenden CNN-Kameras.

Bald darauf jedoch hörten wir wieder Motorengeräusch, und kurze Zeit später erschien eine Turbo-Prob-Maschine vom Typ Pilatus PC 12 am Himmel, die eine Gruppe von Journalisten in der Schweiz gechartert hatte. Das Flugzeug zog gefährlich tief in fünf bis sieben Meter Höhe über uns hinweg, während wir dastanden, winkten und die Arme wie ein V für »Victory« nach oben streckten. Dann tauchte ein dritter Besucher auf, ein kleines viersitziges, rot und weiß gestrichenes Flugzeug, dessen Pilot sich über Funk als Peter Bläzer vorstellte, ein Schweizer Ballonpilot und Freund Bertrands. Wild entschlossen, unsere Landung mitzuerleben, hatte er sich mit seiner Frau und einem Freund in der Schweiz hinter den Steuerknüppel gesetzt und war mit Zwischenstopps in Malta, Zypern und Kairo den ganzen Weg hierhergeflogen. Auch wenn sie die Landung selbst verpaßt hatten, hatten sie doch immerhin die dreihundert in Kairo auf den Transport zur Landestelle wartenden Journalisten geschlagen.

Nach ein paar Runden drehte das kleine Flugzeug ab, und wir waren wieder alleine bis auf ein paar Libellen und Schwalben, die aus dem Nichts der Wüste aufgetaucht waren und in engen Kurven um die silberne Ballonhülle kreisten. Vielleicht, spekulierten wir, waren sie durstig, deshalb füllten wir einen Behälter mit etwas Wasser und stellen ihn auf den Boden, was sie aber nicht zu interessieren schien.

Da wir davon ausgegangen waren, auf dem Luftweg herausgeholt zu werden, hatten wir bereits die wichtigsten Dinge, die wir mitnehmen wollten, ausgeladen und auf einen Haufen getürmt: Überlebensausrüstungen, Erste-Hilfe-Koffer, Funkgeräte, Computer und so weiter. Bertrand war für die Filme verantwortlich, ich für die Datenaufzeichnungsgeräte und den Barographen.

Wir holten auch einige Wasserflaschen heraus, nicht nur zum Trinken, sondern auch für etwas, worauf ich mich seit Tagen freute – zum Haarewaschen. Das Wasser in der Flasche, aus der wir in der vergangenen Nacht getrunken hatten, war nur mit einer dünnen Eisschicht überzogen, aber alle anderen Flaschen waren fest zugefroren. Deshalb legten wir sie zum Auftauen in den heißen Sand und fuhren erst einmal mit unseren Arbeiten fort. Als das Eis endlich geschmolzen war, zog ich mich bis auf die Hose aus, suchte die wärmste Flasche aus und gab sie Bertrand, der ihren Inhalt über meinen Kopf schüttete, während ich mir die Haare wusch. Dann wechselten wir die Plätze. Da ich das gesamte warme Wasser aufgebraucht hatte, kippte ich eiskaltes Wasser über seinen Kopf. Bertrand sprang mit einem lauten Schrei beiseite.

»Sei kein solcher Waschlappen«, schalt ich ihn.

»Aber das Wasser ist eiskalt«, beschwerte er sich. Und ich lachte, denn ich wußte, daß er nicht übertrieb.

Bertrand

Die Flugzeuge verschwanden wieder, und wir blieben in der nur vom Knattern der Hülle im Wind durchbrochenen Stille zurück. Als sich der Wüstenboden aufwärmte, nahm der Wind an Stärke zu und füllte den Ballon wieder. Da wir die Hülle – nun ein wichtiges Stück Zeitgeschichte – nicht verlieren wollten, beschlossen wir, sie einzuholen. Wir steckten die Sicherungsstifte in den Auslösemechanismus zurück und öffneten eine Ecke nach der andern, um die Korbseile zu lösen. Die Hülle lehnte sich zusehends zur Seite, zog aber immer noch so kräftig, daß sie die Kabine umkippte, zehn Meter über den Sand schleifte und die Funkantenne abriß.

Plötzlich spürten wir Panik in uns aufsteigen. Gerade eben noch hatten wir uns vollkommen sicher gefühlt, und sowohl das Kontrollzentrum als auch das Breitling-Team an Bord des Canadair-Jets glaubten, daß wir in Sicherheit seien. Nun jedoch, von einem Moment auf den anderen, waren wir von der Außenwelt abgeschnitten. Die Hitze war schier unerträglich, wir standen beide am Rand des körperlichen Zusammenbruchs, und wir mußten damit rechnen, daß die Hülle bei der nächsten Böe die Kabine nicht nur ein paar Meter, sondern ein paar hundert Meter hinter sich her über den Boden zerrte. Wenn die Brennstofftanks gegen einen Felsen stießen, konnten sie explodieren und den Ballon in Flammen aufgehen lassen.

»Um Himmels willen, laß uns die Hülle abschneiden«, rief Brian, aber ich war entschlossen, die Hülle zu retten. Wir zogen unsere Survivalmesser, warteten, bis eine Böe die Hülle nach unten drückte, stachen dann mit den Messern auf sie ein und stocherten in ihr herum in der Hoffnung, die Heliumkammer zu durchlöchern. Das war gar nicht so einfach. Die Hülle hob und senkte sich nicht nur, sondern legte sich auch immer wieder auf die Seite, und wir mußten aufpassen, daß sie uns nicht unter sich begrub. Außerdem erwies sich die gummiartige Membran der Gaszelle als unglaublich zäh. Obwohl wir mit voller Kraft auf sie einstachen, schienen wir kaum etwas ausrichten zu können, und Brians einziger Lohn für seine Mühe war ein verstauchtes Handgelenk.

Brian

Da wir mit den Messern offenbar nicht weiterkamen, schlug ich vor, Notraketen auf die Gaszelle abzufeuern. Wir hatten ein Paket Mini-Signalraketen, die aus einer Pistole abgeschossen wurden und fast hundert Meter aufstiegen, bevor sie in einem Sternenregen explodierten. Wir feuerten drei Raketen ab, aber sie prallten von der dicken Außenhaut der Hülle ab. Dann hatte ich eine andere Idee. »Ich weiß, was wir tun können – unsere Notfallrakete.« Zusätzlich zu den kleinen Signalraketen hatten wir eine große Signalrakete dabei, die für den Gebrauch im Dschungel gedacht war. Ihr Treibsatz entwickelte genug Schubkraft, um sie durch dichtes Laub bis auf eine Höhe von 500 Metern aufzusteigen zu lassen. Ich stellte mich unter die Hüllenöffnung, hob das Abschußrohr und zielte geradewegs nach oben. Die Detonation war so stark, daß ich ein paar Meter nach hinten geschleudert wurde. Ein Feuerball schoß im Innern der

Hülle in die Höhe, traf die Gaszelle ... prallte ab und fuhr im Ballon zischend hin und her, bis er herunterstürzte, ein Loch in die Hüllenschürze brannte und das Mylar entzündete. Bertrand, der eine Wasserflasche bereithielt, stürzte vor und schüttete das Wasser über die Flammen, während ich nach hinten in die Kabine hechtete und einen unserer vier Feuerlöscher herauszerrte.

Gemeinsam konnten wir den Brand löschen, aber der Zwischenfall deprimierte uns. Wir fühlten uns geschlagen und wußten nicht, was wir noch hätten tun sollen, als uns die Kräfte der Natur einmal mehr zu Hilfe kamen. Eine mächtige Windböe erfaßte den Ballon und drehte ihn zur Seite. Die plötzliche Bewegung öffnete unsere Einstiche in der Gaszelle, und zu unserer unendlichen Erleichterung fiel die Hülle in sich zusammen – allerdings so schnell, daß Bertrand keine Zeit mehr hatte, wegzuspringen, und unter der Hülle begraben wurde. Das Gewicht des Stoffes zwang ihn auf die Knie, und er fürchtete schon, unter der Hülle zu ersticken. Er rief um Hilfe, aber durch den Stoff hindurch konnte ich ihn nicht hören, und so mußte er sich mit seinem Messer einen Weg nach draußen durch die Hülle schneiden.

Ich hatte genug. Vollkommen erschöpft, hatte ich nur noch den Wunsch zu schlafen. Durch die Dachluke der auf der Seite liegenden Gondel kletterte ich in die Kabine zurück. Die Kojen waren, da sie hochkant standen, natürlich unbrauchbar, und im Inneren der Kabine herrschte ein unglaubliches Chaos. Abgesehen von dem vielen Wasser und Eis war das, was wir von unserer Ausrüstung noch nicht ausgeräumt hatten, in einem wilden Durcheinander überall verstreut. Ich bahnte mir den Weg durch die Kabine. Meine Schuhe hinterließen dabei überall auf der jungfräulich weißen Isolation der Wände Spuren.

Ich war so am Ende, daß ich mich auf einen der Pilotensitze fallen ließ, der mehr oder weniger horizontal dalag. Das war zwar alles andere als bequem, aber in diesem Moment war mir das herzlich egal. Ich wollte nur noch die Augen zumachen. Außerdem hatte ich, wie ich glaube, einen leichten Hitzschlag.

Bertrand

Nachdem die Hülle endlich unten war, setzte ich mich mit dem Rücken an den Kiel der Kabine gelehnt auf den Boden, ließ Sand durch meine Finger rieseln und dachte an die sieben oder acht Tage, die wir auf unserer Fahrt über Wüsten wie diese geschwebt waren. Ich hätte dort noch eine Ewigkeit sitzen können, doch der Wind nahm beständig zu und blies mir Sand ins Gesicht.

Langsam forderten Schlafmangel und die Anstrengungen der Landung ihren Tribut. Ich war wie Brian so erschöpft, daß ich schließlich nur noch eines wollte: mich hinlegen. Also kletterte ich ihm in die Kabine nach und suchte nach einem Platz, wo ich mich ausstrecken konnte. Das einzige, was mir einfiel, war, die Sicherheitsgurte in der Koje durchzuschneiden, die Matratze herauszuholen und auf die nun waagrecht liegenden Regale zu legen. Nachdem mein provisorisches Bett aufgebaut war, legte ich mich hin und schlief bald darauf ein.

Brian

Lange hielt ich es in meiner unbequemen Stellung auf dem Pilotensitz nicht aus. Schließlich nahm ich eine der Schaumgummimatten, in die wir uns im Fall einer absehbar ruppigen Landung hatten einwickeln wollen, und legte sie neben Bertrand auf das Regal. Obwohl ich mich kaum darauf halten konnte, war sie immer noch bequemer als der Pilotensitz, und Kopf an Kopf mit Bertrand liegend versuchte ich zu schlafen.

Ein Schwall französischer Flüche riß mich aus dem Halbschlaf. Noch nie hatte ich Bertrand fluchen gehört. Wasser tropfte auf seinen Kopf. Woher es kam, konnte er nicht ausmachen. Wahrscheinlich hatte sich zwischen der Isolationsschicht und der Kevlarhülle der Kabine Eis gebildet, das nun schmolz und heruntertropfte. Alle ein, zwei Minuten wischte Bertrand mit einem Tuch sichtlich genervt die Kabinenwand über seinem Kopf ab, ohne damit allzuviel zu erreichen. Es dauerte nicht lange, bis er auf hundertachtzig war – »*Merde! Quelle est la salopière qui me tombe sur la tête!*« Ich war darüber ziemlich amüsiert und begann zu lachen.

Bertrand

Da unser zentrales Kommunikationssystem ausgefallen war, holten wir unsere Handfunkgeräte heraus und schalteten sie ein. Wegen ihrer vergleichsweise geringen Reichweite konnten wir zunächst nichts empfangen. Plötzlich jedoch hörte ich Stimmen, die in einem Gemisch aus Ägyptisch und Französisch miteinander sprachen. Ich sprang nach draußen und versuchte, sie über die VHF-Notfrequenz zu rufen, konnte aber, obwohl ich sie immer noch reden hörte, keinen Kontakt herstellen.

Dann, gegen 13 Uhr Ortszeit – sieben Stunden nach unserer Landung –, sah ich durch die flimmernde Luft zwei Herkules-C-130-Transporter auf uns zufliegen. Jetzt endlich reagierte die Crew, deren Stimme ich vorher empfangen hatte, auf meine Funksprüche und informierte uns, daß ihnen ein Hubschrauber folge, der binnen der nächsten fünf Minuten eintreffen müsse. Die beiden C-130 kreisten in 300 Meter Höhe über dem Ballon, um dem Hubschrauber unsere Position anzuzeigen. Kurz darauf tauchte ein gewaltiger russischer MIL-17-Militärhubschrauber mit Platz für siebzehn Passagiere am Himmel auf und ging in einem wahren Sandsturm direkt neben uns nieder.

Bei der sechsköpfigen Besatzung handelte es sich um ein ägyptisches Notarztteam, das sehr freundlich war und uns alle mögliche ärztliche Hilfe anbot. Ich mußte unwillkürlich denken, daß wir, wenn wir tatsächlich ärztliche Hilfe gebraucht hätten, wahrscheinlich schon längst tot wären. Um so erfreuter waren wir, als sie uns halfen, unsere Ausrüstung in den Hubschrauber zu laden. Da die Gegenstände für uns sehr wertvoll waren, behielten wir sie sorgsam im Auge. Da waren zum einen die amtlichen Papiere, die wir mit um die Welt genommen hatten, dann die Computer, auf deren Festplatten alle verschickten und empfangenen Nachrichten gespeichert waren, der Barograph und, nicht zuletzt, Teile der Ballonhülle. Brian und ich hatten jeder ein Stück Stoff mit der Zulassungsnummer des Ballons – HB-BRA – aus der Hülle geschnitten.

Wir nahmen im Hubschrauber Platz, und einer der Ägypter fragte, ob wir alles dabei hätten, was wir mitnehmen wollten. Obwohl ich dies bejahte, sprangen zwei Männer noch einmal hinaus, rannten zur Kabine hinüber und schleppten so viel heraus, wie sie nur tragen konnten. Trotz meiner Proteste, daß wir die Sachen nicht gleich benötigten und außerdem unser Team später noch kommen und alles einsammeln würde, luden sie es unter dem Vorwand ein, uns helfen zu wollen – ein großer Teil der Sachen blieb für immer verschwunden, darunter die Hälfte der Post, einer unserer Pilotenanzüge, eine komplette Überlebensausrüstung sowie ein Rettungsboot.

Die Piloten wollten in Asyut auftanken und von dort ohne weitere Zwischenstopps nach Kairo fliegen. Das hätte alles in allem drei Stunden gedauert und war keine angenehme Aussicht, da die Maschine sehr laut war und heftig vibrierte. Doch als wir nach kaum einer halben Stunde über Dakhla hinwegflogen, sahen wir dort den Breitling-Jet auf der Rollbahn stehen und sagten den Piloten, daß da unten unsere Freunde auf uns warteten – worauf sie antworteten, sie hätten sowieso neue Befehle erhalten und müßten in Dakhla landen.

Also steuerten wir Dakhla an, eine große Oase, umgeben von Tausenden von Palmen, einigen Pyramiden und, wie wir später hörten, zahllosen heißen Quellen, die aus über 1500 Meter Tiefe aufsteigen. Auf dem Weg nach unten wurde uns bewußt, daß unsere Rückkehr in die reale Welt unmittelbar bevorstand – das Vorfeld der Landebahn war von einer ansehnlichen Menschenmenge bevölkert, die ganz offensichtlich auf uns wartete. Der Hubschrauber kam wie ein Starrflügler im Gleitflug herunter und rollte zum Vorfeld weiter. Noch bevor wir einen Fuß auf den Boden gesetzt hatten, gab es schon kein Weiterkommen mehr. Mehr als einhundert Journalisten und Fotografen stürzten auf uns zu und lieferten sich dabei regelrechte Kämpfe um die besten Plätze.

Aufgrund der menschlichen Barriere, die sich uns in den Weg stellte, dauerte es einige Zeit, bis wir unsere Freunde vom Breitling-Team begrüßen konnten. Schließlich schaffte ich es, mir einen Weg zu Thédy zu bahnen. Ich schloß ihn fest in die Arme. Er hatte so viel in das Projekt investiert – nicht nur Geld und Zeit, sondern auch Begeisterung und den Ruf seines Unternehmens –, daß ich nicht wußte, wie ich ihm jemals dafür würde danken können. Mit unserem Erfolg hatten wir auf gewisse Weise einen Teil des Vertrauens, das Breitling in uns gesetzt hatte, vergolten, aber angesichts des begeisterten Empfangstrubels war es mir in diesem Moment nicht möglich, solche Gedanken klar zu äußern. Noch ein weiterer guter Freund hatte den Weg nach Dakhla nicht gescheut: Thierry Lombard, Genfer Privatbankier und großzügiger Mäzen gemeinnütziger Organisationen, der immer zur rechten Zeit am rechten Ort gewesen war, um uns zu helfen und zu ermutigen.

Der offizielle Empfang begann fast sofort. Zunächst wurden wir vom Gouverneur von Dakhla und lokalen Honoratioren begrüßt, dann überreichte mir der Schweizer Botschafter, der mit dem Breitling-Jet aus Kairo gekommen war, ein offizielles Schreiben des Schweizer Bundespräsidenten – einen bewegenden Brief, in dem er uns dazu beglückwünschte, allen Widrigkeiten erfolgreich die Stirn geboten zu haben, und sagte, die ganze Welt habe unsere Fahrt mitverfolgt, und sie sei ein wundervoller Triumph für die Schweiz. So überwältigend waren die Freude und die Gefühle, die uns plötzlich umschlossen, daß Brian und ich nicht wußten, ob wir lachen oder weinen sollten. Ein Journalist lieh mir sein Satellitentelefon, um Michèle anzurufen. Als ich ihre Stimme hörte, fiel es mir schwer zu sprechen, aber ich weiß noch, daß meine ersten Worte waren: »*Chérie,* stell dir vor – wir haben es geschafft!«

Brian

Wir vermißten Stefano und Alan. Als wir in Dakhla ankamen, waren sie schon mit einem Konvoi von Geländefahrzeugen zur Suche nach uns aufgebrochen. Man hatte sie zwar über Satellitentelefon über unsere Ankunft informiert, aber sie waren schon fünf Fahrtstunden von der Oase entfernt gewesen, und so blieb uns nichts anderes übrig, als auf ihre Rückkehr zu warten.

In der Zwischenzeit lud uns der Gouverneur in sein Büro ein, wo wir duschen konnten und mit Unmengen ägyptischer Spezialitäten verköstigt wurden – gefüllten Tomaten, Huhn, Lamm, Reis und Gurkenjoghurt. Nach drei Wochen ohne richtige Waschgelegenheit war die Dusche ein wahrer Hochgenuß, und nach einer ebenso langen Zeit, in der wir von Pumpernickel, Schweizer Käse, etwas Pastete und geräuchertem Emu hatten leben müssen, ließen uns die aufgefahrenen Leckereien das Wasser im Mund zusammenlaufen, aber ich war so müde, daß ich kaum etwas hinunterbrachte. Bertrand dagegen, der wie ich den ganzen Tag über noch nichts gegessen hatte, langte, als um 16 Uhr das Büffet endlich freigegeben wurde, mit dem für ihn typischen herzhaften Appetit zu.

Unsere Gastgeber hätten nicht zuvorkommender sein können; leider bestanden sie nach dem Essen noch darauf, uns ein paar der lokalen Sehenswürdigkeiten zu präsentieren. Nach nichts auf Erden stand uns weniger der Sinn; unser einziger Wunsch war, den luxuriösen Breitling-Jet zu besteigen und nach Hause zu fliegen. Aber da wir das gutgemeinte Angebot schlecht ausschlagen konnten, saßen wir kurz darauf im klimatisierten Wagen des Gouverneurs und fuhren, eskortiert von zwei Polizeiautos mit laut jaulenden Sirenen, durch das Dorf zu einer Pumpstation – offenbar der ganze Stolz des Gouverneurs. Mir kam das alles ganz surreal vor. Da saßen Bertrand und ich, immer noch in unseren schweren Pilotenanzügen und -stiefeln, todmüde im Wagen und zwangen uns zu einem höflichen Lächeln, während der Gouverneur uns bis ins kleinste Detail die Errungenschaften der modernen Thermalwasser-Pumptechnologie auseinandersetzte.

Eigentlich hatten wir noch am selben Tag in die Schweiz zurückfliegen wollen, aber als Alan und Stefano endlich wieder in Dakhla eintrafen, war es bereits dunkel, und so beschlossen wir, die Nacht in Kairo zu verbringen. Nach einer weiteren herzlichen Begrüßung stiegen wir also in den Breitling-Jet und landeten eine Stunde später in der ägyptischen Hauptstadt – und mitten in einer unvorstellbar großen Menschenmenge. Von allen Seiten drängten Journalisten mit Mikrofonen und Kameras auf uns ein, und zunächst konnte Bertrand in der Menge nicht einmal Michèle oder die Kinder entdecken. Dann kamen die Mädchen auf ihn zu gerannt, und er hob sie hoch und rief: *»Bonjour, les filles!«* Die Mädchen waren völlig aufgedreht. Sie hatten an diesem Tag schon die Pyramiden besichtigt und waren jetzt endlich wieder mit ihrem Vater vereint.

Der erste, mit dem ich in Kairo sprach, war der britische Botschafter Sir David Blatherwick, der in einem makellosen Nadelstreifenanzug auf mich zukam und darauf bestand, meine Taschen zu tragen.

»Das dürfen Sie nicht«, protestierte ich.

»Mein lieber Junge«, erwiderte er, »natürlich darf ich das. Deswegen bin ich doch hier.«

Ich dachte: »Das ist großartig, daran könnte ich mich wirklich gewöhnen.«

Dann stand plötzlich Terry Lloyd von ITN vor mir. Er hielt mir ein Mikrofon vor den Mund und brüllte: »Wie fühlen Sie sich?«

»Beschissen«, antwortete ich. Dann drehte ich mich zu dem Botschafter um und fragte: »Darf man das im Fernsehen sagen?«

»Ich glaube, Sie dürfen sagen, was Sie wollen«, erwiderte er.

Als wir vom Flughafen zum Suissôtel im Stadtzentrum aufbrechen wollten, wo Zimmer für uns reserviert waren, drängte mich Sir David, nicht im offiziellen Wagen, sondern in seiner Limousine mitzufahren. Ich lehnte dankend ab und sagte, es wäre wohl besser, wenn ich beim Rest des Teams bliebe, aber er sagte: »Nein, nein, ich muß darauf bestehen.« Und so wurde ich, zugegebenermaßen schwer beeindruckt, in einem großen, schwarzen Rolls-Royce mit dem Union Jack auf der Kühlerhaube durch die ägyptische Hauptstadt chauffiert.

Allerdings ging mir bald auf, warum er mich so unbedingt in seinem Wagen haben wollte. Er wollte als erster am Hotel ankommen und sicherstellen, daß die ersten Bilder, die von den Fernsehkameras um die Welt geschickt wurden, mich zeigten, wie ich aus dem Rolls Royce der britischen Botschaft stieg. Obwohl es mir nach der Abgeschlossenheit der Kabine ausnehmend gefiel, mit so viel Aufmerksamkeit umschmeichelt zu werden, war es doch ein Schock, so unvermittelt wieder zurück in die harsche Wirklichkeit der realen Welt geworfen zu werden, wo Politik und Machtdenken das Handeln bestimmten.

Bertrand

Wegen der Zeitdifferenz fiel unsere Ankunft am Flughafen genau auf die Hauptnachrichtenzeit in Europa, kein Wunder also, daß uns zahllose Mikrofone und Mobiltelefone mit der Bitte um ein Live-Interview entgegengestreckt wurden. Glücklicherweise erkannte der Schweizer Botschafter, daß ich einige Zeit allein mit meiner Familie benötigte, bevor ich bei der offiziellen Pressekonferenz im Suissôtel vor die Kameras trat. Überaus zuvorkommend schob er uns in seine große, schwarze Botschaftslimousine, deren ägyptischer Chauffeur uns in zwanzig Minuten ins Hotel brachte, während er selbst uns in einem Bus voller Journalisten folgte.

Vor dem Hotel herrschte ein unglaublicher Tumult.

Zwischen Kamelen und Musikern, die traditionelle Beduinenmusik spielten, kämpften dreihundert Journalisten darum, die besten Bilder von uns zu bekommen. Brian und ich wurden von je fünf Leibwächtern beschützt, die uns einen Weg durch die Menge bahnten. Der Aufruhr und die Szenerie waren aufregend und exotisch, aber wir hatten zu diesem Zeitpunkt längst schon auf Autopilot umgeschaltet, lächelten in einem fort und gingen, wohin man uns führte.

Die Pressekonferenz fand im großen Ballsaal des Hotels statt. Wir dankten Breitling für die großzügige Unterstützung, ohne die unser Erfolg nicht möglich gewesen wäre, lobten die Arbeit des Teams und so weiter. Die Atmosphäre war locker und entspannt, nur bei einer Frage reagierte Brian etwas aufgebracht. »Was«, so die Frage, »antworten Sie den Leuten, die Ihre Fahrt für ein leichtsinniges Unterfangen und eine sinnlose Verschwendung von Geld halten?«

»Bevor jemand Fragen in der Art stellt«, konterte Brian, »schlage ich vor, daß er einen Blick auf die Vorgeschichte unserer Fahrt wirft – er wird, denke ich, feststellen, daß diese Frage überflüssig ist.«

Niemand stellte technische Fragen. Statt dessen wandte sich das Interesse schnell den eher philosophischen Aspekten der Fahrt zu. Die Journalisten wollten wissen, wie wir uns an Bord gefühlt und welche Einsichten wir daraus für uns persönlich gewonnen hätten. Ich sprach davon, wie glücklich ich gewesen sei, in vollkommenem Frieden über eine Welt hinwegzuschweben, in der so viele Menschen kämpften, litten und Greuel begingen. Damit, glaube ich, konnte ich der Fahrt gleich zu Beginn ein sympathisches, anziehendes Image verleihen. In den ersten Berichten über uns war die Rede davon, wie wir vom Wind um die Erde getragen worden seien, begleitet vom Geist des Friedens und ohne zu versuchen, uns über die Elemente zu erheben. Unsere Botschaft, schrieben die Journalisten, sei eine der Toleranz und der Achtung für Mensch und Natur. Ich war überrascht und erfreut, wie schnell die Medien den Geist unserer Fahrt erfaßten.

Der ägyptische Minister für Tourismus übermittelte uns seine Glückwünsche, drückte aber sein Bedauern darüber aus, daß wir nicht bei den Pyramiden gelandet seien, wo er ganze Stuhlreihen für Schaulustige hatte aufstellen lassen und lokale Musiker verpflichtet hatte, unsere Landung mit Musik zu untermalen. Ich versuchte ihm zu erklären, daß der Wind um Kairo zu stark gewesen sei, konnte mich aber nicht des Eindrucks erwehren, daß er zuwenig über das Ballonfahren wußte, um die Erklärung zu verstehen. Nach der Pressekonferenz wurden wir im Speisesaal des Suissôtel mit einem weiteren opulenten Dîner verwöhnt. Da im Breitling-Flugzeug kein Platz mehr war, mußten Michèle und die Kinder gleich nach dem Essen zum Flughafen, um an Bord des Journalistenflugzeugs nach Genf zurückzufliegen.

Nach Michèles Abreise gingen Brian und ich auf unsere Zimmer und genehmigten uns ein paar Stunden Schlaf. Mitten in der Nacht fuhr ich hoch, zu Tode erschrocken, weil ich das Röhren der Brenner nicht hörte. Es war stockdunkel, und voller Panik dachte ich: »Brian fliegt den Ballon! Er muß am Steuer eingeschlafen sein!« Ich brüllte: »Brian! Die Brenner! Halte den Ballon in der Luft!« Ich glaubte zu spüren, wie wir mit großer Geschwindigkeit nach unten sanken. Dann fand meine Hand den Lichtschalter, und ich lachte vor lauter Erleichterung.

Am nächsten Morgen war das ganze Team in einem Zustand kollektiver Euphorie. Wir standen zeitig auf, frühstückten und bestiegen den Bus zum Flughafen. Der Breitling-Jet strotzte nur so vor Luxus; groß genug für vierzig Passagiere, war er nur für zwölf eingerichtet. Alle Sitze waren ausnahmslos mit cremefarbenem Leder bezogen. Die vier vorderen – zwei auf jeder Seite des Ganges – ließen sich um 180 Grad drehen. Hinter ihnen standen auf der einen Seite ein Sofa und auf der anderen zwei Einzelsitze und noch weiter hinten noch einmal zwei Doppelsitze. Über dem Mittelmeer servierte uns eine Stewardeß namens Sandra eine köstliche Mahlzeit – Hummer und Filetsteak – und dazu einen unglaublich guten Wein, einen Château Cheval Blanc. Sandra eroberte mein Herz im Sturm, als sie zu mir kam und sagte: »Ich habe in diesem Flugzeug schon alle möglichen Berühmtheiten und Popstars bedient, aber noch nie einen um ein Autogramm gebeten. Jetzt würde ich mich sehr geehrt fühlen, wenn Sie mir ein Autogramm geben könnten.« Diesen Wunsch konnten wir nicht abschlagen. Also setzten Bertrand und ich unsere Unterschriften auf eine der Speisekarten und überreichten ihr dazu noch eine signierte Fotografie.

Nur der Arzt, den Breitling für den Fall, daß wir dringend medizinischer Hilfe bedurften, mit an Bord genommen hatte, sorgte für einen Mißton. Kurz nach dem Start ließ er sich auf dem Sitz neben mir nieder und befragte mich nach meinem Gesundheitszustand. Als er wissen wollte, ob ich irgendwelche Probleme hätte, zeigte ich ihm die Schwellung auf meiner Hand und den Bluterguß an der Hüfte, wo mich der Laptop getroffen hatte. Er tat beides als Prellungen ab und forschte beharrlich nach anderen Symptomen, unter denen ich möglicherweise litt. Flacher Atem? Ausschläge? Angstzustände? Da mir rein gar nichts fehlte, verneinte ich immer wieder; doch als er mit mir fertig war, war ich aufgrund seiner vielen Fragen ganz unsicher, ob mir nicht doch etwas fehlte.

Es gab so viel zu erzählen und zu bereden, daß die vier Stunden, die der Flug dauerte, wie nichts vergingen. Zusammen mit Thédy, Stefano, Thierry und Alan ließen wir die Highlights der Fahrt nochmals Revue passieren und sprachen über die Idee, eine Stiftung zu gründen.

KAPITEL 13

Empfang der Helden

Wir-beide

Wir sind um die Welt gefahren, nicht auf der Suche nach Ruhm, sondern auf der Suche nach dem Abenteuer. Aus Leidenschaft zum Fliegen, aus Neugier auf den Himmel unseres Planeten haben wir unsere große Fahrt gewagt. Natürlich wußten wir, daß die ersten, die in einem Ballon die Erde umrundeten, Geschichte schreiben würden, dennoch waren wir bei unserer Rückkehr überrascht von der Begeisterung, die wir mit unserer Fahrt ausgelöst hatten. Die geradezu hysterische Reaktion der Medien in Kairo, die Entdeckung, daß viele Journalisten unser Unternehmen als eines der größten Abenteuer überhaupt betrachteten, vermittelte uns einen Vorgeschmack dessen, was noch kommen sollte. Dennoch hatten wir, als wir am Montag, dem 22. März, um 12.30 Uhr auf dem Genfer Flughafen landeten, keine Vorstellung davon, was uns erwartete.

Zunächst war da ein flüchtiger Moment des Zweifels. Der Flughafen schien verlassen. Als wir aufsetzten, sagte Bertrand: »Zu schade, daß wir nicht gestern angekommen sind. Am Wochenende hätten mehr Leute Zeit gehabt, herauszukommen und uns zu empfangen.« Als das Flugzeug am Terminal vorbeirollte, klebten wir mit den Gesichtern am Fenster, sahen aber keine Menschenseele. »Wenigstens einer Reinigungskraft hätten sie eine

Schweizer Flagge in die Hand drücken können«, murmelte Brian. »Sie hätte uns vom Balkon aus zuwinken können.«

Das Flugzeug rollte bis zum äußersten Ende der Landebahn. Der Anblick, der sich uns dort bot, ließ uns den Atem stocken: Auf dem Asphalt hatte sich eine riesige Menschenmenge versammelt. Tausende von Menschen winkten uns zu, als das Flugzeug zum Stillstand kam. Es hatte geregnet, und viele Leute hatten noch die Schirme aufgespannt, doch kurz vor unserer Ankunft hatte der Regen aufgehört. Später erfuhren wir, daß die Landebahn eigens für uns der Öffentlichkeit zugänglich gemacht worden war, daß unser Eintreffen von Fernsehen, Rundfunk und Presse angekündigt worden war und die Flughafenbehörde aufgrund des zu erwartenden Andrangs umfangreiche Sicherheitsvorkehrungen getroffen hatte. Doch aufgeregt, wie wir waren, hatten wir keine Zeit, uns den Kopf darüber zu zerbrechen, wie all diese Menschen hierhergekommen waren.

Kaum hatte sich die Tür des Flugzeugs geöffnet, als auch schon ein unglaublicher Jubel aufbrandete. Wir sahen uns an, als ob wir sagen wollten: »Trauen wir uns da wirklich raus?« Einen Moment später standen wir Seite an Seite auf der Gangway und winkten wie besessen. Unter uns ein Meer lachender und jubelnder Gesichter, darüber ein Wald von Schweizer und britischen Fahnen. Am Fuße der Treppe standen unsere Teamkollegen, unsere Frauen und Kinder, alle mit Freudentränen in den Augen und alle wie wild winkend und rufend. Der Lärm war so groß, daß wir nicht hören konnten, was sie uns zuriefen, aber ihre Freude und Begeisterung waren ansteckend. Wir blieben eine, wie uns schien, Ewigkeit dort oben stehen, um diesen herrlichen Augenblick auszukosten.

Als der Moment gekommen war, die schmale Treppe

hinunterzusteigen, machte Brian eine Handbewegung und sagte: »Nach dir …«, worauf Bertrand erwiderte: »Nein, wir gehen zusammen.« Wir legten uns die Arme um die Schultern und schritten Stufe für Stufe nebeneinander die Gangway hinunter. Solange wir auf der Treppe nach unten stiegen, waren wir noch unterwegs, aber wir wußten, daß unser Leben sich für immer ändern würde, sobald wir den Asphalt betraten.

Wir setzten unsere Füße gleichzeitig auf den Boden – und schon im nächsten Moment stürmten unsere Verwandten auf uns zu. Bertrands Vater war der erste, der die Arme um Bertrand legte. Adolf Ogi, der Stellvertreter des Schweizer Bundespräsidenten, der Bertrand nur von offiziellen Anlässen her kannte, umarmte ihn, gratulierte ihm und sprach ihn sogar mit seinem Vornamen an. Auch zwischen uns und den Leuten vom Kontrollzentrum kam es zu gefühlsgeladenen Szenen. So merkwürdig es klingt, aber Bertrand hatte einige von ihnen noch nie gesehen, John und Debbie etwa – und doch kannte er ihre Stimmen, ihren Humor, ihre Art, ihre Persönlichkeit. Brian dankte seinen alten Freunden tiefbewegt für alles, was sie für ihn getan hatten. Wir umarmten alle, überglücklich, sie in unseren Triumph einschließen zu können.

Dasselbe galt für unsere Wetterzauberer Luc und Pierre, die durch Fernsehen und Zeitung inzwischen selbst berühmt geworden waren. Wann immer die Antennen der Kabine zugefroren waren und wir keine Bilder nach unten schicken konnten, hatten die Kameraleute die Wetterfrösche im Kontrollzentrum gefilmt und damit ihre Gesichter bekannt gemacht – und bevor unser Flugzeug gelandet war, hatten sie selbst eine Ehrenrunde durch die Menge absolviert. Das Ganze war ungeheuer bewegend. Es gab so viele Menschen, denen wir danken wollten.

Brian

Das Wiedersehen mit Jo war überwältigend. Bertrand hatte Michèle und die Mädchen bereits in Kairo in die Arme schließen können, aber für mich und Jo war es das erste Wiedersehen seit dem Start in Château-d'Oex drei Wochen zuvor. Jo hatte viel zum Erfolg des Orbiter-Projekts beigetragen. In den schwierigen Phasen von *Orbiter 2* hatte sie sich stets mit meiner schlechten Laune abgefunden, und später, beim *Orbiter 3*, hatten wir monatelang viele Stunden Seite an Seite gearbeitet, so daß uns jetzt zusätzlich zur Wiedersehensfreude die Freude über den gemeinsamen Erfolg erfüllte.

Was mich betrifft, war die Heimkehr der emotionalste Teil des gesamten Unternehmens. Nie zuvor in meinem Leben hatte ich an einem so großen Projekt teilgenommen. Seit wir die Ziellinie überquert hatten, wußte ich, daß das, was wir getan hatten, nichts bedeutete, solange wir es nicht mit anderen teilten. Das emotional Aufwühlende unseres Abenteuers bestand darin, es mit anderen zu teilen. Deshalb war für mich die Ankunft in Genf der Höhepunkt der Fahrt und der denkwürdigste Augenblick meines Lebens.

Natürlich hatte ich mich vor allem auf das Wiedersehen mit Jo und unseren engsten Freunden John, Debbie, Brian und Cecilia gefreut. Aber auch die offensichtliche Begeisterung der zahllosen Schweizer, die zu unserer Begrüßung erschienen waren, rührte mich zutiefst. Ihre Gesichter strahlten vor Freude und Aufregung, und ich spürte, daß sie an unserem Triumph wirklich teilhatten. Die Tatsache, daß so viele Menschen sich im Geiste zu uns gesellten, hob unseren Erfolg auf eine höhere Ebene.

Die Menge der Schaulustigen stand hinter Absperrgittern, da aber offenbar alle uns die Hände schütteln wollten, ließen wir uns in einen offenen Wagen schieben oder fast tragen. Aufrecht im Wagen stehend, fuhren wir an der Absperrung entlang und ergriffen so viele Hände, wie uns nur möglich war. Wahrscheinlich fiel niemandem in der Menge auf, daß unser Auto ein Peugeot war – was auch nicht weiter erwähnenswert wäre, stünde dahinter nicht eine kleine Geschichte. Der französische Autohersteller hatte die VIP-Suite des Flughafens für ein wichtiges Geschäftstreffen Mitte März gebucht, doch da unser Ballon zu dieser Zeit immer noch in der Luft war und das Kontrollzentrum unmöglich ausgelagert werden konnte, verzichtete Peugeot großzügig auf die Suite und richtete das Treffen an einem anderen Ort aus. Im Gegenzug bot der dankbare Flughafenmanager dem Unternehmen an, uns mit einem seiner Autos vom Flugzeug abzuholen. Eigentlich waren die offiziellen Autos des Teams Chrysler Voyager, doch war dies nicht der Moment für kleinliche Rivalitäten.

Selbst wenn wir in einem Müllauto an der Menge vorbeigefahren wären, hätte das keinen Unterschied gemacht. Die Leute bewarfen uns mit Blumen, überreichten uns Bilder, die ihre Kinder von dem Ballon gemalt hatten, und drückten uns Fotos von unserem Start in Château-d'Oex in die Hand. Der Fahrer lenkte den Wagen durch die Menge und in einen riesigen, bis auf den letzten Platz besetzten Hangar. Uns wurde klar, daß die Menschen draußen nur die waren, die keinen Platz im Hangar gefunden hatten.

Der Wagen hielt, und wir stiegen zu einer Bühne hinauf, auf der Don Cameron uns bereits erwartete. Wir umarmten ihn, und Bertrand rief: »Du hast den schönsten Ballon aller Zeiten gebaut!«

»Na ja«, erwiderte er, »und die beiden besten Piloten der Welt haben ihn gefahren.«

Als wir unsere Plätze einnahmen, vor uns dreißig Mikrofone, brach solche Begeisterung aus, daß wir auf die Stühle stiegen und überwältigt von unseren Gefühlen die Arme hoben. Selbst die Journalisten fielen in den Chor der Jubelrufe ein. Der Applaus schien gar nicht mehr aufhören zu wollen, und es dauerte lange, bevor sich einer von uns Gehör verschaffen konnte. Dann machte Brian eine geniale Bemerkung, mit der er die Stimmung gleich ein wenig auflockerte. »Was für ein wunderbares Land«, rief er, »in dem montags niemand zur Arbeit gehen muß!«

Es kam uns vor, als wollten sämtliche Fernsehsender der Welt Interviews mit uns. Unsere Rückkehr nach Genf wurde live von CNN, NBC, BBC, Sky News, TF1, dem Schweizer Fernsehen und weiß Gott wem noch übertragen. Die Leute schienen überrascht, als wir nicht damit anfingen, unsere Rekorde aufzuzählen, sondern von der Achtung für das menschliche Leben und die Natur sprachen, die uns die Fahrt gelehrt habe. Bald herrschte eine ähnliche Atmosphäre wie am Vortag schon in Kairo. Statt nach technischen Details zu fragen, wollten alle wissen, was in unseren Köpfen vor sich gegangen war.

»Was war der schönste Moment der Fahrt?« fragte jemand.

»Die Zeit zwischen Start und Landung«, antwortete Bertrand. »Es war ein Traum, der zwanzig Tage lang dauerte.«

»Woran haben Sie die ganze Zeit gedacht?«

»Wir brauchten nicht zu denken«, sagte Bertrand, »nur zu empfinden. Wir empfanden eine grenzenlose Achtung für das Wunder des Lebens auf der Erde. Wir empfanden eine unendliche Bewunderung für das, was die Menschen erreichen können, wenn sie nicht mit anderen um Macht, Land und Reichtum kämpfen.«

»Was meinten Sie mit der unsichtbaren Hand, von der Sie gesprochen haben?«

»Es wäre unehrlich zu behaupten, daß wir den Erfolg uns allein verdanken«, sagte Brian. »Wir hatten den besten Ballon, das bestmögliche Team und eine Moral, wie sie besser nicht hätte sein können, aber das alles reicht nicht aus, unseren Erfolg zu erklären. Für die geheimnisvolle Kraft, die uns so oft zu Hilfe zu kommen schien, fiel uns nur der Name ›unsichtbare Hand‹ ein.«

Bertrand nahm den Faden auf. »Und wir hatten das Gefühl, daß uns auf unserem Weg die guten Wünsche von Millionen von Menschen halfen. Deshalb haben wir beschlossen, die Fahrt den Kindern dieser Welt zu widmen. Sie werden die Erwachsenen von morgen sein und müssen wissen, wie wichtig es ist, in einer Welt des Friedens und der Toleranz zu leben.«

»Sie sind jetzt Helden und auf der ganzen Welt berühmt«, lautete die nächste Frage. »Was werden Sie mit Ihrem Ruhm anfangen?«

Während der Fahrt hatten wir nie gewagt, uns mit solchen Fragen zu beschäftigen, aber jetzt sagte Bertrand: »Ja, offenbar sind wir berühmt – sonst wären Sie ja nicht hier! Es wäre allerdings unfruchtbar, wollten wir unseren Ruhm nur in unserem eigenen Interesse verwenden. Wir wollen mit seiner Hilfe die Botschaft des Friedens, die wir auf unserer Fahrt empfangen haben, in die Welt hinaustragen. Wir haben beschlossen, mit dem Preisgeld von Budweiser eine Stiftung zu gründen, die den Geist des Friedens fördern soll.«

Wir betonten immer wieder, daß nicht zwei Einzelpersonen, sondern ein ganzes Team hinter diesem Erfolg stand. Ein passender Name für den Ballon wäre »Teamgeist« gewesen, denn ohne diesen Teamgeist hätten wir es nie um die Erde geschafft. »Ohne Breitling wäre gar nichts gegangen. Ohne Don Cameron und sein Team hätten wir nur einen ganz ordinären Ballon und nicht dieses Ballonwunder gehabt. Ohne Alan Nobel und die Leute im Kontrollzentrum und ohne Luc und Pierre hätte der Ballon es nie in die Luft geschafft. Und ohne die Schweizer Diplomaten hätten wir China nicht überqueren können.«

Ein anderer Journalist wollte wissen: »Wie haben Sie beide es geschafft, drei Wochen in der engen Kapsel miteinander auszukommen?«

»Indem wir uns gegenseitig respektiert und alle Probleme offen angesprochen haben«, sagte Brian. »Wir haben uns nicht ein einziges Mal gestritten. Wir sind Profis. Wir haben unsere Egos vor dem Start am Parkplatz zurückgelassen.«

Bertrand fügte einen Satz an, der um die Welt gehen sollte: »Wir sind als Piloten gestartet, als Freunde gefahren und als Brüder gelandet.«

Dann kam Richard Branson mit einer Magnumflasche Champagner in der Hand auf die Bühne. Er schüttelte die Flasche kräftig, bevor er uns wie Formel-1-Piloten mit Champagner vollspritzte. Danach löste sich die Versammlung auf, und es wurden Einzelinterviews geführt. Als wir um 11.30 Uhr die Pressekonferenz beendeten, waren wir beide völlig erschöpft.

Was wir über die unsichtbare Hand gesagt hatten, löste eine gewaltige Diskussion aus. In der Presse wurde darüber debattiert, was oder wer uns da beigestanden hatte. Nüchtern denkende Menschen sagten, wir hätten damit unsere beiden Wetterfrösche gemeint, Luc und Pierre. Später erklärte ein Priester in einem Brief an die Zeitungen: »Sie meinten nicht die Meteorologen, sie meinten

Gott.« Wieder andere glaubten, es seien ihre Gebete gewesen, die uns geholfen hätten. Sie haben alle auf ihre Weise recht.

Brian

Wie sehr sich auch ganz normale Schweizer über unseren Erfolg freuten, wurde mir klar, als ich zum Kontrollzentrum hinunterging, um eine Tasse Tee zu trinken. Vor der Tür stand ein blonder junger Mann, der mich unsicher anlächelte. Als ich nach fast einer Stunde wieder herauskam, hatte er sich nicht vom Fleck gerührt. Er machte einen halben Schritt auf mich zu, als wolle er mir etwas sagen, also blieb ich stehen und fragte, ob er etwas auf dem Herzen habe.

»Mr. Jones«, sagte er, »könnte ich ein Autogramm von Ihnen bekommen?«

»Ja, natürlich«, sagte ich und schrieb meinen Namen in das kleine Büchlein, das er mir hinhielt. Während ich schrieb, füllten sich seine Augen mit Tränen, und er sagte: »Mr. Jones, Sie haben meinen Traum wahr gemacht.«

Auch meine Augen wurden feucht. Der kurze, außerordentliche Moment zeigte mir noch einmal deutlich, wie sehr unsere Fahrt die Phantasie der Menschen beschäftigt hatte. Aus den Worten des jungen Mannes klangen weder Neid noch Eifersucht, und ich begriff, daß die Ballonfahrt um die Welt nicht nur mir und Bertrand gehörte, sondern dem ganzen Land und in gewisser Weise auch der ganzen Welt.

Bei der ersten sich bietenden Gelegenheit – unter der Dusche im Holiday Inn – rasierte ich meinen drei Wochen alten Bart ab. Bertrand hatte vorgeschlagen, daß wir uns erst nach der Rückkehr in die Schweiz rasieren sollten.

Wären wir frisch gerichtet und rasiert vor die Leute getreten, hätten sie, so fürchtete er, womöglich gedacht, wir kehrten von einer Art Picknick zurück. Obwohl ich meinen Bart haßte, hatte ich eingewilligt; ich nahm ihn aber dann, als der Pflicht Genüge getan war, sofort ab.

Wir-beide

Während all dies vor sich ging, lag der Ballon immer noch in der Wüste, bewacht – wenn dies das richtige Wort ist – von einer Einheit der ägyptischen Küstenwache. Melvyn James, Leiter der von Breitling engagierten Bergungscrew, blieb über Nacht in Dakhla und organisierte am nächsten Tag eine Expedition zur Bergung der Kabine und möglichst großer Teile der Hülle. Vor der Abfahrt des aus mehreren Wagen bestehenden Konvois schärfte er seinen Helfern ein, unter keinen Umständen etwas anzufassen, bevor er an Ort und Stelle war. Als er freilich am Landeplatz eintraf, hatten sie bereits angefangen, die Ausrüstung aus der Kabine auszubauen, darunter die Toilette, die bereits komplett zerlegt war.

Mit einem großen Hubschrauber wurde die Kabine nach Dakhla transportiert. Dort wurde sie auf einen Lastwagen geladen, nach Alexandria gefahren und nach Marseille verschifft. Als sie endlich in der Schweiz eintraf, war ein großer Teil der Ausstattung verschwunden. Wir konnten nur schließen, daß die Angehörigen der Wachmannschaft sich selbst bedient hatten. Besonders traurig stimmte uns, daß zu den abhanden gekommenen Gegenständen auch der kleine singende Fußball gehörte, der die ganze Fahrt über im Cockpit gehangen hatte.

Später wurde die Kabine im Luzerner Verkehrsmuseum ausgestellt, doch ihr endgültiges Zuhause wird sie im Nationalen Luft- und Raumfahrtmuseum in Washington, D.C., finden, wo in einer großen Halle viele Meilensteine der Luftfahrtgeschichte ausgestellt sind: die *Kitty Hawk* der Gebrüder Wright, Lindberghs *Spirit of St. Louis*, Chuck Yeagers *X1* (das erste Flugzeug, das die Schallmauer durchbrach) und die Mercury-, Gemini- und Apollo-Raumfahrtkapseln. Die Schweizer Regierung hätte die *Orbiter-3*-Kabine natürlich gerne im Land behalten, aber als vorgeschlagen wurde, die Kabine den illustren Ausstellungsstücken in der amerikanischen Hauptstadt zuzugesellen, empfanden wir das als die höchste denkbare Ehre. Die *Orbiter*-Kabine ist als einziges Objekt dieser einmaligen Kollektion nicht amerikanischen Ursprungs und damit eine großartige Werbung für die Schweiz und Europa.

In den ersten Tagen nach der Rückkehr wurde das Haus der Piccards von einer Flut von Blumensträußen, Geschenken, Weinflaschen und Tausenden von Briefen überschwemmt. Die Leute gratulierten uns und dankten uns dafür, daß sie drei Wochen lang mit uns einen großen Traum hatten träumen dürfen.

Unsere Konkurrenten Steve Fossett, Richard Branson, Colin Prescott, Jacques Soukup, Dick Rutan und Kevin Uliassi schrieben uns bewegende Briefe, als wollten sie im nachhinein noch einmal zeigen, wie freundschaftlich der Wettstreit ausgetragen worden war. Auch Barron Hilton, der zahlreiche Umrundungsversuche finanziert hatte, beglückwünschte uns enthusiastisch. Und Dick Rutan schrieb einen Satz, der uns im Gedächtnis blieb: »In einiger Zeit, wenn die erste Aufregung vorbei ist, werdet Ihr erst richtig verstehen, was Ihr Großartiges geleistet habt.«

Viele Briefe enthielten Einladungen zu Veranstaltungen in den folgenden Tagen. In einer einzigen, unglaublichen Woche besuchten wir den Aéro Club in Frankreich, fuhren wir zu einer Audienz mit Kronprinz Philippe nach Belgien, erhielten wir in New York die Medaille des Explorer Club und wurden wir in Großbritannien von der Queen empfangen. In derselben Woche wurde unser ganzes Team – darunter Alan, Luc und Pierre, die Fluglotsen und die Vertreter von Breitling – in einer Feierstunde in Bern von der fast vollständig angetretenen Schweizer Regierung offiziell begrüßt. Breitling lud die fünfzig engsten Mitarbeiter des Projekts zu einem wunderbaren Abend zu Rochat im *Hôtel de Ville* in Crissier ein, dem besten Schweizer Restaurant, und überreichte jedem eine mit einer speziellen Gravur versehene Uhr.

In Paris nahmen wir die Goldmedaille des Aéro Club de France entgegen, des ältesten Luftfahrtvereins der Welt. Überreicht wurde sie vom Präsidenten des Clubs, Gérard Feldzer, der für ein ganz besonderes Arrangement gesorgt hatte: Die Rede hielt Jean-Pierre Haygneré, ein französischer Astronaut, der in der russischen Mir-Station um die Erde kreiste und sich in diesem Moment direkt über Frankreich befand. Bertrand kannte Haygneré bereits von früheren Treffen, und es war ein sehr besonderes Gefühl, ihn sozusagen aus himmlischen Höhen zu uns sprechen zu hören. Auf der gleichen Veranstaltung verlieh uns die französische Jugendministerin die Goldmedaille für Jugend und Sport. Wir erhielten die Auszeichnung nicht dafür, daß wir die Erde umrundet hatten, erklärte sie, sondern für das, was wir nach unserer Rückkehr über Frieden und Freundschaft auf der Welt gesagt hatten.

In England besuchten am 1. April die Queen und der Herzog von Edinburgh Camerons Fabrik. Wegen des Datums hatten wir die Sache für einen Scherz gehalten, und noch am Tag selbst, als die Belegschaft der Firma bereits vollzählig zum Empfang angetreten war, erwarteten wir jeden Moment, daß Don dem Spuk mit den Worten »April, April« ein Ende bereiten würde. Doch das königliche Paar erschien tatsächlich, und die Queen überreichte uns im Namen des Britischen Ballon- und Luftschiffclubs den Charles-Green-Teller, mit dem erstmals 1839 ein Ballonfahrer dieses Namens ausgezeichnet worden war. Besonders freute uns, daß sie sich die Zeit nahm, mit jedem Mitglied des Teams ein paar Worte zu wechseln.

Bei dieser Gelegenheit sahen wir auch Andy und Colin zum ersten Mal seit unserem Start. Die beiden begrüßten uns sehr freundlich, und es blieben keine bitteren Gefühle zurück. Andy sagte, enttäuscht, wie er über seinen Fehlschlag sei, freue es ihn doch, daß wir und nicht jemand anders als erste die Welt umfahren hätten. Insgesamt sprach er ganz offen über seinen eigenen mißglückten Anlauf und erklärte, er habe notwassern müssen, weil er keine Ersatzbatterien an Bord gehabt habe.

Es würde den Rahmen sprengen, hier jede Feier aufzuzählen, die wir besuchten, oder jede Rede wiederzugeben, die auf uns gehalten wurde. Eine Rede charakterisiert besonders die Atmosphäre dieser Empfänge – sie wurde gehalten von Max Bishop, dem Generalsekretär der Fédération Aéronautique Internationale (FAI), im überfüllten Saal des Olympiamuseums in Lausanne. Bevor Juan Antonio Samaranch uns in seiner Eigenschaft als Präsident des Internationalen Olympischen Komitees, das uns während des gesamten Projekts tatkräftig unterstützt hatte, den Olympischen Orden verlieh, hielt Max zuerst in seiner Muttersprache Englisch und anschließend in perfektem Französisch eine Rede, die uns beide und viele andere Anwesende zu Tränen rührte.

> Herr Präsident, hochverehrte Gäste, meine Damen und Herren.
>
> Wir sind heute hier, um zwei große Piloten, zwei herausragende Sportler und zwei bemerkenswerte Menschen zu ehren. Bertrand Pic-

card, Brian Jones, wir alle sind stolz auf Sie. Wir haben das Gefühl, an Ihrem Abenteuer teilgenommen zu haben. Wir waren im Geiste bei Ihnen, als Sie nicht weit von hier in Château-d'Oex in den Alpen aufstiegen, als Sie durch den chinesischen Korridor manövrierten, als Sie über dem Pazifik in eine Flaute gerieten, als Sie im Eiltempo über die Sahara fuhren und als Sie mit Ihrem Ballon, diesem Symbol der technischen Errungenschaften des ausgehenden 20. Jahrhunderts, schließlich landeten – in Ägypten, der Sie und mit Ihnen so viele andere Menschen faszinierenden Wiege einer uralten Kultur. Wir alle fühlten mit Ihnen Freude und Furcht, Hoffnung und Verzweiflung, Zweifel, Dankbarkeit und den Triumph am Ende, den Sie so beredt beschrieben haben. Ihr Ballon war auf seiner dreiwöchigen Reise um unseren so verletzlichen Planeten ein Zeichen der Hoffnung für die Völker der Erde, vor allem aber für die Kinder.

Mit der für Sie so charakteristischen Bescheidenheit und Zurückhaltung erinnern Sie uns daran, daß sich harte Arbeit und Ausdauer auszahlen, daß man nicht alles sofort erreichen kann. Sie haben uns gelehrt, daß, was mancher für unmöglich hielt, mit Geduld, Geschick, Mut und Hingabe doch möglich ist. Sie haben uns im letzten Jahr dieses dunklen und bewegten Jahrhunderts gezeigt, daß immer noch große Abenteuer auf uns warten, daß solche Abenteuer überall auf der Welt eine Saite in den Herzen der Menschen anschlagen und uns dazu inspirieren, allem hohlen Zynismus abzuschwören und uns höheren Zielen zu verschreiben.

Ihre Fahrt verkörpert das Beste der olympischen Bewegung, ein Ideal, welches wir in der FAI teilen. Indem Sie ungehindert über so viele nationale Grenzen gefahren sind, haben Sie diese als überwindbare Hürden entlarvt, als Barrieren, die Menschen voneinander trennen, welche dieselben Ideale und Hoffnungen haben. Mit der offenen und freundschaftlichen Art, in der Sie mit Ihren Konkurrenten um den Erfolg gestritten haben, haben Sie einen Sinn für Fairplay bewiesen. Damit, daß Sie Ihre Fahrt den Kindern dieser Welt gewidmet und die gemeinnützige Stiftung »Winds of Hope« ins Leben gerufen haben, haben Sie gezeigt, daß große sportliche Leistungen nicht dem Egoismus verpflichtet sein sollten, sondern dem Dienst an der Menschheit.

Das letzte große aeronautische Abenteuer des 20. Jahrhunderts steht in einer Reihe mit den größten Leistungen, die in den Archiven der 1905 gegründeten FAI verzeichnet sind, einer Organisation, die durch eine glückliche Fügung erst vor ein paar Monaten ihren Sitz von Paris in die olympische Hauptstadt Lausanne verlegt hat.

Unter den Rekorden, die festzustellen die FAI die Ehre hatte, finden sich:

Im Jahre 1909 Louis Blériots Flug über den Kanal von Calais nach Dover.

Im Jahre 1910 die erste Überquerung der Alpen durch George Chavez.

Im Jahre 1927 Charles Lindberghs Alleinflug über den Atlantik.

Im Jahre 1931 der absolute Ballonhöhenrekord eines gewissen Auguste Piccard.

Im Jahre 1948 der Flug, mit dem Chuck Yeager zum erstenmal die Schallmauer durchbrach.

Im Jahre 1961 der erste Flug ins All mit Juri Gagarin, acht Jahre später Neil Armstrongs Landung auf dem Mond.

Im Jahre 1986 der erste Flug ohne Zwischenstopp und Nachtanken um die Erde von Dick Rutan.

Heute dürfen wir der ehrwürdigen Liste unserer Helden zwei neue Namen hinzufügen: Bertrand Piccard und Brian Jones.

Doch Bertrand Piccard und Brian Jones sind keine herkömmlichen Helden. Selbst aus der Gesellschaft so hochdekorierter Männer wie der, die ich hier aufgezählt habe, ragen sie heraus durch ihre Bescheidenheit und ihre Großzügigkeit, durch ihre Fähigkeit, anderen Menschen ihre Gefühle zu vermitteln, und ihre Entschlossenheit, anderen zu helfen. Die Männer, die Sie, Herr Präsident, heute auszeichnen werden, sind nicht nur große Piloten und Sportler. Sie sind, viel wichtiger noch, verdiente Botschafter des Luftfahrtsports und der olympischen Ideale. Und Sie sind, am allerwichtigsten, herausragende Vorbilder, zu denen die Kinder dieser Welt aufsehen können.

Im Namen aller Luftfahrtsportler und -sportlerinnen dieser Welt verbeuge ich mich vor Ihnen, Bertrand Piccard und Brian Jones. Sie haben die heutige Ehrung mehr als verdient. Wir wünschen Ihnen alles Gute für die wichtige Tätigkeit, die vor Ihnen liegt, für die Erziehung, Förderung und Unterstützung anderer Menschen.

Für beide von uns war es die Erfüllung eines Traumes, in einem Atemzug mit den Helden unserer Kindheit genannt zu werden, mit den Forschern und Luftfahrtpionieren, die wir schon so lange bewunderten, und auf die gleiche Weise geehrt zu werden wie sie. Bei dem großen Empfang zu unseren Ehren im Königlich Meteorologischen Institut in Brüssel, an dem Luc arbeitet, wurden wir offiziell vom belgischen Kronprinzen Philippe begrüßt, was einer Art Fortsetzung der Piccardschen Familientradition gleichkam, da Prinz Philippes Vater und Großvater mit Bertrands Vater und Großvater befreundet gewesen waren.

Daß Bertrand die Medaille des Explorer Club verliehen bekam, hatte für ihn eine besondere Bedeutung. Sein Vater, der vor ihm mit derselben Medaille ausgezeichnet worden war, hatte sie im Wohnzimmer aufbewahrt, wo Bertrand sie als Kind immer vor Augen gehabt hatte. Wegen unseres dichtgedrängten Terminkalenders flogen wir sechs Tage nach unserer Landung in einer Concorde zur Preisverleihung nach New York. Beim Festessen im Explorer Club erhielten wir stehende Ovationen von 2000 Menschen. Wir saßen am selben Tisch wie der Astronaut John Glenn, der vor so vielen Jahren dem elfjährigen Bertrand ein Autogramm gegeben hatte.

Bei einem Abstecher nach Washington holten wir den Scheck über eine Million Dollar ab, die die Bierbrauerei Budweiser als Preis ausgesetzt hatte. Die Hälfte des Preisgeldes mußte, so hatte es das Unternehmen festgelegt, an eine gemeinnützige Organisation gehen. Die andere Hälfte teilten wir mit Breitling. Die Firma stiftete ihren Anteil derselben Organisation. Zur Übergabefeier in der Smithsonian Institution wurden Brian und ich in einer von acht riesigen Shire-Pferden gezogenen Kutsche chauffiert. Wir starteten in dem Park neben dem Kapitol und fuhren die Independence Avenue hinauf zum

Museum, vor dessen Eingang ein roter Teppich lag. Ebenso beeindruckend war das Arrangement im Inneren des Museums. Unter Lindberghs von der Decke herabhängenden *Spirit of St. Louis* und vor der Apollo-11-Kapsel war eine Bühne aufgebaut worden.

Natürlich ließ es sich auch Château-d'Oex nicht nehmen, aus Anlaß unseres Erfolgs eine Feier auszurichten. Genau zwei Monate nach unserer Landung kehrten wir in einem speziellen »Panorama«-Zug an den Ort zurück, an dem unser Abenteuer seinen Anfang genommen hatte. Am Bahnhof bereiteten uns Tausende von Menschen einen begeisterten Empfang. Zusammen mit Luc und Pierre fuhren wir in einem auf einen Anhänger montierten Ballonkorb durch das Dorf und nahmen das Denkmal in Augenschein, das Château-d'Oex zur Erinnerung an unsere Fahrt errichtet hatte: eine Pyramide aus hellem Stein mit einem Globus aus Bronze, auf dem unsere Fahrtroute zu sehen war, zwei kleinen bronzenen Ballons über dem Start- und dem Landeplatz und einer Inschrift mit den Daten unserer Fahrt. Brian fühlte sich den Menschen von Château-d'Oex so sehr verbunden, daß er sich von Bertrand einen Satz auf Französisch beibringen ließ, den er dann zum begeisterten Applaus in das Mikrofon sprach: *»Aujourd'hui, ma femme Joanna et moi, nous sommes rentrés à la maison.«* (»Heute haben meine Frau Joanna und ich das Gefühl, wir seien nach Hause zurückgekehrt.«)

Brian

Viele Leute haben gefragt, ob die Fahrt um die Erde uns verändert habe. Zum einen – und am offensichtlichsten – hatte sie körperliche Auswirkungen: Wir hatte beide kräftig abgenommen, Bertrand um fast fünf Kilo, von 62 auf 57 Kilogramm, sein niedrigstes Gewicht seit Jahren, ich etwa genausoviel. Der Unterschied war, daß ich mich darüber freute, er nicht. Ursache des Gewichtsverlusts war, daß wir auf der Fahrt einerseits relativ wenig gegessen, andererseits aufgrund des Bewegungsmangels Muskelmasse verloren hatten. Was uns unmittelbar nach der Landung am meisten zu schaffen machte, waren unsere Erschöpfung und unser voller Terminkalender, der uns keine Möglichkeit zur Erholung ließ.

Als Projektmanager des *Orbiter 3* und während der abschließenden Startvorbereitungen hatte ich mich völlig auf den Bau des Ballons konzentriert und darauf, daß seine Systeme ordnungsgemäß funktionierten. Ich dachte nicht daran, wie es sein könnte, um den Globus zu fahren. Meine tiefe Beziehung zu Bertrand und unsere langen Gespräche über das Schicksal unseres Planeten gaben der Fahrt eine zusätzliche Dimension.

Keine Frage, die Fahrt hat mein Leben verändert. Sie hat mich zu einem extrovertierteren Menschen gemacht. Das Bedürfnis, unser Erlebnis mit anderen zu teilen, ihnen davon zu berichten, ließ sich nicht mit dem eher zurückgezogenen Leben vereinen, das ich bis dahin geführt hatte. Das Bedürfnis, mich mitzuteilen, ist so stark, daß ich es heute richtig genieße, öffentlich über unsere Fahrt zu sprechen. Die Erdumrundung half mir, mich zumindest teilweise von meiner typisch britischen Reserviertheit zu befreien, und lehrte mich, meine Gefühle offener zu zeigen. Ich fühle mich der Natur näher, und ich weine schneller. Vor meinem ersten Auftritt im britischen Fernsehen rund zehn Tage nach unserer Rückkehr mußte ich einige Zeit im Künstlerzimmer warten. Soeben wurden Nachrichten gesendet. Sie brachten Bilder vom Kosovokrieg. Bis dahin hatten wir so viel um die Ohren gehabt, daß ich kaum Zeit gefunden hatte, den Krieg bewußt zu registrieren. Jetzt trieben mir die

Bilder von Flüchtlingen und Massakern die Tränen in die Augen. Vor unserer Fahrt hätte mich das weniger berührt. Ich hätte das Schicksal der Flüchtlinge bedauert und mich meiner nächsten Aufgabe zugewandt. Jetzt fühlte ich viel mehr mit – und war froh darüber.

Innerhalb von zwanzig Tagen von einer namenlosen Person zu einer Berühmtheit zu werden war eine überaus seltsame Erfahrung – doch schnell stellte ich fest, daß die meisten berühmten Menschen sich nicht von uns anderen unterscheiden. Nach unserer Rückkehr lernten Bertrand und ich eine ganze Reihe wichtiger und prominenter Persönlichkeiten kennen – Könige, Staatspräsidenten, ehemalige Astronauten und Filmstars –, und zu meiner Überraschung fand ich sie alle und ohne Ausnahme unglaublich nett. Sie waren weder affektiert noch unnahbar, sondern verhielten sich vollkommen natürlich und freundlich und nahmen sich Zeit für uns. Zu entdecken, daß ein Fliegeridol wie John Glenn ebenfalls Vorbilder hatte, war für mich eine Offenbarung.

Eine weitere Folge der Fahrt war, daß sie meine zuvor bereits tiefe Freundschaft mit John, Debbie, Smiffy und C und mit den anderen Leuten im Team um eine neue Dimension bereicherte. Drei Wochen geteilter Gefahr, Begeisterung und Anspannung knüpften zwischen uns ein einzigartiges Band. Wann immer wir uns jetzt treffen und über die Fahrt sprechen, schwingt in der Unterhaltung eine Tiefe mit, die Worte allein nicht vermitteln können. Wir brauchen nicht über unsere damaligen Gefühle zu reden oder darüber, wie nahe wir uns waren: Wir *wissen* es, und dieses unausgesprochene Wissen verstärkt das Band zwischen uns.

Zwischen mir und Bertrand hat das, was wir zusammen erlebten, eine tiefe und dauerhafte Freundschaft entstehen lassen. Jede Begegnung mit ihm ist ein Anlaß zur Freude, und ich genieße es, Zeit mit ihm und Michèle zu verbringen. Ich liebe seine Kinder und habe mir fest vorgenommen, Französisch zu lernen, damit ich mich besser mit ihnen unterhalten kann. Dabei sind Bertrand und ich von der Art her sehr verschieden; daß wir einmal zusammen auf ein Bier in die Kneipe um die Ecke gehen werden, ist sehr unwahrscheinlich. So gesehen ist seine Bemerkung, daß wir Brüder geworden seien, zutreffend und denkwürdig: Brüder können gute Freunde sein, auch wenn sie keine Seelenverwandten sind. Bertrand wird in meinem Leben immer einen ganz besonderen Platz einnehmen.

Bertrand

Für mich war das Besondere an unserer Fahrt, daß wir so außerordentliches Glück hatten. Warum wurde gerade *uns* die Ehre des Erfolgs zuerteilt? Warum durften wir eine so schöne Zeit erleben, während zur gleichen Zeit überall auf der Welt Menschen litten und unsägliche Grausamkeiten begangen und blutige Kriege gekämpft wurden. Wir sahen mit Ehrfurcht und Bewunderung auf die Erde hinunter, und doch blieben viele Fragen unbeantwortet.

Wann immer ich heute einen Globus oder eine Landkarte sehe, fühle ich eine Art Besitzanspruch. Vor der Fahrt habe ich mit so etwas langweilige Erdkundestunden verbunden. Wenn ich heute einen Globus betrachte und mich in Details vertiefe oder ihn um seine Achse drehe, ruft das in mir Erinnerungen an die Fahrt wach, Erinnerungen, die eine ungeheure Freude und starke Emotionen in mir auslösen. Viel mehr als zuvor fühle ich mich dem Leben auf unserem Planeten und in den Ländern verbunden, über die uns der Wind getrieben hat. Wenn der marokkanische König Hassan stirbt, der Sudan von einer Hungersnot heimgesucht wird oder ein Krieg zwischen Pakistan und Indien ausbricht, dann denke ich: »Ich war dort. Ich weiß, wie dieses Land aussieht, und fühle mich den Menschen dort nahe. Um die Erde zu fahren ist auf gewisse Weise das gleiche, wie sie zu umarmen.«

Die drei Wochen am Himmel haben mich großen Respekt vor dem Leben und vor der Menschheit gelehrt. Seit der Fahrt liegt mir das Wohlergehen der Umwelt und der Tierwelt sehr viel mehr als früher am Herzen. Wenn ich sage, daß ich mich um die »Umwelt« sorge, dann meine ich damit nicht den Versuch, die Natur radikal vom Menschen zu befreien und die Welt in ein einziges Reservat zu verwandeln. Ich meine die tiefe Achtung, die wir der Luft, der Wüste, dem Wasser, den Wäldern, den Tieren und den Menschen, kurz gesagt, jeder Lebensform und der ganzen Natur entgegenbringen sollten. »Achtung« meint dabei die Einsicht, daß alles Leben um uns und in uns wertvoll ist. Das Ziel ist nicht, der Technik zu entsagen, die die Menschheit im Laufe ihrer Geschichte entwickelt hat. Vielmehr müssen wir mit ihrer Hilfe versuchen, die Natur besser zu verstehen, statt ihr nur unsere Macht aufzuzwingen. Das sind für mich keine theoretischen Probleme mehr, sondern praktische Anliegen. Ich bin so dankbar dafür, daß mein Traum Wirklichkeit geworden ist, daß ich das Bedürfnis habe, der Erde dafür etwas zurückzugeben.

Ein Schritt in diese Richtung war die Gründung der Stiftung »Winds of Hope«. Aus den Zinsen des Budweiser-Preisgeldes und anderer Spenden wollen wir jährlich am 21. März – dem Jahrestag unserer Landung – einen Preis verleihen. Dieser Preis wird Projekte unterstützen, die konkrete und dauerhafte Hilfe für Kinder leisten, die Opfer von Katastrophen, von Krankheiten oder politischen Konflikten geworden sind. Wichtig ist dabei, daß über die Leiden dieser Kinder entweder in den Medien nicht berichtet wurde oder sie von der Öffentlichkeit nicht beachtet worden sind.

Wir hoffen, daß unsere zahlreichen Begegnungen und Kontakte mit Tausenden von Menschen, darunter hochrangigen Beamten und Politikern, uns ein Gewicht geben, das es uns erleichtert, gehört zu werden. Förderungswürdigen Projekten Geld zu geben ist die eine Sache, doch wir glauben, solche Projekte auch dadurch unterstützen zu können, daß wir unsere neugewonnene Berühmtheit für sie in die Waagschale werfen. Wir wissen, daß überall auf der Welt und auch in Ländern, die wir nicht überquert haben, ganze Schulklassen unsere Fahrt verfolgten. Das heißt, es müßte überall möglich sein, einen direkten Zugang zu den Kindern und durch sie zu den Lehrern und Beamten der entsprechenden Behörden zu finden. Außerdem wird uns, glauben wir, zugute kommen, daß wir kein Nebenziel verfolgen: Wir streben keinen zusätzlichen Ruhm an, sondern ausschließlich greifbare Ergebnisse.

Ich bin kein professioneller Abenteurer. Ich bin inzwischen in meinen Beruf als praktizierender Psychiater zurückgekehrt und genieße es daneben, Vorträge über unsere Fahrt zu halten. Wie ich entdeckt habe, läßt sich unsere Ballonfahrt um die Welt als eine Metapher auf das Leben begreifen. Viele Menschen haben Angst vor dem Unbekannten und davor, die Kontrolle über ihr Leben zu verlieren; sie versuchen deshalb, alles in der Hand zu behalten. Viele ihrer Probleme ergeben sich daraus, daß sie ein Großteil ihrer Kraft darauf verwenden, Dinge bestimmen zu wollen, über die sie keine Macht haben, und versäumen, dort tätig zu werden, wo sie etwas ausrichten können.

Das *Orbiter-3*-Projekt lehrte uns erkennen, was wir bestimmen können und was nicht. Wir konnten den Bau der Kabine und der Hülle bestimmen, die Entstehung des Teamgeists fördern und die Crew technisch ausbilden. Nach dem Start war das anders. Wir hatten weder über das Wetter noch den Wind Macht. Den Kurs konnten wir nur durch die Veränderung der Fahrthöhe beeinflussen.

Im täglichen Leben befinden wir uns in einer ähnlichen Situation. Viele Menschen sind ihren Problemen, ihrem Leben und ihrem Schicksal genauso ausgeliefert wie ein Ballon dem Wind. Sie müssen, wenn sie ihrem Leben eine neue Richtung geben wollen, wie ein Ballonpilot aufsteigen. Wer mittels der Philosophie, Psychologie oder einer anderen geistigen Disziplin bewußt nach oben strebt, kann sein Leben auf eine neue Bahn lenken.

Was ich mit meinen Patienten mache, ist genau das gleiche, was wir im Ballon gemacht haben – mit dem Unterschied, daß ich in der Psychotherapie nicht der Pilot bin. Ich bin der Meteorologe, der dem Patienten hilft, die Höhe zu finden, in der er auf dem für ihn besten Kurs fahren kann. Wer in der falschen Höhe oder auf dem falschen Kurs unterwegs ist, verliert sich in den Stürmen und schmerzlichen Erfahrungen des Lebens. Die Theorie der Psychotherapie habe ich an der Universität studiert, aber das Ballonfahren hat mir eine neue, praxisorientierte Perspektive eröffnet.

Es ist mir heute sehr wichtig, meinen Patienten – und den Menschen, die meine Vorträge hören – die Augen dafür zu öffnen, daß das Leben selbst ein großartiges Abenteuer ist. Das Leben führt einen durch dieselbe Art von Stürmen, die einem Ballonfahrer, der vom Kurs abgekommen ist, das Genick brechen können. Es gibt Zeiten, in denen kein Wind geht und man angesichts der Stagnation in Depressionen verfällt, und es gibt Zeiten, in denen einem alles so leicht von der Hand geht, daß man sich fragt, warum anderen Menschen das Leben (oder das

Ballonfahren) so schwerfällt. Wer gesund, jung und attraktiv ist, hält das Leben natürlich für einfach – doch das ist ein Trugschluß. In Wahrheit ist das Leben eine gewaltige Herausforderung, ein Abenteuer, das einen beständig mit dem Unbekannten konfrontiert. Man weiß nie, was es als nächstes bringt. Die einzige Fähigkeit, die man wirklich lernen muß, ist die Fähigkeit, sich an das anzupassen, was einem passiert. Auch wenn man nicht bestimmen kann, was das Leben einem bringt, kann man doch bestimmen, wie man damit umgeht. Jedes neue Problem verlangt von uns, nach inneren Ressourcen zu suchen, mit denen wir es meistern können, und neue Strategien des Überlebens und der Weiterentwicklung zu erlernen.

Ich befinde mich also jetzt, da ich nicht mehr im Ballon sitze, im Leben in genau der gleichen Situation. Nur daß wir sicher gelandet sind, heißt noch lange nicht, daß das Abenteuer abgeschlossen ist. Unsere Landung in Ägypten war eine aus praktischen Gründen notwendige Rückkehr zur Erde, tatsächlich aber geht die Fahrt weiter. Deshalb ist das größte Abenteuer nicht die Ballonfahrt rund um die Erde. Das größte Abenteuer ist vielmehr die Reise durch das Leben.

Was die Zukunft betrifft, gehe ich davon aus, daß jemand eine Alleinfahrt im Ballon um die Erde versuchen wird, wobei ich Steve Fossett für den aussichtsreichsten Kandidaten halte. Außerdem könnte ich mir vorstellen, daß eine Wettfahrt um die Welt ausgerichtet wird, bei der alle Teilnehmer zur selben Zeit und vom selben Platz starten. Sie werden versuchen, schneller zu sein als wir, aber wenn ihnen das gelingt, wird ihr Genuß kürzer sein. Brian und ich werden an einem solchen Rennen nicht teilnehmen, es aber gern unterstützen.

Brian und ich sind glücklich und stolz darauf, daß das, was unser Team erreicht hat, in die Geschichte der Luftfahrt eingegangen ist. Doch sind all die Ehren, die uns zuteil wurden, nicht mehr als die Glasur auf dem Kuchen. Der Kuchen ist – wenn ich es so ausdrücken darf – die Chance, die uns unsere Rekordfahrt eröffnet hat, für eine bessere Welt zu kämpfen.

Unterdessen denke ich oft und gerne an den Moment zurück, als ich in der ägyptischen Wüste mit dem Rücken an die Kabine gelehnt auf dem Sand saß und spürte, wie der Wind stärker wurde. Ich erinnere mich daran, wie es sich anfühlte, als der warme Wind das erste Mal nach drei Wochen über mein Gesicht strich, wie er immer kräftiger wurde, bis ich ihn schließlich mit meinem ganzen Körper spürte. Das war der Wind – der Wind der Vorsehung –, der mich und Brian im Einklang mit der Natur um die Erde getragen hatte. Seit damals, und solange ich lebe, denke ich an ihn als den Wind der Hoffnung, und ich werde alles tun, was ich kann, daß er auf dem Weg um die Erde niemals abflaut.

Anhang

Versuche, die Welt zu umrunden

Jahr	Piloten	Land	Ballon	Start	Ergebnis
1981	Max Anderson	USA	*Jules Verne*	Ägypten	Landung in Indien nach 4446 km und 47,3 Std.
1993	Henk Brink	Niederlande	*Unicef-Flyer*		Hob nie ab.
1993	Larry Newman Don Moses Vladimir Dzhanibekov	USA	*Earthwind 1*	Reno	Absturz kurz nach dem Start
1994	Larry Newman Richard Abruzzo Dave Melton	USA	*Earthwind 2*	Reno	Eingefrorene Ventile, Landung noch am selben Tag.
1995	Larry Newman Dave Melton George Saad	USA	*Earthwind 3*	Reno	Ankerballon beim Startaufstieg geplatzt.
1996	Steve Fossett	USA	*Solo*	South Dakota	Landung in Kanada nach 2927 km und 51,13 Std.
1997, 7. Januar	Per Lindstrand Richard Branson Alex Ritchie	GB	*Virgin Global Challenger*	Marokko	Landung in Algerien nach 19 Std.
1997, 12. Januar	Bertrand Piccard Wim Verstraeten	Schweiz	*Breitling Orbiter*	Château-d' Oex	Notwasserung im Mittelmeer nach 6 Std.

1997, 15. Januar	Steve Fossett	USA	*Solo Spirit*	USA	Landung in Indien; Dauerrekord 146,44 Std., Streckenrekord 18 129 km.
1997, Dezember	Per Lindstrand Richard Branson Alex Ritchie	GB	*Virgin Global Challenger*	Marokko	Hülle hob ohne die Kapsel ab.
1997, 31. Dezember	Kevin Uliassi	USA	*J-Renée*	Illinois	Ballon platzte nach einer Stunde.
1998, 1. Januar	Steve Fossett	USA	*Solo Spirit 2*	St. Louis	Landung in Rußland nach 9 3377 km und 108,23 Std.
1998, 8. Januar	Bertrand Piccard Wim Verstraeten Andy Elson	Schweiz	*Breitling Orbiter 2*	Château-d'Oex	Start abgebrochen, Hülle nicht aufgeblasen.
1998, 9. Januar	Dick Rutan Dave Melton	USA	*Global Hilton*	Albuquerque	Ballon geplatzt, die Piloten retten sich mit dem Fallschirm.
1998, 28. Januar	Bertrand Piccard Wim Verstraeten Andy Elson	Schweiz	*Breitling Orbiter 2*	Château-d'Oex	Landung am 7. Februar in Birma nach 8 475 km. Dauerrekord 233,55 Std.
1998, 7. August	Steve Fossett	USA	*Solo Spirit 3*	Mendoza, Argentinien	Absturz im Korallenmeer vor Australien. Streckenrekord 22 910 km.
1 998, Winter	John Wallington Dave Liniger Per Lindstrand	Australien	*Remax*	Australien	Start angekündigt, aber nie ausgeführt.

Fortsetzung siehe folgende Seite

Jahr	Piloten	Land	Ballon	Start	Ergebnis
1998, 18. Dezember	Richard Branson Steve Fossett	GB	*ICO Global Challenger*	Marokko	Nach sieben Tagen Notwasserung bei Honolulu; fuhr 19962 km und 177,57 Std.
1999, Januar	Jacques Soukup Mark Sullivan Crispin Williams	USA	*Spirit of Peace*		Startete wegen des chinesischen Durchflugverbots nicht.
1999, Januar	Kevin Uliassi	USA	*J. Renée*		Startete wegen des chinesischen Durchflugverbots nicht.
1999, 18. Februar	Andy Elson Colin Pitscott	GB	*Cable & Wireless*	Almería, Spanien	Notwasserung vor der japanischen Küste wegen Stromausfalls nach 18499 km. Dauerrekord 425,51 Std.
1999, 1. März	**Bertrand Piccard Brian Jones**	**Schweiz**	***Breitling Orbiter 3***	**Château-d'Oex**	**Drei Weltrekorde: erste Erdumrundung, Streckenrekord 40813 km, Dauerrekord 477,47 Std.**

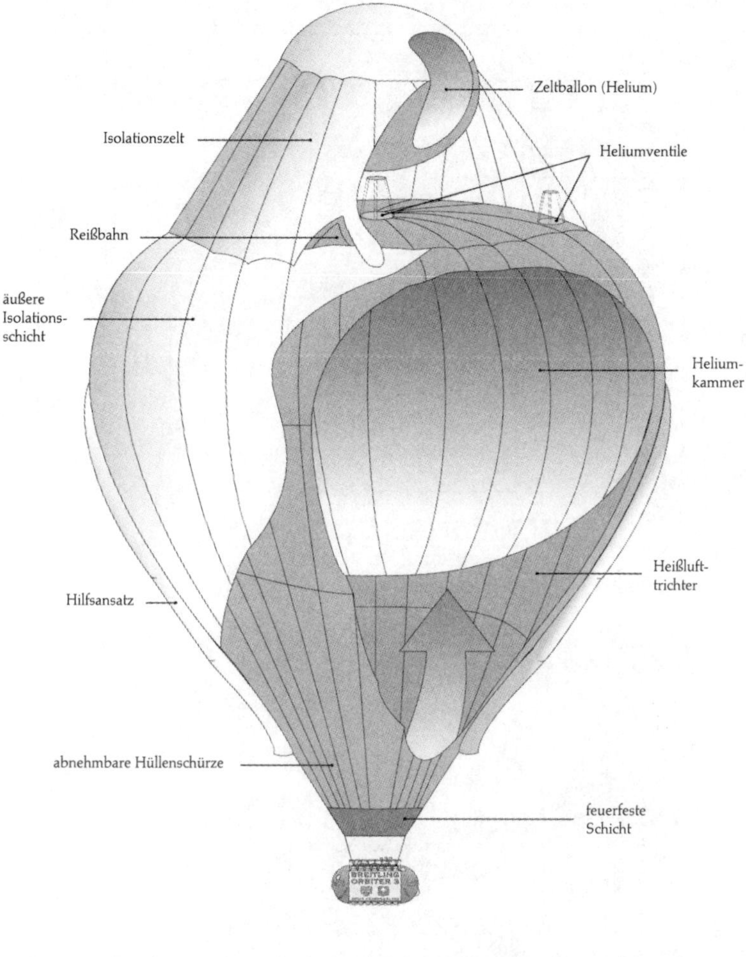

Ein Rozier-Ballon arbeitet mit einer Kombination aus Heißluft und Gas, ein Prinzip, das von dem im 18. Jahrhundert lebenden Luftfahrtpionier Jean-François Pilâtre de Rozier erfunden wurde.

Vor dem Start wird die Gaszelle bis zur Hälfte ihrer Aufnahmefähigkeit mit Helium gefüllt. Steigt der Ballon, dehnt sich das Helium aufgrund der Sonneneinstrahlung und des abfallenden Luftdrucks aus. Wollen die Piloten eine bestimmte Flughöhe halten oder sinken, lassen sie durch die Ventile oben auf der Gaszelle Helium ab. Um nachts zusätzlichen Auftrieb zu bekommen, heizen sie in kurzen Stößen mit Propan oder Kerosin. Die Luft im Heißlufttrichter erwärmt sich und gibt die Wärme an das Helium weiter.

Die beiden Hilfsansätze, die an den Seiten der Hülle nach unten verlaufen, sind Sicherheitsventile. Durchsteigt der Ballon die tagsüber mögliche maximale Höhe (Prallhöhe), weil er zu schnell gestiegen ist oder die Piloten ihn durch Heizen nach oben getrieben haben, wird überschüssiges Helium durch die unten offenen Hilfsansätze hinausgedrückt.

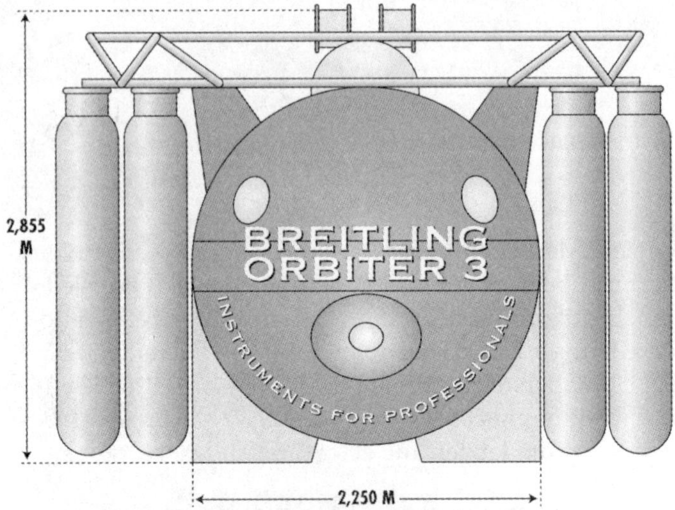

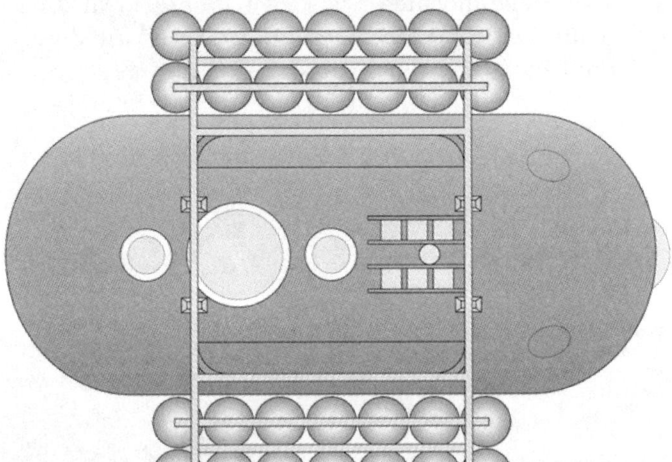

Der Zweck des relativ kleinen, ebenfalls mit Helium gefüllten Zeltballons ist es, das Isolationszelt von der Heliumkammer abzuhalten und dadurch die Aufwärmung des Ballons tagsüber und den Wärmeverlust nachts zu minimieren.

Ein Ballonpilot kann nur steuern, indem er steigt oder sinkt, bis er einen Wind gefunden hat, der in die gewünschte Richtung bläst. Bertrand Piccard und Brian Jones waren während ihrer Erdumrundung auf die Voraussagen ihrer beiden Meteorologen in Genf angewiesen, die sie ständig darüber informierten, auf welcher Höhe sie die benötigten Winde finden würden.

Danksagung

So viele Menschen haben zum Erfolg unserer Fahrt um die Erde beigetragen, daß es unmöglich ist, hier jeden einzeln aufzuführen. Doch vor allem und vor allen anderen gilt unser Dank Theodore – Thédy – Schneider, Leiter des Uhrenherstellers Breitling SA, dessen Enthusiasmus und bedingungslose Großzügigkeit das Projekt vom ersten bis zum letzten Tag getragen haben.

An dieser Stelle möchten wir auch Duff Hart-Davis für seine Hilfe bei der Vorbereitung des Textes für dieses Buch danken.

Bertrand Piccard/Brian Jones

Anchorage
Vancouver
Montreal
Chicago
New York
Washington D.C.
San Francisco
Los Angeles
Houston
Miami
Havana
Mexico City
Panama City
Caracas
Bogota
Recife
Lima
Rio de Janeiro
Santiago
Paris
Lisbon
Rabat
Dakar